四川大学学术群落
中国现当代文学卷

王锦厚 ◎ 著
四川大学文学与新闻学院 ◎ 组编
曾绍义 文励 ◎ 编

ZHONGGUO XIANDAI WENXUELUN
WANGJINHOU XUESHU WENJI

中国现代文学论

王锦厚学术文集

巴蜀书社

图书在版编目（CIP）数据

中国现代文学论 / 王锦厚著. —成都：巴蜀书社，2023.3
ISBN 978-7-5531-1923-6

Ⅰ．①中… Ⅱ．①王… Ⅲ．①中国文学－现代文学－文学研究②中国文学－当代文学－文学研究　Ⅳ．①I206.6

中国国家版本馆CIP数据核字（2023）第037741号

中国现代文学论　王锦厚学术文集
ZHONGGUO XIANDAI WENXUELUN　WANGJINHOU XUESHU WENJI

王锦厚　著

特约审稿	曾绍义
责任编辑	李　蓓
出　　版	巴蜀书社
	成都市锦江区三色路238号新华之星A座36层
	邮编：610023
	总编室电话：(028)86361843
网　　址	www.bsbook.com
发　　行	巴蜀书社
	发行科电话：(028)86361852
经　　销	新华书店
照　　排	四川胜翔数码印务设计有限公司
印　　刷	成都东江印务有限公司 (028)82601550
版　　次	2024年2月第1版
印　　次	2024年2月第1次印刷
成品尺寸	170mm×240mm
印　　张	31.5
字　　数	510千
书　　号	ISBN 978-7-5531-1923-6
定　　价	158.00元

本书若有印装质量问题，请与印刷厂联系调换

王锦厚

作者介绍

王锦厚，男，中共党员。1937年10月24日生于成都，祖籍四川奉节（今重庆），四川大学教授，享受国务院特殊津贴专家。1964年由西南师范学院（今西南大学）考入武汉大学中文系，获文学硕士学位，重返西南师院任教。1978年调至四川大学，历任四川大学郭沫若研究室副主任、中文系汉语言文学研究所副所长，四川大学出版社总编辑、社长，中国现代文学研究会常务理事、中国李劼人研究会副会长、四川郭沫若研究会会长、中国郭沫若研究会理事、《郭沫若学刊》主编等。出版《五四新文学与外国文学》《郭沫若学术论辩》《郭沫若与这几个文学大师》《郭沫若作品辞典》《郭沫若史剧论》《在郭沫若研究的路途上》《闻一多与饶孟侃》《吴宓与胡适的〈红楼梦〉研究》等学术著作20余种，在《鲁迅研究月刊》《郭沫若学刊》《新文学史料》《武汉大学学报》《四川大学学报》等重要学术刊物发表论文近百篇，其中多部（篇）获四川省政府社科研究优秀成果奖。

王锦厚教授在工作中

王锦厚教授出版的部分研究著作

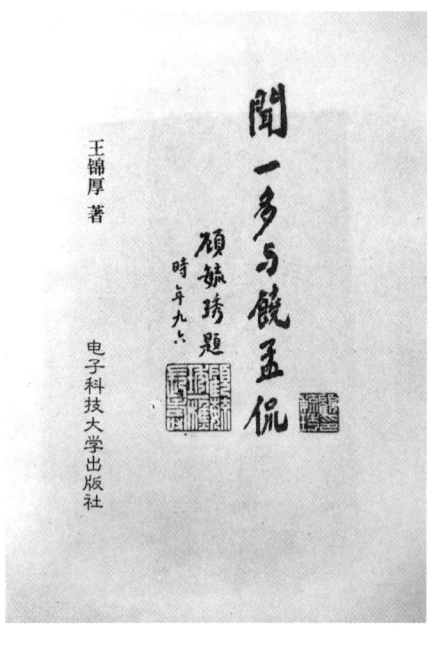

著名学者、文学家、教育家顾毓琇先生为《闻一多与饶孟侃》题写书名

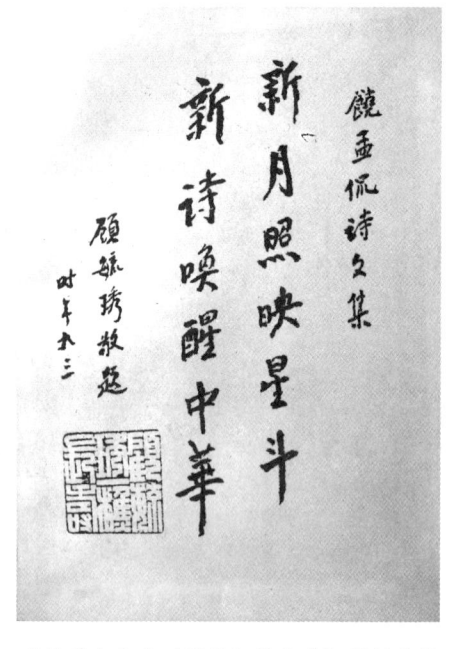

顾毓琇先生为《饶孟侃诗文集》题词手迹

冰心先生为《五四新文学与外国文学》题写书名

《五四新文学与外国文学》增订版封面

《闻一多与饶孟侃》、《饶孟侃诗文集》封面

《郭沫若学术论辩》前后两版的封面

1999年秋，王锦厚与好友叶善俊（右）在闻一多纪念馆前留影。

1997年10月，王锦厚教授主持召开的"郭沫若与世界文化"国际学术讨论会与会代表合影，前排左四为王锦厚教授。

出版说明

自1896年四川大学诞生以来，中国语言文学学科一直伴随着时代发展，成就了一大批在国内外有影响的专家、学者。其中，中国现当代文学专业便是重要的组成部分，无论是作为现代作家的李劼人、吴虞、吴芳吉，还是作为学者的刘大杰、林如稷与华忱之，都先后在创作与学术的领域中做出了自己独特的贡献。为了集中展示他们的学术实绩，不断传承其治学精神，我们决定从2020年起，陆续编辑出版"四川大学学术群落·中国现当代文学卷"丛书，入选者每人一册，重点编入作者在不同学术时期最有代表性的、社会影响最大的论文或专著选段，少数有历史意义的文学创作文字也酌情作为附录收入，以帮助读者理解这些学术活动的历史语境。另有论述性的学术总结置于文前，著作年表殿于集后，以供读者参考。为了确保学术质量，即请"特约审稿人"曾绍义教授审读本卷各集全部文稿，并对其具体内容负责。

首先入选的是一批在历史上贡献突出、目前均不在岗的前辈学人，他们的学术探索具有筚路蓝缕之功、启迪来者之义。

需要说明的是，出于对历史的尊重，所收录的文章均保持原貌，包括引文、注释等，仅对个别笔误及排版错误进行改正，对于无法辨认的字则用□代替。

四川大学文学与新闻学院
2020年2月

目　录

序　言 ··· 李　怡 001

论王锦厚先生对中国现代文学研究的主要贡献

·· 曾绍义　唐澜溪 001

上　编 ··· 001
　　写在前面 ·· 003
　　"五四"新文学与俄苏文学 ······························ 011

中　编 ··· 077
　　改造民族性的宣言
　　　——谈《阿Q正传》的本意及写法 ················ 079
　　驳《盟主鲁迅也是左的》并质问《炎黄春秋》
　　　——也以梁实秋为例 ································ 089

　　始终是值得尊敬的
　　　——郭沫若与孙中山 ································ 106
　　从老照片看北伐战争中的郭沫若 ···················· 114
　　周恩来、郭沫若抗战期间一次重大活动
　　　——关于《文工会签名轴》二三事 ··············· 129

"还是自己埋头苦干要紧"
　　——郭老与陆定一、周扬、丁玲1946年前后的互动 …… 146
郭沫若历史剧的文学渊源 …… 160
《屈原》是怎样步入世界杰作之林的？
　　——以《雷电颂》一场修改为例 …… 174
挽救了世界悲剧的衰亡 …… 181
笑谈《姚雪垠希望身后发表的谈话》 …… 192
杜荃到底是谁？ …… 200

闻一多的历史功勋 …… 218
饶孟侃的诗歌"奇迹" …… 273

李劼人创作道路初探
　　——兼谈关于李劼人的评价问题 …… 306
《中国左拉之待望》附记 …… 322

敬隐渔简谱 …… 324
敬隐渔和郭沫若、罗曼·罗兰、鲁迅 …… 332
在纪念敬隐渔诞辰115周年学术研讨会上的发言 …… 350

关于沈从文研究的几个问题
　　——在《中国现代历史进程中的郭沫若国际学术研讨会》上
　　的发言 …… 361
吴宓为什么认定"沈从文"是"他的敌人"？ …… 371
《石头记》研究史上的三大创举
　　——吴宓讲演《〈石头记〉追踪》之四 …… 390
吴宓与胡适的《红楼梦》研究比较 …… 411

下编　期刊编辑话语选 …… 443
《马克思主义文艺理论丛书》序跋编者按 …… 445
《文化工作委员会史料特辑》编者的话 …… 446

《郭沫若归国抗战 80 周年特辑》编者的话 …………………… 447
这一期 ………………………………………………………… 448
关于封二、封三的一点说明 …………………………………… 452

王锦厚学术论著年表 ………………………………………… 455
编后记 ………………………………………………………… 468

序　言

李　怡

2018、2019年,四川大学领导多次提出了建设"川大学派"的问题,在我们看来,这并非一时兴起的口号,其中,既有对未来学术发展的前瞻性期待,更有对一百多年来四川大学学人奋力开拓的学术传统的深刻认同。如何在承袭百年传统的基础上砥砺前行,是四川大学学人义不容辞的神圣职责。为此,四川大学文学与新闻学院组织了能够反映各个学科学术发展的大型丛书,精选在各个历史阶段于不同学术领域卓有建树的先贤著述,分别以"四川大学学术群落·×××卷"的系列方式陆续推出,以期能够形成对百年传统的系统总结,为新世纪"川大学派"的进一步成熟和发展夯实根基。"中国现当代文学卷"就是其中的重要组成部分。

在当代中国的学术版图上,四川大学留给人们的印象常常是古代文化的研究,包括"蜀学"传统中的中国古代史、古代文学、古代汉语研究,新时期以后兴起的比较文学研究也拥有深刻的古代文学背景,其实,中国现当代文学的发展和学术研究也与四川大学渊源深厚。

作为西南地区历史久远的高等学府,四川大学经历了一系列复杂的演化、聚合与重组过程,众多富有历史影响的知识分子都在不同的时期与川大结缘,构成"川大文脉"的一部分。例如四川省城高等学校下属机构的分设中学堂时期的学生郭沫若与李劼人,公立外国语专门学校时期的学生巴金,成都高等师范学校时期的受聘教师叶伯和,国立成都大学时期的受聘教师李劼人、吴虞、吴芳吉,国立四川大学时期的陈衡哲、刘大杰、朱光潜、卞之琳、熊佛西、林如稷、刘盛亚、罗念生、饶孟侃、吴宓、孙伏园、陈炜谟，中华人民共和国成立以后的川大学生中则先后出现过流沙河、童恩正、钱道远、杨应章、郁小萍、易丹、张放、周昌义、莫怀戚、何大草、徐慧、赵野、唐亚平、邹建军、张宝泉（阿泉）、马骏（马平川）、胡冬、颜歌等。作为学术与教学意义的中国现当代文学，也在川大早早生根。文学史家刘大杰在川大开设"现代文学"必修课的时间可以追溯到1935年，是中国较早开展新文学创作研究的高校之一。中华人民共和国成立后，随着中国现代文学（新文学）学科的建立，四川大学的相关学者代代相承，在各自的领域中成就斐然，成为中国现代文学研究界的主要力量。林如稷、华忱之先生是新中国中国现代文学学科的奠基人之一，继之则有李昌陟、易明善、尹在勤、王锦厚、李保均、朱先贵（朱玛）、陈厚诚、邓运佳、曾绍义、毛迅、黎风等持续努力，在郭沫若研究、李劼人研究、四川作家研究、中国新诗研究以及小说、散文、戏剧、电影等各体文学研究方面做出了引人注目的贡献，川大成为中国西部地区最早培养硕士生与博士生的学术机构[①]。

  我个人的学术经历也见证了这一学科学术如何在继往开来中努力拼搏的重要历史。我是2004年加入四川大学中国现当代文学学术群体的，当时中国高校的"学科建设"大潮已经开始，许多高校招兵买马，跃跃欲试，而川大刚好相反，老一代学者因年龄原因逐步淡出学术中心，相对而言，当时地处西部，又居强势学科阴影之下的川大现代文学学科困难重重。在这个情势下，如何重新构建自己的学术队伍，寻找新的学科优势，是我们必须面对的头等大事。幸运的是，我在川大的经历给了我许多别样的体验，以及别样的启迪。

  首先是宽阔、自由而富有包容性的学术环境。虽然生存在传统强势学术的学科阴影之下，但是川大却自有一种巴蜀式的、特殊的自由氛围，学人的生存方式、思想方式都能够在较少干扰的状态下自然生长。也正如"海纳百川，有容乃大"的川大校训所示，古典的规诫中依然留下了现代学术的发展

[①] 参见程骥：《四川大学与中国现代文学》，《现代中国文化与文学》2008年第5辑。

空间。2004年，在学院的支持下，四川大学现代中国文化与文学研究中心成立，中国现当代文学学科有了一个新的学科活动的平台。2005年，《现代中国文化与文学》创刊，除中国现代文学研究会的《中国现代文学研究丛刊》外，这在当时属于国内仅有的一份由高校创办的现代文学研究丛刊。八年之后，该刊被南京大学社科评价中心列为CSSCI来源辑刊，算是实现了国内学界认可的基本目标。

其次是相对超脱、宁静的治学氛围。进入川大以前，我所服务的高校正处于"学科建设"的焦虑之中，那种"奋起直追"、"迎头赶上"的热烈既催人"奋进"，又瓦解着学术研究所需要的从容与余裕心境。到川大没几天，我即受"学科带头人"毛迅教授之邀前往三圣乡"喝茶"。山清水秀的成都郊外风和日丽，往日熟悉的生存紧张烟消云散，"喝茶"之中，天南地北，学术人生，无所不谈，半日功夫虽觉时光如梭，却灵感泉涌，一时间竟生出了许多宏大的构想！毛迅教授与我一样，来自步履匆忙、心性焦躁的山城重庆，对比之下，对成都与川大的生存方式多了几分体验。在后来的多次交谈中，他对这里的"巴蜀精神"、"成都方式"都有过精辟的提炼和阐发。据我观察，这里的"溢美之辞"并非是文学的想象，实则是对当今学术生态的一种反省，而只有在一个成熟的文化空间中，形形色色又各得其所的生存才有可能，学术生活的多样化才有了基础，所谓潜心治学的超脱与宁静也就来自这"多元"空间中的自得其乐[①]。春日的川大，父亲带着孩子在草坪上放风筝，老者在茶楼里悠闲品茗，学子在校园里记诵英文，教授一时兴起，将课堂上的研究生带至郊外，于鸟语花香间吟诗作赋、畅谈学问之道……这究竟是"学科建设"的消极景观呢，还是另一种积极健康的人生呢？真的值得我们重新追问。

第三是多学科砥砺切磋的背景刺激着现代文学的自我定位。在四川大学，中国现当代文学并非优势学科，所以它没有机会独享更多的体制资源，但应当说，物质资源并不是学术发展的唯一，能够与其他优势学科同居于一

[①] 李怡、毛迅：《巴蜀学派与当代批评》，《当代文坛》2006年第2期。

个大的学术平台之上，本身就拥有了获取其他精神资源的机会。与学科界限壁垒森严的某些机构不同，我所感受到的川大学术往往形成了彼此的对话与交流，例如文学与史学的交流，宗教学、社会学与其他人文学科的交流。就现代文学而言，当然承受了来自其他学科的质疑与挑战——包括古代文学与西方文学，然而，在古今中外文化的挑战中发展自己不正是中国现当代文学的实际吗？除了挑战，同样也有彼此的滋养和借镜，例如从中国少数民族文学中发展起来的文学人类学，原本与中国现当代文学关系密切，但前者更为深入地取法于文化人类学、符号学、民族学、社会学等当代学科成果，在学术观念的更新、研究范式的革命等方向上大胆前行，完全可以反过来启示和推动现当代文学研究的发展。

  以上的这些学术生态特征也是我在川大逐步感受、慢慢理解到的。而这一氛围的孕育形成，则是好几代川大学人思索、尝试、矻矻耕耘的结果。从刘大杰首开风气，于传统蜀学的大本营开辟"现代文学"的生长空间，到华忱之以古典学术之学养，开启曹禺研究、田汉研究、鲁迅研究的新路，传统与现代在此获得了交汇融合的可能。华忱之先生、林如稷先生是新中国四川大学中国现当代文学学科的创建人，他们都非常注意打捞和甄别文献材料，这样的努力为这一学术群落注入了鲜明的史学个性与严谨求实的学术品格。中国新文学文献史料工作于新时期开始复苏，而四川大学中国现当代文学学者在20世纪80年代所取得的最重要的成就就是编辑文学研究资料，易明善、尹在勤、王锦厚、李保均、陈厚诚、曾绍义、毛迅、黎风等学人都在这一领域做出了重要的贡献。在新时期，四川大学学人致力于郭沫若、何其芳、李劼人等四川作家生平资料的搜集与整理，收获丰硕。《郭沫若全集·文学编》、《中国当代文学研究资料》等主要课题都得力于四川大学学人的积极参与。王锦厚与多人合编的《郭沫若佚文集（1906—1949）》、《饶孟侃诗文集》、《百家论郭沫若》等，王锦厚的专著《闻一多与饶孟侃》、李保均的专著《郭沫若青年时代评传》、尹在勤的《何其芳评传》、陈厚诚的《死神唇边的微笑：李金发传》、易明善的《刘以鬯传》、曾绍义主编的《中国散文百家谭》等，都属于现代文献史料整理研究的重要成果。四川大学学人还编辑了两辑《四川作家研究》，收录王锦厚、陈厚诚、易明善等数人的多篇作家年谱与著译目录。论文方面，则有易明善《郭沫若〈洪波曲〉的几处史实误记》和《郭沫若四十年代中期在上海活动纪略》、李保均的《郭沫若学生时代年谱（1892—1923）》和《郭沫若族谱》等，展示了川大学者深厚的治学功底。事实证明，正是这种以文献史料为基础的文学研究铸就了川大学术群落醇厚的史学品质。2018年，中国社科院文学所著名文学史料学者刘福春教授携10余吨文献史料加盟川大；2019年，国内第一个中国现代文献学博士点在川大文新学院创立。这些都属于这一"文史结合"的学术传统在新的历史时代的有效延伸和蓬勃发展。

今天，在新的学科建设的征途上，我们回首历史，重温川大学术的来龙去脉，将有助于自我精神的反省与成长。认同传统与突破传统总是不可分割地交织在一起，没有自我的梳理和必要的认同，也不会有新的挑战机会，更不会赢得撬动世界的"阿基米德点"。

这就是"四川大学学术群落·中国现当代文学卷"的缘起。本卷的第一辑主要收入目前已经不在岗的前辈学者的相关论述。阅读这些历史开创者的文字，我们仿佛透过一层发黄的岁月的尘埃，触及了一个个温润的生命。是的，他们当年的学术文字留下了他们对历史的敬意，是用真诚的心灵对话经典，也对话着饱经沧桑的自我。系列丛书还将继续编辑下去，也会有更多的前辈学人的道德文章将陆续呈现在我们面前。

2020年春节于四川大学文学与新闻学院

论王锦厚先生对中国现代文学研究的主要贡献

曾绍义　唐澜溪

在四川大学中国现当代文学学科建设和发展史上，王锦厚教授是继林如稷先生、华忱之先生之后又一位贡献卓著的学者。他不仅出版了《郭沫若学术论辩》、《闻一多与饶孟侃》、《绝不日夜记着个人的恩怨——鲁迅与郭沫若个人恩恩怨怨透视》和《五四新文学与外国文学》等多部影响很大的学术专著，而且是郭沫若研究、四川作家研究等方面的重要组织者、领导者之一。他自20世纪70年代发表论文以来，始终秉持"坚持真理、实事求是"的治学观念，发扬敢于"论辩"的大无畏精神，笔耕不止，即使在担任四川大学出版社领导职务长达十年的繁忙工作中也未停歇过，直到85岁高龄，他还不惧病毒侵扰，于2022年完成了近40万字的学术专著《吴宓与胡适的〈红楼梦〉研究》（即将由四川大学出版社出版），再次以"论辩"形式揭示真相，探求真理。

一、王锦厚先生的郭沫若研究

郭沫若研究已经有近百年的历史。在这百年的历程中，郭沫若研究有过高潮，也经历过低谷，而王锦厚先生的学术研究以十余部研究著作的丰硕成果和广泛的社会影响为郭沫若研究指明了一条坚实的前路。《人民日报》的文章认为，王锦厚先生"在对文坛历史事件进行还原、追踪、辨析的过程中，始终贯穿着强烈的历史批判意识，立场鲜明地表达出自己对是非曲直的判断，不但拓展了郭沫若研究的视域，对当今浮躁氛围下的学术研究也具有正面的意义"①。四川郭沫若研究中心的廖久明教授认为,王锦厚先生的研究"客观公正","资料丰富","视野广阔",并对"能够在取'拥护和爱戴'立场和'不为贤者讳'之间找到平衡的王锦厚先生致以崇高敬意"②!中南民族大学杨秀芝教授则大力肯定了王锦厚先生的"治学之严谨"和"学养之深厚",认为王锦厚先生"坚持事实说话,公允客观,不为贤者讳,不人云亦云"③。河北师范大学胡景敏教授则进一步指出,王锦厚先生不仅推动了郭沫若研究的发展,"更在于为我们提供了一种应该在中国现代文学研究中发扬的学术传统——蜀学传统"④。

  王锦厚先生的郭沫若研究之所以能获得学术界的广泛认可和热烈赞誉,首先是因为他始终坚持的学术态度和治学理念。1978年来到四川大学后,王锦厚先生正式开启了他的郭沫若研究生涯。他坚定不移地说:"我们一定要像德国人尊重、珍惜歌德一样,尊重、珍惜我们'中国的歌德'郭沫若,珍惜和保卫中国文化史一份宝贵财富。因此,无论遇到什么挑战、什么阻力、什么困难,我们都要把郭沫若研究坚持下去。而且应当有郭老的大无畏精神,坚持真理的精神,实事求是,以理服人。这不仅关系到研究郭老本身,也关系到珍惜我们民族文化的瑰宝,关系到怎样继承和发扬中华民族优秀文化传统。"⑤

  要"坚持真理、实事求是",就需要不怕挑战、不怕阻力、不怕困难的大无畏精神。在中国现当代文学研究史上,有些人总认为郭沫若是个有"争议"的人,即如"一位熟悉郭沫若的前辈"所说,"郭老不太容易为人理解,更容易被人误解,尤其是晚年"⑥。20世纪80年代以前,郭沫若研究达到高

---

① 康鑫:《郭沫若与文学大师们》,《人民日报》2011年11月15日第20版副刊。
② 廖久明:《以崇敬之心论鲁郭恩怨——评王锦厚先生的〈决不日夜记着个人的恩怨〉》,《佛山科学技术学院学报(社会科学版)》2010年第5期。
③ 杨秀芝:《评〈决不日夜记着个人的恩怨——鲁迅与郭沫若个人恩恩怨怨透视〉》,《世界文学评论》2011年第1期。
④ 胡景敏:《中国现代文学研究中的蜀学传统——评王锦厚先生〈决不日夜记着个人的恩怨〉》,《燕赵学术》2011年第2期。
⑤ 王锦厚:《在郭沫若研究的路途上》,四川文艺出版社2017年版,第13页。
⑥ 王锦厚:《在郭沫若研究的路途上》,四川文艺出版社2017年版,第1页。

潮，涌现出了黄侯兴、孙玉石、卜庆华等知名学者，而进入80年代后，郭沫若研究却遭到了冷遇，学术界甚至出现了一股攻击、诬蔑郭沫若的歪风。如1980年，姚雪垠就写了洋洋乎数万言的《评〈甲申三百年祭〉》，对郭沫若的《甲申三百年祭》进行了批判，认为《甲申三百年祭》"宣传了错误的历史知识"，是"黯然无光的""糟粕"，一口咬定郭沫若的学风"不严肃"，"对历史和读者不负责"①。对于姚雪垠这种攻击性的"批判"，学术界、文艺界的许多同志都给予了反驳，王锦厚先生则从"新的角度"写出了反驳姚氏的长文《〈甲申三百年祭〉的风波》（收入《郭沫若学术论辩》一书），列举大量事实证明《甲申三百年祭》"既是对《中国之命运》宣扬的思想的有力反击，又是对正在进行革命斗争的人们的警钟"。《甲申三百年祭》当时就受到了中国共产党党中央的高度重视，不仅由党在国统区的机关报《新华日报》全文刊载（连载），由解放区的新华社全文广播，并及时翻印，广为散发。延安的《解放日报》在全文转载《甲申三百年祭》时加了重要按语，毛泽东则直接致信郭沫若，说"你的《甲申三百年祭》，我们把它当作整风文件看待"……铁一般的事实有力地说明了"《甲申三百年祭》是批判蒋介石《中国之命运》的法西斯理论的重要组成部分"，"不仅给了蒋介石、陶希圣、叶青之流以沉重的打击，而且为夺取解放战争的胜利大造了舆论"②。《〈甲申三百年祭〉的风波》还专辟《驳姚雪垠的种种非难》，对姚氏的种种说辞给予了义正词严的批驳。如姚文说"我一直认为它是作者在匆忙中写成的，不是严肃的历史科学著作"，《〈甲申三百年祭〉的风波》则举出了郭沫若是怎样在特务的严密监视下去搜寻资料，在写作《甲申三百年祭》的过程中"还在加紧进行着"，并引用了柳亚子、杜宝田、柳义南等多位学者的有关著作，证明郭沫若并非"草率论断"。《〈甲申三百年祭〉的风波》还从逻辑上对姚雪垠进行了反驳。如姚雪垠原本对《甲申三百年祭》有高度评价，说"它不仅影响了历史学界，而且在广大读者中也深入人心。直到郭沫若去世后，

---

① 转引自王锦厚：《郭沫若学术论辩》，成都出版社1990年版，第95页。
② 王锦厚：《郭沫若学术论辩》，成都出版社1990年版，第138页。

《甲申三百年祭》的影响还作为它史学上的重要贡献",可到了1980年,郭沫若去世不过三年,这部"深入人心"、有"重要贡献"的著作就成了"宣传错误的历史知识"、"代表一种不严肃的学风"的"小册子"了——"岂不怪哉?"这一尖锐的责问,让我们不仅看到了王锦厚先生的义正词严,也看到了姚氏掀起"风波"的历史真相!

王锦厚先生指出,若想实事求是地研究郭沫若,必须"把郭沫若作为一个人,一个20世纪的中国这个具体环境中成长和活动的中国文化人,对他的政治理想、人格理想、美学理想以及文化心态、心理结构等等方面进行整体的综合的研究"①。他认为,任何一个伟大的人物都生活在具体的历史语境之中,其人生选择总是会受到时代的影响和限制,对于郭沫若这样存在着"争议"的大人物,应该将其作为"历史的人"进行考察,既要采取实事求是的态度对郭沫若的巨大贡献进行充分的肯定,又要用历史的眼光客观公正地指出他的不足与失误,这才是真正的坚持真理、以理服人。

所以,在《郭沫若学术论辩》中,王锦厚先生始终从历史出发,从文献出发,实事求是,坚持不为名人讳,自然也不为郭沫若遮盖什么。如在《杜荃到底是不是郭沫若》一章中,作者从冯乃超所写的回忆录《鲁迅与创造社》入手,将杜荃的《读〈中国封建社会史〉》一文与郭沫若的《中国古代社会研究·序》、《周金中的社会史观·余论》、《社会发展阶段之再认识——关于研究所谓"亚细亚生产方式"》三篇文章进行比较分析,找出了杜荃与郭沫若在历史观点、语句和行为上的一致之处,指出在创造社同人中除郭沫若之外再也找不出另一个与杜荃相似的人。此外,作者还对杜荃和郭沫若文章写作的性质和情况、郭沫若使用过的笔名、创造社同人当时所写的文章或以后的回忆、鲁迅对杜荃文章的反应等多个方面进行了详细考察,通过有力的史实和深入的论证最终得出令人信服的结论,即杜荃就是郭沫若。

正是王锦厚先生以坚持真理的精神回到所处的历史语境中,将郭沫若作为"历史的人"进行实事求是的考察,才既不因非议而抹杀郭沫若的伟大贡

---

① 王锦厚:《在郭沫若研究的路途上》,四川文艺出版社2017年版,第47页。

献,又不因其光芒而一味忽视其错误。正是在贡献与错误的张力之中,作为"历史的人"的郭沫若的伟大之处才得以彰显。胡景敏教授认为,王锦厚先生在研究中所坚守的"一是鲜明的价值立场,二是独立不倚的批判意识,三是务实实证的朴学方法"①。王锦厚先生自己也说,郭沫若研究要"采取实事求是的态度,贯彻'百花齐放、百家争鸣'的方针","对郭老,既要充分肯定他的成就和贡献,又要恰如其分地指出他的缺点和错误,这样,不是贬低郭老,而正是维护郭老"②。王锦厚先生"坚持真理、实事求是"的学术理念不但解决了郭沫若研究中的许多难题,也肃正了郭沫若研究中的学术风气,为郭沫若研究的进一步发展提供了宝贵的精神资源。

二、王锦厚先生的鲁迅、闻一多等名家研究

王锦厚先生在研究现代文学其他名家时也始终秉持着坚持真理、实事求是的学术理念,对他们的文学活动和创作历程进行了深入考察。如他在写《闻一多与饶孟侃》、《郭沫若和这几个"文学大师"——闻一多、梁实秋、郁达夫、林语堂》等专著时,始终坚持"(1)不发空论;(2)不人云亦云;(3)不为贤者讳,尽其所知去叙述两人的矛盾、分歧、友谊"③。王锦厚先生继续从文献出发、从历史出发,实事求是地还原了诸多文坛历史事件的真相,为学界深入了解鲁迅、闻一多、饶孟侃等文学大家做出了突破性的贡献,在学界得到了热烈反响和广泛赞誉。著名学者顾毓琇教授不仅亲自为王锦厚先生的《闻一多与饶孟侃》一书题写书名,在该书出版后又特意致信作者,高度赞扬道:"尊编《闻一多与饶孟侃》,十年之功,可以传世。书中材料丰富,除闻一多、饶孟侃外,涉及朱湘、杨子惠等。中国诗史,不能不提及以上各位诗人,而此书尤为必读。"④ 学者郭志军、张致强也认为,该书

---

① 胡景敏:《中国现代文学研究中的蜀学传统——评王锦厚先生〈决不日夜记着个人的恩怨〉》,《燕赵学术》2011年第2期。
② 王锦厚:《在郭沫若研究的路途上》,四川文艺出版社2017年版,第24页。
③ 王锦厚:《决不日夜记着个人的恩怨——鲁迅与郭沫若个人恩恩怨怨透视》,重庆出版社2010年版,第345页。
④ 张致强、郭志军:《九八老人顾毓琇盛赞〈闻一多与饶孟侃〉》,《电子科大报》2000年第507期。

"填补了中国现代文学史研究上的不少空白。深受学术界评誉,不少专家学者认为王锦厚教授此专集做了一项大事业"①。学者于湘则认为,《决不日夜记着个人的恩怨——鲁迅与郭沫若个人恩恩怨怨透视》一书的突出特点在于"立论的公允、材料的翔实和独到的发现",是一部"集学术性与可读性于一体的佳作"②。在《决不日夜记着个人的恩怨——鲁迅与郭沫若个人恩恩怨怨透视》中,王锦厚先生仔细考证了鲁迅与郭沫若之间的恩怨,既不扬郭抑鲁,也不扬鲁抑郭,为学界真实地重现了一个具有宽广胸襟和崇高精神的文学大师鲁迅。例如,在鲁迅与创造社的"才子加流氓"问题上,王锦厚先生指出:"才子加流氓"并非是鲁迅针对郭沫若的批判,鲁迅对创造社成员郭沫若、成仿吾、张资平等人的评价是有所区别的,鲁迅认为张资平是流氓,成仿吾是中了才子加流氓的毒,而郭沫若则不过是有才子加流氓式的行为;鲁迅始终认为自己和郭沫若在大方向是一致的,在革命文学论争爆发之前两人还曾经谋求过合作。通过厘清鲁迅与郭沫若之间种种所谓的恩怨,我们看到,鲁迅和郭沫若之间并不存在深仇大恨,相反,两人是以"决不日夜记着个人的恩怨"的精神共同寻找着中国的出路。学者于湘说:"王先生所研究的,乃是中国现代作家中名望、地位、成就均堪称顶级的鲁迅和郭沫若之间的恩怨,是一部原创性的学术专著,其典型意义不言而喻。"③ 鲁迅与郭沫若之间的纠纷不仅关系到两人之间的是是非非,更直接关系到中国现代文化史的发展方向,关系到中国现代思想史的发展脉络。通过回到当时的语境之中进行实事求是的考察,王锦厚先生为我们进一步剖析鲁迅的文学思想做出了突出贡献。

在闻一多研究方面,王锦厚先生对闻一多和郭沫若之间的交往进行了解读。他指出,闻一多每个阶段的变化都和郭沫若有或多或少的关联,诗人时

---

① 郭志军、张致强:《丰硕的献礼 严谨的治学——喜读王锦厚教授〈闻一多与饶孟侃〉》,《郭沫若学刊》2000年第1期。
② 于湘:《品书录(九)〈决不日夜记着个人的恩怨——鲁迅与郭沫若个人恩恩怨怨透视〉》,《重庆第二师范学院学报》2013年第5期。
③ 于湘:《品书录(九)〈决不日夜记着个人的恩怨——鲁迅与郭沫若个人恩恩怨怨透视〉》,《重庆第二师范学院学报》2013年第5期。

期的闻一多几乎将郭沫若视为自己的偶像，无论在交友、写诗还是办报、出书上都要与郭沫若相对照，两人共同创造了与时俱进的先进文化，并且都经历了对鲁迅从"看不起"到"向鲁迅忏悔"的转变、由礼赞庄子转而颂扬屈原的转变。闻一多与郭沫若虽然并未见过几次面，但无论是在诗人时期还是在学者时期，两人总是旗帜鲜明地相互支持，共同进步。在与郭沫若的交往之中，我们看到的是一个集诗人、学者、斗士身份于一身的爱国主义者——闻一多！学者刘兆吉认为，王锦厚先生的著作"在研究一多先生文艺学术思想方面，是有深度、有特色的"，"闻先生如有知，也会含笑九泉的"①。通过对一系列文坛相关历史事件的再解读，王锦厚先生重现了有理想、有抱负的知识分子闻一多，因而此著不仅具有极高的史料价值和学术价值，"而且对几十年来文学批评上的另一种风气也是很有说服力的针砭"，"很值得学术研究者参考、借鉴、师法"②。

在饶孟侃研究方面，王锦厚先生考察了饶孟侃与闻一多等人的往来，对与饶孟侃相关的文坛历史事件进行了重新解说。如在《关于〈懒〉的争论》一文中，王锦厚先生针对臧克家、舒兰等人有关饶孟侃的《懒》诗的评论提出了不同意见。他认为饶孟侃的《懒》是在闻一多的催劝之下写成的，闻一多对《懒》赞不绝口，说"大作两诗以《懒》为最好，好得厉害，公超、梦家均大为赞服，鄙见亦同"③。王锦厚先生仔细查阅了《懒》发表在《学文》上的原文和饶孟侃书赠给他人的诗，对《懒》的全文进行了还原，并在史料的有力支撑下，驳斥了吴奔星认为《懒》受到闻一多的称赞是因为《懒》可以作为新月派的样板诗的观点。王锦厚先生认为，《懒》实际上是闻一多与饶孟侃心灵感应的产物，闻一多之所以赞赏《懒》是因为《懒》蕴含着两人共同的关于现实挫折的感受，寄托着两人坚定的文学信仰和政治抱负，"诗

---

① 刘兆吉1988年5月17日致王锦厚先生的信。
② 郭志军、张致强：《丰硕的献礼　严谨的治学——喜读王锦厚教授〈闻一多与饶孟侃〉》，《郭沫若学刊》2000年第1期。
③ 闻一多：《致饶孟侃》，《闻一多全集》第十二卷，湖北人民出版社1993年版，第274页。

里有两人共同的'境遇',共同的生活'体验',还有两人相互的支持和鼓励"①。学者向万成、张致强撰文说,王锦厚先生关于《懒》的认真考察和细致考据不仅凸显了该作的学术价值和史料价值,更纠正了文学批评领域的某种学术风气,"值得广大的文学艺术工作者们注意和深思"②。

在李劼人研究方面,王锦厚先生发表了《李劼人创作道路初探——兼谈关于李劼人的评价问题》、《〈中国左拉之待望〉附记》、《谈〈死水微澜〉的修改》等文章。在文章中,王锦厚先生对李劼人的创作历程进行了梳理,论述了李劼人用小说反映近百年反帝反封建历史、以一个地区为背景全面展现广阔的生活图景、中心主题是反对军阀的统治和人民的觉醒等突出贡献。同时,王锦厚先生还认为李劼人对《死水微澜》的修改非常成功,修改后其"历史的真实和艺术的真实得到更和谐的统一","人物关系更准确,个性更鲜明突出",且已"去掉自然主义的痕迹,不给读者以任何龌龊的刺激"③。这一研究填补了李劼人研究的空白,为李劼人研究的进一步发展提供了坚实的理论基础。

王锦厚先生还发现了鲁迅和罗曼·罗兰之间的关键人物敬隐渔。敬隐渔才华超人,知识广博,深得创造社元老郭沫若、成仿吾等人的赏识,但学界对敬隐渔的关注甚少。王锦厚先生对敬隐渔的生平和相关文献资料进行了挖掘,发现敬隐渔在鲁迅和创造社的"一封信"问题上发挥了重要作用。通过分析敬隐渔和鲁迅、罗曼·罗兰之间的书信往来、考察戈宝权和米歇尔·露西等人的论述,王锦厚先生最终得出结论——罗曼·罗兰并没有直接写信给鲁迅,找出了"一封信"问题实际上是鲁迅对创造社的误解这一真相。为此,杨秀芝教授称赞王锦厚先生"挖掘了其历史,了解了其经历,整理了他的年谱,并解开了由他的一封信带来的一桩悬案,极有意义"④。王锦厚先生

---

① 王锦厚:《闻一多与饶孟侃》,电子科技大学出版社1999年版,第281页。
② 向万成、张致强:《丰硕的献礼 严谨的治学——读王锦厚教授〈闻一多与饶孟侃〉》,《金筑大学学报》(综合版)2000年第1期。
③ 王锦厚:《谈〈死水微澜〉的修改》,《贵州社会科学》1986年第4期。
④ 杨秀芝:《评〈决不日夜记着个人的恩怨——鲁迅与郭沫若个人恩恩怨怨透视〉》,《世界文学评论》2011年第1期。

不仅填补了学界对敬隐渔研究的空白,而且指出了敬隐渔的历史意义,为中国现代作家研究的深入进行提供了具体的文献资料和独到的学术观点。

除此之外,王锦厚先生对林语堂、郁达夫、梁实秋研究也做出了独特贡献。在林语堂研究方面,王锦厚先生认为,林语堂、周作人、郭沫若在民族危机前做出了三种截然不同的选择。虽然林语堂声称创办《论语》是以提倡幽默为目标,但林语堂并非如某些研究者所说,是要逃避现实、远离社会。相反,林语堂有自己的政治目的。林语堂蔑视左翼文人的爱国救亡举动,无视鲁迅、郭沫若等左翼人士的再三劝告,一心在"幽默"的大旗下沾沾自喜,甚至在抗日战争即将爆发之际无视民族危难,一味自欺欺人地醉心于公安派、竟陵派的晚明散文,而在抗战爆发后更是抛弃故国、远走异国,中途回国也是为了迎合蒋介石,对人民的苦难则毫无知觉。通过再现这段真实的历史,王锦厚先生让我们看到了部分知识分子在国破家亡的历史场域下阴暗扭曲的复杂心理,展现了知识分子们不同的人生选择和精神境界。在梁实秋研究方面,王锦厚先生认为梁实秋在为《清华周刊》撰稿、写社论的过程中养成了与人论争的习性。通过考察梁实秋写给成仿吾、孙铭传的书信以及梁实秋的《"新某生体"与"新公民"》《给"新某生体"作者的一封公开信》《读十四日的杂感》《"无妨"与"更好"——我对"新某主体"最后的辩白》等文章,王锦厚先生论述了梁实秋坚持正义、珍重友情、敢于辩难、不轻易服输的文学性格,为深入理解梁实秋的文学风格和精神情操提供了新的阐释空间。

总之,自始至终坚持真理、实事求是的学术理念,使王锦厚先生在考察中国现代文学的名家时始终能以独特、锐利的学术眼光,提出掷地有声的学术见解。正如康鑫发表在《人民日报》上的文章所说,王锦厚先生以各位文学大师的"文学活动为基点,在追踪、辨析具体的文学事件、文献史料中,勾连起开阔的历史空间,步步深入这些'文学大师'的精神世界,呈现出他们最为本色的人生质地"[①]。更为重要的是,王锦厚先生还通过这些文学真相

---

① 康鑫:《郭沫若与文学大师们》,《人民日报》2011年11月15日第20版副刊。

进一步抵达了更深层次的文学真理。例如，对鲁迅、闻一多、饶孟侃、敬隐渔等人的研究既展现了这些作家在国家转型期不同的心路历程和文学选择，剖析了知识分子的精神脉络，又为揭示中国现代文学发展的规律性，拓宽中国现代文学研究的学术视域，延伸中国现代文学研究的纵深度作了有益的探索，对后起学者继续从事现代文学研究具有突破性的启示。

三、王锦厚先生的沈从文、吴宓、胡适研究

对于一些有争议的作家，王锦厚先生也秉持坚持真理、实事求是的精神，对他们作出客观公正的评价。20世纪80年代之后，学术界出现了新的学术风向，部分学者号召为胡适等在以往的运动中受到批判的作家"正名"，还有一些学者则掀起了挖掘以前受关注较少的作家的热潮，其中以"沈从文"最为引人注目。首先是引入美国学者夏志清在《中国现代小说史》一书中推崇沈从文的话，说沈"直追中国的大诗人和大画家，现代文学作家中，没有一个人及得上他"①。接着，便出现了种种重新评价沈从文的专著和文章。王锦厚先生丝毫未盲从。面对这种"风向"，他再次强调："我们以为最重要的还是要实事求是"，"要如鲁迅先生早先教导我们那样：'倘要论文，最好是顾及全篇，并且顾及作者的全人，以及他所处的社会状态，才较为确凿。'"② 王锦厚先生敏锐地指出，沈从文"热"是政治气候造成的，"人们总是会用自己的政治观点，从自己的政治立场去观察问题、说明问题、处理问题。这样'热'，那样'热'，绝不是'一种社会发展的自然现象'，绝对离不开政治，离不开推手"③。王锦厚先生认为，要实事求是地研究作家，"最好从他们的相互关系中去深入；这样可能会更全面、更准确一点"④。在《吴

---

① 夏志清：《中国现代小说史》，浙江人民出版社2016年版，第232页。
② 王锦厚：《怎样才算"替"胡适"恢复名誉"？——向宋广波等先生请教》，《郭沫若学刊》2020年第1期。
③ 王锦厚：《关于沈从文研究的几个问题——在"中国现代历史进程中的郭沫若"国际学术研讨会上的发言》，《郭沫若学刊》2018年第2期。
④ 王锦厚：《关于沈从文研究的几个问题——在"中国现代历史进程中的郭沫若"国际学术研讨会上的发言》，《郭沫若学刊》2018年第2期。

宓为什么认定"沈从文"是"他的敌人"?》（上、下）一文中，王锦厚先生对吴宓为何在他最重要的著作中表示沈从文是他的敌人一事进行了细致的考证。通过考察《大公报·文学副刊》的创办及变迁历程和吴宓、胡适等人的日记和文章，王锦厚先生指出，沈从文和胡适为了抢占话语领导权而合谋将吴宓赶出了《大公报》，沈从文将《大公报》作为阵地发起了京派、海派等争论，使吴宓失去了论究学术、阐发真理的言论阵地。抗日战争爆发之后，沈从文依然用他的作品继续推进他倡导的"反差不多运动"，同时打压文言、吹捧胡适、排挤吴宓，争夺舆论控制权。这才是沈从文和吴宓结下仇怨的根本原因。此外，王锦厚先生还写了《沈从文为啥"非要""碰鲁迅"?》、《关于沈从文研究的几个问题——在"中国现代历史进程中的郭沫若"国际学术研讨会上的发言》等文章，对沈从文与鲁迅、郭沫若之间的恩怨进行了研究。王锦厚先生指出，虽然沈从文声称自己向左翼人士发起挑战是因为信仰"真实"，但实际上，沈从文只是站在了胡适和周作人一边。王锦厚先生秉持着求真、求实的态度，反驳了围绕着沈从文的种种错误立论。在关于沈从文与吴宓、鲁迅等人的关系以及沈从文为何转业、自杀等问题上，王锦厚先生都用翔实的文献和严密的逻辑提出了富有说服力的学术见解，对于匡正沈从文研究的学术风气做出了极为重要的贡献。

在对吴宓、胡适的研究中，王锦厚先生也运用自己扎实的研究能力和广博的学术积累重新阐发了这些文学大师的文学思想，并作出了实事求是的评价。在吴宓研究方面，王锦厚先生发表了《他为什么大讲〈红楼梦〉?》、《为坚持抗战到底呐喊的吴宓》、《吴宓为什么认定"沈从文"是"他的敌人"?》等系列论文。通过考据吴宓的日记、书信及著作等文献资料，王锦厚先生对吴宓与沈从文之间的交往以及吴宓研究《红楼梦》的动机都进行了独到的阐发，认为吴宓虽然在与沈从文、胡适等人的斗争中处于不利地位，但并未因沈从文、胡适等人的打压而自暴自弃，而是另辟蹊径，坚持抗争，通过研究《红楼梦》来发表自己的主张，阐明自己的人生哲学，争夺文坛话语权。抗战期间，吴宓在自己主编的《文学副刊》上持续刊发了《道德救国论》、《民族生命与文学》、《中华民族在抗战苦战中所应持之信仰及态度》等一系列长篇专论，竭力号召国人团结起来积极抗战，呼吁世界各国人民支持中国人民正义的反侵略战争。通过扎实的考证，王锦厚先生为我们还原了一个才华卓越、敢于抗争的文学大师吴宓，扩展了研究吴宓的学术视野。在胡适研究上，王锦厚先生不仅考察了胡适和沈从文、吴宓等人的纠纷，还写了《怎样才算"替"胡适"恢复名誉"——向宋广波等先生请教》等文章。针对个别学者提出的为胡适"翻案"的观点，王锦厚先生始终贯彻坚持真理、实事求是的学术理念，对这些观点进行了逐一反驳。他指出，胡适顽固地与共产主义对立是为了推行他所信仰的杜威的实验主义，而杜威的实验主义实际上是想把中国变成美国的殖民地；胡适倡导杜威的实验主义也不过是为了在文化阵营上配合蒋介石，进行反马克思主义宣传；胡适在《陈独秀的最后见解宣言》、《〈自由中国〉的宗旨》等文章中宣扬的都是彻头彻尾的反共、反马克思主义的反动言论。鉴于此，王锦厚先生认为"最重要的还是要实事求是！胡适在新文化运动中，在学术上，有功，也有罪，一定要让青年明白，决不能含糊，也不允许含糊"[①]！

王锦厚先生的这些研究，为我们客观公正地评价沈从文、吴宓、胡适这些有争议的作家提供了强有力的证据支撑和富有说服力的学术思辨，厘清了中国现代作家研究中的不少问题，为中国现代作家研究向前发展提供了宝贵的精神资源，从而"有利于我们对于现代文学史与文学思潮史的真实了解，有利于以后的文学批评与文学研究的发展与繁荣"[②]。著名学者顾毓琇教授说得好：王锦厚先生的著作不仅"尤为必读"，而且"可以传世"[③]！

[①] 王锦厚：《怎样才算"替"胡适"恢复名誉"？——向宋广波等先生请教》，《郭沫若学刊》2020 年第 1 期。
[②] 杨秀芝：《评〈决不日夜记着个人的恩怨——鲁迅与郭沫若个人恩恩怨怨透视〉》，《世界文学评论》2011 年第 1 期。
[③] 张致强、郭志军：《九八老人顾毓琇盛赞〈闻一多与饶孟侃〉》，《电子科大报》2000 年第 507 期。

四、王锦厚先生的中国新文学与外国文学研究

《五四新文学与外国文学》是王锦厚先生的第一部现代文学研究专著，也是第一部研究中国现代文学与外国文学相互关系的学术著作，具有崭新的、开拓的意义！在该书近60万字的篇幅中，作者运用大量的原始材料，再现了中国文学与外国文学交流发展的历史，在充分论述自然主义、浪漫主义等外国思潮对五四新文学的单向冲击与影响外，又实事求是地指出了中国文学对外国文化的流变也发挥了至关重要的作用。作者着眼于当今中国的文化建设，对五四新文学的历史经验进行了细致探讨和正确总结，对当今文学发展和文化建设的种种观念进行了深刻的反思，使《五四新文学与外国文学》一书同时具有极高的学术意义和丰厚的当代价值！

因此，《五四新文学与外国文学》甫一出版便产生了强烈反响和广泛赞誉。从中央人民广播电台到地方报刊，从国内学者到外国专家，纷纷撰文发表观感。冰心先生亲自为本书题写书名，著名学者顾毓琇教授致信王锦厚先生说："此书自泰戈尔访华开始，兼及欧、美、日各国"，"十分钦佩，十分感谢"①。中央人民广播电台还播发了记者王大敏的稿件，称赞《五四新文学与外国文学》是"一本全面研究我国'五四'时期新文学产生发展与外国文学的关系的专著"，"作者通过中外文学的相互交流影响的深入分析，还归纳出了一些具普遍规律性和现实鉴戒意义的成败之道，对我国当前如何对待、加强和搞好文学文化交流很有启发"②。香港《大公报》刊发了小笛的评论，认为其著作"在扩大关系研究的地域领域和文学史资料的收集上和运用上显示了它的特色"③。著名鲁迅研究专家、文学评论家林非认为，《五四新文学与外国文学》是"一部写得很扎实的学术论著"，学术见解"全面、科学和深刻"，并表示"迫切地建议王锦厚先生能够在自己已经掌握大量文献材料

---

① 顾毓琇1998年2月30日致王锦厚先生的信。
② 王锦厚：《五四新文学与外国文学》，四川大学出版社1996年版，第731页。
③ 王锦厚：《五四新文学与外国文学》，四川大学出版社1996年版，第729页。

的基础上,在这方面再为我们撰写精彩的著作,作出更为深入一步的贡献"①。此外,中国社科院文学研究所的卓如、中国社科院研究生院的康林、北京师范大学的杨占升等国内知名学者也纷纷致信王锦厚先生,表达祝贺和赞赏。南开大学的菊香教授认为,《五四新文学与外国文学》一书"材料丰富,颇具创见","是一本很有学术价值的书"②。武汉大学的陆跃东教授认为,本书"以扎实见长,因为材料上多有发现,新的观点建立在丰富的史料基础上,所以新颖而又稳妥"③。华中师范大学的黄曼君教授认为,该书"新颖多样,资料翔实新鲜,在前几年空疏的学风下,大著实属独树一帜"④!

《五四新文学与外国文学》全书共九章,分别论述了五四新文学与印度、日本、俄苏、希腊、俄国、美国、法国、德国等国家以及一些被损害民族的文学之间的交流互动。在与俄苏文学的关系方面,王锦厚先生指出俄苏文学的健康发展决定于"文学为人生"思想的确立、文学批评的发达以及独创的模仿这几个方面,俄苏文学一面尽量输入一面尽量消化,并在模仿的同时还主动地创造,最终酝酿出了璀璨的文学硕果。俄苏文学的译介在"五四"前后形成了一个高潮,逐渐从无所为的介绍到有目的的译介,从转译到直接翻译,再到展开研究。王锦厚先生认为,俄苏文学的引入深刻影响了中国五四新文学,使五四新文学的文学观念发生了向"为人生"的根本转变,文学视线转向平民主义和人道主义,文学技巧上也更加注重对人物心理的刻画。正如有的学者所说,这一研究"在宏观建构、全面扫描的同时,注重微观分析","把面的博大宽泛与点的精细入微,自然地交织融汇在一起"⑤,使我们既能从宏观上领略俄苏文学与五四新文学之间的交融互通,又能从微观上细致地总结五四新文学发展的历史经验。在与英国文学的关系方面,作者认为,在马克思主义传入中国之前,英国文学率先成为引发中国文学发生巨变

---

① 林非:《〈五四新文学与外国文学〉漫评》,《中国现代文学研究丛刊》1991年第2期。
② 南开大学菊香1990年5月6日致王锦厚先生的信。
③ 陆跃东1989年12月12日致王锦厚先生的信。
④ 黄曼君1990年1月9日致王锦厚先生的信。
⑤ 官晋东:《中外文化交流的桥梁——读〈五四新文学与外国文学〉》,《中国市容报》1990年9月20日第4版。

的媒介。他指出,早在18世纪,中英文学就展开了交流,英国还曾掀起过"中国热",五四新文学的先驱者们在吸收、借鉴英国文学的优良经验时,比之严复、林纾等人更加注重选择,倾向于选择富于反抗精神、富于艺术性的作品。他还指出,五四文学及稍后的文学还注重对外国诗歌、小说、戏剧等作品的模仿。在与英国文学交流借鉴的过程中,五四新文学的文学观念得到了更新,文学不再是载道言志的工具而是艺术的体现;文学体制也有了新的输入和试验,引入了散文诗、十四行诗等体制;在理论和艺术上,五四新文学的先驱者们也展开了探讨,对文学理论作了更为深入的阐发。

在与法国文学的关系研究上,作者认为,中法两国的文化交流经历了一个由物质文明到精神文明的过程。《中华帝国全志》的出版将中国文学介绍给了法国读者,而法国文学对中国文学的影响则离不开留法学生的努力。留法学生们不仅翻译了法国文学作品,还撰写了介绍法国文学的专著和论文,以敬隐渔为代表的留学生还建立了中国作家和法国作家之间的直接联系。和法国文学的交流使自然主义和象征主义被介绍、移植到中国,影响了李劼人、李金发、王独清等中国现代作家的创作风格。王锦厚先生说:"法国文学对中国新文学的影响是深广的、持久的,同时又是综合的。其中,尤以自然主义、象征主义给予中国新文学的影响最为显著。"[1] 在与德国文学的关系研究上,王锦厚先生指出,中国文学曾经对德国的莱布尼茨、歌德、席勒等文学大家产生过深远影响,而中国文学绍介德国文学的过程也独具特色,具有以少年中国学会和创造社充当主力、以尼采和歌德为中心进行译介、以比较的方法进行研究的特点。在绍介德国文学的过程中,浪漫主义和表现主义思潮深刻地影响了中国文学,激发了五四新文学叛逆的精神、顽强的自我表现以及诗与哲理的渗透。总而言之,《五四新文学与外国文学》"涉及面之广,资料之丰富,介绍之全面,论析之系统,是同类论著中未有过的。书中更是指出中外文学交流和影响的双向性,用大量事实说明了中国文学向海外

---

[1] 王锦厚:《五四新文学与外国文学》,四川大学出版社1996年版,第597页。

的辐射力"①。而且,"作者虽然以其自身的智慧立足于世界文学的高度,但却是躬着身子与读者平等交谈,谦逊而真诚,读来和顺"②。这些来自各方读者的赞誉充分印证了《五四新文学与外国文学》的学术价值和开拓意义。

---

① 康荭(陈福康):《埋头苦干 精益求精——读王锦厚〈五四新文学与外国文学〉》,见上海《普陀报》。
② 凸凹:《管径通道与窄门许可:面向世界的学术——读王锦厚〈五四新文学与外国文学〉》,《剑门》文学季刊1992年第1期。

上编

写在前面[①]

五四运动是中国历史的一个转折点，永远值得纪念，永远值得探讨。

有人说：今天文艺界所提出和讨论的问题，并没有超出"五四"时期提出和讨论的问题。这种说法是不够准确的。历史的发展进程中，往往有相似的地方，但决不会重复。尽管我们今天也在讨论"五四"时期提出的问题，但确是在更深入、更广阔的层次上进行着，讨论必将把中国文学推向新的阶段。为了讨论的深入，重温一下"五四"的历史是非常必要、完全应该的。

这本小册子就是从文学这个角度去重温"五四"的历史。

一

中华民族是一个具有伟大创造力的民族，曾经创造了举世公认的光辉灿烂的文明。文学是其中极其重要的组成部分，它和整个中国文明一起，对人类社会的发展，特别是对十八、十九世纪的欧洲产生过强烈的影响。欧洲许多有眼光的学者早有比较公正的论述。法国著名哲学家狄德罗在其《百科全书·中国人之哲学》一个标题下写道：

> 此一民族，大家公认其为亚洲各民族中之最优秀的民族，因其历史悠久，精神高尚，文艺进步，智慧卓越，政治有其制度，哲学兴趣浓厚，到现在为止，还要与欧洲比较先进之多数国家争其一日之短长。根据一般作家之意：中国人在世纪初辟时代，即已有智识，曾建立有广大城市；其哲学家在大地尚为洪水所淹没之时代，对于伦理哲学方面已有

[①] 本文系《五四新文学与外国文学·写在前面》全文。

极高卓越之造诣。我们发现真理之唯一方法，似乎只有从其最被人称道的生产方面去评判中国人所有之功绩。欧洲人方面有不少关于这一方面之丛书，可惜其书之正确性各人罕有同意者：大家都在争论该丛书之译文是否正确。即在我们认为对于中国已获得几许光明之一方面而论，我们实仍在很黑暗途中去摸索也①。

英国伟大的思想家弗兰西斯·培根曾比较公正、客观地评述了中国三大发明对人类产生的影响。他说：

> 我们应当观察各种发明的威力、效能与后果，最显著的例子便是印刷术、火药和指南针。这三种发明都不为古人所知；虽然它们的起源都是在近期，但却是又不为人所知而默默无闻。而这三种发明却都曾改变了整个世界事物的全部面貌和状态——第一种是在（知识传播的）文献方面，第二种是在战争上，第三种是在航海上；并且跟着这些发明的利用又引起了无数的变迁。由此看来，世上没有一个帝国，没有一个教派，没有一个星宿比这三种机械发明对于人类发生过更大的力量与影响了②。

从这一不完整的评论上可以看出中国文明对人类文化发展所做出的贡献之不可磨灭、之应该大书特书。难怪伏尔泰（Voltaire，1694—1778）要把中国视为他瞭望世界的窗口，在自己的著述中非常非常明确而又坚定地写道：

> 作为一个哲学家，要知道世界上发生之事，就必须首先注视东方（主要指中国），东方是一切学术的摇篮，西方的一切都由此而产生③。

历史事实正是这样告诉世人的。如果说印刷术、火药和指南针，"是预告资产阶级社会到来的三大文明"④，那么，十六至十七世纪，发达的中国文

---

① 刘葆寰：《狄德罗与百科全书》，1945年2月《中法文化月刊》第5期。
② 原文见 [英] 培根所著《新方法论》（Novum organum）。译文引自张春树：《汉代丝绸之路的开拓与发展》，《食货月刊》复刊第15卷1、2期合刊。
③ 转引自 [日] 榎一雄：《西欧文明与东亚》（日文版），东京平凡社1971年版。
④ [德] 马克思：《经济学手稿》，《马克思恩格斯全集》第47卷，人民出版社1956年版。

化多渠道的西传、活跃的东西方物质文化交流，则促进了近代西方资本主义文明的诞生。

德国的伟大诗人歌德所提出并已成为今天各国作家所努力的"世界文学"的目标，也是受中国文学的启示才提出来的。歌德曾一度醉心于中国文学的研究，1827年1月31日晚饭后，在跟他的助手爱克曼讨论中国传奇时提出了一个重大的观点，就是"世界文学"的观点。他说：

> 我愈来愈深信，诗是人类的共同财产。……不过说句实在话，我们德国人如果不跳开周围环境的小圈子朝外面看一看，我们就会陷入上面说的那种学究气的昏头昏脑。所以我喜欢环视四周的外国民族的情况，我也劝每个人都这么办。民族文学在现代算不了很大的一回事，世界文学的时代已快来临了。现在每个人都应该出力促使它早日来临①。

"世界文学的时代已快来临了。"这是一个崭新的、重要的观点。歌德尽管提得不很完备，然而，它还是引起了各国作家们的极大兴趣、高度重视。一百多年来，为了促使世界文学早日来临，人们不断地进行研究，探索……从"五四"以来，我们的先驱者们也做过多方面的努力。有人指出：

> 世界文化的历史，都是由分而合的历史。为东方文化之源的，是中国和印度。为西方文化之源的，是埃及和巴比伦。在先这四国的文化，都是独自发达没有什么关连，后来因国际上的交通复杂了。彼此文化就得着互相灌输的机会，而产生新的文化。递演递进，而成为今日东西洋两大文化对峙的现象。

> 此两大文化各有其数千年之历史，当然各有其特殊之处。而论其大概，则西洋偏重物质，东洋偏重精神。吾人生活，要不外此两方面。苟欲求其平均发达，以改善人类偏枯的生活，则所以谋此两大文化的调合，实为吾人当今最大的责任②。

"五四"新文学的先驱们勇敢地担负起谋求世界上两大文化调合的重大

---

① ［德］爱克曼辑，朱光潜译：《歌德谈话录》，人民文学出版社1978年版。
② 寿椿：《横渡太平洋的经过及杂感》，1921年11月《少年中国》第3卷5期。

责任,从理论上进行探讨,从实践上进行试验,结出了一个又一个丰硕的果实:《呐喊》、《女神》……为促使"世界文学"的早日来临而竭尽自己的努力!

二

吸收所谓"西洋文化",接受外来影响,几乎成为"五四"时期的风尚。凡有志于文艺的人们,莫不把输入外国文学作为自己的首要任务。"五四"新文学的先驱者们,可以说,无例外地是从翻译、介绍外国文学开始自己的文学生涯的。他们都曾广泛地接受过外国文学的影响,只不过接受的对象有所不同罢了。泰戈尔、显克微支、夏目漱石、裴多芬、歌德、易卜生、拜伦、雪莱、托尔斯泰、契诃夫、惠特曼、都德……都曾深深地影响过"五四"新文学家们。

"五四"新文学先驱们的口号是"拿来主义"。因为他们从历史和现实的经验教训中懂得了一个真理:外来影响将成为促进本民族文学发展的强大动力。他们告诉我们:

> 我敢说,一国的文学,如果不和外国文学相接触,一点不受外来的影响,年代久了,一定会入于衰老的状态,而陈陈相因地变不出新花样来,终于得到腐朽的结果的[①]。

> 想在中国创造新文学,从那些纷如乱丝的、古典式的、陈陈相因的、大部分为非人的文学书中,是决不能成功的。所以不能不取材于世界各国。取愈多而所得愈深。新文学始可以有发达的希望。我们从事新文学者实不可放弃了这个介绍的责任[②]。

> 寿昌创造的计划也是可惊,他排除时髦的趋势,从事翻译莎士比亚,同沫若的介绍歌德,都使我非常欢喜。我向来主张文学非从第一流的天才下手不可。我近来看了些萧伯纳的剧,实在不发生什么特别的意

---

① 刘大白:《从毛诗说到楚辞》,1929年11月《当代诗文》创刊号。
② 郑振铎:《文学丛谈》,1921年1月《小说月报》第12卷1号。

味。从前，我读《浮士德》，使我的人生观一大变；我看莎士比亚，使我的人生观察变深刻；我读梅特林，也能使我心中感到一个新颖的神秘的世界。从前的文学天才，总给我们一个"世界"，一个"社会"，一个"人生"，现代的戏曲家如萧伯纳之类，只给了我一点有趣的"社会的批评"、"人生的批评"，我觉得不是什么伟大可佩的现象。近代的文豪除了俄国几大家以外，还是Strindberg一生的奋斗，颇引起我的同情。……

总之，我总是朝着中国光明的可喜的方面想，所以心中也很安慰。我不做什么大希望。我只觉得中国社会新添了一本著作，新添了一首好诗，中国未来文化上新增了一滴水，都使我快乐终日。我闭了目不朝黑暗处看，因为看也无益①。

郭沫若根据中苏文化交流的确凿事实和历史经验，曾经连续撰写了《谈中苏文化之交流》、《再谈中苏文化之交流》，非常非常肯定地指出：

有一点值得我们注意的，就是无论那个民族的文化，在变革时每每有外来的潮流参加进来。外来的文化成为触媒，成为刺激，对于本国文化引起质变②。

周扬在二十世纪四十年代也曾强调过文化交流，他说：

中国新文艺为了更好地完成它自己的历史任务，今天还必须更好的继续向世界文学学习，向英美文学学习，而且将永远学习下去……向莎士比亚、拜伦、雪莱，向惠特曼，向一切伟大的作家③。

这可以说是从事新文学工作的人们的共同认识，当然也是时代的需要。正因为如此，"五四"时期的翻译、介绍才盛况空前。如茅盾、郑伯奇等先生所描绘的那样：

从"五四"到现在，只有十五年，可谓短促之至，然而这十五年中

---

① 宗白华：《致舜生寿昌（即田汉）书》，1923年4月《少年中国》第4卷2期。
② 郭沫若：《再谈中苏文化之交流——一九四一年五月三十日在中苏文化协会讲》，《郭沫若全集·文学篇·今昔集》第18卷，人民文学出版社1992年版。
③ 周扬：《中苏英美文化交流》，《周扬文集》第1卷，人民文学出版社1984年12月版。

间我们文坛上的变化却抵得过人家一世纪;近代文学的各种-ism都在我们文坛上起过或大或小的泡沫,然而又不是此兴彼仆的递代,而是同时交流,成一个大旋涡;——这种现象,当然不能浅薄地给它一个"喜新好奇"的解答,当然要从十五年来时时在变化的社会动态去求说明。这是《新文学运动史》编著上第一个要点,也是第一道难关①。

由一九二二年到一九二六年这后来的五年,情形的确"大不同了"。不仅是"一个普遍的全国的文学的活动开始到来",而且十九世纪到二十世纪这百多年来在西欧活动过了的文学倾向也纷至沓来地流入到中国。浪漫主义、现实主义、象征主义、新古典主义,甚至表现派、未来派等尚未成熟的倾向都在这五年间在中国文学史上露过一下面目②。

正是这种"在西欧活动过了的文学倾向也纷至沓来地流入到中国",同时交流,才给中国文学注入了一种新的刺激,给了不可估量的影响,从而使中国文学从形式到内容发生了一次空前的革命。这场革命,虽然异常艰难、复杂、曲折,但总在不断进行着,直到今天。

三

"五四"新文学是在外国文学影响下诞生的,又是在外国文学影响下成长、发展的。这种影响有积极的,也有消极的。对它加以深入研究,给予科学解释,无疑有助于中国新文学的健康发展。很早就有人注意了这方面的研究,闻一多先生在《女神之地方色彩》中指出:"真要建设一个好的世界文学,只有各国文学充分发展其地方色彩,同时又贯以一种共同的时代精神,然后并而观之,各种色料虽互相差异,却又互相调和。这便正符那条艺术底金科玉臬'变异中之一律'了。"③ 以后,王哲甫的《中国新文学运动史》也注意了这种影响,却没能科学地给以分析。朱自清先生在他的《中国新文学研究纲要》一书中专门列了"'外国的影响'与现在的分野"一章,可惜,

---

① 茅盾:《中国新文学运动史》,《茅盾文艺杂论集》(上),上海文艺出版社1981年6月版。
② 郑伯奇:《中国新文学大系·小说三集·导言》,上海良友图书印刷公司1936年2月版。
③ 闻一多:《诗与批评》,《闻一多全集》第3卷,1948年上海开明书店版。

他未能将纲要变成具体文字。他的纲要是这样的:

一　外国的影响

1. 美国的影响——影象派的理论,辛克莱的理论与作品

2. 俄国与日本的影响——理论

3. 北欧东欧文学的影响

4. 德国文学的影响

5. 英美文学的影响

二　现代的分野

1. 无产阶级文学

2. 语丝社及其追随者

3. 新月派

4. 郁达夫及其追随者

5. 民主主义的文艺①

这个纲要远远超过了"五四"时期,当然也有不足之处,如对印度文学、被损害民族的文学没能提到,但很值得重视,特别是朱先生所列的一个简明表格,不妨引用如后:

背　景	社　团	领袖人物	外国影响	思想	语言	型　类	反响	其　他
辛亥革命	新青年社（民六）	胡适 陈独秀 周作人	美 俄 北欧（日）	乐观进取的精神 人道主义	欧化的 古典的	批评　诗 小说	林蔡之争 胡罗的辩论	国语运动 歌谣征集运动
五四运动	五四运动时期各社团（民八）		俄 北欧	同上		诗 小说 戏剧	文白之争	
	文学研究会（民十）	沈雁冰 郑振铎	俄 北欧	同上		诗　小说 戏剧　批评		儿童文学运动
	创造社（民十一）	郁达夫 郭沫若 张资平 成仿吾	德　（日）	浪漫主义 感伤主义	新的丰富的表现 试用复杂的构造	同上	学衡社	标点旧小说运动

---

① 朱自清:《中国新文学研究纲要》,1982年2月《文艺论丛》第14期,上海文艺出版社。

续表

背　景	社　团	领袖人物	外国影响	思　想	语　言	型　类	反　响	其　他
	语丝社（民十三）	周作人 鲁迅	日	自由主义 趣味中心	隽语 反语	散文　批评 小说		民间文学征集运动
五卅运动 国民革命 广州事变	革命文学与无产阶级文学（民十四）（民十三）	成仿吾 钱杏邨 茅盾	俄　（日）美　（日）	阶级意识 集团主义	标语口号 倾向新写实主义	批评 小说 戏剧 诗		
	新月派（民十七）	徐志摩 梁实秋	英 美	创造的 理想主义	简洁明净 秾丽	批评　小说 戏剧　诗		
	前锋社（民十九）	徐蔚南 朱应鹏	近代各国民族艺术	民族主义		批评		

  本书，就是根据前辈们的研究成果，再作一些探索，试图有一个较为详细的论述。然而，"五四"外来影响是那么复杂，一个社团，一个作家，一篇作品，往往就有多种影响存在。随着时代的前进、社团的分化、流派的变迁、作家追求的转变，外来影响也随之而发生了变化。本书，不可能一一论及。什么是好的影响，什么是坏的影响，有些一眼即可明了，有些恐怕还需要时间才能去作判断。因此，我尽可能运用一些原始材料，让材料自己去说话，也许比发空议、连篇累牍的空议要好得多。因为是原始材料，一些人名、地名等都会有所不同，这样，似乎更能保持事物的原貌，请读者多加注意。

（选自《五四新文学与外国文学》，四川大学出版社1996年版）

"五四"新文学与俄苏文学

假如要了解"五四"新文学,不研究俄苏文学的影响,那简直是无法想象的。李大钊、鲁迅、瞿秋白、郭沫若、郁达夫、蒋光慈、茅盾、郑振铎……都曾经和俄苏文学发生过密切的关系,或者介绍,或者研究,从而帮助了自己的创作或批评,同时也推动了新文学的前进。茅盾曾这样描述当年的情景。他说:

> 大约三十余年前,也就是有名的五四运动爆发了以后,俄罗斯文学在中国广大的青年知识分子中间引起了极大的注意和兴趣。……俄罗斯文学的爱好,在一般的进步知识分子中间,成为一种风气,俄罗斯文学的研究,在革命的青年知识分子中间,和在青年的文艺工作者中间,成为一种运动。这一运动的目的便是:通过文学来认识伟大的俄罗斯民族[①]。

无论是古代,还是现代,恐怕再也没有哪一种文学对中国产生过如此强烈的影响啊!对它给予科学的研究、系统的总结,无疑是有现实意义的!鲁迅、瞿秋白、郭沫若等都曾发表过不少独到的见解,尤其是李大钊《俄罗斯文学与革命》;鲁迅《祝中俄文字之交》;瞿秋白《论普希金的〈弁尔金小说集〉》、《俄罗斯名家短篇小说集·序》;郭沫若《中苏文化之交流》、《再谈中苏文化之交流》。

以上几篇文章,可以说是我们研究这一问题的指导性的文献!下面,我们就根据先驱者们的指示对"五四"新文学与俄苏文学的关系作一些探讨。

[①] 茅盾:《果戈理在中国——果戈理逝世百年纪念》,1952年3月《文艺报》第3期。

文学上的俄国与中国

俄国的国情，很有与中国相似的地方。早在五四运动的时候，很多文学工作者都注意到这点了。1920年11月8日，周作人往北京师范学校参加纪念会并以《文学上的俄国与中国》为题发表讲演，一开头就说：

> 我的本意，只是想说明俄国文学的背景有许多与中国相似，所以他的文学发达情形与思想的内容在中国也最可以注意研究①。

讲演叙述了俄国文学发达的历史后，指出其"特色，是社会的、人生的"，并分析构成特色的原因，乃是"由于俄国社会的特别情形，供给他一个适当的背景"，进而指出"中国的特别国情与西欧稍异，与俄国却多相同的地方"，"但因为这特别国情而发生的国民精神，很有点不同，所以这其间便有许多差异"，并相当详细地比较了这许多的差异。现将周作人所说的由于特别国情而发生的国民精神的差异概括如下图：

国别 类别	俄国	中国
宗教上	希腊正教 传播广、深入国民之心	儒、道 不曾存活在国民心里
政治上	阶级固定，有权者多是贵族	阶级无固定，平民也可以掌握权力
地势上	大陆的博大、世界的极端无抵抗主义与恐怖手段同时流行	大陆的多讲非战，少说爱国，妥协调和
生活上	困苦 文学含着一种阴暗悲哀气味，文人多爱被侮辱被损害的人，生活与文学差不多合一	苦痛 文学上一是赏玩，一是怨恨，容易一笔抹杀
文学上	自己谴责精神强 忏悔意识浓	自己谴责精神缺乏 喜欢攻击别人的隐私

周作人还特别分析了造成这种差异的原因乃是中国国民的"背上压有几千年的历史重担"，最后，又根据"文艺兴，大都由于新思想的激动"的规律告诫时人："我们如果能容纳新思想，来表现及解释特别国情，也可望新

---

① 周作人：《文学上的俄国与中国》，《小说月报》1921年9月《俄国文学研究》第12卷号外。

文学的发生，还可由艺术界而影响于现实生活。"这篇讲演受到文学界的重视，先后刊载于1920年11月15日至16日《晨报·副刊》、11月19日《民国日报·觉悟》，1921年1月1日出版的《新青年》第8卷第5号，1921年9月出版的《小说月报》第12卷号外《俄国文学研究》，后来又收入《艺术与生活》。《俄国文学研究》专号转载时，记者加了这样一个"志"语："此篇本是周作人先生的讲演稿，在《新青年》上登过；我们因为这篇文章的价值便在这里重新刊出也是有意思的，所以特转录了过来。"这篇文章的"价值"就在于作者运用泰纳、勃兰兑斯等人的新学说、新方法，分析了中俄两国文学的差别及其原因，其中若干论点未必科学，但对我们研究中俄文学交流还是很有帮助的，因此，也就不能不谈谈！

谁都知道，比起中国文学，乃至欧洲许多国家的文学，俄国文学是很年青的。李白、杜甫创造中国文学的黄金时代，俄国文学还处在原始状态，英国的莎士比亚轰动全球，法国已将龚古尔、拉辛给了世界，俄国的文学尚在胚胎时期，没有出世。法国的百科全书学者笛卡尔主宰思想界、支配全欧文学的时候，俄国的最初的诗人普希金、莱蒙托夫尚在襁褓之中，陀斯妥耶夫斯基、屠格涅夫生得更晚，托尔斯泰、高尔基就更晚更晚了！然而，俄国文学虽然年青，在世界各国文学中已经有了牢固的地位！他的影响一天比一天增大起来，可以说，现在世界各国的文艺思想，多少都受着俄国文学暗示和影响的。有人说："在实际上使俄国文学占世界第一位置的，功劳最大的，却要算都介涅夫和托尔斯泰（Leo Tolstoy，1828—1902），因为在他们以前，俄国文学不过是俄国文学，和世界不生干系，有了他们俩人以后，俄国文学才真的变成世界文学了。"[①] 中国文学虽然也不断有新的创造，但到了近几个世纪，则走着下坡路，呈现出与俄国相反的趋向！这确实足以令人深思。"五四"文学的先驱者们通过研究或介绍，力图找到答案，以求得解决。盲诗人爱罗先珂所作报告对俄国文学迅速发达的原因作了回答。爱罗先珂说：

你们要问俄国的文学这样有势力，其成功的秘诀在那里呢？可用一

---

① 愈之：《都介涅夫》，1920年2月《东方杂志》第17卷4号。

句话回答,是在俄国文学的民治主义的思想①!

有人又在介绍沙洛维甫著作时给予回答说:

> 借着农村组织和农村生活的解放的名义而同农奴制度决斗,——(斯拉夫派的主要目的),又借着解放和发展个性的名义而对于同样的目标决斗(西欧派的主要目的),这就是俄国文学史上重要的意义,也就是十九世纪以来俄国文学发达的公式②。

俄国人的精神和公共的生活就是文学,也仅为文学。俄国文学,特别是近代文学的特色是平民的呼吁和人道主义的鼓吹,与人民的联系、与生活的联系,是促使近代俄国文学迅速发展的决定因素。茅盾、郑振铎等人曾将俄国近代文学与英法近代文学作过比较,一致认为,英国文学如狄更司(Chines Dikems)未尝不会描写下流社会的苦况,但我们看了,显然觉得这是上流人写的,原因在缺乏真挚浓厚的感情;俄国文学家便不然了,他们描写下流社会人的苦况,便令读者肃然如见其人的可怜,耳听得他们压在最下层的悲声透上来。即如屠格涅甫、托尔斯泰那样出身贵族的人,读者看了他们的著作,如同亲听污泥里人说的话一般,决不信是上流人代说的。其中高尔基是下流人出身,所以他的话更悲愤慷慨。又如法国文学家莫泊桑、雨果写到穷人生活也未尝不痛切得很,然而读了另有一种感想,即是悲惨有余,惋叹不足。似乎法国文学写到下流社会苦况,便带股杀气,有拔剑相斗、誓死报复的神气。俄国文学则带股悲气,他不用怒气咻咻的神气,却用柔顺无抵抗的态度来博取读者的同情,使凶悍者见之,也要感动。所以人们看来,一个是使人怒、使人愤,一个是使人下泪、使人悔悟。这是俄国近代文学的特色,谁也比不上来的。中国文学常常被帝王视为粉饰太平的奢侈品,又被文人当做文以载道的宣传品,还被有的人当做"消遣品"。茅盾等人经过比较后,得出如下的结论:

---

① [俄]爱罗先珂用世界语讲,周作人口译,李小峰、宗甄甫合记:《俄国文学在世界上的位置》,1922年12月9日《晨报副刊》。

② [俄]沙洛维甫著,济之译:《十九世纪俄国文学的背景》,1921年9月《小说月报》第12卷号外《俄国文学研究》。

总上所述，一、没有明确的文学观与文学之不独立；二、迷古非今；三、不曾清楚地认识文学须以表现人生为首务，须有个性，——此三者便是源远流长的中国文学不能健全发展的根本原因①。

对于这种种回答，我们综合起来加以解释或阐发是很必要的。具体说来，发达与不能健全发展，最主要的决定于：

一、文学为人生思想的确立

文学的历史事实告诉我们：愈能拨动人的心弦，揭示隐藏在人心的最深处的奥秘的作品，便与不朽愈相近了。俄国文学大师都知道怎样去拨动人的心弦，揭示隐藏在人的最深处的奥秘。因此，独创的简单，深刻的分析，对于人生一切事情的很诚恳、很正经的态度，是俄国文学的特色，别国文学所含的分量不会这样多的。对于人类的爱，对于使人变为懦怯、卑鄙奴隶的人的憎恶和怨恨，是俄国文学的重要基调。爱罗先珂说："俄国的著作家的作品非为贵妇人和阔男子作的，是为工厂和农村中的男女工人作的；不是做给大学教员和大学生看的，是做给男女佣人和在街上乱跑的小孩看的。"正因为如此，所以俄国文学有着最广大的群众基础，能获得全人类的欢迎！

俄国文学的这一特色及重要基调是由克雷洛夫开创，经过格里包耶多夫，到普希金方才正式形成。从此，"文学与现实的融铸就成了俄国文学进化的指南针"。在这"指南针"的指引下，文学与现实的熔铸，随着俄国政治经济的变动愈来愈紧密，而文学也就愈来愈伟大。如果说普希金是"文学接近生活"的第一人，那么果戈里则将文学引向心理分析，以文学的心理分析来表现人，到了托尔斯泰、陀斯妥耶夫斯基等人，简直是将文学引向心灵深处，以文学表现人类沉痛的心灵。如安特莱夫在《七个绞死者的故事》的序言中说："我们的不幸，便是在大家对于别人的心灵、生命、苦痛、习惯、意向、欲望，都很少理解，而且几乎全无。我是治文学的，我之所以觉得文学的可贵，便因其最高的事业，是在拭去一切的界限与距离。"② 高尔基更是

---

① 茅盾：《中国文学不能健全发展之原因》，1926年11月26日出版《文学周报》第4卷1期。
② 转引周作人：《圣书与中国文学》，《艺术与生活》，上海群益书社1931年2月版。

直截了当地把文学叫做人学。由此可见，俄国文学发展的趋势就是解放生活和人类。人，始终是生活的中心，文学接近生活就要着力表现人，人的个性、理想、追求！这在俄国文学发达过程中是清楚地让人看到了。个性的见解，随着俄国文学发展的每个时代而变更。沙洛维甫曾在自己的著作《十九世纪俄国文学的背景》里，作了以下几个重要的分类：

（一）"国家的"个性，随大彼得的改革而造成。

（二）人道派的个性，产生在教育哲学的趋势下面。

（三）感伤派见解里的个性。

（四）浪漫派见解里的个性。在这种个性里已经感出些近代的思想。

（五）审美人道派的个性。这种个性的最高表现是普希金的作品和四十年代的文学。

（六）反抗的个性、"平民"的个性。应该注意，以上几种个性属于俄国贵族的文化，而由贵族阶级造成的。"平民"随着鲍莱卫和白林斯基而出现于舞台。他是六十年代的主要角色①。

（七）批评的个性。

（八）完全的、协和发展的个性。

（九）简单的个性，托尔斯泰借之以形成农业的人生观。

（十）有理想的无产阶级的个性。

由于俄国文学自普希金以来，就着力于表现生活，特别是作为生活核心的人，因此，俄国文学总是与现实生活合一，生活也就推动文学蓬蓬勃勃地发展。中国的文学，虽然有白居易等人倡导为平民百姓写作，但毕竟未能形成一种文学思想的主潮，因此，愈到后来愈脱离了生活，脱离了人民，而不能健全发展，逐渐落后于世界文学了。

二、文学批评的发达

欧洲文学的发达，批评起了极大的作用。创作与批评，往往是并行，批

---

① 原译者按，此处所谓"平民"（разночинец），系指非贵族之知识阶级，非泛指一般而言；因一时未有确切之译名，故暂译"平民"两字。

评甚至于先行。日本的文学在明治维新后的迅速发达，不是也首先得力于理论，得力于批评么？《小说精髓》起了多么巨大的作用啊！俄国文学在最近一两个世纪的发达、繁荣，与文学批评的发达、繁荣息息相关。克鲁泡特金甚至说：

> 在没有言论自由的俄国，文学批评是一条吐纳一般人政治思想的运河，五十年来他在俄国的发展和地位的重要，是各国所没有的。有一种俄国每月评论，他的真灵魂就是艺术批评家。他的文章比同一册杂志中所载的名家小说重要得多。……报社中的批评家就是大部分青年的知识的领袖；真是如此的，最近的半世纪以来，俄国曾有一班不断的接踵而起的批评家；他们对于当时的知识生活，曾有过极大而且极广极远的影响，这种影响能力是任何其他各界中的小说家著作家所不能企及的。我们竟可以说，要看某时代的知识界状况，只须举出一二个在当时有重大影响的艺术批评家来做代表，就很够很够的了①。

事实确是如此。别林斯基是俄国真正的文学评论家的鼻祖，他一方面做了艺术的批评家，一方面又是一个最好的政治家、著作家，变成了高尚的人道思想的宣讲师，教训我们，使我们知道人们是怎样生活，并且应该怎样生活的。他"对于俄国文学的功绩，实在不在普希金之下"，这似乎是公认的结论。是他，第一个确定"诗"的真意义；是他，阐明了文学本是争自由幸福的工具；是他，断定现实主义——果戈里派的价值，文学最好要能答复"时代问题"，至少也要表达那不可解的悱怨之情；是他，第一个确定文学评论的功能——解释文学，指导社会舆论，而使文学能客观地有所贡献于社会意识。可以说，由于他的出现，在俄国近代文学史上开辟了一个批评文学的新纪元。因此，人们称他为近代俄国文学的砥柱，使俄国文学能够成为俄国国民的原动力的一切要素，没有不在他的一身。他的文学批评就是他的人格的表现，就是他的生命的呼唤！从他的文学批评中，我们可以听到曾经在俄

---

① ［俄］克鲁泡特金著，沈泽民译：《俄国的批评文学》，1921年9月《小说月报》第12卷号外《俄国文学研究》。

罗斯人心胸中震动的心脏的鼓动,字里行间都有别人所没有的高尚情调和深厚感情激荡着,难怪克鲁泡特金要说:"我们若说别林斯奇(1810—1848)是一个很有才华的艺术批评家,这句话就可笑了。他那止是一个批评家!他是人类进化道上一个重要的时期,一个俄国社会的教师的教育者。他所教给俄国社会的,不但是艺术——他的价值,他的意义,他的包含——,并且是政治问题,社会问题,和人道主义的福音。"① 继别林斯基之后,又有车尔尼雪夫斯基、杜勃罗留波夫,他们两人被称为当时批评界的双璧。车尔尼雪夫斯基在他的《艺术与现实美学的关系》、《俄罗斯文学的果戈里时代》等著作中,对文学批评、哲学、美学、社会评论诸领域都作了开拓性的努力!他提出:艺术自身不是目的;人生是高于艺术的;艺术的目的是解释人生,是批评人生,是对人生发表意见,它和科学的目的完全一致,虽然所用的方法与科学不同。文学艺术的真正目的,是要教导人们知道自己是怎样生活并且应该怎样生活的。这些见解,都曾给俄国文学以深刻的影响。杜勃罗留波夫则可谓屠格涅夫所见到的在五十年间所兴起的那班现实的理想主义的新人中最纯洁,也是最集中、最坚强的代表人物。由于辛劳过度,他28岁就死了。遗作有《黑暗之王国》、《一线光明》、《何谓Oblomovishi》、《真正的日子什么时候才来到》等。他的著名的《黑暗之王国》论定了屠格涅夫、冈察洛夫、奥斯特洛夫斯基们的价值,确定了公众艺术、公众批评基础的天才。至今连绵不断的俄国近代批评的系统,直接是他起的。他那论集,也就是新人生观抒情的宣言,正是一个政治教育和道德教育的学校呢。他不但满足了文学发展的迫切需要,而且也满足了社会的需要,成为推动文学发展、社会前进的一股重要力量。像这样的文学批评家,在俄国文学史上不断诞生着,因此,俄国文学始终能够得到鼓舞的力量。柯尔卓夫说:"我的一切都应该归功于别林斯基,是他把我引上了真正的道路。"列谢特尼科夫也说:"别林斯基和杜勃罗留波夫是我精神上的导师,对于以后的几代人,他们也仍然是导

---

① [俄]克鲁泡特金著,沈泽民译:《俄国的批评文学》,1921年9月《小说月报》第12卷号外《俄国文学研究》。

师。"难怪瞿秋白要说:"俄国文学的伟大产生这文学评论的伟大,——引导着人类的文化进程和人生的目的。"① 中国文学固然伟大,但却未能产生伟大的文学评论,也许正因为如此,才造成中国文学不能健全发展吧!"五四"新文学的先驱者们已深深地意识到这一点,他们说:"十九世纪的俄国文学,差不多可以不加区分,都有人生的色彩,以俄国阴森、恐怖、黑暗、残酷的社会,遂以酿成人生的文艺,而因于人生的文艺卒至创造新俄罗斯,可见文艺与社会的相互规定有如此。……文学的发达,又不仅在创作一方面,更须赖有正确忠实的批评者。吾人一想到中国文学正在筚路蓝缕之时,创作方面固须注重,批评方面亦不可忽。为中国文学的前途计,对于光明的指导者,其渴仰的希望为何如!"② "目下中国,青黄未接。新旧文艺闹作了一团,鬼怪横行,无奇不有。在这混沌的苦闷时代,若有一个批评大家出来叱咤叱咤,那些恶鬼,怕同见了太阳的毒雾一般,都要抱头逃命去呢!"③

三、独创的模仿

俄国文学是年青的,然而又是充满活力、富于生命的。近代俄罗斯文学也和俄国新政一样,发源于彼得大帝时代(即十八世纪初),到十九世纪,已经在世界各国的文学中占有极重要的地位了。在短短的一两个世纪里,俄国能够在文艺上获得如此巨大的成就,除了上面谈到的两个原因外,那就是它能成功地吸收西方文艺。别林斯基说:俄国文学总是从西欧折衷地袭取一切对于它是新的花样的东西。而这种移植或袭取,往往获得了巨大的成功!俄国文学吸收、移植西欧文艺,大约从十五世纪开始,最初全然是模仿法国,到了十八世纪,又引入英、德等国的诗歌,终于俄国文学界脱离了法国的束缚,从而创造了自己独特的文学。移植或袭取之所以获得成功,原因在于:

---

① 瞿秋白:《十月革命前的俄罗斯文学》,《瞿秋白文集》第2卷,人民文学出版社1953年12月版。
② 郭绍虞:《俄国美论与其文艺》,1921年9月《小说月报》第12卷号外《俄国文学研究》。
③ 郁达夫:《艺文私见》,1922年3月15日《创造季刊》第1卷1期。

（1）一面尽量输入，一面尽量消化

俄国的古代文学都带有强烈的宗教色彩。到了十八世纪末，波波夫、马嘉罗夫等人对民间文学的搜集、整理、倡导，一方面使文人们受到平民思想的影响，一方面使文学与现实的接触、联结、融合得以更进一步，结果，俗文学发展了，宗教文学消退了。从此以后，俄罗斯文学一方面更加勇敢地引进、移植西欧各国所有的思潮与文学的形式，一方面迅速地接近本国人民的生活，不断地群众化、民族化。使引进、移植的各种思潮和文学形式迅速接近本国人民的生活是吸收外来文化获得成功的关键。如何接近呢？唯一的办法就是作家参加现实的变革斗争！从普希金到高尔基，每一个对俄国文学做出贡献的作家，都是无例外地投身到俄罗斯的变革的潮流了的。普希金是著名的十二月党人，曾遭到残酷的迫害、监禁、流放；托尔斯泰曾坚决反对农奴制度；高尔基曾参加1905年的起义……这样，他们就由书斋走向了群众，从书籍走向生活，从而使外来的文艺群众化、民族化了！

俄国人引进外来文艺思潮及形式，特别重视翻译。周作人、郑振铎、郭沫若等人都曾先后谈到茹柯夫斯基（Zhukotsky, Vasily Andreerich, 1783.2.9—1852.4.24）、巴丘西河夫（Batyushkor, Konstantin Nikolayerich, 1787.5.24—1855.7.19）等著名翻译家独具特色的译作对推动俄国文学发展所起的巨大作用："将俄国诗坛底水平线扩大了不少"，使俄国文坛"脱离了法国的束缚"……对此，郑振铎更有一段生动的描述。他写道：

> 在最初的时候，俄国是没有什么文学的，他的文学是由保加利亚（Bulgaria）得来的，他的文字就是保加利亚文与马其顿文（Macedonian）的合成物。后来，又极受皮赞庭（Byzatium）文学的影响。自彼得大帝极力灌输西欧文化到俄国后，加德邻二世继之，法国与德国的古典主义文学，大流行于俄国。当时外国文学的介绍，盛极一时。克鲁洛夫（Krolov）之介绍伊索（Aesop）及拉芳泰（LaFontaine）的寓言；助加夫斯基（Zhukovoky）之介绍格雷（Gray）的《挽歌》（*Elergy*），荷马（Homer）的《亚特赛》（*Odyssey*）及席劳（Schiller），贵推（Goethe），海稗尔（Hebbel）之诗；格尔底契（Guildich）之介绍荷马的《依利亚》

（Lliad）都极有影响于当时的文学界。自摆伦（Byron）之诗，接着介绍进来，伪拟古主义的文学始扫除净尽，俄国的罗曼主义文学，就开始发达了。俄国文学界上的最初创作者普希金与李门托夫（Lermontov）二人，就是甚受摆伦诸人的影响的。由此可知俄国文学发达的初期是完全受外来的影响之赐的。此后外来的影响，虽不能比盛于前，却终是有一些。到了现代俄国写实主义文学有盛极将衰之概，西欧新发现的新理想主义，象征主义，又万马奔腾似的输将进去。安得列夫（Andreef），吉蒲林（Kuprin），苏罗葛卜（Soligub）以及其他诸人的作品里，又有这种主义的色彩在里边了①。

在输入、消化西欧文学方面，一致公认茹柯夫斯基功劳最为显赫。茹柯夫斯基，是翻译家，不是创作家。是他，把德国、英国及其他各国的诗引入俄国文坛，"打破以前寡陋的法国崇拜的风尚"，"唯一崇拜法国的风尚"。他的译术非常高妙，译文之佳超过原文。他的第一篇译作英国格雷的《墓畔挽歌》就是名作，可以说是创作。难怪郑振铎要说："助加夫斯基（Thukovsky, 1783—1852），他是翻译家，不是创作家。但是俄国文学界的浊气由他才清除干净。他把德国与英国的诗引入俄国文坛里。他译了格雷（Gpay）、西喇（Schiller）、乌兰（Uhland）、贵推（Goethe）、海卜尔（Hebbel）诸人的诗。到了末了，又译荷玛（Homer）的 The Odyssey，他的译文虽忠顺而究竟带了不少的助加夫斯基的色彩在里面。他的最大成绩，就在使俄国文学界脱离了法国的束缚，而引进了新鲜的英德的空气。他的翻译，在欧洲文学界里也可以算是最好的"，"自此以后，传统的拘束的思想，已渐渐的扫除净尽了。俄国文学之花的种子，已种下在垦殖得很好的土地上了，并且已渐渐的长成，已将含苞欲放了。至普希金起，而国民文学的基础遂打得坚固"②。"他服从了翻译的最大原则……所以他的译文在俄国的文学上的价值是极高的。他对于俄国文学成就了很大的使命。在他那个时候，许多俄国文学家只知道

---

① 郑振铎：《俄国文学发达的原因与影响》，1920 年 12 月《改造》第 3 卷 4 期。
② 郑振铎：《俄国文学的启源时代》，1921 年 9 月《小说月报》第 12 卷号外《俄国文学研究》。

有法国的文学。他却使他们眼界更扩大了一层,及于英德乃至全欧洲的文坛。以后的国民文学创造者普希金(Pushkin)与李蒙托夫(Lermontov)都是受他的很大的影响的。他不惟是俄国文学史上的最大的翻译家,并且是欧洲文学史上的最初而且最好的翻译家。"①

由此可见,独具一格的翻译介绍,吸收外来思想及形式,并使之迅速接近本国群众的生活,又以生活来铸造这种影响,实是正确消化外来影响的唯一途径。唯有经过这一途径,才能取得丰硕成果。

(2) 不是靠奴隶的模仿,而是用主动的创造

俄国文学确确实实是独创一格的,与欧洲文学和中国文艺截然相异。他是以写实主义为中坚的。这种写实主义的主要潮流的形成,与俄国国民性大有关系。茅盾曾经这样说道:

> 俄国是"文化后进"的国家,在文艺上,她是把西欧各国在数世纪中发展着的文艺思潮于短时间一下子输入了进去的,所以当果戈里出现在文坛的时候,俄国的浪漫文学的巨星普希金(A. S. Pushkin)尚健在。并且因为俄国是没有文学的传统的国家,所以果戈里出现的时候,普希金是张开了双臂而欢迎。从果戈里以后,写实主义便成为俄国文学的主要潮流②。

这一点,与中国"五四"新文学时期输入西洋文艺思潮颇相似,但又各有自己的特点:俄国是没有文学传统的国家,中国是有传统的国家。俄国吸收西洋文艺,虽然最初也是模仿,一旦觉得这种模仿束缚了自己,就毅然加以抛弃,又模仿,又抛弃,很快,就由模仿走向了独创。譬如莱蒙托夫等人,他们塑造人物,无不受过法、英、德等国文学大师的影响,但他们决不奴隶般的模仿,而是用力主动地去独创。他们虽然认为莎士比亚写的人物是不朽的,值得崇拜的,但又坚决认定,那些人究竟不是我们日常生活中所能见到,随时随地都有的人;歌德、席勒所塑造的英雄也是不朽的,但也不是

---

① 郑振铎:《俄国文学史中的翻译家》,1921年11月《改造》第3卷11号。
② 茅盾:《西洋文学通论》,书目文献出版社,1985年5月版。

平常在人类社会里一群群中所能见到的；易卜生不同了，他所写的人物都是常见的，一方面为自己的怀疑所苦，一方面又为旧道德的鬼魅所纠缠，于是或者死了，或者舍了那腐朽的社会，决心去找出关于这不幸的人生真理。正是在这一点上，俄国的作家们开始了重大的独创：创造了一系列富于生命力的人物，打动着读者的心。

英国的著名批评家西蒙司（Arthur Symons）曾对俄国文学中的主人翁大加批评，说他们好像都是初进文明人社会的野蛮人，把有几世纪的历史文明刚拿到手，这样批评，那样讨论，好像是这些问题文明人根本没讨论过，批评过，要他们来第一次动手的样子。盲诗人爱罗先珂对西蒙司的批评作了回答。他说：

> 俄国社会上的英雄或者要比西蒙司的更明白一点，但是他们对于西蒙司一派所称许的这种解决和方法，都不信任他，不肯照着他去做罢了。
>
> ……
>
> 不过他们不是同野蛮人一样，倒是同科学家一样，用望远镜显微镜去观察和分析古代的传统礼法和法律习惯和信仰，我们向来的个人的以及社会的生活都是建筑在这上面的。他们下到地狱去，亲自去看向来拿了来吓人类的鬼魔；升到天上去，亲自去看向来人们伏在他面前的上帝。他们把直到现在没有人敢动的男女两性的神秘的幕揭起，他们拉开夫妇的神圣的床的帐幕，闯入父母子女关系的密室，用探海灯一般强烈的反射镜到各处去照，使得一切东西都不能隐藏过去。是的，他们一切事情都要检查，好像以前未有人检查过，他们第一次来动手的样子。许多无耻的欺骗，诈伪，腐败，无穷无尽的愚蠢都被他们发见了。对于一切的厌恶和怨恨以及义愤是他们唯一的感情；"到自由去"是他们唯一的格言；勇敢的反抗，对于古旧的争斗是他们唯一的方法。无论在他们的各种态度里，如猛烈的反抗，牺牲的检查，对于不正的义愤，痛苦的怀疑，绝望的呼号，讥刺的微笑，可怕的咒诅，热烈的祝福，都能觉得

他们就是我们,所不同的,就是他们更诚实,更正直,更勇敢,更高尚①。

这一回答,生动而又深刻地说明了俄国作家们不是靠奴隶的模仿,而是以生动的独创,使俄国文学在很短的时间内取得了重大突破,在世界各国文学中获得重要的位置。中国作家所缺少的正是这种主动的独创,他们太受传统的束缚了,往往有一股迷古非今的思潮阻碍着他们的创造!周作人在和雁冰先生关于"翻译文学书的讨论"的通信中就曾争论过关于外国古典文学的译介。他说:"人心终有点复古的,译近代著作十年,固然可以使社会上略发出影响,但还不及一部《神曲》出来,足以使大多数慕古。在中国特别情形(容易盲从,又最好古,不能客观)底下,古典东西可以缓译。"② 因此,周作人等都主张以近现代作家作品为主,目的是更好地输入现代思想。应该说,这种倾向直到今天,也还是值得注意,需要加以解决的问题!

以上两条是引进、移植外来文艺得以成功的最重要的条件,也是最有效的方法,对于我们今天正在大量引进、移植外来文艺,不是也有现实的借鉴意义么!?

从普希金到高尔基

中俄的文字之交,大约始于十九世纪末,而俄国文学介绍到中国,则是二十世纪初,特别是伟大的五四运动以后。鲁迅曾在他的《祝中俄文字之交》一文中写道:

> 那时——十九世纪末——的俄国文学,尤其是陀思妥耶夫斯基和托尔斯泰的作品,已经很影响了德国文学,但这和中国无关,因为那时研究德文的人少得很。最有关系的是英美帝国主义者,他们一面也翻译了陀思妥耶夫斯基,都介涅夫,托尔斯泰,契诃夫的选集了;一面也用那做给印度人读的读本来教我们的青年以拉玛和吉利瑟那(Rama and

---

① [俄]爱罗先珂讲,周作人口译,李小峰、宗甄甫合记:《俄国文学在世界上的位置》,1922年12月10日《晨报副刊》。

② 周作人:《翻译文学书的讨论·致雁冰》,1921年2月10日《小说月报》第12卷2号。

Krishna）的对话，然而因此也携带了阅读那些选集的可能。包探，冒险家，英国姑娘，菲洲野蛮的故事，是只能当醉饱之后，在发胀的身体上搔搔痒的。然而我们的一部分青年却已经觉得压迫，只有痛楚，他要挣扎，用不着痒痒的抚摩，只在寻切实的指示了。

那时就看见了俄国文学①。

普希金是俄国文学的奠基者，被誉为"俄罗斯诗歌的太阳"，也许是巧合，我国翻译俄国文学作品，首先就是从普希金的作品开始的。1900年，上海广学会出版了一本《俄国政俗通考》，在论俄国语言文字部分中，就曾提到普世经（即普希金）、格利老夫（即克里洛夫）和都斯笃依（即托尔斯泰）。关于普希金，其中有这样的话："俄国有著名之诗家，有名普世经者，尤为名震一时。"对于托尔斯泰也有所论述："俄国爵位刘（名）都斯笃依（姓），……幼年在加森（今译喀山）大学院肄业。1851年考取出学，时年二十三岁。投笔从戎，入卡利米亚（今译克里米亚）军营效力。1856年，战争方止，离营返里，以著作自娱。生平得意之书，为《战和纪略》（今译《战争与和平》）一编，备载1812年间拿破伦伐俄之事。俄人传颂之，纸为之贵。"1903年，一个名叫戢翼翚的人，根据日本高须治助的译本转译了普希金的中篇小说《上尉的女儿》，中译本的全称是《俄国情史，斯密士玛利传》，又名《花心蝶梦录》。这部作品是普希金的名作，在我国翻译史上，是普希金作品的第一个中译本，也是俄国文学作品的第一个译本。黄和南为译本写了绪言，现引录于后：

全书仅二万数千言，为叙事体，非历史，非传记，而为小说。所述者又不出于两人相悦之轶事，实则即吾国之所谓传奇。其曰情史者，乃袭用原译者之原用名词也。

通览全书既毕，恨弥士不与弥路洛夫及路顿三人同死，又恨玛丽亦不死。然吾东洋人最好以死责人，而不问其时与事之必须死与否，是不

---

① 鲁迅：《南腔北调集·祝中俄文字之交》，《鲁迅全集》第4卷，人民文学出版社1957年7月版。

然也。将谓弥士当为君死乎？此固为东洋专制国民之眼孔，不暇深驳。将谓弥士宜为死者死乎？彼弥路洛夫与路顿之就义，诚伟矣！然视彼从次林军大破敌酋，复得亲见普加秋夫枭首之弥士，则又何其壮也。弥士不死，则玛丽亦不必遽死。有弥士存，而玛丽亦可以解嘲，安得谓彼二人之偷生苟活耶。

自由结婚，世界文明之一大证据也。弥士自为觅妻，于公理宁有所背，而乃父竟施严酷之手段，以阻遏之，可见俄人之专制，较之支那，殆不相上下。夫婚媾何事也，而父母干预之，越俎代庖，有此习惯，致使全国中之男女皆不能得其所，则人生无乐矣，可悲也哉。

夫小说有责任焉。吾国之小说，皆以所谓忠臣孝子贞女烈妇等为国民镜，遂养成一奴隶之天下。然则吾国风俗之恶，当以小说家为罪首，是则新译小说者不可不以风俗改良为责任也。

元成述《俄国情史》，能以吾国之文语，曲写他国语言中男女相恋之口吻，其精神靡不毕肖。其文简，其叙事详。其中之组织，纡徐曲折，盘旋空际，首尾相应，殆若常山之蛇。其不以弥玛二人之不死为嫌者，正谓死者易而生者难也。弥士之匍匐救玛丽，玛丽之殷勤为弥士哀恳，较之一死塞责者，其情感之深，殆百倍过之，抑亦见自由结婚之善。呜呼！我国人见此，社会可以改革矣。

癸卯展端阳巩黄和南①

从这个绪言看，译者翻译普希金的《上尉的女儿》决非偶然，与1904年一个叫藜床卧读生的在所译西洋小说前写的《重译外国小说序》思想完全一致。据阿英《晚清小说史》介绍，序文称其译书的目的，"在灌输民主思想，认为中国不变更政体，决无富强之路"。因此，我们可以说，《上尉的女儿》的译出，是改良主义文学运动——"小说界革命"的产物。

1907年，可以说是我国介绍俄罗斯文学的一个里程碑，值得纪念的年

---

① 黄和南：《俄国情史·斯密士玛利传·序》，转引自戈宝权《谈普金的〈俄国情史〉》，1962年2月《世界文学》1—2期合刊。

月。在这一年里,鲁迅在其划时代的比较文学论文《摩罗诗力说》中,介绍并赞扬了普希金、莱蒙托夫、果戈里三位伟大的俄国作家。他指出:"俄自有普式庚,文界始独立,故文史家茂宾谓真之俄国文章,实与斯人偕起也。而裴伦之摩罗思想,则又经普式庚而传来尔孟多夫。"来氏"初虽摹裴伦及普式庚,后亦自立。且思想复类德之哲人勋宾赫尔,知习俗之道德大原,悉当改革,因寄其意于二诗,一曰《神摩》(Demon),一曰《谟哼黎》(Mtsyri)"。"凡所为诗,无不有强烈弗和与踔厉不平之响者,良以是耳。来尔孟多夫亦甚爱国,顾绝异普式庚,不以武力若何,形其伟大。凡所眷爱,乃在乡村大野,及村人之生活;且推其爱而及高加索土人。此土人者,以自由故,力敌俄国者也。""十九世纪前叶,果有鄂戈里(N. Gogol)者起,以不可见之泪痕悲色,振其邦人,或以拟英之狭斯丕尔(W. Shakespeare),即加勒尔所赞扬崇拜者也。"值得注意的是,鲁迅还严肃地批评了普希金"惟武力之恃而狼藉人之自由"的"兽爱"①。也就是在这一年,我国先后翻译出版了托尔斯泰、契诃夫、高尔基的作品。德国的叶道胜牧师和中国人麦梅生根据英国尼斯比特·贝恩翻译的《托尔斯泰小说集》转译成中文,并更名为《托氏宗教小说》,由香港礼贤会出版,在日本横滨印刷,在我国香港和内地发行。这部小说集共收托尔斯泰以宗教题材写的所谓民间故事12篇,即《主奴论》(今译为《主与仆》)、《论儒士几何》、《小鬼如何领功》、《爱在上帝亦在》、《以善胜恶论》(今译为《蜡烛》)、《火勿火胜论》、《二老者论》、《人所凭生论》、《论上帝鉴观不爽》、《论蛋之大麦》、《三耆老论》、《善担保论》(今译为《教子》),书前印有托尔斯泰的相片,叶道胜写了英文前言,王炳堃和叶道胜两人写了序文。序文中说:"兹所译者,有若《主奴论》、《论儒士几何》、《小鬼如何领功》等编,曾有印于《万国公报》、《中西教会报》,阅者甚喜寓目。""虽俄国文明,有逊于英美,然易谓秦无人也。其中亦有杰出之士,如托氏其人者也。……今道胜叶牧师传道之余,将托氏之书,译以汉文。饷我汉族,顾曰《宗教小说》。余读之,觉襟怀顿拓,逸趣横生,诚引

---

① 鲁迅:《坟·摩罗诗力说》,《鲁迅全集》第1卷,人民文学出版社1956年10月版。

人入胜之书。虽曰小说，实是大道也。"可见这之前，小说已经以单篇形式呈现在中国人的面前了，并获得了欢迎！但这一部《托氏宗教小说集》，在我国，毕竟是第一个托尔斯泰的作品集，也是第一个俄罗斯文学的短篇小说集，尽管译者编者是为了传教的目的，但总使我国读者较多地看到了托尔斯泰的文学作品，值得注意。契诃夫的作品也在这一年出版了。署名吴梼的中国人根据日本薄田斩云的日译本重译了他的《黑衣教士》，并附译了日译本的短跋。作者的姓名当时被译成溪崖霍夫，译文作为袖珍小说由上海商务印书馆出版。这位译者还用白话文，根据日译本重译了戈厉机（即高尔基）的《忧患余生》，发表在当年出版的《东方杂志》（第4年）第1期至第4期小说栏内。标题是《种族小说：忧患余生，原名犹太人之浮生》，旁注"俄国戈厉机著"，下面写着"日本长谷川二叶亭译，钱唐吴梼重译"。译文是这样开始的：

> 加英者，乃是尖头削脸，红铜色，矮小，进退飘忽，行动敏捷的犹太人。那满面胡须，连腮上颊上，也长得鬖鬖地。从那红毛刚鬣公胡须之中，露出那张脸来，好似中国乡间俗子家里，挂着钟馗道士的绘像一般。那污秽的帽子前缘遮阳，竟把他额角边的半爿天，遮住不见。

戈宝权根据这段中国化了的译文，查对原文，断定它是高尔基在1899年1月发表的短篇小说《该隐和阿尔乔姆》（Каин и Артем）的中译。日译本译者二叶亭四迷是日本著名的俄国文学研究者。吴梼也是我国清末的重要翻译家，译著相当丰富。这一年，就这样介绍了普希金、托尔斯泰、契诃夫、高尔基几位俄罗斯苏维埃文学的开创者、奠基人！难道这不是我国翻译史上的大事么？难道这不是中俄文字之交史上值得纪念的年代么？紧接着，鲁迅、周作人又于1909年3月、6月先后出版了他们两人翻译的《域外小说集》一、二两册，除了有契诃夫的《戚施》、《塞外》两篇小说，还介绍了迦尔洵、梭罗古勃、安特来夫几位俄国作家的重要作品《四日》、《谩》、《默》等。鲁迅特别写了《杂识》两则，简括地介绍了安特来夫和迦尔洵的生平及创作特色。《杂识》说：

> 安特来夫生于一千八百七十一年。初作《默》一篇，遂有名；为俄

国当世文人之著者。其文神秘幽深，自成一家。所作小品甚多，长篇有《赤笑》一卷，记俄日战争事，列国竞传译之。

迦尔洵 V. Garshin 生于一千八百五十五年，俄土之役，尝投军为兵，负伤而返，作《四日》及《走卒伊凡诺夫日记》。氏悲世至深，遂狂易，久之始愈，有《绛华》一篇，即自记其状。晚岁为文，尤哀而伤。今译其一，文情皆异，迥殊凡作也。八十五年忽自投阁下，遂死，年止三十。

《四日》者，俄与突厥之战，迦尔洵在军，负伤而返，此即记当时情状者也。氏深恶战争而不能救，则以身赴之。观所作《孱头》一篇，可见其意。"莩罗"，突厥人称埃及农夫如是，语源出阿剌伯，此云耕田者。"巴依"，突厥官名，犹此土之总督。尔时英助突厥，故文中云，"虽当英国特制之庇波地或马梯尼铳……"①

《域外小说集》的出版，虽然由于时代的限制，未能在当时发生大的影响，但它确实具有极大的启蒙意义，标志着翻译史上的一个新阶段，当然也是中俄文字之交的大进展。从此以后，俄罗斯文学、苏维埃文学源源不断地被介绍到中国，可以说一浪高过一浪。其间，"五四"前后形成了一个高潮，中华人民共和国成立初期出现了又一个高潮。

我国翻译、介绍、出版俄苏文学，从十九世纪末到二十世纪，大略可分三个阶段：

第一阶段：从十九世纪末到十月革命的胜利

这一时期，多是通过英、日等文转译，且多为撮述，无所为，又多用文言，即使像林纾那样的翻译家也无例外。如他翻译的托尔斯泰的《罗刹因果录》、《社会声影录》、《路西恩》、《人鬼关头》、《恨缕情丝》、《现身说法》、《高加索之囚》等，莫不如此。难怪刘半农在1918年写的《复王敬轩书》中要说：

---

① 鲁迅：《鲁迅译文序跋集·〈域外小说集〉杂识》，《鲁迅全集》第10卷，人民文学出版社1981年版。

林先生所译的小说，若以看"闲书"的眼光去看他，亦尚在不必攻击之列；因为他所译的《哈氏丛书》之类，比到《眉语》《莺花》杂志，总还"差胜一筹"，我们何必苦苦的"凿他背皮"。若要用文学的眼光去评论他，那就要说句老实话：便是林先生……所译的书：——第一是原稿选择得不精，往往把外国极没有价值的著作，也译了出来；……先生所说的"弃周鼎而宝康瓠"，正是林先生译书的绝妙评语。第二是谬误太多，把译本和原本对照，删的删，改的改，"精神全失，面目皆非"……第三层是林先生之所以能成其为"当代文豪"，先生之所以崇拜林先生，都因为他"能以唐代小说之神韵，迻译外洋小说"：不知这件事，实在是林先生最大的病根；……当知译书与著书不同，著书以本身为主体，译书应以原本为主体；所以译书的文笔，只能把本国文字去凑就外国文，决不能把外国文字的意义神韵硬改了来凑就本国文[①]。

除林译外，还有更为低劣的就不用说了。当然，也有例外，如周瘦鹃翻译的《欧美名家小说丛刊》，其中有高尔基、安特来夫等人的小说，鲁迅认为是"空谷足音"。不少人也从俄国作品中获得了教益，而鲁迅则从中"明白了一件大事，是世界上有两种人：压迫者和被压迫者"！鲁迅对这一发现深为兴奋，他说：

　　从现在看来，这是谁都明白，不足道的，但在那时，却是一个大发现，正不亚于古人的发见了火的可以照暗夜、煮东西[②]。

这一发现，在鲁迅思想发展史上是一个重要的进展，值得注意。

第二阶段：从十月革命胜利到大革命失败

这是我国译介俄国文学的一个高潮期，与第一时期相比，发生了许多变化，最显著的是：

---

① 王敬轩、刘半农：《文学革命之反响·复王敬轩书》，1919年3月15日《新青年》第4卷3号。
② 鲁迅：《南腔北调集·祝中俄文字之交》，《鲁迅全集》第4卷，人民文学出版社1957年7月版。

1. 由"无所为"的介绍到"有所为而为"的译介

到了"五四"前后,译介俄国文学出现了一个高潮,开始形成一条波澜壮阔的巨流,成为"五四"以来翻译界最突出的一个特点。

根据《新文学大系·史料·索引》的不完全统计,1917年至1927年,我国共出版各国译本225种,作品200种,除"总集"类外,单行本187部。其中,俄国作品65种、法国作品31种、德国作品24种、英国21种、印度14种、日本12种。其中俄国65种,占了总译作品的三分之一,可见其地位多么重要。这65种作品中,托尔斯泰有12种、契诃夫10种、屠格涅夫9种,至于报纸杂志上发表的单篇,实在是无法统计,因为当时的报纸杂志,不管什么倾向,几乎都发表过俄罗斯作家或作品的译介文字,而译介者之多,恐怕也是空前的,超过了任何一个国家的作品介绍,其中,文学研究会的成员和他的机关刊物《小说月报》的贡献最为显著,不但出了丛书,还编了"俄国文学研究"专号,语丝社的成员也不用说,创造社的几位骨干也译介了好些俄国作家的作品。连新月派的徐志摩也译介了契诃夫的书信,写了介绍文章,说:

> 契诃甫是我们一个极密切的先生,极亲近的朋友。他不是云端里的天神,像我们想象中的密仡郎其罗;不是山顶上长独角的怪兽,像尼采;他也不是打坐在山洞里的先觉,像托尔斯泰;不是阴风里吹来的巨影,像安特列夫;不是吹银箔包的九曲弯喇叭的浪人,像波特莱亚。他不吓我们,不压我们,不逼迫,不窘我们;他走我们走的路,见我们见的世界,听我们听的话,也说我们完全听懂的话。他是完全可亲近的一个伟人。
>
> 我们看他的故事,爱他的感动,因为他给我们的不是用火炼,用槌子打,用水冲洗过的"艺术";他不给我们生活的"描写";他给我们"真的生活"。他出来接见我们,永远是不换衣服的,正如他观察的生活永远是没有衣饰的。他的是平凡的,随熟的,琐细的,亲切的,真实的生活。这是他的伟大①。

---

① 徐志摩:《一点点子契诃甫》,1926年4月21日《晨报副刊》。

"五四"时期,译介俄国文学成为一股潮流是不用说了。值得注意的是,大多数译介者都是有选择、有目的了:那就是旗帜鲜明地宣传人道主义、平民思想,选择所谓"血与泪"的作品、"为人生"的作品、同情并为"被压迫与被侮辱者"呼号的作品。如《小说月报》的《俄国文学研究专号》、《爱罗先珂号》,共学社出版的《俄罗斯文学丛书》、《俄国戏曲集》。前者包括普希金的《甲必丹之女》(安寿颐译),屠格涅夫的《前夜》(汝颖译)、《父与子》(耿济之译),托尔斯泰的《复活》(耿济之译),《托尔斯泰短篇小说集》……都是有所为而为的译介。《俄国戏曲集》选择了俄国戏剧史上最有影响的十大名作:

《巡按》	歌郭里著	黄启明译
《雷雨》	阿史特洛夫斯基著	耿济之译
《村中之月》	屠洛涅夫著	耿济之译
《黑暗之势力》	托尔斯泰著	耿济之译
《教育之果》	托尔斯泰著	沈颖译
《海鸥》	柴霍甫著	郑振铎译
《伊凡诺夫》	柴霍甫著	耿式之译
《万尼亚叔父》	柴霍甫著	耿式之译
《樱桃园》	柴霍甫著	耿式之译
《六月》	史拉美克著	郑振铎译

出版者声称:"俄国戏曲多具有普遍性和永久性的价值。共学社更精选了十种,译成中文,以饷国人。均为著名文艺家的作品,可作世界文艺观,不仅为研究俄国文学者所必藏也。"

除了这些丛书外,还出版了《普希金小说集》、《俄罗斯名著》、《新时代》(即屠格涅夫的《处女地》)、《屠格涅夫散文诗集》、《猎人日记》……报刊上发表的译著就难以精确统计了。"五四"新文学的先驱者们对俄国文学的浓厚兴趣,诚如郑振铎回忆的那样:"我们特别对俄罗斯文学有了很深的喜爱。秋白、济之是在俄文专修馆读书的。在那个学校里,用的俄文课本就是普希金、托尔斯泰、屠格涅夫、契诃夫等的作品。济之偶然翻译出一二篇托尔斯泰的短篇小说出来,大家都很喜悦它们。"① "我们那时候对于俄国文学是那么热烈的向往着,崇拜着,而且是有着那么热烈的介绍翻译的热忱啊!"② 俄国文学之所以引起"五四"新文学先驱者们的巨大兴趣、热烈向往,诚如鲁迅等人所说:

> 中俄两国间好像有一种不期然的关系,他们的文化和经验好像有一种共同的关系。柴可夫是我顶喜欢的作者。此外如哥可儿、屠格尼夫、多斯托夫斯基、高尔基、托尔斯太、安特列夫、辛克微支、尼采和希列等,我也特别高兴。俄国文学作品已经译成中文的,比任何其他外国作品都多,并且对于现代中国的影响最大。中国现时社会的奋斗,正是以前俄国小说家所遇着的奋斗……③

> 俄罗斯文学的研究在中国却已似极一时之盛。何以故呢?最主要的原因,就是:俄国布尔什维克的赤色革命在政治上,经济上,社会上生出极大的变动,掀天动地,使全世界的思想都受他的影响。大家要追溯他的远因,考察他的文化,所以不知不觉全世界的视线都集于俄国,都集于俄国的文学;而在中国这样黑暗悲惨的社会里,人都想在生活的现状里开辟一条新道路,听着俄国旧社会崩裂的声浪,真是空谷足音,不由得不动心。因此大家都要来讨论研究俄国。于是俄国文学就成了中国文学家的目标④。

这就是问题的答案。

2. 由重译到直接翻译到展开研究

五四运动以前,对俄国文学的译介,多是通过英、日及其他文字转译的,根本谈不上研究。从这时起,在非文学组织的教育机构——"俄文专修

---

① 郑振铎:《记瞿秋白同志早年的二三事》,《郑振铎文集》第 3 卷,人民文学出版社 1983 年版。
② 郑振铎:《回忆早年的瞿秋白》,《郑振铎文集》第 3 卷,人民文学出版社 1983 年版。
③ [美] P. M. Bartlett 著,石孚译:《新中国的思想界领袖鲁迅》,原载美国 *Current History*,译文载 1927 年 10 月《当代》第 1 卷第 1 编。
④ 瞿秋白:《俄罗斯名家短篇小说集·序》,《瞿秋白文集》第 2 卷,人民文学出版社 1953 年版。

馆"学得了俄语工具的第一批人,如瞿秋白、耿济之等才第一次从俄罗斯语言直接翻译了普希金、果戈里、契诃夫、托尔斯泰、高尔基等俄国伟大作家的作品,并展开了研究。当然,这之前也有例外,如 1904 年 2 月 15 日出版的金一的《自由血》一书里面就有一篇《赫辰传》(即《赫尔岑传》),传文除叙述了赫尔岑的生平与政治生活外,还介绍了他的作品在文学史上的地位。传文指出赫尔岑"文名满天下","为著名之革命诗人,与古格尔(果戈里)、倍灵楚(别林斯基)、郅尔克纳夫(屠格涅夫)等,共称自然派,与国粹党反抗",颂扬赫尔岑"生长于战争革命之际,其灵性中实兼无量数自由之魂,以出现于世","握一枝撑霆裂月之笔,如蛇矛龙剑,而与政府挑战","经赫氏毒笔之评论,与受死刑之宣告同,其讽刺之力可见矣"①。传文作者还以赫氏为导师,宣传革命。这算是我国研究俄国文学的最早的成果!可惜,像这样的研究,"五四"前实在是太少了,只是到了"五四"新文学倡导期间才形成一种运动。西谛(郑振铎)说:

> 俄国文学的研究,半世纪来,在世界各处才开始努力,他们之研究俄国文学,正如新辟一扇向海之窗,由那窗里,可以看出向来没有梦见的美丽的朝晖,蔚兰的海天,壮阔澎湃的波涛,于是不期然而然的大众都拥挤到这个窗口,来看这第一次发现的奇景。美国与日本也都次第的加入这个群众之中,只有我们中国的文学研究者,因素来与外界很隔膜之故,在最近的三四年间才得到这个发现的消息,才很激动的也加入去赞赏这个风光②。

中国的文学研究者之研究俄国文学虽然起步很晚,但一开始研究,不但很快取得了重要成果,而且经久不衰。"五四"时期,最重要的俄国文学研究成果,大概有:

①关于文学史的研究

这一时期最重要的成果是郑振铎著《俄国文学史略》,1923 年 3 月作为

---

① 阿英:《赫尔岑在中国——翻译文学史话》,1962 年 4 月《世界文学》第 4 期。
② 西谛:《关于俄国文学研究的重要书籍介绍》,1923 年 8 月《小说月报》第 14 卷 8 号。

"文学研究会丛书"之一，由上海商务印书馆出版。《晨报副刊》曾作过介绍，说："此书能用页数不多的本子，将俄国文学的历史上的变迁及其重要作家的风格、思想，有梗概的叙述，可谓近来论俄国文学的最好的小册子。"全书经瞿秋白校阅，并亲自写了最末一章《劳农俄国的新作家》，书末有《俄国文学年表》、《关于俄国文学研究的重要书籍介绍》两个附录。这是我国最早系统介绍俄国文学史的著作。序言中说：

> 俄国的文学，和先进的英国，德国及法国及其他各国的文学比较起来，确是一个很年轻的后进；然而她的精神却是非常老成，她的内容却是非常丰实。她的全部的繁盛的历史至今仅有一世纪，而其光芒却在天空焖耀着，几欲掩蔽一切同时代的文学之星，而使之暗然无光。
>
> 半世纪以前，俄国的文学，绝未引起世人的注意；但隔了不久，她的一切文艺作品，已如东流的急湍，以排山倒海之势，被介绍到英法德及至其他先进国的文字里去了。她的崇拜者白鲁乃狄（Ferdinand Brunetiere）曾说，有一个时期，如果看见一个法国人手里拿了一本常常遇见的黄色封面的书，便可以很确实的决定这是一本俄国一个大小说家所著的小说。在英美二国，其盛况虽没有到这样地步，而托尔斯泰、高尔基、柴霍甫诸人的著作，也到处都有人崇拜。在日本，则"俄国文学热"到现在还没有退。在最近的中国，她的作品之引人注意，也比任何国的文学都甚些。
>
> 俄国文学所以有这种急骤的成功，决不是偶然的事。她的真挚的与人道的精神，使她垦发了许多永未经前人蹈到过的文学园地，这便是她博人同情的最大原因①。

郑振铎就这样以钦佩的心情，简要地叙述了俄国文学发展的历史，对一些重要作家作品作了极概略的评介，确实不愧当时研究俄国文学的最好的小册子。其实，在这本书出版之前，瞿秋白已经写成一本《俄国文学史》，只是到了1927年才作为蒋光慈著的《俄罗斯文学》之下篇出版。我们现在看

---

① 郑振铎：《俄国文学史略》，1923年5月《小说月报》第14卷5号。

到的这个下篇,是经过蒋光慈删改过的,无法看到原貌了。这个删改稿,后来又以《十月革命前的俄罗斯文学》为题收入1953年人民文学出版社出版的《瞿秋白文集》。这一著作是瞿秋白同志系统研究俄国文学发展历史和各个时代重要作家作品的成果,当然也是中国人初期研究俄国文学的最重要的成果。著作写于作者在苏联期间,由于多采用第一手材料,论述和评价就显得格外有价值:(1)对俄国文学历史上的思潮和流派的评述,全然建筑在对当时社会经济条件和社会政治情形的分析的基础上,显得深刻;(2)在推崇中贯串了分析批判的精神,特别注意了糟粕和精华的区分;(3)充分重视了民间文学和西欧文学的影响;(4)深刻阐明了俄罗斯文学对于世界文学的价值。总之,这两本最早由中国人写的《俄国文学史》,不仅让读者能够较为系统地了解并掌握俄国文学发展的基本知识,而且教给了我们继续学习和研究的一些方法,在当时,实在是难能可贵啊!

②作家作品的研究

这一时期,对俄国文学的译介不仅扩大了面,重要作家作品几乎都有翻译,而且大大地加深了理解,或者写成评传,或者写成专论,数量之多也是无法统计的,但有一个十分突出的特点,就是把介绍与研究结合起来了。当时报刊发表翻译作品,无论是诗,还是戏曲,或者小说,往往在作品后面写上"附识"、"译者识"之类的短文,介绍作者的生平、作品的特色,以及译者的看法等。如最早介绍屠格涅夫的《中华小说界》第2卷第7期发表的伴农根据英文转译的屠格涅夫的《杜瑾纳夫之名著》,实即屠格涅夫晚年写的四首散文诗,诗前写了如下的话:

> 俄国文学家杜瑾讷夫(Ivan Turgenev),与托尔斯泰齐名。托氏为文,浅淡平易者居其半,其书易读,故知之者较多。杜氏文以古健胜,且立言不如托氏显,故知之者少。至举二氏并论,则实不能判伯仲。杜氏成书凡十五集,诗文小说并见,然小说短篇者绝少。兹于全集中得其四,曰《乞食之兄》,曰《地胡吞我之妻》,曰《可畏哉愚夫》,曰《嫠妇与菜汁》,均为其晚年手笔(案氏生于1818年,卒于1883年。此四篇成于1878年2月至5月间,时年已六十)。措辞立言,均惨痛哀切,

使人情不自胜。余所读小说，殆以此为观止，是恶可不译以饷我国之小说家。——译者①

又如《青年》杂志 1915 年 9 月 15 日出版的创刊号上就发表了陈嘏译屠格涅夫的小说《春潮》，作品后面写了"译者按"，说：

> 屠尔格涅甫氏（Turgenev Ivan）乃俄国近代杰出之文豪也。其隆名与托尔斯泰相颉颃。……著作亡虑数十百种，咸为欧美人所宝贵。称欧洲近代思想与文学者，无不及屠尔格涅甫之名，其文章乃咀嚼近代矛盾之文明，而扬其反抗之声者也。此篇为其短著中之佳作，崇尚人格，描写纯爱，意精词赅，两臻其极，各国皆有译本②。

这样简概的阐述，无疑，对读者理解作品及作家都是有好处的。这种作法，当时非常普遍，可以说是先驱者们的一个创举。今天，似乎还值得推广。屠格涅夫，是"五四"时期特别引人注意的俄罗斯作家。《小说月报》第 13 卷第 3 号连载了他的名著《猎人日记》，同时刊登了谢六逸的《屠格涅夫传略》、耿济之的《猎人日记研究》。《东方杂志》也刊登了愈之的《都介涅夫》，对屠氏作了多方面的介绍。谢六逸说：

> 屠氏在俄国文学史上，占了极重要的位置，他是把俄国文学介绍给西欧诸国的一个伟人，使俄国文学在俄国以外的地方，为世人亲密的知道，直到现在，他仍旧影响西欧的思想及文艺，在这一点，他和托尔斯泰有同样的功绩③。

耿济之说：

> 我在俄国诸大文学家中最爱读屠格涅甫的作品，因为他的作品能在高超的艺术内曲折传出社会的呼声，反映时代的精神。读屠格涅甫几部长篇的小说，无异读十九世纪一部俄国社会思想史，所以欲研究俄国近代思想的变迁，不能不研究屠氏的文学。屠氏的《猎人日记》反抗农奴

---

① ［俄］杜瑾讷夫著，伴农译：《杜瑾纳夫之名著》，1915 年 7 月 1 日《中华小说界》第 2 卷 7 期。
② ［俄］屠尔格涅夫著，陈嘏译：《春潮·译者按》，1915 年 9 月 15 日《青年》创刊号。
③ 谢六逸：《屠格涅夫传略》，1922 年 3 月《小说月报》第 13 卷第 3 号。

制度，最为激烈，影响于当时俄国社会者亦属最大。因其为俄国文学中最重要的作品，所以我极喜欢读他，研究他①。

愈之则说：

> 都介涅夫最大的特色，是能用小说记载时代思潮的变迁。他的小说出现，先后要占三十多年的时期。在这三十年间，俄国社会从旧生活改到新生活；思想界经过好多次的变化。都介涅夫却能用着哲学的眼光，艺术的手段，把同时代思潮变化的痕迹，社会演进的历程，活泼泼的写出来；而且是富于暗示和预言性的。要是把他一生大著作汇合起来，便成一部俄国近代思想变迁史。这种反映时代精神的艺术手段，恐怕全世界找不到第二个呢②！

茅盾在他所写的《小说月报》"编辑余谈"、"最后一页"中，也多次对屠格涅夫作过精到的评论。又如1921年1月出版的《小说月报》第12卷第1号发表了沈泽民译的安得列夫所著戏剧《邻人之爱》，"雁冰附记"道：

> 此间更想加说一二句，简单地解释安得列夫。托尔斯泰的目光只在原始的人类，高尔基只在下级社会，乞呵甫只在上中级社会，安得列夫却是范围很广，不只限于一个阶级，而且狂的与非狂的人们，都被他包罗进了。他自然只好算是写实主义的作家，然而他的作品中含神秘气味与象征色彩的也很多。如《蓝沙勒司》和本篇，都很有象征的色彩了③。

这一评论虽然很短，但确实起到了画龙点睛的作用。又如1924年9月1日《晨报副刊》发表莱蒙托夫的《高加索小曲》时，译者陆士钰在所写的"译后志"里说：

> 烈尔蒙托甫（Lermontov，1814～1841） 他是十九世纪俄国最著盛名的诗人。他的文学生活仅有八年。但他的成功，却不下于普希金。关于他的传略及批评他的作品，郑振铎先生等在《小说月报·俄国文学

---

① 耿济之：《猎人日记研究》，1922年2月《小说月报》第13卷3号。
② 愈之：《都介涅夫》，1920年2月《东方杂志》第17卷4号。
③ ［俄］安得列夫著，沈泽民译：《邻人之爱·雁冰附记》，1921年1月《小说月报》第12卷1号。

研究》号及郑振铎先生编的《俄国文学史略》上说的綦详,似用不着我来多嘴了。总括的一句话,他实是一个文学中的革命,造成了俄国的浪漫主义者,而其作品中具有奋斗反抗的精神,所以我们读他的作品,能激起我们反抗现社会的黑暗。他的作品译成中文者,寥寥无几。此篇译自他的全集,一八八九年在圣彼得堡出版①。

这篇直接从俄文译出的作品当然可贵,而译者所写的后志,更告诉了我们除作者生平及创作特色之外的许多东西,对读者、对研究者不无好处吧!周作人,应该说也是一个对俄国文学译介有贡献的人,过去,由于他的投敌叛国,无人敢于评述,其实,新文学初期,对俄国文学,他有翻译,也有研究,其影响是不小的,今天,我们在谈论"五四"新文学与俄国文学的关系时是不能回避的。如《新青年》第6卷第1号就发表了他翻译的F. Sologub的《铁圈》,并写有"附识"说:

> Sologub是厌世家,又是死之赞美者(Peisithanatos)。他在《小鬼》中,表明人生的恶浊无意义;要脱离这苦,但有死这一条路:如《迷藏》中的小女儿Leletshka,又或如《未生者之接吻》中的胎儿,便最好了。其次要算发狂,他称为祝福的狂气。此外还有两种法门,可免人生的苦恼:第一是美,第二是空想。但无论怎样天真的美,一与人世接触,也被污染毁坏;所以诗人的空想,便是唯一的避世的所在。英人Cournos说"空想是美的媒介;能令人在悲哀中求得悦乐。有空想的人,真是幸福。他在这日光所照鄙俗可厌的人世之外,别有一个世界:怪异荒唐,同童话的世界一般,也便是夜的世界"。……
>
> Sologub的意见大略与意大利诗人Lepardi相似,"以为人生只有苦趣;灵智之士,苦亦益大。盖人生慰藉,实唯空虚。人有希望、空想、幻觉,乃得安住。如幻灭时,止见实在,即是悲苦。欲脱此苦,唯梦或死"。……
>
> 但我的意见,不能全与著者相同,以为人的世界,究竟是在这真实

---

① [俄]莱蒙托夫著,陆士钰译:《高加索小曲》,1924年9月1日《晨报副刊》。

的世界一面，须能与《小鬼》奋斗，才算是唯一的办法。所以我们从别一方面，看这抛圈的老人的生活，与《卖火柴的女儿》比较观察，也是一件颇有意义的事①。

这简短的附志，也可以说是一种比较文论，既介绍了作家作品，也表明了译者的文学观及美学思想。这类附志译后，可以说是周作人评论活动的重要组成部分，应当给予重视。又如他在译作《玛加尔的梦》后写道：

科罗连珂人道主义的思想，多与陀思妥耶夫斯奇及托尔斯泰相似，诗一般的自然描写，又有都介涅夫的风趣；但篇中的诙谐味，是他独有的；他的小俄罗斯的温暖的滑稽与波兰的华丽的想象，合成他小说的特色，令人想起果戈理（Nikolai Gogol）——也是小俄罗斯人——"笑中有泪"的著作。在《玛加尔的梦》里，这特色也极明了。这篇里写自然的美与自然的残酷，人性的罪恶与人性的高贵，两面都到，是写实主义后的理想派文学的一篇代表作品，在这里面，悲剧喜剧已经分不清界限，便是诗与小说也几乎合而为一了②。

如果我们把这些翻译及附志和周作人在《域外小说集》里所译的梭罗古勃等人的作品相比较，无论是译文，还是理解，都可以说大大地前进了一步。又如铁樵翻译的陀思妥耶夫斯基的小说《冷眼》，译文前就用"记者志"的名义写了介绍文字，说：

陀思妥耶夫斯基（Feodor Mikhailovitch Dostoyévsky，1821—1881）是近代俄国三大文豪之一，和都介涅夫、托尔斯泰齐名。他的出身，非常穷苦，后来因革命嫌疑，被窜到西伯利亚去。他的文学，人道主义的色彩最鲜明；他的小说中所描写的，多是些堕落社会的事情；心理的分析，更是他的特长……③

这简短的介绍突出了陀思妥耶夫斯基创作的特色。至于论文，那就更多

---

① [俄] F. Sologub 著，周作人译：《铁圈》，1918年6月15日《新青年》第6卷第1号。
② [俄] 科罗连珂著，周作人译：《玛加尔的梦》，1920年9月1日《新青年》第8卷第2号。
③ [俄] 陀思妥耶夫斯基著，铁樵译：《冷眼》（今译《圣诞树与婚礼》），1920年6月《东方杂志》第17卷11号。

了，即以陀思妥耶夫斯基为例，1921年11月《时事新报》副刊《文学旬报》发表了西谛（郑振铎）的《陀思妥以夫斯基的百年纪念》以及胡愈之编的《陀思妥以夫斯基年谱》、《陀思妥以夫斯基作品一览》、《陀思妥以夫斯基与其作品》等论著；1922年1月出版的《小说月报》第13卷1号上发表了沈雁冰的《陀斯妥以夫斯基的思想》、小航的《陀思妥以夫斯基传略》、郎损的《陀思妥以夫斯基在俄国文学史上的地位》等文，从多侧面对作家作品做了介绍，并指出我们学习陀氏的现实意义："我们就现在讲现在，把陀氏的思想摊在面前，和现在人性的缺陷处比较着一看，总应该觉得陀氏的思想是人类自古至今的思想史中的一个孤独的然而很明的火花。对于中国现代的青年，尤是一剂良好无害的兴奋剂。他的对于将来的乐观，对于痛苦的欢迎，他的对于无产阶级的辩诬和同情，……——都是现代的消沉，退缩，耽安乐，自我的青年的对症药。我们，中国的青年，这几年来所见的黑暗，所受的痛苦，所牺牲的，比诸俄国青年在西伯利亚'死室'里所受的，孰多孰少？恐怕一千分之一也没有啊！然而我们社会中已有许多青年发出绝望的叫声来，对于人生没味了，甘心要把享乐的浓酒麻醉自己清醒的神经再装着假睡了：这真太说不过去哩！让我们来宝爱生命罢，不要随他灰色的呆滞的过去；我们确信将来罢！社会改造的方法，陀氏曾言俄国不应抄西欧的旧法而应自创俄国的法式的，现在不是已经明明放在那里么？此外我们还缺少了什么？"① 这些评论都是十月革命前所没有的。

③介绍、研究与创造新文学结合

文学也与别的学问一样，要求其发展，绝对离不开外来影响。"五四"新文学之受欧美文学的影响，形式大于思想。五四运动前后，李大钊同志以马克思主义的观点撰写了《俄罗斯文学与革命》一文，从文学与革命的关系入手，分析了作家与社会活动的关联，分析了俄国文学的特色及作用。他说：

> 俄国革命全为俄罗斯文学之反响。俄国有一首诗，最为俄人所爱

---

① 沈雁冰：《陀斯妥以夫斯基的思想》，1922年1月《小说月报》第13卷1号。

读,诗曰:

> 俄国犹大洋,文人其洪涛;
> 洋海起横流,洪涛为之导。
> 俄民犹一身,文人其神脑;
> 自由受摧伤,感痛脑独早。

此诗最足道破俄罗斯文学之特质。俄罗斯文学之特质有二:一为社会的色彩之浓厚;一为人道主义之发达。二者皆足以加增革命潮流之气势,而为其胚胎酝酿之主因①。

李大钊以此为论点,特别以诗人为例证,详细分析了俄国诗人与社会活动的关联:俄国的专制,黑暗政治,迫使许多自觉之青年,"相率趋于文学以代政治事业,而即以政治之竞争寓于文学的潮流激荡之中,文学之在俄固遂居特殊之地位与社会生活相呼应。……俄国社会亦不惯于文学中仅求慰安精神之法,知欧人之于小说者然,而视文学为社会的纲条,为解决可厌的生活问题之方法,故文学之于俄国社会,乃为社会的沉夜黑暗中之一线光辉,为自由之警钟,为革命之先声"②。瞿秋白同志更从中、俄的国情很有相似处指出:

> 不是因为我们要改造社会而创造新文学,而是因为社会使我们不得不创造新文学。……那么,我们创造新文学的材料本来不一定取之于俄国文学,然而俄国的国情,很有与中国相似的地方,所以还是应当介绍③。

他还从俄国文学发展的历史经验"推及中国现在所需的文学,似乎也不单是写实主义,也不单是新理想主义(此处专说现在人所介绍到中国来的),一两个空名词,三四篇直译文章所能尽的,所以不得不离一切主义,离一切死法子,去寻中国现在所需要的文学,应当怎样去模仿,模仿什么样的;应

---

① 李大钊:《俄罗斯文学与革命》,1979 年 6 月《人民文学》第 6 期。
② 李大钊:《俄罗斯文学与革命》,1979 年 6 月《人民文学》第 6 期。
③ 瞿秋白:《关于俄罗斯和苏联文学片断·俄罗斯名家短篇小说集·序》,《瞿秋白文集》第 2 卷,人民文学出版社 1953 年 12 月版。

当怎样去创造，创造什么样的"，因此"更希望研究文学的人，对于中国的国民性，格外注意"①。这才是问题的根本。郑振铎在他的《俄国文学发达的原因与影响》一文中分析了中国旧文学和俄国文学的特质，对俄国文学将来的影响作了预测："第一个最大的影响，就是能够把我们中国文学的'虚伪'的积习去掉。俄国的文学，最注意的是'真'。中国的文学，最缺乏的也是'真'"；"第二个影响就是可以把我们的非人的文学变成人的文学。俄国的文学是人的文学。他们充满了同情心，深埋着人道的情感；他们是诚恳，真实，同情，友爱，怜悯，爱恋——是人类的文学，人道的文学"；"第三个影响就是能够把我们的非个人的，非人性的文学，易而为表现个性，切于人生的文学"；"第四个影响就是能够把我们的文学平民化了"；"第五个影响，就是能够把我们的文学悲剧化了"，改变那千篇一律的"团圆主义"。郑振铎作了这种预测后断言：

> 上面所说的虽然都不过是猜度之辞，然敢说，如果俄国文学的介绍盛了，这些影响必定是都要实现的。——现在已经实现了一些了——所以我们相信俄国文学的介绍与中国新文学的创造是极有关系的。
>
> "我们要创造中国的新文学，不得不先介绍俄国的文学"，这就是我们现在所以要极力的介绍俄国文学入中国的原因了②。

总之，这一时期，俄国文学的介绍和研究出现了一个前所未有的高潮。鲁迅、瞿秋白、耿济之、郭沫若、蒋光慈……一大批"五四"新文学的先驱者们接受俄国文学的影响，创造了如《狂人日记》、《女神》、《无穷的路》一样的人的文学，个性的文学。

第三阶段：从大革命失败到"文化大革命"

这一时期，在介绍研究俄罗斯文学的工作中出现了三个新的特点：（1）除继续译介俄罗斯作家的作品，如普希金的《茨冈》、《叶普盖尼·奥涅金》；托尔斯泰的《战争与和平》、《安娜·卡列尼娜》；屠格涅夫的《初恋》、《罗

---

① 瞿秋白：《关于俄罗斯和苏联文学片断·论普希金的〈弁尔金小说集〉》，《瞿秋白文集》第2卷，人民出版社1953年12月版。

② 郑振铎：《俄国文学发达的原因与影响》，1920年12月《改造》第3卷第4期。

亭》、《父与子》、《处女地》等外,逐渐转向苏联文学的译介,如高尔基的《母亲》、绥拉菲摩维支的《铁流》、法捷耶夫的《溃灭》……根据1958年的统计,苏联(包括旧俄)文学艺术作品的译本达到3525种,8200.5万册,占外国文艺作品译本总数的65.8%,总印数的74.4%。这些数字和百分比充分说明了苏联文学在整个外国文学中所占的地位,也说明了它在中国人民中间受欢迎的程度及其影响。这不属于本书论述的范围,也就不多谈了。(2)注意了文学史及文艺理论的译介,先后出版了克鲁泡特金的《俄国文学史》、贝灵的《俄罗斯文学》、普列汉诺夫的《艺术论》、卢那察尔斯基的《艺术论》等一批科学艺术论著。(3)加强了对俄罗斯文学的研究,先后出版了《普式庚逝世百周年纪念集》、《俄国大戏剧家奥斯特罗夫斯基研究》、《高尔基研究年刊》等,此外,《文学》、《译文》、《中苏文化》等刊物出版了许多作家的纪念专号。

总之,中俄的文字之交,开始得虽然比中英、中法迟一些,但是一向不用自私的"势利眼"来看俄国文学的中国读者大众,总是如往常一样,且更加欢迎俄国文学。因而,俄国文学成为影响我国现代文学的一股强大的势力!

我们的导师和朋友

"走俄国人的路。"①

"俄国文学是我们的导师和朋友。"②

这是毛泽东和鲁迅先后得出的结论,也是千千万万寻找救国救民之路的中国知识分子、文学工作者的共同信念。我们的读者和文学工作者,从俄国文学中看见了被压迫者的善良的灵魂、酸辛、挣扎,还同二十世纪四十年代的作品一同烧起希望,和二十世纪六十年代的作品一同感到悲哀,知道了变革、战斗、建设的辛苦和成功,所以,对毛泽东、鲁迅的结论,总是感到分

---

① 毛泽东:《论人民民主专政》,《毛泽东选集》1卷本,人民出版社1966年3月版。
② 鲁迅:《南腔北调集·祝中俄文字之交》,《鲁迅全集》第4卷,人民文学出版社1957年7月版。

外亲切。

也许是因为两国的国情相似吧！从普希金到高尔基，还有苏维埃的年轻作家，对中国的哲学、文学，对创造这些哲学、文学的中国人民，一直表示敬佩、同情，并寄予殷切的希望。恐怕再也没有人比俄国作家那么集中、那么深厚地表达这种感情了吧！

俄罗斯文学的奠基人、"俄罗斯诗歌的太阳"——普希金就是中国人民的朋友和导师。他生前曾和中国哲学、中国文学发生过密切的关系。在他的藏书室里，至今还保存着《三字经》的俄译本和《赵氏孤儿》的法译本。在他的作品里多次写到中国。诗人向娜泰利亚求婚，遭到其父的拒绝后，于1829年写给娜泰利亚的一首题为《我们一同走吧，我准备好啦……》的诗中说道：

　　我们一同走吧，我准备好啦；朋友们，无论你们去到那儿，
　　凡是你们想去的地方，到处我都准备跟随着你们走，
　　只要躲开我那傲慢的人儿；
　　那怕是去到遥远的中国的万里长城边[①]。

据说，这是俄国作家的作品中最早提到中国的诗文！1830年1月7日，普希金用法文写了一封信给当时主管他的宪兵总督班肯多尔夫将军，要求允许他"随同到中国去的使团一同访问中国"。普希金在信中这样写道：

我的将军：

　　我访问过阁下，但没有荣幸能见到你，因此我请求你允许我大胆地用书面向你陈述出我的请求。

　　目前我还没有结婚，也没有参加官职，我很想能到法国或是意大利去旅行。假如这个请求得不到许可，那么我请求允许我随同到中国去的使团一同访问中国。

　　……

　　我全心地信赖着你的好意，我的将军，我将永远是你阁下的

---

① 转引自戈宝权：《普希金和中国》，1959年4月《文学评论》第4期。

最卑微的和最顺从的仆人

亚历山大·普希金
1830 年 1 月 7 日①

可惜，普希金的这一要求遭到了拒绝，否则，他能到中国，必然会为中俄文字之交留下光辉的篇章。值得注意的是，普希金在他的著名诗体小说《叶甫盖尼·奥涅金》第一章第六节结尾的手稿中写下了这样的诗句：

孔夫子……中国的圣人，

教导我们要敬重青年人，

  并且

为了防止堕入迷误的歧途，

不要急于就加以指责，

只有他们才能寄予希望，

希望……②

后来正式出版时虽然删去了，但手稿却至今保存着，被编为 2369 号手稿。杰出的批判现实主义作家冈察洛夫，1852 年秋天被推荐作了海军上将普嘉京的秘书，10 月 7 日，随普嘉京乘上了三桅巡洋舰"帕拉达"号，从彼得堡的喀琅施特军港起航，1853 年 6 月 14 日到了香港，停泊到 26 日。其间，普嘉京曾到广州，要求门户开放，允许俄国参加五口通商，未得实现。1853 年 11 月 14 日，舰只开到长江南边的马鞍山列岛停泊；23 日，冈察洛夫曾随同巡洋舰的人员改乘商用纵帆船前往上海，直到 12 月 15 日。回国后，他写了《三桅巡洋舰帕拉达号》（фрегaл "Палада"）的长篇游记，其中专门用日记体写成了《上海》一章。书中对中国人民的勤劳给予了极高的评价，对中国人民所遭受的压迫和痛苦表示了深切的同情，对英帝国主义者的侵略和罪行表示了无比的憎恨与谴责，特别是记载了上海人民当时所举行的小刀会起义。他这样写道：

---

① 转引自戈宝权：《普希金和中国》，1959 年 4 月《文学评论》第 4 期。
② 转引自戈宝权：《普希金和中国》，1959 年 4 月《文学评论》第 4 期。

在这里，上海道的统治者爽官在指挥着帝国主义者。他聚集了士兵，把他们的营房安置在县城的周围，而自己则坐在沙船上，从黄浦江上指挥作战。看起来，是很难赶走这群流氓和衣衫褴褛的人呢？直到目前为止，他们的一切努力都是枉然的，欧洲人保持着严格的中立，尽管他提出假如欧洲人当中谁肯为他服务，每个人每一昼夜付给20块银圆。但目前愿意应征的人还是很少。他进行的夜袭没有成功。他想放火焚烧全城，也没有成功；烧掉的只是一个郊区，因为放火焚烧城市时，刚好碰上逆风，火没有蔓延开去。可是他们采用了多少细小的和毫无结果的残酷暴行呀！但这并没有吓倒起义军①。

这，以一个目击者的笔写下的材料是多么珍贵啊！不但让俄国人第一次知道了中国发生的事情，而且也给中国人民留下了可贵的第一手资料。更为难得的是，冈察洛夫能从英帝国主义的殖民掠夺中看到中国人民是不可征服的。他赞扬"中国人是生气勃勃和富有精力的人民"。契诃夫于1890年5至6月间横跨过辽阔的西伯利亚到库页岛去旅行的途中，曾遇见了不少的中国人，给他留下了深刻的印象。他在给《新时代报》的出版人苏伏林的信中，称赞中国人"很讲究礼节"，"是最善良的人民"，表示了对中国人民的友好感情。他为朋友的孩子所写的一首寓言诗中，专门写了中国人。诗是这样写的：

有一次，胖胖的中国人，

走过一座桥，

在他们前面，

翘起了尾巴的兔子们跑得飞快。

突然那些中国人喊道：

"停止！哗！呵！呵！"

兔子们将尾巴翘得更高点，躲进了丛莽。

这一个寓言的意思是显明的：

谁想要吃兔子的话，

---

① 转引自戈宝权：《冈察诺夫和中国》，1962年《文学评论》第4期。

> 每天早上起床，
>
> 必须听爸爸的话①。

俄国大作家托尔斯泰不仅仅是对中国的思想文化抱有浓厚的兴趣，而且，长时间进行探索。据统计，他当时读过的有关中国的专著和译本就有32种之多。1891年10月，彼得堡的出版家列杰尔列问他：世界上哪些作家和思想家对他的影响最深？他说，中国的孔子和孟子"很大"，老子则是"巨大"。我们在他的日记中发现，从1884年3月6日到1910年9月7日，长达20多年的时间里，他对孔子、老子、墨子均有记载："读孔夫子。他的话都说得更深刻、更好。没有他和老子，福音书就是不完备的。可是他连一点福音书的味道也没有"②；"开始读孟子。非常重要、非常好。孟子教导说，'要像把失去的东西找回来那样，去寻找失去的心'。好极了"③；"健康状况良好。什么也不写，研究孔夫子，而且是很好地研究。我在汲取精神力量"④；"读老子对我来说是有很重要的意义的。那种可鄙的感觉：高傲，自己想成老子的愿望，恰恰跟老子是直接相反的。瞧他说得多好：最高的精神状态永远是跟最完满的谦逊结合在一起的"⑤……托尔斯泰正是从中国的孔子、孟子、墨子、老子那里吸取了精神力量，并借助这种力量，最后形成了自己的思想体系——托尔斯泰主义：人类爱、道德的自我完善。他于1893年9至10月，与波波夫一道译了老子的《道德经》，还和布朗热编写了《孔子·生平及其学说》、《中国哲学家墨翟·论兼爱学说》、《中国贤人老子语录》、《阅读园地》，又先后撰写了《论孔子的著作》、《论〈大学〉》、《论老子学说的真谛》等文章。他在《论孔子的著作》一文中说："中国人是世界上最古老的民族，中国人是世界上最大的民族……中国人是世界上最爱好和平的民族，他们不想占有别人的东西，他们也不好战……因此，中国人是世界上最爱好

---

① [俄]蒲宁著，茅盾译：《回忆契诃夫》，《茅盾译文选集》下，上海译文出版社1981年9月版。
② 1884年3月29日。
③ 1884年4月9日。
④ 1900年11月12日。
⑤ 1909年5月5日。以上均引自《世界名人论中国文化·日记中有关孔子、老子、孟子、墨子的材料》，湖北人民出版社1990年10月版。

和平的民族。"① 他宣扬中国的古代哲学、文化。这种工作，一直持续到他逝世为止。特别值得注意的是，他曾多次和中国人直接书信往来，表达了他对中国人民的热爱与尊敬。托尔斯泰与一个叫做张庆桐的中国人的书信往来，是我们知道的托氏与中国人最早的通信。他们两人的来往书信均用俄文。这次往来的书信载于张庆桐所写的《俄游述感》，他转译成中文了，附有托氏原件的影印。张信全文如下：

> **致托氏书**
>
> 甲午中日之役，余愤国势骤落，乃弃旧文求新学。以平日习闻大彼得之遗事，而未得其详，于是决意习俄文。……而上下深闭固拒，方之俄当彼得以前，情势殆有甚焉。心常以为天不欲兴中国则已，苟欲兴之，必有如彼得者以为之主，而后可。及居俄数年，读先生之书，则此心更大惊怪。彼得强力变政，勃兴国势，先生精思为文，唱崇民德，相距二百年，伟人并出，何俄得天之独厚也？虽然，我国士大夫通异国文字者鲜，其于西国政治学术，既择焉而不精，语焉而不详。至如俄者，以为专制国，其民当卑之无甚高论，而孰知先生理想之高尚，欧美人莫不心折乎？又孰知老氏无为之旨，白种中独先生契之最深乎？自满洲铁路成，俄政府进取之余锐且坚，我国民愤且怒，以为俄真老狼国，不可近，然而俄之人民，政事固不与闻也。窃谓政府人民当分而为二。后日中俄政府之交，其究竟不可测，而两国人民必当谋所以亲密之道。其道惟何？亦得通声气而已。是故先生著作，苟有人译述一二，传之中国，我国恍然见山斗在北，必骤生亲仁善命之感情。先生其许我否乎？《李鸿章》一书，我国古今政事变迁，略具其中，寄呈左右，暇乞一览②。

托尔斯泰于 1905 年 12 月 5 日对张庆桐的来信作了回复。托氏回信，张庆桐是这样翻译的：

> 承赠书甚喜。得尊函尤快。余老矣，生平数与日本人遇，而中国人

---

① 转引自戈宝权：《托尔斯泰和中国》，1981 年《上海师范学院学报》第 1 期。
② 张庆桐：《致托氏书》，原载《俄游述感》，转引自马祖毅：《中国翻译简史》，中国对外翻译出版公司 1984 年 7 月版。

则未一遇。且亦未因事得与中国人一通声气。余之愿未偿，盖已久也。余亦欧人，虽于中国伦理哲学未敢谓悉其精蕴，然研究有年，知之颇审。至于孔孟老三家及其诸家学说更无论矣。（余所惊服者，孟氏之辩。）余于中国人敬之重之，匪伊朝夕。自日俄战祸成，而此念更有所增益。此役也，中国人盖有非常功，非特日本之战胜不足论，且徒见日俄之残忍相杀，演成一恶界而已。余观中国人而信人民之美不在强有，不在杀人，而在乎能忍，虽有怒之辱之，损害之者乎，其能忍如故。宁人负我，毋我负人，中国人其有焉。是余之所谓中国人之功也。中国人之为欧洲伪耶教所凌侮，今日遇日俄之战，又受种种无道之行动，余以为中国人于此得耶教之微旨，合各国宗教之原理（耶教亦在其中），实远出乎欧洲所谓耶教中人及俄国政府之上（忆来函中语分别政府与人民为二派极是）。译书方收到，尚未展诵。然观来函，恐此书宗旨与余不合。观函中词意，君于中国上下（想书中宗旨亦同），极望有一番之改革。夫所谓改革者，何意乎欲使国家生长发达，得完满之效果耳。此固不能不与之表同意，然使中国为形式之改革，则反将成大错，且有妨乎国家之命运也（即如欧美之改革，在远识之士视之，决非永远完固之局）。余以为国家改革，当从国民性质中自然生出，自成一特色，虽与别国形式上绝无一相似之处，无害也。中国进化迟缓，天下皆以为中国病，然以较近日耶教中人所得之结果，余以为中国且胜于彼等什佰千万也。盖欧洲所谓耶教中人，实则日处罪恶之中，以竞争为前提，焉有宁日。若夫俄国人民占世界上之多数，以农为业者，余以为当别论。余深望俄国将来人民之组织，别立体裁。中国情形相同，余有同一之希望中国不步武日本也。其如天之福乎？余意中国人及别国人皆当注意于精神之发达，不当注意于机械。精神亡，则机械适足以害人而已。来函谓中俄两大国之联合，当从性情上着想，不可专恃外交家之手段，或政府中人之团体，余甚以为然。窃谓中俄人民皆务农业者，于共同生计上当脱政府之羁绊，别拘形式，今日所谓种种自由信教、自由言论、自由政体、自由选举，皆不足道。余之所重，在真自由。所谓真自由者，人民之生活无须乎政府，无一人为其所制，人民之所服从者，惟有最高无上之道德而已。更伸一言，余甚喜与君相交。余之生平著作，君如能译布于中国，则尤所欣幸无穷者也①。

张庆桐的译文，不免太文言化了一点。今天已有新的译文。张氏的生平，迄今知道的不多，只知道他原籍江苏省江阴县，1896 年 25 岁时到北京同文馆学过俄文，1898 年被选派去俄国留学，曾在俄国多处游历，并到过伦敦、巴黎等地。1907 年，他曾往海牙参加过万国和平会议。1910 年，他随载涛到日、美、奥、俄等八国考察陆军。1904 年夏天，他和俄国朋友威西纳合作翻译了梁启超所著《李鸿章》一书，为了扩大这本书在俄国的影响，决定采用三种办法：一赠要人；一赠报界；一赠诗文巨子。赠托尔斯泰的书是从伦敦寄出的，遂有与托翁通信一事。

辜鸿铭是继张庆桐与托尔斯泰通信后，第二个和托氏通信的中国人。1906 年 3 月，辜氏通过俄国驻上海总领事勃罗江斯基把他用英文写的《尊王篇》和《当今，皇上们，请深思！——论俄日战争道义上的原因》两本书送给托尔斯泰。托尔斯泰先叫秘书复信感谢，当年 9、10 月又亲自写了复信。复信曾以《俄国大文豪托尔斯泰伯爵与中国某君书》为题发表于 1911 年 1 月《东方杂志》第 8 卷第 1 号。在复信前，译者写了如下"志"语："托尔斯泰伯爵，为近世伟人。于去年西历十一月卒于亚斯太波奥。其行状及著作等，已揭载于去年十二月之本志。兹觅得其与中国某君一书，译录之以觇其概略。玩其语意，当为十年以前之文字也。"

复信全文是这样写的：

　　一再捧读尊书，欣跃奚似。中国国民之生活，仆从来颇喜考察，甚有兴会。俗得机会而大研究之，孔老诸家之书。仆平生诵之弗措，至于佛典。不独欧人撰述，即汉文著作亦读之，盖从事于此久矣。近日俄人以暴戾之行，加诸清国，愈动仆心。盖中国人对于欧人之非人类的残虐

---

① ［俄］托尔斯泰：《复张氏书》，原载《俄游述感》，转引自马祖毅：《中国翻译简史》，中国对外翻译出版公司 1984 年 7 月版。

与贪婪，独能和平自持，且忍耐之以至于今，至哉！夫中国国民之和平忍耐，虽益使欧人狂暴自逞，是固野人之常，不足怪也。今中国国民，所受之迫害，痛苦已极，甚于疾病，而不因此而弃其忍耐之心。基督曰：善忍而至其极，必被救矣，仆信之不疑，其行之，虽固不易，而不以恶报恶，不独为人类救济之道，亦对恶者而得胜，惟一之道也。

中国国民，善行斯言。故尝割旅顺口于俄国，假令中国对日俄两国，讲军事防御于此地，则不若割让之利大矣。其以威海卫、胶州湾割让于英德两国者亦然。于是掠夺者互相嫉而争之，其极必致自破。豺狼之斗，今于人间而见之。乃知此辈皆堕落于兽类者也。

战斗之精神之起于中国也，对于欧人，欲以暴易暴。仆尝闻之：不自觉战栗而悲哀也，此事信然。则中国国民，弃其坚忍不拔之精神，而一旦骤起，欲远窜欧人于外。虽其人甚众，且富持久之性，亦当能达其夙望。然其结果有颇可忧虑者，是非德国皇帝之所谓黄祸也。乃举中国全土，失农业生活质朴之状态为可虑耳。盖农业生活，为世界人类早晚必当趋向之真生活也。仆谓方今之世为改革时代，人类生活，当起一大变化，又谓中国为东方诸国首领，有当实行之一大问题。盖中国、印度、波斯、土耳其、俄罗斯、日本等东洋国民之天职，不独获得欧洲文化之精彩，必当表示真正自由之模范于人类也。仆素知之，而来书亦数述之。此真正之自由，即中国人所谓德也。盖德者，依宇宙大法之精神而活动之义也。

自由之为何物？基督之教训亦已述之。曰汝等知真理，真理即自由汝者也。天之眷东洋民族，使之宣传自由，仆亦信之不疑，盖此自由云者，在欧西已尽失之，而不复存其迹矣。

昔者平和而好劳动之人类中，有贪婪而事剽掠之人类骤起，此无赖种族，直压彼平和住民于己下。虐使之而不止，然上古之世，征服者虽占领其所殖民之土地，未有流害毒于被征服者，且仅被征服者之少数为其奴隶耳，其多数栖止安稳，不感痛痒。此固所在皆同。西欧人民其组织国家亦如此，不特东洋诸国为然也。

然虐使之状态,亦必不能永续,有二原因也。第一以权力专事横压者,其中自含破灭之因。第二被征服者渐次自觉,至知服从之外失其一切也。此二原因,在交通发达之世,以汽车、汽船、邮便、电信、电话等之利器,传播日甚,速于置邮。且世事繁复,占领者亦假之而扩张其威。岁月渐迁,愈觉其难受,至不得不变其状态。西方人民,早在古代,为此自觉,遂以同一方法变其状态。以代议政体。制限主权者之权势。今中国亦自觉专制政体之不良,至求真自由之道矣。中国之最上主权者,即为天子,睿智德行,固为最上。若其君不能如此,则国民当辞其服从,是亦当然之理也。若谓有命在天,则与使徒保罗之所谓一切权力皆自神,毫无相异矣。

天子之权力果自神乎否?若桎梏稍宽,则此说或当姑视为真理。然现今之世,国民多数,自觉专制政治之虚伪缺点。在西方则既决此问题,在东方则今为焦眉之急。仆知俄罗斯、波斯、土耳其、中国等,方在此状态也。诸国形势颇相似,决不得墨守旧时之惯习,"协路尊"曰:电信与成吉思汗,决不得并存。若东方犹任成吉思汗之专擅,则方在其终也审矣。

俄国亦实如此也。以仆视之,则与土耳其、波斯、中国,全然相同,就中在中国方极其绝顶。中国国民温和之性质与不整顿之军队,遂使欧人以其政府与国民不相融洽为口实,而掠夺其领土。中国固自知其非,则不可不速改其权力之关系矣。

轻薄浅虑之改革党,欲革专制政体而为共和政体。仆因尊书知之,骤观之极自然而单纯,然仆知其轻忽而不通时势也。若夫诸般施设,必摹拟欧洲国民,是脱却从来一切之经验也,是辞农民生活即离德之真生活者也。假令中国人得欧洲文明之粹,盛修武备,大扩商业,其状态与欧洲国民相近,而其结果亦可痛哭长太息者也。

信中充满了对中国的美好的感情!中国人对托尔斯泰也始终怀着敬意。1908年8月28日是托尔斯泰八十诞辰日,当时上海的一些中外人士聚会庆贺,用中、英、法三种文字向托尔斯泰发去贺词。中文贺词有辜鸿铭签名。

贺词中有这样的话："今日我同人会集，恭祝笃斯堆先生八秩寿辰。窃维先生当代文章泰斗，以一片丹忱，维持世道人心，欲使天下同归于正道，钦佩曷深……此真千载一时之会也，同人不敏，有厚望焉，是为祝。"据说，此贺词现仍藏莫斯科托尔斯泰博物馆。正因为这种心心相印，所以，托尔斯泰曾一再向友人们表示："假如我还年青的话，那我一定要到中国去。"如果他的这一愿望能够实现，那一定会给中俄文字之交增添新的光彩！

高尔基更是与中国人民心心相印。早在 20 世纪初，当八国联军对中国进行疯狂的武装干涉的时候，他两次邀约契诃夫一同到中国，但由于种种原因未能如愿以偿。1900 年 8 月下旬，他在给斯列金医生的信中，旗帜鲜明地站在中国人民一边，严厉地谴责了帝国主义的侵略罪行。信中写道：

假如真正宣战——那我就去。一定去！我认为这次战争具有巨大的意义。假如它要延长到三十年，变成全欧洲的大混战，那我一点也不会吃惊！唉！为什么我不是一个中国人！我要让你们看看什么是文明！我要从他们身上剥下文明的假面具。我要……①

从此以后，高尔基一直关注中国人民的革命斗争，一次又一次用他的崇高威望，声援、支持中国人民的革命，直到逝世为止。辛亥革命胜利不久，他就写信给孙中山，在信中说道：

尊敬的孙逸仙：

我是一个俄国人，也正为着您所奋斗的那些同一思想的胜利而斗争；不管这些思想在什么地方取得胜利，——我和您都为它们的胜利而感到幸福。我祝贺您的工作的美满成功，世界上一切正直的人士，都怀着关切、高兴和对您这位中国的赫尔古里斯的钦佩的心情，注视着这个工作。

我们，俄国人，希望争取到你们已经取得的成就；我们，在精神上是兄弟，在志向上是同志，可是俄国的政府和它的奴才们，却迫使俄国人民站在仇视中国人民的立场上。

我们，社会主义者，是真诚地相信全世界可以，而且一定能够过着

---

① 戈宝权：《高尔基和中国》，1958 年 2 月《文学研究》第 2 期。

友爱与和平的生活的人们，——难道我们应该允许那些贪婪和昏庸的人们助长种族仇恨的发展，使它成为横亘在社会主义道路上的一座阴暗而又牢固的墙壁？

相反地，我们要竭尽一切努力，去粉碎我们的敌人——全世界一切美好事物的敌人的所有恶毒的企图——这些敌人想把太阳熄灭，以便更加顺利地去干自己的黑暗贪婪的勾当——在世界上散布仇恨，压迫人民。

我们，社会主义者，必须尽可能经常指出：在世界上存在着政府与政府之间的仇恨，但不应该有由于统治阶级的贪心而引起的民族之间的仇恨。

尊敬的孙逸仙，我请求您写一篇文章，叙述中国人民一般对欧洲资本的掠夺野心抱持什么态度，特别是对俄国资本家及俄国行政当局的行动抱持什么态度？中国人认为这是些什么行动？它们从你们的人民那里碰到了什么样的反击？

假如时间不允许您亲自写这篇文章，那就请您委托您的任何一位朋友起草，然后经您亲自审阅。请您用任何一种欧洲文字来写这篇文章，并按我的地址寄下。

恳请您务必办到这件事，因为我们必须让俄国人民从正直的中国人的叙述中，而不是从那些为资本的利益效忠的欧洲新闻记者的报导中来认识中国的复兴。

我知道您在 Le Mouvement Socialiste（《社会主义运动》）杂志上发表的文章，读过您的札记，深深地对您表示尊敬，并且相信您会乐于答应我的请求。

M. 高尔基

一九一二年十月十二日（公历二十五日）于卡普里岛①

高尔基就这样以兄弟和同志的热情关注着中国革命的每个进程，或者发

---

① 引自戈宝权：《高尔基和中国》，1958年2月《文学研究》第2期。

表文章，或者发表书信，或者发表声明，或者发表宣言，或者发表贺电，给中国人民以兄弟和同志般的关注和支援。

俄国的世界语者、用世界语和日语写作的盲诗人和作家爱罗先珂，1921年被日本驱逐而来到中国，又因交通阻隔，无法回国，先后在哈尔滨、上海逗留，最后到了北京，和中国作家鲁迅、周作人、胡愈之等人建立了深厚的友谊。爱罗先珂在中国居留了整整一年。这一年中，他一面忙于教学和创作，一面和我国世界语者以及日本友人广泛交往，还积极参加当时的各种社会活动，对受苦受难的中国人民表示了无限的同情和关怀，对帝国主义及其走狗的罪行表示了无比的愤恨，激发青年们起来为争取自由解放而英勇抗争。他的活动给中国"五四"新文学以巨大的影响。我们怎么也不能忘记他写给少年支那的诗篇《与少年支那》：

少年人们，往自由那里去。
即使没有你们，被人轻贱的奴隶也太多了。
呼吸那自由，青年的心胸，
呼吸那没有被奴隶的炭气所毒的自由。
要使你们的生是那神圣的自由，
要使你们的死是那自由那神圣的，
破坏毁灭那人民的镣铐，
从支那身上脱去那被诅的锁链。

以自由而活着，爱那自由，
尊贵支那的幸福的你们呵，
快去，去到人民那里，
用了对于自由的爱感发他们。

去，为人民的幸福而战，
用了对于自由的爱感发你的国土，
要使你们的生是进步与自由，

要使你们的死作为支那的幸福与生命①。

这首充满激情的诗歌是爱罗先珂用俄语写成后，又经由他的口授，由周作人记了下来，发表于1922年6月4日北京《晨报副刊》上。诗到底写成于什么时候，我们无法确定，从内容及发表的时间看，似乎是为纪念五四运动三周年而写。这使我们自然而然地想起了当时开展的"少年中国"运动。全诗以巨大的激情，鼓舞中国青年再接再厉地战斗，体现了作者的性格，饱含着作者的希望，实在是中俄两国人民战斗友谊的结晶！以后，随着两国革命的进展，文学交往更是一天比一天密切！

从文学史上观察，有这样多的伟大作家对中国哲学、文学，对中国人民，对中国革命抱如此热诚而又真挚的感情，似乎没有第二个国家可以相比啊！也许正因为这样，俄国文学、苏联文学才那样广泛，那样深刻，那样持久地影响着中国的新文学！也许正因为国情相似，而俄国文学、苏联文学，在近两个世纪又远远走在了中国文学的前面，因此，我们的新文学工作者才把它看成是自己的"导师和朋友"。这位导师和朋友，在"五四"前后，到底给了中国新文学一些什么影响呢？我们认为，最主要的有：

1. 文学观念的根本转变

中国人长期以来，不是把文学作为载道的工具，就是作为娱乐消遣的玩具，因此，影响了中国文学的健全发展。当时的新文学工作者曾大声疾呼：

> 中国自从古来传下一点民间文学而外，此外就简直很少真的文学，文学这东西竟成了赠人的礼物，报怨的武器。再高明一些，也不过把它看做消遣品，空闲时候"娱情悦目"的玩意儿罢了。这是中国文学的致命伤，而且是牢入于一般人心坚不可破的误解。不先把这一层误解打破，中国文学决没有复兴的希望了。
>
> ……
>
> 我们可以下一句断语：中国文学不发达的原因，由于一向只把表现的文学看做消遣品，而所以会把表现的文学看做消遣品的原因，由于一

---

① ［俄］爱罗先珂著，仲密译：《与少年支那》，1922年6月4日《晨报副刊》。

向只把各种论文诗赋看做文学，而把小说等都视为稗官野乘街谈巷议之品；现在欲使中国文艺复兴时代出现，唯有积极的提倡人生的文学，痛斥把文学当做消遣品的观念，方才能有点影响。这种运动到今日方才提倡，本已嫌迟了一点，然而如果多得几个人的提倡，却也不算迟；只可惜现今的出版界中除了今年的《小说月报》而外，其余的尚都在那里做梦，挂起新招牌的，也不过条理不清不楚地卖些非驴非马的杂货，连新招牌都不敢挂的，更不消说，是往文化倒退的路上走，国内的出版界情形如此，我们对之，真不胜寂寞之感了。国人啊！我们如果想在文学方面提高国际的地位，快改变你们对于文学的眼光罢；别再把文学当做消遣品了[①]！

这里尖锐地指出了文学观念转变的迫切性、严重性，无疑是说到了要害处，但把文学观念的转变仅仅说成《小说月报》的同人在努力，就显得不够客观，带有一些偏见了。应该承认：当时的新文学工作者都在努力！文学研究会提倡"为人生的艺术"固然是在转变文学观念，创造社倡导"为艺术的艺术"又何尝不是在转变观念呢？

我们可以说："人道的情感——实在是俄国文学中最大的特色。"[②] 俄国近世文学全是描摹人生的爱与怜，并且从爱与怜出发的近代的文学都是有社会思想和社会革命观的。文学，实在是俄罗斯民族的"秦镜"、人生的"禹鼎"，不但要表现人生，而且要有用于人生。

文学研究会的成员们，其中大多数人深受俄罗斯文学的影响，因此，积极倡导"为人生的艺术"、"血与泪的文学"、"人的文学"、"平民文学"，"宣扬人道主义思想"，那是很自然的。作为该会骨干的周作人、茅盾、郑振铎的解释就足够了。周作人说：

> 文学是人生的或一形式的实现，不是生活的附属工具，用以教训或消遣的；它以自己表现为本体，以感染他人为作用，它的效用以个人为

[①] 玄珠（茅盾）：《中国文学不发达的原因》，1921年5月1日《晨报副刊·文学旬刊》1号。
[②] ［俄］普希金著，安寿颐译：《甲必丹之女》（郑振铎叙二），商务印书馆1921年版。

本位，以人类为范围①。

茅盾也认为：

> 文学的目的是综合地表现人生，不论是用写实的方法，是用象征比喻的方法，其目的总是表现人生，扩大人类的喜悦和同情，有时代的特色做它的背景②。

郑振铎则说：

> 总之，娱乐派的文学观，是使文学堕落，使文学失其天真，使文学陷溺于金钱之阱的重要原因；传道派的文学观，则是使文学干枯失泽，使文学陷于教训的桎梏中，使文学之树不能充分长成的重要原因。
>
> 我们要想改造中国的旧文学，要想建设中国的新文学，却不能不把这两种传统的文学观尽力的廓清，尽力的打破，同时即去建设我们的新文学观，就是：
>
> 文学是人生的自然的呼声。人类情绪的流泄于文字中的，不是以传道为目的，更不是以娱乐为目的，而是以真挚的情感来引起读者的同情③。

周作人也说：

> 俄国安特列夫在《七个绞死者的故事》的序里说："我们的不幸，便是在大家对于别人的心灵、生命、苦痛、习惯、意向、愿望，都很少理解，而且几于全无。我是治文学的，我之所以觉得文学的可尊，便因其最高尚的功业是在拭去一切的界限与距离。"这可以算是一句对文学的效用的简要的解释④。

文学研究会的同人提倡"为人生的艺术"，要点有二：（一）就是要使文学与人生结合；（二）宣扬人道主义，反对封建专制。司马长风先生认为

---

① 周作人：《女子与文学》，1922年6月3日《晨报副刊》。
② 茅盾：《文学和人的关系及中国古来对于文学者身份的误认》，1921年1月10日《小说月报》第12卷1号。
③ 郑振铎：《新文学观的建设》，1922年5月11日《文学旬刊》第37期。
④ 周作人：《艺术与生活·圣书与中国文学》，上海群益书社1931年2月版。

"周作人的《人的文学》，大体上是白桦派文学理论的衍发"①，固然有一些道理，但没有说到根本。"人的文学"、"为人生的艺术"思潮，主要来自俄国文学的影响。鲁迅、周作人都作过明确的回答。鲁迅说：

> 俄国的文学，从尼古拉斯二世时候以来，就是"为人生"的，无论它的主意是在探究，或在解决，或者堕入神秘，沦于颓唐，而其主流还是一个：为人生。

> 这一种思想，在大约二十年前即与中国一部分的文艺绍介者合流，陀思妥夫斯基、都介涅夫、契诃夫、托尔斯泰之名，渐渐出现于文字上，并且陆续翻译了他们的一些作品。那时组织的介绍"被压迫民族文学"的是上海的文学研究会，也将他们算作为被压迫者而呼号的作家的②。

周作人则说：

> 俄国近代的文学，可以称作理想的写实派的文学；文学的本领原来在于表现及解释人生，在这一点上俄国的文学可以不愧称为真的文学了③。

茅盾也说：

> 俄国近代文学都是有社会思想和社会革命观念……俄人视文学又较他国人为重，他们以为文学这东西……不但要表现人生，而且要有用于人生。俄国文豪负有盛名者，一定同时也是个大思想家④。

我们只要看屠格涅夫和托尔斯泰的著作便可明白。他们俩都有绝强的社会意识，都是研究人类生活的改良，都是广义的艺术家——广义的艺术观念便是老老实实表现人生。

愈之说：

---

① 司马长风：《中国新文学史》（上），台湾昭明出版社1975年1月版。
② 鲁迅：《南腔北调集·〈竖琴〉前记》，《鲁迅全集》第4卷，人民文学出版社1957年7月版。
③ 周作人：《文学上的俄国与中国》，《艺术与生活》，上海群益社1931年2月印行。
④ 雁冰：《编辑余谈》，1920年2月《小说月报》第11卷2号。

> 都介涅夫和陀斯妥夫斯基、托尔斯泰是俄国写实派的三大文豪。大概托尔斯泰是以道德来解释人生的；陀斯妥夫斯基是以病态心理来解释人生的；都介涅夫却是以艺术来解释人生的①。

这里说得非常清楚，原来中俄两国国情相似，两国间好像有一种不期然的关系，中国当时作家的奋斗，正是以前俄国作家所进行过的奋斗，所以受影响既容易又深刻。如果追根溯源，日本白桦派的文学理论主张仍然是主要来源于俄国文学。司马长风先生说"人的文学"、"为人生的艺术"理论是日本白桦派理论的"衍发"，毋宁说是俄国"为人生"艺术的移植，也许更符合实际，更符合科学些！文学观念的转变，可以说是与外国文学接触、交流、影响的结果。"为人生"的艺术成为当时新文学工作者的主要观念，当然还有"为艺术的艺术"的观念。不管是为人生，还是为艺术，它与"文以载道"已全然决裂了！"这一变可是非同小可。因为不但从今以后，中国文学根本的改了模样，即是已往的四千年来的文学，在中国文学史上的地位和价值，都要大大的更动。"② 外国文学给中国文学最大的影响莫过于文学观念的转变了。在文学观念的转变中，俄国文学又给予了特殊的影响！这是谁也不能更改的历史事实！

2. 文学视线的转移

由于文学观念的变化，文学革命者的要求便是人性的解放，处理文学与人生的关系就是最要紧的事情，表现人生并解释人生则成为当时文学革命者追求的目标。关于文学与人生的关系，茅盾认为已见的阶段是：

（太古）　　　（中世）　　　（现代）

个人的——帝王贵阀的——民众的

世界文学已进入第三阶段。所谓"民众的"，在俄国，则首先是农民。法捷耶夫曾经说："在果戈理以后，所有俄国文学也首先关切农民的命运

---

① 愈之：《都介涅夫》，1910年2月《东方杂志》第17卷4号。
② 梁实秋：《现代中国文学之浪漫的趋势》，《梁实秋论文学》，台湾时报文化出版事业有限公司1981年8月30日再版。

的。"① 除了农民，就是小市民、小知识分子了，俄国作家把这些人物叫做"小人物"，也可以说是"被压迫者"，其注意力是：

小人物 { 农民、市民 / 知识分子 }　无产者→革命者 { 无产战士 / 布尔什维克 }

俄国文学经历的这些阶段给"五四"文学先驱者以极大的启发，其视线也就随之而转移了。鲁迅自己即典型的一例。他说：

> 由俄国文学的启示，而将范围扩大到一切弱小民族，并且明明点出"被压迫"的字样来②。

> 后来我看到一些外国的小说，尤其是俄国，波兰和巴尔干诸小国的，才明白了世界上也有这许多和我们的劳苦大众同一运命的人，而有些作家正在为此而呼号，而战斗。而历来所见的农村之类的景况，也更加分明地再现于我的眼前。偶然得到一个可写文章的机会，我便将所谓上流社会的堕落和下层社会的不幸，陆续用短篇小说的形式发表出来了③。

因此，作家们当时的取材，"多采自病态社会的不幸的人们"，而不幸的人们中，最不幸者就是农民了！因此，鲁迅的小说也首先关切农民的命运，其次则是知识分子了。农民和知识分子的题材成为"五四"新文学先驱者们写作的最普遍的题材。问题远不仅在于题材的转移，更重要的是对农民和知识分子的命运表示了无限的同情，这当然不能不说是俄国文学中的人道主义精神的影响！人道主义，在十九世纪以后的俄国文学里，已成为一种最普遍，同时也是最深沉的精神！西谛（郑振铎）认为"在俄国的作家中，最富于平民精神，博爱思想，人道主义的，就是陀斯妥耶夫斯基。他的爱人类的心肠，实是广漠无边的"，"没有一个文学家比他更足以感动人了"④。周作人

---

① ［俄］法捷耶夫：《论鲁迅》，泥土社1953年版，第12页。
② 鲁迅：《南腔北调集·祝中俄文字之交》，《鲁迅全集》第4卷，人民文学出版社1957年7月版。
③ 鲁迅：《集外集拾遗·〈英译短篇小说选集〉自序》，《鲁迅全集》第7卷，人民文学出版社1958年9月版。
④ 西谛：《陀斯妥耶夫斯基百年的纪念》，1921年11月2日《文学旬刊》第19号。

甚至把陀氏当做"文学上的人道主义的极致","托尔斯泰也还得退让一步",完全是"独一的爱之福音"①。人道主义精神成为"五四"文学革命一种普遍精神。周作人在谈到陀思妥耶夫斯基的小说时反驳了把这种精神当做所谓"俄祸"的怪论。他说：

> 近来时常说起"俄祸"。倘使世间真有"俄祸",可就是俄国思想。如俄国舞蹈,俄国文学皆是。我想此种思想,却正是现在世界上最美丽最要紧的思想②。

周作人这里所说的"俄国思想",就是指的"人道主义思想"。他的这种认识,在"五四"文学革命者当中,无疑是带有普遍性的。当然,这种影响不能仅仅当做俄国的特殊影响,其他许多国家的文学也具有人道主义思想,但是,应该承认,它们没有俄国文学中那样普遍、那样深广、那样持久,所以我们还是得承认：人道主义思想还是俄国文学给文学革命者的影响最为显著！诚如冰（即沈雁冰）所说,"俄国近代文学的特色是平民的呼吁和人道主义的鼓吹……英国文学家如迭更司（Charles Dickens）未尝不会描写到下流社会的苦况。但我们看了,显然觉得这是上流人代下流人写的,其故在缺乏真挚浓厚的感情。俄国文学家便不然了,他们描写到下流社会人的苦况,便令读者肃然如见此辈可怜虫,耳听得他们压在最下层的悲声透上来"③。西谛引用俄国著名社会活动家、文学评论家克罗巴特金的话说："陀思妥以夫斯基爱酒徒,爱乞丐,爱小贼,等等,这些人我们是常常连用可怜的眼光去注视一下也是不屑的；他用力发现了人类是什么,发现最下层的沉溺的人是伟大的；他引起我们博爱最无昧的人类,最懦弱下流而且无用的人类的情感！在这一点,陀思妥以夫斯基于近代俄国作家中得到了无双的地位。读他的书,不必管他艺术的完备与否,只读他的表现于中的仁善思想,他的对贫民窟生活的重现,与他的无边的同情而已。"④ 俄国作家,无论是出身贵族的

---

① 周作人：《三个文学家的纪念》,《自己的园地》,北京晨报社1923年9月版。
② 周作人：《陀思妥耶夫斯基之小说》,《艺术与生活》,上海群益书社1931年2月版。
③ 冰（茅盾）：《俄国近代文学杂谈·上》,1920年1月《小说月报》第11卷第1号。
④ 西谛：《陀思妥耶夫斯基百年的纪念》,1921年11月2日《文学旬刊》第19号。

托尔斯泰、屠格涅夫，还是出身下流社会的高尔基，他们的共同特点就是平民主义、人道主义。正是在这种文学观点和文学精神的强烈影响下，周作人写了《人的文学》、《平民文学》，鲁迅等人把视线转移到下流社会不幸的人们，出现了一批又一批农村题材的优秀作品，知识分子、小市民题材的作品。巴金甚至这样说道：

> 有些事我做过就忘得干干净净，可是细心的读者偏偏要我记起它们。前些时候还有人写信问我是不是在成都出版的《草堂》文艺月刊上发表过翻译小说《信号》。对，我想起来了。那是一九二二年的事，《信号》是我的第一篇译文。我喜欢迦尔洵的这个短篇，从英译本《俄国短篇小说集》中选译了它，译文没有给保存下来，故事却长留在我的脑子里。在我的头一本小说《灭亡》中我还引用过《信号》里人物的对话。三十年后（即五十年代初）我以同样激动的心情第二次翻译了它。我爱它超过爱自己的作品。我在它那里找到自己的思想感情。它是我的教师，我译出的作品都是我的老师，我翻译首先是为了学习。
>
> 那么翻译《信号》就是学习人道主义吧。我这一生很难摆脱迦尔洵的影响，我经常想起他写小说写到一半忽然埋头痛哭的事，我也常常在写作中和人物一同哭笑。
>
> 可以说我的写作生活就是从人道主义开始的。《灭亡》，我的第一本书，靠了它我才走上文学的道路，即使杜大心在杀人被杀中毁灭了自己，但鼓舞他的牺牲精神的不仍是对生活、对人的热爱吗？
>
> 《寒夜》，我最后一个中篇（或长篇），我含着眼泪写完了它。那个善良的知识分子不肯伤害任何人，却让自己走上如此寂寞痛苦的死亡的路。他不也是为了爱生活、爱人……吗？
>
> 还有，我最近的一部作品，花了八年的时间写成的《随想录》，不也是为了同一个目标[①]？

[①] 巴金：《巴金译文选集·序》，精装典藏本，台湾东华书局1990年9月版。

3. 文学技巧的借鉴

俄国文学对中国文学的影响，以小说方面的影响尤其深刻。郭沫若也说："中国近代小说的产生，在所受外国影响中，以苏联的影响为最大。其它诗歌、戏剧方面要稍为逊色一点。不过小说在近代文学中居于领导的地位，所以我们说中国的新文学受苏联的影响最大，并非过言！"① "以小说而论，俄国文学的影响，无疑的是占着领导地位。俄国旧时代的主要作家的主要作品大抵是被翻译了。果戈理、屠格涅甫、妥士多逸夫斯基、托尔斯泰、契诃夫，这些作家的名称，对于中国文艺工作者，与施耐庵、罗贯中、曹雪芹、吴敬梓、蒲松龄有同样的亲切，甚至还超过他们。"② 确实并非过言，"五四"文学革命真正显示了实绩的首先是鲁迅的小说。而鲁迅的小说，无论是《狂人日记》、《阿Q正传》，还是《药》，都受到俄国小说的深刻影响。鲁迅自己一再说过：

> 一八三四年顷，俄国的果戈里（N. Gogol）就已经写了《狂人日记》；一八八三年顷，尼采（Fr. Nietzsche）也早借了苏鲁支（Zarathustra）的嘴，说过"你们已经走了从虫豸到人的路，在你们里面还有许多份是虫豸。你们做过猴子……"……但后起的《狂人日记》意在暴露家族制度和礼教的弊害，却比果戈里的忧愤深广，也不如尼采的超人的渺茫③。

鲁迅在谈到《药》时又说：

> 《药》的收束，也分明的留着安特莱夫（L. Andreev）式的阴冷④。

> 至于老王婆，我却不觉得怎么鬼气，这样的人物，南方的乡下也常有的。安特列夫的小说，还要写得怕人，我那《药》的末一段，就有些他的影响，比王婆鬼气⑤。

---

① 郭沫若：《再谈中苏文化交流》，《今昔集》，重庆东方书社1943年10月版。
② 郭沫若：《中苏文化之交流》，《蒲剑集》，重庆文学书店1942年4月版。
③ 鲁迅：《且介亭杂文二集·中国新文学大系·小说二集·序》，《鲁迅全集》第6卷，人民文学出版社1958年4月版。
④ 鲁迅：《且介亭杂文二集·中国新文学大系·小说二集·序》，《鲁迅全集》第6卷，人民文学出版社1958年4月版。
⑤ 鲁迅：《致萧军萧红》，《鲁迅全集》第13卷，人民文学出版社1981年版。

可见，显示文学革命实绩的几篇小说都受到俄国作家的影响，或者是取材，或者是人物，或者是结构。孙伏园在《鲁迅先生的小说》一文中也曾忆叙了鲁迅的谈话："鲁迅先生和我说过，在西洋文艺中，也有和《药》相类的作品。例如俄国的安特来夫，有一篇《齿痛》（原名 Ben Tobit），描写耶稣在各各他钉在十字架上的那一天，各各他附近有一个商人患着齿痛。他也和老栓小栓们一样，觉得自己的疾病，比起一个革命者的冤死来，重要得多……还有俄国的屠尔介涅夫五十首散文诗中有一首《工人与白手的人》，用意也是仿佛的。"① 屠格涅夫的《工人与白手的人》，写的是白手人（革命者）不为工人所理解的故事。白手人牺牲后，工人关心的是得到一截绞死白手人的绳来治病。可见《齿痛》、《工人与白手人》与《药》之间，不仅在主题上、思想上，就是在结构上都是很接近的。像这样的例子在新文学工作者中是不乏其人的。郁达夫、冰心等人的小说都曾受到屠格涅夫、托尔斯泰等人的影响，而影响最为深刻的莫过于对人物的心理刻画了。中国古典小说向来少有心理描写。这在塑造人物形象上不能不受到相当的限制。高尔基曾把文学称之为人学。法国圣博甫则认为文学是"研究心灵的自然科学"。黑格尔也说："美的艺术领域就是绝对心灵的领域。"难怪列宁在给印涅萨·阿尔曼德的信里要说：

> 小说的整个的主题包含于个别的情节中，包含于对一定的典型的性格和心理分析中②。

俄国文学塑造了一系列栩栩如生的性格鲜明的人物形象，独创了人物的"现代心"。所谓独创，就是自我谴责与自我辩白交相结合，显示或拷问人物灵魂的方式！所谓"现代心"，就是能够以真的人的呻吟打动人们的心，取出为人类求更幸福的路上的感兴、勇气和力量。鲁迅批判地利用了俄国作家描写人物心理的种种成功的经验而加以创造，塑造了狂人、孔乙己、夏瑜、华老栓、单四嫂、我、车夫、七斤、七斤嫂、闰土、阿Q、陈士诚、祥林

---

① 孙伏园：《谈"药"——纪念鲁迅先生》，1936年11月10日《民间》（半月刊）（北平）第3卷第13期。

② ［俄］列宁：《致印涅萨·阿尔曼德》，《列宁全集》第35卷，人民出版社1959年版。

嫂、吕纬甫、高老夫子、魏连殳、涓生、子君、爱姑等一系列人物形象，可以说，都有成功的心理描写。苏联一位叫谢曼诺夫的鲁迅研究者在其《迅行》一文中说："《呐喊》和《彷徨》里不是讽刺，主要是严肃的揭露和心理描写。"中国的反鲁"英雄"苏雪林也承认："鲁迅是曾经学过医的，洞悉解剖的原理，所以常将这技术应用到文学上来。不过他解剖的对象不是人类的肉体，而是人类的心灵。他不管我们如何痛楚，如何想躲闪，只冷静地以一个熟练的手势举起他那把锋利无比的解剖刀，对准我们灵魂深处的创痕，掩藏最力的弱点，直刺进去，掏出血淋淋的病的症结，摆在显微镜下让大众观察。"[①] 鲁迅对中国人心灵的解剖，对中国人民力量的探索，从精神上或表现形式上，都可以清楚地看到果戈里、安特莱夫、柯罗连科、迦尔洵、阿尔志跋绥夫、屠格涅夫、契诃夫的影响。冯雪峰说：

> 鲁迅虽曾自己指列他受过影响的个别作家的名字，但我以为如果说到俄罗斯文学，则俄罗斯现实主义的古典作家们的综合的影响是超过任何个别作家的[②]。

这是一个非常高明的见解。综合影响是一大特色。鲁迅在心理描写上自有其独到之处，那就是：（1）他的着眼点是"立意在反抗"，因此，往往"怒其不争"成为重点，其次才是"哀其不幸"，"哀"与"怒"是密不可分的，哀是为了怒，为了争；（2）总是将上层社会的堕落与下层社会的不幸加以对比，灵魂的丑恶与灵魂的善良加以对比，从而，使人爱恨格外分明。瞿秋白的《赤都心史》充满了一种自我谴责的精神，其中第三十二节竟以"中国之'多余人'"为标题，且首先引用了屠格涅夫《罗亭》中的如下一些话：

> ……我大概没有那动人的"心"，那足以得女子之"心"；而仅仅赖一"智"的威权，又不稳固，又无益……不论你生存多久，你只永久寻

---

① 苏雪林：《"阿Q正传"及鲁迅创作的艺术》，1934年11月5日《国闻周报》第11卷第44期。
② 冯雪峰：《鲁迅和俄罗斯文学的关系及鲁迅创作的独立特色》，《雪峰文集》第4卷，人民文学出版社1985年7月版。

你自己"心"的暗示,不要尽服从自己的或别人的"智"。你可相信,生活的范围愈简愈狭也就愈好……

在正文中,瞿秋白分析了自己心与智的矛盾。他说:

……然而"我",——是欧华文化冲突的牺牲,"内的不协调",现实与浪漫相敌,于是"社会的无助"更研丧"我"的元气,我竟成"多余的人"呵!噫!忏悔,悲叹,伤感,自己也曾以为不是寻常人,回头看一看,又有什么特异,可笑可笑。应当同于庸众。"你究竟能做什么,不如同于庸众的好",理智的结论如此;情性的倾向却很远大,又怎样呢?心与智不调,请寻一桃源,避此秦火。……"然而,宁可我溅血以偿'社会',毋使'社会'杀吾'感觉'。"①

这"多余人"的称呼,这对"多余人"的剖析与谴责,都与俄国文学的影响不可分哩!而这种自我谴责的精神贯串了瞿秋白的一生,难怪他就义前夕写出了解剖自己内心世界的杰作——《多余的话》。对此,丁玲说过一段相当深刻的话。她说:"在死囚牢里他像解剖自己患肺病的躯壳一样,他已经用马克思主义的利刃,在平静中理智地、细致地、深刻地剖析着自己的灵魂,挖掘自己的矛盾,分析产生这矛盾的根源,他得出了正确的结论。这对知识分子革命者和一般革命者至今都有重大的教益。"②郁达夫的小说,那种惊人的自我暴露,那种无情的心理分析,也与俄国文学的影响密不可分。诚如他自己所表白的,"在许许多多古今大小的外国作家里面,我觉得最可爱,最熟悉,同他的作品交往得最久而不会生厌的,便是屠格涅夫。这在我也许是和人不同的一种特别的偏嗜,因为我的开始读小说,开始想写小说,受的完全是一位相貌柔和,眼睛有点忧郁,络腮胡长得满满的北国巨人的影响"③。屠格涅夫的作品曾引起"五四"新文学家们的特别兴趣,他们或翻译其作品,或介绍生平,或分析创作……在这些文字中,愈之的《都介涅夫》可以说是独树一帜。他说:

---

① 瞿秋白:《赤都心史·三十二》,《瞿秋白文集》第1卷,人民文学出版社1953年10月版。
② 丁玲:《我所认识的瞿秋白同志》,《丁玲文集》第5卷,湖南人民出版社1984年版。
③ 郁达夫:《屠格涅夫的〈罗亭〉问世以前》,1933年8月1日《文学》第1卷2号。

> 从文学方面说来，俄国对于世界的贡献，实在是非常重大，现代世界各国的文艺思想，多少都受着俄国文学的暗示和影响的。……
>
> 在实际上使俄国文学占世界第一位置的，功劳最大的，却要算都介涅夫和托尔斯泰（Leo Tolstoy，1828—1910），因为在他们以前，俄国文学不过是俄国文学，和世界不生干系，有了他们两人以后，俄国文学才真的变成世界文学了。托尔斯泰是最大的人道主义者；都介涅夫是人道主义者而又是最大的艺术天才。托尔斯泰的小说戏曲，是借此来宣传他的主义的；都介涅夫的小说，却是纯粹的艺术作品。托尔斯泰的文学，现在我国人也有些儿懂得了。但现在讲西洋文学的总是偏于思想方面，艺术天才像都介涅夫的就少人注意。我想文学到底是一种艺术，思想不过是文学上所应表现的一种东西。要想吸收西洋的近代文学，确立我国的国民文学，艺术方面实在比思想方面，更应该研究。所以我在俄国作家中，拣了个都介涅夫，来约略介绍一下①。

文章以屠氏的生平为线索，对其作品作了细致的分析，特别是对作品的艺术作了分析，最后指出：

> 都介涅夫最大的特色，是能用小说记载时代思潮的变迁。他的小说出现，先后要占三十多年的时期。在这三十年间，俄国社会从旧生活改到新生活；思想界经过好多次的变化。都介涅夫却能用着哲学的眼光，艺术的手段，把同时代思潮变化的痕迹，社会演进的历程，活泼泼的写出来；而且是富于暗示和预言性的。要是把他一生大著作汇合起来，便成一部俄国近代思想变迁史。这种反映时代精神的艺术手段，恐怕全世界找不到第二个呢②？

如果我们注意一下"五四"新文学家们的作品，很容易发现：屠格涅夫描写人物，总是将自己的意志贯注于人物个性，并且这种对人物性格的描写和自然美合在一起的技巧给了不少作家作品以深刻的影响。沈从文的《湘行

---

① 愈之：《都介涅夫》，1920年2月《东方杂志》第17卷4号。
② 愈之：《都介涅夫》，1920年2月《东方杂志》第17卷4号。

散记》等作品，无一不受俄国作家的影响。他多次向人表白："我因为把一切作品都当成习作过程，真正受的影响，大致还是契诃夫对写作的态度和方法"，"读过契诃夫、屠格涅夫作品，觉得方法上可取处太多。契诃夫等叙事方法，不加个人议论，而对人民被压迫者同情，给读者印象鲜明。屠格涅夫《猎人笔记》，把人和景物相错综在一起，有独到好处。我认为现代作家必须懂得这种人事在一定背景中发生"①。"用屠格涅夫写《猎人日记》方法，揉游记、散文和小说故事而为一，使人事凸浮于西南特有明朗天时地理背景中。一切还带点'原料'意味，值得特别注意。十三年前我写《湘行散记》时，即有这种意图，以为这个方法处理有地方性问题，必容易见功。"②沈从文在运用契诃夫、屠格涅夫等人的写作技巧、方法上获得了不小的成绩，《湘行散记》、《边城》即是最有力的证据。谭正璧的《芭蕉底心》，诚如他自己在序文中所说，是托尔斯泰的"爱之宗教"的"崇奉"者，"深信'爱'是世界上人类底生命之光和花"③。即使像冰心那样深受泰戈尔、英美作家影响的人，也不免受到俄国文学的影响。当时有人评论她的小说时指出："冰心女士一年来对于中国文坛的贡献，也实在不少……她著了许多短篇作品，其中自然瑕瑜互见，但她有创作的才能，这是我们不能不承认的。她的作品差不多都是表现自己，每篇小说中都有一个'我'在。自然表现个性，是真文学作品的特质，——托尔斯泰许多小说都是描写自己，不啻为自己作传记。"④

郭沫若也从屠格涅夫的作品中得到不少益处，不但翻译了《处女地》，而且极力推荐此书，甚至在序文中说："这部书自身我很喜欢，我因为这书里的主人翁涅屠大诺夫，和我自己有点相像"，"这书里面的青年，都是我们周围的朋友，诸君，你们不要以为屠格涅甫这部书是写的俄罗斯的事情，你们尽可以说他是把我们中国的事情去改头换面地做过一遍的呢！"⑤用不着再

---

① 沈从文：《答凌宇问》，1980年《中国现代文学研究丛刊》第4期。
② 沈从文：《新废邮存底·二十三》，《沈从文文集》第12卷，花城出版社、生活·读书·新知三联书店香港分店1982年7月版。
③ 谭正璧：《芭蕉底心·序》，新中国丛书1922年8月。
④ 静观：《读"晨报小说第一集"》，1921年5月20日《文学旬刊》。
⑤ 郭沫若：《新时代·序》，上海商务印书馆1925年6月版。

举例了，我们可以大胆地说一句：文学革命的先驱者们，恐怕没有一个人不受俄国文学的影响，尤其对人物心灵的揭示！郁达夫说得对。他说：

> 世界各国的小说，影响在中国最大的，是俄国的小说。除郭歌里（Gogol，1809—1852），杜葛纳夫（Turgenev，1818—1883），托耳斯托衣（Tolstoy，1828—1910），独斯托衣夫斯基（Dostoyevsky，1821—1881），公雀洛夫（Goncharov）等过去的作家不说外，近代的雀霍甫（Chekhov），高尔基（Gorky），安特莱夫（Andreyev），亚儿此衣罢舍夫（Artzyibashev）等的作品，现在正在中国支配着许多作家的时候。大约中国的小说，不久也要和俄国一样的开展开来了①。

俄罗斯作家们，屠格涅夫、契诃夫、安特列夫，还有高尔基，他们都用自己的笔活画出了俄国社会变迁史中最重要的一段。特别是俄国青年思想急剧蜕变中最重要的一段，留下了一张张真实的画像，使读者在叹了气，滴了眼泪之后，又无端地兴奋起来，朝气又在读者的灵魂里苏醒过来！所以，郁达夫作出了那样的预言。茅盾更是提出了希望。他说：

> 批评家说屠格涅夫三十年的著作生涯正当俄国社会经济组织变迁史中最重要的一段；同时也是俄国青年思想急遽蜕变中最重要的一段，这样一个有意义的时代恰好有屠格涅夫用极精美的艺术手段描写下来：此屠格涅夫所以成为伟大的作者。批评家又说，日俄战争后，俄国由兴奋而入颓丧，那数十年的所谓"灰色生活"也有两个大艺术家——契诃夫和安特莱夫——替他留下了一张画像来；这两位作家睁大了眼睛正对那时卑污颓唐的人生细看，他们是失望了，他们是愤激到了极点，气得骂不出口，只能冷笑了，然而因为他们又迷茫的确信"有一个黎明在远的将来"，所以他们的著作使我们读者在叹了气滴了眼泪之后，又无端的兴奋起来，朝气又在我们的灵魂里苏醒过来：这亦就是契诃夫和安特莱夫的伟大处。

---

① 郁达夫：《小说论》，《郁达夫文集》第5卷，花城出版社、生活·读书·新知三联书店香港分店1982年7月版。

我们的青年的思想，自"五四"以来，不是也呈急遽的变迁么？而且不是也由兴奋而入颓丧么？我们现在追想到"六三"的热烈的举动，追想到那时上海各校童子军如何在南京路维持秩序，女学生如何在各马路分散传单，我们把那时火刺刺的精神，满怀的乐观，和现在的半睡半麻醉的状态一比较，真不胜幻灭之悲哀！热烈的运动已经过去了，兴奋过后之疲倦的颓丧的一刹那，正在继续着，虚空的苦闷，攫住了人心，在这当儿，给予慰安，唤起新的活力，是文学家的责任。我愿中国也产生乞呵夫和安特莱夫那样的作家。热烈的运动虽然已经过去了，但是这个可纪念的事件永久令人于回忆时鼓舞兴慨。我们极盼有"五四"的"Illiad"和"Odyssey"，所以我愿中国也产生屠格涅夫那样的作家①！

但愿郁达夫的预言、茅盾的希望，都能够早日实现！我们深信，具有创造才能的中国人民，一定能在批判吸收俄苏文学的工作中发扬光荣的传统，创造一流的世界文学！

（选自《五四新文学与外国文学》，四川大学出版社，1996年）

---

① 雁冰：《杂感》，1923年3月22日《时事新报·文学旬刊》第74期，又载1923年5月24日《文学》第47期。

附：《五四新文学与外国文学》评论文章二篇

一、中央人民广播电台播发文章

一本全面研究我国"五四"时期新文学产生、发展与外国文学的关系的专著——《五四新文学与外国文学》，前不久由四川大学出版社出版并在国内外引起强烈反响。

这本22万多字的专著，是四川大学中文系教授、四川大学出版社总编辑王锦厚撰写的。全书分为八章，分别介绍和论析了"五四"新文学与印度、日本、苏俄、英国、德国、美国、法国以及北欧、东欧等"被损害民族"的文学之间的关系。涉及面之广，资料之丰实，介绍之全面，论析之系统，是中外研究同一问题的论著中从未有过的。

这本书除系统和丰实以外，还突出了中外文学交流的双向性和影响的彼此性。作者放眼古今，纵横透视，在指出当时主要是外国影响中国的同时，用大量的外国资料说明，中国的文学和文化也在国外受到普遍尊崇、产生了广泛影响，从而用事实批驳了"民族虚无主义"，增强了民族的自尊自信和爱国主义精神。作者通过对中外文学的相互交流影响的深入分析，还归纳出了一些具普遍规律性和现实鉴戒意义的成败之道，对我国当前如何对待、加强和搞好文学文化交流很有启发。

《五四新文学与外国文学》问世后，受到国内外学术界和读者的普遍欢迎。国内数十位文学教授和研究员，来信赞扬；短期内书不仅远销到日、美、英、法等国家和中国港、台地区，还不断收到这些国家和地区的学术文化部门要求交换或增购的来信；香港《大公报》、北京《中国现代文学研究丛刊》、云南人民广播电台等十多家报纸、杂志、电台，发了书评或摘要介绍文章。中外读者来信谈读后感的更多。留学德国的学生华少庠说："我认真读了一遍，受益匪浅，使我获得了大量新知识。通过这本书可谓补了东西文化交流的课。"江西省委党校理论班学员龙敏君说："老师，你用真正辩证法的方法，不卑不亢地比较了中外文学。我从前只觉得外国文学如何输给了中国文学血液，却不知道中国文学在外国文学的发展上同样起了那么多的作用。读了你的书,我的民族自尊心和学习决心更增强了。"

(选自《五四新文学与外国文学·再版后记》,作者王大敏为中央人民广播驻川记者站负责人。)

二、香港《大公报》评论文章

当代著名学者钱钟书曾提出:"要发展我们自己的比较文学,重要的任务之一就是清理一下中国文学与外国文学的关系","外国文学对中国文学的影响,是还有大量工作可做的研究领域"。四川大学出版社最近推出的《五四新文学与外国文学》(王锦厚著)是这种"清理"工作的一个成果。

从三十年代以来,探研现代中外文学关系的学者不乏其人,论文、著作不可历数。但我们常常看到的是只局限于一国与几国的关系、一位或几位作家的关系、一个或几个社团的关系、一种或几种文学思潮的关系。近年来,这种现象有了改变,如曾小逸主编的《走向世界文学——中国现代作家与外国文学》(湖南文艺版)、赵毅衡的《远游的诗神——中国古典诗歌对美国新诗运动的影响》(四川人民版)等力作问世显示了学者们视野的扩大和研究的深化。《五四新文学与外国文学》也在扩大关系研究的地域和文学史资料的收集和运用上显示了它的特色。

地域的扩大。本书按国家地域分为八章:"五四"新文学与印度文学、日本文学、"被损害民族文学"、俄苏文学、英国文学、美国文学、法国文学、德国文学。其中"被损害民族文学"包括北欧的挪威、芬兰、丹麦、瑞典,东欧的匈牙利、波兰、捷克、罗马尼亚、保加尼亚,当时的亚美尼亚以及南美的秘鲁、阿根廷、智利等。这样,作者把中国"五四"文学置于世界整个大文学之中,从中再观察世界文学与中国文学之间的影响关系,因此,可以看到"五四"新文学的诞生,与外国文学有着极为密切的关系,没有外国文学的涌入,新文学的诞生几乎不可能。而一旦最古老的中国文学开始与世界文学沟通,那歌德预言的"世界文学的时代快要来临"才变为一种可能。

资料收集。作者曾谈到资料收集的困难。"五四"时期,虽然一般只把它定为十年(一九一六至一九二六),但这十年在中国文学史上发生了根本性的转变，从十八世纪到二十世纪，外国的各种哲学观念、社会思想、文学思潮、作家作品在短短的几年中纷至沓来地流到中国，这种现象在世界文化史上也是少见的。而且当年社团繁多、杂志林立、作家作品层出不穷，要全面收集这种复杂的关系史资料确实很困难，非一人单枪匹马所能为。本书作者注意突出重点的专题。如在第一章中，突出泰戈尔，尤其对泰戈尔访华时的中国思想界及文艺界不同的反映以及他的哲学思想、诗歌对中国作家（郭沫若、冰心、郑振铎、王统照等）的影响，提出了大量史实。又如在中美文学关系一章中，突出胡适的《文学改良刍议》和他的《尝试集》与美国意象派诗歌的关系，以及白璧德（Babbitt）新人文主义对中国现代文学批评的影响。对于后者，近年来，内地虽有不少学者谈及，但由于政治原因，对《学衡》派的批评家如吴宓、梅光迪、胡先骕以及新月派的梁实秋都轻描淡写。而本书列举了大量材料，分析了这些曾从师白璧德的批评家们对白氏思想的继承以及在中国文学批评上的运用，特别是梁实秋，作为现代文学史上专职从事文学批评的第一人，他的文艺观从浪漫主义向古典主义的转变就是接受了白璧德的影响所致。作者指出，梁氏从白璧德那儿得到的是"古典主义立场"、"人性的文学批评标准"、"'历史透视'的批评方法"，不管其历史功过如何，但作为一个派别，有助于建设中国新文学的批评。

当然，本书在许多方面还有严重的疏漏，如北欧、希腊神话传说对中国现代文学的影响，精神分析对中国作家创作及批评的影响。另外，本书印刷上较为马虎，书中引用日文假名竟没有标准字模而不得使人相认，不少引文有脱漏，读者在阅读时尤应注意。

（原载香港《大公报》1990年3月5日《读书与出版》第602期，作者小笛，本名张文定，为北京大学比较文学研究所研究员；选自《五四新文学与外国文学·再版后记》，四川大学出版社，1996年）

中编

改造民族性的宣言

——谈《阿Q正传》的本意及写法

"《阿Q正传》的本意,我留心各种评论,觉得能了解者不多。"(《致沈西苓信》)此话,是鲁迅逝世前两个月说的,这时离《阿Q正传》发表已整整十五年了。这部作品不仅在国内引起了强烈的反响,而且先后译成了俄、法、日、英等国文字,拥有了空前众多的读者,成为不朽的世界名著。为什么了解它的"本意"者竟"不多"呢?原因之一,大概就在于对它的写法注意不够吧!一九三四年有人把它改编成剧本发表时,鲁迅特别强调地指出了这点。他说:"我的方法是在使读者摸不着在写自己以外的谁,一下子就推诿掉,变成旁观者,而疑心到像是写自己,又像是写一切人,由此开出反省的道路。但我看历来的批评家,是没有一个注意到这一点的。"(《答〈戏〉周刊编者信》)可见,鲁迅是相当注意《阿Q正传》的写作方法的,也希望研究者很好地注意"研究"它的写作方法。因为它是内容和形式完美结合、高度统一的典型,只有"注意"写作方法的研究,才能更好地了解它的本意。本文试图在这方面略作一点探索。

一

《阿Q正传》的本意到底是什么呢?直到目前,仍在争论中。

"写出一个现代的我们国人的魂灵来,……要画出这样沉默的国民的魂灵来。……作为在我的眼里所经过的中国的人生。"(《俄文译本〈阿Q正传〉序及著者自序传略》)"大约是想暴露国民的弱点。"(《再谈保留》)许多研究者往往把鲁迅的这些意见作为《阿Q正传》的本意。这对吗?回答:对!但似乎又不很全面。诚然,鲁迅这些话是我们了解《阿Q正传》的本意的根据，但那并非鲁迅对《阿Q正传》本意的全面解释，况且那些话都是有针对性的。要弄清楚《阿Q正传》的本意，除了很好地研究时代背景外，我们不但要全面理解鲁迅关于《阿Q正传》的种种解释，而且还应该探讨鲁迅关于国民性的种种研究。可以毫不夸张地说，他之于文艺运动——也就是对于国民性劣点的研究、揭发、攻击、肃清，终生不懈，三十年如一日，真可谓鞠躬尽瘁，死而后已。稍稍熟悉鲁迅的读者都很清楚，早在青年时代，鲁迅就开始了关于国民性劣点的研究、揭发、攻击、肃清工作，只不过随着革命的发展，自己的思想的转变，而不断变化罢了。如果按照这种变化，我们可以很清楚地发现这样一个路径：

	时间	研究重点	所得结论
早期	1902—1909年	国民性的病根，民族性的劣点	"革命"：提倡文艺运动作为更广泛的运动的第一步
前期	1909—1927年	上流社会的堕落和下层社会的不幸及原因	启蒙主义：转移人性，改良社会，推翻人肉筵宴，创造中国历史上未曾有过的第三样的时代
后期	1927—1936年	国民性→阶级性 自古以来中国的脊梁	马克思列宁主义，人民革命

在这条符合历史规律的路径上，鲁迅始终把自己的注意和同情放在下等人、被压迫者身上，而重点又集中在找出国民性的病根、民族性的劣点及其救治的方法。值得注意的是，他很早就得出了这样的结论："唯一的救济方法是革命。"（许寿裳：《我所认识的鲁迅》）而革命的第一步就是提倡文艺运动。且不管这一结论所包含的内容的科学性如何，但仍然是极其可贵的，至少为他日后找到科学结论开了很好的头。尤其值得注意的是，辛亥革命失败以后，鲁迅不但没有停止国民性的研究，而且相反，他在"怀疑"、"颓唐"、"失望"中，却更加紧了对国民性的研究，独辟蹊径，从历史和现实的比较对照中去研究，从而有了惊人的发现，为后来的战斗作了充分准备。茅盾说得好："鲁迅先生三十年工夫的努力，在我看来，除了其他重大的意义外，尚有一同样或许更重大的贡献，就是给三个相联的问题开创了光辉的道路……"（《最理想的人性》）难怪鲁迅的好友许寿裳要说："他的创作和翻译

约共六百万字,便是他针砭民族性所开的方剂。"(《我所认识的鲁迅》)《阿Q正传》可以说是鲁迅前期关于国民性研究成果的最好的艺术体现,是他坚决主张民族性必须改造的伟大宣言。在当时的鲁迅看来,只有通过"暴露国民的弱点",尤其是"魂灵"上的弱点,才能最大限度地将旧社会的病根揭发出来,将所谓上流社会的堕落和下层社会的不幸发表出来,催人留心,设法加以疗治。所以,鲁迅还特别强调过他之写作《阿Q正传》"实不以滑稽,或哀怜为目的"(《致王乔南信》),又在另外的场合说"揭发自己的缺点,这是意在复兴、在改善"(《致尤炳圻信》),"惟有民魂是值得宝贵的,惟有他发扬起来,中国才有真进步"(《学界的三魂》)。应该说,这些话也是鲁迅写作《阿Q正传》的本意。正因为如此,鲁迅在《阿Q正传》里才不仅尽情地写出了阿Q的劣根性,而且深刻地揭示了造成阿Q劣根性的社会的、历史的根源,更重要的是暗示了救治劣根性的唯一途径——"革命"。他在回答时人对"大团圆"结局的非难时,非常强调地指出:"据我的意思,中国倘不革命,阿Q便不做,既然革命,就会做的。我的阿Q的运命,也只能如此,人格也恐怕并不是两个。"由此可见,《阿Q正传》的本意,是为中国人开出这样一条反省的道路:鼓动中国人赶快去掉民族劣根性,努力创造中国历史上未曾有过的第三样的时代。因为在鲁迅当时看来,如果不如此,中国只有败亡。这点,他在杂文中也曾尖锐地说过:"这些现象,实在可以使中国人败亡,无论有没有外敌。要救正这些,也只好先行发露各样的劣点,撕下那好看的假面具来。"(《华盖集·通讯(二)》)为了中华民族的生存、民魂的发扬,为了中国革命的早日成功,鲁迅在《阿Q正传》里,只好先行发露国民的各样劣点,促进中国变动。他曾打算写作《阿Q正传》的续篇,更明确地指出:只有革命,中国才有出路。许广平说过:"小D是阿Q的缩影,阿Q似的后一代。但是他胜了阿Q,他的战斗功绩,虽然没有写出来,可是已经对阿Q露一些端绪了。鲁迅先生特意留下这一伏线,据他自己说,'《阿Q正传》还可以续写,就是从小D身上发展,但是他不像阿Q'。关于这,他似乎说了不止一次,如果写起来作为被压迫者抬头典型的小D,一定对我们现实生活的指示很有意义,可惜他一直没有动手写,这原因,是不是现实社会还没有产生足以表显这一典型的丰富的材料，致使现实主义的他，没有引起动笔的兴致呢？还是另外的实生活确不容许他假托小说来描写呢？"（许广平：《阿Q的上演》）很显然，鲁迅没有写《阿Q正传》续篇的原因，不是前者，而是后者。急剧演变的现实，迫切的战斗任务，艰苦的生活，怎么容许鲁迅假托小说来描写作为压迫者抬头典型的小D呢？鲁迅虽没写出被压迫者抬头的典型，但他写出的阿Q这个典型，不但画出了沉默的中国国民的魂灵，而且画出了一切被压迫的沉默的民族的魂灵，是足够读者去反省的了。

二

《阿Q正传》的这个"本意"必须以特殊的形象才能表达。于是，鲁迅把自己写小说和写杂文的行之有效的种种可以塑造形象的手段结合起来，独具匠心地创造了一个喜剧性格和悲剧命运交织在一起的罕见的典型形象，出色地表达了《阿Q正传》的"本意"。

鲁迅的这一富有独创性的写作方法到底具备一些什么特点呢？我们认为，至少具备如下几点：

一、"杂取""类型"与"泛论一般现状"相统一

杂取种种人，合成一个，论时事不留面子，砭痼弊常取类型，泛论一般现状，而无意触着了别人的伤疤，这是鲁迅惯用的写作方法。《阿Q正传》的写法，则是这种种方法的巧妙结合。鲁迅塑造阿Q这个典型，他杂取了自己静观默察过的中国病态社会里的不幸的人们，质朴、愚蠢、麻木如阿桂、闰土、祥林嫂等类型的农民，又杂取了沾了游手之徒的狡猾如豆腐西施杨二嫂、衍太太、上海洋车夫和小车夫等类型的人物，还有如"实在标致极了"，成群结队，游荡在樱花树下的清国留学生等类型的人物……把他们的自尊癖与夸大狂，忘却症与卑怯性，自轻自贱，忌讳缺点，善于投机，麻木，迷信……这样或那样的国民性的弱点，民族性的劣点，烂熟于心，从各方面挑选汇合起来，凑合起来，凝神结想，采取一端，加以改造，生发开去，写在阿Q身上。通过阿Q被赵太爷打嘴反而得意，阿Q忌讳"亮"、"光"，押天

宝、惹王胡反找苦吃，没有出过声咒骂假洋鬼而遭屈辱，为了报复而调戏小尼姑，惧怕无后而向吴妈求爱，因生计问题与小D龙虎斗，无以为生不得不作小偷，投革命党，土谷祠里的幻想曲，假洋鬼子不准革命，大团圆等一系列含有悲剧因素的具体的、富有喜剧性的行为、语言、心理状态的刻画，并且在刻画的过程中选取最适当的时机，这样或那样地泛论一般现状，从而使形象有了高度的典型性、无比的生动性，把中国人，特别是千百万农民"毕生受着压迫，很多痛苦"的奴隶生活揭示了出来，让人们十分清楚地看到了上流社会的堕落和下层社会的不幸。如"续优胜纪略"一章，鲁迅着重写了阿Q用"忘却"这一件祖传的法宝来自欺欺人的精神的种种表现，写得何等的深刻，何等的沉痛啊！阿Q接连两次遭受"屈辱"，他不是奋起反抗，而是找小尼姑泄愤和报复。他对尼姑动手动脚，以博得看客们的一笑。"他这一战，早忘却了王胡，也忘却了假洋鬼子，似乎对于今天的一切'晦气'都报了仇；而且奇怪，又仿佛全身比拍拍的响了之后更轻松，飘飘然的似乎要飞去了。"看！鲁迅把阿Q"忘却"、畏强凌弱的劣根，可笑而又可怜的喜剧性格，描写得多么活灵活现啊！写的虽然是一个阿Q，却具有一切"忘却"、畏强凌弱的劣性的人们的影子。在这场戏里，阿Q只不过是充当着供闲人们"玩笑"的另一种毫无意义的示众材料，酒店里玩笑着的闲人们也不过是另一种毫无意义的看客而已。忘却，就这样令人长久地麻醉自己，发展着自欺欺人的他信力，所以必须无情地揭露，狠狠地鞭打。对阿Q的这一优胜业绩，鲁迅来了一段有趣的泛论："有人说：有些胜利者，愿意敌手如虎，如鹰，他才感得胜利的欢喜；假使如羊，如小鸡，他便反觉得胜利的无聊。又有些胜利者，当克服一切之后，看见死的死了，降的降了，'臣诚惶诚恐死罪死罪'，他于是没有了敌人，没有了对手，没有了朋友，只有自己在上，一个，孤另另，凄凉、寂寞，便反而感到了胜利的悲哀。然而我们的阿Q却没有这样乏，他是永远得意的：这或者也是中国精神文明冠于全球的一个证据了。"这里把泛论一般现状与阿Q的具体劣性表现结合得多么巧妙啊，不但一针见血地揭露了阿Q精神是所谓中国精神文明的具体表现，其实质是那些圣人之徒制造出来的使人们不再会感到别人的精神痛苦的毒针，有了这种毒，可以制造更多的示众的材料和无聊的看客，可以把大小无数的人肉的筵宴永远排下去。这就使作品具有了更大的概括性。阿Q不但是代表中国国民性的弱点，同时也代表世界上的一般民族的弱点，尤其在农村或被压迫民族方面，这种典型可以随时随地找得到。所以，当《阿Q正传》陆续被译成外文而呈现于世界读者之前，苏联、法国、日本、美国等国的文化人就说："我们这里也有很多的阿Q。"这样随时随地都可以找到的典型，怎么不使读者疑心到是在写自己，又像是在写别人呢？又怎能使读者不思考，不反省呢？

二、开掘人物性格和开掘社会本质并举

鲁迅说过，写小说要"开掘深"，不仅要写人物性格特点、命运，更要紧的是还要写造成人物性格特点、命运的社会历史根源。《阿Q正传》就是这样的作品。我们从小说里看见的，不仅是一个三十岁左右，样子平平常常，头皮上颇有几处不知起于何时的癞疮疤，拖着一条长辫子，穿着破夹袄的阿Q的肖像，更重要的是阿Q的样样合乎圣经圣传的思想和奴隶性的魂灵；不仅是阿Q的质朴、愚蠢，而且是他的可笑而又可怜的种种精神胜利法的表演；不仅看到阿Q经济上毕生受着压迫，而且看到阿Q精神上也毕生受着压迫；不仅看见一个阿Q，而且看见他的时代——全部社会关系。恩格斯要求"真实地再现典型环境中的典型性格"，在这方面，《阿Q正传》可说达到了空前的高度。鲁迅在写这篇小说时总是把揭露上流社会的堕落与下层社会的不幸联系在一起。上流社会愈堕落，下层社会就愈不幸，阿Q的一切不幸，包括精神胜利法的种种表现，无一不是赵太爷、钱太爷、假洋鬼子一伙压迫的结果。他本来质朴，"很能做"，然而，在赵太爷之流的剥削、压迫下，一步一步弄得一贫如洗，无复人形，最后竟然做了示众的材料。

作品一开头就从广阔而又长远的历史背景上把上流社会对阿Q的压迫触目惊心地展现在读者面前，以后，随着情节的发展，让读者更清楚地看到了一切。"恋爱的悲剧"是阿Q性格变化发展的重要因素。是谁给阿Q造成悲剧的呢？是赵太爷，是黑暗的封建社会。赵太爷之流不但剥夺了阿Q爱的权利，而且借此对他进行着野蛮的政治压迫和残酷的经济压榨，连阿Q仅有的一顶破毡帽也做了抵押，一件破布衫是大半做了少奶奶八月间生下来的孩子的衬尿布，把阿Q弄得走投无路，为生计，不得不去作小偷。阿Q即使作了胆颤心惊的小偷，赵太爷之流也丝毫不放松对阿Q的压迫和榨取。赵太爷得知阿Q进城作小偷弄得一点财物后，立即全家议决，托邹七嫂去寻阿Q，而且为此新辟了第三种例外：这晚上也姑且特准点油灯。灯油干了不少，全家心疼而又焦急地等着阿Q赶快到来，以便趁机榨取一通，结果"使赵太爷很失望，气忿而且担心，至于停止了打呵欠。秀才对于阿Q的态度也很不平，于是说，这忘八蛋要提防，或者竟不如盼咐地保，不许他住在未庄。但赵太爷以为不然，说这也怕要结怨，况且做这路生意的大概是'老鹰不吃窝下食'，本村倒不必担心的；只要自己夜里警醒点就是了。秀才听了这'庭训'，非常之以为然，便即刻撤消了驱逐阿Q的提议，而且叮嘱邹七嫂，请伊万不要向人提起这一段话"。

　　这真是道尽了赵太爷之流的堕落：贪婪而残酷，虚伪而又狡诈。赵太爷之流正是出于这种本性，终究要"吃掉"阿Q方才罢休。从这里可以很清楚地看到：阿Q的种种精神胜利的表演，无一不是压迫的结果。有压迫，必然有反抗，即使像阿Q这样不觉悟的人，赵太爷们把他逼到末路时，不是也要投降革命党么？规模巨大的辛亥革命虽然在某种程度上唤醒了阿Q，要用别一种反抗才能生活下去，并且给阿Q的生存带来了一线光明，但由于这仍然是一场不彻底的革命，确如鲁迅开掘的那样，"据传来的消息，知道革命党虽然进了城，倒还没有什么大异样。知县大老爷还是原官，不过改称了什么，而且举人老爷也做了什么——这些名目，未庄人都说不明白——官，带兵的也还是先前的老把总"。这里揭发和抨击的不只是眼前的黑暗，而是几十年、几百年、几千年的黑暗。政权仍然掌握在旧制度的代表人物手里。这不但使旧势力可以全面复辟，而且还给反攻倒算以可乘之机。辛亥革命后，袁世凯称帝，张勋复辟，就是证据。这种开掘，确实触及了辛亥革命只不过是剪去一条辫子的革命而已。它为投机分子大开了绿灯，带给阿Q的却是大团圆的悲剧。因为辛亥革命后的时代仍然如鲁迅所概括的那样，是"一、想做奴隶而不得的时代，二、暂时做稳了奴隶的时代"（《灯下漫笔》）。这是一种循环。阿Q之所以成为阿Q，就是因为有这样一个循环的时代。在这样的时代里，阿Q只能有那样的命运。从这里我们更加清楚地看到大团圆的结局，确实不是随意给的，而是时代的必然产物。在大团圆的结局中，鲁迅把人物性格的开掘和对社会的开掘推进到了一个空前的深度，并有机地结合在一起。阿Q被以莫须有的罪名抓进了监狱，劣根性更是暴露无余，不但不反抗，相反，精神胜利的表演更为可怜，更为可笑。看看阿Q第一次被审的情景吧！阿Q到得大堂，看见审判者"都是一脸横肉，怒目而视的看他；他便知道这人一定有些来历，膝关节立刻自然而然的宽松，便跪了下去了。'站着说！不要跪！'长衫人物都吆喝说。阿Q虽然似乎懂得，但总觉得站不住，身不由己的蹲了下去，而且终于趁势改为跪下了。'奴隶性！……'长衫人物又鄙夷似的说，但也没有叫他起来……"这是"审判"阿Q的一个场面。"奴隶性"三个字出自长衫人物之口，既道尽了阿Q劣性的根柢，更充分地表达了鲁迅的愤怒和诅咒，又揭示出长衫人物之流的秘诀。阿Q的奴隶性不正是长衫人物制造的么？正因为如此，阿Q才迟迟不觉悟，到头来做了毫无意义的示众材料。"影响"和"舆论"两段结尾的文字，用对比的手法，进一步写尽了所谓上流社会的堕落、贪婪、残酷，下层社会的不幸、麻木、愚蠢……简直到了无以复加的程度，可以说是对看客和读者发出的警告，如不反省，阿Q的命运正等着的哩。在大团圆的结局里，人物性格根源和社会本质的开掘所显示出来的广度和深度，真是罕见。鲁迅用活生生的形象、血淋淋的事实告诉了人们："凡是愚弱的国民，即使体格如何健全，如何苗壮，也只能做毫无意义的示众的材料和看客，病死多少是不必以为不幸的。"如冯雪峰同志所说，"阿Q根性的暴露史，却也是阿Q被压迫，被迫害史，是他的生活斗争的失败史，展开我们面前的是中国民族史和社会史"（《鲁迅与中国民族及文学上的鲁迅主义》）。读完《阿Q正传》，我们确实深深感觉到中间每一句话都是用血泪写成的。为了中华民族的前途，阿Q的种种劣性必须铲除，革命一定得进行！

三、博采口语和好用反语相配合

语言，是民族形式的重要因素，也是作家个性的具体表现，历代的伟大

改造民族性的宣言

作家无一不是使用语言的巨匠,无一不在使用语言上下功夫。有人说,鲁迅是学过医的,洞悉解剖原理,所以常将这技术运用到文学上来。不过他使用的工具不是解剖刀,而是语言,解剖的对象不是人类的肉体,而是人类的灵魂。不管你如何痛楚,如何想躲闪,他总是以锋利无比的语言,对准人们灵魂深处的伤痕,掩藏最力的弱点,直刺进去,掏出血淋淋的病的症结,放在显微镜下让大家观察。我们试看"龙虎斗"一场的描写吧:

阿Q遇见了小D。"'畜生!'阿Q怒目而视的说,嘴角上飞出唾沫来。'我是虫豸,好么?……'小D说。这谦逊反使阿Q更加愤怒起来,但他手里没有钢鞭,于是只得扑上去,伸手去拔小D的辫子。小D一手护住了自己的辫根,一手也来拔阿Q的辫子,阿Q便也将空着的一只手护住了自己的辫根。"两人势均力敌,"四只手拔着两颗头,都弯了腰,在钱家粉墙上映出一个蓝色的虹形,至于半点钟之久了。"最后,不分胜负,两人松手,挤出了人丛。"'记着罢,妈妈的……'阿Q回过头去说。'妈妈的,记着罢……'小D也回过头来说。这一场'龙虎斗'似乎并无胜败,也不知道看的人可满足。都没有发什么议论,而阿Q却仍然没有人来叫他做短工。"

这里鲁迅的确是批判地、创造性地运用了果戈里与显克微支用滑稽的笔法写阴惨的事迹的讽刺笔调。写的是平常事,用的是平常话,而显现给人们的却是愚与恶,而这愚与恶,又复加到可笑的程度。鲁迅的描写真是变化多而趣味浓,微而语婉,戚而能谐,文字简练,思想深刻,在圆润轻妙之间深藏笔锋,把阿Q喜剧的性格和悲剧的命运像电影特写镜头一样,水乳交融地一个一个凸现出来,给人的心灵以震动。鲁迅在《阿Q正传》这篇作品中用语的奥妙就在于博采口语与好用反语相配合。对话多采用口语,叙述议论则夹以反语,互相配合,高度统一。全篇充满了幽默,到处有刺,有的明白,有的却隐藏,从而构成了一种极为独特的风格,既富于民族色彩,又体现着鲜明的个性。如阿Q的口头禅:"我们先前——比你阔的多了!你算什么东西!""现在的世界太不成话,儿子打老子……"这些采自生活中的口语,确是把阿Q的充满悲剧因素的喜剧性格,刻画得惟妙惟肖。叙述描写中,或者夹以反语,或者成段配以反语,处处、时时给阿Q的精神胜利法以带有希望性的辛辣讽刺，给造成阿Q精神胜利的社会以毁灭的诅咒。如第一章的序里几乎每句话都是反语。又如阿Q调戏小尼姑后，作者来了如下一大段反语："即此一端，我们更可以知道女人是害人的东西。""中国的男人，本来大半都可以做圣贤，可惜全被女人毁掉了。商是妲己闹亡的；周是褒姒弄坏的；秦……虽然史无明文，我们也假定他因为女人，大约也未必十分错；而董卓可是的确给貂蝉害死的。"这些反语，幽默而又锋利，给泛论增加了无比的力量。多用反语，便是所谓冷的讽刺——冷嘲，构成了鲁迅独立的笔调，独特的风格，其影响是多么深广啊！斯诺说："现在，'阿Q性格'，'阿Q精神'，'精神胜利'，'人生天地间'，'妈妈的'骂人话及来自小说的其它用语已成为新的中国人对话的一部分。"（《鲁迅——白话大师》）鲁迅就这样把写小说和写杂文的种种可以塑造典型形象的手段相配，成功地塑造了阿Q这个喜剧性格和悲剧命运交织在一起的典型，充分表达了作者改造民族性的主张，为一切具有阿Q精神的人们开出了一条反省的路。

（原载《鲁迅研究论文集》，四川大学学报丛刊第11辑，1981年10月）

驳《盟主鲁迅也是左的》并质问《炎黄春秋》

——也以梁实秋为例

一向喜欢刊发"奇文"的《炎黄春秋》，2014年第4期在"一家言"栏目里发表了《盟主鲁迅也是左的》。作者毕克官，一位漫画家，大概颇具影响！编者特将其"遗稿"公之于世，挑战鲁迅，挑战毛泽东。

"遗稿"耸人听闻地写道：

> 作为盟主，动不动就给一位文化名人上纲上线到政治问题，甚而视为敌人，这就不仅仅是一般情绪偏激的问题了。长期以来，人们（包括毛泽东）谈论的多是鲁迅对左联的积极影响和积极作用，我理解为，鲁迅的极左，对左联乃至整个文艺界绝非好事，左联失去的是众多同盟者，高兴的自然是真正的敌人。
>
> ……
>
> 以我的认识，被鲁迅先后骂过的众多文艺家，像徐志摩、胡适、梁实秋、戴望舒、苏汶、林语堂、施蛰存等等，绝大多数都属于张闻天所说的"革命的小资产阶级"文艺家，是属于无产阶级"革命统一战线"的同盟者，只是存在不同文艺见解，在鲁迅和左联人士眼中成了革命的对立面。

张闻天所说是否对，暂且不论。

毕先生为之辩护的"徐志摩、胡适、梁实秋、戴望舒、苏汶、林语堂、施蛰存等等"真属于"无产阶级'革命统一战线'的同盟者"吗？是鲁迅"骂"走了他们吗？

"史实"到底如何?!

毕先生仅举"三例"进行一些回顾。举"例一"是梁实秋。好，我们就以梁实秋为例来说吧！梁实秋是鲁迅的主要论敌，这是谁都知道的。梁实秋何许人？新月派的文艺理论家、批评家。一贯自称是"反共分子"（梁实秋：《悼念左舜生先生》，《梁实秋文集》第三卷200－201页），声言"任何人都不能和政治脱离关系"（梁实秋：《学生与政治》，《中央周刊》四卷三十八期）。

台湾《联合文学》主编、他的好友丘彦明女士在他八十五岁时对他作过一次专访，书面提出了二十二个问题，梁一一作了回答。其中一问是：

您年轻时很喜欢政治，在两个报纸写社论。您在二十几岁就反共，为什么？后来您又绝口不谈政治，为什么？

梁答道：

个人之事曰伦理，众人之事曰政治。人处群中，焉能不问政治。……对于政治，我有兴趣，喜欢议论。我向往民主，可是不喜欢群众暴行；我崇拜英雄，可是不喜欢专制独裁；我酷爱自由，可是不喜欢违法乱纪。……

我早年思想即偏向于保守，就读哈佛大学时，读穆尔教授（P. E. more）一部论文集 Aristocracy and Justice，深佩其卓识。民国十八年我就译了此书中的一篇《资产与法律》，发表于《新月》的某一期上（现收在皇冠出版的《雅舍译丛》）。我那时即已认定私有财产是文明的基础，反对财产私有即反抗文明。此一基本认识迄今未变。（梁实秋：《"岂有文章惊海内"——答丘彦明女士问》，《联合文学·还乡·梁实秋专卷》1987年12月）

"反对财产私有即反抗文明"，这是梁实秋反共的立足点。

"二十几岁就反共"，一点不假。稍稍浏览梁实秋的简历，即一目了然：

1925年夏，24岁，梁实秋在美国，与闻一多、吴文藻等人发起成立"大江会"，主编《大江季刊》，"标榜国家主义，反对以阶级斗争为出发点的共产主义"。

1926年，25岁，梁实秋本着这样的信念回到中国，先后在北京《晨报·副刊》发表《现代中国文学之浪漫主义的趋势》、《文学批评辩》等，宣扬人性论，招惹新文学。

1927年，26岁，梁实秋到上海，接连发表《北京文艺界之分门别户》、《华盖集续编》，配合现代派陈西滢等，招惹鲁迅，认定鲁迅是北京文艺界的"盟主"，给一个谥号"杂感家"。不久，他觉得"'杂感家鲁迅先生'一语有毛病，应称之曰'短评小说家'"，"故亦特制'短评小说家'这顶帽子给鲁迅先生且戴一戴"（梁实秋：《鲁迅的新著》，1932年12月3日《益世报·文学周刊》）；同时编辑《时事新报·青光》，发表大量所谓"不严重的文字"——"闲话"、"絮语"、"怒恕"、"讥讽"、"丑陋""和各式各样的笑声"，并将其中的部分文字收录编辑，以《骂人的艺术》为书名，由新月书店出版发行。《骂人的艺术》一文中写道：

> 古今中外没有一个不骂人的人。……
>
> 我做此文的用意，是助人骂人，同时也是想把骂人的技术揭破一点，供爱骂人者去参考。

可见，梁实秋早就在钻研"骂人的艺术"。该书便是梁实秋研究骂人艺术的成果，也是他骂人经验的小结，更是他要继续骂人的宣示。

1928年，27岁，梁实秋在上海结识了青年党的首脑左舜生等人，成为好友。在与罗隆基谈青年党的党纲时，他曾建议该党党纲应补充"所谓'废除私有财产'乃是共产党基本信仰，绝不可作任何形式附合"，还受邀到该党所创办的培训学校"知行学院"担任英文教员。从此，他与青年党李璜、左舜生一伙关系更为密切，并"一度加入提倡国家主义之中国青年党，现尚存入党志愿书"（沈云龙：《南通·上海·东京——追忆抗战前陈启天先生二三事》，《民国人物传·梁实秋》第十二册）。梁实秋虽然一直隐讳了参加青年党一事，但后来还是坦陈自己和左舜生、余永菊"同样是反共分子"。难怪他在悼念左舜生的文章中写道：

> 因为这个关系，我经常和舜生先生见面，海阔天空，无所不谈，而主要话题则是反共。（梁实秋：《悼念左舜生先生》，《梁实秋文集》第三卷200—201页）

梁实秋与一些对共产党有误解的知识分子是大不相同的，他的反共很自觉，不仅停留在口头闲谈上，而是付诸实实在在的行动——办刊物、写文章……从思想战线、意识形态方面向左翼，向共产党发起挑战。《新月》创刊，作为推手的梁实秋"挺身而出"，与鲁迅搏击。

关于这方面的情况，他在后来的回忆中说：

> 我首先在《新月》上对围攻者施以报复。我记得在二卷一期开首插进一篇《敬告读者书》，重申我们的态度，内中有一句话是我所不能忘的。我说："我们容忍一切，就是不容忍那'不容忍'的态度。"……下面是我写的《文学是有阶级性的吗？》，我在这文里直接驳难"普罗文学"的论据，其实也就是触到了"共产主义"的要害，但是并未涉及鲁迅个人。可巧这时候鲁迅译出了一本《文艺政策》。我买来一看才知道是苏联文艺政策，是共产党的文艺政策，而其译笔之硬涩难通，实在惊人。于是我又写了一篇《鲁迅先生的硬译》排在卷末。鲁迅先生认为我的两篇文章有"首尾照应"的作用，便写了他的回答《论文学的阶级性与"硬译"》，发表在他所指挥的一个刊物《萌芽》月刊第二期里。这是鲁迅与我的纠葛之开始。（梁实秋：1941 年 11 月 27 日重庆《中央日报·平明》，《梁实秋文集》第七卷 534-535 页）

这里，梁实秋的记忆有误。他的《文学是有阶级性的吗？》、《鲁迅先生的"硬译"》，不是发表在《新月》二卷一期上，而是刊发在他独自编辑的《新月》二卷六、七期合刊上。这也不是"鲁迅与我纠葛的开始"，他和鲁迅的纠葛早就开始了。

他的《文学是有阶级性的吗？》、《鲁迅先生的"硬译"》，不仅是"招惹"鲁迅，"挑衅"鲁迅，而是把矛头直端端对准"共产主义"。

特别是他独自担任《新月》的编辑后，简直迫不及待。他"独自"编辑的二卷六、七期合刊一下就抛出了《文学是有阶级性吗？》、《论鲁迅先生的"硬译"》，来"招惹"鲁迅，"挑衅"鲁迅。

《文学是有阶级性的吗？》抓住卢梭"资产是文明的基础"的论述，宣称"不肯公然反抗文明的人，决没有理由攻击资产制度"，竭力证明"资产制度永生"，反对利用任何形式攻击资产制度，特别反对夺取政权。文章认为

"无产者本来并没有阶级自觉,是几个过于富同情心而又态度偏激的领袖把这个阶级观念传授了给他们","错误在把阶级的束缚加在文学上面",鼓吹"文学就没有阶级的区别,'资产阶级文学','无产阶级文学',都是实际革命家造出来的口号标语"。文章的结论是不承认文学的阶级性。

《论鲁迅先生的"硬译"》,表面上批评鲁迅所译的《文艺与批评》一书"内容深奥,文法艰涩,句法繁复","读这样的书,就如同看地图一般,要伸着手指来寻找句法的线索位置","比天书还难",实际指向鲁迅所领导出版的"科学的文艺理论丛书"等一系列无产阶级文艺理论,透露了梁实秋对马克思主义传播的"弦惑"与"恐慌",意欲消除其影响的野心。

这期刊物是经过精心策划的,无论是所谓"争自由"的文章,还是所谓"文艺批评",都是"互相照应"的。鲁迅便根据"互相照应"的特点,将两篇文章合二而一,撰写成《"硬译"与"文学的阶级性"》,予以回击。文章一开始就明确地指出梁实秋的文章是新月派"有组织"的行动,用以子之矛攻子之盾的办法,驳斥了他所谓"误译胜于死译","硬译""比读天书还难","误译"让人读了还能"落个爽快"的谬论,且用归谬法,对其"抹杀阶级性"、"作者的阶级性与作品无关"、"好作品永远是少数人的专利品,大多数永远是蠢的,永远是与文学无缘的"等种种谬论予以批驳,用无可辩驳的论据予以戳穿。文章指出:

> 文学不借人,也无以表示"性",一用人,而且还在阶级社会里,即断不能免掉所属的阶级性,无需加以"束缚",实乃出于必然。自然,"喜怒哀乐,人之情也",然而穷人决无开交易所折本的懊恼,煤油大王那会知道北京捡煤渣老婆子身受的酸辛,饥区的灾民,大约总不会去种兰花,像阔人的老太爷一样,贾府上的焦大,也不爱林妹妹的。(鲁迅:《"硬译"与"文学的阶级性"》,《鲁迅全集》第四卷204页)

鲁迅公开、明确地声称,自己译书乃是"从别国里窃得火来,本意却在煮自己的肉",和"几个以无产文学批评家自居的人,和一部分不图'爽快',不怕艰难,多少要明白一些这理论的读者"。几年后,鲁迅又在一篇《关于翻译》的专文中写道:

> 注重翻译，以作借镜，其实也就是催进和鼓励着创作。但几年以前，就有了攻击"硬译"的"批评家"，搔下他旧疮疤上的末屑，少得像膏药上的麝香一样，因为少，就自以为是奇珍。……
>
> 我要求中国有许多好的翻译家，倘不能，就支持着"硬译"。（鲁迅：《关于翻译》，《鲁迅全集》第四卷553—554页）

难怪李何林先生说：鲁迅"在'马克思主义艺术论'与苏联无产文学的介绍移植方面，是尽力最大的、最宝贵的力量者！他的 Lunacharsky 底《艺术论》与《文艺与批评》等译著，是在中国再找不到第二个人能够担当得了的工作；别人简直作不了的。（但似乎名教授梁实秋又作'批评'鲁迅先生的'硬译'的大论了，不管他自己的文章还远不如鲁迅先生的'硬译'的事。）"（李何林：《鲁迅论·序言》，1931年3月北新书局）

此时，冯乃超又写成《文艺理论讲座·阶级社会的艺术》，也对梁实秋的谬论予以揭露、批判。文章指出，梁实秋以《韦伯斯特词典》的陈词滥调为依据，诬蔑无产者"普罗列塔利亚是国家里只会生孩子的阶级"，从而否定文学的阶级性。文章写道：

> 无产阶级既然从其斗争经验中已经意识到自己阶级的存在，更进一步意识其历史使命。然而，梁实秋却来说教——所谓"正当的生活斗争手段"，"一个无产者假如他是有出息的，只消辛辛苦苦诚诚实实的工作一生（！），多少必定可以得到相当的资产"。那末，这样一来，资本家更能够安稳的加紧其榨取的手段，天下便太平。对于这样的说教人，我们要送"资本家的走狗"这样的称号的，并不"以为这些名词有辟邪的魔力"。（我们大家都不是拜物教的人）。（冯乃超：《文艺理论讲座·第二回·阶级社会的艺术》，《冯乃超文集》下卷，中山大学出版社，139页）

对鲁迅和冯乃超的批评，梁实秋很快作了回击。写了《答鲁迅先生》和《"资本家的走狗"》，刊载于《新月》二卷九期。《答鲁迅先生》笑里藏刀，采用嬉笑怒骂、旁敲侧击的杂文手法，攻击《"硬译"与"文学的阶级性"》全是"咬文嚼字"，诬蔑鲁迅等人发起的"中国自由运动大同盟"是为搞暴力革命,意图"把整个的国民党推翻"。《"资本家的走狗"》则运用他所总结的"以退为进"的"骂人艺术",拼命一搏。文章写道:

> 这篇文章的作者给了我一个称号——"资本家的走狗"。……我不生气,因为我明了他们的情形,他们不这样的给我称号,他们将要如何的交待他们的工作呢?

梁实秋装着"态度镇静"、"不生气",却"预设埋伏",先利用冯乃超给无产者所下定义,竭力为自己辩护、开脱,接着便以领"卢布"之说栽诬于人。看他是怎样说的吧。

> 大凡做走狗的都是想讨主子的欢心因而得到一点点恩惠。《拓荒者》说我是资本家的走狗,是哪一个资本家,还是所有的资本家?我还不知道我的主子是谁,我若知道,我一定要带着几份杂志去到主子面前表功,或者还许得到几个金镑或卢布的赏赉呢。钱我是想要的,因为没有钱便无法维持生计。可是钱怎样的去得到呢?我只知道不断的劳动下去,便可以赚到钱来维持生计,至于如何可以做走狗,如何可以到资本家的账房去领金镑,如何可以到××党去领卢布,这一套的本领,我可怎么能知道呢?也许事实上我已经做了走狗,已经有可以领金镑或卢布的资格了,但是我实在不知道到哪里去领去。关于这一点,真希望有经验的人能启发我的愚蒙。(梁实秋:《"资本家的走狗"》,《梁实秋文集》第六卷486页)

这里,梁实秋用了统治阶级杀人"老谱里面的一着"——"含血喷人",与国民党特务们相呼应。诚如鲁迅所指出的,"这时左翼作家拿着苏联的卢布之说,在所谓'大报'和小报上,一面又纷纷的宣传起来,新月社的批评家也从旁边很卖了些力气"(鲁迅:《二心集·序言》)。这"很卖了些力气"的就是梁实秋。他在那"宁可错杀一千,决不放走一个"的白色恐怖时期,如此放肆地向国民党当局"告密":鲁迅、冯乃超们就是共产党。这岂止是视对手为敌人,完全是栽赃,是陷害,欲置对手于死地而后快。为打击梁的嚣张气焰,鲁迅自然要助冯乃超一臂之力,写了《"丧家的""资本家的乏走狗"》,揭穿论敌的阴谋。鲁迅一针见血地指出:

梁实秋究竟是有智识的教授，所以和平常的不同。他终于不讲"文学是有阶级性的吗？"了，在《答鲁迅先生》那一篇里，很巧妙地插进电杆上写"武装保卫苏联"，敲碎报馆玻璃那些句子去，在上文所引的一段里又写出"到××党去领卢布"字样来，那故意暗藏的两个×，是令人立刻可以悟出的"共产"这两字，指示着凡主张"文学有阶级性"得罪了梁先生的人，都是在做"拥护苏联"，或"去领卢布"的勾当，和段祺瑞的卫兵枪杀学生，《晨报》却道学生为了几个卢布送命，自由大同盟上有我的名字，《革命日报》的通信上便说为"金光灿烂的卢布所收买"，都是同一手段。在梁先生，也许以为给主子嗅出匪类（"学匪"），也就是一种"批评"，然而这职业，比起"刽子手"来，也就更加下贱了。

我还记得，"国共合作"时代，通信和演说，称赞苏联，是极时髦的，现在可不同了，报章所载，则电杆上写字和"××党"，捕房正在捉得非常起劲，那么，为将自己的论敌指为"拥护苏联"或"××党"，自然也就髦得合时，或者还许会得到主子的"一点恩惠"。但倘说梁先生意在要得"恩惠"或"金镑"，是冤枉的，决没有这回事，不过想借此助一臂之力，以济其"文艺批评"之穷罢了。所以从"文艺批评"方面看来，就还得在"走狗"之上，加上一个形容字："乏"。

这既打击论敌的嚣张，又揭穿论敌的阴谋及其惯用的卑劣手法，哪能叫"漫骂"呢？

鲁迅说过："假如指着一个人，说道：这是婊子！如果她是良家，那就是漫骂；倘使她实在是做卖笑生涯的，就并不是漫骂，倒是说出了真实。"（鲁迅：《漫骂》，《花边文学》）鲁迅说出的是"真实"，完完全全的"真实"，哪是什么"上纲上线"，怎能叫做"漫骂"呢？！

鲁迅并非随便骂人。如他母亲所说：

他骂人虽然骂得很厉害，但是都是人家去惹他的。他在未写骂人的文章以前，自己已气得死去活来，所以他实在是气极了才骂人的。（宋舒：《鲁迅的母亲说"鲁迅气极了才骂人的"》，原载 1936 年 11 月 3 日

《民国学院院刊》周刊七期)

梁实秋哪能安心失败，又采用以攻为守的办法，与鲁迅搏击。他写了《鲁迅与牛》。你说我是"乏走狗"，我就骂你是一条丧家的"乏牛"。大家都知道，鲁迅常以"牛"自喻。梁实秋就以《"阿Q正传"的成因》一文中鲁迅的自喻，再次用"影射"的手段栽诬、告密。梁实秋说：

> 其实鲁迅先生何必要我"影射"。有草可吃的地方本来不过就是那几家，张家，李家，赵家，要吃草还怕人看见，太"乏"了！《萌芽》月刊第五号第一二六页有这样的一段：
>
> 鲁迅先生……将旧礼教否定了……将国家主义骂了，也将无政府主义、好政府主义、狂飙主义、改良主义等劳什子都骂过了，然而偏偏只遗下了一种主义和一种政党没有嘲笑过一个字，不但没有嘲笑，分明的还在从旁支持着它。
>
> 这"一种主义"大概不是三民主义罢？这"一种政党"大概不是国民党罢？（梁实秋：《鲁迅与牛》，1930年1月10日《新月》月刊二卷十一期，《梁实秋文集》第六卷511页）

字里行间暗藏杀机啊！

难怪当时就有人说"还没有谁像梁实秋那样对鲁迅等人进行政治陷害，公开进谗诬蔑鲁迅向'××党领卢布'，在电线杆上张贴拥护苏联的传单等等"（廖超惠：《剖视人生——鲁迅与文化名人》，陕西旅游出版社1992年12月版）。时隔半个多世纪后，台湾"国民大会"代表刘心皇也著书指出新月派对鲁迅的论战"搞的是人身攻击"。他说："说到鲁迅到底有没有拿卢布呢？这就要谈到'新月派'对鲁迅战术的不高明。他们批评鲁迅的文学思想，反对文学有阶级性。这在自由主义者看来，自然是正确的。但，他们的失败，不在主题，而在主题之外的'人身攻击'。这个'人身攻击'的失败，影响了读者的同情，在读者看来，失败则在'新月派'，主要原因，则在于'人身攻击'。"（刘心皇：《鲁迅这个人》，台湾东大图书公司1986年6月版，转引自《鲁迅研究动态》1989年9期）这岂止是"人身攻击"，完全是欲置鲁迅于死地的政治陷害。

"史实"又告诉我们：胡适离开上海，徐志摩死去，闻一多、梁实秋到青岛……《新月》实在维持不下去了，只得停刊。停刊并不意味着"骂战"的了结，新月的人马还是千方百计抢夺舆论新阵地：有的掌握了天津《益世报》的副刊，有的则另起炉灶，自办刊物，胡适办起了《独立评论》，梁实秋办起了《自由评论》，沈从文、朱光潜办起了《文艺杂志》……他们打着自由主义的旗号，宣扬唯心主义的怪论，继续向左翼挑战。梁实秋竟然在自己所办的《自由评论》上组织倾向性极为明显的"如何对付共产党的讨论"。他亲自撰文，公开宣称：

> 我一向不赞成共产党和共产主义，但是我一向觉得共产党的问题很严重，很复杂，很需要审慎的公平的处理。……若要叫大家知道共产主义不对，这需要用理由去说服人，不能用暴力来压服人。所以，我一向主张在各大学里一律添设"共产主义"一课程，请有研究而无色彩的人公开讲授，并且可以举行公开辩论，使一般青年晓然于共产主义之原委利弊。（梁实秋：《如何对付共产党》，1936年3月27日《自由评论》17期）

如何对付共产党？他的主张是从思想战线入手。他说：

> 我常感觉到，一般青年之所以思想左倾，原因固然复杂，而共产党宣传品之独霸出版界是一个重要原因。十年来，左倾的出版品多如春笋，其影响于一般思想未成熟之青年至深且巨。官方固然也有宣传，然而那宣传脱离不了官气，绝对不能取得青年的同情；政府对于共产党宣传品固然也随时取缔，然而这种取缔更足激起青年的反感，无济于事。防止青年思想共产化之最有效办法，应该是由对政治经济有研究的学者多发表一些健全的理论，因为若想扑灭共产党的宣传品的不良影响，需要拿出比共产党宣传品更有理更动听的议论来代替它。（梁实秋：《我为什么不赞成共产党》，1936年4月3日《自由评论》18期）

文章还对出版界表现出极大的忧虑，说：

> 然而这十年来，国内研究政治经济的学者们，有谁可曾堂堂正正的发表过反对共产党的论著？共产党问题在中国是这样严重的大问题，而

学者、名流，思想家，竟躲避着这一个迫切的问题而不痛切地表示意见！整个的思想界，出版界，最活跃的分子几乎完全是倾向共产的分子。在这种情形之下，我们能怪青年左倾？我们只能怪一般学者名流太懒惰太油滑太不负责。（同上）

这就是他们要大办刊物的原因，即与出版界"最活跃"、"倾向共产的分子"对抗，"拿出比共产党宣传品更有理更动听的议论来代替它"，从而"扑灭共产党的宣传品的不良影响"。

请问：这是什么样的"革命的小资产阶级"文艺家，是"属于"那个"无产阶级'革命统一战线'的同盟者"？面对这样的"史实"，毕先生居然还要"平心而论"，且论出了鲁迅"失态"，"侮辱"了梁实秋的"人格"。岂不怪哉？毕先生到底是如何"平心而论"的？他说：

> 平心而论，在与鲁迅争论的人群中，梁实秋是比较最有学者风度的一位，也是比较最重视说理而少谩骂的一位。但盟主鲁迅却认为"对梁实秋这类人，就得这样"，不仅视为敌人，还失态到谩骂的程度，在人格上对梁实秋进行侮辱。能说这不是极左吗？

读完这段"奇文"，使我不期然地想起八十多年前，创造社围攻鲁迅时，弱水曾在《战线》周刊创刊号发表的《谈中国现在的文学界》，不但把鲁迅比作"五四"时期的林琴南，且在"态度"、"气量"、"年龄"上大做文章。鲁迅先生为此写了《我的态度气量和年龄》一文予以回击。毕先生的"平心而论"，何其相似尔，竟然在"态度"上又大作文章了。

然而"史实"却告诉我们：尽管梁实秋如此险恶地向国民党当局"告秘"，说鲁迅、冯乃超是共产党，鲁迅也没有把梁实秋"视为敌人"。1935年9月12日，鲁迅回复李长之的信可证。鲁迅在复信中写道：

> 我离北平久，不知道情形了，看过《大公报》，但近来《小公园》不见了，大约又已改组，有些不死不活，所以也不看了。《益世报》久未见，只是朋友有时寄一点剪下的文章来，却未见有梁实秋教授的；但我并不反对梁教授这人，也并不反对兼登他的文章的刊物。（鲁迅：《致李长之》，《鲁迅全集》十三卷214页）

毕先生可曾对此信"多思",看鲁迅是否把梁实秋"视为敌人"。要知道,这时正是梁实秋在自己主办的《自由评论》刊物上组织"如何对付共产党"的讨论的时候,正是梁实秋发表《如何对付共产党》、《我为什么不赞成共产党》的时候……如果说鲁迅骂了梁实秋一句"乏走狗"就是"失态",那么,梁实秋就更"失态"了。

毕先生不是讲"史实"么,称赞梁实秋"最重视说理,而少谩骂",那就请毕先生睁大眼看看"史实"吧。

梁实秋在《鲁迅的新著》一文中,抓住《三闲集》中《关于卢梭》文出现在《申报》一事的不确,大作文章,写道:

……所以梁实秋教授的文章是应该出现于《申报》的,纵然明知不在《申报》,也必须说在《申报》才能动听,才合于所谓"阶级",可惜刀笔终敌不过事实。这一回,鲁迅先生吐出的唾沫还须自己舔回去。

(梁实秋:《鲁迅的新著》,《梁实秋文集》第七卷29页)

这是"学者风度"吗?这是"说理"吗?

再读读梁实秋的《论"第三种人"》:

在资产上论,人有贫富之别,而在人性上论,根本上没有多大分别。……文学的材料究竟有限,而文学家个性不同,所以观点各异;人性相同而表现的方法不同,所以作风各异。文学家像狮子,他是独来独往的,不像狐狸不像狗,他不成群结队。你说第三种人不存在么?他自己就是一种。(梁实秋:《论"第三种人"》,1933年10月28日《益世报·文学周刊》48期,《梁实秋文集》第一卷360—361页)

后来,梁实秋又在多篇文章中披露道:

左倾分子对于《新月》所采取的战略是围攻。即是指挥若干种刊物,季刊、月刊、周刊、日刊、副刊,同时发动攻势……依赖人多势众的办法,正是我们所最鄙夷的一种手段。胡适之先生有一次说:"狮子、老虎总是独来独往,只有狐狸和狗才成群结队!"我认为很有理。围攻成为左倾分子的惯技,直到今日遇见机会也还是要施展一下的。(梁实秋:《鲁迅与我》,1941年11月27日重庆《中央日报·平民》,《梁实秋

文集》第七卷534页）

　　胡适之先生曾不止一次的述说："狮子、老虎永远是独来独往的，只有狐狸和狗才成群结队！"办《新月》杂志的一伙人，不屑于变狐变狗。"新月派"这一顶帽子是自命为左派的人所制造的，后来也就常被其他的人所使用。当然，在使用这顶帽子的时候，恶意的时候比较多，以为一顶帽子即可以把人压个半死。其实一个人，如果他真是一个人，帽子是压不倒他的。（梁实秋：《忆"新月"》，《梁实秋文集》第三卷55页）

　　实际上是《新月》一批人每个都是坚强的个人主义者，谁也不愿追随在别人之后……胡先生尝说："狮子与虎永远是独来独往，只有狐狸与狗才成群结队。"是他自负语，也是勉励我们的话，也是我终身服膺的箴言，虽然我知道这是一句譬喻。研究运动的人都知道狮虎出游并非独来独往，胡先生一生超然，不堕俗见，他也以此期待别人。（梁实秋：《〈新月〉前后》，1977年10月14日台北《联合报·副刊》，《梁实秋文集》第三卷96—97页）

　　其实，我是不愿意谈论他的。前几天陈西滢先生自海外归来，有一次有人在席上问他："你觉得鲁迅如何？"他笑不答。我从旁插嘴："关于鲁迅，最好不要问我们两个。"西滢先生和鲁迅冲突于前（不是为了文艺理论），我和鲁迅辩难于后，我们对鲁迅都是处在相反的地位。我们说的话，可能不公道；再说，鲁迅已经死了好久，我再批评他，他也不会回答我。他的作品在此已成禁书，何必再于此时此地"打落水狗"？所以从他死后，我很少谈论到他，只有一个破例，抗战时在《中央周刊》写过一篇《鲁迅与我》。（梁实秋：《关于鲁迅》，爱眉文库，爱眉文艺出版社，1970年11月1日爱眉初版）

　　对于死者照例是应该一味颂扬，如有另外动机不妨奉为偶像。不过鲁迅先生是至死不肯饶恕人的，我想他也未必愿意被人饶恕。（梁实秋：《鲁迅与我》，1941年11月27日重庆《中央日报·平明》，《梁实秋文集》第七卷537—538页）

梁实秋就是以这种狂妄的心态,把自己比喻为"狮子"、"老虎",以"至死不肯饶恕"鲁迅的态度,一次又一次地攻击、诬蔑鲁迅及其左翼人士为"狐狸"、"狗"、"落水狗"……这不叫谩骂叫什么?!这不叫失态叫什么?!

白纸黑字,一清二楚。毕先生还要罔顾事实,颠倒黑白,如此混淆是非,居心何在?

鲁迅与新月派、梁实秋的斗争是怎样的一场斗争,茅盾说得好。他说:

> 他驳斥了御用学者"新月派"的超阶级论。他引用中外古今的历史事实,也引证"新月派"本身的行动,来证明"超阶级论者"实质上是压迫阶级的走狗,他们貌似公正,实际上是彻头彻尾拥护压迫阶级所享有的一切自由,而不许被压迫阶级有要求自由、解放的权利。(茅盾:《鲁迅——从革命民主主义到共产主义——鲁迅逝世二十周年纪念大会上的报告》,《茅盾全集》第二十四卷 500 页)

由此看来,能说鲁迅是"极左"么?完全可以说,梁实秋既不属于"革命小资产阶级"的文艺家,更不属于"无产阶级统一战线"的"同盟者"。鲁迅对梁实秋的"骂"战,根本谈不上"左",更谈不上"极左",相反,鲁迅一直是反"左"的。

毕先生竟然信口雌黄地写道:

> 长期以来,人们一说左联极左,把账都算到当时中共中央领导人如李立三等,左联内的党员领导如周扬等,对鲁迅都似乎有意回避,不得已时只用"误会""错位"来搪塞。这是不公平的,也有违历史史实。更难以服人,对问题的澄清毫无助益!
>
> ……
>
> 由于鲁迅被毛泽东举为"文化新军的最伟大和最英勇的旗手",又是公认的思想家,他的极左,在中国历史上所造成的负面影响,实在太深远了。

好一个毕克官,竟然还要将李立三、周扬搞"极左"的"账"也"算"到鲁迅头上。李立三约谈鲁迅,要鲁迅执行他的路线,鲁迅明确反对;周扬的宗派主义、左倾路线，鲁迅一直是反对的，而且非常坚决。这都是有"案"可查，有"史"为证的。

听听证人冯雪峰、胡愈之是怎样说的吧！

冯雪峰：

"左联"一九三〇年成立，三六年初解散，受了错误路线的影响和支配，成立时正是立三路线抬头时期，三一年起又是王明路线，真正抵制了错误路线的只有鲁迅。对王明路线和周扬一伙，他的抵制十分坚决，大家都知道。对立三路线，鲁迅也是抵制的。一九三〇年二月成立的自由运动大同盟，它当时的那种活动方式，鲁迅并不赞成，在成立前他还说过："这只能发发宣言，做不了别的事。"但它的宗旨（斗争纲领）鲁迅是赞成的，他参加了成立会，在宣言上签了名。宣言发表时郁达夫名字列在第一，鲁迅列在第二名。

鲁迅抵制错误路线，主要的是表现在他文章的思想上。例如"左联"成立于立三路线抬头时，但鲁迅在"左联"成立大会上的讲话，是既反对"右"倾机会主义，也反对"左"倾机会主义的；在这时所写的许多辉煌的战斗文章，思想上也都和立三路线根本不同。在王明路线统治时期，他的文章在思想上不同于王明路线更明显。

李立三与鲁迅见面，时间是一九三〇年五月七日晚上，地点在爵禄饭店，鲁迅在日记上记有到爵禄饭店的话。谈话约四五十分钟。李立三的目的是希望鲁迅发个宣言，以拥护他的"左"倾机会主义那一套政治主张。鲁迅没有同意。谈话中李立三提到法国作家巴比塞，因为在这之前巴比塞发表过一篇宣言似的东西，题目好像叫《告知识阶级》。但鲁迅说中国革命是长期的、艰巨的，不同意赤膊上阵，要采取散兵战、堑壕战、持久战等战术。鲁迅当时住在景云里，回来后他说："今天我们是各人讲各人的。要我发表宣言很容易，可对中国革命有什么好处？那样我在中国就住不下去，只好到外国去当寓公。在中国我还能打一枪两枪。"

胡愈之：

上面那次见面，鲁迅也对我说起过，记得就是在我从香港回上海那时说的。他说："李立三路线到底是怎么回事，我不明白。一天晚上，人家开好旅馆找我谈话，开门进去一个高高大大的人接待我。他自我介绍说他是李立三，党要在上海搞一次大规模示威游行，搞武装斗争。还说：'你是有名的人，请你带队，所以发给你一支枪。'我回答：'我没有打过枪，要我打枪打不倒敌人，肯定会打了自己人。'"这是鲁迅把当时谈话内容漫画化了。记得鲁迅和我谈这件事是和"憎恶自己营垒里的蛆虫"这段话联系在一起的。回想当年，正是党内的"左"倾机会主义闹宗派、搞分裂，出现了大批的叛徒，其中有披了极"左"的外衣派进来的，也有由于对革命失望而被拉出去的。鲁迅憎恶的就是这些人。现在回想鲁迅这一席话，意义是十分深刻的。（胡愈之、冯雪峰：《谈有关鲁迅的一些事情》，《鲁迅研究资料》1，文物出版社，1976年10月）

这里最清楚不过地证明了鲁迅是如何反对李立三的"左"倾路线的。至于周扬，鲁迅反对他的"左"，更是尽人皆知的史实，《辱骂和恐吓决不是战斗》、《答徐懋庸并关于抗日统一战线问题》等都是铁证。后来，周扬自己也说：

　　鲁迅从不隐讳自己的观点，正如他严于律己一样，对自己的同志和战友，与他们也时有争论，对同志的缺点错误，从不轻饶，批评起来也很尖锐。他常常告诫我们要注意克服"左"的思想情绪。（周扬：《坚持鲁迅的文化方向　发扬鲁迅的战斗传统》，《周扬文集》第五卷396页）

　　现在有一种倾向，好像"左翼"搞错了。……现在舆论界，特别是国外有一种倾向：专门把受过"左翼"批评的人抬得很高。恰当地批评、纠正我们"左"的错误是完全需要而且应该的；但贬低"左翼"，专门抬高"左翼"以外的东西就不合适了。最近听说梁实秋很怀念北京，想回来。站在统一战线的立场，我们欢迎他回来。当时鲁迅和梁实秋论争到底谁是谁非，是非界线不能模糊。他不是敌人，过去把他当成敌人。在某种意义上讲，在思想上把他当作敌人，那是对的；现在不是敌人是朋友，他要回来，我们欢迎他；但过去批评他并没有错，鲁迅也好，创造社也好，对他的批评都是对的。所谓不对，就是方法上可能有缺点：可能有点"左"的情绪，还有一点就是不大讲策略。我们的缺点，主要是这两条。（周扬：《在郭沫若研究学术座谈会上的讲话》，《郭沫若研究学术座谈会专辑》，文化艺术出版社，1984年8月）

这就是史实，铁一般的史实。

要"算账"，是可以的，但绝不能自制算盘，更不能把算盘打错。毕先生恐怕用的是自制的算盘，且带上了有色眼镜，竟把李立三、周扬的"左"也要算到鲁迅的头上。"史实"不是明白无误地告诉了我们？李立三、周扬的"左"，来自王明路线，来自苏联，来自共产国际，无可争辩。

毕先生读鲁迅的书似乎只看到一面，没能看到另一面；读梁实秋的文章似乎只看到他所谓"说理"的一面，没能看到"骂人"、"失态"的一面；甚至连自己要"辩护"的人的姓名都弄错了，将胡秋原弄成黄秋原，将苏汶弄成苏文，如此等等，怎么算账啊！？

最后，我们还得问一问：《炎黄春秋》的编者，你们对毕先生的算账，是赞成还是不赞成？发表这样的"遗作"，到底要释放一种什么样的能量？！

（2014年4月初稿，8月修改于成都川大花园寓所）

始终是值得尊敬的

——郭沫若与孙中山

郭沫若亲历了四川保路运动的全过程。他对辛亥革命有着特殊的感情，对领导这次革命的孙中山特别崇拜。他曾经这样说过：

> 当时的中国思想界是康、梁的保皇立宪和孙、黄的排满兴汉的对立，在四川虽然只是片面的前一派人占有势力，而在我们青年人的心目中却是鄙屑他们的。中国的不富不强就因为清政府存在，只要把清政府一推翻了，中国便立地可以由第四等的弱国一跃而成为世界第一等的国家。这是支配着当时青年脑中的最有力的中心思想。凡是主张这种思想的人，凡是这种思想的实行家，都是我们青年人崇拜的对象。我们崇拜十九岁在上海入西牢而瘐死了的邹容，我们崇拜徐锡麟、秋瑾，我们崇拜温生材，我们崇拜黄花岗的七十二烈士。一切生存着的当时有名的革命党人不用说，就是不甚轰烈的马君武，有一时传说要到成都来主办工业学校，那可是怎样地激起了我们的一种可言状的憧憬[①]！

可见，当时的青年，革命热情是何等的高昂。这里说的是对烈士的崇拜，虽然没有直接提到孙中山先生，却包括了对孙中山先生的无限崇拜，是毫无疑义的。

1925年3月12日上午9点左右，郭沫若从路人的哀戚的谈话中预感到孙中山先生去世。果然，报载了这个消息：孙中山逝世了……他立即倾注全力写了一篇《哀感》，说：

> 呵，孙中山先生终竟死了！把他苦了多久的肝癌现在也不能再苦他

[①] 郭沫若：《反正前后》，《郭沫若全集》11卷，人民文学出版社1992年版，第203—204页。

始终是值得尊敬的

了。他的功绩不消说是用不着我来表扬,他的瑕疵,或许是有时,也用不着我来诽谤了。我自己本是一个傲慢不逊的人,但在我的心目中,像孙中山先生这样的人始终是值得尊敬的。呵,他如今死了,他的铜像不消说是准定会建设的,他的葬仪或许也怕要采取国葬的形式吧?……但是就有五百尊铜像,五百倍国葬的威仪,那抵得上那位问我的商人的那种至诚的情意呢?

呵,他那很低抑很低抑的声音,很哀戚很哀戚的容貌!……中山先生哟!人们对你的思慕是会永远不灭的呵[①]!

在郭沫若的心目中,孙中山永远是值得尊敬的。这种尊敬远远超过了年轻时对邹容、秋瑾、温生材、黄花岗七十二烈士。经瞿秋白推荐,1926年春广东大学聘请他任教。3月,他去广州前夕,12日又前往交通大学出席孙中山先生逝世周年纪念会,并发表了三民主义与共产主义的讲话。3月23日,郭沫若抵达广州,出任广东大学文科学长,立即着手整顿文科……8月17日,国民政府发布命令,正式宣布将广东大学改名国立中山大学。郭沫若受聘参与改名改制的筹备工作,担任筹备委员,受托以孙中山先生思想为指导,订定校歌歌词。他不负所托,很快完成了校歌歌词的写作。歌词如下:

浩然正气此长存,霹雳一声天下惊,叱咤风云卷大陆,倡导三民主义救民族,此乃吾校之衣钵,此乃吾校之衣钵。

白日青天满地红,新兴文化作先锋,匪行之艰知之艰,倡导三民主义重民权,此乃吾校之真铨,此乃吾校之真铨。

中原之大中山大,扶植桃李满下天。博审慎明还笃行,倡导三民主义济民主,此乃吾校之光荣,此乃吾校之光荣。

歌词充分表达了中山大学师生继承孙中山的三民主义的愿望和决心。郭沫若自己则身体力行去实践孙中山的遗教:投笔从戎,参加北伐。

抗战爆发,他冒着生命危险,别妇抛雏,回到祖国,投入全民抗战的洪流。……1938年3月12日,孙中山先生逝世十三周年时,他为汉口《新华

---

① 郭沫若:《哀感》,《郭沫若全集》16卷,人民文学出版社1992年版,第172页。

日报》题词：

仰之弥高

中山先生逝世十三周年纪念，题为《新华日报》

郭沫若

这位“仰之弥高”的伟人一直是郭沫若效法的榜样。1941 年，正是抗战最为艰难的岁月，他所领导的政治部文化工作委员会为了鼓舞人们的斗志，于 3 月 12 日，在抗建堂举行了盛大的庆祝国父孙中山诞辰七十五周年纪念大会。会上，郭沫若以“纪念孙中山先生的两大任务——加强国际国内团结”为题，致了开幕词，特别强调了“奉行中山先生团结救国的遗教，是当前国内政治生活中最迫切的任务，是一切环节中最主要的一环”。他明白无误地说道：

> 今天是国父孙中山先生的诞辰，是中国人民最重大的纪念日。
>
> 纪念伟大革命家的基本任务，不仅口头上赞扬他们的言行，而在实践上奉行他们的遗教。只有从这一观点出发，我们才配纪念孙中山先生。

从奉行遗教的观点出发，他详尽而中肯地分析并论证了切实加强国际的团结和国内的团结的重要性和紧迫性，对从实践上如何奉行孙中山先生的遗教提出了宝贵意见，最后语重心长地告诫到会者：

> 谁是中山先生的忠实信徒，谁是中华民族的优秀儿女，他们就必须牢牢记住并切实遵行中山先生的另两句遗言：“革命尚未成功，同志仍须努力。”①

同时，郭沫若还撰写了一篇题为《永在的荣光——为纪念国父诞辰而

① 郭沫若：《纪念孙中山先生的两大任务——加强国际国内的团结》，1941 年 11 月 12 日《新华日报·纪念孙中山七十五周年诞辰日刊》。

作》的专文，刊登在 1941 年 11 月 12 日重庆《中央日报》。文章充分表达了对孙中山先生的尊重、热爱。该文未收入郭沫若的文集、选集、全集。特全文引录：

　　七十五年前的今日，是中华民族历史上的一个新的时代的开端。

　　这一天，中华民族诞生了一位宁馨的婴儿，诞生在沿海的一个荒凉僻寂的乡村，在黑暗的暴力统治下面的中国，在门户洞开外患深入的时代。从这一天起世界的全貌就在暗暗地转换，中国的历史也在暗暗地转换：从卑贱的灵魂的没落到崇高的灵魂的长成，从古老的衰残的帝国到现代的文明的国家，从腐蚀的死去的一代到新生的年青的一代。

　　从这一天起，耶稣基督的棘冠和十字架，释迦牟尼的摩顶和放踵，列宁的流逐和出亡，三位圣哲的苦难沉重地放在一个人的肩上，压在一个人的心中。

　　从这一天起，四万万五千万所渴望着的幸福的自由的种子，从一个人的手中播散开来，萌出芽来。

　　他是三位圣哲的苦难的化身。他是四万万五千万人民的苦难的化身。他是尧舜禹汤文武成康以来的光荣的传统。他是中华民族的血液中的最优秀的一滴血。

　　他的遗教都成为耶稣基督的登山宝训，他所指引我们的道路成为以色列先知们的预言。

　　如今，他的遗教正在逐步实现了，我们已经和我们的患难相共的友邦亲密地携起手来，并肩作战。

　　他所指引我们的道路也正是我们今天所走的道路，虽然还是荆棘塞途。

　　我们快要废除一切不平等的条约，粉碎我们的镣铐！

　　我们快要消灭法西斯帝国主义，赶走东亚的强盗！

　　我们为国民民族的前途欢欣；

　　我们为他的永在的荣光歌唱。

　　没有他，我们都要变成了水族，没有一个光荣的十一月十二日，我们世世代代都要沉沦在万劫不复的深渊!

十一月十二日①

1956年11月11日,北京举办了孙中山诞辰九十周年的展览会、纪念会。毛泽东为纪念会题词"孙中山先生诞辰九十周年纪念大会",又为孙中山诞辰九十周年展览会题词"孙中山先生生平事迹展览会",还写了《纪念孙中山先生》的专文,刊载于11月12日《人民日报》,后收入《毛泽东选集》第五卷和《毛泽东著作选读》。文章高度评价了孙中山"领导人民推翻帝制,建立共和国的丰功伟绩",赞扬了孙中山"全心全意地为了改造中国而耗费了毕生的精力,真是鞠躬尽瘁,死而后已"的高贵品质,并对如何利用孙中山"在政治思想方面留给我们许多有益的东西"作了重要指示。

在这次纪念孙中山先生诞辰九十周年的活动中,郭沫若写了四首律诗。他在给《人民日报》负责人邓拓同志的短信中说:

邓拓同志:

做了四首诗纪念孙中山,请您看,如无大毛病,请登出。

敬礼!

郭沫若
十.三十一.

这四首诗以《纪念孙中山先生》为题发表在1956年11月2日《人民日报》,现收入《郭沫若全集》第5卷,改为《纪念孙中山》。诗是这样写的:

其 一

高野声名传禹绩,少年憧憬系斯人。

先知先觉开先路,改玉改行庆改秦。

资本喜闻将节制,地权切望待平均。

谁期三策遭颠复,蠢彼嚚顽误国民。

诗,从自己青少年时代对孙中山的无限景仰写起,述说孙中山先生的丰功伟绩,以鞭挞背叛孙中山遗志的"嚚顽"作结。

---

① 郭沫若:《永生的荣光》,原载1941年11月12日《中央日报》第二版。

其 二

和平奋斗救中国，沉痛呼声不忍闻。

提防敌人来软化，宁教祖国受瓜分？

百言遗嘱沉沧海，一片降旗赴寇军。

社稷险教深屋复，鸡笼犹自锁妖氛。

诗，从怀念孙中山先生当年沉痛呼号救国的奔波，写到国民党违背总理遗嘱，险些让祖国灭亡，如今，台湾仍处在妖气的氛围中。

其 三

天高风净雁声还，寄语台澎托羽翰。

条约不平摧锁链，典型犹在沥胸肝。

为何甘作花旗虏，好自归来大节完。

此日西山秋正好，碧云深护水晶棺。

诗，由鸿雁传书的典故引发到闻雁声而想到写信，寄语台湾同胞摧毁那不平等的所谓《共同防御条约》，以孙中山与共产党合作为范例实现第三次国共合作。现在正是大好时机，碧云寺里孙中山的水晶棺还好好地存放着呢！

其 四

珍重三民精义在，五星赤帜遍中华。

有田耕者家家足，无产劳工处处嘉。

合辙自然符马列，论功当得轶华拿。

重将《礼运》临风读，遥拜金陵献一花。

诗，从孙中山的三民主义在祖国大陆实现的事实证明它符合马列主义的基本原则，其功劳远远超过了华盛顿和拿破仑，如今，更应该诵读孙中山手抄《礼运》所展示的"大同世界"的愿景，以此告慰孙中山的在天之灵。

四首律诗把孙中山的功业、愿景与现实融为一体，不但歌颂了孙中山，也歌颂了共产党，充分表达了继承孙中山遗志的坚定信心和决心。

1962年春，郭沫若去南方视察，专程访问了孙中山先生的故乡，参观了故居。他作诗五首，以《访孙中山先生故乡》为题发表在当年3月30日《人民日报》，说："一九六二年三月七日由广州经顺德，前往中山，访孙先生故居。往返三日，得诗四首，词一首。"其中，《访翠亨村二首》专写访孙先生故居。诗前小序说：

> 翠亨村在中山县治石岐东南三十公里许。中山先生生地，旧宅犹存。宅前空旷处有榕树一株，树心已空。中山先生幼年时尝攀登此树，取鸟巢雏鸟。宅有围墙，墙内有小园种花。酸豆树一株，为中山先生手栽，在东侧傍墙，早年被风吹倒，卧地复上，已成大乔木。宅前西北角上有石井一眼，颇深，井壁青苔碧绿。住宅为中西合璧式，一列三间，有楼。

一

> 珠江门户漾春风，三角洲中水量丰。
> 满望农耕秧子碧，沿途花放木棉红。
> 华堂轮奂无都鄙，帝政推翻有巨公。
> 我到翠亨先奉告：工农已作主人翁。

二

> 酸豆一株起卧龙，当年榕树已成空。
> 阶前石井苔犹绿，村外木棉花正红。
> 早识汪胡怀贰志，何期陈蒋叛三宗？
> 百年史册春秋笔，数罢洪杨应数公。

第一首，通过翠亨村的巨变，既肯定了孙中山领导推翻帝制的功绩，又歌颂了人民革命的胜利，告慰孙中山"工农已作主人翁"。

第二首，从孙中山亲手栽种的酸枣树、幼时攀登的榕树的变化写到今日的繁荣，对比中展开联想：应早早识破汪精卫、胡汉民"怀二心"，怎会料到陈其美、蒋介石背叛三民主义啊？编写近百年史，除了赞扬洪秀全、杨秀清，更应该大书特书孙中山的功绩。

参观完毕，郭沫若还应纪念馆的请求，书写了《访翠亨村》二，那飞动的线条，刚健的神采，把诗意美与书法美融为一体，让人们透过自然美，窥见了现实和历史的变化，表达了郭沫若对孙中山的深情厚意！

附记：

2007年11月13日，我和佛山市委宣传部副部长，文化局局长徐东涛、创作室主任杨凡周一行七八人，沿着郭沫若当年参观孙中山故乡的路线，到了顺德、清晖园、翠亨村。

参访孙中山故居时，解说员告知："馆方所办书法展刚结束。其中有郭老一幅书法，可惜，现已收入特藏室。"应我们的要求，馆领导又特许从特藏室取出，让我们拍照。对纪念馆的这种热情，我得再次表示谢意。

二〇〇九年一月于川大花园寓所

从老照片看北伐战争中的郭沫若

北伐,是中国现代历史的一大转折点。

北伐,也是郭沫若人生道路上的一次大考试。

正如蔡震先生所说的那样:

> 有关郭沫若在大革命期间经历的史料并不多,而能让我们直接做出肯定判断的史料在数量上更少,大量的史料来源于后来的回忆文章,包括郭沫若的自传也是在多年后才写出的。所以对当时出现、发生过的人、事,如果我们不能以直接确凿的史料予以记述,相关历史资料的补充叙述是非常必要的。也就是说,我们即使不能做出肯定的判断,应该尽量完整、真实地描述出那一段历史场景,那一历史存在状态①。

关于那段历史,不但原始材料奇缺,就是回忆录也不多,能形象反映这段历史的照片就更难寻觅了。目前仅有郭沫若在其自传文集《革命春秋》②一书中选用的两张。该书的序文前,刊登了一张照片(参见图1),并在《曲江河畔》一文中专门介绍了这张照片的来历:

> 北伐时代的照片,我手里所存着的只有零星的几张,都是我的内子保存下来的。那时她被留在后方的广州,我偶尔寄了些照片和信回去,她都替我保存了下来。这儿所插入的一张就是其中之一。
>
> ……
>
> 1937年4月29日

---

① 蔡震:《郭沫若生平史料摭拾》,台湾花木兰出版社2013年版,第25页。
② 海燕书店1947年出版的郭沫若自传《革命春秋》和人民文学出版社1958年出版的《沫若文集》第8卷中,都只有图1。在1992年人民文学出版社出版的《郭沫若全集·文学编》第13卷中,在图1之外增加了图2。本文所有相关引文,都来自人民文学出版社1992年版的《郭沫若全集》。

图1 左一为苏联顾问铁罗尼，右为郭沫若

图2 1927年春在南昌，前右一为李富春，左二为郭沫若，后左二为李一氓，右三为林伯渠

另一张是南昌起义后摄于南昌的（参见图2）。

除这两张照片，笔者还没见过其他照片。20世纪80年代，笔者有幸得到过一本1928年8月1日为北伐出师周年纪念而出版的《北伐画史》的复印本。良友图书印刷有限公司在"民国十七年八月一日"为"北伐出师二周年纪念出版"了《北伐画史》，编者在"发刊词"和"编余琐语"里反复说：

> 计自广州出发，以迄燕北会师，所经战阵，无虑数十百次，将士牺牲，亦以数十万计。崇德报功，责在政府；编年纪事，职属史家。第史书编纂，事体綦大，夷考故实，需时殊多。且交绥情况，军中生活，将领风采，人民欢欣，均非文字所能宣述，是皆有赖于图片。同人不揣，爰取蒐集所得，编为画史。在曾躬与共事者阅之，可以回忆当日；而在一般民众读之，亦可知其梗概。斯编之辑，不敢诩为信史，窃愿供他日编史者以当相之史实焉。

——发刊词

本书的目的，是在能力范围之内，把北伐的经过情形尽量纂辑起来，使海内外同胞阅之可明了北伐始末的概况；曾从军北伐者阅之可回忆当日的景状，并供他日修史者作参考；同时更借以纪念为北伐而牺牲的战士。

——编余琐语

画史前有孙中山遗像、遗嘱、遗墨（"革命尚未成功，同志仍须努力"）和"北伐路线图"，后附有《北伐史略》、《国民革命军全部军队一览表》，内有各种照片376张，每张照片附有中英文说明。其中直接涉及总政治部及郭沫若的就有百余张，约占五分之二，直接标明郭沫若活动的有5张，可以帮助我们更好地了解郭沫若在北伐斗争过程中的地位和贡献，弥足珍贵！

我们知道：郭沫若应邀去广东大学执教，1926年3月18日离开上海，23日抵达广州；不久，经褚宣民介绍加入国民党；6月，便以"准备新政治部"的身份，参加国民革命军政治部、总司令部政治部战时工作的活动，积极准备北伐斗争。

1926年7月9日，郭沫若出席国民革命军誓师大会，率先致辞："革命不成功，誓不回广东。"20日，参加四川革命同志在广东大学法律学院举行的"欢迎吕汉群至广州并欢送郭沫若等同志参加北伐大会"。

图3　总政治部整队出发

会后，八十万军分三路，浩浩荡荡出发。

……到了曲江，到了塘村……

图4 塘村留影，右执鞭者为郭沫若 　　图5 广州妇女协会在天字码头紫洞艇中开欢送会

对北伐军，广州人民热情相送。

北伐进军初期极为顺利，1926年8月6日便到了长沙。长沙市民举行隆重的欢迎会。会上，蒋介石、郭沫若、唐生智分别发表了演说。

图6 蒋介石在长沙市民欢迎会上发表演说

图7 郭沫若在长沙市民欢迎会上发表演说

正如郭沫若所说的那样：

> 政治部到了长沙，驻扎在旧时的省议会。主任邓择生要经常住在总司令部里面参与军事工作，因此政治工作大体上是由我代理①。

長沙總指揮部

(Top left) Nationalist Headquarters at Changsha.
(Below) Nationalist leaders welcomed by
the people of Changsha

图8　长沙总指挥部

政治部的工作，不是"大体"，几乎是全部都由他"代理"。除宣言等诸多文字上的工作，还要拟订如《俘虏宣传大纲》等一类重要文件，选配政工人员，主持与总政治部有关的各种各样的大会小会，发表演说，还得参加群众大会，与蒋介石同台演说……这诸多工作，郭沫若都干得有声有色，都有助于推动北伐的军事斗争。

8月23日，国民革命军攻入湖北，途经贺胜桥，特别是汀泗桥鏖战；9月7日，进入汉口，与据守的顽敌刘玉春激战武昌40余日；10月10日，国民革命军四、八军之一部由中和门、保安门攻入，生擒敌人守将陈嘉谟、刘玉春，其余人马也全部被俘获，缴获无数机械。

克复武昌取得了辉煌的成就，奠定了北伐胜利的基础。政治部在此过程

---

① 郭沫若：《北伐途次》，《郭沫若全集·文学编》卷13，北京：人民文学出版社，1992年，第7页。

中贡献良多！请看：

图9 武昌之役死亡军士及难民
一千五百五十六人合冢

图10 左图为被北伐军捕获的将领陈嘉谟；
右图中穿马褂者为被捕获的将领刘玉
春，被解往特别法庭受人民裁判

  对克复武昌的伟大胜利，武汉人民狂欢不已，召开各式各样的庆祝会，表达内心的喜悦。10月10日上午，汉口北郊华商跑马场举行了纪念双十节的民众集会庆典活动。集会中传来攻克武昌并生擒敌两员守将（参见图10）的消息。

  10月11日下午，郭沫若前往武昌，亲自审讯了刘玉春①这位敌将。17日的《汉口新闻报》以《革命军政治部郭沫若科长和刘玉春谈话》为题，详

---

① 刘玉春（1878—1931），字铁珊，河北玉田人。北洋军阀将领。1921年后投靠军阀吴佩孚，1923年任旅长，由宜昌调至汉口，1926年升为师长，湖北省省长。国民革命军进军湖北，随吴佩孚督战贺胜桥，被任命为联军第八军司令。在汀泗桥与叶挺铁军激战，溃败后，退逃至武昌，又奉命与陈嘉谟"死守"，率部一万余人，拒守40天，10月10日终于被国民革命军攻破。下午，潜藏至中华大学校长、美国人孟良佑家，后被活捉。

细报道了此次谈话内容①。

10月26日，郭沫若参加总政治部主持、武汉各团体联合举行的阵亡烈士追悼会，代表蒋介石撰写了一副挽联：

<blockquote>
嗟尔忠魂，恢弘党国；
存吾浩气，涤荡山河。
</blockquote>

图11 攻武昌时救伤及追悼阵亡将士

图12中的牺牲者应是纪德甫②。

郭沫若说："纪德甫是要时常跟着俄顾问的，他也常住在总司令部里面。"③ 郭沫若在为《曲江河畔》所写的"识"里曾说："可惜纪德甫没有被收在这里面，他的照片，我手头一张也没有。"④ 可见，郭沫若对纪德甫怀有无限的思念，北伐的回忆文章多次提到这位战友！《北伐画史》的编者给我们留下了牺牲后的纪德甫的照片。我想郭沫若的在天之灵也会感谢的。

---

① 参见《郭沫若全集·文学编》卷13，第115页脚注。
② 纪德甫（？—1926），山东人。早年留学苏联，在莫斯科加入中国共产党。北伐时任国民革命军政治部翻译，1926年9月在武昌宾阳门外牺牲。参见《郭沫若全集·文学编》卷13中《北伐途次》的脚注，人民文学出版社1992年版，第8页。
③ 郭沫若：《北伐途次》，《郭沫若全集·文学编》卷13，第8页。
④ 郭沫若：《曲江河畔》，《郭沫若全集·文学编》卷13，扉页。

图12 总政治部人员之牺牲者，牺牲者为翻译纪德甫，坐在担架上的守望者为铁罗尼

武昌光复后，国民政府由广州迁至武昌，受到了各界的欢迎。

图13 国民政府委员由广州到武昌登岸时受各界欢迎情形

图14 武昌欢迎国民政府委员

蒋介石心怀鬼胎,不愿到武昌,紧锣密鼓地布置抢先占领九江、安庆、南昌、上海……可笑的是,他竟把郭沫若作为开路先锋:

1927年3月14日,就由张群把蒋介石背着中央,早在3月1日就亲自签署的任命郭沫若为"总司令部行营政治部主任"的委任状交给了郭沫若,并要他和武汉脱离关系。郭沫若立即将这一切密电武汉中央,并根据中央"虚与委蛇"、到长江下游去再做秘密工作的指示办事。

1927年1月,南昌和武汉已呈现分裂局面。武汉国民政府三次会议作出多项决议,欲限制蒋介石的分裂活动。可惜,为时已晚。3月22日,蒋介石得知武汉政府电令郭沫若前往上海组织总政治分部后,更是千方百计拉拢郭沫若,说:

> 这次到上海去,赶快要把"总司令行营政治部"的招牌打出来了。你是要跟着我同去的,到了南京、上海,有多少宣言要仰仗你做①。

3月24日,武汉政府任命郭沫若为总政治部上海分部主任。由于形势紧迫,蒋介石赶往上海却未能与郭沫若见面,离开时给郭沫若留下了这样的短信:

> 沫若同志,等候不及,中正先赶赴下游,兄与一岷兄同来。
>
> 中正②

然而,蒋介石仍派郭沫若前往九江、安庆。25日到了安庆,郭立马和辛焕文到李宗仁的江左军总指挥部策动其在安庆举事,公开反对残杀群众的蒋介石。据李宗仁后来回忆说:

> 他们反蒋的理由不外数端:一是说,蒋在制造军事独裁,如不及早加以抑制,袁世凯必将重见于中国;再则说,蒋的个性偏私狭隘,一意培植其私人势力,于德于法均不足以为全军主帅;还有就是说,蒋想以武力挟持党和政府于南昌,破坏党纪和政府威信;另外最重要的一点,

---

① 郭沫若:《脱离蒋介石之后》,《郭沫若全集·文学编》卷13,第156页。
② 郭沫若:《脱离蒋介石之后》,《郭沫若全集·文学编》卷13,第158页。

即是蒋脱离群众,走向反革命途径,和旧军阀、旧官僚相勾结,等等①。

劝说失败后,郭沫若为预防不测,从26日起便改装移居城外,候船去九江,幸得总政治工作人员杨正宗以船相救,脱此险境,便在辛焕文②的保护下,潜入上海,会见了周恩来。

图15　被通缉后的郭沫若化妆逃至武昌,
　　　右为郭沫若,左为郭沫若秘书

图16　朱德同志在南昌市的旧居——花园角四号
　　　(据《革命文物》1977年第4期)

3月30日,郭沫若与朱克靖赶往南昌。

3月31日,郭沫若住进第二十军党代表朱德位于南昌花园角4号的旧居,在这里撰写了讨蒋檄文《请看今日之蒋介石》。他说:

> 手不停披地写了将近一天的光景才脱稿,脱稿便拿去付印了。

第三天又草了一篇《敬告革命战线上的武装同志》,这篇文章是偏

---

① 李宗仁:《李将军皓首话当年》,载吴都编:《铁血南国——北伐名将谱》(上),团结出版社1995年版,第250页。

② 辛焕文(1901—1927),湖北安陆人,1922年就读于北京高师,同年加入中国共产党。1926年夏到广州,在北伐军总政治部工作,11月到南昌。1927年2月随邓演达等国民党左派人士到武汉参加国民党政府工作。1927年5月,参加第二次北伐,6月回师武汉,在张发奎的警卫团当指导员。1927年,郭沫若在安庆与他同访李宗仁,劝说李反蒋,后同去苏州、上海。与其所在部队在南昌起义后返回武汉,拟率部参加秋收起义,在返回部队途中,遇崇阳警备队,不幸在大沙坪中弹牺牲。

重在理论方面的，好像没有传到武汉来①。

《请看今日之蒋介石》确是一篇极好的讨伐蒋介石的檄文，深刻而准确地揭露了蒋介石的罪恶和阴谋。这是蒋介石万万没有预料到的，其恼羞成怒可想而知。几天之后，其凶残狠毒的面目更是暴露无遗。

4月12日，蒋介石在上海发动了"四·一二"政变，无耻地镇压革命群众，疯狂地屠杀共产党人。

4月18日，南京国民政府成立，与国民党武汉政府公开分裂。

4月19日，南京国民政府发出通缉令，通缉共党及跨党分子，名单上有197人。郭沫若除被列入此名单，还由多个党、政、军机关分别发出专门的"通缉令"。

我们现在能见到的通缉"呈文"、"通缉令"、"通令"、"查禁讨伐特刊"就有：

一、总司令部特别党部呈文

呈为请求惩办叛徒开除党籍以肃党纲事。窃属部执行委员郭沫若平日趋附共产，其言论举措时有危害本党情事。讵最近有所作《请看今日之蒋中正》一编，尤属甘心背叛肆意诋诽，甚至捏造是非，谓蒋同志行将解散二、三、六、七各军，其挑拨离间之手段，更为极端惨酷。值兹金陵初定，前方将士犹日在枪林弹雨之中肉搏作战，万一流言所及，动摇军心，党国前途宁堪设想！该郭沫若但快一己之私，百凡竟置不恤，其辣手狠心、倒行逆施，实属罪大恶极，无可宽假。兹经属部第三次执、监联席会议，胡委员逸民等提出弹劾，经全体可决，对于该反动分子郭沫若应予以严厉处分，除从四月二十一日起停止其执行委员职权外，敬恳大部开去党籍并通电严缉归案惩办，实感公便。

谨呈

---

① 郭沫若：《脱离蒋介石之后》，《郭沫若全集·文学编》卷13，第169页

中央党部

中国国民党国民革命军总司令部
特别党部执行委员会
常务委员 张群 陈立夫 李仲公
中华民国十六年五月

胡汉民批：照办。

二、国民党中执会批准并报国民政府

径启者：现准政治会议函交总司令部特别党部执行委员会呈报郭沫若趋附共产。甘心背叛，请开去党籍并通电严缉归案惩办案。当经本会第八十八次会议议决照办在案，相应录案，并抄同原呈，函达查照，并即通电严缉归案惩办为盼。

此致国民政府

中央执行委员会
中华民国十六年五月六日

三、国民政府发出之通缉令

径启者：奉委员会交下中央执行委员会函，为议决郭沫若趋附共产应开去党籍缉办，录案并抄同党部、特别党部执委会原呈，请照通缉惩办。呈件奉批"照办"。等因。除分别函达辑办外，相应抄录原件函请查照通缉办理。

此致

国民革命军总司令蒋

国民党总司令冯

海军总司令杨

各总指挥部

各军军部

各独立师

各要塞司令

各省政府

国民政府秘书处

中华民国十六年五月十日

四、蒋总司令通缉郭沫若之通令

〔东亚社〕昨廿一日政府接南京蒋行营来电云：……（衔略）钧鉴：案准中央执行委员会函开，现准政治会议函交总司令部特别党部执行委员会，呈报郭沫若趋附共产，甘心背叛，请开去党籍，通电严拿归案惩办，当经本会第十六次会议议决照办在案，相应录案，并连同原呈，函达查照，并通电严缉归案惩办等由到部，合行电令所属一体严密缉拿郭沫若一名，务获归案惩办。总司令蒋。（印）

（原载 1927 年 5 月 23 日《广州民国日报》）

五、国民政府查禁讨蒋特刊函

径启者：敝处顷接武汉寄来之讨蒋特刊，阅之深为骇异，并闻此间各学校发现共产党悖逆之印刷品甚多，似此淆乱人心，应亟加以制止，务使逆党无以售其奸计。兹特

函请

贵政府、部、市政府转饬公安局、从速取缔并派员前赴邮局严密检查，以防谣惑，是为重要。此致
国民革命军总司令部
南京戒严司令部
南京市政府
总政治部

国民政府秘书处启

中华民国十六年六月二十日

六、国民政府函复国民党中执会

径启者：奉委员会交下中央执行委员会政治会议函，为议决郭沫若

趋附共产应开去党籍缉办录案，并抄同党部、特别党部执委会原呈请通缉惩办呈一件。奉批"照办"。等因。当即令行通缉在案，相应函请查照转陈为荷。此致

中央执行委员会政治会议秘书处
国民政府秘书处

（未署年月日，估计和前文同时）

七、二十一军司令部函复

公函法字第十九号。

　　径复者：案准贵处函开，为郭沫若开去党籍、通缉严办一案等由。准此，除分令本军各师旅一体遵照协缉外，相应函复，请烦查照。此致

国民政府秘书处
第二十一军司令部
中华民国十六年六月二十七日

　　（以上据国民党政府行政院档案。见王锦厚等编：《郭沫若佚文集》，四川大学出版社1988年11月初版）

面对蒋介石国民党的"通缉"、"严惩"，郭沫若的回答是更加英勇的战斗：8月7日，由前线赶赴南昌参加反对蒋介石的南昌起义军，被正式任命为革命委员会委员兼主席团成员、宣传委员会委员兼主席、总政治主任；8月5日，参加南昌起义军进军广州誓师大会后随军离开南昌；8月17日，抵达广州，由周恩来、李一氓介绍，与贺龙、彭泽民一道加入伟大、光荣的中国共产党。

南昌起义虽然失败了，却让共产党人深深懂得了统一战线、武装斗争、农村包围城市的重要性。

邓小平《在郭沫若同志追悼会上的悼词》中对郭沫若这一段历史的概括是：

　　一九二六年参加北伐战争，任国民革命军总政治部副主任。蒋介石叛变革命后，他满腔义愤，奋笔疾书讨蒋檄文《请看今日之蒋介石》，

在人民群众中产生了巨大影响。一九二七年参加南昌起义，同年八月加入中国共产党①。

这个盖棺定论非常精确。北伐是中国现代史上的一个重要转折点，也是郭沫若人生轨迹的一大转变。从此以后，每当中华民族处于生死存亡的紧急关头，他总是站在人民一边，站在真理、正义一边，跟着党走，并且做出了不可磨灭的贡献！

这些照片，可以说是以史为鉴的活教材，激励我们从先辈们用鲜血和生命谱写的中国共产党人的精神谱系中吸取智慧和力量，为实现中华民族的复兴梦的第二个百年做出应有的贡献！

2021 年 7—8 月病中完成于川大花园

---

① 邓小平：《在郭沫若同志追悼会上的悼词》，《怀念郭沫若诗文集》，生活·读书·新知三联书店 1978 年版，第 2 页。

周恩来、郭沫若抗战期间一次重大活动

——关于《文工会签名轴》二三事

《文工会签名轴》是在文化工作委员会庆祝成立举办的一次盛大招待会上全体出席者的签名，全称应该是"政治部招待陪都文化界、新闻界晚会来宾题名"。签名事项由当时的经办单位文化工作委员会负责，因此，习惯称"文工会签名轴"。它是一件极其珍贵的国家一级文物，记载着周恩来、郭沫若抗战期间的一次重大活动，透露了不少的历史信息，是研究抗战史，特别是文化工作委员会的绝好材料。下面谈谈关于它的几个问题。

"得而复失"的故事

"四人帮"垮台后，上海文物清查小组一直在努力寻找《签名轴》，经过不懈努力，终于在一九八三年七月找到，十六日归还给原珍藏者翁植耘。翁立即在长轴的左眉写上了如下话语：

> 一九四五年郭老嘱保存，一九六六年遭劫，一九八三年七月十六日失而复得，谨献北京郭沫若故居。
>
> 翁植耘藏

短短的几十个字，却包含了无限的感慨。

据翁植耘说，招待会后，《签名轴》一直悬挂在天官府七号文化工作委员会的大厅里，另一边则挂着田汉手书的一幅顶天立地的行书大中堂。行书气冲霄汉，备受周恩来和其他文化界同志的赞赏。一次，周恩来来到文工会，看了郭沫若和田汉补题的两首诗，不禁发出感慨，说："郭先生的'笔剑无分同敌忾，胆肝相对共筹量'这一联好"，"寿昌的诗更富感情，'天下几人锅有米？川中今亦食无盐'一联道出了人民的疾苦"。1945年4月1日，文化工作委员会被迫解散，在安排善后工作时郭沫若和冯乃超将《签名轴》等文物交给时任文工会秘书的翁植耘保管。中华人民共和国成立后，翁向郭沫若汇报过《签名轴》珍藏的情况，郭让他继续保管。1958年，翁被错划为"右"派，失去了与外界的一切联系，但仍然将它珍藏着。"文化大革命"期间，他家先后五次被抄，珍藏的文物散失殆尽，《签名轴》也被抄走，下落不明。

《签名轴》的珍藏者翁植耘，何许人？他名泽永，字植耘，浙江宁波人，文工会首任秘书，是一个很有背景的秘书。所谓背景，他是陈布雷的亲外甥。陈布雷，当时身为国民党中央宣传部次长、蒋介石侍从二室主任、国民党中央政治会议副秘书长……如此背景，翁本可以在仕途上升官发财，然而，他放弃了，投向了进步事业，作了郭沫若在文化工作委员会的首任秘书，与郭沫若"共事数载"，与郭沫若有密切接触，也有较多了解。他喜爱书法，特别是郭沫若的书法。如他在寄给笔者的一个复印件中说："郭沫若的书法手迹，我保存好几幅，见到过的则难以计数，很多是当面看着郭老挥毫的。"

党的八届三中全会后，他彻底平反，曾出版过《在反动堡垒里的斗争》等著作，回忆三厅及文工会的战斗。郭沫若逝世后，我开始了郭沫若研究，读了翁的著作，受到不少启发。当时，我便萌生了一个想法，希望能与他早日相识。很幸运，1982年10月27日至11月2日，在纪念郭沫若诞辰90周年及学术研究会上，我们终于相见、相识。1984年10月18日至24日在《抗战时期郭沫若学术研讨会》上我们又得以相会，很快成了好友，常有书信来往，从他那儿得知不少关于郭沫若在重庆的战斗信息。我向他约稿，向他请教，无一不得到满意的答案。他撰写了《郭沫若领导的第三厅在重庆》，我将其编入《郭沫若研究专辑》第五辑。他还先后赠送给我郭沫若为他书写的条幅照片，为其母陈若希女史五旬大寿所写的帛书手迹复印件等。

1985年，当郭沫若研究室编辑的中华人民共和国成立前郭沫若佚文集即将付印时，又先后读到他撰写的《"笔剑无分同敌忾"——记郭沫若领导的文化工作委员会成立时的〈签名轴〉》、《"签名轴"点滴》，我立即写信向他索要复印件，以便收入《郭沫若佚文集》。他很快就将《签名轴》的照片寄给了我，且在信中说：

《签名轴》已放印的照片，多已给友人索去，剩下来的都差一些，兹挑选最清楚的挂号寄上（你的信未用空邮，九日发十七日刚才收到）。如果你制版时感到不清晰，盼径直电上海永嘉路300弄14号先锡嘉同志，请他多印轴照片一份寄川大。他正将我的底片拿去扩印（找最好的照相馆），他也是三厅、文工会的老同志，乐山人，很热心。

近日患疾病，匆匆作复。

祝

研祺！

翁植耘

1987年3月17日午

经过他挑选的、最好的《签名轴》照片，仍不很清楚，上面的字迹多无法辨认。但我还是将它印入《郭沫若佚文集1906—1949》的首页。

就在这时，姚雪垠先后发表文章，挑起《甲申三百年祭》的争论，遭到全国学术界的一致批驳。我也参加了批驳行列，撰写了《〈甲申三百年祭〉的风波》。写作中，我曾请教他，并在文章中引用了他来信中的内容。我在批驳文章中这样写道：

姚先生说他"一直认为它是作者匆忙中赶写成的，不是严肃的历史科学著作"。只要对照一下姚先生七十年代的有关言论，读者即可发现，姚先生说的并不是真话。……请允许我先引用一位熟悉那段历史，也熟悉姚先生的老同志给笔者的信吧！信中说："当年郭老在重庆天官府文化工作委员会向文化界朋友和文工会同志讲过关于李自成的事迹，也提到李岩和红娘子，郭老本来想把李岩、红娘子的故事写成剧本的，因为斗争的需要写了《甲申三百年祭》，讲述时姚也来恭听，座谈时从未听到他有何想法。"

笔者在访问另一些老人时也都一致谈了类似的，然而更尖锐的意见。可见，姚先生多次宣扬的"一直"完全应打上一个问号。

文中引用的就是翁先生的信。当时一律没提老同志的名字，因此也就没写翁先生。

1991年，我接到翁植耘先生的来信。

锦厚同志大鉴：

公疏　雅启，时切驰念！89—90年，我曾到美国住了一段时间，和老朋友们联系少了。

七、八年前您主编的《川大学报：郭沫若研究专刊》（总23期专刊第5期）曾刊登了一篇拙作：《郭沫若领导的第三厅在重庆》，承您赠我样书多册，因三厅老战友多，看到都给拿去了。我自己一本也没有留存了。不知尊处是否还有少量留存否？敢乞再惠赠一本，感激不尽！

专此奉恳，顺颂

撰安！

翁植耘谨启

一九九一·五·一五

我从库存的刊物中取了若干本寄去，他收到后，非常高兴。

今年春节，张顺发教授在电话中问我见过《签名轴》没有，说他在上海期间，从翁植耘一个亲戚处得到一份复印件。我请他寄来看看。寄来后，我发现许多地方还是模糊。我向郭沫若纪念馆的有关人员打探：见过没有？回答是：没见过。顺发和我便四处打探、寻找，终于得知《签名轴》原件已捐献给了重庆市博物馆。2014年9月3日起，重庆市将它作为国家一级文物在三峡博物馆陈列展出，引起观众的普遍注意和重视。9月4日，《重庆日报》还在《"抗战岁月"还原真实战时重庆》文中对它作了重点报道：

记者在现场看到，一件国家一级文物引起了围观——该卷轴右侧的"政治部招待陪都文化界新闻界晚会来宾题名"由郭沫若题写，轴尾由田汉题写。三峡博物馆副馆长张荣祥介绍，这是"1940年11月7日文化工作委员会成立招待会来宾签名轴"，当时有400多位社会各界人士来到重庆，并在上面签下名字。

记者看到，这些题名都颇具个性，字体也大不一样，需要仔细辨认才能看出是谁的签名。经过仔细的寻找，记者发现了邹韬奋、陶行知、于右任、沈钧儒、章伯钧、冰心和其丈夫吴文藻等的签名。

应该说，这个报道是欠准确的。

顺便解答一个疑问："失而复得"后，收藏者明明写了"谨献北京郭沫若故居"，为何后来又献给了重庆市博物馆，陈列于三峡博物馆呢？据翁植耘先生早先告诉笔者，他曾用林洛的笔名撰写一篇题为《郭沫若与安娜》的文章，刊发在 1984 年第 5 期《中国老年》，其中涉及一些人事关系而引起了不悦，因此就一改初衷，将此轴赠送给了重庆市博物馆。

空前绝后的"签名轴"

一九四五年十二月八日，重庆《新华日报》以《文化界空前盛会 政治部招待文化新闻界》为题对"盛会"作了报道：

> 政治部部长张治中、副部长梁寒操、王东原、文化工作委员会主任委员郭沫若、第三厅厅长何浩若五氏，昨晚假中国电影制片厂招待渝市文化新闻界人士举行空前热烈之盛大晚会。到于右任院长孙哲生院长及黄炎培、沈钧儒、章伯钧、周恩来诸等文化新闻界人士共三百五十余人。

其实，远远不止三百五十余人。这里说的是记者发稿时"轴"上的签名人数。到底是文化新闻界的哪些人？尽管有人对《签名轴》进行过研辨，由于签名者字体不一，大小各异，很难研辨，到目前为止，似乎尚无准确答案。

然而，弄清签名者将是一件十分有意义的工作。我再作了一点尝试，对参加签名的人作了辨认。他们有：

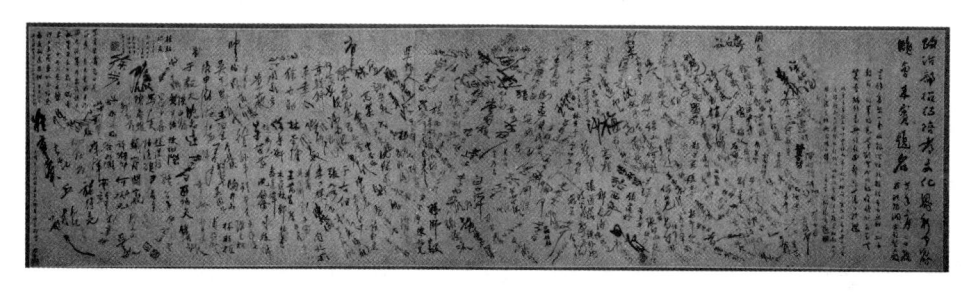

周恩来、黄炎培、沈钧儒、陶行知、于右任、章伯钧、阎宝航、邹韬奋、邓初民、陈望道、张申府、冰　心、黄少谷、阳翰笙、李公朴、史　良、曾虚白、田　汉、冯乃超、洪　深、茅　盾、老　舍、郑伯奇、马宗融、翦伯赞、沈志远、尹伯休、胡　风、蓬　子、吕霞光、叶籁士、徐　步、蔡家桂、凌　鹤、李可染、丁正献、柳　倩、臧云远、安　娥、沙　梅、王　琦、蔡　仪、朱洁夫、尚　钺、罗髫渔、朱海观、施白芜、胡仁宇、高　植、石啸冲、翁植耘、钱文桢、黄序庞、力　扬、乐嘉煊、霍应人、先锡嘉、白　薇、万迪鹤、李广才、邢逸梅、绿　川、刘　巍、韩　光、秦侠农、王孝宠、徐进之、于立群、丁月秋、杨鸿礼、陆坚毅、谭文选、常任侠、何公敢、徐寿轩、马彦祥、孙师毅、刘明凡、陈乃昌、刘启光、辛汉文、刘希宁、李　嘉、赵启海、高龙生、郑用之、傅承谟、罗真理、孙　杰、郭宝祥、张宗元、黄芝冈、李泽普、卓云林、吴作人、舒　展、高　集、徐　盈、余克稷、王伯龙、陈尧圣、吕志澄、戈　令、冯当波、王忍之、朱茂生、章骏锜、周光驰、黄　微、吴茂荪、彭子岗、吴树琴、浦熙修、汪日章、史　靖、黄洛鄹、唐性夫、苏　怡、黄印文、张良马、杨丙初、曹谷冰、陆晶清、林　辰、滕　杰、萨空了、陈和山、张维龙、闻廷耀、吴子游、唐国祯、周家岳、林桂园、许咏平、吴藻溪、张元松、李廷英、丁　聪、吕少春、杨炳长、胡秋原、刘尊棋、吴　敏、张元松、李绍林、郭春涛、吴遵明、沙　夏、应云卫、梅　林、王德亮、张光宇、金长祐、陈廷怀、孙炳炎、胡树琴、宋如海、华　林、许　超、彭　哈、何联奎、朱世训、黄　尧、李小梅、关　良、王绍维、宋裴如、徐辅德、陈北鸥、韩　鸣、孟君谋、卫聚贤、叶以群、林国华、葛一虹、杨邨人、朱德如、谢友兰、汪竹一、王炳南、王德亮、吴文藻、徐仲年、许君武、刘清扬、罗　教、张书旗、何公敢、王卓然、郭宋泽、高　兰、张道行、刘　芳、范　扬、郭秀仪、于毅夫、陈纪滢、吴　毅、赵汉行、吕少春、何树元、许涤新、谷正冈、康　泽、施复亮、长　虹、丘　哲、陈赓雅、李季谷、王泊生、林明哲、光未然、鲍　宕、张如海、孟健民、安　娥、王乃昌、亦　五、张　颖、潘梓年、罗　荪、谢仁钊、李长之、王芃生、

何　容、白　萍、李剑华、赵鹏升、曹靖华、朱洁之、童世纲、张白山、张西曼、赵敏生、沙　林、石部带代子、王云阶、任　钧、陈鲤庭、侯外庐、张道藩、郭一予、李仲华、林贤予、方　殷、王觉源、张九如、叶飞岚、刘雪庵、李仲平、潘刁农、吴道明、郭泽华、赵慧深、张德流、陈烟桥、胡　绳、沙　夏、沈起予、徐世勋、王平陵、周　文、杨毅夫、吴克坚、凤　子……

这个无法辨认全部人员的名单，几乎囊括了当时各党各派及无党无派、各行各业在重庆的所有名流。在抗战史上，即使新文化运动史上，如此众多，不分党派、不分行业的名流同时出席一个招待晚会，实属罕见，不但可谓"空前"，而且完全可以说"绝后"。

据翁植耘说，可惜签名台仅设两个，因此有一部分人漏签。看来有五分之一左右的人漏签了。一望便知的如孙科、张治中，轴中就没有名字。又如曾家岩五十号和《新华日报》社的同志，在我的记忆中，董老、邓颖超、章汉夫、徐冰、石西民、陈家康等同志，那天都参加了，而未见他们的名字。郭老题诗中说"晚会来宾题名者四百余人"是准确的。横轴裱成时，郭老加题了"政治部招待陪都文化界新闻界晚会来宾题名"，"廿九年十一月七日于纯阳洞电影制片厂"（应该是十二月七日）两行字。12月21日，郭老和田汉兴来，各赋七律一首，并加说明，裱在一起。内容如下：

四百余宾聚一堂，水银灯煊竞辉煌。

慰劳血战三杯酒，鼓舞心头万烛光！

笔剑无分同敌忾，胆肝相对共筹量。

醉余豪兴传歌曲，声浪如涛日绕梁！

晚会来宾题名者四百余人，宾主相洽，极一时之盛，酒后寿昌、老舍、浅哉、彦祥诸兄先后曼声作歌，佐以话剧及电影，直至夜阑始散，至今思之，犹有余兴，因赋此律。

　　　　　　　　　　　　　　十二月二十一日郭沫若题

紫电银涛发四檐，一时群彦见毫纤。

果然酒令如军令，敢说枪尖逊笔尖。

天下几人锅有米？川中今亦食无盐！

诸公且尽盈杯绿，好为民间达苦甜。

当夜部长演说，盛称笔杆之功，孙院长谈及食粮问题，尤得举座同感，盖各人都有一把辛酸泪也。

田　汉

两首七律，生动、准确地写出了"晚会"盛况空前，热烈气氛，充分表达了参会者的政治热情和抱负。

晚会是对蒋介石妄图"羁縻"进步文化人的阴谋的一次绝妙反击，更是全中国文化人抗击日本帝国主义到底的一次宣誓。

这些签名者都是历史最好的见证人，更是历史的参与者、创造者。《签名轴》不愧为一篇鲜活的历史教材！

堡垒是怎样建成的

文工会是国共两党斗争的特殊产物。从诞生到解散，每一步都充满了斗争，在斗争中诞生，在斗争中前进。张治中称它为"租界"，文化人称它为"解放区"，左翼人士视它为战斗堡垒。就是这个在敌人心脏的战斗堡垒，以特殊的方式为抗日战争和世界反法西斯的胜利做出了特殊贡献！

文工会成立于何时？如何成立的？怎样向外界宣布的？……至今说法尚不一致。

先听听几位当事人的说法吧。

郭沫若说：

民国二九年（一九四一年）

九月政治部改组，卸去第三厅厅长职，改组文化工作委员会。

十一月一日文委会成立。

（郭沫若：《五十年简谱》、《郭沫若先生创作生活二十五周年纪念会特刊》）

阳翰笙在回忆录中却这样写道：

文化工作委员会的筹备工作在一九四〇年九月基本就绪，十月一日成立并开始正常工作，十一月七日举行招待会，正式向文化界、新闻界宣布。（阳翰笙：《风雨五十年》，人民文学出版社，1986年10月）

翁植耘则说：

一九四〇年十一月一日文化工作委员会在重庆通元门天官府街七号正式成立。根据周恩来同志的指示，要造一个声势，以显示我们的力量。因而十一月七日晚假座纯阳洞中国电影制片厂（当时大后方唯一的一家电影制片厂）的"抗建堂"举行了一次盛大招待晚会。（翁植耘：《"笔剑无分同敌忾"——记郭沫若领导的文化工作委员会成立时〈签名轴〉》，上海《社会科学》，1984年1月）

张治中则作了这样一番表达：

是年九月，我奉调为军事委员会政治部部长兼三民主义青年团中央干事会书记长。

……一九四〇年在我接任政治部部长之后，当时就有人主张把郭沫若这一派排挤出去，但是我并不以为然。我以充分的理由说服了建议的人，并且主张在政治部设置一个文化工作委员会，请郭沫若主持，以安置这些左派朋友。（张治中：《张治中回忆录》，中国出版集团公司华文出版社，2014年4月）

后来研究者们谈到这个问题时，多沿用了阳翰笙同志的说法。比较有代表性的是：

1940年9月16日重庆《新华日报》报道："政治部拟设文化工作委员会郭沫若主持。"从这条消息看，这时郭沫若已正式辞去三厅厅长职务，并同意主持文工会。文工会筹组工作应该说从这时候开始。大约经过了九、十月的筹建。于1940年11月1日，文工会正式成立。12月7日，文工会在抗建堂举行招待会，向文化界、新闻界"正式宣布"。（文天行、秦川等撰：《抗战时期的郭沫若》，四川省社会科学院出版社，1985年9月）

龚济民、方仁念两位在他们的《郭沫若传》中写道：

一九四〇年十月文化工作委员会正式成立……于十二月七日假座纯阳洞中国电影制片厂所属的抗建堂，以政治部名义举行了招待晚会，向文化界、新闻界正式宣布文化工作委员会的成立。（龚济民、方仁念：《郭沫若传》，北京十月出版社，1988年2月）

阳翰笙说"文化工作委员会的筹备工作在一九四〇年九月基本就绪，十月一日成立并开始正常工作，十一月七日举行招待会，正式向文化界、新闻界宣布"，对吗？可以肯定地回答：不对。要回答这个问题，还得从三厅说起。我们知道：蒋介石点头让郭沫若担任三厅厅长，只不过是权宜之计，试探、软化、羁縻、利用、争取才是其真实意图。

下面我们来看看事件的进程吧：

九月一日

"新任政治部长已于昨日到部视事。"（中央社发布消息，9月2日重报各报相继刊载。）张上任的第一件事就是着手处理原三厅的人马。

九月初

张治中一上任，周恩来便去找他，对他说："第三厅这批人都是无党无派的文化人，都是在社会上很有名望的。他们是为抗战而来的，而你们现在搞到他们头上来了。好！你们不要，我们要！现在我们准备请他们到延安去。请你借几辆卡车给我，我把他们送走。"张治中听后就说："等我报告了蒋委员长再说。"（阳翰笙：《风雨五十年》，人民文学出版社，1986年10月；金冲及主编：《周恩来传》，中央文献出版社，1998年2月1版）

九月初

没隔几天，蒋介石突然召见郭沫若、阳翰笙、冯乃超、杜国庠、田汉等原三厅的主要负责人。对他们说：现在正是国家用人之际，你们不能离开。我们想另外成立一个部门，还是由第三厅的人参加，仍然请郭先生主持。接着，蒋介石的机要秘书李维果对他们说：委员长的意思，部里成立一个文化工作委员会，委员会的宗旨是对文化工作进行研究，现在研究工作也很重要，仍然请郭先生主持，请诸公参加，这样也就是离厅不离部嘛！（同上）

九月初

阳翰笙等向周恩来汇报蒋召见的情况后,说:"蒋介石分明要把我们圈起来,怕我们去延安,你看怎么办?"周恩来听后,断然回答:"就答应他吧!他画圈圈,我们可以跳出圈圈来干嘛!挂个招牌有好处,我们更可以同他进行有理、有利、有节的斗争,展开我们的工作。"他鼓励阳翰笙等说:"我们处在无权无势时,还能在地下干,现在有一个地盘给我们站住脚,难道还怕干不成事吗?"(同上)

九月七日

张治中约谈周恩来。

(1)解释撤消三厅内幕;(2)探知蒋介石召见郭沫若、阳翰笙、田汉、冯乃超、杜国庠等三厅主要人员情况及谈话内容;(3)告知欲组建文工会,直属部长,专管文艺、对敌工作;(4)欲请郭沫若主持。

九月八日

周恩来致信郭沫若,如下:

沫若我兄:

顷间张文白部长约谈三厅事。我告以文化界朋友不甘受党化之约束,故当郭先生就三厅长任时,即向辞修声明,得其谅解,始邀大家出而相助。今何浩若就任三厅,无疑志在党化,与郭先生同进退之人,当然要发生连带关系,请求解职。文白当解释全部更换,系委座意见,王系陈荐,梁为公推,袁、徐虽黄埔,但新识,何则最后决定,亦非自荐,只滕杰任办公厅主任,乃文白旧识。文白又询兄见委座经过,我当据实以对。彼言翰笙等辞职已准,但仍须借重,必不许以赋闲。最后征我意见,我以在文艺和对敌方面仍能有所贡献,只不便在党化三厅方针下继续供职,但决非不助新部长。文白乃言可组文化工作委员会仍请郭先生主其事,直属部长,专管文艺对敌工作。我答以此容可商量,最好请文白亲与郭先生一商。彼言明晨下乡作纪念周,将顺道访兄一谈此事。我意文白谈及此事,当为奉命而来,兄不妨与之作具体解决。盖既名文委,其范围必须确定,文艺(剧场剧团仍宜在内)与对敌工作倒是两件可做之事，然必须有一定之权（虽小无妨）一定之款（虽少无妨）方不致答应后又生枝节也。除此，在野编译所仍宜继续计划，因文委即使可行，定容纳不了全部人员，而文化界留渝一部分朋友亦宜延入编译部门。究如何请兄酌之！

早安！

周恩来
九月八日夜

（周恩来：《文艺和对敌工作仍能有所贡献——致郭沫若》，《周恩来书信选集》，中央文献出版社，1988年1月1版）

九月九日

张治中于赖家桥晤郭沫若，商谈关于文化工作委员会事宜。

郭沫若根据周恩来信中指示精神，接受组织文化工作委员会。

九月十日

郭沫若完成《文化工作委员会组织大纲拟议》

一、机构

直属于部长（据张部长口头指示）。设主任委员一人、副主任委员一人、委员若干人，下分三组（一）文献编纂组，（二）艺术改进组，（三）对敌工作组。外加主任办公室。全体机构仿厅之组织而较小。

二、工作范围

关于编纂方面：

1. 负责编纂较基本、较高级之战时文献。如《抗战一年》、《抗战二年》、《抗战三年》之类。

2. 负责编辑一种巨型之综合刊物。

3. 负责编辑较基本、较高级之文化丛书。

关于艺术方面：

1. 负责研究各种艺术部门（美术、音乐、戏剧、电影等）之改进与实验。

2. 负责指导本部直属各艺术团队之业绩并供给资料。

3. 完成中国万岁剧场之建立，并负责经理。

关于对敌方面：

1. 担任本部一切之对敌工作。

2. 日本在华反战同盟划归本委员会监督指挥。

3. 担任对敌工作人员之训练与督导。

三、经费

除一定之办公费经常费外，希望每月能有事业费（此乃最低限度，能多当然更好）二万元，在此范围之内编配应进行之工作限度。

四、人选

除三厅被撤换同事得以参加并以原级待遇（据张部长口头指示）之外，得酌量延纳外界人士以充实工作。

党籍不限。（此据张部长口头指示）

以上四项，如蒙核准，当再进行详细之组织方案。

廿九年九月十日于赖家桥　郭沫若　拟

九月十三日

郭沫若致函张治中，谓："本部直属电影放映总队总队长一职本由沫若兼任，兹以本部改组，沫若原兼职务理应连带解除，敬请命令公布。至总队业务，向由副总队长郑用之同志负责，所有移交手续应否责成该副总队长代为处理之处并乞钧裁。"张治中函覆道："大函敬悉，电影放映总队长职务应准解除，并派何厅长接充，函交接事宜，已分令何厅长及郑副总队长分别办理矣。"（转引蔡震：《郭沫若生平史料摭拾》，台湾花木兰文化出版社，2013年9月）

九月中旬

郭沫若拟订组织规程、编制及工作计划草案等，呈周恩来征求意见。

九月二十一至十月二日

政治部以治用巴字一九二〇〇、一九二〇一、一九二〇三号公文分别发出派令，办理任免交接事宜。

十月八日

治用巴字一九七六四号文拟设文化工作委员会并派郭沫若兼任主任委员、组织规程等件呈报国民政府军事委员会蒋委员长。

拟设文化工作委员会并派郭沫若兼任主任委员呈文

一、事由：本部拟设文化工作委员会并派郭沫若兼任主任委员，检呈组织规程等件请核示由

本部为发扬战时文化，加强对敌宣传并提供关于国际问题之研究，拟设置文化工作委员会，并派本部指导委员郭沫若兼任主任委员，是否有当？理合连同组织规程及编制草案一并呈请

鉴核示遵。

谨呈

委员长蒋

附呈文化工作委员会组织规程及编制草案各六份

政治部部长　张〇〇

二、事由：函请贵指导委员兼任本部文化工作委员会主任委员即希克日组织成立由

本部为发扬战时文化，加强对敌宣传并提供关于国际问题之研究，特设置文化工作委员会并请贵指导委员兼任主任委员，除呈会备案及加委外，相应核同组织规程及编制草案函请查照即希克日组织成立为荷

此致

郭指导委员沫若

附组织规程及编制草案各一份

部长　张〇〇

十月中旬

蒋介石以军事委员会名义指令政治部。

二十九年十月八日治用巴字第一九七六四号呈一件本部拟设文化工作委员会并派郭沫若兼任主任委员检呈组织规程等件。请核示由。

呈件均悉。准予备案。惟组织规程内尚有错字，编制表内官佐总数

不符，经予修正。除饬函知军政部铨叙厅外，修正规程编制随令颁发，仰即知照。此后呈核附件，务须缮印清晰，校对无讹，然后上呈，以免贻误！是为至要。此令。

附发修正文化工作委员会组织规程及编制表各一份

委员长　蒋中正

十月十七日

张治中下达手令。

聘　郭沫若先生为本部文化工作委员会主任委员

治中　九、十七①

十月十八

国民政府军事委员会政治部命令

治机任字第十九号

二十九年十月十八日

本部

---

① 手令于9月17日签署，10月17日下达。

一、聘任杜国庠　尹伯休　洪深　孙师毅　□□□　沈雁冰　胡风　郑伯奇　姚蓬子　沈志远诸先生为本文化工作委员会委员

二、聘田汉　舒舍予　马宗融　吕振羽　黎东方　孙伏园　熊佛西　王芸生　张志让　王昆仑诸先生兼任本部文化工作委员会委员。

右令

第三厅

部长　张治中

（以上关于文工会文件，源自《郭沫若学刊》2011年第2期）

十月三十一日

《大公报》（重庆）抢先发表消息：

军委会政治部文化工作委员会现已正式成立。大部人员均将移至城内办公。该委员会由张治中部长聘定。主任委员郭沫若，副主任谢仁钊、阳翰笙，委员有张志让、孙伏园、胡风、茅盾、洪深、沈志运、马宗融、王昆仑、尹伯休、吕振羽、吕光霞、老舍、蓬子、郑伯奇、熊佛西、杜国庠、孙师毅等。依负责之可能改变，分专任、兼任二种。又该部前副部长周恩来顷又被聘为指导委员云。

十一月一日

文化工作委员会在重庆通元门天官府七号正式成立。

张治中说：

在文化委员会成立的时候，我还和他们谈了几个钟头。给他们解释安慰，并还约定和郭沫若两周谈话一次。谈话是在和谐友好的气氛下进行的，大家都觉得满意。当时我还曾和郭沫若先生说过一句笑话："我特意为我们左派文化人建立了一个租界！"这是笑话，但也可以反映出我的心意。

（张治中：《张治中回忆录》，中国出版集团公司华文出版社，2014年4月）

十二月初

根据周恩来指示：要造一个声势，以显示我们的力量。

经与张治中协商,并得到他同意,以政治部名义召开陪都文化界、新闻界晚会,正式宣布文工会成立,并庆贺。

积极筹办十二月招待晚会。

十二月八日

《新华日报》以《文化界空前盛会　政治部招待文化新闻界》为题对"招待晚会"作了报道。席间张部长首先致词:"深望今后诸先生更能努力在抗战建国两方面加强文化领导,则三民主义新中国之建立当在不远,希望诸先生多多与政治部联络。"他最后举杯祝来宾健康,便请郭沫若主任讲演。"抗战本身即为文化运动之发展,我文化界同人抗战以来,精诚团结,以发挥其无比力量,今后更盼加强团结,笔杆一致对外,打倒日本帝国主义。文化工作委员会更望能与大众合作,并请多多帮助,本人愿全力追随。"郭沫若讲毕,张治中部长复请孙科院长讲话。孙院长在热烈掌声中致词:"人生须要两种粮食,一为物质食粮,另一为精神食粮,我们要靠工农大众给我们物质食粮,工农大众须要文化,要诸位给以精神食粮。正如张部长所说,抗战之所以必然胜利,是由于诸位在文化上给以启蒙与鼓动……抗战即是革命,因为我们抗战建国的主要方向是实现民有民治民享之三民主义。……我文化界人士掌握供应人民大众精神粮食之重责,如何教导人民建立民有民治民享之三民主义新中国,而与敌寇汉奸,贪污发国难财者作无情战斗,实为文化同人之唯一方向。"孙院长讲毕,鼓掌之声持久不息,全体来宾都感奋不已。

讲演毕,晚会开始,田汉、老舍、洪深、马彦祥等同志先后登台慷慨高歌。救亡歌曲、诗歌朗诵等节目一个接一个。最后,中国万岁剧团演出了独幕话剧《未婚夫妻》,放映了一场魔术电影,至深夜始尽欢而散。

从这个过程,可以断定:文工会经过两个多月的艰难筹备,十一月一日成立,十二月七日举行招待会正式向外界公开宣布。一个红色堡垒建成了,从此在国民党反动派的心脏展开了一场特殊的战斗,到1945年4月1日被迫解散,为抗日战争和世界反法西斯斗争的胜利做出了特殊贡献!

2016年1月10日于川大花园

"还是自己埋头苦干要紧"

——郭老与陆定一、周扬、丁玲1946年前后的互动

1945年8月15日,日本帝国主义无条件投降,中国人民赢得反法西战争的完全胜利!解放区和国统区的文艺工作者增强了来往和交流,陆定一、周扬等解放区文艺界的领导和丁玲等著名作家纷纷给战斗在国统区的领军人物郭沫若写信,介绍解放区的文艺,赠送解放区的作品,希望郭沫若予以推荐,扩大影响。郭沫若几乎一一作了回答。

1946年8月1日,郭沫若在给陆定一①的信中这样写道:

> 得到你给我的信和两本书,我很高兴。《白毛女》我立即一口气读完了,故事是很动人的,但作为一个读物来读,却并没如所期待的那么大的力量。假使是看了上演,听着音乐和歌唱,一切都得到了形象化上的补充,那情形又必然是两样了。但这固然是目前不可多得的新型作品,单是故事被记录下来已经是很有价值的。解放区里面所产生的许多可歌可泣的新故事、新人物,实在是应该奖励使用笔杆的人用各种各式的形式把它们记录下来,这是民族的瑰宝,新世纪的新神话,一时或许还不会产生永垂百代的伟大的著作,但把材料储蓄在那儿,在若干年后一定会有那样的作品出现的。例如明代的《水浒传》,那里面的故事有些差不多在民间流传了二三百年,到了施耐庵或罗贯中手里才结集成那样一座金字塔。

《吕梁英雄传》我还没有开始读,但在四五天之前我却一口气把赵树理的《李有才板话》和《解放区短篇创作选》第一辑读完了,这两本

---

① 陆定一,1906年生,江苏无锡人,时任八路军政治部副主任、《解放日报》总编辑。

书我非常满意,适逢此间有一部分友人要大家推荐抗战文艺的杰作,我便把这两本书推荐了。我顺便要告诉你,我把你写给我的信也交了他们,作为你对于《白毛女》与《吕梁传》的推荐,假如他们要发表时,我已关照他们姓名用罗马字代替,想不致反对。

赵树理是值得夸耀的一位新作家,他还有一部大作《李家庄的变迁》,可惜我还没有看到,我很希望得到机会读到它。《短篇选辑》里面的十二篇,我都喜欢,尤其是康濯的《我的两家房东》,邵子南的《地雷阵》,刘石的《真假李板头》,简直是惊人之作。这几位作家的笔力可以说已经突破了外边的水准。寂寞的中国创作界可以说不寂寞了。

(原载1946年8月24日《群众》第十二卷第四、五期,又以《郭沫若给解放区作家的一封信》为题刊1947年1月1日《知识》第二卷第四期,又见四川大学出版社出版的《郭沫若佚文集》)

这一时期,连美国国务院也不时邀请中国作家、教授、学者去美国访问或讲学,1947年1月就邀请了老舍、曹禺去美国。

时任中共中央晋察冀中央局、华北局宣传部副部长的周扬也打算去美国宣传解放区的文艺,从张家口到上海,征求郭沫若等人的意见。1946年8月初,周扬到了上海,会见了国统区文艺界的领导人郭沫若、茅盾及其他一些作家。因为国民党正欲发动内战,周扬没能如愿,只得返回张家口。8月10日晚,上海文化界人士郭沫若、茅盾、田汉等40余人为他举行了隆重的饯别宴。席间,郭沫若题词赠别:

到了上海,事实已就等于到了美国,不必再远涉重洋了,还是自己埋头苦干要紧。我相信,我们这一次的分手总不会太长远的。

郭沫若还托周扬带去给解放区作家的一些信件,向他们致意,热情赞扬解放区的文艺作品及其活动。给解放区作家的信以《向北方的朋友们致人民的敬礼》为题刊发。

向北方的朋友们致人民的敬礼

我费了一天工夫,一口气把《解放区短篇创作选》第一辑和赵树理的《李有才板话》读了一遍,这是我平生的一大快事,我从不大喜欢读小说，这一次是破例，这是一个新的时代，新的天地，新的创世纪，这样可歌可泣的事实，在解放区必然很丰富，我希望有笔在手的朋友们尽力把它们记录下来，即使是素材，已经就是杰作，将来集结成巨制时，便是划时代的伟大作品，我恨我自己陷在另一个天地里，和光明离得太远，但愿在光明中生活的人，不要忘记把光明分布到四方。

（原载上海《群众》第十二卷四、五期合刊，1946年8月24日。又见四川大学出版社出版的《郭沫若佚文集》）

特别值得我们注意的是，郭沫若托周扬带交的信中，有给丁玲、张香山的亲笔回复。丁玲给郭沫若的信，是1946年6月30日写于延安的。信是这样写的：

沫若先生：

古称伍员过昭关，一夜白头。渝宁五月，深尝其味。回延安之后，请假休息，逍遥自在，看了一些解放区的文艺作品，拣好的送你两本，一是歌剧《白毛女》，一是小说《吕梁英雄传》。这二者都是"整风"后的产品。"整风"以来，解放区艺术方面，第一个表现有成绩的是戏剧，戏剧中先是比较简单的形式——秧歌，然后是京剧（逼上梁山、三打祝家庄）。这本《白毛女》，用的全是民歌调子，演的是抗战中极其动人的故事，写的是人民大翻身。与翻译了搬上舞台的外国歌剧，及"毛毛雨"式的歌剧一比，你就会看见，这门艺术在面向群众之后猛进到了怎样一个新阶段。这是真正的中国人民的歌剧了，尽管它有很多缺点。你说过：流泪是最大的快乐。看《白毛女》歌剧，延安没有人不流泪的，仅仅杨白劳买回几寸红绒线，做女儿过年的唯一装饰品，这件事就能够叫我流泪，虽然我看见过战场上那末多死尸。这本歌剧现在在各解放区风行一时，在上海的大概会变成禁书的。小说方面，一直没有什么大作品，这次看了《吕梁英雄传》（只有上册），你就会改变这个结论的。而且，接踵而来的，还有几部，等我有了就会专门送您一本。这本英雄传是近作，还未写完。现在正去催作者们快快完稿。这里卖个关节，不介绍内容了，请你自己看吧。我希望这本书能尽你的力量，普及中国与外国的读者。让大家知道：为什么我们痛恨一些人，恨得要死；为什么又爱一些人，爱得要命。同时，希望你多多批评与指教，让我们孩子们，听听老师的意见。敬祝健康并颂

合第均吉

丁　玲
一九四六年六月三十日于延安

郭沫若的回信如后：

丁玲我兄：

得到你给我的信和两本书，我非常高兴。《白毛女》，我立即一口气读完了，故事是很感动人的，但作为一个读物来读，却并没有如所期待的那么大的力量。假使是看了上演，听着音乐和歌唱，一切都得到了形象上的补充，那情形必然又是两样了。但这固然是目前不可多得的新型作品，单是故事被记录了下来，已经是很有价值的。解放区里面所产生的许许多多可歌可泣的新故事，新人物，实在是应该奖励使用笔杆的人用各种各式的形式把它们记录下来，这是民族的瑰宝，新世纪的新神话。一时或许还不会便能产生出永垂百代的伟大的著作，但把材料储备在那儿，在若干年后一定会有那样的作品出现的。例如明代的《水浒传》，那里面的故事有些差不多在民间流传了二三百年，到了施耐庵或罗贯中的手里才结集成了那样一座金字塔。

《吕梁英雄传》我还没有开始读。但我在四五天之前却一口气把赵树理的《李有才板话》和《解放区短篇创作选》第一辑读完了。这两部书我非常满意。适逢此间有一部分友人要大家推荐抗战文艺的杰作，我便把这两本书推荐了。我顺便要告诉你，我把你写给我的信也交给了他们。作为你对于《白毛女》与《吕梁英雄传》的推荐。假如他们要发表时，我已关照他们，把姓名用罗马字代替，想来你不会不同意吧？

赵树理是值得夸耀的一位新作家，他还有一部大作《李家庄的变迁》，可惜我还没有看见。我很希望能够得到机会读它。《短篇选辑》里面的十二篇，我都喜欢，尤其康濯的《我的两家房东》，邵子南的《地

雷阵》，刘石的《真假李板头》，简直是惊人之作。这几位作家的笔力可以说已经突破了外边的水准。寂寞的中国创作界可以说不寂寞了。

在此地大家的生活都照常，你说"好象伍子胥过昭关，一夜头发白"，但天天都过昭关，也就没有那么多的头发来白了。奇怪的是我的头发依然一根也没有白的，黑得真是相当顽固。我现在住在虹口狄思威路七一九号，门临大道，近日军运相当频繁，每天清早差不多都有不断的汽车、兵团的卡车通过，都是些新车，载的是面粉之类，毫无疑问是把美国运来的救济物资移作军粮了。

封锁喉舌的事正加紧的在做，《周报》又被禁止出版了。有人说在上流已经组织好了一个杀人的吉普车团，有百多部吉普车，专门在街头撞杀注意人物。如今的世道也真是无奇不有了。像这种手法恐怕是希特拉所不曾想到的，简直是"法东斯蒂"了。这些可诅咒的资料也是应该记录下来的，可惜还没有写，恐怕还须要有攒入内幕里的人才行。

赶着周扬兄回家之便，今天拉杂地写了这一些。

祝你健康

郭沫若

八月十日

另一封是给张香山的，如下：

香山兄①：

你的信接到，真是高兴。你这几年做的工作很辛苦，但精神一定是很愉快的。你们是在天堂里吃苦，我们是在地狱享受。大好时光，在焦燥与百无聊赖中度过，真是没有一天真正地快活过。你要我的书看，我惭愧得很，觉得所写的东西都是不值得一看的，特别我最近读了赵树理的《李有才板话》和《解放区短篇创作选》第一辑，佩服得五体投地，我从未读过这样的好作品。主要的要素是在内容的健康、新颖，故事引

---

① 张香山，1914年生，浙江宁波人。1937年日本东京高等师范文科肄业。时任晋冀鲁豫军区政治部联络部部长、军事调停处执行部我方新闻处副处长、中央外事组编译处副处长。

人入胜。解放区里这样可歌可泣的新事件,新人物,应该是非常丰富的,有笔在手里的人,应该分出一部分时间来记录。照实记录已就是好文章了。材料记录下来,留待以后更有余暇的作者来集大成,必然会有划时代的大作品出现。可惜我始终被羁留在外边,常见黑暗,眼睛都快要成眝光瞎了。

香山,你打算恢复你的笔的工作,这是很好的。我向你建议,你假如有拿笔的工夫,那你就应该赶快把你这几年的生活,所见所闻,所经历的,整理出来。这是最有意义,而且也须要争取时间的工作。假如今天不写,过些时会忘了下去的。

郭沫若

八月十四日

(初刊《北方杂志》一卷五期,《新华文摘》二卷四期作了转载。

这里的文字便是以《新华文摘》为根据的。)

郭沫若与丁玲、张香山的通信恐怕是他们唯一的通信,实属珍贵。郭沫若没有辜负陆定一、丁玲等一批解放区作家的期望,在白色恐怖笼罩、动荡不安的艰难岁月里,仍然竭尽全力,在上海、在香港撰写各式推荐文。

《李有才板话》 郭沫若1946年8月9日作《〈板话〉及其他》,刊8月16日上海《文汇报》,又刊9月2日香港《华商报》,肯定、赞美赵树理的《李有才板话》及《解放区短篇创作选》。文章初收上海大孚出版公司1947年12月初版《天地玄黄》,后收入1961年人民文学出版社《沫若文集》第十三卷,现收入《郭沫若全集·文学编》第二十卷。

《李家庄的变迁》 赵树理写于1943年冬,1946年1月华北新华书店出版。郭沫若1946年9月17日撰写了《读〈李家庄的变迁〉》,刊1946年9月上海《文萃》周刊第四十九期，初收上海大孚出版公司1947年12月初版《天地玄黄》，后收入1961年人民文学出版社《沫若文集》第十三卷，现收入《郭沫若全集·文学编》第二十卷。

《小二黑结婚》　　1947年11月4日，香港南方学院戏剧系学生演出粤语话剧《小二黑结婚》，郭沫若、茅盾、周而复等人出席观看彩排。郭沫若为《小二黑结婚》演出题词："《小二黑结婚》是很有意义的。故事虽然在北方，但中国的封建社会，无分南北，都是一样。我们倒希望南方的无数小芹，与小二黑都得凭集体力量来获得人身自由。"

《王贵与李香香》　　李季著，初载1946年9月延安《解放时报》，同年太岳新华书店出版。郭沫若1947年2月18日为之作序。序文初刊1947年3月12日香港《华商报·热风》一百三十四期，收入太岳新华书店出版发行的《王贵与李香香》。

《白毛女》　　歌剧。延安鲁迅艺术学院集体创作，贺敬之、丁毅执笔。献给中国共产党第七次代表大会。张庚在《历史就是见证》一文中回忆说：

《白毛女》的第一次正式演出是在党校礼堂，观众是党的七大的代表、全体中央的同志。毛主席在百忙中也来看了戏。演出获得了很大的成功。演出的第二天，中央办公厅派人来传达了毛主席、周副主席和其他中央领导同志的意见。意见一共有三条：第一，这个戏是非常适合时宜的；第二，黄世仁应当枪毙；第三，艺术上是成功的。传达者解释这些意见说：中国革命的基本问题是农民问题，农民是中国的最大多数，所谓农民问题，主要就是农民反对地主阶级剥削的问题。这个戏反映了这个矛盾。在抗日战争胜利后，这种阶级斗争必然尖锐起来。这个戏既然反映了这种现实，一定会广泛地流传起来的。不过黄世仁如此作恶多端，还不枪毙他，这反映作者们还有些右的情绪，不敢放手发动群众，广大观众一定不答应的。创作集体的同志们听到这些意见之后，受到很大的教育。他们觉得排演《白毛女》以来，并没有充分认识到毛主席、周副主席和其他中央领导同志所说的这种深刻的政治意义，更没有理解到对于黄世仁的处理，关系如此之大。中国革命又到了新的转变关头，如果没有毛主席、周副主席这样及时的教育，就认识不到，就会仍旧拿老眼光去看正在变化中的阶级关系。

这部歌剧在排演的过程中，曾收集群众看过彩排的意见。有一个厨房的大师傅一面在切菜，一面使劲地剁着砧板说：戏是好，可是那混蛋的黄世仁不枪毙，太不公平！我们当时觉得，对于地主阶级基本上还应当团结，如果枪毙了，岂不违反政策吗？所以并没有改。公演后，听到毛泽东、周恩来的意见，与这位大师傅的意见竟完全一致，这说明他们的意见是集中地反映了广大群众的利益、愿望、感情和审美要求的。在毛泽东和周恩来等领导人的修改意见的指导下，剧组立刻动手修改剧本的情节：枪毙了农民恨之入骨的恶霸地主黄世仁，加强了农民的反抗性格，深刻地反映了农民和地主阶级不可调和的矛盾的本质，点起了广大农民向封建地主阶级复仇的火焰，这就集中而强烈地表现了农民在抗日战争时期减租减息的基础上提高起来的彻底的民主革命的要求，因而起到了惊世骇俗、振聋发聩、动员广大农民迅速地投入土地改革的高潮的巨大作用。

《白毛女》由延安新华书店初版，同年韬奋书店再版。郭沫若对《白毛女》十分重视，先后撰写了三篇专文。1947年2月22日为该书写了序文：

序《白毛女》

去年年初还在重庆的时候，便听见朋友们讲到《白毛女》的故事，非常感动人。我听说已经被编成为一个歌剧，主要采取的北方的秧歌形式，而使它组织化了。再是这个歌剧在北方关内关外各地演出都收到很大的成功。故事本身已经十分感动人，据说它是出现于北方的一个事实，而且是中国封建社会中的典型的悲剧（就其前半言），更加上形象化的表演和音乐的配合，那感动人的力量，毫无问题必然是很宏大的。那时自己很抱憾，不要说这样的演出没有机会欣赏，就连歌剧的原本都无法接触，真是使人发生了焦躁的一件事。

算好，在去年六月，陆定一同志北归之后，不久他便寄了两本书给我：一本是《吕梁英雄传》，一本就是《白毛女》。我如饥似渴地立刻把

《白毛女》捧着读了一遍。故事实在是动人。全体的歌词有乐谱配备，假使是懂音乐的人，那所得到的印象，不知道又要深刻多少倍。可惜我是不懂音乐的，因此除当作一个故事阅读之外，我便不能有更进一步的领会了。但我渴望着能够看到这剧的演出。一个歌剧，不听演出而只看剧本，那认识是绝对不够的。

不过就剧本论剧本已经就是一件富于教育意义的力作了。这是在戏剧方面的新的民族形式的尝试，尝试得确是相当成功。这儿把"五四"以来的那种知识分子的孤芳自赏的作风完全洗刷干净了。虽然和旧有的民间形式更有血肉的关系，但也没有故步自封，而是从新的种子——人民情绪——中自由地迸发出来的新的成长。

一切为了人民。这个观点虽然比较容易获得，但要使这观点形象化，把自己的认识移诸实践，实在不是一件容易的事。就拿我自己来说，虽然很知道文艺应该为人民服务，我们早就呼喊着人民文艺的创造，但积习难除，一拿起笔来，总是要忸怩作态的。这里是有环境的力量在发挥作用。"存在决定意识"，毕竟是真理。譬如在一个西装的社会里，你尽管知道中装或许更暖和、更经济，你如一个人或少数人要穿出中装，那周围的眼睛可能把你当成狂人看待。我在这一点上很能够谅解，今天上海市上的文人为什么还在醉心波陀勒尔①。其实就是解放区内的文艺上的真正解放，不也是最近三两年的事吗？

要征服一种观念已是不太容易的，还要使新的观念蔚成风气实在是更难。要紧的还是环境的变革。因而变革环境的主观努力，在我们也是不容忽视的。努力鞭策自己，努力寻出适当的范本来供自己观摩，也供集体的观摩吧。在初虽然是"一日曝，十日寒"②，靠大家的努力，我们可以逐渐做到"十日曝，一日寒"的地步。终久会有一天，会看见天天都是太阳的。在这个意识上，我特别佩服马凡陀，马凡陀似乎尽可以扩

---

① 作者原注：法国唯美主义的诗人 Charles Baudelaire（1821—1867），作品《恶之花》最有名，是象征派的前驱。

② 语出《孟子·告子上》："一日曝之，十日寒之。"

大起来,也来产生《白毛女》了。

附带着我想表示一点质疑。白毛女的"白毛"不知道是一种怎样的实际。是全身的毛发完全翻白了,还是因为不洁净而着了灰,抑或是头发上的虱蛋过多,而成为灰白?我听见这个故事时已经质问过,没有得到解答。剧本里面也没有说明。在生理上,少年时期全身毛发翻白,是难得理解的。或许是喜儿因为营养不良,精神劳瘁,而得到了白血症(Albinism)?我想解放区里面不乏有近代医学知识的人,应该能够把这个小小的质疑消释。

我提出这个质疑,并无心怀疑到这个故事的真实性。我的意思是不应该容许有一丝一毫的非科学性或神秘性的阴影存在。如这"白毛"缺乏科学的说明,那不免便是阴影。从前的史书上有过这样的传说:张献忠①在四川杀人,四川人多逃进山野里过活,积久,身上长了"绿毛"。我是不相信这"绿毛"说的人。因此,我对于"白毛"的来历要想问一个究竟。我不希望有任何可能的阴影减少这个故事的现实性。

1947 年 2 月 22 日

序文初刊1947年2月27日上海《文萃》周刊第二卷第二十一期,收入上海黄河出版社1947年2月版《白毛女》,继收入上海大孚出版公司1947年12月初版《天地玄黄》,1961年收入人民文学出版社《沫若文集》第十三卷,现收入《郭沫若全集·文学编》第二十卷。

郭沫若在香港为《白毛女》的演出接连撰写了《〈白毛女〉何来白毛——答友人》和《悲剧的解放——为〈白毛女〉演出而作》,均未收入《郭沫若文集》、《郭沫若全集》。现照录如下:

《白毛女》何来白毛
——答读友

黄君:

关于《白毛女》的白毛,我从前也曾经起过疑问,写在《白毛女》

---

① 张献忠(1606—1647),字秉吾,延安柳树涧(今陕西定边东)人,明末农民起义领袖,曾两次进兵四川。

剧本的序里面。俟后我翻过一些医书，知道人因忧劳过度的确有头发翻白的可能和事实，而且翻白了的头发，如忧劳消释，又可以还原。日本和欧洲都有过这样的先例，在我们中国的传说上，大家所知道的我们可以举出"伍子胥过昭关一夜头发白"的例子。

究竟因何生理上的机构变化而翻白，今天的医学还没有把这理由阐明，因而也还没有根本治疗的办法。

"白毛女"是否全身的毛都白了，还是只是头发翻白，要请白毛女本人或目击过她的人作更详细的事实报告。但人身毛发的生理变化是相联带的，而头发翻了白，全身的毛也可能白了。

又白毛女后来得救之后，毛发是否还了原，这也应该请白毛女本人或目击过她的人作出事实的报告。

这在医学上或生理上是一个有趣的例子，不久的将来一定可以得到全般的事实和彻底的阐明的。

五月十九日

（原载 1948 年 5 月 21 日香港《华商报》，后收入四川大学出版社《郭沫若佚文集》）

悲剧的解放
——为《白毛女》演出而作

"白毛女"的故事，是在解放区中传播得很广的一件抗日战争中的事实。本身是封建社会里的典型悲剧，结局则转化成了喜剧。但这喜剧的转化并不是如像旧式的孟丽君，女扮男妆中状元名扬天下，得到一个虚构的满足，而是封建主义本身遭了扬弃，由于封建主义所产生的典型悲剧也就遭扬弃。

因此，《白毛女》这个剧本的产生和演出也就毫无疑问，是标志着悲剧的解放。这是人民解放胜利的凯歌或者凯歌的前奏曲。

要欣赏这个剧本，单是欣赏故事的动人或旋律的动人，是不够的。故事固然是动人，但我们要从这动人的故事中看出时代的象征。旋律固然是动人，但我们要从这动人的旋律中听取革命的步伐。"白毛女"固然是那个受苦受难，有血肉的喜儿，但那位喜儿实在就是整个受苦受难，有血有肉的中国妇女的代表，不，是整个受封建剥削的中国人民的代表。

喜儿翻了身，今天更是大规模的悲剧解放时代，已经有一万万六千万位喜儿是从封建性的"把人变成鬼"的悲剧中解放了。虽然大半个中国仍然在悲惨的情绪之下笼罩着，仍然是少数恶霸黄世仁的天下，然而"枪毙黄世仁！刀砍黄世仁！"的声音已经在四处呐喊了。

中国的封建悲剧串演了二千多年，随着这《白毛女》的演出，的确也快临到它最后的闭幕，"鬼变成人"了。五更鼓响鸡在鸣，转瞬之间我们便可以听到四万万五千万人民齐声大合唱，

"报了千年的仇，

伸了千年的冤，

今天咱们翻了身。

今天咱们见青天！"

（原载 1948 年 5 月 23 日香港《华商报》第 3 版，
后收入四川大学出版社《郭沫若佚文集》）

除陆定一、周扬、丁玲等人推荐的作品，郭沫若一一写了推荐文或序文，一些作家还把自己的作品直接寄给郭沫若，请求指点或写序文，如作家草明就把自己的近著《原动力》寄给了郭沫若。郭沫若很快写了回信，说：

我费了一天半的工夫，把你的《原动力》读完了。你这是很成功的作品，不仅富有教育的意义，而且很美，我向你表示庆贺和谢意。"会改，就不能错。凭这，就能坐稳江山。""我们要从不断的创造与发明中争取第一。"这是精粹的赞语，深刻地打动了我。而你的全部作品就是把这些教训形象化的，化得那么自然圆熟。我知你是费了很大的苦心来的。我们拿笔杆的人，照例是不擅长来写技术部门，尽力回避。你克服这种弱点，不仅写了，而且写好了。写技术部门的文字，写者固然吃力，读者也一样吃力，但你写得却恰到好处，以你的诗人的素质，女性

的纤细和婉,把材料所具有的硬性中和了。我特别喜欢第九章几位妇女采山里红那一段,写得真是如闻其声,如见其人。各个人物的个性都刻画得很稳定,孙怀德和张大嫂写得特别好。我真是说不尽我的感谢,我庆祝你的成功。

(载《郭沫若研究》第3辑,文化艺术出版社,1987年6月)

青年作家孔厥更是将自己刚刚发表的作品《新儿女英雄传》的剪报呈送给郭沫若,请求作序。郭沫若在百忙中满足了他的要求,立即撰写了序文。序文说:

承作者把《新儿女英雄传》的剪报送给我,我读了一遍。读的时候虽然是断续的,费了几天工夫,但始终被吸引着,就好象一气读完了的一样。

这的确是一部成功的作品,大可以和旧的《儿女英雄传》,甚至和《水浒传》、《三国志》之类争取大众的读者了。

这里面进步的人物都是平凡的儿女,但也都是集体的英雄。是他们的平凡品质使我们感觉亲热,是他们的英雄气概使我们感觉崇敬。这无形之间教育了读者,使读者认识到共产党员的最真率的面目。读者从这儿可以得到很大的鼓励,来改造自己或推进自己。男的难道都不能做到牛大水那样吗?女的难道都不能做到杨小梅那样吗?不怕你平凡、落后、甚至是文盲无知,只要你有自觉,求进步,有自我牺牲的精神,忠实地实践毛主席的思想,谁也可以成为新社会的柱石。

从抗日战争以来,这些可敬可爱的人物,可歌可泣的事实,在解放区里面是到处都有的。假使我们更广泛地把它们纪录描写出来,再加以综合组织,单从量上来说,不就会比"水浒传"那样的作品还要伟大得不知多少倍吗?人们久在埋怨"中国没有伟大的作品",但这样的作品的确是在产生着了。

应该多谢毛主席在延安文艺座谈会上的指示,给予了文艺界一把宏大的火把,照明了创作的前途。在这一照明之下,解放区的作家们已经有了不少的成功作品。本书的作者也是忠实于毛主席的指示而获得了成功的。人物的刻划，事件的叙述，都很踏实自然，而运用人民大众的语言也非常纯熟。我希望他们再向前努力，获得更大的成功。同时我也很愿意负责推荐，希望多数的朋友能读这一部书。假使可能的话，更希望画家们多作插图，象以前的绣像小说那样以广流传。

让我再说一句老实话吧：等这书出了版时，我愿意再读它一两遍。

一九四九年九月八日

（序文初刊 1949 年 9 月 18 日《人民日报·星期文艺》，收入本月上海海燕书店初版《新儿女英雄传》）

由于郭沫若的"负责推荐"、热情赞扬，不仅使更多的人读到解放区作家的优秀作品，了解了解放区文艺工作的巨大成就，而且也促进了国统区和解放区文艺运动的大交流、大汇合，使中国文艺更好地为人民解放战争服务，为中华人民共和国的建立贡献了自己的力量！

2019 年 9 月教师节于川大花园

郭沫若历史剧的文学渊源

郭沫若的历史悲剧一向以强烈的反抗精神、鲜明的时代色彩、浓郁的抒情诗意、悲壮的雄浑气势而受到国内外广大观众的赞赏。这种特色是怎样形成的呢？原因是多方面的，本文试图探讨其历史剧的文学渊源。

郭沫若自己曾说过他创作戏剧的经过。他说："大家知道，我没有学过戏剧，我是学医的，小时候喜欢看戏，也读过《西厢》之类的杂剧本子，后来到了日本留学，看了一些外国戏，读了一些外文剧本，就模仿着写起戏来。"① 这一段话简直可以作为探索郭沫若历史剧文学渊源的一个很好的线索和提纲。他明确地告诉我们：自己的历史剧创作经历了一个从学习、模仿到创造的过程。

一

郭沫若从小就受到非常广泛而又十分生动的戏剧文学的教育。这种教育的第一个真正蒙师是他的母亲杜邀贞。如他自己所说："在一生之中，特别是在幼年时代，影响我最深的当然要算是我的母亲。"②

是的，杜氏深深地影响着郭沫若的一切，不但在诗歌教育上给了郭沫若以决定性的影响，同样，在戏剧教育上也给了郭沫若以决定性的影响。人们都知道，杜氏是一位有特殊经历、特殊性格、特殊爱好的母亲。她虽然没进过学堂，但由于资质聪明，单凭耳濡目染，就很能暗诵一些唐宋诗词。她喜

---

① 郭沫若：《实践·理论·实践》，载《剧本》1962年7月号。
② 郭沫若：《少年时代》，人民文学出版社1979年版。

欢诗歌，爱好戏剧，除了能背诵好些诗词外，还能"读弹词，说佛偈"。杜氏不但经常携带幼小的郭沫若听"圣谕"，看《杨香打虎》一类皮影戏，而且还常常教郭沫若说弹词，唱戏曲。这种教育和熏陶给郭沫若日后的戏剧创作以深远的影响。据笔者几年来的调查了解，郭沫若的母亲杜氏特别喜爱神话传说、历史故事之类的说唱文学，尤其是弹词，如《张果老砍柴》、《牛郎织女相会》、《白蛇传》、《岳武穆》、《二十一史弹词》等等。每当夏日长闲，冬夜无事，茶余饭后，炉边灯前，她往往带着儿孙们讴吟讽诵说唱文学……当时，乐山流行的"传统"节目之一就是《张果老砍柴》：

  张果老，逗人笑，眉长长过眼，背驼高过脑。目眇耳又聋，胡须嘴下翘。黄风帽儿红耳绊，身上穿件黄棉袄。黄棉袄，短又小，身长长过膝，袖长长过爪。一对鸡儿鞋，一双黄腿套，弓起背儿走起来，好像一个猴儿跳。

杜氏一边教唱，一边教演，给郭沫若留下终生难忘的印象。他回忆说：

  儿时印象最深刻而幽玄者无过星月之夜。天空一片清莹，深不可测。群星散布其间，如人眨眼。一轮皓月高悬，无论走到什么地方，月儿都跟着同走。在此种轻淡的银光幻境之中。儿童心理最易受着清醒的陶醉。

  月儿走，我也走。
  月儿教我提烧酒。
  烧酒到好吃，
  月儿不拿给我吃。

（得此暗示，曾作五绝诗一首云：新月如镰刀，斫上山头树。倒地却无声，游枝亦横路。）

  月儿光光
  下河洗衣裳，
  洗得白白净净，
  拿给哥哥穿起上学堂。
  学堂满，插笔管。

> 笔管尖，尖上天。
>
> 天又高，一把刀。
>
> 刀又快，如截菜。
>
> 菜又甜，如买田。
>
> 买块田儿没底底。
>
> 漏了二十四粒黄瓜米。

和姐妹兄弟们在峨眉山下望月，大家必吟诵这两首谣曲起来。那时候底幸福，真是天国的了！回忆起来，至今还记忆犹新，沉浸在快乐幸福中①。

这种熏陶给了郭沫若以深刻的影响。后来，他走上了文学道路，多次把这首歌略加改动写进自己的作品。二十年代，他写进了童话剧《广寒宫》；四十年代，又一次写进历史悲剧《虎符》。尤其值得注意的是，杜氏常以自己喜爱的弹词熏陶孩子们，《二十一史弹词》就是其中的一种。这部弹词，不但是戏剧文学，还是奋勉教程，十字一句，将中国几千年的历史，分朝代作了叙述。如"南宋初叶"：

> 骑马，渡康王，江南立帝。
>
> 建中兴，无计策，航海逃生。
>
> 宗留守，固京城，表还车驾。
>
> 汪黄祖，抑郁死，泪满衣襟。
>
> 振军声，累得胜，张、韩、吴、岳。
>
> 苗刘变，遭禁制，不胜疑心。
>
> 贼桧归，决讲和，称帝奉贡；
>
> 杀忠良，三字狱，匪怨忘亲。

这一类弹词，内容非常丰富，形式也不断变化着，其中蕴藏着不少有用的东西。在母亲杜氏的影响下，郭沫若从小就非常尊重弹词。如他在《序〈再生缘〉前十七卷校订本》文中所说："我不想否认，我是看到陈教授这样

---

① 郭沫若：《儿童文学之管见》，《文艺论集》，光华书局1925年版。

高度的评价才开始阅读《再生缘》的。虽然我也尊重弹词，我也认为这种形式就是长篇叙事诗；虽然我早就知道孟丽君这个故事，在评弹和剧曲中曾受到大众的欢迎，但我阅读《再生缘》却是最近半年多的事。"

郭沫若幼年时代从母亲那儿受到的这些戏剧教育，实在是叫他终生追羡。1914年12月24日，他从日本给父母写回的家信中说："古人云'每逢佳节倍思亲'，此中滋味，近日饱尝之矣。男想往年在国，每逢年假暑假，欢然言归，庆享团圆之乐。夏日长闲，冬夜无事，茶余饭后，炉畔灯前，持小说善书，在父母前讴吟讽诵，其乐何极；及今回顾，不胜追羡也。"

郭沫若的文学视野是逐渐扩展的。在日本留学时，他读了歌德和席勒的许多作品，有史诗式的《浮士德》、《强盗》，有叙事谣曲《野玫瑰》、《魔王》、《手套》、《渔童歌》等等，所有这些作品都在不同程度上影响着郭沫若的创作。《手套》是席勒的一首非常有名的谣曲，写于1797年7月，取材于圣佛瓦的《巴黎史论》。事情发生在法国国王弗兰茨一世当政时期（1515—1547），国王弗兰茨到狮子园观看斗兽表演，狮子、老虎、豹子等猛兽围成一圈，形成一片杀机。忽然间，一只手套落到了群虎中间，一位叫库妮恭特的女子便以嘲讽的口气向骑士德劳格斯说："骑士先生，你总是向我发誓，爱我呀爱得发狂，好吧，那就请把手套给我捡起。"骑士二话不说，去到兽群中把手套捡了起来。这时，人们对骑士报以极大的尊敬，小姐也以含情的目光迎接着他。可是，骑士把手套扔向小姐后，却头也不回地离开了。这个反抗权威的爱情故事很有名，在欧洲几乎是家喻户晓，给郭沫若留下的铭感也是很深的。

1920年，郭沫若向戏剧发展。先后写出了《棠棣之花》、《女神之再生》、《湘累》等诗剧后，又于1921年夏间，创作了《史的悲剧〈苏武与李陵〉》的未完稿，其中模仿席勒的《手套》，写了一首弹词，也是他创作的唯一的一首弹词。悲剧的楔子一开头就写道："我们今天要为诸君排演的，是部新编的历史悲剧，名叫《苏武与李陵》……这李禹有段很有趣的逸事，我看很与德国诗人许雷Schiller《手套》一诗中所叙的故事相仿佛。……究竟李禹有什么逸事与这诗中所咏的事情相仿佛呢？……待我随口把他编成曲子，唱来给诸位听吧。"这首随口编成的曲子就是1928年1月收入《前茅》中、名为《暴虎辞》的诗。在将这首《暴虎辞》收入《前茅》时，郭沫若在诗前写了如下一些话："这首诗是1921年夏间的旧诗。这在形式和内容上与前面诸作均不相伦类，但因为它的精神是反抗既成的权威；我所以不能割爱，也把它收在这儿。"郭沫若之所以"不能割爱"，固然是因为他要以"藐视一切权威的那种反抗的精神"来反抗蒋介石对革命人民的残酷屠杀，但不能不承认，也有"尊重弹词"的因素在里面。值得注意的是，郭沫若很早就这样注意了中外民间文学的结合，为他后来创造具有民族风格的历史悲剧做了准备。

到了乐山，从读高等小学起，郭沫若又开始了新的接触和追羡。从沙湾一到乐山，他就在草堂寺看了《游金河》的川戏，"留下了一个深刻的记忆"（《少年时代》）。郭沫若的同班同学杜高崇先生告诉笔者，当时，废科举、兴学校的新潮好比洪水一般，一浪高一浪地流到了乐山，川戏也是非常活跃的，秦晋公所、肖公庙等地都有剧场，每天都有戏，三国戏、水浒戏、包公戏……种类多极了，其中著名的清和班花脸所演的《霸王别姬》等川戏节目更是富有特色，很能吸引青年人的心，他们经常是座上客。然而，最吸引他们的注意、看得最多的还是水浒戏，黑旋风负荆请罪、仗义疏财，豹子头和尚自还俗，鲁智深喜赏黄花峪，林冲夜奔……

笔者曾在郭沫若少年时的读书笔记本里发现他抄写的水浒戏《虎囊弹·山门》：

［点绛唇］

净　树木嵯岈峰峦如画，堪潇洒。毋只是没有酒喝。嗳，闷杀洒家，烦恼倒有天来大。

［混江龙］

只见那朱垣碧瓦。梵王宫殿绝喧哗，郁苍苍虬松罨画。［笑介］咦咦哈哈，听听吱喳喳古树栖鸦，你看那伏的伏，起的起，斗新青群峰相迎那，高的高，凹的凹，丛暗绿。万木交加，遥望着石楼山雁门山横冲霄汉，那清尘宫、遁暑宫，约云霞。这是莲花涌地法王家，说什么披出个年话，好教俺悲今吊古止不唉唉呀！……见卖酒的了。

丑唱〔山歌〕九里山前作战子个场，牧童里个拾得旧刀枪，顺风吹动乌江里个水好似虞姬别霸子个王。

〔油葫芦〕

俺笑着那戒酒除荤闲磕牙，做尽了真话靶，〔丑〕啥个话靶。〔净〕他只道草根木叶味偏佳，全不想那济颠僧，他的酒肉，可也全不怕弥勒佛米汁非诈。〔丑〕……咱囊头有亲钱现买，怎的不虚花……那里管西堂首座迎头骂。〔丑〕……〔净〕卖酒的，可不道解渴胜如茶。……

〔天下乐〕

只见那飘瓦飞砖也，那似散花怎差也不差，怎哗呀却便以黄鹤楼打破随风化，守清规浑似假，一任的醉由咱。呵呀，酒涌上来，哈哈也罢。只索去倒禅床瞌睡煞。

〔哪吒令〕听钟鸣鼓挝，咪，恨禅林尚遐，把青山乱踏，似飞投倦鸦，醉醺醺眼花，惹别人笑咱，才过了半碧峰尖。早来到山门下，哈，怎么把山门多闭上了，这些鸟和尚。只好管闭户波渣。

〔鹊踏枝〕

觑着伊挂天衣，剪绛霞皮罗帽压压金花，他做什么护法空门，怎与那古佛排衙。俺怪他有些装聋作哑，俺又怪眼净净，笑哈哈，两眼儿无情煞。

〔寄生草〕

漫拭英雄泪相随处士家。……谢怎个慈悲剃度莲台下。……罢设缘法，转眼分离。乍赤条条来去无牵挂，那里讨烟簑雨笠，卷卷单行，敢辞那芒鞋破钵随缘化。

〔煞尾〕

俺只待回避了老僧伽，收拾起浮生活。……好向那杏花村里觅些酒水沽牙，免被那腌臜秃子多惊讶，一任俺尽醉在山家。（为唱词说白，俺如今也不是五台山的和尚了）早难道权头沽酒也不容口自唊。

水浒戏所表现出的反抗精神，像车辙一样印入他的脑海，助长他反抗性格的形成和发展，影响着郭沫若日后的戏剧创作。《南冠草》的第四幕憨憨老翁在官差押解夏完淳的途中开设酒店，搭救夏完淳的戏，很明显地可以看出，无论是在精神上，还是在艺术手法上，与他青年时代所受水浒戏的影响都有不可分割的联系。由此可见，民间歌舞、水浒戏曲是郭沫若历史悲剧风格形成的文学渊源之一。

二

元代的杂剧对郭沫若历史悲剧的巨大影响更不可忽视。元杂剧是我国戏剧艺术发展史上的一个高峰，也可以说是中国文学史上的一座高峰。元代，不但出现了如王实甫、关汉卿等许多杰出的剧作家，而且产生了如《西厢记》、《窦娥冤》等一类不朽的剧作，给我国文学宝库中增加了新的瑰宝。元杂剧从产生到现在都深深影响着后世的作家作品。郭沫若恐怕要算是很突出的一个吧。早在他读高等小学的时候，他就偷偷地看了《西厢记》，留下了不可磨灭的印象。虽然因为嫂嫂的告状而受到母亲的呵斥，但《西厢记》里所表现的追求个性解放的精神却深深地鼓舞着他。他在回忆时说："在高小时代，我读到《西厢记》、《花月痕》、《西湖佳话》之类的作品，加上是青春期，因而便颇以风流自命，大做其诗。"（《学生时代》）

从此以后，郭沫若读了不少杂剧本子。郭沫若同时代至今还健在的几位亲朋好友告诉笔者，他看得特别多的是反抗黑暗势力、追求光明自由的杂剧本子，如《汉宫秋》、《当炉记》、《赵氏孤儿》等等。他为那些敢于向旧礼教、旧势力挑战的人们赞叹，他为那些不合理的、限制人性发展的桎梏愤怒……我们可以毫不夸张地说，元杂剧给郭沫若的影响是多方面的，而且是相当深远的。郭沫若弃医从文不久，在翻译歌德《浮士德》诗剧的过程中开始了自己的戏剧创作，这些剧作除了模仿外国戏剧外，不可避免地也受到了元杂剧的影响。他力图使外国的影响和中国的传统结合起来，当时，由于思想、生活各方面的限制，虽然未能如愿以偿，但意图还是十分明显的。他在为泰东书局老板改编的《西厢记》所写的改编"主旨"中就非常肯定地说："（一）在使此剧合于近代的舞台以便排演，以为改良中国旧剧之一助。（二）

在使此剧合于近代文学底体裁,以为理解中国旧文学的方便。"郭沫若在这里表达的意图是很清楚的,见解也是新颖的,那就是通过学习外国戏剧的长处来"改良中国旧剧",同时又要通过旧剧的改良来加深对中国旧文学的"理解"。正因为注意了这点,所以他早期的剧作,虽然有浓厚的模仿的痕迹,但也有自己独特的创造。继《女神》三部曲之后,郭沫若又写了《卓文君》、《王昭君》、《聂嫈》等剧,用诗一般的热情语言对历史成案进行了新的解释或新的阐发,颂扬了那些封建道德的叛逆者。在创作这些剧作时,作者就很注意吸收元杂剧刻画人物的艺术手法。请读读下面一段文字吧:

卓文君:你听,不是琴音吗?

红　箫:……不是,是风在竹林里吹。

卓文君:是从下方来的。

红　箫:……是水在把月亮摇动。

卓文君:是从远方来的。

红　箫:……不是,不是,甚么音息也没有。啼饥的猫头鹰也没有,吠月的犬声也没有。……

卓文君:啊,没有。真的甚么也没有。是我的耳朵在作弄人了。

有人曾指责郭沫若这场很富有诗情画意的戏是模仿《西厢记》的"琴心":"莫不是步摇得宝髻玲珑?莫不是裙拖得环佩叮咚?莫不是铁马儿檐前骤风?莫不是金钩双控,吉丁当敲响帘栊?"

诚然,这里有"模仿"的痕迹,但应该看到,他没有停留在形式上的简单模仿,完全是从精神上去学习,是为了对历史成案作新的解释、新的阐发,表现反抗精神服务的,因而,在整个剧本的构成上仍然是一个有机的统一体。郭沫若在为改编《西厢记》而写的题为《西厢艺术之批判与其作者之性格》一文中开头就说:"吾人殆不能不赞美元代作者之天才,更不能不赞美反抗精神之伟大!反抗精神,革命,无论如何,是一切艺术之母。元代文学,不仅限于剧曲,全是由这位母亲产生出来的。这位母亲所产生出来的女孩儿,总要以《西厢》为最完美,最绝世的了。西厢是超过时空的艺术品,有永恒而且普遍的生命。西厢是有生命之人性战胜了无生命的礼教底凯旋歌，纪念塔。"①

这是郭沫若从小读元杂剧的深刻体验的总结。元杂剧的这种反抗的革命精神，在郭沫若的历史悲剧，特别是抗日时期所写的六大历史悲剧里，不但得到了很好的继承，而且得到了很好的发扬光大，反抗的目标更加准确，反抗的力量更加雄厚。剧本无一不是为了让人民群众彻底觉醒起来，从根本上推翻旧制度，创造新社会。我们可以说，六大历史悲剧中所塑造的种种形象，特别是如聂嫈、婵娟、如姬、怀清、怀贞、阿盖等妇女形象，与元杂剧中的种种形象，特别是妇女形象，有着直接的渊源。难怪他不止一次地说："西洋的诗剧，据我看来，恐怕是很值得考虑的一种文学形式，对话都用韵文表现，实在是太不自然。……我觉得元人杂剧和以后的中国戏曲，唱与白分开，唱用韵文以抒情，白用散文以叙事，比之纯用韵文的西洋诗剧似乎是较近情理的。""中国戏曲在文学构成上优于西洋歌剧。"②

三

郭沫若是在熟悉了祖国许多民间戏曲，特别是水浒戏、元人杂剧之后去日本留学的。到日本留学的时期，他不但看了许多外国戏，而且读了不少外文剧本。这对他的剧作活动起了催生的作用。熟悉郭沫若的人都知道，他去日本留学的时候正是日本戏剧兴盛的时期，新派剧和新历史剧的流行，以及外国戏的翻译、介绍都十分活跃。岛村抱月和松井须磨子所组织的艺术讲座，在日本各地巡回演出梅特林克的《莫娜·凡娜》以及易卜生、托尔斯泰、契诃夫等名家的剧本。同时，还有在森外鸥协助下，由小山内熏同市川左团次一起组织的自由剧场，上演易卜生的《博克曼》和契诃夫、高尔基、霍普特曼、梅特林克所写的欧洲近代剧本，以及小山内熏、吉井勇、长田秀雄等新创作的剧本。以上戏剧活动，都在话剧界掀起了巨大的狂热的浪潮，

---

① 郭沫若：《〈西厢〉艺术上之批判与其作者之性格》，《文艺论集》，光华书局1925年版。
② 郭沫若：《学生时代》，人民文学出版社1979年版。

给社会以深刻的影响。

通过日本的舞台和翻译，郭沫若几乎很快就接触并逐渐熟悉了欧洲戏剧发展史上几个重要阶段的代表性作家作品。他多次说："多读文艺方面的书，近代欧洲大作家的作品是好的模范，必须多读或采一二种精读。"(《如何研究诗歌与文学》)他又说："作剧的尝试我在二十多年前就做过，在当时我只读过一两种希腊悲剧，莎士比亚的《哈牟雷特》、《罗美沃与幽莲特》，斯特林堡、浩普特曼、梅特林克、契诃夫、王尔德的东西。"(《作剧经验》)这个见解和回忆足以充分说明，郭沫若接受欧洲戏剧影响与当时日本文坛的戏剧热潮有密切的关系，加之日本人常常以外国文学名著作外文教材，使他不得不读许多文学名著，其中包括不少外文剧本。他后来回忆1919年初的情形时说："我在二三月间竟自狂到了连学堂都不愿进了。一天到晚踞在楼上只是读文学和哲学一类的书。我读了佛罗贝尔的《波娃丽夫人》，左拉的《制作》，莫泊桑的《波兰密》、《水上》，哈姆森的《饥饿》；还有易卜生的戏剧；霍普特曼的戏剧；高尔华绥的戏剧。"

在高等学校和大学期间，郭沫若不但"狂"热地、如醉如痴地读了许多外文剧本，而且先后翻译了不少的剧本。这对他本人以及当时的中国文坛都产生了莫大的影响。其中，对他本人影响最深刻长远的主要有以下几种：

（一）在古典戏剧方面：主要是希腊的悲剧，那原始性的歌舞和充满诗意的情趣都给郭沫若的戏剧以影响。

（二）在文艺复兴时期的戏剧方面：主要是人文主义者莎士比亚的所谓性格悲剧。对莎氏的作品，郭沫若早在读高等小学的时候，就通过林纾的译本有所接近，并受到深刻的影响。他说过："Lamb 的 *Tales from Shakespeare*，林琴南译为《英国诗人吟边燕语》，也使我感受着无上的兴趣。它无形之间给了我很大的影响。后来我虽然也读过 *Tempest*、*Hamlet*、*Romeo and Juliet* 等莎氏的原作，但觉得没有小时候所读的那种童话式的译述来得更亲切了。"[①] 这种影响几乎一直贯串在郭沫若的整个戏剧创作中。早期所写的

---

① 郭沫若：《少年时代》，人民文学出版社1979年版。

《棠棣之花》就有意模仿莎氏《十二夜》、《错误的喜剧》，把聂政姊弟安排为孪生，后来写《高渐离》又有意安排了怀贞、怀清为孪生姊妹。那有名的"雷电颂"，应该承认，也有莎氏影响的因素在内，不过不是模仿，而是创造罢了。

（三）在近代戏剧方面：主要是英国、北欧诸国，尤其是德国的戏剧，深深地影响着郭沫若的戏剧创作。我们分别简述如下：

1. 英国戏剧创作给郭沫若较大影响的作家是约翰·沁孤、高尔华绥、王尔德等人。约翰·沁孤是爱尔兰反抗的象征，一生写了八个剧本，数量不多，但很有特点：（1）所选取的题材多是下层社会的不幸者，如流浪人、乞丐、渔民……作者对这些不幸的人们寄予了深厚的同情，并通过这些人物向旧社会进行挑战；（2）真实地写出了人物的心理、表情、性格，所写出的全部人物几乎都是活的，一点没有虚假；（3）用语多是爱尔兰的方言，据作者自述，剧中人物说的话几乎没有一句是他自己创作的。郭沫若在"五卅"前后深深爱上了沁孤的剧作，一口气翻译了其中的六个，于1926年由商务印书馆出版，题为《约翰·沁孤戏曲集》。1962年，郭沫若还为《骑马下海的人》写了前言，在六月号《剧本》月刊上重新予以发表。这位作家给郭沫若的影响无疑是巨大的，早在20世纪30年代他撰写的《学生时代》中就曾生动地谈到了这点。他说："《聂嫈》的写出自己很得意，而尤其得意的是那第一幕里面的盲叟。那盲叟的流浪人所吐露出的情绪是我的心理之最深奥处的表白。但那种心理得以具象化，却是受了爱尔兰作家约翰·沁孤的影响。"[①]

高尔华绥的戏剧可以说都是社会剧。他不满当时的资本主义社会，对弱者表示极深厚的同情。弱者在现社会组织下受压迫的苦况，他如实地表现到舞台上来，给一般的人类暗示出一条改造社会的路径。其戏剧结构精密，表现自然，给郭沫若的戏剧创作以不同程度的影响。蒋介石背叛革命后，郭沫若在白色恐怖笼罩下，曾翻译了高尔华绥的《争斗》、《银匠》、《长子》、《正义》等剧作，借以表达对蒋介石血腥屠杀罪行的愤怒抗议，对被压迫、屠杀

---

① 郭沫若：《学生时代》，人民文学出版社1979年版。

的革命者及人民群众的同情。

除这两位现实主义剧作家外,唯美主义者王尔德对郭沫若的戏剧和诗歌创作都产生过不小的影响。"五四"后的1920年,田汉同志翻译了王尔德的代表剧作《沙乐美》。郭沫若为之写序,题为《密桑索罗普之夜歌》,后来发表在少年中国学会出版的《少年中国》(季刊)第二卷第九期上,排在田汉译文之前,后又收入《女神》诗集,且有副题:"此诗呈 Salome 之作者与寿昌。"不消说,这首厌世者之歌是唯美主义的。像这种倾向的诗,《女神》绝不是仅有其一,而无其二。至于早期所写的历史剧,如《王昭君》,受王尔德《沙乐美》的某些影响更是显而易见的。试把《沙乐美》里的女主人公因为得不到所欢喜的男子的爱,便要了男子的头,把那个血淋淋的头拿来亲吻时的台词和《王昭君》里元帝杀了毛延寿,捧着、吻着毛的头时的台词一比较就明白了。限于篇幅,这里就不引证了。

2. 德国戏剧家对郭沫若的影响更是显著,更是深刻。我们甚至可以说,郭沫若的戏剧创作是在德国戏剧的直接影响下开始的。他曾在一篇题为《我的著作生活回顾》的未完稿里,在"向戏剧的发展"的标题下写了"歌德、瓦格纳"的名字。他在《学生时代》里也说:"我开始做诗剧便是受了歌德的影响。在翻译了《浮士德》之后,不久我便做了《棠棣之花》……《女神之再生》、《湘累》、《孤竹君之二子》都是在那个影响下写成的。助成这个影响的不消说也还有相当流行着的新罗曼派和德国新起的所谓表现派。……妥勒尔的《转变》、凯惹尔的《加勒市民》,是我最欣赏的作品。"①

事实确是如此。德国"狂飙运动"的精神和五四运动的精神,在许多方面颇有相似的地方。因此,郭沫若在翻译歌德《浮士德》的过程中开始了戏剧创作,而先后熟读或者翻译过歌德、席勒、霍普特曼、瓦格纳等人的一些作品,从中吸取了不少有益的营养。如席勒喜爱民间谣曲反抗权威的革命精神,对历史题材选择的独到见解——"……即使是国家灾害惨重的时代,仍然是人民显示力量最灿烂的时代!有多少伟大的人物从这个暗夜里显现出来

---

① 郭沫若:《创作十年》,《学生时代》,人民文学出版社1979年版。

啊"(《席勒评传》);霍普特曼"一笔不懈,一字不苟的行文","关于自然的描写,心理的解剖,性欲的暗射"的"精细入微";瓦格纳关于神话传说的吸取,歌唱的反复等手法……

《棠棣之花》的写作与完成,歌德和席勒的影响都是很自然而明显的。

3. 除此之外,挪威易卜生对社会问题的关注、比利时梅特林克《青鸟》关于象征手法的成功运用,都给郭沫若历史剧以不同程度的影响。他自己就说过:

> 儿童文学采取剧曲的形式,恐怕是近代欧洲的创举。我看过梅克林克的《青鸟》,浩普特曼的《沉钟》。此种形式的作品,前年九月间在《时事新报·学灯》上,我曾发表过一篇《黎明》,是我最初的一个小小的尝试,怕久已沉没在忘却的大海去了①。

应该说,《黎明》是我国现代儿童文学的拓荒者,应予重视。他还说过:

> 在这时候我偶尔也和比利时的梅特林克的作品接近过,我在英文读过的《青鸟》和《唐太儿之死》。他的格调和太戈尔相近,但太戈尔的明朗性是使我愈见爱好的②。

从以上叙述,我们可以清楚地看到,郭沫若的戏剧创作活动的确经历了一个学习、模仿、创造的过程。在学习过程中,他熟悉了中国民间说唱文学、川戏等地方戏、元人杂剧,以后,又熟悉了许多外国戏,特别是英国、德国、北欧一些戏剧大师的作品。他由写诗到模仿着写诗剧、历史剧,这些模仿虽然不算成功,但为他积累了丰富的经验和深刻的教训。值得注意的是,作者一开始就不是简单的模仿,而是综合的吸取,并比较早地注意了和中国民间戏剧、传统戏剧的结合,这就为他的创造性活动得以成功提供了有力的保证。到了抗战时期,他不但有了更高的思想水平,而且有了更丰富的经验,更渊博的知识,有可能、也有必要展开创造性的活动了。事实正是如此,他成功地吸取了说唱文学,特别是弹词、川戏、元人杂剧的丰富营养,

---

① 郭沫若:《儿童文学之管见》,《文艺论集》,光华书局1925年版。
② 郭沫若:《我的作诗经过》,《郭沫若全集》,人民文学出版社1989年版。

以及希腊、英国、德国、挪威、比利时诸国一些戏剧艺术家现实主义或浪漫主义的优秀传统,从而根据现实需要,创造了振奋人心、号召斗争的六大历史悲剧,开了一代剧风,挽救了日益衰亡的历史悲剧。

(选自《在郭沫若研究的路途上》,四川文艺出版社,2017年)

《屈原》是怎样步入世界杰作之林的？

——以《雷电颂》一场修改为例

郭沫若在谈到自己的戏剧创作时，一再地说：

> 写剧本最重要的是多改①。

> 如何使自己和别人都满意，我还在摸索中。但有点我可以大胆说的，那就是多改。改！改！改了又改，不断地改，直到满意为止，任何文艺作品，音乐、舞蹈、诗歌、绘画、电影……都是如此②。

> 改、改、改，琢磨、琢磨再琢磨，铁杵是可以磨成针的③。

修改、增删、润色，再修改、再增删、再润色……是任何一部世界杰作都必须经历的一个过程，伟大的作品都经过了几十年的惨淡经营。曹雪芹的《红楼梦》、托尔斯泰的《战争与和平》、冈察洛夫的《奥勃洛摩夫》、福楼拜尔的《萨郎波》都锤炼了十年，歌德的《浮士德》更是断断续续地写了六十年。

郭沫若的《屈原》也毫无例外。当他写作《屈原》的消息传出后，就有《哈姆雷特》、《奥赛罗》型作品的舆论了。《屈原》在《中央日报·中央副刊》一发表，评论家就视为《哈姆雷特》、《奥赛罗》型的作品了。

> 沫若先生曾自谦地说"屈原究竟是不是哈姆雷特型或奥赛罗型，不得而知"，我的回答则是"虽不中，不远矣"④。

公演后，业内人士和读者发表了各式各样的看法，都希望郭沫若进行修

---

① 郭沫若：《学习再学习——与青年作家的一次谈话》，《郭沫若论创作》。
② 郭沫若：《实践理论·实践》，《郭沫若论创作》。
③ 郭沫若：《郭沫若全集·武则天·序》第8卷，人民文学出版社1987年版。
④ 潘子农：《屈原观后》，1942年4月3日《时事新报》。

《屈原》是怎样步入世界杰作之林的？

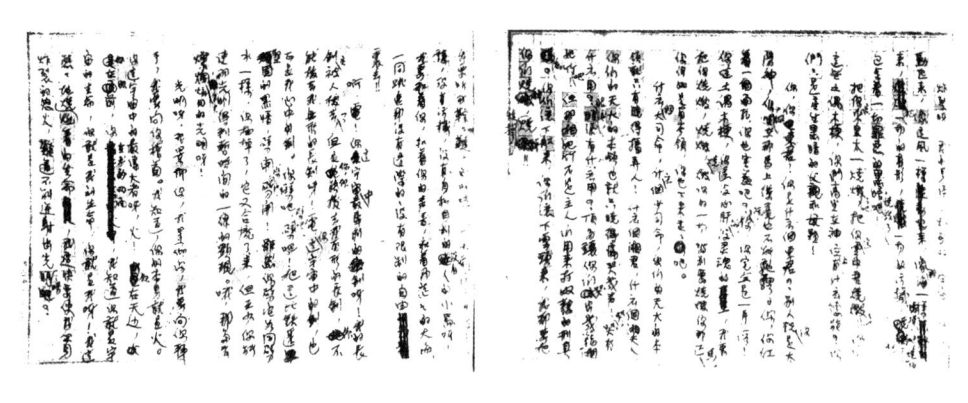

《屈原·雷电颂》手稿

改、增删、润色，使之成为列入世界之林的杰作。

《屈原》的悲壮剧可能是伟大的，要说的话，若能努力修改一下，使其各方面更完善一点，也许会被历史列入《奥赛罗》和《哈姆雷特》之林的。

……

《屈原》悲壮剧的出现无论如何是中国文学史上底一件大事，这作品同《哈姆雷特》一样，是同样有缺点的。比较《哈姆雷特》幸运的是《屈原》悲壮剧的创造者还来得及加以新的琢磨，使成完璧。……《浮士德》费了歌德四十年，《战争与和平》费了托翁十二年，纪念碑的作品都是曾经多少次改写过，增删过来的？两大杰作都曾经郭先生翻译过，对原作成长的过程自然远比我们清楚，我就是从各方面希望译者能追踪原作者的[①]。

郭沫若没有辜负评论家们和读者的期望，确定"追踪"歌德、托翁，对《屈原》进行了反复的修改、增删、润色，长达十余年，终于使它堪与现代世界名著并列而无愧（捷克斯洛伐克观众语）。

这里，我们仅以《屈原》第五幕第二场为例，看作者是怎样修改、增删、润色的。五幕二场开场增加了靳尚入场一节：靳尚布置，不，应该是检

---

① 柳涛：《读〈屈原〉悲壮剧——《屈原》——五幕史剧——郭沫若作》，《文艺生活》第三卷第三期。

查、落实毒死屈原的"密令"。看作者的添加吧：

靳　　尚　（命卫士乙）你去叫太卜郑詹尹来见我。

卫士乙　是。（向湘夫人神像左侧门走入）

俄顷，一瘦削而阴沉的老人，左手提灯，随卫士乙由左侧门入场。靳尚除去面罩，向郑詹尹走去。

靳　　尚　刚才我叫人送了一通南后的密令来，你收到了吗？

郑詹尹　（鞠躬）收到了。上官大夫，我正想来见你啦。

靳　　尚　罪人怎样处置了？

郑詹尹　还锁在这神殿后院的一间小屋子里面。

靳　　尚　你打算什么时候动手？

郑詹尹　（迟疑地）上官大夫，我觉得有点为难。

靳　　尚　（惊异）什么？

郑詹尹　屈原是有些名望的人，毒死了他，不会惹出乱子吗？

靳　　尚　哼，正是为了这样，所以非赶快毒死他不可啦！那家伙惯会收揽人心，把他囚在这里，都城里的人很多愤愤不平。再缓三两日，消息一传开了，会引起更大规模的骚动。待消息传到国外，还会引起关东诸国的非难。到那时你不放他吧，非难是难以平息的。你放他吧，增长了他的威风，更有损秦、楚两国的交谊。秦国已经允许割让的商於之地六百里，不用说，就永远得不到了。因此，非得在今晚趁早下手不可。你须得用毒酒毒死了他，然后放火焚烧大庙。今晚有大雷电，正好造个口实，说是着了雷火。这样，老百姓便只以为他是遭了天灾，一场大祸就可以消灭于无形了。

郑詹尹　上官大夫，屈原不是不喝酒的吗？

靳　　尚　你可以想出方法来劝他。你要做出很宽大、很同情他的样子。不要老是把他锁在小屋子里。你可让他出来，走动走动。他带着脚镣手铐，逃不了的。

郑詹尹　（迟疑地）你们是不是有点小题大做呢？

靳　　尚　（含怒）你这是什么话？

郑詹尹　我觉得你们把屈原又未免估计得过高。他其实只会做几首谈情说爱的山歌，时而说些哗众取宠的大话罢了，并没有什么大本领。只要你们不杀他，老百姓就不会闹乱子。何苦为了一个夸大的诗人，要烧毁这样一座庄严的东皇太一庙？我实在有点不了解。

靳　尚　哈哈，你原来是在心疼你的这座破庙吗？这烧了有什么可惜？国王会给你重新造一座真正庄严的庙宇。好了，我不再和你多说了。你烧掉它，这是南后的意旨。你毒死他，这是南后的意旨。要快，就在今晚，不能再迟延。南后的脾气，你是知道的。你尽管是她的父亲，但如果不照着她的意旨办事，她可以大义灭亲，明天便把你一齐处死。（把面巾蒙上，向卫士）走！我们从小路赶回城去！

靳尚与二卫士由左首下场。

郑詹尹立在神殿中，沉默有间，最后下出了决心，向东君神像右侧门走入。俄顷，将屈原带出。

郑詹尹　三闾大夫，请你在神殿上走动走动，舒散一下筋骨吧。这儿的壁画，是你平常所喜欢的啦。我不奉陪了。

这一场戏的增加，精确地揭示了奸佞们如何施展罪恶的阴谋，突显了屈原和南后们你死我活的矛盾冲突的尖锐性，可谓惊心动魄，留下了巨大的戏剧悬念。正是在这种尖锐的矛盾、激烈的冲突中突显了人物的性格，为屈原直抒胸臆的独白式的呐喊《雷电颂》积蓄了力量，作了充分的铺垫，从根本上克服了初稿中屈原独白式呐喊《雷电颂》的突发性。屈原以生命的力量发出雷电颂就显得格外合情合理。

屈原呐喊《雷电颂》添上了郑詹尹和屈原面对面的一段对话：

郑詹尹　你该不会疑心这酒里有毒的吧？

屈　原　果真有毒，倒是我现在所欢迎的。唉，我们的祖国被人出卖了，我真不忍心活着看见它会遭遇到悲惨的前途呵。

郑詹尹　真的啦，像这样难过的日子，连我们上了年纪的人，都不想再混了。

屈　原　大家都不想活的时候，生命的力量是会爆发的。

郑詹尹　好的，你慢慢喝也好，我还想去躺一会儿。

　　屈　原　请你方便，怕还有一会天才能亮呢。

增加的这段对话，虽然很短，却非常重要，完全是一次针锋相对的直接斗争，一方是做贼心虚的阴险诱骗，一方则以视死如归的坦然相对。屈原坚信"大家都不想活的时候，生命的力量是会爆发的"。这就写到了人物生命和灵魂的深邃之处，又为屈原和婵娟的生死相见作了准备。看作者的添加：

　　屈　原　（俯首安慰）婵娟，我没有想到还能够看见你，你一定是逃走出来的，你是超过了死线了。你知道宋玉是怎样吗？

　　婵　娟　（仍喘息）他……他跟着公子子兰……搬进宫里去了。

　　屈　原　那也由他去吧。谁能够不怕艰险，谁才可以登上高山。正义的路是崎岖的路，它只欢迎勇敢的人。……那位钓鱼的人呢？

　　婵　娟　听说丢进监里去了。

婵娟在卫士的帮助下，奔向太乙庙，见到了屈原。这是一次生死离别的相见，把屈原所关心的婵娟、宋玉、钓者的命运都一一作了清楚的交待：婵娟视屈原如生命；宋玉趋炎附势，临阵变节；钓者甘愿为正义牺牲……婵娟与宋玉的性格在对比中显得更加鲜明，既呼应了婵娟的受难、受辱，宋玉、子兰的无耻劝降，又为婵娟误饮毒酒、替代屈原而死埋下了伏笔。

听婵娟误饮毒酒后的表白吧：

　　婵　娟　（凝目摇头）先生，……那酒……那酒……有毒。……可我……我真高兴……我……真高兴！（振作起来）我能够代替先生，保全了你的生命，我是多么地幸运呵！……先生，我是一个普通人家的女儿，我受了你的感化，知道了做人的责任。我始终诚心诚意地服侍着你，因为你就是我们楚国的柱石。……我爱楚国，我就不能不爱先生。……先生，我经常想照着你的指示，把我的生命献给祖国。可我没有想到，我今天是果然做到了。（渐渐衰弱）我把我这微弱的生命，代替了你这样可宝贵的存在。先生，我真是多么地幸运呵！……啊，我……我真高兴！……真高兴！……

　　屈　原　（紧紧拥抱着婵娟）婵娟！你要活下去呵！活下去呵！

婵娟！婵娟……

婵　娟　（更衰弱）……啊，我……真高兴！……

郭沫若曾经说过苏联导演向他建议的一段话："婵娟死时加了相当长的一段说话。这是导演特别强调非加入不可的。他说，将来上演时，苏联演员担任婵娟一角，在她死时都不让多说些话，她一定会提出严重抗议。其实，十年前在重庆上演时，演婵娟的张瑞芳早就抗议过了。因此，我抛弃了沉默胜于雄辩的旧式想法。"① 这一"抛弃"非常好。婵娟的一段话，把她坚贞不屈、临死不苟、视气节重于生命的崇高品格发挥到了最完美的境地。她能够在光明磊落中为屈原而死，也就是为正义而死，为真理而死，为楚国而死，为人民而死，从而成为剧作中性格最成功的人物形象。这，既呼应前一场在恐吓、诱骗中的毫不动摇，证实了那"七个"姿态不动、无言的坚定性，又为以《橘颂》加盖婵娟尸体作为祭文作了准备，使全剧结构前后呼应。

屈原和卫士祭拜婵娟完毕，在屈原问讯卫士的姓名过程中，卫士和屈原的对话中加上了这样的对话：

卫士甲　……我们汉北人都敬仰先生，受了先生的感召，我们知道爱真理，爱正义，抵御强暴，保卫楚国。先生，我们汉北人一定会保护你的。

屈　原　……我决心去和汉北人民一道，那就做一个耕田种地的农夫吧。

这一添加，利用了汉语的谐字，"汉北"很容易使人联想到"陕北"，既说明了人民对屈原的热爱，也指明了屈原的去处——到人民群众中去了，生根发芽！

著名的"雷电颂"，虽然没有大的改动，但也经过了多次、反复的改动、润色，使这场独白的作用发挥到淋漓尽致。这里就不一一列出了。

总之，这一幕的删改、增添、润色，让紧张的场面、动人情节、优美对话一一呈现，从而使作品更具有了征服人心的艺术魅力。其他各幕无不如此

---

① 郭沫若：《新版后记》，《屈原》，人民文学出版社1952年版。

费心、费力地进行了一次又一次的删改、增添、润色。据不十分精准的统计，全剧大大小小的改动高达一千余处，费时十余年，终于琢磨成一部可与世界杰出的古典作品媲美的经典作品。难怪剧作家于伶在悼念郭沫若的文章中要说：

> 论剧作，爱国的、战斗的历史剧本，我国众多的剧作者中间，至今还没有一个人、一个作品能望郭老《屈原》的项背，遑论能攀登与逾越这个高峰①。

是的，《屈原》确实成为中国戏剧的一座"遑论能攀登与逾越"的"高峰"，不仅中国人这样认为，外国朋友也这样认为。意大利著名女诗人马格丽特·归达奇就说《屈原》"可以被认为是当今世界戏剧的杰出作品之一，可与杰出的古典作品媲美"②。

这一评价是不错的。正因为《屈原》已经步入了世界杰作之林，所以，日本、苏联、罗马尼亚、捷克斯洛伐克、越南等国都先后上演，无不受到观众的热烈欢迎。

（原载2012年1期《郭沫若学刊·〈屈原〉创作演出70周年纪念特辑》）

---

① 于伶：《怀念郭沫若同志》，《悼念郭老》，生活·读书·新知三联书店。
② 转引自［意］安娜·布雅蒂：《郭沫若及其著作在意大利文化中》，郭沫若故居、中国郭沫若研究会编：《郭沫若百年诞辰纪念文集》，社会科学文献出版社1994年版。

挽救了世界悲剧的衰亡

1923年，郭沫若投笔从戎，参加了轰轰烈烈的北伐斗争。实际斗争虽然暂时中断了他的戏剧创作，但从另一个意义上讲，却为他日后更好地创作作了充分的准备。北伐斗争失败后，郭沫若根据党的安排去日本，开辟了思想文化战线上的新战场，从事中国古代社会的研究，取得了惊人的成就，为击败资产阶级在思想文化方面的挑衅打了一个又一个漂亮仗。1937年，全面抗战开始了。为了报效祖国，他毅然决然地别妇抛雏，冒着生命危险，回到祖国的怀抱，再次投笔请缨，由上海、武汉、长沙……到了重庆。在重庆的八年里，他虽然"完全是生活在一个庞大的集中营里。七八年间，是不能出青木关一步"（郭沫若：《郭沫若论创作·郭沫若选集自序》），但还是从事多方面的实际斗争，特别是组织、领导了极盛一时的戏剧活动，掀起了一个革命文化运动的新高潮，而且还写出了划时代的《青铜时代》、《十批判书》及大量诗文。

抗战，为文艺提供了丰富的源泉，也为文艺规定了神圣的使命。确实如他自己所说："中国目前是最为文学的时代，美恶对立，忠奸对立，异常鲜明，人性美发展到了极端，人性恶也发展到了极端"，"目前的中国，乃至目前的世界，整个是美与恶，道义与非道义斗争得最剧烈的时代，也就是最须得对于斗争精神加以维护而使其发扬的时代。文艺工作者的任务因而也就再没有比现在更为鲜明，更为迫切"（郭沫若：《郭沫若论创作·今天的创作道路》第71页）。由于实际斗争的迫切需要，话剧事业得到了迅速发展，空前繁荣。这突出表现在话剧剧本出版的激增、业余话剧团的大量涌现。据统计，1938年至1943年这六年中印行的大小剧本就有两千余种之多，若每年平均销售两千册的话，六年就要发行四百万册。除了中小学教科书外，话剧剧本的出版超过了一切出版物。说到业余话剧团，几乎每个大中学校都有两三个剧社，每个大工厂、大企业机构也有一两个业余剧团。据估计，1944年全国各式各样的话剧剧团，最少在五千个以上。对这蓬蓬勃勃发展起来的抗战戏剧运动，国民党反动派则千方百计加以破坏，加以扼杀，不仅实行一套文化专制主义的图书、演出审查制度，而且还唆使特务殴打、暗杀作家、演员，捣毁剧场、书店等文化设施。面对着这种险恶的局面，中共南方局制订了以郭沫若为旗帜、以戏剧为中心的战斗方针。郭沫若没有辜负党的重托，他在周恩来同志的直接领导和指挥下，带领进步文艺工作者进行了一次又一次的英勇战斗！

1937年"七七"卢沟桥事变后，中国剧作者协会的同志立即集体赶写了三幕话剧《保卫卢沟挢》，8月7日在上海南市蓬莱大戏院演出。8月4日，刚刚回国的郭沫若为了支持三天后的联合演出，奋笔书写了如下条幅：

> 卢沟桥已经失掉了，我们要依然保卫卢沟桥。卢沟桥，它是不应该失掉，在我们精神中的卢沟桥，那永远是我们的墓表。卢沟桥虽然失掉了，我们要依然保卫卢沟桥。

不久，郭沫若又动笔写了话剧《甘愿做炮灰》，修改了《棠棣之花》。后来到了武汉，三厅开办了"战时歌剧演员讲习班"，他亲自担任班主任，还为该班作了班歌：

> 同志们，别忘了！
> 我们第一是中华民族的儿女，
> 第二是戏剧界的同行。
> 抗战使我们打成了一片，
> 抗战使我们团聚在一堂。
> 要救亡必先自救，
> 要强国必先自强，
> 戏剧的盛衰，关系着民族的兴亡！
> 我们要把舞台当作炮台，

要把剧场当作战场。

让每一句话成为杀敌的子弹,

让每一位观众举起救亡的刀枪。

对汉奸走狗,我们打击,打击,打击!!

对民族战士,我们赞扬,赞扬,赞扬!!

鼓起前进的勇气,

消灭妥协的心肠。

同志们团结起来呀!

永远为光明而舞蹈,

永远为自由而歌唱,

歌唱,歌唱,

永远为自由而歌唱!

无数革命的戏剧工作者,高唱着这样的战歌,为话剧事业的发展贡献了青春和生命。"皖南事变"后,国民党反动派的法西斯文化专制主义统治空前加剧,重庆戏剧界的同志在党的领导下,有的回延安,有的去香港,有的去昆明,有的到乡下;郭沫若等则留在重庆坚持斗争,揭露、批判国民党反动派制造"皖南事变"的阴谋,回击国民党反动派的政治挑衅活动。坚持在重庆斗争的党员同志和郭沫若经过夜以继日的研究,决定写历史剧来借古喻今。然而,历史剧,特别是历史悲剧却面临着危机,出现了世界性的"悲剧死亡"的现象。陈瘦竹教授在1983年北京郭沫若学术研究座谈会上介绍了他通过比较研究之后的一些看法。他说:

四十年代欧美悲剧文学是在衰落时期,作家不要悲剧,剧场不演悲剧,出现"悲剧死亡"的现象。(《对于文化巨匠郭沫若的研究动向》,英文、日文版《北京周报》,1983年12月)

事实正是这样。国外有人说:

对于我们来说,悲剧是繁荣于16世纪到18世纪之间的历史现象,我们不想使这样的现象重新出现。(让-保罗·萨特:《外国现代剧作家论剧作·制造神话的人》,第133页)

国内也有人说：

> 史剧是不是在话剧上更有发展？与话剧是否适宜？这是我们平常很关心的一些问题。据我看，话剧中的史剧是没有前途的。（卢冀野：《从荆轲插曲谈到新歌剧》，1941年3月27日重庆版《中央周刊》3卷24期）

恰恰在这样的时候、这样的地点，郭沫若在中共南方局，特别是在周恩来同志的支持和帮助下，从1941年到1943年，在短短两年左右的时间里，除了进行多方面的政治斗争外，还先后写成了《棠棣之花》（1941）、《屈原》（1942）、《虎符》（1942）、《高渐离》（1942）、《孔雀胆》（1942）、《南冠草》（1943）共六大历史悲剧，并在重庆等地广泛进行了演出，引起了强烈的反响。其中，《屈原》的发表和演出，更是中国现代文学史，特别是中国现代戏剧史上值得大书特书的盛事。1941年，紧接着《棠棣之花》演出的成功，郭沫若又完成了《屈原》。为了冲破国民党反动派的法西斯文网进行合法的演出，第一步是争取剧本得以在国民党的刊物上发表。经过努力，剧本终于通过孙伏园于1942年1月24日至2月7日在国民党的中央机关刊物《中央时报》副刊上连载了。剧本刊载后，蒋介石恼羞成怒，立即下令撤销了孙伏园《中央时报》副刊编辑的职务。但《屈原》的公开发表已经取得了演出的主动权，接着地下党组织不但集中了当时最好的演员迅速排练，而且集中力量进行了最有效的宣传。1942年4月2日重庆版《新华日报》刊登了演出《屈原》的引人注目的广告：

> 五幕历史剧《屈原》
> 明日在"国泰"公演
> "中华剧社"空前贡献
> 郭沫若先生空前杰作
> 重庆话剧界空前演出
> 全国第一的空前阵容
> 音乐与戏剧的空前试验

这则广告震动了山城，立即引起千百万人的注意。第二天，《新华日报》又出了《〈屈原〉公演特刊》，除刊载了郭沫若和徐迟关于《屈原》剧本的通信外，还特别刊载了一则介绍《屈原》新书出版的消息：

  《屈原》是郭沫若先生继《棠棣之花》后的第一部精心创作，作者对屈原的思想、人格，乃至悲剧的身世，有极深湛的研究。这本五幕史剧，正是将屈原的思想、人格给予了伟大的形象化。

  这虽是一幕历史悲剧，但是在这里面有现实的人底声音，有崇高的人格，正义凛然的气节，使你爱憎是非之感，分外分明。

  这是一首美的诗篇，她唱出你要唱的诗，她说出你要说的话！美与丑恶在这诗篇中的斗争，强烈的使你的灵魂作了最忠实的裁判。

同时，其他的进步报刊也做了很好的配合。4月3日这一天，《新民报晚刊》以《〈屈原〉冒险演出，昨夜彩排观后感》为题发表了记者的报道：

  今夜，屈原就要与观众见面了。演出者应云卫，急得满头大汗，导演陈鲤庭，喊得喉干舌哑，所有的人簇拥在一块儿，剧作者郭沫若很细心地注意着每个演员的技巧，艺术委员，编辑委员，研究委员，都在留神着金山、白杨、顾而已、施超等人的每个动作。《屈原》的舞台面：白杨（饰南后）正在充分地暴露她自己的阴险、刁恶、泼辣，而愚弄她的丈夫——楚王（顾而已饰），陷害三闾大夫——屈原（金山饰）。

  《屈原》是中华剧艺社的代表作，也是山城雾季里的最精彩的一个戏，中华剧艺社集中了全力来注意它，为的是在艺术方面有所贡献，而开辟一条新的道路，让戏剧与音乐配合，这真是一个伟大的尝试。由于昨天彩排的成功，而使我们确信演出者与导演者的冒险精神。

  参加《屈原》演出的人，都是全国最有名的演员，把这些人集拢在一块儿，不仅是不容易，而且也使每个参加演出的人感到困难，每个人为着他们自己的艺术生命，不得不在演出技巧方面下一番苦功。

演出成功了。这是一颗精神原子弹，在山城爆炸开了，到处都能听到《雷电颂》的声音，在教室内外，在宿舍内外，在道路上、车上、马上、船上，"你滚下云头来，爆炸了吧！……爆炸了吧！"剧场确实成了战场，每一句台词就像一粒子弹，射向国民党，射向蒋介石。蒋介石、国民党反动派眼看着这燃烧着的熊熊怒火，慌了，怕了，不得不千方百计、竭尽全力对付这沸腾的局面：一面派大量特务走狗破坏《屈原》的演出，一面指令《中央日报》、《中央周刊》、《文艺先锋》等反动报刊连篇累牍发表文章，攻击、谩骂《屈原》剧本及演出；一面召开什么招待会、座谈会，对《屈原》进行围攻，一面又拖出汉奸戏《野玫瑰》与《屈原》对抗。他们在文章中攻击《屈原》"与历史相差太远"，"牵强"，"滑稽"，"草率"，"粗暴"，"所表现的完全是'恨'。一曲《雷电颂》，千呼万唤，大声疾呼的是'爆炸'，是'毁灭'！假如我们事先不知道戏名和情节，突然去看这一幕，看见雷电发作，星月无光，鬼气森森的环境之下，一个披发垢面的人，在那里怪呼怒号，必定以为是天降杀星，来毁灭这个世界。如还猜中他还是个人，必是一个楚霸王，不，楚霸王还是慈爱妪妪的人，只能算是希特勒这个混世的魔王！无论那个也不会想着他是温文尔雅，忧国爱民的屈原。这里埋没了屈原，这是把屈原变了质。写到这里，我想起了《安魂曲》中那位音乐作家莫扎特，他到临死的时候，将他的名曲《安魂曲》写成流于民间以供娱乐为幸，这是何等高尚而伟大的人格，我相信我们历史上的屈原必然也具有同样的人格，但一落到郭先生手中，竟完全成了一个暴徒！假使这本戏扩大开来，流传下去，对于屈原简直是一种罪恶"（王建民：《〈屈原〉、〈孔雀胆〉和〈虎符〉》，载1943年2月《中央周刊》5卷28期）。他们在招待会上辱骂、狂吠："为什么要写历史剧，为什么要演《屈原》？""什么叫爆炸？什么叫划破黑暗？""这是造反？""别有用心"，"我们的领袖不是楚怀王。""哪个说《野玫瑰》是坏戏，《屈原》是好戏，这个人就是白痴。"对于反动派的猖狂挑衅，在以周恩来同志为首的南方局的领导下，大家以郭沫若为旗帜，进行了针锋相对的斗争，不但在《新华时报》，而且还在《新蜀报》、《时事新报》等刊物上及时登载了大量诗文，出了演出特刊，其中一些诗文还是在周恩来同志的直接指导下写出来，并由他亲自修改的。据不完全统计，当时为《屈原》唱和的诗文达两百余首。诗文赞扬《屈原》"可以说是代表着一支光明正义的火炬，代表着一种不灭的伟大的气节精神"，"《屈原》，作者仅用了一天的故事说明在那种不足为训的政治之下怎样伤害着一个忠于国家民族的屈原。……作者深刻地了解了那一种灵魂上的痛苦，写出了呼喊着生活与光明的《雷电颂》，虽然未必尽如史实，却画出了一幅诗人形象而震撼着观众的心灵"（洪深：《舞台上的现代与历史——略论十个剧本》，《中央周刊》5卷28期）。"本剧取材也是百分之百的中国作风……本剧的成功殆全可作为民族形式的示范。"（《新民报》：《诗剧〈屈原〉》）远在桂林、香港的报刊也发表文章加以声援。"最近读到郭沫若氏的剧作《屈原》，深深觉到他采取历史事实完成这一部空前的巨构，在考证上是怎样的正确与精深，在笔力上是怎样的博大与浑融；而感情丰富，激越，和崩山倒海的气势，真可推为千古不朽的名篇，掷之世界名著如荷马之《伊里亚特》与《奥德赛》，歌德之《浮士德》，莎士比亚之《哈孟雷特》之中，亦毫无逊色……从《屈原》剧中的自白中，直抒出深压在屈原心中的忿激，中华民族之有屈原是给我们保留下千古的正气，二千余年后之有郭氏的《屈原》剧作，是在此时此地，于思古的幽情中，从自己的胸臆的悲楚里开放出的一枝奇葩，诬陷与诋毁，是为了谁呢？英国人宁愿放弃整个的印度，而不愿失却一个莎士比亚，我们的论客们，企图着损害郭氏，他那里会顾忌到中华民族和我们的文化呢？何况，他们事实是损害不了郭氏的。"（周务耕：《从剧作〈屈原〉想起》，《文艺生活》2卷2期）在会议中，大家也是针锋相对，据理驳斥。周恩来同志全力支持《屈原》的创作和演出，他向许多同志反复说："是否肯定这个戏不仅是艺术创作问题，更重要的是政治斗争。一个马克思主义者对于历史，应该从阶级斗争的观点出发，同时也应该是历史唯物主义的。但历史剧的创作，只要在大的方面符合历史真实，至于对某些非主要人物，作者根据自己的看法来评价是允许的。……屈原并没有写过这样的诗词，也不可能写得出来，这是郭老借着屈原的口说出他自己心中的怨愤，也表达了蒋管区广大人民的愤恨之情，是对国民党压迫人民的控诉，好得很！"（转引自张颖：《雾重庆的文艺斗争》，载《怀念敬爱的周总理》）周恩来在天官府设宴祝贺《屈原》的演出成功，席间，对刚从香港来的夏衍等人说："在连续不断的反共高潮中，我们钻了国民党反动派的一个空子，在戏剧舞台上打开了一个缺口，在这场战斗中，郭沫若同志立了大功。"（夏衍：《知公此去无遗恨》，《悼郭老》）

《屈原》演出后，国民党反动派对郭沫若的剧本更是"不愿轻易放过"。

有的剧本根本不准发表上演，如《高渐离》；有的即使演了，立刻禁止，如《虎符》。一个国民党反动文人公开扬言："我对于《屈原》、《孔雀胆》和《虎符》，所以不愿轻易放过的，正因为郭沫若先生列身于抗战阵营，同时又是负责战时宣传工作和文化工作任务的人，他不是一个'为艺术而艺术'者，他懂得宣传，懂得讽刺，更懂得影射，因此，我们不能不从他的观点和他的戏剧所表的意识上加以批评。我希望我的批评能影响郭先生今后的作风。"这个走卒还说："《虎符》一剧，我主张禁演。""《屈原》、《孔雀胆》和《虎符》有一共同点，就是当时居首脑地位的都是糊涂昏聩，而忠良的人都是被小人所陷害。《屈原》的楚王，《孔雀胆》的元王，以及《虎符》的魏王，都是几个莫名其妙的人。同时，陷害忧君爱国的屈原者是郑袖，陷害'英名盖世，心雄万夫'的段功者是车臣铁木儿，陷害'明智而忠信，宽厚而爱人'的信陵君者是魏王。郭先生这三个剧本，何以刚巧有这些共同点？这是偶然的么？"（王健民：《〈屈原〉〈孔雀胆〉和〈虎符〉》，《中央周刊》5卷28期）这个走卒的嗅觉还是很灵的。他嗅到了剧本里的火药味！然而，禁止，是无济于事的。《棠棣之花》、《虎符》、《屈原》、《孔雀胆》等戏，不但在重庆受到了热烈欢迎，而且在成都、泸州、乐山、自贡、内江演出，在桂林、昆明、香港演出，无不受到热烈的欢迎，一时造成很大的声势。剧本由重庆到桂林、香港，后来还在日本、苏联、罗马尼亚、捷克斯洛伐克……演出，同样受到热烈的欢迎，给中国现代戏剧，乃至世界剧坛以深远的影响。剧作家陈白尘曾作过统计，说：

> 抗战后话剧的发展……分为两个时期：前期，1937—1941 年；后期，1941—1945 年。历史剧产生的百分比，在前期占全部剧作的 16%，后期则实增至 34%。（转引自郭沫若：《八年来之历史剧》，载《郭沫若在重庆》）

这个划分固然有政治上的根据，那就是 1941 年，抗战已经由防御转入相持；更有着戏剧史的依据，那就是郭沫若历史悲剧《棠棣之花》、《屈原》等剧和其他剧作家的创作与演出，把戏剧运动推进到一个极盛时期，剧作家增多了，许多本来没有写过剧本的作家写戏了，演出多到无法统计。剧本，单是出版的，我们仅就中央图书杂志审查委员会的剧本审查记录表所记录的统计：从1942年4月起至1943年10月止，就由226种增加到361种。由此可见，《棠棣之花》、《屈原》等历史剧的创作和演出确是中国话剧史上划时代的大事。难怪文学史家们都一致认为，话剧在抗战中走向了成熟，取得了最突出、最惊人的成就。有人说：

> 抗战八年，文学各部门里，戏剧的成绩最高。据我不精确的统计，多幕剧共约一百廿部，数量确实可观的。而我们的剧作者又是压在图书审查和演出审查双重铁闸之下，在这比石缝里的青草还要难于生长的环境里，依然获得这样丰富的成绩，也是值得自傲的。（田进：《抗战八年的戏剧创作》，1944年重庆《出版界》3期）

公平地讲，抗战时期我国话剧事业的空前繁荣和昌盛，与郭沫若的领导和推动是分不开的。郭沫若创作的六大历史悲剧构成了他史剧创作的高峰。于伶同志说得不错。他说："论剧作，爱国的战斗的历史剧本，我国众多的剧作者中间，至今还没有一个人一个作品能望郭老《屈原》的项背，遑论能攀登与逾越这个高峰？"（《悼念郭老·怀念郭沫若同志》第50页）毛主席对郭沫若这一时期的史剧作了极其崇高的评价。他在给郭沫若的信中写道：

> 你的史论、史剧大有益于中国人民，只嫌其少，不嫌其多，精神决不会白费，希望继续努力。（《毛泽东书信选》）

郭沫若的精神没有白费，他的史剧大大激发了广大人民热爱祖国、热爱中国共产党的热情，从而加倍意气风发，斗志昂扬；同时，对于正在衰亡的悲剧尽了起死回生的作用，不但推动了中国现代话剧事业的健康发展，而且获得世界进步文艺界的赞扬。

1942年，苏联大使潘友升看了《屈原》的首次演出后，当即向郭沫若表示："可惜是在战时，否则我一定想法子把你们的全班人马请到莫斯科去。"苏联文化参赞费德林很快写了长篇介绍文字，赞扬郭沫若"是一位写作历史剧的巨匠"，"《屈原》的出现，是近几年中国文坛上的一件重大的事情"。1953年，为配合苏联文艺界举行伟大的爱国诗人屈原逝世2230周年的纪念活动，莫斯科的育摩洛伐剧院终于将《屈原》搬上了苏联舞台，引起了广大苏联人民的高度注意。莫斯科叶尔莫洛娃剧院于 1954 年 1 月 31 日开始上演《屈原》，由俄罗斯加盟共和国功勋演员夫·柯尔恰根扮演屈原，功勋女演员爱·基里洛娃扮演南后，夫·柯密斯萨尔席夫斯基担任导演，功勋美术家夫·雷恩停担任美术装置工作。这一戏剧的演出，受到苏联观众的热烈欢迎。1957 年，郭沫若的《棠棣之花》和《屈原》的罗马尼亚文译本出版了。《屈原》被列为罗马尼亚最古老城市之一斯大林城的国家剧院的上演节目之一。斯大林城国家剧院的第一流演员参加了这个戏的演出。经过一年之久的紧张准备、艰苦劳动，1958 年 9 月 28 日，为庆祝中华人民共和国国庆九周年而演出的《屈原》，获得了极大的成功，鲜明地表达了生活在 22 个世纪以前的诗人屈原的思想。人们称赞屈原是现代中国伟大作家郭沫若用艺术手法描绘的一位忠于祖国和人民，不惜牺牲自己的自由而向人民揭露卖国贼的大诗人。演出后，斯大林城国家剧院决定以这个戏参加"罗马尼亚戏剧节"的演出。他们说："通过这个描写中国人民的一个光荣儿子一生的剧本，我们剧院向伟大的中国人民表示敬意，我们因为有中国人民的友谊而十分骄傲。"1957 年春，捷克斯洛伐克戏剧节演出了《屈原》，先在广播电台所举办的"戏剧晚会"的节目中进行播送，然后在布尔诺国立剧院上演，继之，在首都布拉格捷克斯洛伐克军队中央剧院演出了这个戏。为使捷克斯洛伐克观众易于了解，上演时用了《爱情与叛逆之歌》来作剧名。捷克斯洛伐克军队中央剧院是他们国家最好的剧院之一。剧院对《屈原》的排演非常重视，为了尽量吻合中国舞台面的风格和特色，特地邀请一些东方学家担任顾问。此外，布拉格民族剧院的女演员玛丽娅·布烈索娃和年轻诗人巴维尔·科奥乌特，也应邀参加了工作。他们两人过去都是访华文化代表团的成员，不仅熟悉中国人民的生活方式，而且还在中国舞台上看到过《屈原》。这些演出都获得了成功，给捷克观众留下了深刻的印象，成为中捷两国人民正在发展着的伟大文化的一次新的美妙的结合。近邻日本，对郭沫若的戏剧更是进行了广泛的介绍和演出。早在 20 世纪 20 年代，日本就介绍了郭沫若早期剧作《卓文君》、《王昭君》，并给予极高的评价。从 1953 年起，日本接连出版了须田祯一翻译的《屈原》、《虎符》、《则天武后》、《筑》、《蔡文姬》等剧的单行本。1968年，海燕社出版了《郭沫若史剧集》（三卷本）。1973年，讲谈社又出版了《郭沫若史剧全集》（四卷本），第一卷收《屈原》、《虎符》，第二卷收《棠棣之花》、《筑》，第三卷收《孔雀胆》、《南冠草》，第四卷收《蔡文姬》、《则天武后》、《卓文君》、《王昭君》，各卷还附译者解说。并且就在这一年，前进座剧社首次公演了《屈原》，获得了极大的成功，引起强烈的反响。农村的老太婆们看到南后郑袖，喊着："割掉你的舌头！"观众看到南后握着屈原的侍女婵娟的头发时，就把手里拿着的桔子向台上扔去，不停地骂着："这个女妖精！"桔子也向楚王、张仪飞去。1962年，前进座剧社再次在读卖剧场演出《屈原》，同样受到日本广大观众的极大欢迎，带给日本社会以很大的影响。1972年，中日恢复邦交的时候又一次演出了《屈原》。郭沫若给主演者河原崎长十郎题赠了一首诗：

滋兰九畹成萧艾，枯树亭亭发浩歌。

长剑陆离天可倚，劈开玉宇创银河。

河原崎长十郎同志，为促进中日友好和恢复日中邦交，将于1972年春在日本第三次演出史剧《屈原》，题此以赠，预祝成功。

郭沫若

1971年12月11日

从1952年初次上演时算起，到1972年为止，《屈原》实际上已经突破了500次的上演记录。这在日本，在世界上也是少见的。很快，《虎符》也在日本公演了。1974年，日本"狮子座"剧团公演《虎符》，要求郭沫若写点东西给该团以资鼓励。郭沫若立刻应允，写了一首《江西月》词。

不战不和被动，畏难畏敌偷安。古今反霸反强权，毕竟几只具眼？

却喜信陵公子，窃符救魏名传。如姬一臂助擎天，显示人民肝胆。

郭沫若抗日战争时期所写的六大历史悲剧就这样在中国、在世界上传播着。我们深信，随着中国和世界文化交往的日益发展、日益密切，一定会有更多的国家、更多的人民从郭沫若的历史剧获取营养！

（选自《郭沫若史剧论》，山西人民出版社，1985年）

笑谈《姚雪垠希望身后发表的谈话》

2004年是又一个甲申年！

自然而然地想到了郭沫若的《甲申三百年祭》，同时也不能不想到姚雪垠的《评〈甲申三百年祭〉》，于是乎增强了编辑一本六十年来关于《甲申三百年祭》风风雨雨的文集的决心。和有关部门及有关同志经过几番讨论，定名为《〈甲申三百年祭〉风雨六十年》。书，已由人民出版社于2004年5月正式出版，向国内外发行。

编辑过程中，让人产生诸多感想，不妨先回顾一下姚批《甲申三百年祭》的由来。姚雪垠在毛泽东主席的亲自关心和支持下，于20世纪70年代完成了《李自成》第一卷的写作，由中国青年出版社正式出版。出版前夕，他自称本着"我爱我师，我更爱真理"的精神评论《甲申三百年祭》，写信并将前言一并寄郭沫若。

郭老：

多年不曾趋谒求教，至祈原谅。拙作长篇小说《李自成》第二卷约八十多万字，分为三册，已经印成一部分，春节前可以出版。第一卷分为两册，修订本正在排版中，将跟在第二卷之后出版。各册出版之后，即便寄上，敬请指正。

今寄上第一卷修订本《前言》一稿，请您看看。其中谈到一些历史问题，我没有十分把握。"四人帮"的御用笔杆子们大谈李自成反孔，实际根本没有那么回事儿。李自成正像朱元璋一样，不但不反孔，反而尊孔，使孔、孟为其政治斗争服务。《前言》中关于刘宗敏和李信的评价，和您从前的意见相违，正如西哲之言曰：我爱我师，我更爱真理。

这也算学生同老师争鸣吧。不妥之处,也请赐教,以便改正。《前言》将在月底前发排,希望在发排前能得到您的宝贵意见。

敬颂

大安,并候

立群同志安康!

姚雪垠

1977 年 1 月 19 日

收到姚信时,郭沫若正在生病,健康极其不佳。就是在这种情况下,郭老不但仔细看了他的信,还看了他的部分作品,亲笔给他回了一封很诚恳的信。

姚雪垠同志:

好几年不见面,也没有通消息,昨天突然接到你的一月十九日的来信和《李自成》第一卷修订本的《前言》,真是喜出望外。《前言》,我一口气读完了。我完全赞成您的观点。祝贺您的成功,感谢您改正了我的错误。我渴望着能拜读您的大作,并希望能够看到您的《天京悲剧》——这恐怕是过分的奢望了,您要"七十五岁以后才写出",到那时我已经一百岁,毫无疑问已经化为肥田粉了。

《前言》退还您,在文字上似乎还有三两处错误,我看了用红笔顺便改了。希望校对时注意。

敬礼

郭沫若

1977 年 1 月 22 日

郭沫若的回信应当作怎样的解读,暂且不论。从回信的时间和内容可以清楚地看到,郭沫若的态度是十分认真的,对后辈的关爱是十分诚挚的。姚雪垠的传记作者说:"姚雪垠对郭沫若的这种态度、这种精神,非常感动,也非常敬佩!"

作为学生对老师的争鸣,到此并没有结束。姚雪垠感到在《〈李自成〉第一卷修订本前言》中,对郭沫若《甲申三百年祭》的评论,言犹未尽。为了弄清对明末的历史问题兼批评《甲申三百年祭》，在此之后，他便把自己在这方面的研究成果和看法，写成了一组长达数万字的文章，连续在各种报刊上发表。如他写的《李自成为什么失败》一文，1979年11月至12月曾在香港《文汇报》连载；他写的《论〈圆圆曲〉》一文，1980年在《文学遗产》杂志第一期发表；他写的《评〈甲申三百年祭〉》的长篇论文，1981年在《文汇月刊》第1至3期刊出。

人们不禁要问：姚的"感动"、"敬佩"，到底是真的还是假的？

姚雪垠的"评论"具有很大的挑战性，因而，引起了学术界的愤怒，遭到理所当然的反击！报刊上几乎没有一篇赞成他的观点的文章。笔者也曾撰写了一篇题为《关于〈甲申三百年祭〉的风波》批驳姚的观点。文章发表后，一些当年在重庆工作的老同志给予了我支持和鼓励！文工会的秘书翁植耘先生就来信告知了笔者当年姚的一些情况。现将信的全文恭录如后：

锦厚同志：

一月八日手书奉悉，迟复为歉！因为这段时间多在外地。

驳姚大文我是很赞同和钦佩的。写的很好，有理有节，以理服人。姚这个人是借打击郭老来抬高自己，这是明眼人都看得出的。当年郭老在重庆天官府文化工作委员会向文化界朋友和文工会同志讲过关于李自成的事迹，也提到李岩和红娘子，郭老本来还想把李岩和红娘子的故事写成剧本的。因出于斗争的需要，写了《甲申三百年祭》。讲述时姚也来恭听，座谈时从未听到他有何想法，郭老活着时也从没听到过他向郭老提过只字意见，待郭老去世后却跳了出来，这一点文工会的同志（如钱远锋，解放后任湖北省文化厅厅长，钱亦石之子）曾当面责问过姚，说得姚面红耳赤。您现在继续去搜集材料加以补充，最好能发表到发行面较广的报刊上去，《郭沫若学刊》发行数太小，面太窄了。

关于冯玉祥赞扬《虎符》以及常在《中央周刊》撰文的王健民，我在记忆中已无印象。我向石凌鹤、柳倩、石啸冲、钱远锋、蔡仪、丁正献等文工会同事们面询或函询，还向陆诒（当年《新华日报》记者，与文工会关系密切）面询，他们对上述两个问题都没有印象，估计王健民是一个什么人的笔名。

匆此草复，顺祝

研祺！

翁植耘
1988.2.13

另一位不愿公布姓名的老同志告知来访者唐明中说，姚雪垠此乃报复行为。当年他向郭沫若求字，郭沫若赠了他八个字："千人一面，一面千人。"对此，姚极其不满，记恨在心。

郭沫若的秘书王廷芳在给笔者的信中写道：

《甲申》这场风波我看得很淡，姚公这个人在这问题上是不道德的，他不是完全对着郭老，而是通过这件事发泄对毛主席的不满，因为毛主席当时肯定了这篇长文，我倒要问一句，他的《李自成》不也是毛主席在"文革"中亲自关怀下才写出来出版的吗？这又如何解释？他曾写信给郭老，对《甲申》书中一些史实提出不同看法，郭老在生病的情况下翻阅了当时已出版的书，并写了一封很诚恳的信给他，几乎完全接受了他的意见。这位自称郭老学生的人，在郭老死后，马上对郭老鞭尸，使人吃惊。我看到他和别人打笔墨仗，觉得这个人根本不讲道理。他哗众取宠。我看结果是会搬起石头砸自己的脚。他现在虽已成为大名人，但我不屑和他打笔墨仗，让他自己去表演吧！关于此事，我同意你的意见。

这是摘自王廷芳1988年6月8日写给笔者的信。两封来信，一针见血地揭穿了姚雪垠挑起《甲申三百年祭》风波的真正用心。

姚雪垠可谓一个"与时俱变"的"名利狂"，自从在特定的时期，利用特定的机会，得到毛主席的支持和关心，撰写并出版了《李自成》，顿时昏昏然，飘飘然，更是目空一切，俨然文坛的祖师爷，一会儿教训徐迟，一会儿又教训臧克家，还把矛头对准郭沫若。他非常明白：《甲申三百年祭》，是他抬高自己、吹嘘《李自成》的拦路虎、障碍物，不打倒，不清除，怎么行呢？他先后抛出的《评〈甲申三百年祭〉》一组文章，不但没有达到目的，反而惹火烧身，适得其反。表演到此怎能了结？据说，他曾向党中央写了长信，切盼党出面干预，结果他的期望也落空了。他又怎能甘心呢？等待时机，再寻机会吧！然而，老天不留情，寿命不饶人。他深知活着无法撼动郭沫若及其《甲申三百年祭》，便将希望寄托于身后。于是乎，1994年，他主动约请中国新文学学会会长、姚雪垠研究中心的副主任李复威讲述"他的生平及《李自成》的创作情态"。李复威应约于1994年4月29日、5月17日带着研究生杨鹏去到姚的寓所进行了"叙谈"。李、杨二人一年后根据录音将这次"叙谈"整理成文，到2000年4月15日方才在《文艺报·作家论坛周刊》上，以醒目的大标题《姚雪垠希望身后发表的谈话》予以披露。《文艺报》的编者还以两种字体排版，凡点了郭沫若之名的文字，一律以黑体排印，泾渭分明。这个"专心致志的叙谈"到底叙谈了些什么呢？不妨将黑体排印的点名郭沫若的文字及相关文字摘录于后：

  三中全会以来，我们国家历史小说大量出现，但都是不懂得历史。像我们这么一个传记文学、历史文学都很发达的国家，我们有作家懂历史的传统，但是目前的情况很不好。

  我的小说中牵涉到了郭沫若曾谈到的清兵入关问题。**郭沫若这个人我一生最不佩服。我认为对他的《甲申三百年祭》批判很重要。他说是因为刘宗敏霸占了陈圆圆，清军才入关。其实根本没这事。清兵入关，大顺朝生死存亡，怎么可能因一个妓女误国呢？**再说当时北京烟花女子有的是，这怎么可能呢？那时汉满两民族一场大战，是汉族的大悲剧，不可能归结到一个妓女身上。

  我认为郭沫若是"五四"时代的诗人，而不是史学家。

  我不适合于搞政治，我从来没写过一个字歌颂毛主席。毛主席的确对我个人有帮助。但是，如果中国是个法制健全的国家，我就不需要权威来保护我了。你看英国有哪个作家寻求首相保护，美国有哪个作家要请总统来保护？因此，我从不写一个字来歌颂毛主席。

  我作为在历史上能够存在的作家，我有我许多的特点。第一，我从小青年起，就忠实于历史唯物主义。我对中国革命的路线很有研究，我这两年在研究苏联问题上也有自己的看法。我是个目光四射的作家……

我是先有史学，然后才从事文学的，因为史学在前，所以我有很深的史学底子。梁启超的《清代学术概论》我不知看了多少遍。另外，"五四"以来的几派史学，我都很有了解，像以顾颉刚为主的"正统史学"，对古代史表示怀疑，我认为那是不懂历史唯物主义，对不该怀疑的也怀疑。还有以郭沫若为代表的新思想研究，我也是很了解，当时很佩服，我那时买了一本郭沫若的书，批了一句话，"最心爱的书"。但现在来看，郭沫若的史学，哲学底子不厚，还不如我。

郭沫若逝世后我就给中央写了封一万多字的长信……我这么说，讣告中称郭沫若是个伟大的作家，伟大作家必须有伟大作品，郭沫若的史剧都是现代剧，算不了伟大作品，是不是伟大，需要后人来评。中央说这话太早了。郭沫若在文学界没有多大贡献，在思想上也没有多大创举，因此不够算伟大的思想家。

《李自成》的趣味很丰富，都是有历史来源的。它相当于一部百科全书，这在中国还是首创。"五四"以来，中国小说都是单线发展，复线发展的很少，包括茅盾的《子夜》，也是单线发展，他曾作过复线发展的努力，但失败了。

我认为：历史小说是历史科学和小说艺术的有机结合，现在的历史小说、历史电视剧，都是缺乏历史基础。我一直认为郭老不是历史学家，史学家不能浪漫主义，历史小说是历史科学和小说艺术的结晶体。现在的电视都不值得一提，缺乏科学的研究精神，不是缺乏深度，就是历史知识不够渊博。

综观整个谈话，无外乎千方百计利用各种手法证明：唯我姚雪垠才是"伟大"的作家、"伟大"的历史学家、"伟大"的思想家……《李自成》第一卷"超过了《三国演义》"，《三国演义》在结构上也是"失败"的，《李自成》才是"一部史诗性的长篇"、"百科全书式"的小说，"写出了自古以来官逼民反的规律"，"对长篇小说有突出贡献"。郭沫若么，在文学界没有多大贡献，在思想上没有多大创举，"既不是伟大作家，更不是伟大思想家"……言外之意,还不如陈独秀。陈独秀"对五四新文学的贡献是很大的,许多人是不知道,所以许多人骂他,我却不骂他"。郭沫若没有多大贡献,所以应该骂,我就要骂他。

我们记得非常清楚:《评〈甲申三百年祭〉》发表前,郭沫若逝世不久,1979 年 5 月姚雪垠随中国作家代表团访问日本,26 日还专程到市川市参观了郭沫若旧居,并应市长高桥国雄之请,在纪念册上题诗一首。

> 敬怀郭夫子,驱车来市川。
> 感谢贤市长,相迎须和田。
> 导我吊遗踪,诗碑献花鲜。
> 复至旧居所,小院稍盘桓。
> 脱鞋进屋内,旧居幸保全。
> 市长娓娓语,往事赖口传。
> 郭老二三事,浮现在眼前。
> 殷勤献茶点,闲话更流连。
> 中日两好意,高如富士山。
> 大家敬郭老,情寄屋数椽。
> 郭老居此处,前后共十年。
> 著作何辉煌,才华似涌泉。
> 郭老郭老不可见,事业长留天地间!

我们不禁要问,郭沫若既值不得姚雪垠敬佩,题诗何以要表达"敬意"呢?何以不但此时而且很早就"非常尊敬",并视郭为"导师"呢?据《姚雪垠传》的作者介绍:

> 郭沫若又是姚雪垠从青年时代起就非常尊敬的学者和导师。早在 1927 年大革命失败以后,中国先进的知识分子要解决中国革命道路的理论问题,展开了对中国现代社会性质问题的讨论,展开了对中国古代社会史问题论争时,姚雪垠就认真阅读了郭沫若写的《中国古代社会研究》一书,认为这是用马克思主义的社会发展史观点写出的开创性著作,并在这本书的封面上写下了"心爱的书"四个大字。到 1938 年,

当姚雪垠的代表作短篇小说《差半车麦秸》在香港茅盾主编的《文艺阵地》发表后，郭沫若就在《新华日报》发表评论文章，赞扬短篇小说《差半车麦秸》，并对当时的文坛新秀姚雪垠给予了热情的鼓励和殷切的期望。1943年当姚雪垠到达重庆以后，他又经常去郭沫若家中求教，并在郭沫若家中，应邀参加了周恩来的宴请……

既然如此，何以有了一部《李自成》，态度就发生巨变呢？何以不但对郭沫若如此，而且连毛主席也不尊敬？居然说"我从来没有写一个字来歌颂毛主席"，"我从不写一个字来歌颂毛主席"。这是在说谎。《上毛主席的信》、《我的感激与决心——一九七八年五月在中国文联全委会扩大会议上的发言》、《当代中国文学的光辉道路——纪念〈在延安文艺座谈会上的讲话〉发表48周年》不是歌颂吗？他不但自己"歌颂"，而且还要别人"歌颂"，要求臧克家反映"五七干校"生活，"写好，较有深度也不流于仅仅赞颂劳动生活的愉快，反而能更深刻地反映资产阶级知识分子在'五七'道路上的真实感情，会更有力地歌颂毛主席所指引的五七道路"（转引自徐庆全：《关于臧克家〈忆向阳〉诗作的争论》，《名家书札与文坛风云》）。

毛主席都不歌颂，难道还要尊敬郭沫若吗？不但不能尊敬，还应该骂（见姚雪垠《评〈甲申三百年祭〉》）。骂谁？不骂谁？姚雪垠自有标准，自有他的时机。他说：陈独秀"对五四新文学的贡献是很大的"，"许多人骂他，我却不骂"，"中国人骂李鸿章、骂胡适、骂左宗棠，我都不骂，李鸿章对中国资本主义早期的发展作过贡献，左宗棠保卫过新疆，是个民族英雄，胡适是个文学、理论、红学三位一体的学者，别人骂他们时，我都不骂"。态度是何等鲜明？这些人该骂不该骂暂且不论，唯郭沫若该骂吗？

姚雪垠这番"谈话"为什么要放到身后发表呢？原来他生前企图推翻《甲申三百年祭》、打倒郭沫若的计谋，只不过是"黄粱一梦"，但还是不甘心，只得留在"身后"。这，似乎也是一种十足的阿Q精神吧，实在是可笑啊！

（选自《郭沫若和这几个文学大师》，四川大学出版社，2011年）

杜荃到底是谁？

编者按：《文艺战线上的封建余孽》一文的作者杜荃到底是谁，一直是鲁迅研究工作和中国现代文学史研究工作中的一个悬案，不少同志为此花费精力调查、考证，并取得了一些成果。如，一九七九年十月出版的《西北大学学报（社会科学版）》增刊，刊载了单演义、鲁歌的《与鲁迅论战的"杜荃"是不是郭沫若？》；一九八〇年湖南人民出版社出版的《鲁迅研究文丛》第一辑中刊载了史索的《杜荃是谁》。两文都说杜荃就是郭沫若。这一篇文章的作者是郭沫若著作的研究者，也认为杜荃就是郭沫若。

杜荃到底是谁？

这是研究中国现代文学史的同志都非常关心的问题。过去，不少现代文学史工作者曾经"怀疑"是郭沫若，也为此多次过访了创造社的许多同志，总没找出一个结果来。最近，冯乃超同志在他所写的回忆录《鲁迅与创造社》一文中再次作了慎重的回答。他说："杜荃是不是郭沫若？我过去认为不是的，郑伯奇也认为不是的。但仍有不少的人来访，多半都肯定是郭沫若。我曾试图弄清楚它。由于郭沫若一直在患病，不大见客，是不宜于拿这样的问题在这样的时候去打扰他。拖到一九七七年十一月十六日，我同几个同志到他家里去，看他精神比较好些了，便问他曾否用过杜荃这个笔名。他有点茫然的样子，在回忆后说：他用过杜衎、易坎人……的笔名，杜荃却记不起来了。后来我托他的秘书找出杜荃发表在一九二九年十二月《新思潮》上的那篇《读〈中国封建社会史〉》一文请他看，他看过后说，该文的观点和他的相似，但也没有说这篇文章是他写的。杜荃这个人还没有找出来，问题当然没有得到最后解决。我没有为郭沫若掩盖的企图，文章既然发表在

《创造月刊》以及和创造社有渊源的《新思潮》,则杜荃与创造社有关系的假设,不能说完全没有点根据。《沫若文集》还在,新版将要重新编辑,将来可能找出结论来。"①

从这段文字,我们可以看出,冯乃超同志不但希望把这个大家关心的问题弄清楚,而且作了很大的努力。冯乃超同志虽然没有把结论找出来,却为我们找出结论提供了可喜的线索。这是应该感谢的。

下面,就让我们根据冯乃超同志所提供的"根据"找一找杜荃这个人到底是谁吧!

先来一个简单的比较

"该文的观点和他相似","杜荃与创造社有关系"。这是冯乃超同志的回忆文章肯定而又慎重地告诉了我们的。让我们把"该文的观点"和郭沫若当时所写的关于这方面的文章作一个简单的比较,看看"相似"到什么程度?看看杜荃和创造社有怎样的关系?

杜荃的文章开头说:

对于未来社会的展望每每要求我们回顾过往的轨迹。……(文字下面的"。"为引者加,下同)

……因为中国的旧人们有句口头禅,便是"我们的国情不同"。……

我们的课目应该有一道是:要来使他们看看中国的情形究竟同也不同②!

郭沫若当时不正是在进行这个"课目"的研究么!他在一九二九年九月二十日夜所写的《中国古代社会研究·序》文的开头则说:

对于未来社会的展望逼迫着我们不能不生出清算过往社会的要求。……

中国人有一句口头禅,说是"我们的国情不同"。这种民族的偏见差不多各个民族都有。

……

我们把中国实际的社会清算出来，把中国的文化，中国的思想，加以严密的批判，让你们看看中国的国情，中国的传统，究竟是否两样！

对于未来社会的展望逼迫着我们不能不生出清算过往社会的要求③。

看，"观点"是何等"相似"，就是表达方式及其用语，不都几乎一样么！

杜文说：

……我自己目前的题目是中国的民（氏）族社会向奴隶制度更向封建制的转移，已经研究得稍有头绪，是正想向封建社会突进的。

郭沫若在《周金中的社会史观·余论》里则说：

我的目的在证明周代上半期是奴隶制度，同时也举出了它的并非封建制度的反证。

这个奴隶制度的研究，本来是一个很大的命题。而这个命题从来也不曾有人着手。所以单是在文献上搜集材料，都还要费你一番工夫。我这儿所论列的只是一点发凡，然而我自信我这个观点是十分正确。我想凡是无成见的人，见到本篇所举的一些古物上的证明，当然会不以我为夸诞⑤。

看，"观点"又是何等"相似"，简直可以说完全一致。

杜文说：

Marx 在他的《政治经济学的批判》的序上说：

大体上亚细亚的（即氏族社会），古典的（即希腊罗马的奴隶制），封建的，及近代资本家的生产方法，是可以作为经济的社会体制之发展的阶段。

这四种是必经的阶段。据笔者的研究，周代正和希腊罗马之古代相同，是奴隶制，当时的所谓"封建诸侯"其实多是自然发生的王国。中国的真正统一在秦始皇廿六年兼并天下画一制度权衡文书以后！！！此事余当别有专文，今不能详尽。要之要论周代，靠孔孟诸人的伪作是要上当的！！！⑥

这段文字所阐述的观点，不仅和郭沫若当时的观点完全一致，而且和郭沫若当时的行动也完全相符合。

郭沫若不是公开宣称他的《中国古代社会研究》一书是恩格斯的《家族私产国家的起源》的"续篇"么？他在"序"文中说：

> 本书的性质可以说就是 Engels 的"家族私产国家的起源"的续篇。
>
> 研究的方法便是以他为向导，而于他所知道了的美洲的红种人，欧洲的古代希腊罗马之外，提供出来了他未曾提及一字的中国的古代。
>
> Engels 的著书中国近来已有翻译，这于本书的了解上，乃至在"国故"的了解上，都是有莫大的帮助。
>
> 谈"国故"的夫子们哟！你们除饱读戴东原王念孙章学诚之外，也应该要知道 Marx，Engels 的著书，没有唯物辩证论的观念，连"国故"都不好让你轻谈。
>
> 然而现在却是需要我们"谈谈国故"的时候⑦。

他又在《社会发展阶段之再认识——关于论究所谓"亚细亚生产方式"》一文中说：

> 要之，作为社会发展之一阶段的所谓"亚细亚的生产方式"是奴隶制以前的一个阶段的命名，这是不能和泛论亚细亚的生产方式相混同的。"亚细亚"中不止一个国家，各个国家的历史动辄是几千年，不能够说这几千年来的一般的生产方式都在希腊罗马式以前。尤其我们中国，其前资本主义的各个阶级是在罕受外来影响的状态之下自然发生出来的，几千年来有一贯的历史。这正是研究社会进展史的绝好的标本。如就中国这个标本研究的结果，没有经历过"亚细亚的""古代的""封建的"那些阶段的痕迹，索性可以说马克思理论不正确。然而经我们研究的结果，我们中国正典型地经历了这些阶段。主要的是要有新材料的占有与旧材料的批判。（着重号"·"为原作者所加。——引者）近来有好些信奉马克思理论的人对于这一层毫不过问，只是无批判地根据着旧材料的旧有解释，以作中国社会史的研究而高调着中国的特异性，这一种根本的谬误是应该彻底清算的⑧。

看，三篇文章的思想是多么一贯啊，都是对"我们的国情不同"的批判。

杜文说自己以马克思、恩格斯的著作为"向导"研究中国古代社会已有"头绪","周代正和希腊罗马之古代相同,是奴隶制","此事余当别有专文"。

试想:当时的创造社成员和与创造社"有渊源"的人中,谁在从事中国古代社会的研究,谁有"专文"呢?不是只有郭沫若吗?!一九二八年至一九三〇年,是郭沫若翻译了马克思的名著《政治经济学批判》;又是郭沫若以此为"向导"研究中国古代社会已有"头绪",先后写出了"专文"。

《中国社会的历史的发展阶段》,作于一九二八年十月二十八日,发表于同年的《思想月刊》第四期上,署名为杜顽庶;

《周易的时代背景与精神生产》,发表于一九二八年十一月十日及十一月二十五日出版的《东方杂志》第二十五卷第二十一号和第二十二号上,署名为杜衍;

《诗书时代的社会变革与其思想上的反映》,发表于一九二九年四月二十五日及五月五日出版的《东方杂志》第二十六卷第八号和第九号上,还是署名杜衍;

《卜辞中之古代社会》写成于一九二九年九月二十日,《周金中的社会史观》写成于一九二九年十一月七日,后来直接收入一九三〇年一月二十日初版的《中国古代社会研究》一书。

所有这些文章,都是以马、恩著作为"向导"写成的,不正是杜文中"有了头绪"、"余当别有专文"的最好注释吗!杜文还说,研究中国古代社会的材料"靠孔孟诸人的伪作是要上当的"。这也完全是郭沫若的经验教训之谈啊!他不是在当时所写的那些"有了头绪"的"专文"中一再说:

> 中国的社会固定在封建制度之下已经二千多年,所有中国的社会史料,特别是关于封建制度以前的古代,大抵为历来御用学者所湮没,改造,曲解⑨。

> 我们现在也一样地来研究甲骨,一样地来研究卜辞,但我们的目标却稍稍有点区别。我们是要从这古物中去观察古代的真实的情形,以破

除后人的虚伪的粉饰——阶级的粉饰。……我认定古物学的研究在我们也是必要的一种课程,所以我现在即就诸家所已拓印之卜辞,以新兴科学的观点来研究中国社会的古代⑩。

由诗书易的研究,我发觉了中国的殷代还是氏族社会。这由卜辞的研究已得到究极的证明。周代的社会历来以为是封建制度,然与社会进展的程序不合,因在氏族制崩溃以后,必尚有一个奴隶制度的阶段,即国家生成的阶段,然后才能进展到封建社会。就我所见周代的上半期正是奴隶制度。学者狃于儒学托古改制的各种虚伪的历史,虚伪的传说,以及数千年来根深蒂固的传统观念,大以此说为不然。

……

真实的要阐明中国的古代社会还须要大规模的作地下的挖掘,就是要仰仗"锄头考古学"的力量,才能得以最后的究竟。这事在目前当然是俟河清之无日。然在目前有一件不可缺少的事情便是历代已出土的殷周彝器的研究。

……

然而这些古物正是目前研究中国古代史的绝好资料,特别是那铭文,那所记录的就是当时的社会的史实。……我们可以短刀直入地便看定一个社会的真实相,而且还可以判明以前的旧史料一多半都是虚伪⑪。郭沫若的这些经验教训之谈正好是杜文"靠孔孟诸人的伪作是要上当的"的具体阐述。

从上述比较中,读者可以非常清楚地看到,杜荃的《读〈中国封建社会史〉》一文和郭沫若的《中国古代社会研究》一书的"观点"是多么一致,连许多用语以及表达方式都几乎完全一样。一九二九年前后,创造社同人及与其有渊源的人物中,我们可以十分肯定地说,除了郭沫若,实在是再也找不到第二个更相似的人了。

再来一个简单的比较

上面我们已将杜荃和郭沫若的历史观点作了一个简单的比较,下面,让我们再看看杜荃在《创造月刊》上所发表的《文艺战线上的封建余孽》一文的观点和郭沫若当时关于鲁迅的观点又如何呢？

杜文在"发端"里说：

> 鲁迅的文章我很少拜读，提倡趣味文学的《语丝》更和我没缘⑫。

郭沫若在与此同时或前后所写的有关提到鲁迅的一些文章里则多次说：

> 我自己很抱憾，平生不曾和鲁迅见过一次面。多少挟着些意气作用，在他的生前我也很少读他的作品。一直到他逝世的以后，当时我还陷在日本，靠着朋友的帮助替我搜集了他的遗作的一部分，我才零碎地读了一些⑬。

> ……但我自己也委实傲慢，我对鲁迅的作品一向很少阅读⑭。

看，这里不仅"观点和他相似"，就是文风也很"相似"啊！

杜文在"未读以前的说话"一节里说：

> 在未读这篇随感录以前我的鲁迅观是：

> 大约他是一位过渡时代的游移分子。他对于旧的资产阶级的意识已经怀疑，而他对于新的无产阶级的意识又没有确实的把握。所以他的态度是中间的，不革命的——更说进一层他或者不至于反革命⑮。

郭沫若在这先后的文章中则写道：

> 语丝派的"趣味文学"是资产阶级的护符，初梨已经把它解剖得血淋漓地，把它的心肝五脏都评检出来了。

> 但是语丝派的不革命的文学家，我相信他们是不自觉，或者有一部份是觉悟而未彻底。照他们在实践上的表示看来倒还没有甚么积极的反革命的行动⑯。

这和杜荃在未读《我的态度气量（器量）和年纪》之前的观感一样。杜荃读了之后的观感变了，又恰如郭沫若一九三〇年读了鲁迅所写的《我和〈语丝〉的始终》一文后，立即写了一篇叫做《"眼中钉"》的文章一样。如他所说：

> L. 兄把《萌芽月刊》第二期中鲁迅先生的《我和〈语丝〉的始终》一篇文章剪寄了给我，我读了。

这篇文章虽是随意的叙述,却颇有意义。因为我们在这儿可以看见一个小团体内起了自我批判,鲁迅先生对于"语丝派"的以往的关系,及"语丝派"的各个成员在社会上所演的脚色,我们算得到了一个具体的认识,虽然有些地方还不免朦胧。而且鲁迅先生要算是超克了"语丝派"的这个阶段得到了一个新的发展了⑰。

研究一下这三段文字,观点相似,笔调如一,谁能否认呢?!

杜文中还特别以"一个插话"为题,写了一件文坛逸事来讥讽鲁迅先生。插话不长,照抄如下:

在五六年前一位无政府主义的盲诗人爱罗新珂到中国的时候,鲁迅兄弟是很替他捧场的。

这位盲诗人有一次去看北大学生演剧,他还看(?)出了那舞台上的种种缺点。

这是很有趣的一段逸事。这诗人假使不是真盲,那就是他(或者翻译者)所用的字汇太疏忽了。

结果果然有一位北大学生提出抗议,在晨报副刊做了一篇爱罗新珂的盲视(题目是否这样我记不确实了)。

这便恼怒了我们那位周作人大师。他大发雷霆,责骂那位学生,说不该拿别人身上的残疾来作奚落的资料。……

你看这是多么"相同的气类"呢?

"这传统直到五(六)年之后,再见于"鲁迅先生的随感⑱!

用这样一件"有趣的逸事"来讥讽鲁迅先生,构思是巧妙的。郭沫若笔下也不止一次提到周氏兄弟,都是怎样说的呢?请看:

在当时的所谓《语丝》也,所谓"创造"也,所谓周鲁也,所谓成郭也,要不过一丘之貉而已!说得冠冕一些是有产者社会中的比较进步的"因迭里根洽"(知识分子——引者注)的集团,说得刻薄一些便是旧式文人气质未尽克服的文学的行帮和文学的行帮老板而已。成郭对于周鲁自然表示过不满,然周鲁对于成郭又何尝是开诚布公?(例如周作人先生便刻薄过成仿吾是苍蝇。)始终是一些旧式的"文人相轻"的封建遗习在那儿作怪,这是我自己在这儿坦白地招认的⑲。

创造社同人对于鲁迅并无怨嫌。成仿吾在当年从事批评的时候,他严烈地批评过周作人和文学研究会的某些朋友们,倒是事实,因此他被周作人讥诮为"苍蝇",而被其他的人们斥骂为"黑旋风李逵"。凡是稍通文坛掌故的人,这些故事是容易回忆起来的⑳。

联系文坛掌故认真研究一下这几段文字,也是很有趣的,可以窥见两者还是颇有"相似"之处啊!用不着再比较了,杜荃所写的《文艺战线上的封建余孽》一文和郭沫若当时或前后所写的文学方面的论文的"观点"仍然是很"相似"的,用语和笔调也非常一致。

一些粗略的考察

经过以上两个简单的比较,"结论"是非常明显的。为了慎重起见,让我们再从以下几个方面作些粗略的考察吧!

一、从郭、杜文章写作的性质和情况看:

众所周知,郭沫若亡命日本后,为了战斗,他不仅继续从事革命文学的创作,而且还开辟了史学的新领域。正如他自己所说:

我所写的东西,不是文学作品便是历史研究,乃至如甲骨文、钟鼎文那样完全骨董性质的东西㉑。

一九二八年八月十日出版的《创造月刊》第二卷第一期上发表的杜荃的题为《文艺战线上的封建余孽》一文,是一九二八年关于革命文学论战中一篇很有代表性的文章,比较全面、集中地代表了创造社、太阳社的参加论战的同志的观点。而一九二九年十二月十五日出版的《新思潮》第二、三期合刊上发表的杜荃的题为《读〈中国封建社会史〉》一文,则是一九二九年史学领域关于中国社会性质论战中一篇很有代表性的文章,比较全面、集中地代表了革命的、进步的史学工作者的观点。两篇论战性的文章,以同一署名先后发表在创造社或与创造社有渊源的刊物上,与郭沫若的身份(创造社的领导)、自己所叙述的行动是完全符合的,乃至写作风格都是完全一样的。杜荃的《文艺战线上的封建余孽》一文以"发端"作小标题开头叙述写作缘由，与郭沫若当时所写的《中国古代社会研究·第一篇 周易的时代背景与精神生产》、《反正前后》、《创造十年》都以"发端"作小标题开头叙述写作缘由一样。署名杜荃的《读〈中国封建社会史〉》一文末尾的写法是：

  1929，5，2. 在XYZ

再看看郭沫若同年发表在与创造社有渊源的《思想月刊》第四期上的《中国社会的历史的发展阶段》一文末尾的写法：

  28. Oct. 1928. Japan

两者不是又很"相似"么？为什么都用一些外文来标明写作的地点或时间呢？这同样是一种障眼法，与郭沫若当时使用不同的笔名完全是一个道理。

更值得注意的是"封建余孽"一词，似乎也是郭沫若当时常用的特有词汇。他在《反正前后》里写道：

  ……那儿的学生都是一些封建余孽，上学下学都坐轿子，有的还带着跟班。（该书222页）

他在《创造十年》里又写道：

  仿吾的那封介绍信不投交，我的著译契约也不缔订。可怜的那几个封建余孽！他们竟想把民厚里当成首阳山；不过那时候已经不是伯夷、叔齐，而是加上仲雍了。（该书152页）

二、从郭沫若当时使用过的笔名看：

大革命失败后，郭沫若遭到独夫民贼蒋介石的通缉，行动很不自由，为了继续战斗，不得不改名换姓。据调查，一九二八年到一九三〇年，郭沫若先后用过高汝鸿、易坎人、麦克昂、杜顽庶、杜衎、杜衍等笔名。后来，他对自己在那时所使用笔名的情况作过如下说明：

  我开始在国内重新发表文章时还不敢用本名。朋友们想来还记得吧？我的关于《易》、《诗》、《书》的那两篇研究，最初发表在《东方杂志》上，用的是杜衎的假名。《石炭王》、《屠场》、《煤油》，用的是易坎人。这些假名的用意是这样的。我的母亲姓杜，而我母亲的性格是衎直的，我为纪念我的母亲，故假名为杜衎。我自己是一个重听者，在班疹伤寒痊愈之后，虽然静养了一年，而听觉始终只恢复到半聋以下的程度。《易经》上的坎卦，其"于人也为聋"，故我这个聋子便取名为易坎人。据懂侦探术者说：一个人取假名，总是和自己的真名有点联带的；但我敢于说，无论怎样高明的侦探，看到这杜衎和易坎人便知道是郭沫若，我相信是绝对不会有的吧。

……

当我把《卜辞中的古代社会》写好之后，我便起了一个心，想把那些关于古代文物的研究，汇集成为一部书。于是我又赶着写了一篇《周金中的社会史观》，便集成了一部《中国古代社会研究》。这书便由出版者用我的本名发表了，于是一时成为哑谜的杜衎又才出现了原形㉒。

在行期未定之前，我不甘寂寞地也写过一些文章，是用麦克昂的变名发表的。……我这"麦克"是英文 maker（作者）的音译，"昂"者我也，所以麦克昂就是"作者是我"的意思㉓。

郭沫若当时使用的这些笔名与杜荃的名字有关系吗？回答：有。杜衎，郭沫若自己作过解释。杜顽庶，没作解释，但其含义是显而易见的。庶者，民也。顽庶者，顽民也。殷代不是称不甘心征服者为顽民么，这里大概是取其义以反抗蒋介石的通缉吧。"荃"，是伟大爱国诗人屈原在作品《离骚》中用来比喻自己节操的词汇，它和"衎"的意思相仿。郭沫若从小就很热爱屈原，推崇屈原，常以屈原自况。屈原当年被放逐，郭沫若当时被通缉，情景不是类似么？郭沫若以屈原自喻的"荃"草取名自励不是很自然的么？杜荃，当时既写文学方面的文章，又写历史方面的文章，与郭沫若所叙自己当年的情景也完全一致。这大概不会是巧合吧？杜荃在自己文章的末尾特别写上"XYZ"的地方，笔者认为与"麦克昂者，作者是我"有关。两者联系起来看：作者是我郭沫若，你蒋介石要通缉我，不行。这也体现了郭沫若的反抗精神。

三、从创造社同人当时所写的文章或以后的回忆看：

郭沫若对创造社一向是非常"爱护"的。如他自己所说：

我是爱护创造社的，尤其爱护创造社在青年中所发生的影响，因此我想一面加强它，一面也要为它做些掩护的工作㉔。

创造社同人对郭沫若也是非常关心的。一九二八年二月，郭沫若虽然亡命日本了，但与创造社同人仍然保持非常密切的联系。郭沫若以各种笔名写文章（文学与历史的都有），发表文章，去"加强"和"掩护"创造社；创造社则每月如数寄给郭沫若一百元生活费，支持他的斗争。李初梨同志就这样说过：

> 譬如他初去日本时，经常写信来指导我们在上海的工作㉕。

郭沫若在《中国古代社会研究·解题》中特别说了这样的话：

> 本书之出版全靠 L. 兄之督促斡旋，各种参考书籍的搜集也多靠他，我特别向他感谢㉖。

由此可见，郭沫若与创造社的关系仍然是密切的，犹如在国内一样。革命文学论争那么大的事，他能一点都不过问，不"指导"么？

值得注意的是，鲁迅以笔名黄棘在一九三〇年四月一日出版的《萌芽月刊》第一卷第四期"社会杂观"栏上发表了题为《张资平氏的"小说学"》一文后，张资平不久便写了反扑文章，题为《答黄棘氏》。文中十分肯定地写道：

> 现在要正告黄棘氏，不要不读书而尽去"援中国的老例"。假如英文教师同时对外国史有研究，当然可以教外国史；国文先生对伦理学有素养，也未尝不可以担任伦理学。"二重的反革命者"，"封建的余孽"，"不得志的 Fascist"（见麦克昂氏的《批评鲁迅的我的态度气量和年纪》），尚可以转化为革命文学的先锋！这就是唯物论的辩证法！黄棘氏知道否㉗？

读者同志，张资平之所以在自己的反扑文章里引用杜荃（即麦克昂）批判鲁迅的文字作立论的根据，那是因为他自觉最有说服力，鲁迅当时已被公认为左翼文艺运动的领袖了；同时又因为那时批判鲁迅的杜荃（即麦克昂）是创造社，也是文化界有威望、有影响的重要人物郭沫若。

四、从鲁迅对杜荃文章的反应看：

鲁迅对杜荃文章的反应是相当强烈的。他在《三闲集·序言》等文中，一再加以驳斥，并计划选入自己要编的《围剿集》里。后来因为种种原因，《围剿集》没能编辑成功。他在一九三四年五月十五日给杨霁云的信中含蓄地指出了郭沫若化名攻击过自己。鲁迅写道：

> 集一部《围剿十年》，加以考证：一、作者的真姓名和变化史；二、其文章的策略和用意……大约于后来的读者，也许不无益处。但恐怕也不多，因为自己或同时人，较知底细，所以容易了然，后人则未曾亲历其境，即如隔鞋搔痒……
>
> 二则，这类的文章，向来大约很多，有我曾见过的，也有没有见过的，那见过的一部分，后来也随手散弃，不知所在了。大约这种文章，在身受者，最初是会愤懑的，后来经验一多，就不大措意，也更无愤懑或苦痛。我想，这就是菲洲黑奴虽日受鞭挞，还能活下去的原因。这些（以前的）人身攻击的文字中，有卢冀野作，有郭沫若的化名之作，先生一定又大吃一惊了罢，但是，人们是往往这样的。

查郭沫若的"化名之作"中，只有"杜荃"的《文艺战线上的封建余孽》一文对鲁迅进行了"人身攻击"，看来，鲁迅当时是很了解杜荃就是郭沫若的。

笔者在一个偶然的机会里，还就杜荃是否为郭沫若一事请教过创造社的段可情老人。他很直率地说：在他的记忆中杜荃似乎就是郭沫若的笔名。

从以上的考察看，应该说，"结论"已经找出来了，杜荃确是郭沫若。

几句结束语

实事求是地弄清楚杜荃就是郭沫若，了结中国现代文学史上的一桩悬案，这丝毫也不影响郭沫若的伟大，也丝毫不影响鲁迅和郭沫若"'相声相应，同气相求'的"战斗友谊。我们十分清楚地知道：鲁迅生前，郭沫若和他曾因为"素不相识，而又相隔很远"，往往难于"摩触到"对方的"真意"，更加之反动派的残酷迫害、行动很不自由、各种是非之徒的拨弄、各种文坛纠纷造成的误会等等极其复杂的历史的和个人的原因而产生过"纠纷"，进行过"笔战"，甚至"笔墨相讥"。这在当时是毫不足怪的，何况两位新文化运动的领袖"大战斗总是为着同一目标"的,而在"为着同一目标"的"大战斗"中相互谅解、相互支持的佳话也不少。如联名抗议英帝国主义对中国人民的血腥屠杀;领头创办刊物,更加向旧社会进攻……确实"决不日记着个人的恩怨"。这是多么崇高的品质啊!鲁迅逝世后,为了宣传并捍卫鲁迅的革命精神,郭沫若曾进行过一系列英勇、顽强的斗争,做出了不可磨灭的贡献!中华人民共和国成立前,他先后写了《不灭的光辉》、《民族的杰作》、《鲁迅并没有死》、《雅言与自由》、《追慕高尔基》、《啼笑皆非》、《告鞭尸者》、《驳说儒》、《庄子与鲁迅》、《鲁迅与王国维》、《鲁迅和我们同在》、《冷与甘》、《用鲁迅韵书怀》等几十篇不同形式的文章,坚决而又有力地驳斥了苏雪林、胡适、梁实秋、林语堂之流对鲁迅及其作品的诬蔑和歪曲,雄辩地宣传了鲁迅的革命精神及其影响。中华人民共和国成立后,他更是努力地、正确地宣传、捍卫了毛主席对鲁迅的科学的评价,反复号召人们向鲁迅学习。值得特别注意的是,郭沫若不仅自己真心实意、身体力行地学习鲁迅,而且还一再教育自己的子孙后代学习鲁迅。笔者去冬今春在沙湾、乐山、流化溪、五通桥一带走访郭沫若的亲友时,就曾有幸在他的一位亲属那里,看到他在病重的一九七八年春天寄出的题词:

俯首甘为孺子牛,

横眉冷对千夫指。

这是在新形势下,结合实际,对鲁迅精神的灵活运用。可以说,这个题词是郭沫若留给自己的子孙的遗嘱,他的子孙也决心按照他的遗嘱办。从这里更可以看出郭沫若对鲁迅的真情实感、热烈拥戴。今天,我们除了学习郭沫若献身无产阶级革命事业、为共产主义奋斗终生的革命精神,还应该学习他宣传和捍卫、继承并发扬鲁迅精神的崇高品质,真正沿着这两位新文化运动的旗手指引的道路前进,为实现四个现代化做出应有的贡献!

一九七九年春初稿于成都

一九七九年夏二稿于成都

一九八〇年春三稿于成都

注释：

① 冯乃超：《鲁迅与创造社》，《新文学史料》1978年第一辑。

②④⑥ 杜荃：《读〈中国封建社会史〉》，见1929年12月15日出版的《新思潮》第二、三期合刊。

③⑦⑨ 郭沫若：《中国古代社会研究·序》，1930年5月20日上海联合书局3版。

⑤⑪ 郭沫若：《周金中的社会史观》，见《中国古代社会研究》，版本同注③。

⑧ 郭沫若：《社会发展阶段之再认识——关于论究所谓"亚细亚的生产方式"》。

⑩ 郭沫若：《卜辞中之古代社会》，见《中国古代社会研究》，版本同注③。

⑫⑮⑱ 杜荃：《文艺战线上的封建余孽》，见1928年8月10日出版《创造月刊》第二卷第一期。

⑬ 郭沫若：《蒲剑集·庄子与鲁迅》，见《沫若文集》第12卷，1959年人民文学出版社版。

⑭ 郭沫若：《历史人物·鲁迅与王国维》，见《沫若文集》第12卷。

⑯ 郭沫若：《留声机的回音——文艺青年应取的态度的考察》，见《文艺论集续编》，1931年9月，上海光华书局印行。

⑰⑲ 郭沫若：《"眼中钉"》，见1930年5月出版的《拓荒者》月刊第四、五期合刊。

⑳ 郭沫若：《天地玄黄·封建的问题》，见《沫若文集》第13卷。

㉑㉒ 郭沫若：《海涛集·我是中国人》，见《沫若文集》第8卷。

㉓㉔ 郭沫若：《海涛集·跨着东海》，见《沫若文集》第8卷。

㉕ 李初梨：《我对于郭沫若先生的认识》，见延安《解放日报》1941年11月18日。

㉖ L兄，指李一氓。

㉗ 张资平：《答黄棘氏》，见史秉惠编、章锡琛发行，1933年4月现代书局初版、1936年7月开明书店3版的《张资平评传》。

附：

《洛浦》月刊和张资平的《答黄棘氏》

岳 首

王锦厚同志在《杜荃到底是谁》中引了张资平的《答黄棘氏》一文中的话，说明杜荃即是麦克昂，也就是郭沫若，这是很有力的证据。

张资平的《答黄棘氏》，王锦厚同志是据史秉惠编、章锡琛发行的《张资平评传》看到的。其实这篇《答黄棘氏》，最先是发表在《洛浦》月刊创刊号上的。

《洛浦》月刊创刊号，据版权页所注明，是于一九三〇年五月一日出版的，编辑者为"洛浦月刊社"，发行者为"乐群书店"，编辑者的地址也标明是"上海北四川路乐群书店"。这就说明，《洛浦》月刊是乐群书店编辑并发行的，而乐群书店又是张资平开办的。张资平开办乐群书店是为了兜售色情文化，贩卖他自己写的三角、四角以至多角的恋爱、色情小说。这《洛浦》月刊，笔者现在看到的只是创刊号，很可能也只出了这一期。为使读者能对这个刊物有所了解，现把这一期的目录抄在下面：

十字街头的印度革命　　　　　　　　　　　　师　陶
裁减军备与欧洲联邦　　　　　　　　　　　　金平　译
什么是政治经济学　　　主讲者　史谛班诺夫　陆一远　译
苏联"五年经济计划"　　　　　　　　　　　　扶　云
　　附录　五年统计表
资本主义前期经济学说的分析　　　路平　著　张矗　译
未生者之死　　　　　　　　　　　　　　　　影　芦
车轮　　　　　　　　　　　　　　　　　　　秋　枫
是人吗？　　　　　　　　　　　　　　　　　朱上仁
诗四首　　　　　　　　　　　　　　　　　　罗晓魂
怎样取得贵家小姐　　　　　　　　　　　　　马　宁
从列宁到鲁迅　　　　　　　　　　　　　　　阿　Q
中国普罗文学运动的危机　　　　　　　　　　周毓英
答黄棘氏　　　　　　　　　　　　　　　　　张资平
中国农民占有土地之百分率

这刊物大概印得不多，当时也不易见到，所以夏衍同志在一封信中说，在他的"记忆中未听到或看到过这个杂志"。其实，它出版后，在左联的刊物中是有反应的。如一九三〇年五月二十一日出版的《巴尔底山》第一卷第五号中刊载了谷荫（朱镜我）的《徘徊在十字街头的，究竟是谁?》，一九三〇年六月一日出版的《新地月刊》（即《萌芽月刊》第一卷第六期）中在"社会杂观"栏里刊载了木林的《取消主义，甘地主义，国民会议，帝国主义》，都指名驳斥了《洛浦》创刊号中刊载的师陶的《十字街头的印度革命》中所散布的"取消主义"观点。《新地月刊》中刊载的冯乃超的《中国无产阶级文学运动及左联产生之历史的意义》也批驳了周毓英在《洛浦》创刊号上发表的《中国普罗文学运动的危机》的错误观点。

这一期《洛浦》中有两篇攻击鲁迅的文章，一篇是署名阿Q（陈勺水）的《从列宁到鲁迅》，一篇是张资平的《答黄棘氏》。这篇《答黄棘氏》的妙文，既提供了杜荃是郭沫若的重要证据，又可作为学习鲁迅的《张资平氏的"小说学"》（收入《二心集》）的参考资料，不可多得。为存史料，全文照录如下：

答黄棘氏

张资平

黄棘氏！

荷马没有"史诗作法"，莎士比亚也没有"戏剧学概论"，当然张资平氏也没有独创的"小说学"。但是黄棘先生有什么权力禁止我编"小说学"的讲义呢？

有许多作家可以抄日本的普罗艺术教程编成文艺讲座。张资平剽窃Hamilton, Perry, Horue等的小说研究内的材料编成讲义介绍给中国的青年，也值得黄棘氏这样费力去指摘么？

玄珠有小说研究的"ABC"，郁达夫氏也有"小说论"，我在某私立大学曾介绍过。现在我也打算编一部"小说学"。出版之后，不要又害黄棘氏跳了起来，脸红耳热地再写文章啊。

的确，今春大夏大学当局曾托人来说要我去担文学方面的功课，建设大学也是一样向我说过。《申报》的编者竟将此项消息登出，气得黄棘氏酸酸地赶快写了《张资平氏的小说学》一篇名文出来。

黄棘氏！请你宽心，在你未写这篇名文之前，我已经把大夏、建设两大学的聘书退回去了。因为当时发生了特别事故,不能说。这是对不起两大学的。(在一九三〇,二,一〇日退回去的。比黄棘氏写这篇名文时前十二天。)

黄棘氏!你这样留神于报章的广告,几使我疑你和黄自平是同一人。假如我猜错了,那真是双黄前后相辉影啊!老实告诉黄棘氏,我不在《萌芽》上读到你的这篇名文,我还不知道《申报》有过这个消息的报告呢。敬谢黄棘氏,这样关心于我的起居啊。

现在要正告黄棘氏,不要不读书而尽去"援中国的老例"。假如英文教师同时对外国史有研究,当然可以教外国史;国文先生对伦理学有素养,也未尝不可以担任伦理学。"二重的反革命者","封建的遗孽","不得志的Fascist"(见麦克昂氏的《批评鲁迅的〈我的态度气量和年纪〉》)尚可以转化为革命文学的先锋!这就是唯物论的辩证法!黄棘氏知道否?

可惜黄棘氏还在写有"轻浮态度"、"故意歪曲"(见《萌芽》第一号之《萌芽启事》)的文章,实在没有资格向《萌芽》投稿啊!然而主编《萌芽》的鲁迅大爷(引用杨邨人氏主编之《新星》里面的惯用语,非我之独创)也就以"同窗"、"同事"、"同学"……的关系,把黄棘氏的文章发表了。"呜呼","鲁迅大爷有了福了",有许多"同学"、"同帮"、"同……"前呼后拥,"拔步飞跑",从"北新书局"跑出来,又跑向"光华书局"里面去了!"呜呼",冰生于水,青出于蓝,"轻浮态度"、"故意歪曲"的文章其初也可以由北新,其继也可以由光华换稿费啊!有了稿费,"绍兴酒"半坛,喝得"醉眼陶然"!

(原载一九三〇年五月一日出版的《洛浦》月刊创刊号,后收入《鲁迅研究资料》第七辑,天津人民出版社,1982年)

闻一多的历史功勋

你是一团火，
照彻了深渊；
指示着青年，
失望中抓住自我。

你是一团火，
照明了古代；
歌舞和竞赛，
有力猛如虎。

你是一团火，
照见了魔鬼；
烧毁了自己！
遗烬里爆出了新中国[①]！

朱自清先生在怀念闻一多的集会上朗诵着这样的诗篇。可以说，它就是诗人、学者、战士闻一多的写照。凭着它，可以认识闻一多的伟大人格和全部诗文。

---

① 朱自清：《挽一多先生》，《朱自清全集》第5卷，江苏教育出版社1988年版。

在诗坛上的独特地位

新诗诞生于"五四"文学革命的初期,实际上充当了各种形式文学变革的先导,含有深刻的反封建的意义。在新诗的发展过程中,闻一多以自己多方面的努力成为对中国现代诗的开展有最大贡献的少数巨匠之一。乔木说:

> 要在中国现代的诗人中,找出能像他这样联结着中国古代诗、西洋诗和中国现代各派诗的人,并不是很容易的……
>
> 他在诗坛上的地位是这样独特,以至抱有各种不同见解的人都毫不踌躇地承认他的地位①。

是这样啊!抱有各种不同见解的人都毫不踌躇地承认他在中国现代诗坛的地位。听吧:

> 《诗刊》里闻一多氏影响最大。徐志摩氏虽在努力于"体制的输入与试验",却只顾了自家,没有想到用理论来领导别人。闻氏才是"最有兴味探讨诗的理论和艺术的"。徐氏说他们几个写诗的朋友多少都受到《死水》作者的影响②。

> 近年新诗多公影响最著,且尽有佳者,多公不当过于韬晦。《诗刊》始业,焉可无多,即四行一首,亦在必得,乞为转白,多诗不到,刊即不发。多公奈何以一人而失众望,兄在左右并希持鞭以策之。况本非驽,特懒惫耳!稍一振蹶,行见长空万里也③。

五六年前新诗人多于过江之鲫,新诗集茂盛于雨后之春笋,然其中实少真正之天才与可读的作品。许多读者对新诗遂大感失望,神经过敏的人对此竟有"此路不通"的推测,新诗几乎一度陷于厄运,这事实想大家还记得吧。

这里有一位抱着杜甫"语不惊人死不休"和"颇学阴何苦用心"写他的创作;使读者改变以前轻视新诗的态度,并且指导了新诗正当的轨

---

① 乔木:《闻一多先生之死》,《闻一多纪念集》,生活·读书·新知三联书店1980年版。
② 朱自清:《中国新文学大系·前言》,《朱自清全集》第4卷,江苏教育出版社1988年版。
③ 徐志摩:《致梁秋实》,转引自梁实秋:《谈闻一多》,《传记文学》第九卷第216期。

范的诗人，便是《红烛》和《死水》的作者闻一多①。

假使屈原果真是"中国历史上唯一有充分条件称为人民诗人的人"，那么有了闻一多，有了闻一多的死，那"唯一"两个字可以取消了。屈原由于他的死，把楚国人民反抗的情绪提高到了爆炸的边沿，闻一多也由于他的死，把中国人民反抗的情绪提高到了爆炸的边沿了②。

用不着再引了。由此足见他在中国现代诗坛的地位是多么独特。"闻先生对于诗的贡献真太多了。"（朱自清）这里，就几个最主要的方面谈谈：

（一）注意中西诗歌的沟通

"一切的价值都在比较上看出来。"③

中国自来对诗的研究重在一首首的，因此，尽管宋以后产生了大量的诗话，不免显得零乱琐碎，不成系统，缺乏科学的精神和方法。"五四"前后，西方文化不断传入，文学界扩大了视野，黄遵宪、梁启超、苏曼殊、王国维、严复、林纾、鲁迅、郭沫若等先驱，一面研究、比较，一面介绍、吸收，使中国文学面貌为之一新……然而，系统地开展比较文学的研究还是很晚的。20世纪30年代初傅东华翻译了法国洛里哀的《比较文学史》（商务印书馆，1931年），接着戴望舒翻译了法国提格亨的《比较文学》（商务印书馆，1931年），我国才出现了"比较文学"这一名称。后相继出版了梁宗岱的《诗与真》、《诗与真二集》和朱光潜的《诗论》，算是有了较为系统的比较文学的专著。这一切，对促进中西诗歌的沟通都起了积极的作用。

然而，闻一多早在清华读书时就十分注意中西诗的沟通。1921年12月1日，他在该校文学社作了一次题为 A Study of Rhythm in Poetry（《诗歌节奏的研究》）的报告。从这个现存的用英语写成的报告提纲看，闻一多是非常重视英国浪漫主义诗歌理论的，可以说，这为他的格律理论奠定了基础。1922年，闻一多又写成了《律诗底研究》（未发表）。这两篇论文在沟通中西诗歌的工作上，不但显示了作者的远见卓识，而且表现了作者的勇气和

---

① 苏雪林：《论闻一多的诗》，《现代》四卷三号，现代书局1934年版。
② 郭沫若：《论闻一多做学问的态度》，《历史人物》，上海新文艺出版社1951年版。
③ 闻一多：《艾青和田间》，《闻一多全集》第2卷，湖北人民出版社1994年版。

胆略。在"五四"文学革命初期,不少新诗倡导者由于思想上充满了对中国传统文学的偏见,写作上一味硬搬西洋一套,结果出现了种种危及文学革命前景的弊端。闻一多独具慧眼地指出:

> 律诗底体格是最艺术的体格。他的体积虽极窄小,却有许多的美质拥挤在内。这些美质多半是属于中国式的。律体在中国诗中做得最多,几要占全体底半数。他的发展最盛时是在唐朝——中国诗最发达的时代。他是中国诗底艺术底最高水平。他是纯粹的中国艺术底代表。因为首首律诗里有中国式的人格在①。

这是他从美学的高度,从对中西诗进行了深入的比较研究后作出的科学论断,用意是"当恢复我们对于旧文学底信仰,因为我们不能开天辟地(事实与理论上是万不可能的),我们只能够并且应当在旧的基础上建设新的房屋"②。应该承认,这是十分冷静的、科学的态度。他还强调指出:

> 夫文学诚当因时代以变体;且处此二十世纪,文学尤当含有世界的气味;故今之参借西法以改革诗体者,吾不得不许为卓见。但改来改去,你总是改革,不是摈弃中诗而代以西诗。所以当改革者则改之,其当存之中国艺术之特质则不可没。今之新诗体格气味日西,如《女神》之艺术吾诚当见之五体投地;然谓为输入西方艺术以为创倡中国新诗之资料则不可,认为正式的新体中诗,则未敢附和③。

以后,他到了美国,特别是在珂泉的一年,学画之余,又和梁实秋一道学习英诗,选修了《丁尼生与伯朗宁》及《现代英美诗》。对于英诗,尤其近代诗,他获得了系统的概念及入门的知识。如梁实秋所说,"在英诗班上,一多得到很多启示。例如丁尼孙的细腻写法(the ornate method)和伯朗宁之偏重丑陋(the grotesque)的手法,以及现代诗人霍斯曼之简练整洁的形式,吉伯林之雄壮铿锵的节奏,都对他的诗作发生很大的影响"④。是的,丁

---

① 闻一多:《律诗底研究》,《闻一多全集》第10卷,湖北人民出版社1994年版。
② 闻一多:《"女神"之地方色彩》,《闻一多全集》第2卷,湖北人民出版社1994年版。
③ 闻一多:《律诗底研究》,《闻一多全集》第10卷,湖北人民出版社1994年版。
④ 梁实秋:《谈闻一多》,《传记文学》第9卷第216期,台湾传记文学出版社。

尼孙、伯朗宁、霍斯曼，还有"他最欣赏的是济慈《夜莺歌》和科律己的《忽必烈汗》"，都启示着他，影响着他。譬如，他回国前寄给朱湘的信中所附的《泪雨》和《大暑》，就深受朱湘的赞许，先后发表在《京报副刊》。朱湘还写了"附识"，明确指出《泪雨》与济慈的 The Human Seasons "不约而同"，"《大暑》一诗与白朗宁的《异域乡思》一诗异曲同工"。我们不妨将这两首诗对照起来读一读。先读济慈的：

THE HUMAN SEASONS

Four seasons fill the measure of the year;
　　There are four seasons in the mind of man:
He has his lusty Spring, when fancy clear
　　Takes in all beauty with an easy span:

He has his Summer, when luxuriously
　　Spring's honied cud of youthful thought he loves
To ruminate, and by such dreaming nigh
　　Is nearest unto heaven: quiet coves

His soul has in its Autumn, when his wings
　　He furleth close; contented so to look
On mists in idleness—to let fair things
　　Pass by unheeded as a threshold brook:

He has his Winter too of pale misfeature,
Or else he would forego his mortal nature.

　　　　　　　　　　　　J. KEATS

翻译家郑敏是这样翻译这首诗的：

　　　　　　　人的四季

　　一年有四季；
　　　一颗心灵有春夏秋冬：

他的春天情稠意浓，幻想清晰
　　想用手掌轻松地把一切"美"来包容：

他有他的兴盛的夏天，当他将
　　早春蜜饯了的反刍草仔细品尝
青春的情思愉快地默想
　　在梦里比任何时更接近天堂：

秋天里他的心灵有静静的海湾
　　折起翅膀；满意于凝视
那迷雾，悠闲里，让美好的万般
　　事物没受到注意就像溪水流逝：

他也有苍白而不俏俊的冬季，
　　要不，他就会将人性抛弃①。

济慈的诗包含着一定的人生哲理，告诫人们：不要虚度年华，既要珍惜青春，又要永不满足，生命不息，奋斗不止。诗人没有说教，而是以自然界的四季变化来比喻人生的经历，形象生动，想象丰富。闻一多的《泪雨》似乎包含了更深广的社会内容。诗人虽然也以自然界的四季来反映人一生的经历，却以"泪"贯穿到底，写出自己的"悲哀"，以及不甘心"悲哀"的奋斗精神。朱湘说得对："《泪雨》这诗没有济慈的那诗的 Contended so to look on mists in idleness-to let fair things; Pass by unheeded as a threshold brook 那般美妙的诗画，然而《泪雨》不失为一首济慈才作得出的诗。《泪雨》的用韵极为艺术的：头两段写以前，是一韵；末两段写以后，换了一韵，换得愉快之至。"《泪雨》后来收入《死水》时作了文字上的一些改动，试将它引

---

① ［英］弗·特·帕尔格雷夫原编，罗义蕴、曹明伦、陈朴编注：《英诗金库》（下），四川人民出版社 1987 年版。

录如后：

> 他在 [那] 生命的时节，
> 曾流 [过] 着号饥号寒的眼泪 [;] ，——
> 那原是舒生解冻的春霖，
> 却也 [便] 兆征了生命的 [哀悲] 悲哀。
>
> 他少年的泪是 [四月] 连绵 的阴雨，
> 暗中浇熟了酸苦的黄梅 [;] ，
> 如今 [正是] 黑云密布，雷电交加，
> 他的泪像夏雨一般的滂沛。
>
> 中途的怅惘，老大的蹉跎，
> [他] 我 知道中年的苦雨更多，
> 中年的泪定似秋雨渐沥，
> 梧桐叶上敲着永夜的悲歌。
>
> 谁说生命的 [残] 严 冬没有眼泪？
> 老年的 [悲哀] 泪 是悲哀的总和；
> [他] 我 还有一掬结晶的老泪，
> 要开作漫天 [的] 愁人 的 花朵。

[ ] 是收入《死水》时改动的文字，□内的字是发表时的文字。改动后有两点特别值得注意：一是人称上的改动，一人称的"我"通通改为三人称的"他"，使全诗人称上统一，且更客观地表达情感；二是韵律、音节更加和谐。很显然，闻一多的《泪雨》在形式和内容方面都突破了济慈的《人的四季》，可谓青出于蓝而胜于蓝。

朱湘说："《大暑》一诗与白朗宁的《异域乡思》一诗异曲同工，白朗宁的诗是这样的：'He sings each song twice over, Lest you should think he never could recapture   The first fine careless rapture!' 虽为《大暑》所无，然而《大暑》全诗中的美妙的描写也是《异域乡思》所要看了退避三舍的。"① 让我们先读读《大暑》吧：

大　暑

今天是大暑节，我要回家了！
今天的日历他劝我回家了。
　　他说家乡的大暑节
　　是斑鸠唤雨的时候，
大暑到了，湖上飘满紫鸡头。
大暑正是我回家的时候。

我要回家了，今天是大暑；
我们园里的丝瓜爬上了树，
　　几多银绿的小葫芦
　　吊在藤须上巍巍战，
初结实的黄瓜儿小得像橄榄……
啊！今年不回家，更待那一年？

今天是大暑，我要回家了！
燕儿坐在桁梁上头讲话了；
　　斜头赤脚的村家女，
　　门前叫道卖莲蓬；
青蛙闹在画堂西，闹在画堂东……
今天不回家辜负了稻香风。

今天是大暑，我要回家去！

---

① 朱湘：《泪雨·附识》，《京报·副刊》1925 年 4 月 2 日。

> 家乡的黄昏里尽是盐老鼠，
>
> 　　月下乘凉听打稻，
>
> 　　　卧看星斗坐吹箫；
>
> 鹭鸶偷着踏上渔船来睡觉，
>
> 我也要回家了，我要回家了！
>
> 　　　　　　十三年（1924）夏美国珂泉①

闻一多的诗写于 1924 年，地点是珂泉，正是他对民族歧视难以容忍而决定提前回家、回国的时候。诗人通过家乡一系列值得回味的诱人的美妙的形象，表达了自己急于要回可爱的家乡的浓烈而深沉的情感。白朗宁的诗呢？先读一下张秋红先生的译文吧：

> 　　　　　异域乡思
>
> 呵，在英格兰，眼下正是四月，
>
> 一早醒来，谁都看见，在英格兰，不知不觉，
>
> 最矮的灌木林和密集的小树丛
>
> 在榆树周围已是满目葱茏，
>
> 苍头燕雀在今日英格兰的果园枝头
>
> 正一片啁啾！
>
> 四月去了，五月循踪而至，
>
> 白喉雀筑巢，接着是所有的燕子！
>
> 听，在我园篱中鲜花盛开的梨树
>
> 俯向田野并往三叶草上面
>
> 散花洒露的曲枝尖处，
>
> 那是机灵的画眉；每首歌他都高唱两遍，
>
> 免得你以为他再不能重温

---

① 闻一多：《大暑》，《京报》副刊第 106 号，1925 年 4 月 1 日。

第一次美妙绝伦而无忧无虑的欢腾!

虽然原野因白露而显得凄清,

一切都将喜气洋洋,当正午重又唤醒

金凤花,那小孩子们的嫁妆

远比这炫丽的甜瓜花灿烂辉煌!

(1845)

再读读白朗宁的原诗:

HOME-THOUGHTS, FROM ABROAD

Oh, to be in England Now that April's there,

And whoever wakes in England Sees, some morning,

  unaware,

That the lowest boughs and the brushwood sheaf

Round the elm-tree bole are in tiny leaf,

While the chaffinch sings on the orchard bough

  In England — now!

And after April, when May follows,

And the whitethroat builds, and all the swallows!

Hark, where my blossomed pear-tree in the hedge

  Leans to the field and scatters on the clover

Blossoms and dewdrops — at the bent spray's edge —

  That's the wise thrush; he sings each song twice over,

Lest you should think he never could recapture

  The first fine careless rapture!

And though the fields look rough with hoary dew,

All will be gay when noontide wakes anew

The buttercups, the little children's dower

——Far brighter than this gaudy melon-flower①!

白朗宁写作此诗时,正身在意大利。意大利的明媚春光引起了诗人对故国四五月的风光的回忆与神往。两首诗所表达的感情是迥然不同的,形式也有所区别,闻一多的诗似乎更整齐,更格律化。

闻一多就这样接受英诗的影响,受到英诗的启发,努力吸收、努力沟通、努力创造……尽管如此,他丝毫没有忘记自己祖国的文化。如他写道:

艺国前途正杳茫,新陈代谢费扶将——

城中戴髻高一尺,殿上垂裳有二王。

求福岂堪争弃马,补牢端可救亡羊。

神州不乏他山石,李杜文章万丈长②。

同时,他又研究韩愈、陆游等中国古代诗人及其作品,对中西诗进行更为广泛、更为深入的比较,并把研究的成果应用到新诗写作中去,应用到新诗批评中去,应用到新诗理论建设中去,取得了一个又一个可喜的成就!1946年,他在向清华大学口头提出合并中外文学系的建议时说:

中国要近代化。我们要继续大革命后反封建反帝国主义的努力,不复古,也不媚外。这是新中国的开端。文学应配合我们的政治经济及一般文化的动向,所谓国情的、自主的接受本国文化与吸收西洋文化……我们要放大眼光。建设本国文学的研究与批评,及创造新中国的文学,是我们的目标;采用旧的,介绍新的,是我们的手段。要批判的接受,有计划的介绍,要中西兼通③。

为了沟通中西文化,融会中西文化,他进行过惊人的努力,取得了一系列开拓性的成果。这些,直到今天还具有很大的现实意义。

---

① [英]桑·特·帕尔格雷夫原编,罗义蕴、曹明伦、陈朴编注:《英诗金库》(下),四川人民出版社1987年版。

② 闻一多:《致梁实秋》,《闻一多全集》第12卷,湖北人民出版社1994年版。

③ 闻一多:《调整大学文学院中国文学外国语文学二系机构刍议》,《闻一多全集》第2卷,湖北人民出版社1994年版。

(二)举起中国新诗批评的旗帜

科学的批评像一面旗帜,可以指引读者与作者的方向。因此,培养真正的批评家是文学发展和繁荣的极其重要的工作。"五四"时,闻一多清醒地意识到这点。他说:"越求创作发达,越要扼重批评。"① 抗战后期,他甚至主张:"我们与其去管诗人,叫他负责,我们不如好好地找到一个批评家,批评家不单可以给我们以好诗,而且可以给社会以好诗。"② 可以说,闻一多是新诗最重要的批评家。他反对那种不痛不痒、互相吹捧或相互包庇式的庸俗批评,大力提倡一种"挑战"式的批评。他最早举起批评新诗的正确而健康的旗帜。1921年6月,他写下了第一篇诗评。以后,诗的写作停止了,但诗评的写作却一直进行着,几乎直到生命被敌人夺去。他的诗评写得那样精彩,可谓真知灼见,言简意赅,公平而确切,几乎都超过了诗评本身,使人得到的不单是文学,而是政治、哲学、美学,总是引起读者和作者的强烈反应,带有一种普遍的指导意义。

他的新诗评论活动可以分为如下三个时期:

(1)新诗初创时期(1921年至1928年)

1921年6月,《清华周刊》发表了他的第一篇新诗评论《评本学年〈周刊〉里的新诗》。如他自己所说,这是"以初学的批评家批评初学的作家"。虽然说是初作,但它的重要意义在于打破了传统的诗话式的评点,代之以西方诗论系统的分析综合,并阐述了作者关于诗的重要见解:"诗的真价值在内的原素,不在外的原素。'言之无物'、'无病而呻'的诗固不应作,便是寻常琐屑的物,感冒风寒的病,也没有入诗的价值。"③ 1922年11月,他的《〈冬夜〉评论》和梁实秋的《〈草儿〉评论》一并题为《〈冬夜〉〈草儿〉评论》,由清华文学社作为丛书第一种正式印行。这是作者的第一部诗评专著,也是中国新诗批评史上第一部专著,毫无疑问,具有开创性的意义。《〈冬

---

① 闻一多:《"冬夜"评论》,《闻一多全集》第2卷,湖北人民出版社1994年版。
② 闻一多:《诗与批评》,《闻一多全集》第2卷,湖北人民出版社1994年版。
③ 闻一多:《评本学年〈周刊〉里的新诗》,《闻一多全集》第2卷,湖北人民出版社1994年版。

夜〉评论》力图用沟通的中西诗论，以《冬夜》为典型，批评胡适、俞平伯"诗的还原论"及所谓"平民风格论"，指出诗的艺术要"着重幻想、情感，次及声与色的原素"，强调了"幻想、情感——诗的其余的两个更重要的质素"，详细分析了《冬夜》音节的得与失。当时，《〈冬夜〉评论》被人誉为"是一篇比较有见地的、促进新诗繁荣和发展的最早的诗歌评论"①，得到广泛的好评。远在法国的曾琦读到《〈冬夜〉〈草儿〉评论》后，不由得在自己的日记中写道："五月三日，午后回寓，假寐移时，阅清华学生闻一多梁实秋合著之《〈冬夜〉〈草儿〉评论》一册，《冬夜》为俞平伯著，《草儿》为康白情著，皆新诗集也。闻梁二君之批评极深刻而严正，令人觉后生之可畏。"②友人吴景超发表《读〈冬夜〉〈草儿〉评论》，说："《〈冬夜〉〈草儿〉评论》的功用就在能指示给大众什么是诗，什么不是诗。现在诗坛中的坏现象，虽不能归咎于康、俞二君，但他们在诗坛中留下恶影响，是显然的事实。闻、梁二君于诗集中，独先评《草儿》、《冬夜》，便是'擒贼先擒王'的手段。他们把首领的劣点，一一宣布出来，然后那些随在后面的，自然知道换路了。我不必特来褒奖此书，看过此书的人，都知道他那廓清新诗坛中积弊的力量，是不小的。这本书多得一个读者，诗坛中的光明，便越近一步。"③之后，闻一多又写了《〈女神〉之时代精神》、《〈女神〉之地方色彩》两篇具有划时代意义的新诗评论，有胆有识地论证了《女神》的巨大成就、不足及伟大意义。文章一开头就对《女神》作出了经得起历史检验的论断。他说：

若讲新诗，郭沫若君的诗才配称新呢，不独艺术上他的作品与旧诗词相去最远，最要紧的是他的精神完全是时代的精神——二十世纪底时代精神。有人讲文艺作品是时代底产儿。《女神》真不愧为时代底一个

---

① 塞先艾：《忆闻一多同志》，《闻一多纪念文集》，生活·读书·新知三联书店1980年版。
② 曾琦：《日记》，陈正茂、黄欣国、梅渐浓编：《曾琦先生文集》（下），台湾"中央研究院"近代史研究所史料丛刊（16），1993年11月。
③ 吴景超：《读〈冬夜〉〈草儿〉评论》，《清华周刊》第264期所附文艺增刊第2期，1922年12月。

肖子①。

在"五四"新旧文艺生死搏斗的时候,如此斩钉截铁的断语,显示了一个评论家必须具备的品格。在评论中,闻一多还明确指出:

> 我总以为新诗径直是"新"的,不但新于中国固有的诗,而且新于西方固有的诗;换言之,他不要做纯粹的本地诗,但还要保存本地的色彩,他不要做纯粹的外洋诗,但又要尽量地吸收外洋诗的长处;他要做中西艺术结婚后产生的宁馨儿……我们的新诗人若时时不忘我们的"今时"同我们的"此地",我们自会有了自创力,我们的作品自既不同于今日以前的旧艺术,又不同于中国以外的洋艺术。这个然后才是我们翘望默祷的新艺术了②。

这难道不是对整个新诗运动发展方向带有指导意义的见解么?作者的"用意在将国内之文艺批评一笔抹煞而代以正当之观念与标准"③。如果说郭沫若的《女神》开了一代诗风,那么,闻一多的《女神》诗评则开了一代批评之风,像这样的诗评在"五四"时期实属少见。有人往往不加分析地认为闻一多是唯艺术论者,那完全是误解,其实他的诗评就作了有力的回答。他始终认为"诗是生活的批评"。他的诗从来就是生活的反映。他说:"诗这个东西,不当专门以油头粉面、娇声媚态去逢迎人,她也应该有点骨格,这骨格便是人类生活的经验,便是作者所谓'境遇',这第二个意思也便和阿诺德的定义'诗是生活的批评'正相配合。"④ 这样的诗评确实起到了"抹煞"错误的批评而代之以正当之观念与标准的作用。

(2) 新诗的第二个十年(1928 至 1937 年)

写了《女神》诗评后,闻一多在广泛深入研究新诗的种种表现后,便全力以赴进行他的新体诗的实验去了,直到 1933 年才为青年诗人的诗作《烙印》写了序文。序文大大发挥了"诗是生活的批评"的定义,倡导诗人们作

---

① 闻一多:《"女神"之时代精神》,《闻一多全集》第 2 卷,湖北人民出版社 1994 年版。
② 闻一多:《"女神"之地方色彩》,《闻一多全集》第 2 卷,湖北人民出版社 1994 年版。
③ 闻一多:《致梁实秋》,《闻一多全集》第 12 卷,湖北人民出版社 1994 年版。
④ 闻一多:《邓以蛰〈诗与历史〉附识》,《晨报·诗镌》第 2 号,1926 年 4 月 8 日。

有生活意义的诗。他说：

> 所谓有意义的诗，当前不是没有。但是，没有克家自身的"嚼着苦汁营生"的经验，和他对这种经验的了解，单是嚷嚷着替别人的痛苦不平，或怂恿别人自己去不平，那至少往往像是一种"热气"，一种浪漫的姿势，一种英雄气概的表演，若更往坏处推测，便不免伤厚道了①。

这里，不是让我们非常清楚地看到了闻一多正在发生着虽然是隐蔽，然而却异常深刻的变化么？这一时期，闻一多一共为三位年轻人写了序，除了《烙印》外，还有费鉴照的《现代英国诗人》、薛诚之的《仙人掌》。闻一多抱病为薛诚之的作品写了序文，并亲自送到薛的房间，还和薛长谈约莫两个小时，使其深受启发。薛后来深情地回忆闻一多的话语——"我至今只为三个人的诗集或关于诗论的集子作过序。首先为费鉴照的《现代英国诗人》（新月版）作序；其次为臧克家的《烙印》（开明版）作序；现在为你的《仙人掌》作序，序文中说：'这正是需要药石和鞭策的时候。今天诚之这象征搏斗姿态的《仙人掌》，这声言 For the worried many 的诗集（参看本书后记）的问世，是负起了一种使命的……因为这里有药石，也有鞭策。'实际上也代表我思想的变化，从注意形式及内容到注意思想性及适当的形式。试想想我在'温柔敦厚，诗之教也'这句古训里嗅到了数千年的血腥。这种沉重的话我在以前是不会这么下判断的。二十年前，我曾替'温柔敦厚'担心，还怕它会绝迹呢！而现在变了。""这时代一个特点是诗的题材注意农民、工人、兵士及贫苦的人民。远非徐志摩等人轻飘飘的描写所能及的。试将徐的《乞丐》和臧克家的《洋车夫》对照一下，区别是很大的。'你的诗倾向是好的，《小花生米》，《算命瞎子》，《仙人掌》写得动人，《南京路的夏夜》也写得奔放。但《颐和园》，恕我直说，却要不得，不像样，我把它删掉了。为什么发思古之幽情？为什么不把笔锋去讽刺咒骂西太后呢？她的罪恶该多大！还有几首诗含蓄不够，我删了好几段。'一多老师的一席话擦亮了我的眼睛，开扩了我的心胸。那时他为我选诗，删诗，作序，题名，费了

---

① 闻一多：《"烙印"序》，《闻一多全集》第 2 卷，湖北人民出版社 1994 年版。

不少心血,一般的言语是无法表达我衷心的谢意。"① 闻一多的序文就这样,不但指引着青年诗人的前进方向,而且对整个诗歌界也是一种很好的导向。

(3) 新诗的第三个十年(1937 至 1946 年)

抗战,使一切中国人发生了神速而深远的变化。闻一多可称为一个典型。他政治立场变了,文艺思想也变了,从倡导以美为艺术核心变成以人民本位为艺术核心,从赞扬时代精神变成号召做时代鼓手。这一时期,他写了《〈西南采风录〉序》、《〈三盘鼓〉序》、《时代的鼓手——读田间的诗》等诗评,数量虽少,然而意义重大。他已经把诗评当作完成历史战斗任务的一种尖锐武器了。他总是把评诗活动置于现实斗争的洪流中,从历史回顾与时代要求相结合论诗,旗帜鲜明地赞扬进步的诗、革命的诗,批判落后的诗、反动的诗,从而肯定明天的社会,否定昨天的社会。他指出:

> 单说新诗的历史,打头不是没有一阵朴质而健康的鼓的声律与情绪,接着依然是"靡靡之音"的传统,在舶来品的商标的伪装之下,支配了不少的年月。疲困与衰竭的半音,似乎比历史上任何时期都变本加厉了的风行着②。

这实际上是对新诗历史的形象化。它批判了包括徐志摩在内的一类人的"靡靡之音"。不是么,徐死后,许多人写了吹捧的文字,有人问闻一多,你是他的好友,为什么没有写一个字表示呢?闻一多回答说:"志摩一生,全是浪漫的故事,这文章怎么做法呢?!"关于徐志摩,他没写一个赞扬的字,相反,对于不认识的田间及其诗作却给了极高的评价。无论什么时候,什么地点,只要谈到田间的诗,他总是从理论上为之辩护,从实践上加以提倡。他告诉西南联大的学生们,当前是一个正在战斗、需要战斗、需要擂起战鼓的年代,因此也需要擂鼓的诗人。田间的诗就是战鼓,田间本人就是擂鼓的诗人。所以,他几次撰文加以赞扬:

---

① 薛诚之:《闻一多烈士永生》,《闻一多纪念文集》,生活·读书·新知三联书店 1980 年版。
② 闻一多:《时代的鼓手——读田间的诗》,《闻一多全集》第 2 卷,湖北人民出版社 1994 年版。

> 它摆脱了一切诗艺的传统手法,不排解,也不粉饰,不抚慰,也不麻醉。它不是那捧着你在幻想中上升的迷魂音乐。它只是一片沉着的鼓声,鼓舞你爱,鼓动你恨,鼓励你活着,用最高限度的热与力活着,在这大地上……
>
> 当这民族历史行程的大拐弯中,我们得一鼓作气来渡过危机,完成大业①。

这确实可称为"正确而健康的批评",不仅促进诗的繁荣,而且实际上也是推动时代进步的动力。

综观闻一多的新诗评论,人们可以清楚地发现它的特点:(1)准确而公正。他亲自经受过创作的甘苦,能欣赏不同流派、不同风格的诗人与诗,又广泛而深入地研究过中西诗歌及诗论,能指出思想与艺术上的要害。(2)深刻而宽广。他站得高,看得远,决不就诗论诗,往往是抓住一个典型,解剖一种倾向,既谈问题,又指方向,使人看到的不仅是诗的前景,而且透过诗评,能够看见社会的动向。(3)论人而剖己。他批评别人的诗,决无指责,更无教训,总是把自己也摆进去,一同剖析,一同总结,使人感到特别亲切,乐于接受。我们完全有理由说,他不仅是一位"懂得人生,懂得诗,懂得什么是效率,懂得什么是价值的批评家"②,而且是中国现代诗歌史上一位具有诗才、诗识、诗德的真批评家。

(三)建设中国新体诗的理论

诗的理论建设在中国自来是被忽视了的。

闻一多非常重视诗的理论的建设,且为建设中国新体诗的理论作出了重要贡献。1926年,闻一多先后发表了《文艺与爱国——纪念三月十八》、《诗的格律》两文,系统地提出了自己关于新诗的见解。《文艺与爱国——纪念三月十八》是他把文艺与爱国结合起来的经验总结和行动宣言。爱国,是中

---

① 闻一多:《时代的鼓手——读田间的诗》,《闻一多全集》第2卷,湖北人民出版社1994年版。

② 闻一多:《诗与批评》,《闻一多全集》第2卷,湖北人民出版社1994年版。

国诗人及诗歌的优良传统,从屈原到杜甫、陆游,直到近代的南社诗人柳亚子,然而有意识地将它作为开展新诗运动的理论提出,不能不说是闻一多了。他根据中外文艺运动史的实例,强调指出文艺与爱国的密切关系,极力倡导一种"非现身说法不可"的写作态度。他语重心长地说:

> 我希望爱自由,爱正义,爱理想的热血要流在天安门,流在铁狮子胡同,但是也要流在笔尖,流在纸上①。

这是一篇决心用热血和生命去写"最完美、最伟大的一首诗"的誓言,是宣言,也是号召书。正是在这一宣言的指导下,他提出了关于建设中国新体诗的"三美"的理论。他说:"诗的实力不独包括音乐的美(音节),绘画的美(词藻),并且还有建筑的美(节的匀称和句的均齐)。"② 新诗格律理论的提出,标志着中国新诗进入一个新的历史阶段。谁都知道:最早提出新诗主张的是胡适。他根据自己的改良主义哲学提出了写新诗"不拘格律,不拘平仄,不拘长短;有什么题目,做什么诗;诗该怎样做,就怎样做"③的理论。在这种理论的影响下,当时的"新诗人"几乎走了两个极端:大部分人不能摆脱旧诗词的束缚,多从词曲变化变化而已;小部分人则完全丢掉传统。然而,二者都带有不同程度的片面性,给新诗带来了无穷的后患,几乎危及新诗的命运。闻一多看到了这点,才从美学的要求出发,综合律诗和西诗的种种特质,提出了关于新诗格律的理论。诗与歌结合,诗中有画,画中有诗,这是中国诗的传统。直到目前,西方的理论家对诗的探讨也仍然集中在这几个方面。苏珊·朗格在《谈诗的创造》一文中说:

> 诗,也像其他艺术一样,是抽象的和富有含义的;在有机统一性和节奏方面,它有点像音乐;在形象性方面,它又有点像绘画。它是通过语言对现实表象的造型能力产生出来的,这种造型能力与语言的通讯能力有着根本的区别,然而又与这种能力不可分割。由语言这种造型性机

---

① 闻一多:《文艺与爱国——纪念三月十八》,《闻一多全集》第2卷,湖北人民出版社1994年版。
② 闻一多:《诗的格律》,《闻一多全集》第2卷,湖北人民出版社1994年版。
③ 胡适:《谈新诗——八年来的一件大事》,《星期评论·双十节纪念号》1919年10月。

能产生出来的纯粹产品是一种语言创造品,是一种形象的构图,是一种艺术品。它不是陈述,而是诗①。

由此可见,诗的"三美"的主张始终是值得我们重视的理论。梁宗岱就曾说过:"我从前是极端反对打破了旧镣铐又自制新镣铐的,现在却两样了。我想,镣铐也是一桩好事(其实行文的规律与语法又何尝不是镣铐),尤其是你自己情愿带上,只要你能在镣铐内自由活动。"(《诗与真实》)以后,由于种种原因,闻一多由写诗而转入了中国古典文学的研究,但还是时时刻刻关心着新诗的前途,特别是抗战时期,他除了从作家与人民的结合上探讨文艺的前途,还从文学发展的历史动向探讨诗的命运。他说:

在这新时代的文学动向中,最值得揣摩的,是新诗的前途。你说,旧诗的生命诚然早已结束,但新诗——这几乎是完全重新再做起的新诗,也没有生命吗?对了,除非它真能放弃传统意识,完全洗心革面,重新做起。但那差不多等于说,要把诗做得不像诗了。也对。说得更确点,不像诗,而像小说戏剧,至少让它多像点小说戏剧,少像点诗。太多"诗"的诗,和所谓"纯诗"者,将来恐怕只能以一种类似解嘲与抱歉的姿态,为极少数人存在着。在一个小说戏剧的时代,诗得尽量采取小说戏剧的态度,利用小说戏剧的技巧,才能获得广大的读众。这样做法并不是不可能的。在历史上多少人已经做过,只是不大彻底罢了。新诗所用的语言更是向小说戏剧跨近了一大步,这是新诗之所以为"新"的第一个也是最主要的理由。其它在态度上,在技巧上的种种进一步的试验,也正在进行着。请放心,历史上常常有人把诗写得不像诗,如阮籍,陈子昂,孟郊,如华茨渥斯(Wordsworth),惠特曼(Whitman),而转瞬间便是最真实的诗了。诗这东西的长处就在它有无限度的弹性,变得出无穷的花样,装得进无限的内容。只有固执与狭隘才是诗的致命伤,纵没有时代的威胁,它也难立足②。

---

① [美]苏珊·朗格:《艺术问题·谈诗的创造》,中国社会科学出版社1983年版。
② 闻一多:《文学的历史动向》,《闻一多全集》第10卷,湖北人民出版社1994年版。

在这里，闻一多从历史的高度、发展的潮流，又一次为建设中国新诗提出了"尽量采取小说戏剧的态度，利用小说戏剧的技巧"的理论。直到今天，它仍然值得人们重视。

（四）倡导中国新体诗的试验

从 1917 年胡适在《新青年》二卷六期发表白话诗开始，到 1926 年《晨报·副刊》创办《诗镌》，新诗的发展已到了一个非常严重的时刻。梁实秋作过如此描述：

> 新诗创作的试验，现在已到了严重的时候了，当初摇旗呐喊的人如今早已冷了，写自由诗的人如今也都找到更自由的工作了，小诗作家如今也不能再写更小的诗了，——现在只剩了几个忠于艺术的老实人死守着这毫无生气的新诗①。

这一描述自有它的偏颇，但毕竟还是说出了相当的事实。闻一多的试验就是在这样的时候根据自己的理论进行的。他主张"以美为艺术之核心"，所以特别注意形式。他多次说：

> 我不能相信没有形式的东西怎能存在，我更不能明了若没有形式艺术怎能存在……我们要打破一种固定的形式，目的是要得到许多变异的形式罢了②。

> 我是受过绘画的训练的，诗的外表的形式，我总不能忘记③。

这里着重强调了形式，但他始终没有忘记内容。他所谓形式，实际上就是他倡导的诗的音乐美、绘画美、建筑美。他的试验是那么大胆，不能不叫人钦佩。他在保留律诗的特质的同时，竭力移植西诗的优点，取人之长以补己之短，从而创造出一种真正的中国式的新诗。看看他是怎样试验的吧：

在诗的样式方面——

他大胆地将西诗的种种体裁，如自由体、商籁体、歌谣体等移植过来，

---

① 梁实秋：《新诗的格调及其他》，《诗刊》创刊号 1931 年 1 月。
② 闻一多：《泰果尔批评》，《闻一多全集》第 2 卷，湖北人民出版社 1994 年版。
③ 闻一多：《论"悔与回"》，《闻一多全集》第 2 卷，湖北人民出版社 1994 年版。

打破中国固定的形式——四言、五言、七言等，求得许多变异的形式：字数、行数、节数变化多端的自由诗；整齐的四句一节，节与节相等的诗；首尾两句字数相同，中间三句不同而各节相等的诗；十三行，十四行诗……值得注意的是，他的引进、移植，决非照搬，而是改造、创新。商籁体是流行于西方的一种诗体，他按照自己的设想，在我国最早移植了这种诗体，如《收回》、《你指着太阳起誓》、《发现》等，而且求得不少变异的形式，如《静夜》，全诗二十八句，一气呵成。假如念完十四句以后隔断一长顿，实际是两个十四行连在一起的。这样，诗的容量就大大增加了。歌谣，本是各国都有的，但由于民族风俗习惯的不同而不同。挽歌，在中国似乎不那么时兴，在西方则广为流行。在约翰·威伯斯特1612年发表的悲剧《白魔》中，考奈丽雅（Cornelia）的歌词就是非常著名的挽歌：

> 召唤知更雀和鹪鹩一齐来帮一手，
> 　它们在树丛里跳去跳来
> 　唤来用树叶和花朵去掩盖
> 无亲无故的没有人掩埋的尸首。
> 　唤来参加他的丧礼——
> 　野地的耗子、土拨鼠、蚂蚁，
> 给他翻上些土堆让他温暖，
> 逢陵墓盗挖的时候，不至于遭难；
> 要赶走豺狼，那是人类的仇敌，
> 它们会用爪子挖掘得一片狼藉。

对于这首挽歌，查尔斯·兰姆在《英国戏剧诗人范例》一书中说："我从未见过什么能比得上这首挽歌的，除了《风暴》里那首使斐迪南想起他父亲淹死的小曲。正如那首是关于水的，轻盈似水；这首是关于土的，泥土气重。两者都感觉那么强烈，似乎融进了所思考的原素。"① 我们试将它和闻一多的《也许——葬歌》比较，就不难发现，闻先生的葬歌别有寄托。

---

① 卞之琳：《英国诗选》，湖南人民出版社1983年版。

也许你真是哭得太累，
也许，也许你要睡一睡，
那么叫夜鹰不要咳嗽，
蛙不要号，蝙蝠不要飞，

不许阳光拨你的眼帘，
不许清风刷上你的眉，
无论谁都不能惊醒你，
撑一伞松荫庇护你睡，

也许你听这蚯蚓翻泥，
听这小草的根须吸水，
也许你听这般的音乐，
比那咒骂的人声更美；

那么你先把眼皮闭紧，
我就让你睡，我让你睡，
我把黄土轻轻盖着你，
我叫纸钱儿缓缓的飞①。

全诗似独白，而又并不全是独白，含蓄而哀婉，沉痛的父女之情淋漓尽致。这首诗，不但有水，而且有土，融进了作者对人生、对社会的思考的原素。徐志摩的《冢中的岁月》、雨果的《在墓地中》，借死人发牢骚，其言过于显露，都不及闻诗之哀而婉，似不着力，而韵味无穷，完全可以与葛雷那首"广泛地受过国外的赞美和摹拟"②的《墓畔哀歌》比美。他移植西诗时，总是根据需要加以改造，使之带上中国的特点。如《忘掉她》，据诗人自己

---

① 闻一多：《也许——葬歌》，《闻一多全集》第1卷，湖北人民出版社1994年版。原诗发表于1925年3月27日《清华周刊·文艺增刊》第9期，署名一多。原题《薤露词——为一个苦命的夭折少女而作》，收入《死水》时改作今题，章节也作了较大改动。

② 郭沫若：《沫若译诗集·小序》，新文艺出版社1953年版。

说，是受到莎娜·狄丝黛尔的一首题为《让它被忘掉》的影响写成的。不妨对照起来读读：

让她被遗忘掉，像一朵花被忘掉，
被忘掉，像熊熊燃烧过的火苗。
让它被忘掉，永久，永久，
时间是位仁慈的朋友，他会使我们老。

如果任何人问起，就说它被忘掉，
在很久很久以前，
像一朵花，一团火，一个不动的足球，
埋在长期被人忘掉的白雪里面①。

美国一部诗歌史说，这首诗将与作者的名字永远流传下去。《忘掉她》，无论在思想上还是艺术上，都自擅其胜。比比看：

忘掉她，像一朵忘掉的花，——
　那朝霞在花瓣上，
　那花心的一缕香——
忘掉她，像一朵忘掉的花！

忘掉她，像一朵忘掉的花！
　像春风里一出梦，
　像梦里的一声钟，
忘掉她，像一朵忘掉的花！

忘掉她，像一朵忘掉的花！
　听蟋蟀唱得多好，
　看墓草长得多高；
忘掉她，像一朵忘掉的花！

---

① 薛诚之：《闻一多和外国文学》，《外国文学研究》1979 年第 3 期。

> 忘掉她，像一朵忘掉的花！
> 　她已经忘记了你，
> 　她什么都记不起；
> 忘掉她，像一朵忘掉的花！
>
> 忘掉她，像一朵忘掉的花！
> 　年华那朋友真好，
> 　他明天就教你老，
> 忘掉她，像一朵忘掉的花！
>
> 忘掉她，像一朵忘掉的花！
> 　如果是有人要问，
> 　就说没有那个人；
> 忘掉她，像一朵忘掉的花！
>
> 忘掉她，像一朵忘掉的花！
> 　像春风里一出梦，
> 　像梦里的一声钟，
> 忘掉她，像一朵忘掉的花[①]！

全诗反复叠唱，没有一个"死"字、"泪"字，然而，却把那死别的悲痛一一道尽。感情，音韵，节奏，自然、和谐，可谓青出于蓝而胜于蓝。《死水》样式之多，在新诗作中可以说首屈一指了。

在表现手法方面——

中国抒情诗发达得特别早，且快，西诗则似乎相反，叙事诗发达得特别早，且快。因此，二者在手法上各具特色。无生物的生命化，把一切都看作活的，使之人格化的手法，西诗比中诗用得更为普遍。中国诗人苏东坡擅长此道，新诗人中则以闻一多用得最多，最妙。《红烛》中的《雨夜》、《雪》、

[①] 闻一多：《忘掉她》，《闻一多全集》第1卷，湖北人民出版社1994年版。

《睡者》、《美与爱》,《死水》中的《黄昏》,《真我集》中的《笑》,都成功而巧妙地运用了拟人化的手法,把一个个无生物生命化了。如《黄昏》:

> 黄昏是一头迟笨的黑牛,
> 一步一步的走下了西山;
> 不许把城门关锁得太早,
> 总要等黑牛走进了城圈。
>
> 黄昏是一头神秘的黑牛,
> 不知他是那一界的神仙——
> 天天月亮要送他到城里,
> 一早太阳又牵上了西山①。

这首诗,形象贴切,音韵生动,既有律诗的特质,又有西诗的元素,简直把自然景象写活了,把抽象的时间生命化了。《闻一多先生的书桌》也是无生物生命化的典型,幽默,风趣。在借鉴西诗表现手法上,值得我们特别注意的是他尝试着在诗里写戏剧性的处境,作戏剧性的独白或对话,甚至进行小说化,有故事,有情节,有性格,从而使抒情与叙事高度融合。如《大鼓师》,作者抓住大鼓师回家见到爱妻时一刹那的处境,通过生动的对话,突出地表现了夫妻间的深情厚意及悲惨命运。《渔阳曲》这一传统题材在诗人手里也出了新意!整首诗几乎全是通过戏剧性的行动和场面来表现反抗强暴的主题。《醒呀》、《七子之歌》则全是通过对话来表现其爱国主义的主题。《你莫怨我》,则采用独白的方式表现父女之情。《发现》又用独白表爱国之情:

> 我来了,我喊一声,迸着血泪,
> "这不是我的中华,不对,不对!"
> 我来了,因为我听见你叫我;
> 鞭着时间的罡风,擎一把火,
> 我来了,那知道是一场空喜。

---

① 闻一多:《黄昏》,《闻一多全集》第1卷,湖北人民出版社1994年版。

>我会见的是噩梦，哪里是你？
>
>那是恐怖、是噩梦挂着悬崖，
>
>那不是你，那不是我的心爱！
>
>我追问青天，逼迫八面的风，
>
>我问，拳头擂着大地的赤胸，
>
>总问不出消息：我哭着叫你，
>
>呕出一颗心来，你在我心里！

这是发自内心深处的独白，把诗人蒸发了水分的浓烈的爱国之情倾泻了出来。火山爆发式的激情，扣人心弦的节奏，谁读了不震动呢？无论是对话，还是刻画，诗人都尽力采用戏剧、小说的语言。《天安门》、《飞毛腿》也可以作证。

戏剧小说在结构上除了注意整体中各部分间的和睦关系，尤其注意出其不意。诗人曾特别强调指出：

>谋篇布局应该合乎一种法度，转折处尤其要紧——索性腐败一点——要有悬崖勒马的神气与力量[①]。

这实在是经验之谈。诗人作品中转折处不乏出其不意、别开生面的例证。如《春光》，在竭力写出一个美好、宁静的春天时，突然一个大转折：

>忽地深巷里迸出了一声清籁：
>
>"可怜可怜我这瞎子，老爷太太！"[②]

这一转折，静动对照，鲜明强烈，确有悬崖勒马的神气与力量，把那个虚伪的社会面纱揭露无余。《口供》中，诗人用了一连串美好形象来抒发自己的爱国之情后，突然间唱道：

>可是还有一个我，你怕不怕？——
>
>苍蝇似的思想，垃圾桶里爬[③]。

[①] 闻一多：《论"悔与回"》，《闻一多全集》第2卷，湖北人民出版社1994年版。
[②] 闻一多：《春光》，《闻一多全集》第1卷，湖北人民出版社1994年版。
[③] 闻一多：《口供》，《闻一多全集》第1卷，湖北人民出版社1994年版。

这一转，真实地吐露了诗人的矛盾，写出了诗人直率刚强的性格，给人以无穷的暗示。《洗衣歌》可以说尽量采取了小说戏剧的态度，利用了小说戏剧的技巧。它虽然是受了托马斯·虎德《缝衣曲》（又译为《衬衫之歌》）的影响而写成的，却是地道的中国新诗。《缝衣曲》是名篇，写成于1844年初，作者以现实主义手法揭示了妇女们的沉重的强制劳动，像苦役一般从早上工作到深夜，赚得可怜的几文钱，却难以糊口的痛苦生活。作者以巨大的抒情的热忱表达了对劳动者的同情。闻一多的《洗衣歌》却表现了更为深广忧愤的内容、更为完美的形式。诗人通过洗衣者被人贱视而发出的愤怒，将阶级的和民族的压迫交织起来描写，用行动，用独白，揭露了帝国主义血腥的罪恶史，抒发了千百万劳动者，特别是华侨劳动者的愤怒之情。他后来指出：这样采取小说戏剧的态度、利用小说戏剧的技巧写诗，是争取新诗美好前途的重大步骤，值得我们重视。

在语言的运用方面——

诗人的本领，至少从某种意义上讲，就是使用语言的本领。高尔基一再教导青年诗人说：

> 我们的诗人……还必须熟悉俄国诗歌的历史，必须知道过去的诗人是怎样使用语言的技巧，俄国诗的语言是怎样发展和丰富起来的，诗的形式是怎样变得多种多样的，必须知道创作技巧。懂得这一工作的技巧，也就是懂得这一工作本身①。

闻一多可以说是很熟悉中国诗歌历史的诗人之一。他知道中国诗人怎样使用语言的技巧，同时，又熟悉很多西方诗人怎样使用语言的技巧，并且努力把两者结合起来，创造自己独特的语言风格。在语言的运用上，他狠抓了两点：一是色彩，用文字画画；一是音乐，用语言歌唱。

马克思说："色彩的感觉是美感的最普及的形式。"② 画家列宾说："色彩就是思想。"难怪闻一多那样重视色彩，他的不少诗篇都是用文字作成的画。

---

① 高尔基：《谈谈〈诗人丛书〉》，《高尔基论文学》，人民文学出版社1978年版。
② 《马克思恩格斯论艺术》第一卷，第228页。

他写道：

> 生命是张没价值的白纸，
> 自从绿给了我发展，
> 红给了我情热，
> 黄教我以忠义，
> 蓝教我以高洁，
> 粉红赐我以希望，
> 灰白赠我以悲哀；
> 再完成这帧彩图
> 黑还要加我以死。
> 从此以后，
> 我便溺爱于我的生命，
> 因为我爱他的色彩①。
>
> 哦！我要请天孙织件锦袍，
> 给我穿着你的色彩！
> 我要从葡萄，橘子，高粱……里
> 把你榨出来，喝着你的色彩！
> 我要借义山济慈底诗
> 唱着你的色彩！
>
> 在蒲寄尼底 La Boheme 里，
> 在七宝烧的博山炉里，
> 我还要听着你的色彩，
> 嗅着你的色彩！
>
> 哦！我要过个色彩的生活，

---

① 闻一多：《色彩》，《闻一多全集》第1卷，湖北人民出版社1994年版。

> 和这斑斓的秋树一般①！

因为这样重视色彩，诗人的生花妙笔犹如神奇的调色板，使他的诗篇显得五彩缤纷，灿烂夺目，给人以强烈的美感。《忆菊》、《黄鸟》、《笑》皆是如此。请看：

> 黑缎底头帕，
> 蜜黄的羽衣，
> 镶着赤铜底喙爪——
> 啊！一只鲜明的火镞，
> 那样癫狂地射放，
> 射翻了肃静的天宇哦②！

黄鸟，是我国古诗中常见的形象！古代诗人们却多写它的行动、它的声音，像闻一多这样去描绘它的色彩实在少见。

色彩就这样加强着闻一多创作的个性，使他的诗在中国现代诗中独树一帜。

除了色彩，他还特别注意音节。"余之所谓形式者，form 也，而形式之最重要部分为音节。"③ 所谓音节，实在是一个广义的概念。它包括音节、逗、节奏等。音节、逗是构成节奏的重要因素。节奏是一切艺术的生命。因为，节奏是传达情绪的最直接而且最有力的媒介，它本身就是情绪的一个重要部分。朱光潜先生曾经这样说过：

> 诗与音乐虽同用节奏，而所用的节奏不同，诗的节奏是受意义支配的，音乐的节奏是纯形式的，不带意义的；诗与音乐虽同产生情绪，而所产生的情绪性质不同，一是具体的，一是抽象的。这个分别是很基本的，不容易消灭的④。

---

① 闻一多：《秋色——芝加哥洁阁森公园里》，《闻一多全集》第1卷，湖北人民出版社1994年版。
② 闻一多：《黄鸟》，《闻一多全集》第1卷，湖北人民出版社1994年版。
③ 闻一多：《致梁实秋、熊佛西》，《闻一多全集》第12卷，湖北人民出版社1994年版。
④ 朱光潜：《诗论》，《朱光潜全集》第3卷，安徽教育出版社1987年版。

闻一多抓住了一个关键，一个核心，那就是他所说的构成节奏的主要因素："音尺"（从英文 metric foot 译出来的，别种文字较多译为"音步"），即后来常说的"音组"，或沿用我国旧说"顿"（每行用一定数的二字尺［二字顿］、三字尺［三字顿］……）。《死水》是他在音节上最满意的试验。看第一节吧：

　　　　这是　一沟　绝望的　死水，
　　　　清风　吹不起　半点　漪沦。
　　　　不如　多扔些　破铜　烂铁，
　　　　爽性　泼你的　剩菜　残羹①。

每行三个二字音尺和一个三字音尺，字数也一样，不但节奏流畅，而且做到了节的匀称、句的均齐。再如《罪过》：

　　　　老头儿　和担子　摔一跤，
　　　　满地是　白杏儿　红樱桃②。

三字尺一顿，构成了一种很自然的音节，有音乐，也有诗。《死水》中的诗，虽不是每一篇都达到了诗人自己规定的目标，但不乏成功的范例。沈从文说，《死水》"重新为中国建立一种新诗完整风格的成就处，实较之国内任何诗人皆多"③。这是实事求是的评价。

值得注意的是，有的研究者把诗人的大胆试验、独创性的探索指责为艺术而艺术的形式主义、唯美主义，实在是误解。请问：世界上有哪个真正伟大的艺术家不重视形式呢？高尔基就这样说过：

　　　你必须掌握诗的形式。只有用合适的优美的外衣装饰了您的思想的时候，人们才会倾听您的诗④。

闻一多讲究"三美"不正是用合适的优美的外衣来装饰他的思想吗？贯穿在他诗歌中的主导思想是对自然、对祖国、对人民的爱；对正义、对自

---

① 闻一多：《死水》，《闻一多全集》第1卷，湖北人民出版社1994年版。
② 闻一多：《罪过》，《闻一多全集》第1卷，湖北人民出版社1994年版。
③ 沈从文：《论闻一多的"死水"》，《沈从文选集》第四卷，四川人民出版社1983年版。
④ 高尔基：《给斯尔格维友的信》，《高尔基书信》，人民文学出版社1962年版。

由、对真理的探寻；对压迫、对剥削、对专制、对军阀、对帝国主义的愤怒；对真与美的追求……

当然，某些诗篇也反映了一些不当的思想，但那是前进过程中的东西。从总体看，诗篇几乎都如他自己所说的，是"建在生命的基石上"的，是"人类生活的经验"①，"嚼着苦汁营生的经验"②。这才是"它能深入人的灵魂，以它的内容而不是外表来打动或激动人"③ 的根本所在。诗人之所以追求以美为核心的艺术，我以为那只不过是抱着济慈所谓的"我相信我应当出于对美的渴望和爱好来写作"的态度罢了。

以上仅仅谈了几个主要方面的某些部分——

其实他自己的一生也就是具体而微的一篇"诗的史"或"史的诗"，可惜的是一篇未完成的"诗的史"或"史的诗"④！

科学研究古代文化的先驱

闻一多于1928年初出版了他的第二本诗集《死水》后，几乎停止了新诗的写作，且迅速远离了他热心的中华文化国家主义的种种活动，转入中国古代文学的研究，开始了人们眼中所谓的学者生活，即对唐诗、诗经、楚辞、神话等的研究。凭着他真挚的爱国热情，凭着他勇敢的开拓精神，凭着他百折不挠的毅力，经过十多年的刻苦钻研，终于在中国古代文化的研究上取得了"前无古人，恐怕还要后无来者"（郭沫若）、"空前绝后，倾倒不已"（沈衡山）的惊人成就，成为海内有数的权威。

他所致力的对象主要是秦以前和唐代的诗与诗人。除了《周易》、《诗经》、《庄子》、《楚辞》这四种古籍出版了专著外，还有许多考索赅博、立说新颖而翔实的著述，只是他觉得还不够完密，要再加些功夫才愿意公诸于世。如《楚辞》的手稿就还有《楚辞七种》、《楚辞杂记》、《离骚杂说》、《楚

---

① 闻一多：《论"悔与回"·附识》，《闻一多全集》第2卷，湖北人民出版社1994年版。
② 闻一多：《"烙印"·序》，《闻一多全集》第2卷，湖北人民出版社1994年版。
③ ［英］齐慈：《致雷诺斯》，《十九世纪英国诗人论诗》，人民文学出版社1984年版。
④ 朱自清：《闻一多全集·序》，《闻一多全集》第1卷，开明书店1948年版。

辞杂义》、《楚辞注校》、《天问疏证》、《屈原论》、《楚郊祀东皇太一乐歌》、《九章解诂》、《论九章》、《九章与汉人作品词句对照表》、《敦煌旧钞本楚辞音残卷跋》、《九歌古歌舞剧悬解附注》、《九歌杂记》、《九歌释名》、《九歌的故事》、《论九歌》、《九歌》等；唐代文学的遗稿有《唐代文学年表》、《初唐大事表》、《全唐诗人补传》、《唐诗人生卒年考》、《全唐诗校勘记》、《全唐诗拾遗》、《唐诗统笺》、《全唐诗选》、《现存唐人著述目录》、《唐人遗书撰人考》、《唐两京城坊考续补》、《长安风俗志》、《唐器物著录考》、《唐代研究用书举要》、《全唐文选》、《唐人小说疏证》等。据估计，这些并非零散、大都成篇的，而且由他亲笔抄写得很工整的稿子当在300万字以上。至于那些腹稿就根本无法估计了。要对闻一多先生这些令人倾倒的前无古人的成就作出实事求是的科学评价，实在不是笔者力所能及的事，还有待众多的研究者的共同努力！这里，仅就他治理古籍的若干特点，从方法论上作一点探讨。

闻一多治理古籍有些什么特点呢？

第一，"里应外合"完成"思想革命"是他治理古籍的出发点。

谁都知道，闻一多是学画的、写诗的。他曾立下志愿，不仅要写出一种真正中国式的新诗，而且要"领袖一种之文学潮流或派别"（《致实秋、景超》）。为什么他1928年以后又要转向中国古代文化的研究、探讨呢？他作过这样的回答：

> ……总括的讲，我近来最痛苦的是发见了自己的缺憾，一种最根本的缺憾——不能适应环境。因为这样，向外发展的路既走不通，我就不能不转向内走[①]。

这里所说的"不能适应环境"、"不能不转向内走"，我以为就是他热心的中华文化国家主义在现实中碰壁之后的一种新的追求，是他"不如让给丑恶来开垦，看他造出个什么世界"（《死水》）的思想在特定环境里的一种新的演变。他后来在一次座谈会上不是这样说过吗——

我在外国所学的本来不是文学，但因为这种Nationalism的思想而

[①] 闻一多：《致饶孟侃》，《闻一多全集》第12卷，湖北人民出版社1994年版。

注意中文，忽略了功课，为的是使中国好，并且我父亲是一个秀才，从小我就受诗云子曰的影响。但是愈读中国书就愈觉得它是要不得的，我的读中国书是要戳破它的疮疤，揭穿它的黑暗，而不是去捧他①。

根据"思想革命"的目标，他制订了详细的实施计划：

（一）《毛诗字典》 将《诗经》拆散，编成一部字典，注明每字的古音古义古形体，说明其造字的来由，在某句中作何解，及其 Parts of speech（古形体便是甲骨文、钟鼎文、小篆等形体）。

（二）《楚辞校议》 希望成为最翔实的《楚辞》注。

（三）《全唐诗校勘记》 校正原书的误字。

（四）《全唐诗补编》 收罗全唐诗所未收的唐诗。现已得诗一百余首，残句不计其数。

（五）《全唐诗人小传订补》 《全唐诗作家小传》最潦草。拟订其讹误，补其缺略。

（六）《全唐诗人生卒年考》 附《考证》

（七）《杜诗新注》

（八）《杜甫》（传记）

为了完成这一计划，他以惊人的毅力，研究神话传说、甲骨卜辞、古文字学、音韵学，研究以原始社会为对象的文化人类学，研究弗罗依德的心理分析说等等。后来，他还研究马克思列宁主义、毛泽东思想。由于他始终坚持了一条实事求是的路线，所以功夫没有白费。十多年后，他的计划一个个实现了，《周易义证类纂》、《诗经新义》、《庄子内篇校释》、《楚辞校补》印行了，找出"这文化的病症"、"戳破它的疮疤，揭穿它的黑暗"的目的达到了。典型例证莫过于对庄子的研究。他从1929年11月发表《庄子》一文到1944年9月发表《关于儒·道·土匪》一文，恰好经历了一个从"倾倒、醉心、发狂"变为"揭露、批判、扬弃"的过程。那时，他认定庄子思想"本身便是一首绝妙的诗"，又用了最美的文字表现出来，"这境界，无论如何，

---

① 闻一多：《五四历史座谈》，《闻一多全集》第2卷，湖北人民出版社1994年版。

在庄子以前，绝对找不到，以后，遇着的机会确实也不多"。

庄子的思想确实适合正在寻找出路而又一时找不到出路，充满了理想与现实、情感与理智等种种矛盾的闻一多。以后，随着"境遇"的变迁、人生经验的丰富，他不断地给庄子研究融入新的内容，也就对庄子不断有新的认识。20 世纪 40 年代，他在给联大学生开《庄子》专题课时，则认定《庄子》一书正反映了战国时代知识分子——"士"的悲哀。他告诉学生，庄子所处的时代，士的出路是做官，做官实际上是充当统治阶级的走狗，内而榨取民众，外则争夺别国的土地人民，夺得之后同样来榨取，你想要洁身自好也不行，非要你帮凶不可；你愈有能力，愈要利用你，但即使作帮凶，也不一定能自保，人君随时可以杀你，不管你帮得好不好。商鞅就是一个例子。士大夫阶层在这个时代最惨，有思想、有个性、有灵魂的士，只好装傻，这就是所谓"佯狂"，用装傻来排遣苦闷，用装傻来躲避政治，并且在心理上以藐视政治的清高来作调适——"孰弊弊焉以天下为事"。比之 20 年代末，这不是一种全新的认识吗？他决裂地说道："这完全是自欺，是逃避"，"陶醉在幻想中是很美的，但是也很惨，人总要能在生活上，意志上有具体自由才好"。为了更深刻地认识中国文化的病症，他进而又把庄子思想和儒家、墨家对比起来研究，不断得到新的认识。他告诉学生说：

> 儒道分别之一，在于儒家首先要为人君，其次是全己身，而道家是首先要全己身，对人君则很淡薄，很少有像是一家人的感觉。道家可能是儒家的积极精神在现实上碰壁之后消极退婴的结果，是一部分儒家或潜在的儒家在特定环境的演变①。

儒和道的区别只在形式，不在本质。这是对中国文化病症探讨的进展。以后，他还对庄子思想进行了更具体的分析，并且把它和儒家思想反复比较，终于从源流上认识到道家的本来面目，先后写了《什么是儒家》、《道教的精神》、《关于儒·道·土匪》一系列犀利的文章，对儒、道、墨等思想加以揭露、批判。他一针见血地指出：

---

① 寄思：《忆闻一多教授》，《文萃》40 期，1946 年 7 月 25 日。

"成者为王，败者为寇"，"窃钩者诛，窃国者侯"，这些古语中所谓王侯如果也包括了"不事王侯，高尚其事"的道家，便更能代表中国的文化精神。事实上成语中没有骂到道家，正表示道家手段的高妙。讲起穷凶极恶的程度来，土匪不如偷儿，偷儿不如骗子，那便是说墨不如儒，儒不如道……在中国人看来，三者之中，其实土匪最老实，所以也最好防备。从历史上看来，土匪的前身墨家，动机也最光明。如今不但在国内，偷儿骗子在儒道的旗帜下，天天剿匪，连国外的人士也随声附和的口诛笔伐，这实在欠公允……①

闻一多就这样把历史的批判与现实的批判巧妙地结合起来，从多方面戳破中国文化的疮疤，揭穿中国文化的黑暗，擦亮着人们的眼睛，改造着自己的思想，由庄子礼赞而为屈原颂扬，而自己也就由极端的个人主义的玄学思想蜕变出来，确切地获得了人民意识。难怪他要自信地说："我相信我的步骤没有错。你想不到我比任何人还恨那故纸堆，正因恨它，更不能不弄个明白。"② 他的步骤的确没有错，终于弄明白了中国文化的好坏之所在，为进行思想革命作出了巨大的贡献！

第二，从唐诗入手是他独辟蹊径的研究道路。

他曾十分谦逊地向人们说："弄古代文学，我们这些不是科班出身的，半路出家，没有师承，什么都得从头摸索起，真够苦啊！"③ 虽然苦，但他以勇敢的开拓精神，终于摸出一条独辟蹊径、行之有效的路子，那就是以唐诗作为突破口，追源溯流。

杜甫，在唐诗人中是他兴趣的中心点。他由杜甫而推广到整个唐代的诗及诗人，整个唐代的文及文人，唐代文化的整体，唐代文化的来龙去脉。曾经有朋友问他：你为什么先从杜甫、李白入手呢——是否你对于他们特别喜爱？他毫不犹豫地回答："也许是的，不过主要原因还不在此。中国文学浩

---

① 闻一多：《关于儒·道·土匪》，《闻一多全集》第2卷，湖北人民出版社1994年版。
② 闻一多：《致臧克家》，《闻一多全集》第12卷，湖北人民出版社1994年版。
③ 刘芃如：《诗人闻一多》，《文萃》50期，1946年10月3日。

如烟海，要在研究上有点成绩，必须学习西洋人治学的方法，选择一两个作家来研究。"他选择唐代的杜甫，是因为一方面体现了诗人的特点，可以说是以新的方式写作新的诗篇；另一方面，也符合诗人弄清中国文化好处、坏处在哪里的追求。他认为，诗似乎也没有在第二个国度里，像它在这里发挥过那样大的社会功能。在这里，一出世，它就是宗教，是政治，是教育，是社交，它是全面的生活。维系封建精神的是礼乐，阐发礼乐意义的是诗，所以诗支持了整个封建时代的文化。最显著的例子当然是唐朝。那是一个诗最发达的时期，也是诗与生活拉拢得最紧的一个时期。紧到什么程度呢？诗化了的生活，或生活化的诗。唐人作诗之普遍可说是空前绝后的，凡生活中用到文字的地方，他们一律用诗的形式来写，达到任何事物无不可入诗的程度。在研究唐诗上，闻一多所下的功夫最深，取得的成就也最大，文章却发表得最少。从《闻一多全集》中，人们能看到的总共才九篇，"但都是精彩逼人之作"①。九篇著作，大体可分三类：一是探寻文学源流；一是作家年谱；一是作家评论。不管哪一类，几乎都表现了他总是将欣赏与考据融合得恰到好处的能力，分析作家与时代的关系、作品的思想与艺术等，头头是道，发人深省。

马克思说："任何一个人在文学上的价值都不是由他个人决定的，而是同整体的比较中决定的。"② 闻一多研究唐诗及诗人，就是从各种不同的比较中来阐述其价值、意义、地位和作用的。譬如在给联大学生讲唐诗时，他说："从文学技巧上说，王昌龄和孟浩然可以对举；从思想内容说，陈子昂和杜甫可以并提。昌龄、浩然虽无王摩诘、李太白之高，然个性最为显著。至于文字色彩的浓淡，则浩然走的是清淡之路，昌龄走的是浓密之路。"③ 他不仅从思想、技巧上比较，而且还从比较中阐述作家的个性、风格，以及在文学史上的影响、作用、地位。如《四杰》一篇，他将卢骆与王杨分别划归

---

① 朱自清：《中国学术的大损失——悼闻一多先生》，《文艺复兴》第二卷一期，1946年8月1日。
② 《马克思恩格斯全集》第一卷，第523—524页。
③ 郑临川：《闻一多先生说唐诗》，《社会科学辑刊》1979年5期。

了刘张与沈宋两个集团,然后再比较刘张与沈宋在唐诗中的地位,反过来又看卢骆与王杨的地位,从而得出如下结论:

> 在文学史上,卢、骆的功绩并不亚于王、杨。后者是建设,前者是破坏,他们各有各的使命。负破坏使命的,本身就得牺牲,所以失败就是他们的成功。人们都喜欢以成败论事,我却愿向失败的英雄们多寄予点同情①。

这是一个多么大胆的创见啊,敢于打破那种墨守先入为主的传统观点,决不甘心上传统观点的当。在比较中,他又总是关注着时代,如研究盛唐诗人时,又将诗人们的生卒年尽可能联系起来。他在一份手稿中写道:"先天元年即杜甫生,宋之问死的一年。这一年,孟浩然二十四岁,李颀二十三岁,王之涣十八岁,王昌龄十五岁,王维、李白十二岁,高适十一岁,崔颢九岁,岑参未生。天宝十四载是安禄山反叛的那一年,孟浩然、李颀已死,王之涣不可考,王昌龄五十八岁,王维、李白五十五岁,高适五十四岁,崔颢已死,岑参四十岁,杜甫四十四岁。"这样排列诗人的生卒年,无疑是为了让人们更清楚地看到时代和作家的个人生活态度、作家们的相互关系,为准确地分析作家及其作品提供数据。他还写有《少陵先生考略》,列出与杜甫交往的360多人,逐一考订其与杜甫的关系。他还写有《全唐诗人小传》,为406位唐诗人立了小传或搜集了资料。从群体看个人,从个人看群体,互相比较、对照,把问题看得更准确、更全面。即使研究、分析一篇作品,他也很注意前后的连贯。在未发表的笔记中,就有对杜诗的各种精确考订。如《送郑十八虔贬台州司户》一首下面写了如下注条:

> 案:前此十余年间,七律极鲜,唯《题张氏隐居二首》,《城西陂泛舟》,《赠田九判官梁丘》,寥寥三数篇耳。自今以后,此体忽多。综计,至德二载春,逮乾元元年夏居"谏省",所作,七律几居其半。盖是时,岑参,贾至,王维,并为二省僚友,诸公皆长此体;同人唱和,播为风尚;杜公因受其影响耳。

---

① 闻一多:《四杰》,《闻一多全集》第6卷,湖北人民出版社1994年版。

从这一案语可以看到，他是非常注意同时代人的相互影响的。这样，就不单使人看到纵的联系，也看到横的联系。而他也总是从纵横联系中来揭示一些带规律性的东西。如《孟浩然》一文，他从历史传统、地理环境分析了孟浩然的最好的诗的特点就是孟浩然本人的特点后指出：

> 几千年来，一直让儒、道两派思想维持着均势，于是读书人便永远在一种心灵的僵局中折磨自己，巢、由与伊、皋，江湖与魏阙，永远矛盾着，冲突着，于是生活便永远不谐调，而文艺也便永远不缺少题材。矛盾是常态，愈矛盾则愈常态。今天是伊、皋，明天是巢、由，后天又是伊、皋，这是行为的矛盾。当巢、由时向往着伊、皋，当了伊、皋，又不能忘怀于巢、由，这是行为与感情间的矛盾。在这双重矛盾的夹缠中打转，是当时一般的现象。反正用诗一发泄，任何矛盾都注销了。诗是唐人排解感情纠葛的特效剂，说不定他们正因为有诗作保障，才敢于放心大胆地制造矛盾，因而那时代的矛盾人格才特别多。自然，反过来说，矛盾愈深愈多，诗的产量也愈大了①。

很显然，其中融入了作者自己的人生经验。透过论文，我们看到的不是个别的现象，而是一般性的规律：矛盾是常态，愈矛盾则愈常态。这不但有利于人们理解唐代的文学，而且有助于人们对整个古代文学的理解。他就这样，从唐诗出发，探寻源流，从而获得敢于开方医治中国文化的病症的本领。如他在给友人的信里所说："经过十余年故纸堆中的生活，我有了把握，看清了我们这民族，这文化的病症，我敢于开方了。方单的形式是什么——一部文学史（诗的史），或一首诗（史的诗）。"② 他的方单不但体现在《四千年文学大势鸟瞰》一系列诗的史里，而最完美、最伟大的一首诗还体现在他的一死里。他是用热血、用生命在从事研究啊！

第三，传统的训诂考据益之以近代科学是他的研究方法。

中国古代文化的研究，到了清代，由于训诂考据学的盛行而出现了新的

---

① 闻一多：《孟浩然》，《闻一多全集》第6卷，湖北人民出版社1994年版。
② 闻一多：《致臧克家》，《闻一多全集》第12卷，湖北人民出版社1994年版。

局面，不少难题得到了解决。诚然，这种办法能弄清个别枝节问题，但于整个作品的解释与欣赏是不可能的。五四运动前后，西方近代科学像潮水般涌入中国，一部分人将传统的训诂考据益之以西方伪科学，发展着它的消极面，如胡适等；另一部分人则将传统的训诂考据益之以西方真科学，发展着它的积极面，如郭沫若、闻一多等。这就出现了两条路线、两种方法。

闻一多曾多次十分明确地说：

> 我走的不是那些名流学者、国学权威的路子。他们死咬一个字，一个词大做文章。我是把古书放在古人的生活范畴里去研究；站在民俗学的立场，用历史神话去解释古籍①。

是的，他是继承了清代朴学大师们的训诂考据方法，而益之以近代人的科学的方法，把朴学与考古学、心理学、社会学、美学等加以融合，不仅求得个别字句的本义的了解，而且要求得对整个作品的切实了解，从而把古代和现代打成一片，使局部化了石的部分复活在现代人的心目中。

《诗经》是我国最古老的诗选集，千百年来，人们从十足的功利主义出发，把它弄得简直面目全非。为了恢复它的本来面目，闻一多考证了《诗经》研究的历史，并作了如此概括：

> 汉人功利观念太深，把《三百篇》做了政治的课本；宋人稍好点，又拉着道学不放手——一股头巾气；清人较为客观，但训诂不是诗；近人囊中满是科学方法，真厉害。无奈历史——唯物史观的与非唯物史观的，离诗还是很远。明明一部歌谣集，为什么没人认真的把它当作文艺看呢②！

把《诗经》当作文艺看是有人的。"五四"后不久，郭沫若就曾用古书今译的办法诱导人们直接从古诗中去感受它的美，曾用古书今译的办法让不能阅读古书的人直接在古诗中去感受它的真美。这固然是一个很重要的方法，但毕竟因译者的障碍而不能最直接地与古人打成一片。闻一多发展了郭

---

① 转引自陈凝：《闻一多传》，民享出版社1947年版。
② 闻一多：《卷耳》，天津《大公报》1935年9月15日。

沫若的办法，他把考据与欣赏结合起来，用语体文将诗经移至读者的时代，又用考古学、民俗学、语言学、社会学等解释诗经，将读者带到诗经的时代。譬如他已发表了的《匡斋尺牍》（三），对《芣苢》的考据与欣赏就是很好的一个例证。

　　采采芣苢，薄言采之！采采芣苢，薄言有之！

　　采采芣苢，薄言掇之！采采芣苢，薄言捋之！

　　采采芣苢，薄言袺之！采采芣苢，薄言襭之！

对于这一首诗，他首先从神话传说中禹母吞薏苡而生禹，所以夏人姓姒，薏苡即芣苢，芣苢与胚胎同音，在诗中是双关的隐语入手，又从生物学的观点指出"芣苢"是性本能的演出，再借社会学的观点指出"一个女人是在为种族传递并蕃衍生机的功能上而存在着的"，还从音韵学的观点指出"薄言"的古义犹如今语的"急急忙忙"、"赶快的"或"快快的"，"袺"、"襭""本是衣袖下的口袋"，或把东西装进口袋的动作①……然后，把考据与欣赏完美地结合起来，再现了一幅逼真的风俗画，让人看到一个社会，同时也欣赏了文学，直接感受了它的真美。他在古书通读上也有许多惊人而确切的发明，如《诗经·邶风·新台》里的"鱼网之设，鸿则离之"的"鸿"字，两千多年来人们一直把它解释成鸿鹄的鸿，实在是大错特错了。他经过缜密的考证，极有说服力地证实了鸿指"蟾蜍，即虾蟆"②，一下就使全诗豁然开朗。再如《诗经》中的"鱼"字，不少典籍歌谣也用到，过去也被人忽略了。他指出：鱼几乎都是作为一种隐语，来代替"匹偶"或"情侣"；打鱼，钓鱼，是求偶的隐语；烹鱼，吃鱼，喻合欢或结配。这一下就使许多古诗活了③。

在研究中，他还"发现了一种新技术"——图表。翻开他的全集，我们会看到不少图表。这些图表更集中、更简明地反映了他的观点，突出了他的

---

① 闻一多：《匡斋尺牍（三）芣苢》，《闻一多全集》第3卷，湖北人民出版社1994年版。
② 闻一多：《诗新台鸿字说》，《闻一多全集》第1卷，湖北人民出版社1994年版。
③ 闻一多：《说鱼》，《闻一多全集》第1卷，湖北人民出版社1994年版。

成就。如他研究唐诗,就广泛地运用了图表这一新技术。他曾写了《类书与诗》、《宫体诗的自赎》等重要论文,就唐诗内容归纳成两大类——宫体诗、类书式的诗;以作家论,分成三派,阐述唐诗的渊源及特点。他在给联大学生讲课时列过如下一表:

派别	代表作家	嗣响作家	作品特点			
第一派	王绩 薛稷 魏征 陈子昂	包融 薛奇童 张九龄 贺朝……	五古	内容文外形诗	风骨	理智
第二派	卢照邻 骆宾王 刘希夷 张若虚	常理 蒋洌 张旭 王翰……	七古 (七律七绝)	内容歌外形文	性灵	肉感
第三派	王勃 杨炯 沈佺期 杜审言 崔融 宋之问	韦承庆 郭元振 苏味道 李峤 贺知章 张说 韦述 王无竞……	五律 (七律五排)	折中	格律	官觉

这实际上是比较文学。三派奠定了盛唐的始基。第一派不承认宫体诗或类书式诗,目空一切,尤以陈子昂的境界最高,古今当推第一,李杜对他也不能不心服。第二派是针对宫体诗的缺点而发。第三派则以类书式的诗作攻击的目标了。若以真善美的观点来划分,则第一派代表真,第二派代表美,第三派代表善。特别是善,是中国文学的特点(按,即思想性和艺术性的高度统一)。这样把唐初文学的源流、特点做了透彻的说明,让人一目了然。他还曾用表来表示他对中国文学史的见解(见下表)。

这表与他的《四千年文学大势鸟瞰》是一致的。它的最大特点是打破了传统的以个人为中心来划分文学史的作法,而能高瞻远瞩,从当时的社会情况与作者的关系方面去研究那个时代作者的异同所在,然后找出带有规律性的经验教训,供后来人参考①。难怪朱自清先生要说:"这技术是值得发展的。"②

---

① 参见郑临川:《说唐诗》,《闻一多论古典文学》,重庆人民出版社1984年版。
② 朱自清:《中国学术的大损失——悼闻一多先生》,《文艺复兴》第二卷一期,1946年8月1日。

时代划分		作者成分	起 年	讫 年	历年总数
古代		封建贵族及土豪贵族	周成王时（公元前一〇六三年）	汉建安五年（公元二〇〇年）	一二六三年
近代	前期	门阀贵族	汉建安五年（公元二〇〇年）	唐天宝十四载（公元七五五年）	五五五年
	后期	士人	唐天宝十四载（公元七五五年）	民国九年（公元一九二〇年，五四运动次年）	一一六五年

闻一多在研究中国古代文化、治理古籍方面创造的经验，和他的研究成果一样，是留给我们的宝贵财富，值得我们重视。

一首最完美最伟大的史诗

朱自清先生很早就十分明确地指出：

> 闻一多先生为民主运动贡献了他的生命，他是一个斗士，但是他又是一个诗人和学者。这三重人格集合在他身上，因时期的不同而或隐或现①。

是的，诗人、学者、战士这三重人格集中于闻一多一身，只不过因时期不同或隐或现而已！他一生经历过两次大的转变：由以美为艺术核心的追求者变为所谓不过问政治的学者，再变而为作狮子吼的战士。可以用这样的图表表示：

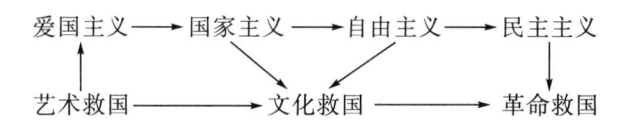

爱国主义 → 国家主义 → 自由主义 → 民主主义

艺术救国 ——————→ 文化救国 ——————→ 革命救国

如果这一描述没错的话，我们可以清楚地发现他的思想发展恰好经历了一个否定之否定：从热心政治到不过问政治（实际上也是一种方式），再到新的热心政治。这一条路，实际上是"五四"时代中国大多数爱国知识分子所走的道路，促使他在这条路上披荆斩棘、不屈不挠、勇往直前的动力始

---

① 朱自清：《闻一多全集·序》，《闻一多全集》第1卷，开明书店1948年版。

终是高度的爱国主义。那么，只要我们弄清他的爱国主义是怎样形成的？具有一些什么样的特征？他的思想转变也就一清二楚了。我们认为，闻一多的爱国主义是在中国人民反帝反封建的群众斗争中形成的。它具有非常明显的三大特征：

（一）具有传统的"忠义"色彩

"忠义"是中华民族爱国主义传统的特色。闻一多是在传统的熏染下继承着传统的。他出身书香门第，从小耽读历史，"每至古人忠义之事，辄为神往，尝自诩吕端大事不糊涂"①。早年所写的《二月庐漫纪》就生动地记录了他所受熏陶的种种情景：

> 余祖信国公天祥，军赜于空坑，被执，家属潜逃于楚北蕲水之永福乡，改文为闻，史亦失传，而家乘相沿久矣；其与取韩之半为韦，事将毋同？或疑景炎二年，元人送公家属于燕，二子死；其明年，长子复亡，家属皆尽。是犹《云汉》之诗所云，黎民靡有孑遗耳！古称尽信书不如无书，有以也②。

文天祥这样的中华民族历史上的杰出人物一直为诗人所"神往"。五四运动高潮中，他将岳飞的《满江红》张贴在食堂门口，以作为行动的榜样。这些英雄人物对祖国、对人民的爱是"千百年来巩固下来的对自己独有的祖国的一种最深厚的感情"③。因为诗人从小培植了这种深厚的感情，所以他一生的信念是"诗人主要的天赋是'爱'，爱他的祖国，爱他的人民"④。正是这种信念促使他勇敢地接受了一切考验。

（二）包含着强烈的反帝国主义的因素

文天祥、岳飞等杰出人物的爱国主义是在反侵略、反投降的斗争中充分表现出来的。闻一多在新的历史条件下继承并发扬着文天祥、岳飞的爱国主

---

① 闻一多：《致父母》，《闻一多全集》第12卷，湖北人民出版社1994年版。
② 闻一多：《二月庐漫记》，《闻一多全集》第2卷，湖北人民出版社1994年版。
③ 《列宁全集》4版28卷，第167页。
④ 熊佛西：《悼闻一多先生——诗人、学者、民主的鼓手》，《文艺复兴》第二卷一期，1946年。

义精神,因而,反对帝国主义侵略的斗争来得格外强烈,甚至不惜献出自己的生命。"五四"反帝反封建的群众运动爆发后,他虽然没有走上街头高呼反帝的口号,却仍然在做着反帝国主义的工作。诚如他在告知父母不回家的信中写道:

> 今日无人作爱国之事,亦无人出爱国之言,相习成风,至不知爱国为何物,有人稍言爱国,必私相异,以为不落实与狂妄,岂不可悲?……当知二十世纪少年当有二十世纪人之思想,即爱国思想也[①]。

尔后,他留学美国,民族的歧视促使他的爱国主义有了新的发展。他在给家人和好友的书信中一再写道:

> 一个有思想之中国青年留居美国之滋味,非笔墨所能形容。俟后年年底我归家度岁时当与家人围炉絮谈,痛哭流涕,以泄余之积愤。我乃有国之民,我有五千年之历史与文化,我有何不若彼美人者?将谓吾国人不能制杀人之枪炮遂不若彼之光明磊落乎?总之,彼之贱视吾国人者一言难尽[②]。

> "不出国不知道想家的滋味"——这是我前日写信告诉繁祈、方重的;你明年此日便知道这句话的真理。我想你读完这两首诗,当不致误会以为我想的是狭义的"家"。不是!我所想的是中国的山川,中国的草木,中国的鸟兽,中国的屋宇——中国的人[③]。

可见,他的爱国主义一开始就深深植根于反对帝国主义的现实土壤里,只要有这种土壤,他的爱国主义就必然会发展。

(三) 充满了爱人民的内容

闻一多出身士大夫家庭,对人民群众的正确认识经过了相当长的一个过程,但从他开始树立爱国主义时起,就开始了关心人民群众的命运。早在清华读书时致父母的信中,他写道:

> 故每归家,实无一日敢懈怠,非仅为家计问题,即乡村生计之难,

[①] 闻一多:《致父母》,《闻一多全集》第12卷,湖北人民出版社1994年版。
[②] 闻一多:《致五哥、驷弟呈父母》,《闻一多全集》第12卷,湖北人民出版社1994年版。
[③] 闻一多:《致景超》,《闻一多全集》第12卷,湖北人民出版社1994年版。

风俗之坏,自治之不发达,何莫非作学生者之责任哉①?

读书的时代,他已把改造社会、关心民众作为己任。去国后,非笔墨所能形容的民族歧视使他更是时时刻刻怀念有五千年历史与文明的中国人。他恳请家人多多告诉他乡间的情景,特别是乡民的情景。他在信中十分关切地问道:

> 乡间此时情形如何?人心慌乱到什么程度?望略示远人,借释悬念。凶年兵燹,频乘荐臻,乡民将何以为生啊!不知人心是怨天呢,还是怨人?天灾诚无法可救,至于人祸,若在欧美,这辈封狐长蛇,早被砍作百块了!美国底革命如此,法国的革命如此,俄国的革命亦如此②。

不管他对革命的认识到底正确与否,但关心乡民,向往以革命改造社会,改造国家的思想却是清晰可见的。

从以上三大特征,我们可以清楚地看到:他的爱国主义思想是传统与现实的结晶。它萌芽于中华民族杰出历史人物的传统教育,植根于反帝反封建的现实的群众斗争。这就使它不但区别于那些假爱国主义者,而且与那些真爱国主义者相比,也有自己的特点。他曾将自己的爱国与郭沫若的爱国作过比较,说:

> 我个人同《女神》底作者底态度不同之处是在:我爱中国固因他是我的祖国,而尤因他是有他那种可敬爱的文化的国家;《女神》之作者爱中国,只因他是他的祖国,因为是他的祖国,便有那种不能引他的敬爱的文化,他还是爱他。爱祖国是情绪底事,爱文化是理智底事。一般所提倡的爱国专有情绪的爱就够了;所以没有理智的爱并不足以诟病一个爱国之士③。

这一比较未必妥帖,但也突出了他爱国主义的具体内容——中国的历史和文化。诚然,这样的爱有很大的进步性,但也有它致命的弱点——缺乏阶

---

① 闻一多:《致父母》,《闻一多全集》第12卷,湖北人民出版社1994年版。
② 闻一多:《致家人·五哥、驷弟转呈合家》,《闻一多全集》第12卷,湖北人民出版社1994年版。
③ 闻一多:《"女神"之地方色彩》,《闻一多全集》第2卷,湖北人民出版社1994年版。

级分析，因而一度被打着爱国主义旗帜的冒牌货所迷惑，信奉了文化国家主义，甚至对共产主义仇视。据此，有人竟简单地将闻一多与醒狮一伙国家主义派中的人物等同，认定"他之所以信奉国家主义，主要是受它的资产阶级狭隘民族主义所吸引"，早期的诗文"都明显地带有当时国家主义思潮的特征"[①]。这是不全面的论断，既缺少说服力，也使论者自己的分析陷入矛盾。

在研究闻一多的思想发展时，怎样看待他早年一度信奉文化国家主义是一个至关重要的问题。要解决这一问题，必须弄清楚以下三点：

第一，闻一多信奉的到底是怎样的国家主义？

第二，他为什么要参加"大江会"？

第三，他在"大江会"里做了些什么？

只有弄清楚这几个相关的问题，才能真正明白闻一多思想发展变化的原因，也才能正确地认识闻一多。

他信奉的到底是什么样的国家主义呢？回答是：中华文化的国家主义。对此，他曾作过非常明确的解释。他说：

> 纽约同人皆同意于中华文化的国家主义（Cultural Nationalism），故于印度则将表彰印度之爱国女诗人奈陀夫人，及恢复印度美术之波士（Nandalal Bose）及太果尔（Abanindranath Tagore）（诗翁之弟）等。于日本则将表彰—恢复旧派日本美术之画家，同时复道及鉴赏日本文化之小泉八云及芬勒楼札，及受过日本美术影响之毕痴来。从一方面看来我辈不宜恭维日本，然在艺术上恭维日本正所以恭维他的老祖宗——中国。我决意归国后研究中国画并提倡恢复国画以推尊我国文化[②]。

可见，他所信奉的中华文化国家主义就是宣扬祖国五千年光辉灿烂的历史文化，实质上是文化救国、艺术救国。这与他"五四"前后树立的爱国主义是一脉相承的。

他为什么参加"大江会"？大家都知道，无数的事实使他认识到"文化

---

① 陈丙莹：《论闻一多的思想发展》，《文学评论丛刊》第二辑，中国社会科学出版社1979年版。

② 闻一多：《致实秋》，《闻一多全集》第12卷，湖北人民出版社1994年版。

之征服甚于他方面之征服百千倍之。杜渐防微之责，舍我辈其谁堪任之"①。这就是他参加"大江会"的最基本的出发点，也是他热心于中华文化国家主义的最主要的动机。关于"大江会"这个组织，据现在还活着的当事人的回忆及其他材料，大致情况是这样的：

> 一九二五年，清华留美学生成立大江会时，会员二十九人中，有十一人就是一九二一级的，即何浩若、沈有乾、沈宗濂、吴泽霖、浦薛凤、陈华庚（实为时昭沄）、熊祖同、薛祖康、罗隆基和闻一多②。

> 大江会不是政党，更不是革命党，亦不是利害结合的帮会集团，所以并没有坚固组织，亦没有活动纲领，会员增加到三五十人，《大江季刊》（上海泰东图书公司出版）出了两期，等到大部分人回国后各自谋生去也，团体也就涣散了。但是一多是这一个组织的中坚分子，他的热诚也维持得最长久③。

由以上叙述，我们可以清楚地看到：大江会是由清华留美同学相互通讯联络，逐渐发展起来的，旨在宣扬中华文化，争取民族独立、自由，"异于普通的狭隘的军国主义"的"民族主义"组织，定名为"大江会"，"不过利用中国现成专名象征中国之悠久伟大"④。它与醒狮派是不同的。醒狮派信奉的是地道的国家主义，即军国主义，一开始就以反共反苏为宗旨，带有政治派别的性质，因此，很快发展成为政党——中国青年党。1925年至1927年，青年党一连出版了《意大利法西斯运动》、《日本法西斯运动》等鼓吹法西斯主义的著作；这之前，就大拿北洋军阀的津贴，充当其代理人。李大钊同志被捕后，北平各报几乎都以特号刊登文章，称李是学者、大学教授、政治犯，不可伤害。青年党陈天启则率党徒多人捣毁北平《晨报》馆，曾琦亲自出马拜见奉系军阀，说李乃共党独一无二的领袖，杀之则共党势力必灭，又假借北平民众团体的名到处张贴标语"杀一李大钊抵杀千万个共产党"。两

---

① 闻一多：《致实秋》，《闻一多全集》第12卷，湖北人民出版社1994年版。
② 黄颖：《闻一多留美前后》。
③ 梁实秋：《谈闻一多》，《传记文学》第九卷第216期，台湾传记文学出版社。
④ 梁实秋：《谈闻一多》，《传记文学》第九卷第216期，台湾传记文学出版社。

天后，李大钊即被杀害。"四·一二"反革命政变后，青年党则与蒋介石的法西斯主义政党完全合流，甚至直接从蒋介石处领取蒋的个人津贴4500元法币出版《国故》，为蒋摇旗呐喊，以后又与汪伪政权勾搭……这都是铁的事实，不能轻易混淆。

闻一多之所以积极参加大江会，热心大江会的活动，一是出于天真的爱国之情，一是出于真挚的朋友之谊。他后来说：

> 五四以后不久，我出洋，还是关心国事，提倡 Nationalism，不过那是感情上的，我并不懂得政治，也不懂得三民主义，孙中山先生翻译 Nationalism 为民族主义，我以为这是反动的[①]。

这虽然是二十年后的回忆，但完全可信。事实确是如此：他信奉国家主义是感情上的，热爱祖国文化、关心民族命运才是理智上的。

他参加"大江会"的动机、目的清楚了。再来看看他在"大江会"里到底干了些什么事吧！"大江会"从成立到"无疾而终"，"各自谋生去也"，总计两年多时间（1925—1927）。这两年多被有的研究者认为是他"积极参与政治、文艺活动的时期"，"是他前期政治、文艺思想形成与集中突露的时期"[②]，并根据几封信中谈到的情况，断定"闻一多，作为'大江社'的成员，这时曾参与了北京国家主义政派的一些活动"[③]。这实在是欠准确啊！请注意："大江"与"醒狮"合并，那不过是一种设想，犹如创造社与现代评论派合并一样，终究未成，也不可能成为事实。"大江"与"醒狮"是有区别的。闻一多信里表现出的对共产主义的错误认识丝毫不需讳言，问题在于到底怎样看待。马克思列宁主义一再告诉我们：

> 判断一个人当然不是看他的声明，而是看他的行为；不是看他自称

[①] 闻一多：《五四历史座谈》，《闻一多全集》第2卷，湖北人民出版社。
[②] 陈丙莹：《论闻一多的思想发展》，《文学评论丛刊》第2辑，中国社会科学出版社1979年版。
[③] 陈丙莹：《论闻一多的思想发展》，《文学评论丛刊》第2辑，中国社会科学出版社1979年版。

如何如何，而是看他做些什么和实际是怎样一个人①。

　　判断一个人，不是根据他自己的表白或对自己的看法，而是根据他的行动②。

根据这些教导，我们来看看他的行动，看看他做了些什么和实际是怎样一个人吧。"大江会"期间，他做了些什么呢？

（一）鼓吹中华文化国家主义

闻一多自己声称："我无才干，然理论之研究，主义之鼓吹，笔之于文，则吾所能者也。"他笔之于文的主要是诗，先后写有《醒呀》、《七子之歌》、《爱国的心》、《我是中国人》、《长城下之哀歌》等鼓吹中华文化国家主义的诗篇。《醒呀》是"历年旅外因受尽帝国主义的闲气而喊出的不平的呼声"；《七子之歌》是"抒其孤苦亡告，眷怀祖国之哀忧，亦以厉国人之奋兴"；《长城下之哀歌》是"悲恸已逝的东方文化的热泪之结晶"；《南海之神——中山先生颂》以示"人人都该立志努力完成中山先生的事业"……这能说是什么资产阶级狭隘的民族主义、反动的国家主义吗？"五卅"惨案发生了，闻一多和全国人民一样，义愤填膺，便找捷径将这些诗篇提前在《现代评论》上发表了。郭沫若经办的《长虹》杂志立即作了转载。李民治（一氓）写了题为《三首爱国诗》的专论予以推荐，说："我相信新诗坛的生命更新了，新诗坛的途径另辟了，新诗坛发向他祖国的希望之光益强了。"闻一多与《现代评论》在"五卅"惨案中的表演不是完全两样吗？与醒狮派青年党不是有质的区别吗？

（二）热心《大江》季刊的创办

闻一多早就希望能够自己创办刊物，去美不久就在给国内的朋友梁实秋的信中说："吾人之创作亦有特别色彩。寄人篱下，朝秦暮楚，则此种色彩定归堙没。色彩即作者个性之表现，此而不存，作品之价值何在？……余对

---

　　① ［德］恩格斯：《德国的革命与反革命》（1851年8月～1852年9月），《马克思恩格斯全集》第一卷，人民出版社1965年版。
　　② ［俄］列宁：《唯物主义和经验批判主义》（1908年下半年），《列宁选集》第二卷，人民出版社1972年版。

于中国文学抱有使命，故急欲借杂志以实行之。"① 但终未能成为事实。他热心《大江》的创办是可以理解的。《大江》到底是怎样一个刊物，不妨看看它的第二期也是最后一期吧。这期共刊登诗文 12 篇，其中闻一多就有两篇。现将目录照抄如后：

1. 大江宣言
2. 七子之歌（诗） 闻一多
3. 近代种族主义史略 潘光旦
4. 北美排华略史 胡　毅
5. 南海之神（诗） 闻一多
6. 只要此心不死我们终有一日 何浩若
7. 项羽（剧本） 顾一樵
8. 近来美国哲学之趋势（通信） 菊　农
9. 文学里的爱国精神（译著） 梁实秋
10. 一个初试的国民性研究之分类书目 吴文藻
11. 附录——大江会章程及细则　大江会会员名单
12. 编辑余谈 记　者

从这期刊物总的倾向看，爱国是主流。闻一多的两篇诗歌，一是呼吁收回祖国失去的领土，一是歌颂民族革命的领袖。这能与醒狮派同日而语吗？

（三）倡导新体格律诗的试验

这一试验，花去了他不少的精力，也给文学史留下了重要一笔。关于这，前面已经谈过，这里不再累叙了。

（四）编辑出版《死水》

1928 年初，他编辑的《死水》出版了。这，对闻一多本人，或是对中国现代诗歌史来说，都是不寻常的。值得人们注意的是，作者在编辑出版《死水》时，却有意将鼓吹中华文化国家主义的诗篇一律删去了。这意味着诗人觉悟的提高，意味着对中华文化国家主义的否定。

---

① 闻一多：《致梁实秋、吴景超》，《闻一多全集》第 12 卷，湖北人民出版社 1994 年版。

据此，我们认为，这一时期的闻一多只能是一个真诚的爱国主义者，决不同于醒狮派的曾琦、李璜之流专以反苏反共为能事的国家主义分子，否则，下列事实也是无法解释的：当诗人写作《南海之神》时为什么在给友人的信中特别作了如此申明——"刊入《大江》不嫌其为国民党捧场乎？我党原欲独树一帜，不因人熟，亦不甘为人作嫁衣裳"①；当曾琦、李璜之流以《醒狮周报》、《独立青年》等刊物为阵地向共产党发动猖狂进攻时，他何以不作一诗一文加以响应、支持呢？北伐军占领武汉，成立革命政府，邀他参加政治部工作，他何以欣然应命呢？这一切不是从另一个方面说明他是一个大事不糊涂的爱国者吗？弄清了以上一些问题，他以后的转变也就不难理解了。

当然，闻一多的思想也有矛盾，而且是非常深刻的矛盾：感情与理智的，现实与理想的，主观与客观的……然而，他能正视矛盾，且在矛盾中痛苦地挣扎，在矛盾中勇敢地探索，在矛盾中曲折地前进！由诗人而为学者，过着所谓不过问政治的学者生活，长达十余年之久，后来又全力以赴从事政治活动，乃至牺牲生命也在所不惜。对他来说，这都是痛苦而又深刻的转变。为什么发生这一次又一次的转变呢？他的回答是：

> 从不问政治到问政治，从无党无派到有党有派，这一转变，从客观环境说，是时代的逼迫，从主观认识说，是思想的觉悟，我们觉悟了我们昨天那种严守中立，不闻不问的超然态度，不是受人欺骗便是自欺欺人②。

这一回答是他的经验教训的总结，诚实而又准确。他所以能够完成一次又一次的转变，具体说来：

（一）通过自己对现实的观察

转向中国古典文学的研究，过着所谓学者生活时，尽管他主观上力图不过问政治，然而，事实上政治却时时在过问他。现实生活是那么无情地拉着

---

① 闻一多：《致梁实秋》，《闻一多全集》第10卷，湖北人民出版社1994年版。
② 闻一多：《民盟的性质与作风》，《闻一多全集》第2卷，湖北人民出版社1994年版。

他：新月派同人分化，一些人甚至投靠蒋介石国民党反动集团；武汉大学派系倾轧，被排挤；青岛大学的"学潮"又一次让他被迫离去；"七·七"事变爆发，全民抗战风起云涌；清华大学被迫迁校，由湘到滇几千里长途跋涉；西安事变；皖南事变……民族矛盾激化，民族危机加深，阶级压迫，阶级反抗，特别是一批又一批青年学生惨遭杀害，人民群众到处流离失所，都逼迫这位大事不糊涂的学者思考，抉择！是事实，特别是人民浴血抗战的事实，使他深深地懂得了：日寇的侵略本性是难以改变的，蒋介石反动政府的腐败无能是不可救药的，只有人民才是历史的创造者。他在文章和讲演中一再说道："很简单，认识了人民，热爱着人民，觉醒了的知识分子！不但戏剧，而且'行行出状元'，只要认识人民，每一个知识分子，都是一个可能的天才和英雄。"① "真正的力量在人民。我们应该把自己的知识配合他们的力量。没有知识是不成的，但是知识不配合人民的力量，决无用处！我们知识分子常常夸大，以为很了不起，却没想到人民一醒觉，一发动起来，真正的力量就在他们身上。"② 他在《战后文艺的道路》手稿提纲里还这样明确地写道："人民不但赢得了胜利，扭转了历史，并且历史一向是人民创造的"，"过去的错误——劳力者治于人，劳心者治人；文化属于劳心者，为了劳心者，出自劳心者"。历史的结论应该是"知识分子只有和工农大众相结合才会成为不可战胜的力量"，"一个民主主义者是一个勇敢的往前看的人，而不是一个偷偷摸摸向后看的人"。闻一多就是一个向前看的民主主义者，他认识了人民，并且在群众斗争中和工农结合了。

（二）通过自己对古典文学的研究

他的中华文化国家主义信仰动摇了。他发现了自己的一种最根本的缺陷——不能适应环境，向外发展的路走不通，不能不转向内走。这向内走的路就是研究中国古代文学。他通过对中国古代文学的刻苦研究、具体分析，

---

① 闻一多：《〈新中国〉给昆明一个耳光罢！》，《闻一多全集》第2卷，湖北人民出版社1994年版。
② 闻一多：《给西南联大的从军回校同学讲话》，《闻一多全集》第2卷，湖北人民出版社1994年版。

克服了早年的某些盲目性。如果说鲁迅在辛亥革命后，曾经通过独辟蹊径的道路，对中国历史的精心研究，发现了"中国人尚是食人民族"①，中国历史"满本都写着两个字是'吃人'"②，促使鲁迅投入"五四"革命的洪流，那么，闻一多对中国古代文学的研究，也有重大发现。他"在'温柔敦厚，诗之教也'这句古训里嗅到了几千年的血腥"③，深刻地懂得了儒、墨、道不过是"偷儿、骗子、土匪"；又从他特别喜爱、特别下功夫研究过的爱国诗人屈原、杜甫、陆游等的经历及其著作中受到莫大的启发，吸取了丰富的营养。因此，他毫不犹豫地投入清算古文化的毒素的斗争，且在斗争中进一步懂得了恨自己。他说：

> 我们实际上都属于剥削阶级，什么时候懂得恨自己、反对自己的阶级，而替人民的利益服务，就算为人民了。这是一件痛苦的事，可是我们一定要做到④。

为了做到这关键的一步，他总是时时刻刻无情地解剖自己。1944年10月，在昆明云南大学至公堂纪念鲁迅逝世九周年的大会上，他沉痛地宣布：

> 从前我们住在北平，我们有一些自称"京派"的学者先生，看不起鲁迅，说他是"海派"。就是没有跟着骂的人，反正也是不把"海派"放在眼上的。现在我向鲁迅忏悔：鲁迅对，我们错了！当鲁迅受苦受害的时候，我们都正在享福，当时我们如果都有鲁迅那样的骨头，那怕只有一点，中国也不至于这样了。
>
> 骂过鲁迅或者看不起鲁迅的人，应该好好想想，我们自命清高，实际上是做了帮闲帮凶！如今，把国家弄到这步田地，实在感到痛心！现在，不是又有人在说什么闻××在搞政治了，在和搞政治的人来往啦，以为这样就能把人吓住，不敢搞了，不敢来往了。可是时代不同了，我

---

① 鲁迅：《致许寿裳》，《鲁迅全集》第11卷，人民文学出版社1985年版。
② 鲁迅：《狂人日记》，《鲁迅全集》第1卷，人民文学出版社1982年版。
③ 闻一多：《〈三盘鼓〉序》，《闻一多全集》第2卷，湖北人民出版社1994年版。
④ 黄海：《宁死不屈的教授、诗人闻一多》，《闻一多纪念文集》，生活·读书·新知三联书店1980年版。

们有了鲁迅这样的好榜样，还怕什么？纪念鲁迅，我想应该正是这样①。他正是在不断解剖自己的痛苦斗争中接近真理，走向真理的。

（三）通过自己对理论的学习

闻一多为了有效地研究中国古代文化，参考了古今中外许许多多研究者的各式各样的著作。其中，郭沫若的《青铜时代》、《十批判书》是他最爱读的书籍的一部分。郭沫若关于中国古代社会的精辟分析，给他以不小的启发。他追溯到郭沫若的理论基础是马克思列宁主义毛泽东思想，于是，自然而然地效法郭沫若用马克思列宁主义毛泽东思想研究古代，观察现实，加以地下党组织及青年学生的帮助，大约从1943年就开始自觉地、刻苦地学习理论。他先读了《新哲学大纲》、《社会科学概论》、《整风文献》等，随后又读了《共产党宣言》、《国家与革命》、《联共党史》、《政治经济学》、《资本论》、《新民主主义论》、《论联合政府》、《论解放区战场》等，一步一步地接触到了马列主义毛泽东思想。由于他是在业务实践中学，在群众斗争中学，因而收效特别显著，不仅指导了他的科学研究，而且更用来观察形势，指导行动。在他读过的《整风文献》上就留有如下一段笔记：

> 政治是最尖锐的人生，人生观即政治观——反对政治与不管政治也是一种政治，社会动物即是政治动物。
>
> 当社会阶级斗争最尖锐时，就产生各种不同的政治观点。各个人就拿自己的阶级意识支持其政治理论，推广而成为所谓的人生观，所以谈思想而不涉及政治，谈政治而不提到阶级的经济基础，都是有意的或无意的躲闪问题，而不是真正的在解决问题②。

这一认识是他从自己的切身经历中总结出来的，也是符合马克思列宁主义的。他还从马克思、恩格斯、毛泽东等无产阶级革命领袖人物由"民主主义者变成社会主义者"的经历中受到启发：人是可以由一个阶级变到另一个阶级的。读了《新民主主义论》后，他高兴地对人说："这是我所见过的最

---

① 闻一多：《在鲁迅逝世八周年纪念会上的讲话》，《闻一多全集》第2卷，湖北人民出版社1994年版。

② 转引自王康：《闻一多传》，湖北人民出版社1979年版。

好的著作","让我们知道了今天该做什么,明天还要干什么"。读了《论联合政府》、《论解放区战场》后,他又对人说:"这是新中国的希望!这是最美丽的诗!真叫人兴奋,叫人自豪!……读着这样的诗,浑身都是力量,我简直想离开这个腐臭的地方。"① 马克思列宁主义毛泽东思想就这样促使闻一多思想一天一天地变化着。

这三条途径相互沟通,相互促成,才是闻一多思想转变的真正原因。它是那么符合历史的逻辑,符合闻一多思想发展的逻辑!它生动地显示了规律的力量、人民的力量、马克思列宁主义毛泽东思想的力量!

闻一多殉难四十年了,祖国发生了天翻地覆的变化。从变化中,人们更加深刻地了解了他殉国的价值。为了纪念他,宣扬他,学习他,四川文艺出版社特地委托我编辑一部新的《闻一多选集》。经过两年多的时间,这一光荣任务终于完成了!

(选自《闻一多与饶孟侃》,电子科技大学出版社,1999年)

---

① 参见王康:《闻一多传》,湖北人民出版社1979年版。

饶孟侃的诗歌"奇迹"

徐志摩在《诗镌放假》一文中,不但赞扬《诗镌》同仁中"最卖力气"的饶孟侃、闻一多,而且在文章结尾还特别提到饶孟侃创造了"奇迹"。他说:

> 孟侃从踢球变到做诗,只是半年间的事,但他运用诗句的纯熟,已经使我们老童生们有望尘莫及的感想,一多说是"奇迹",谁说不是[①]?

几年之后,陈梦家在《新月诗选》序文中甚至说:

> 影响于近时新诗形式的,当推闻一多和饶孟侃,他们的贡献最多[②]。

这两篇带有总结性的文字如此高度评价饶孟侃,说"他们的贡献最多",一点也不错。饶孟侃既热心于新诗体制的输入与音节的试验,又热衷于理论的探讨、批评的开展,还特别努力于刊物的编辑……遗憾的是,这样一位创造"奇迹"、"贡献最多"的诗人、诗评家,竟长期没有人认真研究。

使"老童生们有望尖莫及的感想"

我们现在能够找到的,饶孟侃最早发表的诗歌是1925年12月3日《晨报副刊》上的《醉歌》。诗如后:

> 伙计们,就干了这杯罢!
> 咱这儿还有几壶莲花白。
> 这大冷天儿烤着炉火,

---

① 徐志摩:《诗镌放假》,《晨报·诗镌》第十一号,1926年6月10日。
② 陈梦家:《新月诗选·序言》,新月书店1931年9月初版。

> 那里有杯酒斜阳的可爱？
>
> 伙计们，咱再干一杯罢！
> 你瞧那太阳也像个醉汉；
> 他歪躺在西山的背后，
> 把玉泉山塔当酒瓶儿玩。
>
> 伙计们，再干了这杯罢！
> 要说这年头儿真不相干；
> 就让他们打翻了太阳，
> 咱还能抱着这一只酒罐。

这可以称得上是一首新诗，不但表现了军阀混战的局面，而且也表现了知识分子洁身自好的清高。诗的形式别致。全诗三节，每节 4 行，除第 3 行 9 个字外，其余各行均 10 个字，排列工整，每节 2、4 行押韵（"白"、"爱"、"汉"、"玩"、"干"、"罐"），平仄也颇讲究，句式也注意了变化。首段一句用"就干了"，二段首句用"咱再干"，三段首句用"再干了"，表现了三种境界，比喻也很精当，全用日常口语，"以单纯的意象写出清淡的诗"。

从发表诗作《醉歌》到《诗镌》放假发表《辞别》，半年间，饶孟侃发表诗作十五首。这十五首诗，每一首都有自己的形式，每一首都是音节上的冒险。"天安门流血"事件爆发后，作者接连写了两首诗《"三月十八日"——纪念铁狮子胡同大流血》、《天安门》，这是最早反映"天安门流血"事件的诗篇。一首采用对话体，一首采用独白，都具有戏剧的形式，可以清楚地看到霍斯曼的影响。《"三月十八日"——纪念铁狮子胡同大流血》写成在事变后的第五天，发表于事变后的第七天，即 3 月 25 日《晨报副刊》1369 号，收入《新月诗选》（陈梦家编）、《诗选与校笺》（闻一多编校）时作了较大的修改。我们不妨先将发表稿与修改稿一并读一读。为了读者阅读的方便、醒目，凡是修改的地方，一律用黑框框去，再将改动的字句用黑线引出、写明。

> "平儿，你回来 了!"
>
> "是的，母亲。"
>
> "你为什么走路卷着大襟?"
>
> "啊! 那是 在 路上弄脏了一点，
> 不要紧，让我进去换一件。"
>
> "兄弟呢，怎么没同你回来?"
>
> "他，他许是没有我走得快；
> 没什么，母亲，没什么；他，他
> 自己难道还不认得回家?"
>
> > "平儿，今天街上这般冷静
> > 难道外面出了什么事情?"
> >
> > "是的，如今这种事情太多，
> > 提起来真长，问它做什么!"
>
> "不是，我昨晚梦见你兄弟，   昨晚我
>
> 醒　　一起来又听见乌鸦在啼；……"   乱
>
> 我说　"母亲，你老人家不要迷信：
>
> 乌鸦 那儿管 得着人的事情!"   怎么懂
>
> "怎么，你两只眼肿得通红?"
>
> 哦　"那， 这 沙子儿 轧得好凶，好凶 。"   吹进眼皮
>
> "吓! 你大襟上 是血 ， 可不 !"   怎 血迹模糊
>
> 那是　"刚才 ，嗳，遇着宰羊脏了衣服。"
>
> "平儿 ， 你 ，你分明是在说谎；
> 他，告诉我，他到底怎么样?……"   告诉我，他

3 月 22 日

这些修改不知是作者本人，还是编者，或是作者与编者共同进行的。很显然，修改稿不但更加精炼，而且更符合人物的心理。儿子回家，母亲问兄弟怎么没一道回家，儿子以谎言相答，愈是这样，母亲愈是要追问，就在这一问一答中反映了铁狮子胡同大流血的惨剧，塑造了两个鲜活的人物形象。诗写得悲痛，却没有一点感伤的色彩！《天安门》的发表要晚几天，但从作者所署"3月25日改旧稿"的字样看，写作时间正好是《"三月十八"——纪念铁狮子胡同大流血》发表的时间，可见两首诗成于同一时间，"三·一八"大流血是如何激动着作者的感情，如何震撼着作者的心灵啊？比较起来，《天安门》一诗有着更深刻的意义、更完美的形式。诗采用似独白、似对话的形式。

前面那空地就叫天安门， （mén）
好孩子，你要害怕就别做声， （shēng）
人家说这里听得见鬼哭，
一到晚上就没有走路的人。 （rén）

　新的鬼哭，旧的鬼应； （yìng）
　要是听着真吓死人！ （rén）

前面那空地就叫天安门， （mén）
这会儿随你走，从前可不成； （chéng）
听说有一天这里下大雨，
还跪着成千的进士和举人！ （rén）

　天还没亮，鸡叫一声， （shēng）
　水里满是跪着的人。 （rén）

前面那空地就叫天安门， （mén）
这件事别再要妈讲给你听。 （tīng）
提起这事我的心就会跳，
你千万别问我是什么人；—— （rén）

　灯儿一暗，尽是哭声；…… （shēng）

饶孟侃的诗歌"奇迹"

  孤儿寡妇靠什么人！   （rén）

前面那空地就叫天安门，   （mén）
如今闹的却是请愿和游行。   （xíng）
不知道爱国犯了什么罪，
也让枪杆儿打得认不得人？—— （rén）
  身上是血，脸上发青，   （qīng）
  好不容易长成个人！   （rén）

前面那空地就叫天安门，   （mén）
要不说倒忘了明天是清明；   （míng）
人家都忙着上街买香烛，
妈也和你去做个扫墓的人；—— （rén）
  西直门外，两座土墩，   （dūn）
  里面睡的都是亲人。   （rén）

前面那空地就叫天安门，   （mén）
提起这三个字儿真叫人恨。   （hèn）
妈如今活着都为的是你，
再出了岔儿叫我靠什么人？ （rén）
  有一句话，你可得听，   （tīng）
  记着妈是苦命的人！   （rén）

3 月 25 日改旧稿①

  诗成于"三·一八"流血事件后，发表于《诗镌》创刊号，很显然是有意表达并宣扬爱国主义。诗，通过一位母亲带着孩子走过天安门的谈话，在广阔的历史背景上，透过天安门眼前的流血事件，塑造了一个深明大义、爱

---

① 饶孟侃：《天安门》，《晨报·诗镌》第一号，1926 年 4 月 1 日。

国爱民的母亲形象，反映了人民的愿望，揭露了统治者的罪行。诗，很注意布局。全诗六节，前三节写历史，后三节写现实。不管是写历史，还是写现实，作者总是以母亲为主体，同时融入自己的感情。诗的每一句是多么震撼人心的声音啊！敌人的残暴、爱国者的光荣，跃然纸上。爱国者是斩不完、杀不尽的，自有后来人，一个伟大的母亲不正在哺育着吗？

全诗六节，每节6行，1、3行每行10个字，2、4行每行11个字，5、6行每行8个字，错落有序的排列，显得极为工整。每节起句完全一样，没有给人以重复的感觉，反而加深着读者的印象！每节的3、5句突出一个"人"字："没有走路的人"、"吓死人"、"进士和举人"、"跪着的人"、"别问我是什么人"、"靠什么人"、"打得认不得人"、"好不容易长成个人"、"做个扫墓的人"、"都是亲人"、"我靠什么人"、"妈是苦命的人"。每一个"人"字都流贯着母亲的爱和恨。而且全诗以此为韵脚，一、二、四、五、六句押韵，一韵到底，加以每行平仄相间，因而全诗和谐、流畅。

"天安门流血"事件一天天远去，但总抹不去饶孟侃的记忆。4月9日，他又写成了一首题为《无题》的短诗：

  就是世上认不得真面目； （mù）

  我们也不含糊的过一天； （tiān）

  问他们从海岛逃到山谷； （gǔ）

  可有谁逃出了人世里边？ （biān）

    我们只要在日夜中间？ （jiān）

  既然世上容不得真面目， （mù）

  我们爽兴热闹的做一场， （chǎng）

  让你做歌女背一面大鼓， （gǔ）

  我来扮作个琴师的模样—— （yàng）

    拨起了三弦摇着板唱[1]。 （chàng）

---

[1] 饶孟侃：《无题》，《晨报·诗镌》第七号，1926年5月13日。

"三·一八"惨案后,北洋军阀及其走狗文人大造舆论,竟然把青年学生及广大群众的至情至性的爱国热情诬蔑为"赤化",是受了群众领袖的"唆使"和"利用",妄图继续隐瞒事实真相,欺骗广大群众。他们既要使人"认不得真面目",又"容不得真面目"。在这样的"牢圈"里,人该怎么活?是"悲叹",还是"摇着板唱"?作者选择的是后者,要"热闹"地"摇着板""唱",也就是说,要剥开假面,揭露真相。这难道不是要与北洋军阀继续斗争的号召么?!

全诗两节,每节6行。前4行10个字,后1行9个字。每节两韵("目"、"谷"和"天"、"边"、"间";"目"、"鼓"和"场"、"样"、"唱"),自然、和谐,易于上口。《新月诗选》、《诗选与校笺》收录此诗时,对诗的第一节最后两句作了修改:

> 可有谁逃出了这个牢圈?
> 那么你为什么还要悲叹?

将"人世里边"改为"这个牢圈",这一改由泛指到了特指,将北洋军阀的残暴统治揭露无余。"我们只要在日夜中间"显得多么消极,改为"那么你为什么还要悲叹",不但句式由叙述变为问话,变消极为积极,且与下一节照应——越是容不得越要抗争。

《走》也是有感于"三·一八"血案而发,作者运用绝句音节写成。血案后,进步知识分子纷纷离开北京。请注意:这不是逃离,而是转移,战场的转移。诗,大概就是为鼓动转移而写的吧!它发表在1926年5月6日《晨报副刊·诗镌》第六期上,收入《新月诗选》、《诗选与校笺》时作了一个字的改动。

最后一行的"着"改为"了",一字之改,诗自然更准确。"着",表示动作尚在进行。"了",表示动作完成。这里用完成式,使结句更有力量。全诗4行,1、3、4行押韵("工"、"风"、"篷"),念起来上口。闻一多说:"一首绝句的要害就在三、四句。"① 《走》正符合要求。一、二句可谓蓄气,

---

① 闻一多:《英译的李太白》,《晨报·诗镌》第十号,1926年6月3日。

三句点题，四句结尾。要害在"走"，乘风破浪地"走"。四句"桅杆上立刻挂满了帆篷"，正是鼓劲，结得有力！

《灯蛾》是继《走》、《无题》后又一首抗争军阀的诗篇，发表在《诗镌》"放假"之后，1926年7月31日出版的《现代评论》86期。诗，以成语故事为题材，采用作者惯用的对话形式，在无需回答中告诉了孩子们一个"道理"。这"道理"就是"知其不可为而为之"，即不辞舍命与北洋军阀抗争。

  "灯蛾为什么要去扑火？"   (huǒ)

  有一个孩子笑着问我。   (wǒ)

  我本想对他说出真情，   (qíng)

  无奈他是那么年青。   (qīng)

  有一个孩子笑着问我，   (wǒ)

  "灯蛾为什么要去扑火？"   (huǒ)

  本想告诉他有一个道理，   (lǐ)

  我怎好意思说我自己！   (jǐ)

诗两节，8行，一、二句完全一样，只是顺序作了调整，三、四句虽然字数不完全相等，但都押韵（"情"与"青"、"理"与"己"），仍然结构紧凑，读来上口。

《捣衣曲》、《莲娘》和《弃儿》充分表现了反封建的精神，充满了对劳动者，特别是妇女命运的关注和同情，主题相近，形式各异。《捣衣曲》与传统散曲一脉相承，每节后四句复沓：

  咻噗咻噗：

   她独自捣着衣服，

    叮当叮当，

     铁马儿响在飞檐。

"咻噗咻噗"的捣衣声与"叮当叮当"的铁马儿响，反复交织，响在"月光软抱住白莲庵"。这是一种多么阴森的气氛，烘托着老寡妇的悲惨命运。《莲娘》则以口头叙事的格调与风格讲述了一个普通人的不幸的命运。全诗28

节，112 行，可谓一首长篇叙事诗。诗的每一节几乎都做到了"节的匀称，句的整齐"，音节的追求上也下了很大功夫。

  我 / 撑着 / 一只 / 小小的 / 船儿，
  我 / 曾经 / 走过 / 许多的 / 地方；
  真 / 说不尽 / 看过 / 几多 / 风云，
  也 / 数不尽 / 踏过 / 多少 / 波浪。

  孩子们 / 惊望着 / 他的 / 脸色，
  他也 / 惊望着 / 炭火的 / 红光①。

这两节诗，每行都可以分作四个音尺。全诗虽然不是每节如此，但节奏仍然是鲜明的，可谓"音节铿锵"。像这样百余行的新诗能够做到节的匀称、句的整齐，又注意了平仄韵脚，当时是少见的。《弃儿》则采用的是西方的形式，这里就不作详细分析了。

  《家乡》更是一首追求音节冒险的力作。先读读吧：

  这回我又到了家乡，
  前面就是我的家乡：

远远的 / 凝着 / 青翠 / 一团；	(tuán)
眼前 / 乱晃着 / 几根 / 旗杆。	(gān)
转个弯 / 小车 / 推到 / 溪旁，	(páng)
嘶的 / 一声 / 奔上了 / 桥梁；	(liáng)
面前 / 迎出些 / 熟的 / 笑容，	(róng)
我连忙 / 踏步 / 走入 / 村中，	(zhōng)
故乡啊 / 仍旧 / 一般 / 新鲜，	(xiān)
虽然 / 游子 / 是风尘 / 满面！	(miàn)

你瞧 / 溪荷 / 还飘着 / 香风，	(fēng)
歌声 / 响遍 / 澄黄的 / 田陇，	(lǒng)

---

① 饶孟侃：《莲娘》，《晨报·诗镌》第五号，1926 年 4 月 29 日。

溪流边 / 依旧 / 垂着 / 杨柳，　　　　（liǔ）

柳荫下 / 摇过 / 一只 / 渔舟。　　　　（zhōu）

听呀：/ 井栏边 / 噗噗 / 洗衣，　　　　（yī）

炊烟中 / 远远 / 一片 / 呼归，　　　　（guī）

算命的 / 锣儿 / 敲过 / 稻场，　　　　（cháng）

笛声 / 悠扬在 / 水牛 / 背上。　　　　（shàng）

这回我又到了家乡，

前面就是我的家乡①。

这首诗无论是结构与组织，还是格调、节奏、韵脚、平仄等方面都十分讲究。全诗20行，开头、结尾各两行复沓，中间16行，每行9个字，4个音尺，1个三音尺，3个二音尺，两行一韵。一句一个动作或一个画面。先景后人，由远到近。"凝着青翠一团"，"乱晃着几根旗杆"，"小车"、"溪河"、"桥梁"、"笑容"、"香风"、"歌声"、"杨柳"、"渔舟"、"炊烟"、"笛声"……将看到的、听到的，有条不紊地写来，自然美与人情美融铸成一幅幅风景画、一幅幅风俗画。很显然，这一切都受着传统美学的支配！饶孟侃的诗确实篇篇精彩，难怪徐志摩发出了那样的感叹——"使我们老童生们有望尘莫及的感想"。

"老友中只你不叫我们失望"

1927年9月，经过几个月的"飘泊"，饶孟侃、闻一多终于到了上海。老友聚会，既带来了喜悦，也带来了烦恼。朋友们先后办起了《新月》月刊和《诗刊》、《学文》等刊物。在这些刊物上，饶孟侃先后发表了十五首诗，也可谓首首"精彩"。

生离死别是每个人无可避免要碰上的事，中外古今的诗人几乎都要接触这一类题材。因此，赠别吊亡诗不可胜数，然而动人心弦、感人肺腑的却很少，古代诗人写来写去却成了应酬的工具。新诗也不例外。闻一多批评俞平

---

① 饶孟侃：《家乡》，《晨报·诗镌》第四号，1926年4月22日。

伯的《冬夜》时就曾一针见血地指出：

> 近来新诗里寄怀赠别一类作品太多。这确是旧文学遗传下来的恶习。文学本出于至性至情，也必要这样才好得来。寄怀赠别本也是出于朋友间离群索居的情感，但这类的作品在中国唐宋以后的文学界已经成了一种应酬的工具。甚至有时标题是一首寄怀的诗，内容实是一封讲家常细故的信①。

是的，这类诗几乎完全成了应酬的工具，没有真挚热烈的感情，多是用理智的方法强迫而成的，读来味同嚼蜡。饶孟侃的《送别——给仲明》一洗缠绵于儿女情长、凄凉意切的窠臼，寓希望、勉励的情怀，别具一格。

> 我想对你说句离别的话，
> 但是但是叫我怎么样讲。　（jiǎng）
> 好的都让前人给说尽了，
> 我又不愿去借别人的光！　（guāng）
> 这样一晚上没打定主意，
> 从鸡初啼到纸窗儿透亮。　（liàng）
>
> 我又想找一件礼物送你，
> 这事情这事情也够为难。　（nán）
> 古琴宝剑如今那儿会有，
> 又搬移不动那黄河泰山；　（shān）
> 无意中拾到一片海棠叶，
> 想送你宅可惜已然凋残②。　（cán）

这是作者"转移"到上海后发表的第一首诗，一首别开生面的送别诗。仲明，原名唐亮，字仲明，清华学友，1926年毕业，次年去法兰西攻读美术。诗就写成于唐亮去国前夕。作者既没有用缠绵细语去写难舍难分的儿女之情，也没有用豪言壮语去写相互之间的勉励，也没有用纪念物的赠送表达

---

① 闻一多：《"冬夜"评论》，《闻一多全集》第2卷，湖北人民出版社1994年版。
② 饶孟侃：《送别——给仲明》，《时事新报·文艺周刊》第一期，1927年9月10日。

互相间的深厚情谊。诗,着重写的是自己的心理:想说离别的话,好的却让人说尽了,又不愿重复别人的,真是无言胜有言;想赠送礼物,不是没有,就是不能,真是无物胜有物。这是一种多么复杂的心理啊!诗,正是通过这种说不出、写不尽的情感表达了友情的深厚、诚挚、热烈。全诗两节,每节6行,每行10个字,隔行一韵("讲"、"光"、"亮";"难"、"山"、"残"),完全做到了"句的匀称"和"节的整齐",读来上口。

吊亡诗是一种主情诗,常用手法是借物思人、由物生情,或追忆往事、由事生情。饶孟侃另辟蹊径,写成了两首吊亡诗——《招魂——吊亡友杨子惠》、《飞——吊志摩》,既别于古人,也别于时人,各具特色。吊亡友杨子惠,诗人以《招魂》作题目,是适合中国人的习俗的。中国人相信人死后魂魄尚存,可以召回。屈原作《招魂》是深痛楚怀王之客死,并讽谏楚顷襄王宴安淫乐。饶孟侃借用这种形式吊唁好友杨子惠,以泄自己的哀痛之情。杨子惠,名世恩,字子惠,浙江鄞县人,曾就读清华学堂,加入"文学社",与饶孟侃及朱湘、孙大雨被誉为"清华四子"。他于1925年夏毕业,积极参与《晨报副刊·诗镌》的创办工作,1926年秋不幸逝世。徐志摩在《一个启事》中写道:

> 我们《诗镌》同人本是寥寥可数的,但谁想在三个月间,我们中间竟夭折了两个最纯洁的青年!杨子惠(宁波人)在七月间得伤寒症死在上海;前六日(九月九日)刘梦苇又在法国医院病故①。

可见,杨子惠是一个多么好的青年诗人啊,难怪饶孟侃要为之招魂。

来,你不要迟疑,	(yí)
趁此刻鸡还没有啼;	(tí)
你瞧远远一点灯光,	(guāng)
渔火似的一暗一亮——	(liàng)
那灯下是我在等你。	(nǐ)
来,你不要迟疑!	(yí)

---

① 徐志摩:《一个启事》,《晨报·副刊》,1926年9月15日。

> 来，为什么徘徊？　　　　　（huái）
> 我泡一壶茶等你来。　　　　（lái）
> 你看这一只只白鹤，　　　　（hè）
> 一只只在壶上飞着，　　　　（zhe）
> 是不是往日的安排？　　　　（pái）
> 来，为什么徘徊？　　　　　（huái）
>
> 来，用不着犹夷；　　　　　（yí）
> 趁我在发愣没想起，　　　　（qǐ）
> 你只管轻轻的进来，　　　　（lái）
> 像落叶飘下了庭阶，　　　　（jiē）
> 冷不防给我个惊喜。　　　　（xǐ）
>
> 来，用不着犹夷！　　　　　（yí）

原诗分四节，收入《新月诗选》、《诗选与校笺》时删去了与第一节复沓的第四节，全诗更加紧凑，更加精练！全诗三节，起句与尾句复沓，每节6行，每行6个字，中间4行，每行8个字，非常匀称，节与节之间也非常对称，韵式为ａａｂｂａａ。诗围绕着"不要迟疑"、"为什么徘徊"、"用不着犹夷"三种心理，用对话写去，既写出了诗人的复杂心理，又写了亡友的魂魄，从而将生者与死者的感情沟通，将隔膜打开，诗友之间的至性至情力透纸背，动人心弦，感人肺腑！《飞——吊志摩》则根据徐志摩的特点，运用西方的典故、英诗的形式写成，别具一格。

1926年秋，《诗镌》同仁死的死，走的走，都离开了北京，四处"飘泊"，为工作，为生存，为家庭，为朋友而时时事事发"愁"。这一年的奔波，这一年的漂泊，饶孟侃亲身经历了"四·一二"、"七·一五"大屠杀这些比"三·一八"更大的流血惨剧，无数的共产党人和革命群众惨死在屠刀下，横卧在血泊中，全国人民都在愤怒中。"不在沉默中灭亡，就在沉默中爆发"，饶孟侃终于拿起笔写成了《天问》，倾泻他的愤懑。

> 你知道，你知道
> 我今天再也忍不住了沉默，

> 忍不住要大胆地问一声天;
>
> 为什么，为什么
> 记忆在我肩头一天天沉重，
> 一片问号总浮在我的眼前；
>
> 是不是，是不是
> 人世里不该有生死和聚散，
> 不该有刀兵永远伴着死亡？
>
> 明知道，明知道
> 天给的回答还是一个谜语，
> 无奈问号把镰刀挂在心上①。

《天问》是伟大诗人屈原的创作，王逸在其作品的序文中写道："屈原放逐，忧心愁悴，彷徨山泽……见楚有先王之庙及公卿祠堂，图画天地山川神灵，琦玮谲诡，及古贤圣怪物行事……因书其壁，呵而问之，以渫愤懑，舒写愁思。"饶孟侃的这首《天问》毫无疑问是学屈原创造的诗形以渫自己的愤懑，抒写自己的愁思。全诗四节，每节3行，第1行6个字，是逼问而不需回答的句式；第2、3两行每行12个字，匀称工整。一节，两个"你知道"，虽疑而实明，不能沉默，一定要问，表现了诗人的抗争精神；二节，似乎是就自己设问，实际是对现实的概括，"一片问号总浮在我的眼前"，忘不了，抹不去；三节，似乎是商谈式的句法，"是不是，是不是"，接着两个"不该有"而偏偏有"生死和聚散"，"刀兵永远伴着死亡"，包含了极其丰富的内容，深化了"忍不住"的含义，虽疑而实，谴责军阀混战给国家、人民带来的痛苦；四节，就"生死"、"聚散"、"刀兵永远伴着死亡"的现实之不可疑而设问，除表现了"无奈"，也表现了继续寻找"回答"的决心！这一定程度上表现了中间道路知识分子的心态。每节一层意思，层层深化。两节

---

① 饶孟侃：《天问》，《时事新报·文艺周刊》，1927年12月3日。

一韵("天"、"前"和"亡"、"上"),念起来"铿锵"有力。周良沛同志编辑《中国新诗库·饶孟侃卷》时使用的是手稿。作者在稿笺纸的开头打上了个"×",看来是废稿,尽管写了"失败是醒酒的汤"、"必须是一贴安神的药"等句子。后来,我终于在1927年12月3日的《时事新报·文艺周刊》上找到了发表稿,即前面引用的。为便于对照,不妨将稿笺上的未定稿引录如后:

你知道
我今日再也忍不住沉默,
忍不住要大胆问一声天:

为什么
记忆必须总是那么沉重,
一片问号总浮在我眼前?

是不是
仁义永远关入歹残的门,
永远只是刀兵伴着死亡?

难道说
总得让丑恶去割据世界,
美丽的梦只能眼前一晃?

那是谁
惯替人安排因循的酒宴,
是谁让命运骑着人摔跤?

明知道
天给的回答还是个谜,

怎奈心头牵挂着那镰刀①。

从未定稿到发表稿,我们可以非常清楚地看到作者苦吟的态度。《新月》创办后,作者发表的第一首诗《一只老马》,可谓一首英雄的悲歌。

有一只老马,有一只老马,	(mǎ)
它真数不尽一生立过的战功;	(gōng)
这一只老马,这一只老马,	(mǎ)
怪可怜的,你瞧,倒在风雪当中。	(zhōng)
没有人怜惜,没有人怜惜,	(xī)
只那同情的饿鹰在空中周旋。	(xuán)
别提起怜惜,别提起怜惜,	(xī)
当年在春风里他也晃过雕鞍。	(ān)
像流星似的,像流星似的,	(de)
它黑夜里还冲过千里的营寨。	(zhài)
像流星似的,像流星似的,	(de)
一缕英魂如今却陨灭了光彩。	(cǎi)
发一声长啸,只一声长啸,	(xiào)
它便永远消失在这一刹那间。	(jiān)
发一声长啸,也是这长啸,	(xiào)
唤起了当年它战阵上的威严:	(yán)
像栋梁摧折,像栋梁摧折,	(zhé)
你看那纷纷的盔甲应着声倒;	(dǎo)
像栋梁摧折,像栋梁摧折,	(zhé)
你再看命运这回骑着它摔跤。	(jiāo)

---

① 饶孟侃手稿。

有一只老马，有一只老马，	(mǎ)
它真数不尽一生立过的战功：	(gōng)
这一只老马，这一只老马，	(mǎ)
怪可怜的，你瞧，死在风雪当中①。	(zhōng)

在《新月》发表的诗中，这应该说是一首极不平常的。作者歌颂的是"数不尽一生立过的战功"的一只老马，"倒在风雪当中"，"没有人怜惜"，"只那同情的饿鹰在空中周旋"。这是老马的悲剧，更是时代的悲剧。全诗六节，作者采用了自己惯用的开头结尾复沓手法，中间4节，每节4行，长短句相间，1、3行复沓，2、4行押韵，每节换韵，与快而促、慢而缓的节奏巧妙配合，使人读了之后能在极其悲痛中获得一种奋斗的力量。闻一多、饶孟侃创办《新月》的初衷，是想继续《晨报副刊·诗镌》的特色，发表爱国精神的文艺作品，探讨文艺理论的著述。然而，1928年5月25日，闻一多就致函饶孟侃，提出警告：

本次你的《梧桐雨》当然要赶起来，下次还得有篇好诗才好，久没有好诗，恐怕失了《新月》的特色②。

经好友闻一多的督促，饶孟侃于7月27日写了《呼唤》等几首诗。《呼唤》是一首非常出色的抒情诗。

有一次我在白杨林中，	(zhōng)
听到亲切的一声呼唤；	(huàn)
那时月光正望着翁仲，	(zhòng)
翁仲正望着我看。	(kàn)

再听不到呼唤的声音，	(yīn)
我吃了一惊，四面寻找；——	(zhǎo)
翁仲只是对月光出神，	(shén)
月光只对我冷笑。	(xiào)

---

① 饶孟侃：《有一只老马》，《新月》第一卷二期，1928年4月。
② 闻一多：《致饶孟侃》，《闻一多全集》第12卷，湖北人民出版社1994年版。

这首诗的风格、语言都是传统的。读完它，很自然地叫人想起柳宗元《衡阳与梦得分路赠别诗》中的诗句："伏波故道风烟在，翁仲遗墟草树平。"柳宗元写梦，饶孟侃写梦幻中一刹那间的情景。景是美的，情是深的，就在这情景交融中闪现出思想的火花——呼唤战友，寻找战友！全诗两节，每节4行，前3行字数相等，每行9个字，最后一行7个字。每节交错押韵。节奏紧凑，读来上口，听来悦耳！

随着蒋介石、汪精卫先后背叛革命，日本帝国主义也开始了吞并中国的罪恶活动，知识分子笼罩在"愁"、"苦"中，为国家的命运"愁"，为群众的苦难"愁"，为自己的生计"愁"。出世入世的矛盾困扰着不少的知识分子，他们或求神拜佛，或烧香许愿，祈求命运之神的保护。《朝山》和《惆怅》正是这种心态的反映。《朝山》写成于1930年5月31日，发表于1930年6月《新月》第二卷第十二期。此后，作者几乎没有在《新月》发表诗作了。闻一多非常赞赏这首诗，说："诗极好，依然是那样一泓秋水似的清。"① 还是读一读原诗吧：

久慕着名山的神奇，　　　　（qí）
我随香客们去朝拜；　　　　（bài）
把香盒高高的捧起，　　　　（qǐ）
一步一步踏着山阶。　　　　（jiē）

山风吹得我发颤抖，　　　　（dǒu）
但不歪的是那炉烟；　　　　（yān）
看大家正鱼贯着走，　　　　（zǒu）
也向上静静的蜿蜒。　　　　（yán）

因此我重鼓着虔诚，　　　　（chéng）
又越过了几座巉岩。　　　　（yán）
这时忽地一阵钟声，　　　　（shēng）

---

① 闻一多：《致饶孟侃》，《闻一多全集》第12卷，湖北人民出版社1994年版。

从天外断续的飞来。	(lái)
我抬头望清了峰顶，	(dǐng)
知道离古刹已不远；	(yuǎn)
随大家从山门走进，	(jìn)
我也许过我的心愿。	(yuàn)
但我却没得着神奇，	(qí)
靠在神前空拈了香；	(xiāng)
一个个归来都欢喜，	(xǐ)
只我有无限的怅惘。	(wǎng)

1930年5月26日①

这首诗和《诗刊》上发表的《惆怅》，内容和形式几乎完全一致，反映了作者心灵中的深刻矛盾——出世与入世的矛盾。世界满是"凄风苦雨"，作者欲躲进那平静的"港湾"，于是收起"杂念"，怀着一片"虔诚"，投向佛门，可"惆怅充满了天涯"，任你"千呼万唤，只空山和你答话"，许下的"心愿"一点没有结果，仍然是失望，仍然是愁苦。这是多么深刻的苦恼啊！《惆怅》共六节，每节4行，每行7个字，2、4行押韵，一节换一韵，匀称整齐。《朝山》共五节，每节4行，每行8个字，每节1、3行和2、4行押韵，一节换一韵，念起来格外顺畅。值得我们注意的是诗的结尾，从残存的手稿看，不知修改了多少次。"没得着"，先后改为"不敢求"、"不想求"，显然不当。诗人朝山为的就是求神，怎么能用"不敢"、"不想"这样的词呢？"没得着"，说明空手而归，求神也靠不住，岂不更符合诗意么？"靠"字先后由"只在"、"算在"改来。"只在大殿拈着香"，"乘着虔诚拈了香"。"只"、"算"，既无"虔诚"之意，也不符合烧香习俗。"乘着虔诚"，不但与前面重复，且显得一时虔诚，反而不虔诚。"一个个归来都欢喜"由"下山一个个都欢喜"、"下山去人人都欢喜"改来。"下山去"改为"归来"，"一

---

① 饶孟侃：《朝山》，《新月》第二卷十二期，1930年6月。

个个"提前,更加衬托自己的空手而归,"怅惘"显得更加沉重。最后一句"只我有无限的怅惘",改得最多,先后写的是"唯有我独味着炎凉"、"惟有我忘记了世态炎凉"、"惟有我无限的恐惶"、"合是我堕入了浑茫"、"惟有我茫然的还乡"、"惟有我说不出景况"、"惟有我无丝毫影响"、"只有我自味着踽凉",用不着详细分析,孰优孰劣,一目了然。这些修改充分体现了作者一丝不苟的态度和在技巧上的严密推敲!

20世纪30年代初,饶孟侃等人尽管陷入深刻的矛盾中,有着无限的惆怅,但爱国的热情丝毫不减当年。1931年9月18日,日本帝国主义发动战争,吞并中国的野心暴露无余,全国人民同声讨伐。诗人写下了"不让胡笳篡夺琴和瑟的光荣"这首气壮山河的诗篇。《山河》,初稿题为《战歌》,成于1931年12月8日,并写有"'九·一八'感怀"的字样,用钢笔草写在一张淡黄色的纸上;修改稿用毛笔写在印有"新月稿笺"字样的稿笺上,发表于1932年7月30日《诗刊》终刊号,题目改为《山河》。从初稿到定稿,经历了半年多的时间。从现存的残稿看,作者不苟的态度、推敲了又推敲的痕迹历历在目。不妨引录如后:

首句"不等天明就上了山"先后修改为"一早就步上了高山"、"夜半起来走上高山"、"我有心趁夜半走上一座高山"、"我趁夜半走上了高山"、"我早就上了山"。	我不等天明就上了山, 借星光望自己的山河, 原野,望烟瘴外的津关:	(shān) (hé) (guān)
	想起古人真值得讴歌, 鸡一啼他就起来舞剑, 防那连塞隐伏的干戈。	(gē) (jiàn) (gē)
	记得当年只烽火一现, 是个好男儿都会弯弓 跨马,去救多事的中原。	(xiàn) (gōng) (yuán)
	还有长城那时更威风!	(fēng)

	它始终锁着,不让胡笳	(jiā)
	来篡夺琴和瑟的光荣。	(róng)
	可是今回锦绣的华夏,	(xià)
	只剩些酣歌醉眠的人,	(rén)
	他只怨弟兄不恨冤家。	(jiā)
	难道这噩梦真的不醒?	(xǐng)
原为"请问今日四百兆同胞",	请问如今咱们的同胞,	(bāo)
"咱们"原为"我们"。	谁是神州共傲的子孙?	(sūn)
	失却的光荣有谁去找,	(zhǎo)
	谁雪得了当前这耻辱,	(rǔ)
	来披大家献上的锦袍?	(páo)
原为"催那四方的壮士出来"。	已经在催壮士们出来,	(lái)
	你听,那沙场上的鼙鼓,	(gǔ)
原为"请莫计较眼前的祸福"、	为什么你还恋着妻孥?	(nú)
"请大家莫为恋着妻孥"、"为何大家		
还恋着妻孥"。		
	只要是山河还留得在,	(zài)
	反正有的是名胜地方,	(fāng)
原为"反正都不会没有故乡"。	就算不幸你进了泉台,	(tái)
	也会造纪念你的庙堂。	(táng)

全诗是传统的感情、传统的写法,起、承、转、合堪称完整。全诗九节。一节起,突出一个"望"字;二至四节,承"望";五节,转,诗人发问了;九节,合。由"望"到"想","望""山河"、"原野"、"津关",想"闻鸡起舞"、"烽火一现"、"长城",为的是"不让胡笳来篡夺琴和瑟的光荣"。前四节写历史,五节由历史转到现实:"只剩些酣歌醉眠的人,他只怨

弟兄不恨冤家。"转得多么漂亮啊,矛头直指国民党反动派消极抗日、积极反共的勾当。接着,一连三问,要求自己的同胞赶快披上锦袍,乘着鼙鼓,去洗雪耻辱,保卫山河,虽死犹荣!作者通过自己的独特感受,把历史和现实交织在一起,抒发了忧国伤时的爱国情怀!在新诗中,像这样的诗篇,当时还不多见。朱自清先生在谈到新诗中的爱国诗时不止一次地强调指出:"我们愿意特别举出闻一多先生,抗战以前,他差不多是唯一有意大声歌咏爱国的诗人。"① "我曾经说过,闻先生是当时新诗作家中唯一的爱国诗人,他活着的时候,对这批评,觉得很正确。"② 朱先生的意见当然不错,但称闻先生为"唯一"就未免绝对化了一点!应该说,饶孟侃、郭沫若等也都是爱国诗人,似乎更符合历史事实!

《新月》、《诗刊》陆续停办。新月同仁也因内部分歧、外部压迫而分散于四面八方。闻一多、叶公超等人于1934年在北平办起了《学文》杂志,取"行有余力而学文"的谦逊态度。闻一多当然忘不了向好友饶孟侃索稿。饶孟侃先后寄去《懒》、《客人》、《和谐》三首诗。《懒》发表在《学文》创刊号,作为压轴之作。《客人》,闻一多提出了修改意见,饶孟侃根据闻一多的意见作了修改,不知什么原因,后来没有发表,底稿尚在,现已编入《饶孟侃诗文集》。《和谐》发表在《学文》第二期,1934年6月出版,是《懒》的姊妹篇。《懒》已有专文讨论,这里不赘叙。现在,我们来欣赏欣赏《和谐》。诗如下:

> 在你与我的心头,　　（tóu）
>
> 最难得的是和谐。　　（xié）
>
> 张开一样的明眸,　　（móu）
>
> 却各自怀着鬼胎——　　（tāi）
>
> 等从浓密的云头,　　（tóu）
>
> 一跤跌下了平原。　　（yuán）

---

① 朱自清:《爱国诗》,《朱自清全集》第2卷,江苏教育出版社1988年版。
② 朱自清:《闻一多先生与新诗》,《朱自清全集》第4卷,江苏教育出版社1988年版。

> 你梦想移换星斗，　　　　　（dǒu）
> 我寻世外的桃源。　　　　　（yuán）

这是诗人20世纪30年代事实上离开文坛时发表的最后一首诗，可以视为告别诗。诗正符合新月同仁的主张，即"诗的描写最重要的是境遇，境遇是感情掺和着知识一样的情景；又可以说是自然和人生的结合点，过去和未来的关键"①。这首诗，完全是作者生活境遇、生活经验的写照，追求"和谐"，而没有"和谐"，表面又要维持"和谐"。新月社经历了三次重大分歧后，到1934年创办《学文》，阵线已非常清楚了。胡适等人办起了《独立评论》，当上了国民党蒋介石的军师，充当智囊人物，"梦想移换星斗"。而作者和好友闻一多等人或者埋头教书，或者埋头古代文学的研究，寻找"世外桃源"。这不是"张开一样的明眸，却各自怀着鬼胎"么？新月派内部如此，整个中国也是如此。诗名曰"和谐"，实际是反语，是对新月派内部，对旧社会人际关系的讽刺！这确是一首内容与形式相统一的好诗。难怪闻一多等人要为之叫好，说：

> 你是太无自知之明了。前回对于《懒》，已经看走了眼色，这回又来诬枉《和谐》。《客人》改过后，也好多了。如果你能担保三期准有稿来，这回定将两首一并登出（还是登在开篇，请你领袖群伦），老友中只你不叫我们失望，不但按期有稿，而且篇篇精彩。今天正当出门上课，接到你的诗，边走边看，一个人笑得嘴不能合缝。子离，你真是"可人"！《和谐》太好了，这回不但是郝思曼，还是海涅。你老是惦记着单调，还有比 Shropshire Lad 和 Last Poems 单调了吗②？

作者自己也视此诗为"得意之作"，曾书赠助教李昌陟，并告诉他"这是我最喜欢的诗"，因其明快简洁、清新单纯。所以，闻一多说"不但是郝思曼，还是海涅"。Shropshire Lad 和 Last Poems 是郝思曼的两部诗集《一个许劳伯州的孩子》与《最后的诗》。"概括的说，郝思曼的诗有三个特点：

---

① 邓以蛰：《诗与历史》，《晨报·诗镌》第二号，1926年4月8日。
② 闻一多：《致饶孟侃》，《闻一多全集》第12卷，湖北人民出版社1994年版。

(一)简单(二)古典约束下的浪漫的失望——死(三)抒情的丰富与机警。"①《和谐》的文字确实简单而又平易,抒情的丰富和机警的讽刺均有出色的地方。闻一多的话"老友中只你不叫我们失望,不但按期有稿,而且篇篇精彩"是对的。

"事实上退出文坛以后"

20世纪30年代初,新月派内部分歧加深,矛盾加剧,其成员死的死,走的走,高升的高升,隐退的隐退,解体已不可避免,再没有《晨报副刊·诗镌》时的"那一点""真而纯粹,实在而不浮夸"的"精神"了。

饶孟侃不管好友闻一多如何劝说,决心不出诗集,不久,连诗也很少写了,后来根本不写了。直到1934年6月《学文》在北京创办,闻一多一而再、再而三的催促,他才写了《懒》、《客人》、《和谐》三首,后发表了《懒》与《和谐》两首。从此,他就埋头教书,真正"退出了文坛"。中华人民共和国成立后,诗人由四川大学外文系调北京外语学院,不久又到外交学院任教。这时,恰好陈毅元帅兼任外交学院院长。陈毅元帅多次鼓励饶孟侃继续写作,在陈毅元帅的鼓励下,饶孟侃才重新拿起了笔。不过,他所写的诗多是旧体诗,偶尔写几首新诗。

这一时期的诗作,我们还是从《客人》读起吧。

《客人》本来是写于20世纪30年代,不知是什么原因没有发表。周良沛同志编辑《中国新诗库·饶孟侃卷》时,我将这首诗的底稿,实际上是修订稿,寄给了他,才第一次公之于世。

客人送了我一坛美酒, (jiǔ)

匆匆的一揖走出堂前, (qián)

他催我喝了就跟他走, (zǒu)

眉端还钻着冷的威严, (yán)

是沉默替代了语言。 (yán)

---

① 费鉴照:《现代英国诗人郝思曼》,新月书店1933年初版。

> 我从酒惹起许多愁恨，　　　（hèn）
>
> 想敲着坛唱一曲悲歌，　　　（gē）
>
> 无奈客人的船不能等，　　　（děng）
>
> 门外是顺风送着流波，　　　（bō）
>
> 潮一退了险滩更多。　　　　（duō）

这首诗当然是有感而发。诗写成后，是连同《懒》一并寄给闻一多的。闻一多 1934 年 3 月 1 日复函说：

> ……《客人》精彩似仍在前二句。第一节末二句似初稿较佳，"挂在"的挂字仍太作色相。第二节"门外是顺风送着流波"，"流波"当作"潮水"，然于韵又不合，竟不知怎样才好。或者将两节并成一节，打开原定韵法的限制，还是有办法可想①。

看来，这次寄去的已经是修改稿了。闻一多读后认为还有修改的必要，并提出了以上修改的意见。饶孟侃根据闻的意见再次作了修改，连同新写的《和谐》一并寄给在北京等候诗稿的闻一多。闻一多再次提出了修改的意见，而且非常具体。闻一多说：

> 《客人》的第二节，我改了几个字，抄来征求你的同意。

我因酒惹起（许多）旧恨　　　　太紧，改后较松活
　　　[这]　　　[了]

想敲着坛唱一（段）悲歌　　　　段音响嫌浊
　　　　　　　[曲]或[出]

无奈客人的船不能等

门外是顺风送着流波

潮一退便（渡不了）河
　　　　　[没法渡]

---

① 闻一多：《致饶孟侃》，《闻一多全集》第 12 卷，湖北人民出版社 1994 年版。

通篇句末二字重量皆相等，如"美酒""堂前""就走""威严""眉尖""旧恨""悲歌""能等""流波"皆然。独"了河"了字太轻，故不称。

但改后句法仍弱，还是请你自己再绞点脑汁①。

这封信写于1934年5月10日。从我们看到的抄写稿看，饶孟侃对闻一多的意见作了认真研究，并根据闻一多的意见又一次作了修改，用毛笔写在印有"新月稿笺"的白纸上，字迹非常工整，看来是定稿。经过作者和好友的反复推敲，诗稿确实"精彩"。

诗，是一个极有趣的戏剧性的场面，背后隐含着一个极有趣的故事，给读者以一个又一个的悬念：客人到底是一个什么样的人？与诗人是怎样的关系？为什么送给诗人酒？催诗人到何处去？那酒又为什么惹起诗人的"愁恨"？诗人为什么没跟客人走？客人又为什么一刻也不能等候？……我们可以说：诗，改动一次，内容丰富一次，音节纯粹一次。"旧恨"改为"愁恨"，不但与下一句悲歌更吻合，而且扩充了诗的内容。"旧恨"，单指别人，"愁恨"，既包括了诗人自己，也包括着所恨的人。"愁"，当然是诗人自己犯愁。为什么愁？读者根据自己的生活经验，大可以想象一番，并增强了"恨"的分量。"渡不了河"改为"险滩更多"，不但语气更加有力，而且很富有象征意义，象征未来道路的崎岖曲折，语意与客人催促快走更相吻合。全诗两节，每节5行，前4行每行9个字，最后1行8个字，一节两韵，两节四韵，做到了句的匀称、节的整齐，音韵和谐，节奏紧凑。

我编辑《饶孟侃诗文集》时，在朱继尧先生帮助下，征集到一首诗人在抗日战争时期写的新诗。我非常喜欢这首诗，请读者先读一读：

> 我是几缕飘浮的云彩，
> 在半空中与疾风竞赛，
> 二十年磨破了多少袖管，
> 如今还下不了这艰窘的台阶。

---

① 闻一多：《致饶孟侃》，《闻一多全集》第12卷，湖北人民出版社1994年版。

经久的洗涤,
便会从痛苦中滤出愉快;
人生坎坷的道路,
要人自己去踩。

路旁的小草,
满身披上尘埃,
只要春风一吹,
会又见到一个新鲜的世界。

一瞬即逝的时光,
不会再来;
要赶上下一班车,
就须学会等待。

孟侃
1941年8月3日于峨眉山

诗是应四川大学外文系1941级毕业生黄绍鑫之请求题写在该生纪念册上的。抗日战争爆发后,日寇对中国每一个战略要地都进行了狂轰滥炸。为了尽可能减少无谓的损失,中国实行了广泛的疏散政策,工厂、学校分别迁往僻远的山区。1939年春,四川大学文理法三院迁至峨眉山麓。这首诗就写在峨眉山的四川大学,是诗人事实上离开文坛后写成的一首送别诗。它的优点就在于诗人以自己的生活经验告诫学生,充分体现了老师对学生的爱护与鼓励、关切与希望。全诗四节,每节4行,每行字数不完全相等。第一节,完全是写实,写自己的漂泊生涯。第二节,则写自己的人生经验,并以此告知学生应如何对待"痛苦"与"坎坷"。第三节,可以视为白居易的《赋得古原草送别》中"离离原上草,一岁一枯荣。野火烧不尽,春风吹又生"的诗句的翻新。白居易的诗充满"愁情",饶诗却是一种欢快、自信,肯定会"见到一个新鲜的世界"。第四节,谆谆告诫学生既要珍惜那"一瞬即逝的时光",又要"学会等待"。这些诗句,每一句都是生活经验的结晶,每一句都是鼓励与希望。音节也讲究，一韵到底（"赛"、"阶"、"快"、"踩"、"埃"、"界"、"来"、"待"），平仄也适度，虽然打破了句的匀称，读来还是畅快，给人一种清新的感觉。

除了这首赠别诗，我们能找到的公开发表了的诗，这一时期只有一首题为《乡思》的译诗。这是霍斯曼的诗。诗人翻译这首诗的原因，除了诗人一贯喜爱霍斯曼，也许还有一番深意。诗人执教于地处峨眉山麓的四川大学，虽然面对秀丽多姿、风景如画的景色，但听到的却是日寇的飞机、大炮声，成千上万的同胞流离失所、家破人亡的痛哭声，思念家乡就成了特别的情思。也许基于这一点，诗人才翻译了霍斯曼的这首《乡思》，借以表达自己的情怀！读读吧：

> 远从异乡飘来一阵寒风，
> 　深深地刺入我的心头，
> 那都是什么萦念的青峰，
> 　什么寺塔，什么陇亩？
>
> 那原是一片失去的乐土，
> 　还在眼前闪耀着光彩，
> 那些是我喜欢走的路，
> 　可是如今却不回来①。

译诗发表在诗人正在辅导的学生文艺团体半月文艺社的刊物《半月文艺》1941年7月第5、6期上。诗，完全是用传统的风格译出，隔行一韵，一节两韵，每节换韵，每节各行字数对称（10字、9字、10字、9字），排列整齐，保持了早年写诗的风格，句与节匀称工整。如果我们把诗人早年所写的《家乡》对照起来阅读，不难发现：思想、风格、语言多有相似之处，霍斯曼的思想感情与饶孟侃的思想感情完全吻合，技巧也近似。因此，我把它视为饶孟侃的创作。

---

① 霍斯曼著，饶孟侃译：《乡思》，《半月文艺》第五、六期，1941年7月。

中华人民共和国成立后，诗人除《天安门》一首新诗外，其余创作均是旧体诗。这些诗对文坛几乎没有什么大的影响。我们先看看《天安门》吧：

> 我来过北京：
> 那时谁不怨米贵煤荒？
> 如今天安门，
> 岂止庄严、灿烂、喜洋洋，
> 还地动天惊。
>
> 我看过海潮，
> 滚滚滔滔的也算有力；
> 可是天安门
> 这排山倒海的是六亿
> 人民的劲头。
>
> 我见过鲜花：
> 千树万树在含苞、怒放；
> 不像天安门
> 万紫千红开在人手上，
> ——扭转了造化。
>
> 谁要是不信
> 奇迹出在渤海的西边，
> 请看天安门
> 有多少李顺达：行列间
> 有多少王崇伦。
>
> 谁若说"不对"，
> 像瞎子说看不见画图，
> 该到天安门
> 来听一听雷动的欢呼：

"毛主席万岁!"

谁真的妄想

触犯人类和平的旗帜,

该问问天安门

这些旗手,他们的意志

是铁还是钢!

一九五五年十月二十二日写成①

　　诗人以历史见证人的身份,通过天安门的所见所闻写出了共产党、毛主席领导的人民民主革命给祖国带来的翻天覆地、日新月异的变化。全诗六节,每节都以比喻的手法写出天安门的一个典型的场面:第一节,通过日常生活对比写出天安门"地动天惊"的变化;第二节,写人民以胜过海潮的劲头建设着社会主义;第三节,继续写人民建设社会主义的"扭转了造化"的力量;第四节,写创造"奇迹"的李顺达、王崇伦;第五节,写"奇迹"的创造是由于毛主席的英明领导和人民群众对毛主席的衷心拥戴;第六节,写对敌对势力的警告,谁敢侵犯我们就叫它灭亡。整首诗充满了政治热情,如果我们将它和作者1926年写的《天安门》对照起来读,两个世界、两种情感,不是格外分明么?全诗紧紧扣住天安门,通过各种巧妙的比喻、朴实的文字、铿锵的音节,写出了今昔的变化。作者所写的岂止是天安门,而是全中国!全诗六节,每节5行,除四节第5行、六节第3行6个字外,其余各节1、3、5行,2、4行,字数均相等,每节2、4行押韵,平仄也相间,读来上口,保持了诗人早年的风格。

　　旧体诗词中,最值得称道的是诗人1962年6月15日写作的《夏夜忆亡友闻一多》。此诗发表于同年7月《人民文学》,后来又发表于1979年8月号《诗刊》,还收入生活·读书·新知三联书店1979年2月出版的许涤新编辑的《百年心声——中国民主革命诗话》。读一读吧:

---

① 饶孟侃:《天安门》,《诗刊》第七号,1957年7月。

书生宁不计安危？耻见千家泣路歧。
　　志定自甘蹈虎尾，德尊方赖树熊旗。
　　红旌已指凌霜径，青史应图斗雪枝。
　　浩气长存君亦在，和云伴月耀神奇。

　　感旧年年发邈思，蝉鸣稻熟燕飞时。
　　繁英铺地疑调色，巨浪滔天想怒姿。
　　楼耸龙坑湮"死水"，花开艺苑茂新诗。
　　此情欲报无星使，故向滇南奠一卮。

六月十五日

　　这两首律诗是诗人为纪念亡友闻一多殉国 26 周年写的，可谓情真意切。第一首，主要是歌颂亡友的丰功伟绩，充满了崇敬之情；第二首，主要是抒发对亡友的怀念，也洋溢着赞颂。毛主席说："我们中国人是有骨气的。""闻一多拍案而起，横眉怒对国民党的手枪，宁可倒下去，不愿屈服……我们应当写闻一多颂，写朱自清颂，他们表现了我们民族的英雄气概。"饶孟侃的这两首诗也是"闻一多颂"！

　　第一首，歌颂闻一多的骨气。

　　起句点明闻一多是一个书生，即诗人、学者，然而是一个不平常的诗人、学者。闻一多多次向友人说"诗人的主要天赋是'爱'，爱他的祖国，爱他的人民"。因此，他决不忍心看到人民的痛苦。"泣路歧"，是对日寇侵略、国民党统治下，千百万人民流离失所的写照。一个以爱国爱民为己任、救国救民为天职的书生怎么会不以为"耻"呢？起句写出了闻一多的可贵品德。颔联进一步写闻一多的志向，为实现志向而英勇奋斗的行动。抗日战争的现实使闻一多清楚地认识到，只有社会主义才能救中国，只有共产党才是真心实意地建设社会主义。他要跟着共产党奋斗！这就是他的"志"向，也就是诗中所说的"志定"。为了实现自己的志向心甘情愿去斗争，哪怕牺牲自己的生命！"蹈虎尾"，形象地给予比喻。《尚书·君牙》："心之忧危，若蹈虎尾，涉于春冰。"《传》："虎尾畏噬，春冰畏陷，危惧之甚。"后来常以

"虎尾春冰"形容危险。闻一多为了实现自己的理想,甘心冒生命危险。李公朴被特务暗杀后,黑名单上的第二个就是闻一多,但他仍无所畏惧,冒着生命危险,出席李公朴的追悼会,发表了著名的《最后一次的讲演》,讲演后献出了自己宝贵的生命。"熊旗",作者告诉我们:"古时军中建熊虎旗,以聚将勇兵精,胜利可期。"这里比喻闻一多的行动就像古时军中的熊虎旗,给人民群众树立了一个光辉的榜样。颈联写形势,人民斗争的洪流已直逼蒋家王朝,历史应该写出新的篇章。结尾写闻一多的浩然正气将与日月同辉。如郭沫若在追悼李、闻大会上所讲:"李公朴、闻一多两先生都是中华民族最优秀的儿女,可是他们被反动派暗杀了。在反动派看来他们是死了,但我们看来他们仍然活着,永远在领导我们前进。他们活在中国人民心里,活在永恒的历史中。"①

第二首,抒发诗人对亡友的怀念之情。

起句写"蝉鸣稻熟燕飞时",对亡友格外怀念,越过时间、空间,年年、月月、天天思念为国捐躯的好友。颔联写亡友的业绩及影响。如作者所注:"君留美时,原系先习绘画,故归国初期在京任艺专教务长。惜画稿今已荡然无存,为艺术界一大憾事。"颈联继续写亡友的成就及影响。如作者所注:"《死水》一诗,即君偶见西单二垙坑南端一臭水沟有感而作,今民族文化宫一带已层楼高耸,顿改旧观矣。"这两联,多用一语双关的手法,"疑调色"、"想怒姿"、"湮'死水'"、"茂新诗"都把闻一多的成就与祖国的新面貌联系在一起,既赞美了祖国,又歌颂了闻一多!尾联紧扣"感旧年年发邃思",亡友奋斗的目标一天天临近,大可安慰亡友的在天之灵。可惜没有星使去向你报告!我只能向你"捐躯"的云南奠上一杯酒,告慰亡友!

这两首律诗,虽属旧体,但仍然保持作者写新诗的风格,像一泓清水,情真意切,情长谊深!

诗人、诗评家周良沛在所编辑出版的《中国新诗库·饶孟侃卷·卷首语》中写道:

---

① 郭沫若:《为李闻二先生被暗杀 中华文协总会召开大会》,《新华日报》,1946年7月26日。

饶孟侃，不像当年左翼作家，以革命思想为基础而创作。而且，他还以"不空谈政治"抵制"新月社"某些人的政治。然而，他那些歌颂爱国运动、同情劳动人民的诗行，也离不开政治，就是他以"不空谈政治"所抵制的某些反共、反对进步文艺的政治，诗人尽管可能是不自觉的，实际上也是很强烈的政治。研究"新月"，若忘记了饶孟侃的人与诗所提供的另一种"新月"现象，就容易简化的看"新月"。

我认为这是一个非常精辟的见解！饶孟侃是新月诗人、理论家，也可以说是新月的活动家，对"新月诗派"有过独特的贡献！纵观七十年新诗运动，他确实是一位不该被忽视的诗人！

(选自《闻一多与饶孟侃》，电子科大出版社，1999年)

李劼人创作道路初探

——兼谈关于李劼人的评价问题

一

我们的文学评论和现代文学史的研究工作中有一个非常奇怪的现象，一些在文学上相当有建树的作家、诗人往往被"冷落"，在文学评论中极少提及，在文学史上或者地位低下，或者根本没有地位。著名的报刊编辑、小说家、法国文学翻译家李劼人就是极为突出的一例。翻开迄今出版的中国现代文学史著作，除个别外，几乎都没有提到李劼人及其被郭沫若誉为"小说的近代史"的三部曲——《死水微澜》、《暴风雨前》、《大波》。这难道是公正、合理的吗？

李劼人的创作从1912年开始，到他1962年12月24日逝世，整整有50年的历史。他办过报纸，编过刊物，写过评论、杂感、消息、通讯、散文、短篇小说、长篇小说，翻译过20余种法国文学著作，他的文字（包括翻译在内）如果合计起来应该有五六百万字吧！可惜的是，由于中国社会的长期动乱、反动派对文化的残暴摧毁，许多文献和资料再也找不齐了。仅李先生自己曾手订的创作集子就有：

《同情》（中篇小说），少年中国学会丛书，1924年1月中华书局出版；

《死水微澜》（长篇小说），现代文学丛书，1936年7月中华书局出版；

《暴风雨前》（长篇小说），现代文学丛书，1936年12月中华书局出版；

《大波》（长篇小说，上、中、下三册），现代文学丛书，1937年1月至7月中华书局出版；

《好人家》（短篇小说集），1947年2月中华书局出版。

除此之外，还有许多评论、杂文、散文、小说（包括长篇），由于各种原因未能成册，而散见于成都、上海、重庆、巴黎等地的报刊，如《晨钟报》、《娱闲录》半月刊、《四川群报》、《国民公报》、《川报》、《新川报》、《少年中国》、《少年世界》、《旅欧周刊》、《华工杂志》、《华工旬刊》、《东方杂志》、《小说月报》、《文学周报》、《醒狮》周报、《国论》、《新中华》、《新民报》、《风土什志》、《华西日报》、《新新新闻》、《抗战文艺》、《前进》周刊、《川西文艺》等几十种报刊杂志，其数可谓不少啊！

究竟应当怎样评价李劼人的这些作品呢？请先听读者的声音吧：

"这决不是作者闲情偶寄的消遣人生；亦非只翼自我的表现，这是诚挚忠恳的最实际的人生介绍文。"（周太玄：《好人家·序》）

"三部书（指《死水微澜》、《暴风雨前》、《大波》——引者）合起来怕有四十五万字，整整使我陶醉了四五天。象这样连续着破整天的功夫来读小说的事情，在我，是二三十年来所没有的事了。二三十年前的少年时代，读《红楼梦》、《花月痕》之类的旧小说，读林琴南译的欧美小说，在那时，是有过那样的情形的。然而，那样的情形是二三十年来所没有的事了，单只说这一点，便可以知道李劼人的小说是怎样地把我感动了的。"（郭沫若：《中国左拉之待望》）

"劼人生平对社会的贡献就是在创作，如果我们许他为一个民主战士，突出的还是表现在创作。他在一九一二年，创作活动就开始，以后一直不断的直到他的死前。"（张秀熟：《怀念李劼人》）

这些发自内心的肺腑之言，准确而朴素地说明了李劼人著作思想和艺术上的价值。

二

李劼人，本名叫李家祥，1891年6月20日出生于四川省华阳县（今属成都）一个普通知识分子家庭。这时，中国社会已半殖民化，处在内忧外患的大动乱中，到处都是黑暗、罪恶。劼人虽出身于知识分子家庭，却没有什么社会地位，和当时千百万青少年一样终日生活在贫困中，缺吃少穿，没有受教育的机会。这样的生活使他从小对下层社会有许多了解，孕育着对旧社会、旧制度的不满。八岁时，也就是戊戌政变刚失败、义和团正兴起的时候，劼人的父亲变卖家产捐得了一个小官，被派往江西候补。劼人和母亲杨氏也因此得以跟着父亲一道走上了仕途。他们一家三口人历尽了艰险，受尽了折磨。1904年父亲去世，这使少年李劼人不得不经历更为艰辛的痛苦生活，饱尝更多的人情冷暖：好容易才在一个同乡刘次侯（即1928年中共四川省委书记刘愿庵的父亲）的帮助下，忍着内心的创痛扶着父亲的灵柩从江西回到四川成都；又好容易才在亲友的资助下，于1907年考入了华阳中学，后因反对校方愤然退学，于1908年又考入成都高等学堂分设中学。在这里，他遇到了一些同盟会早期会员和进步教师，如刘士志、刘豫波、杨沧白等人，以及一大批风华正茂、热血沸腾的同学，如王光祈、郭沫若、周太玄等人。师生交往，互相切磋，给了李劼人很大影响。他后来回忆说：

> 我个人对于中学时代的先生，所受影响最大，塑性最强的，有两位。一位是达县刘士志（讳行道）先生，教我以正谊，以勇进，以无畏之宏毅。我曾经写过一篇追悼文字，不足以述刘士志先生万一。另一位便是双流刘豫波（讳咸荣）生先，教我以淡泊，以宁静，以爱人。我今写此文，亦不足以述刘豫波先生万一，而且先生之教我，皆非耳提面训，以语言，以文字为事，而是皆以身教。（李劼人：《敬怀豫波先生》，载1949年《风土什志》二卷六期）

在这些或者富有革命思想，或者有渊博知识的老师的言传身教的影响下，李劼人和王光祈、郭沫若、周太玄等正在寻找出路的年青人，得以一方面参加了著名的四川保路同志会的斗争，亲历了辛亥革命在四川的全过程，迅速地形成了自己的革命民主主义观点；一方面经常漫游成都历代帝王将相、文人学士留下的遗迹，追步他们思想和情操，特别是步杜甫感时愤俗的"秋兴八首"原韵进行诗的训练，还饱读了林琴南翻译的欧美文学，很快形成了自己现实主义和浪漫主义的文学观点。经过这些准备，劼人终于在反袁世凯复辟的斗争中开始了自己文学的活动。1912年，他改名李劼人，为当时成都出版的《晨钟报》写了名叫《游园会》的短篇小说，以亲历亲闻揭露社会的黑暗，表达追求光明的愿望，得到了社会的重视。1914年，李劼人随舅父在沪县、雅安等地官府做事。近两年的官场生涯使他知道了"比李伯元的《官场现形记》还多的丑恶"，也使他看透了官场的腐朽，从而大大增强了反对旧社会、旧制度的决心，于1915年秋离开了黑暗的官场，回到成都。不久，他应昌福公司樊孔周之约，和戊戌政变中被那拉氏杀害了的"六君子"之一的四川人刘光弟之长子刘觉奴一道担任了《四川群报》的主笔，继而编副刊，编辑国内新闻，不但发消息，而且写评论，还写杂感、小说，反对袁世凯称帝复辟，揭露和抨击旧社会、旧制度的黑暗。1917年夏，《群报》被封，他又和刘觉奴一起办《川报》，继续战斗。这里，我们只谈谈李劼人所写的小说。据他自己的回忆和我们的调查，这个时期他写的小说至少也在百篇以上。这些小说，除了深受《儒林外史》、《官场现形记》等中国古典讽刺谴责小说的影响外，还很受了一点林译小说的启发，特别是林译的狄更司的《块肉余生述》和华盛顿·欧文的《旅行述异》的启示。这些译书，在当时对在封建宗法制度教育下追求新思潮、新知识的青年人有很大的启发。如林琴南在《块肉余生述·序》中写道：

若迭更司此书，种种描摹下等社会，岂可哝可鄙之事，一运以佳妙之笔，皆足供人喷饭，英伦半开化时民间弊俗，亦皎皎然揭诸眉睫之下。使吾中国人观之，但实力加以教育，则社会亦足改良，不必醉心西风，谓欧人尽胜于亚，似皆生知良能之彦，则鄙人之译是书为不负矣。

（林纾译：《块肉余生述前编》，光绪三十四年商务印书馆）

李劼人正是在这些影响下，抱着"不必醉心西风，谓欧人尽胜于亚"的态度，以"改良"社会的目的，大力创作以反映现实生活、反对封建制度和封建军阀为内容的短篇小说，可以说形成了李劼人创作的第一个高潮。在1915年至1918年短短三年多的时间里，他曾用老懒等笔名，以《儿时影》为题在《四川公报特别增刊·娱闲录》上发表了六篇小说，猛烈地揭露并批判了封建制度及其教育对儿童身心摧残的罪恶；以《盗志》为题在《四川公报特别增刊·娱闲录》上，以《做人难》、《强盗真铨》为题在《国民公报》

上连续发表了近百篇小说，尖锐地揭露并抨击了官场的种种黑暗和罪恶。这里，特别值得提出的是发表在1915年9月16日出版的《娱闲录》半月刊上的一篇题名为《夹坝》（藏语，强盗之意）的小说。作者通过帝国主义分子巴白兰和他的翻译至西藏途中遇"盗"前后的种种言行，痛快淋漓地揭露了帝国主义分子色厉而内荏的丑态、外强中干的本质。请看看其中的一段吧：

> 吴疾循声趋往，猛见巴白兰伏于雪上长号，短枪则抛掷数尺之外。吴大惊曰："密司脱巴白兰，君为何者？"巴一举手，面色全失，哭谓吴曰："密司脱吴耶？予其死矣！予为夹坝长刀砍中矣！"吴即趋往扶之曰："请示予伤处，予为君理之，视其剧否？"巴仰卧哭曰："乌得不剧？彼刃适及予之胸部，君视之，心房当已破裂。"吴且启其大披，且问曰："夹坝之刃，尚中君之何处者？"巴曰："只胸部已尔！予已不支，予甚恨予枪之钝滞，予甫至此，即见夹坝鞭马而来，予发枪击之，不知中否？而彼马绝骏，倏忽及予，彼之良刃，遂洞予胸而过，嗟乎！是盖予平生杀盗甚多，故上帝降此重罚，亦使杀盗之人，死于盗手，嗟乎！上帝最后裁判，其如是之公平乎！"吴顿止其手，问曰："杀君之盗，亦甚勇否？"巴曰："勇极！以予视之，诚盗中之魁首！人既壮硕，马亦骏健。"吴起而大笑曰："密司脱巴白兰，君请自视其胸，没有一丝之损者，予即亚洲脆人，亦必舍去两手为君复此大仇？惜夹坝殊有仁心，但洞君之外披奈何！"巴闻言骤起，俯视其胸，果肤光细致，无一线之伤痕，惟冷风吹入，遍体生寒而已。巴惭甚，急掩其衣，忸怩言曰："予误矣！"吴尚欲调之。……

这是帝国主义分子巴白兰大吹大擂自己如何勇猛后的言行，其言行构成了鲜明的对照，把帝国主义分子巴白兰色厉内荏的丑态和盘托了出来。在当时，正是袁世凯投降卖国称帝复辟、鸳鸯蝴蝶派黑幕小说充斥文坛的时候，李劼人能以如此鲜明的民主主义思想、别具一格的形式，写出如此内容健康的作品，是多么难能可贵啊！这篇作品可以代表他当时的写作特色。"少年中国"成都分会会员、后期《星期日》主编孙少荆曾写道："唯有那老懒君的脍炙人口的小说，一名《盗志》，一名《做人难》，这两种小说是人人都称赞他好得很,因为这是写实、写社会的缘故。"这时期的小说,一般内容单纯,思想健康,形体短小,文白夹用,具有地方色彩、时代气氛。遗憾的是,他这一时期的作品散失得太多了,至今还不能全部找到。

李劼人就以这样鲜明的反帝反封建的民主主义思想迎来了,并积极投入了伟大的"五四"爱国运动。1918年6月,他应王光祈、周太玄之约,参加了少年中国学会的筹备工作,担任编译部临时编译员。1919年6月15日,少年中国学会成都分会在成都《川报》社址成立了,他被公推为书记兼书报管理员。接着,他又创办了"在四川传播新思潮,新文化运动"(《发行〈星期日〉周刊》,《少年中国学会周年纪念册·会务报告》第四节)的重要革命期刊《星期日》。他在创刊号宣言中旗帜鲜明地写道:

> 我们为什么要办这个周报?因为贪污黑暗的老世界是过去的了。今后便是光明的世界,是要人人自觉的世界。可是这里还有许多人困于眼前的拘束,一时摆脱不开,尚不能走到自觉的地步上。如其竟没有几个人来大声呼唤一下,那是很不好的。因此我们才敢本着自家几个少数少年人的精神,来略说一点很容易懂的道理。(李劼人:《〈星期日〉的过去和将来》,1920年2月12日《时事新报》副刊《学灯》)

他们本着这种精神,以《星期日》等刊物为阵地,在成都摆开了战场,发表一篇又一篇反封建的文章,尖锐地批判封建制度,热烈地传播新思潮,要以这样的途径,"从这黑暗世界里,促起人的觉悟,解脱了眼前的一切束缚,根据着人生的究竟,创作人类共同享受的最高幸福的世界。"(同上)刊物一面世就受到社会的广泛重视,很快由一千份增至五千份,由成都到全川,由川内到川外,风行一时。连当时"只手打倒孔家店"的英雄、年纪四十开外的吴又陵,以及中国第一个话剧《黑奴吁天录》的编者、曾同欧阳予倩等创办过"春柳社"的曾孝谷也要求参加"少中"成都分会,就可见其影响了。这支队伍人数虽然不太多,然而非常能战斗。李劼人回忆说:

> 当时成都会员的思想还相当统一,即是说,对于现况都非常不满,都有一种爱国热情,不再相信十八世纪法国式革命能够挽救中国;但对于苏联革命的成功,对于布尔什维克主义,因为得不到许多资料作深刻

> 研究，仅止朦朦胧胧认为是一种崭新东西，值得欢迎而已。（李劼人：
> 《回忆少年中国学会成都分会之所由成立》）

这是非常诚实的叙述，反映了"五四"时期相当多的爱国青年的思想——为了发扬"五四"精神，"把中国人民落后的眼光改变方向直射到世界上去"（《少年世界》创刊号：《为什么发行这本月刊》），以便"本着科学的精神，为社会的活动，以创造少年中国"（王光祈：《少年中国运动》）。

1919年秋，劼人应先期留法的好友周太玄等人的邀请，为了寻找救国救民的出路去法国勤工俭学，参加了他们所组织的"巴黎通信社"的工作。去法国的船上，旅伴们热烈地讨论"中国应该采取英国冷静严肃的社会习惯呢，或是法国热烈活泼的社会习惯呢"？当有人认为英国式好时，李劼人说："我们采取英国式，但热烈活泼的法国式，我们又何尝有呢？"这表现了他严肃认真的学习态度。在法国期间，李劼人恪守着少年中国学会"奋斗、实践、坚忍、俭朴"的"信条"，和许多革命者或进步青年一道，进行了多方面的工作和学习。他为《巴黎通信社》写国际消息和通信，发往国内报刊；他受留法教育会的委托编辑《华工周刊》，向华工进行宣传；他到工厂作社会调查；他和赵世炎等人讨论十月革命的学说；他先后在蒙北烈大学、巴黎大学广泛而自由地研究法国文学；他翻译法国著名作家的小说，等等。这些工作和学习，不但使他丰富了知识，扩大了眼界，充实了本领，而且提高了思想，特别是加深了对十月革命的认识，"相信苏联大革命是必然成功，而欧美亚各帝国主义干涉者必然失败"（《记先烈赵世炎》，1951年7月1日《川西文艺》二卷一期）。

随着思想水平的提高，其创作上也出现了新的面貌。这一时期李劼人创作了大量作品。虽然尚在搜集中，但就我们已经看到的著译，可以说是很可贵的。如他所写的扉页上有"献给吾妻"题词的中篇小说《同情》，就是以自己1921年春在法国因患急性盲肠炎住免费医院的亲身经历，而用病床日记体写成的。作品充满了法国普通人中一种难得的同情心，笔墨细腻，感情真挚，格调高尚。王光祈读后感慨至深，恨不能入法国医院一住。这与同时期某些留学生作者写的情欲病态、变态心理，或《留东艳史》一类作品是迥然不同的。再如《李宁在巴黎时》(李宁,当时列宁的译名——笔者),这是列宁逝世后,作者为介绍在巴黎所引起的反响而写的一篇散文。一开头,李劼人就充满感情地写道:"我们先不必拿事之成败来论人,先不必管他们笃信的主义对不对,我们但把李宁一生的行为,志趣,胸怀,言论,换言之,就是他平生的历史拿来统观一下,无论如何,我们都觉得这是一位世界的伟人,因为他的思想行动给与世界的影响委实不小,而且这影响是没有时间性的,便再过百年也有存在的价值。"

这两篇不同形式的作品,可以代表李劼人当时著作的思想和艺术的高度。正因为李劼人有了这样的思想水平,所以1923年后,在少年中国学会的剧烈分化中他"绝端反对与现在之一切恶势力合作或假借之"(《少年中国学会改组委员会调查表》),始终坚持学会的革命精神。下面我们要简单地谈谈李先生的"自由研究"和翻译活动。

在"自由研究"中,李先生说:"我们要懂得法兰西近代小说的真象,最好的方法,便是从各家的作品上去探讨了。"(李劼人:《法兰西自然主义以后的小说》,《少年中国》三卷十期)为了探讨法兰西文学的真相,以便更好地以文学为工具为祖国服务,他付出了极其艰辛的劳动,也得到了巨大的收获。他从纵横开刀,大量地阅读了法国文学"名家和不名家"的作品,从中去寻找规律性的东西。他先后着重翻译和研究了法国的马尔格里特、歹里野、卜莱浮斯德、龚古尔、鲁意士、巴散、都德、莫泊桑、左拉、福楼拜尔等作家和他们的作品,学习其长处,避免其短处。他所写的《法兰西自然主义以后的小说》等论文和为翻译作品所写的许多前言、后记,就体现了他的重要研究成果。这当中既有他对作家作品的独到见解,更有学习、研究的方式方法。这些直到今天对我们都还有启发,值得重视。如他说:

> 这书(指都德《达哈士孔的狒狒》——引者)作风略似《儒林外史》,虽然狒狒并非文人,然其实写法,则无异于吴木山。(《〈小东西〉改译后细说由来》)

> 左拉学派之所以成功,自是全赖实验科学的方法,所以写一个钱商,亦必躬入市场,置身市侩之中持筹握算,然后下笔。而左拉学派之

所以失败,其大弊也正在此。因为他只重实质的经验,忽视心灵的力量,描写人生,固能凭其巨胆,凭其观察所得,毫无顾忌,将重重黑幕,尽力的揭破。然而只是用力在黑暗的正面上,只管火辣辣的描写出来,对于粉饰的社会诚不免要发生许多力量;毕竟何处是光明的所在,怎样才是走向光明的道路?论到这层,左拉学派就不管了,犹之医生诊病,所说的病象诚是,却不列方案。(《法兰西自然主义以后的小说》)

然而弗氏写去,都能很认真,很严肃,不过分,也不偷工减料,恰如一位高手画师之描写一个活人的肖像一般。单是这态度,就颇不容易修养了。(《〈马丹波娃利〉校改后记》)

我们如其纵的从古典文学,一直读下来,读到《马丹波娃利》,横的则自本书扩展开去,多读几部同时代的名家甚至不名家的作品,则不必再作甚么文学的比较,我们自然而然就可以感到他们的好处是甚么,在何处,而好在何种程度。亦犹《典论》所言:读千赋而后作赋,阅千剑而知使剑的办法。(《法兰西自然主义以后的小说》)

这些,我们可以认为:完全是李劼人学习法国文学的心得体会,是李劼人研究法国文学的成果。它不但帮助了李劼人日后的创作,而且影响了不少青年文学工作者。著名女作家丁玲就曾谈到她很喜欢李劼人翻译的莫泊桑的小说《人心》等。1924年10月,李劼人带着丰硕的成果回到了祖国。可是,祖国正在帝国主义和北洋军阀的统治下,政治腐败,苍生涂炭,兵匪横行,人民无以为生。李劼人看到这一切愤然已极,毅然拒绝各种物质名位的引诱,回到故乡四川成都。最初,他仍然是办报纸,因为触犯了军阀杨森,人被关押,报纸被查封。接着,他一面教书,翻译法国名著,一面从事短篇小说的创作,可以说形成了他创作的第二个高潮。

这时期的小说,不但内容扩展了,深刻了,而且艺术也更加前进了,成熟了。如短篇小说《好人家》,通过回忆和描写,叙述了一个绅士家庭的变迁,揭露了鸦片输入的罪恶;《湖中旧画》,通过作者自己青少年时代在江西的生活,及扶父亲灵柩回乡在途中的见闻和遭遇,写尽了社会的黑暗、人情的冷暖;《编辑室的风波》,真实地揭露了封建军阀控制、查禁进步报社的罪行，文字幽默，讽刺辛辣，为作者短篇小说的优秀之作；《捕盗》，则通过儿时的回忆，写出了团总袍哥势力之猖狂；《棒的故事》，通过一对青年男女自由恋爱，婚后遭到封建势力的反扑而致死的悲剧，反映了旧势力疯狂挣扎，不甘心退出历史舞台；《市民的自卫》，通过军阀办团防、制造虚假舆论、哄骗社会的行径，揭露其罪恶；《失运以后的兵》，通过两个长工被拉夫，强迫入伍参加军阀战争的遭遇及变化，反映了社会的黑暗；《对门》，则通过一个官绅寡妇的见闻及心理变化，写尽了军阀的残酷、社会的腐朽；《只有这一条路》，通过一个青年选择读书做官还是当兵发财所引起的家庭矛盾，揭露了军阀社会的渊薮；《兵大伯陈振武的月谱》，通过一个下层社会的青年无以为生而被迫卖壮丁的遭遇，反映了军阀统治的黑暗；《程太太的奇遇》，通过有新知识、追求自由恋爱、反对包办婚姻的程太太在婚姻上的种种挫折，以及被人欺骗、调戏，反映了军阀们的腐朽生活。可以说，反对军阀的黑暗统治像一根红线一样贯穿在李先生这一时期的所有作品中，而且呼声是那样强烈，那样坚决，那样愤慨。

桂生的母亲也反对桂生去干这行职业，但她的意思是："好铁不打钉，好男不当兵，血盆里抓钱的事真不该去干！"

……

昨天吃饭时，张肯堂问桂生还是打算改行吗？他不开口，张肯堂遂慨然说道："就不说兵凶战危，去干这项事的，比那立于岩墙之下还危险，固非我所欲也；即以现在的军阀来说，作恶多端，孰非怨府？古语说过：千夫所指，无疾而死，天地间因果报应之说是不会错的，你若不听我的话，难免不要弄到上亏祖宗清德，而下还我与你母亲之忧……"（《只有这一条路》）

赵先生送客回来，不禁叹道："我看除非在外国旗子之下，只好闭着口当哑巴的了！"

周先生头脑简单一点，因就恍然若以为可的说："老实话，我们也学各商船，租一面外国旗子来挂起，就可以吐气扬眉了。"

钱先生道："不行吧？我们这里是省会，不是商埠，不能挂外国旗

的。依我说，倒是关闭不干的好。"(《编辑室的风波》)

作家就这样，以极大的愤怒，毫不留情地揭露军阀的罪恶，讽刺新的权贵们的卑劣，表现了作家的正义感和爱国主义精神。这些内容都是通过作家创作的形象反映出来的，没有一点说教图解气味，是那么真实可信，而又富有生活情趣，很容易为人们接受。请看下面一段关于青年男女自由恋爱的描写：

> 何九如从小路上一口气走到他自己院子的白木大门前，止了步四面一望，觉得风景依然：院墙内的林木还是那样的葱茏，田塍的分画还是那样的整齐，田边的溪水还是那样的澄清鲜活的流着，溪岸上几株大苦楝子树还是那样的扶疏如画，甚至树荫下一块巨大的顽石还是那样的光洁。他如梦如寐的恍惚看见一个年轻体面的妇人穿着天兰麻布衫，印黑花的漂白洋纱裙子，半大的脚上穿着玲珑的青洋缎鞋，脚背上露出才流行的水红线袜；头上发髻挽得高高的，发边垂着一簇茉莉花球，手上拿了柄大芭蕉扇，正浅浅的噙着巧笑，露出细白齿尖，一手撑着柔颊，坐在那顽石上，向水里一个拍着水花洇泳的少年男子说道："不洗了，快点起来吧！有人来碰见，又要造我们的谣言，说我们怎样的不正经了。"
>
> 这洗澡的少年男子就是他自己，向他说话的少妇就是他才娶半年多的老婆，洗澡这天在四年前他刚从中学校毕业，还未往外边读书去时，回家度夏的一个傍晚。那时他的身体虽说浸在溪水里，其实可以说是浸在他们俩的爱情之海里，哈！好甜蜜的味道！(《棒的故事》，1925年《醒狮》周刊第四十四号)

这很可以代表李劼人当时的艺术风格——明快、勇敢、幽默、精劲、周密、细腻。他写作时，特别注意服饰、生活情状的描绘，富有浓郁的地方色彩、时代色彩！如果说前期小说更多的是受古典小说的影响的话，那么，这一时期的短篇小说，除了吸收古典文学的优秀传统外，更多受到外国文学，特别是法国文学的影响。这时期的短篇创作，为后期长篇小说的创作在思想和艺术上都作了较为充分的准备。

李劼人的这些作品出现在"五卅"运动、北伐战争兴起的时候，应该说是非常有益的，也是及时的，和好些进步的、革命的作家所写的作品一样，成为打击北洋军阀和地方军阀的利器。因为李劼人主编的报纸及所写的小说刺痛了军阀杨森，不但报纸被封闭了，而且李劼人本人也遭到逮捕、关押。军阀的压迫更加坚定了李劼人反抗的决心。特别是大革命失败后，新军阀蒋介石对革命者的屠杀和迫害，加深了李劼人对蒋介石集团的认识。他说："我听见这一消息后（指赵士炎同志被害——引者），一如听见刘愿庵在重庆就义消息一样，好多天不舒服，因而更引起了我对共产党的同情，因而更增强了我对蒋贼中正和他那一伙的仇恨。我很感谢这两位先烈！我敢于说，自我从法国回国以后，我确实因了他俩位的无形影响，使我愈益明确坚定了我这二十几年来的行动方向。"（《记先烈赵士炎》）

是的，共产党人的英勇牺牲，坚定了他的革命方向，也加深了他对现实的不满和反抗。从20世纪30年代开始，民族危机日益严重，反动派的压迫空前残酷，革命的深入、反革命的围剿与革命的反围剿的斗争在各条战线上激烈地进行着。为了彻底粉碎敌人的罪恶阴谋，鲁迅、郭沫若、茅盾等人除了自己创作及时反映现实生活、揭露国民党罪恶的杂文、诗歌、小说之外，还写了不少历史小说"刨坏种的祖坟"，或者歌颂"中国的脊梁"，痛击了形形色色的敌人。这时鲁迅还倡导多写历史题材，特别是近代史的作品来进行战斗。他在《田军作〈八月的乡村〉序》一文中说："人民在欺骗和压制之下，失了力量，哑了声音，至多也不过有几句民谣。'天下有道，则庶人不议。'就是秦始皇、隋炀帝他会自承无道么？百姓就只好永远箝口结舌，相率被杀，被奴。这情形一直继续下来，谁也忘记了开口，但也许不能开口。即以前清末年而论，大事件不可谓不多了：鸦片战争，中日战争，戊戌政变，义和拳变，八国联军，以至民元革命。然而我们没有一部像样的历史著作，更不必说文学作品了。"这是鲁迅的号召和期望。鲁迅这篇文章是1935年8月份发表的，然而，李劼人却在1935年5月份就开始拿起了自己的笔，以独特的艺术风格，写出了反映中日甲午战争至辛亥革命这段历史的三部著名长篇历史小说，首部《死水微澜》于1936年6月出版。鲁迅想到的，李劼人先生不仅想到而且实践了。当《暴风雨前》的第二部分《上莲池边》在《国论》上发表时，编者在"编定后记"里写了这样一段话：

李先生是文坛的宿将，不用介绍。本刊现承李先生特许发表文艺创作，已在本期登出《上莲池边》，以后尚有佳构贡献读者。

是的，称之为"佳构贡献给读者"的《暴风雨前》、《大波》（三部）很快出版了。郭沫若在"别妇抛雏"回到祖国的前夕，读了这三部书后，立刻写了《中国左拉之待望》一文，给予高度的评价、肯定，热情地加以推荐。郭沫若无限感慨地写道：

古人称颂杜甫的诗为"诗史"，我是想称颂劼人的小说为"小说的近代史"，至少是"小说的近代华阳国志"。前些年辰，上海有些朋友在悼叹"中国为什么没有伟大的作品"，我觉得这个问题似乎可以解消了，似乎可以说，伟大的作品，中国已经是有了的。

然而，事实却有点奇怪。中国的文坛上，喊着写实主义，喊着大众文学，喊着大众语运动，喊着伟大的作品已经有好几年，像李劼人这样写实的大众文学家，用着大众语写着相当伟大的作品的作家，却好象很受着一般的冷落。

劼人还有一部小说叫《同情》，我只在《死水微澜》后面看见广告，那儿有这样的几句话："同情，我在国内把它寻觅了多少年，完全白费了功夫，到处遇见的只是冷酷，残忍，麻木，仇视，何等的失望。"这大约是从作者的序文中摘出来的吧？是多么沉痛的寂寞的喊叫！作者作为文艺家所受的待遇，似乎是被包含在这儿的，而中国文坛的痼弊也似乎是被袒露在这儿的。

说得多么中肯！可惜的是，时间又过了40多年，中国文坛的这些"痼弊"仍然存在，真是值得每一个文艺工作者深省啊！李劼人这三部作品里，充分运用他积累了几十年的生活经验与文学修养，像左拉写《卢贡——马卡尔家族》，巴尔扎克写《人间喜剧》式的结构，及《三国演义》、《水浒传》、《儒林外史》、《官场现形记》式的写法，按历史阶段，将甲午战争至辛亥革命以来社会变迁踪迹，从细微处着笔，写成有系统的小说。这在中国不能不说是首创。作者的这种首创精神虽然遭遇到冷落，但并没有因此动摇他的探索精神，他仍然在冷落中奋勇前进！他沉静地思索和总结已走过的道路，和将要走的道路。他认真地研读中外名著，严肃地翻译和重译法国名著。抗日战争的炮声振奋了作家，从此更积极地投入了政治运动。在整个抗日战争、解放战争期间，他几乎把自己的一切力量投入实际斗争，除继续早年"组织造纸公司，拟作中国西南部文化运动之踏实基础"以对付帝国主义扼杀文化事业外，还积极从事抗日文艺运动。他担任并努力完成"文抗"成都分会的领导工作，掩护和支援进步的、革命的文艺工作者。直到1947年，他才应成都《新民报》社之约，写了长篇小说《天魔舞》，对蒋介石国民党反动派这群杀人魔鬼的种种表演进行了充分的揭露、深刻的批判。这部长篇虽然不是成功之作，却"保留了许多素材"，为将来进一步修改打下了基础。

李劼人诅咒的杀人魔鬼被共产党领导的革命人民赶出了历史舞台。1949年，李劼人梦寐以求的"少年中国"、渴望的"光明世界"终于来到了，他以无比喜悦的心情迎接了成都的解放。人民的解放，中华人民共和国的成立，给作者的创作带来了新的青春时期。作者除了写作《天要亮了》等为数不多的几个短篇外，主要精力则集中在修改、加工他的长篇三部曲，并计划在修改完三部曲后，再写反映袁世凯统治时期、五四运动、大革命、十年内战、抗日战争、解放战争中人民生活和斗争的小说，一直写到80岁。为了写好这些小说，他还花了极大的精力，进一步搜集材料，研读史籍，调查访问当事人，听取读者意见，同时还重读了许多中外名家著述，研究其艺术经验，可以说作了充分的准备。根据有关出版社和冯雪峰同志的建议，他从1954年开始，花了8年的时间，将《死水微澜》修改了十分之一；《暴风雨前》则抽去几章，补写了几章，全书改动三分之二；《大波》，完全是另起炉灶（1954年写了一遍，觉得不好，丢掉了；1955年又写第二遍，10多万字，看后还是觉得不好，也丢掉了；1956年又开始写第三遍，内容增加了三分之二，篇幅却减少了五分之二）。这是多么严谨的态度，又是多么艰辛的劳动啊！我们今天读到的近百万字的《大波》还是未竟稿。就是这个未竟稿的三部曲，已经是那样生动、那样广阔地展示了辛亥革命的来龙去脉，在我国文学史上至今还找不出第二部！作品虽然是以庚子至辛亥年间之四川成都为背景，却生动而真实地"把四十年，所经验的四川军阀所造成的畸形怪状的社会,半新半旧的男女青年的种种情态,由辛亥革命到民国二十年左右那一动荡不定的封建传统与新思潮的斗争,旧文学与新文学的矛盾冲突的场面,他用写实的笔法,平淡无奇的客观的记录下来,把四川四十年来,——尤其是成都——社会的实在面目,一齐搬上舞台,那舞台上,有各色各样的人物,衰老的,新鲜的,腐败的,前进的,美的丑的,文的武的,组织一个极热闹极生动的场面"(刘大杰:《忆李劼人》,1946年《文坛》一卷一期)。就在这个五光十色、错综复杂的典型环境里,作者凭着一支"令人羡慕的笔",一忽儿把你带到勾心斗角的官场,一忽儿把你带到挣扎于死亡战线的贫民窟,一忽儿把你带到血肉横飞的战场,一忽儿把你带到谈情说爱的花园,一忽儿让你看到学生、战士,一忽儿让你看到绅士、妓女……不但让你看到这些人物的种种外貌,而且让你看到这些人物的种种灵魂。我们可以说,作品规模之大、结构之严、人物之众,在现代文学史上都是罕见的。然而,却有人认为李先生的作品没有直接为现实斗争服务,人物又尽写些袍哥大爷、浪荡女人、落后的社会渣滓,而持以非议,否定其现实意义,在现代文学史上没有给予应有的评价。这种观点显然离开了客观现实、历史背景,是带着一种框框和偏见来对待作家和他的作品。

三

我们从上面对李劼人先生所走过的道路,对他的创作过程的简略考察里,完全可以看到作者特到之处的贡献。概括起来,这样三点是非常突出的:

一、在中国现代文学运动中,有计划地、分阶段地用小说来反映近百年反帝反封建的历史,特别是甲午战争以后的历史,可以说是李劼人的首创,并且获得了相当的成功,为以后写这段历史的文学作品提供了极其可贵的经验教训。

二、作品以一个地区为背景,从细微深处着笔,全面地展现当时广阔的生活图景。作品不仅涉及政治、军事、经济、文化,特别注意到一般的人的生活起居、风俗习惯、特殊的语言运用和描写,给我们留下了一幅又一幅极富有地方色彩和时代特征的风俗画。

三、作家的作品确实贯串了一条红线,"即凡有害于'国'与'乡'的恶势力,不论在内在外,一概极端反对到底",反对军阀统治和人民的觉醒成为作家作品的中心主题。作家反对袁世凯一类的北洋军阀,反对蒋介石之类的军阀,反对杨森、刘湘之流的地方军阀,犹如老姜,愈老汁愈浓,愈反愈烈,一刻没动摇,直到全部军阀被人民革命的洪流扫尽!

李劼人在为中国现代文坛提供这些新东西、新经验的时候,一直执着地追求、勇敢地探索着文学创作中一系列重大的问题:诸如历史的真实和艺术的真实到底怎样统一?中外优秀遗产如何接受?如何结合?文艺大众化的途径和办法在哪里?如何运用群众语言?如何体现地方色彩?且不说已经取得的成就如何,这种精神就是十分难得的!何况作者所探索的每一个问题都为我们提供了可资借鉴的经验教训。有一位评论家在回忆李劼人的时候深情地写道:

> 他的《大波》竟成为永远不能完成的遗稿了!不知道究竟是写成了十万字呢?十二万字?(指《大波》四卷——笔者)他一定会是直到死前还在写,这是一位到死还在工作,死在岗位上的人啊!(韦君宜:《最后的访问》,1963年1月12日《光明日报》)

是啊!临终时他还叨念着没完成的30万字的《大波》。像这样一位死在岗位上,有着首创精神、独特贡献,埋头写作的作家,在我们的现代文学史上,难道不应该给予他应有的地位?难道不应该对他的艺术经验加以评价、总结和研究吗?

有一位丹麦文学批评家说得好:"在文坛上,有一种作家是很寂寞的。他厌恶在社交上应酬来往,他不喜欢在群众间露面,他觉得这些都要搅乱他灵魂的安静,破坏他生活的和平。他闭着门孤零零的写他自己想写的,度着他自己逍遥自在的生活。有时他几乎被人遗忘了,不过他的作品,终究是存在的。"

在中国现代文学史上,李劼人的确就是这样一种典型!

(原载《四川大学学报》1981年第1期)

《中国左拉之待望》附记

30年代中，李劼人的《死水微澜》、《暴风雨前》、《大波》（上）相继由中华书局出版。书局负责人舒新城在自己的日记中写道：

三月九日　星期日

读李劼人《暴风雨前》，彼拟将四十年之变迁以小说十册描写之。现已写成四册，每册十万言，合之为一长篇。为近时文学创作界特有魄力之大著作，故乐为成之。其描写技术与结构亦均成熟。（舒新城：《舒新城日记》，《出版史料》1988年2期）

书局是如此看重李劼人的作品。

此时，郭沫若尚在日本避难，并准备归国抗日。创造社的成员刘弱水将这三册书带到日本，5月9日送去郭沫若的寓所。郭沫若得此书后，随即阅读起来，整整花了五天的时间，像少年时代读《花月痕》、《红楼梦》、林译小说一样"陶醉"其中，并撰写了《中国左拉之待望》的书评，回忆了两人中学时代读诗的情景，高度评价了小说的成就，提出了自己殷切的希望。文章发表在同年的《中国文艺》一卷二期上。

舒新城看到郭沫若的文章后，便以最快的速度，于6月24日致信李劼人。李劼人得信后，欣喜若狂，立即复信舒新城，说：

昨夜自朋友处宴归，获读廿四日航函。不禁大为感动，兄与邬公子（惟不知沫若之言见于何处）奖慰之文辞，受之不免惭悚，然自问确有一寸之长。所以未有成名者，只在不屑自行鼓吹，而又不请朋友捧场……（李劼人：《致舒新城》）

我们从这里可以清楚地看到：作者、出版者、评论者是在何等融洽、和谐地互动啊！今天的作者、出版者、评论者应该当作一面镜子来对照对照……

（原载《郭沫若学刊》2011年第4期《纪念李劼人诞辰120周年特辑》）

敬隐渔简谱

敬隐渔是一个神秘的传奇人物。

他直接联系着郭沫若、罗曼·罗兰、鲁迅三位文学大师,为中法文学的交流做出了历史性的贡献。也因为他的一封信件,郭沫若、鲁迅、增田涉、许寿裳产生了一次又一次的争论,留下了至今仍然无法完全解决的悬案。

新时期,陆续出现了一些关于敬隐渔的翻译及由他留下的悬案的研究,要么想当然,要么武断推测。徐仲年先生曾以同窗的身份写道:

> 他原籍四川遂宁。我所知道的,他是被抛在上海某个垃圾桶旁的弃婴,天主教所办的育婴堂抱去养大了他。这是奇迹:一般被收养的这类婴儿只有一条出路:"死亡"。在解放前,法国天主教耶稣会深入中国,进行文化侵略。……敬隐渔,很聪明,所以长大之后,天主教堂悉心加以培养,教他法文和拉丁文:这是敬隐渔后来能翻译鲁迅作品的张本。但是教会里的低级人员(如敬隐渔),尤其育婴堂里的膳食是不高明的;由于营养不足,敬隐渔的身体极为虚弱,大伏天里,掌心尚出虚汗。
>
> 敬隐渔的身世是非常悲惨的:他终身没有过过好日子;——也许只有两次比较"开心":一次是1921年考进刚开办的时昂中法大学,乘法国游船卜都斯(Porthos)离沪出洋留学(我也是中法大学首届学生,船于该年8月13日离沪,9月24日抵达马赛);一次是将自己所译的《阿Q正传》,仰仗罗曼·罗兰的大力支持,在《欧洲》杂志上发表了。

（徐仲平：《记敬隐渔及其他》，《新文学史料》1982年3期）

文中说了两次开心事：一次说得叫人不能不相信的"确切"，然而与事实有点离谱，也许是老人年岁太大，记忆恍惚了；一次说的倒是事实，但语焉不详。

《鲁迅全集》中有关敬隐渔的注释1981年版有错，2005年版仍不改正，照错不误。请看：

  敬隐渔　四川遂宁人，北京大学法文系肄业后留学法国，他译的《阿Q正传》发表在罗曼·罗兰主编的《欧罗巴》月刊第四十一、四十二期（1926年5、6月号）。1929年他又译成《孔乙己》和《故乡》，与《阿Q正传》同收入他编译的《中国当代短篇小说作家作品选》，由巴黎理埃德尔书局出版。

新版17卷228页注释：

  敬隐渔　四川遂宁人。北京大学法文系肄业；1926年在法国将《阿Q正传》译成法文，经罗曼·罗兰阅后发表于《欧罗巴》杂志同年5月、6月号。后又将《孔乙己》和《故乡》译为法文，1929年与《阿Q正传》同收入他编译的《中国当代短篇小说作家作品选》。在翻译过程中曾多次与鲁迅通信。

1901年

6月13日，出生在四川省遂宁东林寺敬家湾一个中医家庭。取名敬显达，显耀祖宗、发达家业之意。异常聪明。

父亲，敬天文。母亲，唐氏。均虔诚的天主教教徒，与主持遂宁教务之林方济往来密切。显达得以学习国学、法文、拉丁文。

1910年左右

父母先后亡故。

遂宁天主教会收养，主持教务的法籍教父林方济，助其入学成都市附近白鹿场"天王古书院"（相当小学），学制五年，学习拉丁文，后又得其父生前好友、法籍传教士邓茂德之力入"领报书院"（相当中学），学制五年，学习法文。改中文名为法文名约翰·巴底斯特·敬隐渔（Jean－Baptist Kinyin－yu）。

1920年

"领报书院"结业。到杭州教会。开始在《杭州学生会会报》发表关于五四运动的文章。

1921年

初，到上海西郊徐家汇天主教会学堂做工，学习。

1923年

3月　在民厚南里郭沫若住处，结识创造社元老郭沫若、成仿吾，以后关系密切，受其鼓励，一面翻译郭沫若的《函谷关》、《鹓雏》等小说；一面自己开始写作，不断在《创造季刊》、《创造周报》、《创造日》上发表作品。

7月　《破晓》（诗）刊7月1日《创造日》1期。

8月　《罗曼·罗朗》（Roman－Rolland）刊8月8日—8月11日《创造日》16—19期。

《孤独》（译诗）刊8月23日《创造日》30期。

《译诗一首——唐人金易绪的"春怨"》刊8月26日《创造周报》16号。

《海上》（译文）刊8月26日—9月1日《创造日》33—39期。

9月　《诗一首》刊9月23日《创造周报》20号。

《遗嘱》（翻译小说）刊9月19日—23日《创造日》57—60期。

《莫男这条猪》（翻译小说）刊9月27日—10月3日《创造日》65—71期。

10月　《恐怖》（翻译小说）刊10月27日—10月29日《创造日》95—97期。

1924 年

2 月　《破晓》（La Forteresse de Han Ko）刊 2 月 28 日《创造季刊》2 卷 2 期。

3 月　《"小物件"译文的商榷》刊 3 月 9 日《创造周报》43 号。

4 月　《苍茫的烦恼》（小说）刊 4 月 27 日《创造周报》51 号。

5 月　《玛丽》（小说）刊 5 月 19 日《创造周报》52 号。

6 月下旬　成仿吾离开民厚南里 692 号，搬入贝勒路一间市房，"伴随他有尼特（倪贻德）和我们的天才——敬老先生隐渔。在他动身离沪去广州的一晚，曾与周全平、倪贻得、敬隐渔、严良才等就创办刊物进行商讨：（1）定名《洪水》，（2）周刊，（3）偏于批评"。

8 月 20 日，《洪水》第一期出版。

受郭沫若的"怂恿"，开始翻译罗曼·罗兰巨著《约翰·克里斯朵夫》，并致信罗曼·罗兰求其允许。

秋，得罗曼·罗兰 7 月 17 日复信，允其翻译，并表示大力支持。

1925 年

1 月　罗曼·罗兰复信手稿及其译文、译作法朗士的《李俐特的女儿》载 1 月 10 日《小说月报》16 卷 1 期。

与《小说月报》关系密切。

夏秋之交，在罗曼·罗兰的资助下离开上海去法国。

7 月　《袅娜》（小说）刊《小说月报》16 卷 7 期。

8 月　《小说月报·文坛杂讯》载："文学研究会丛书最近付印的有下列几种：……二，《玛丽》，敬隐渔君的创作集，包括《玛丽》、《袅娜》、《宝宝》等数篇。"

9 月初　抵达里昂，立即前往瑞士蕾芒湖畔罗曼·罗兰寓所拜谒，赠杭州购买的中国字画等，罗曼·罗兰回赠《甘地传》、《约翰·克里斯朵夫》（末卷）。

9 月　撰写《蕾芒湖畔》，详细记叙了拜谒罗曼·罗兰的过程、心情、感想……

冬　入卡里大学（Caati）学文学，着力翻译《阿Q正传》。

1926年

1月　《蕾芒湖畔》、译作《约翰·克里斯朵夫》、儿童文学《皇太子》刊《小说月报》17卷1期

译文《阿Q正传》呈送罗曼·罗兰，介绍称鲁迅为"反抗志士"，末尾附上阿Q的生平，注明"不是爱情小说，不合妇女趣味"。译文删去第一章、最后一章，取《再见》的标题。

1月12日　罗曼·罗兰致信《欧罗巴》主编皮埃尔·加马拉，推荐其翻译的《阿Q正传》发表。

1月24日　致信鲁迅，报告其《阿Q正传》将在法国大型刊物《欧罗巴》上发表的消息，请求鲁迅允许翻译，并为罗曼·罗兰六十大寿集印一本"专书"。

2月　《小说月报》17卷2期发表译作《约翰·克里斯朵夫》。

2月27日　《鲁迅日记》载："交敬隐渔信并《莽原》四本。"

3月　《小说月报》17卷3期连载《约翰·克里斯朵夫》。

后进入里昂大学，大学身份证为1987838号。

6月　寄鲁迅信并《欧罗巴》一本。1926年7月1日《鲁迅日记》载："下午得敬隐渔信并《欧罗巴》一本。"

7月16日　《鲁迅日记》载："访小峰，在其寓午饭，并买小说等三十三种，共泉十五元，托其寄敬隐渔。"

11月　寄鲁迅函及明信片四枚。明信片上写道：

Vox clamants

in Seserto

犷漠中之

呐喊声

鲁迅先生惠存

罗兰住宅附近之新村

1925罗兰赠我者

敬隐渔转赠

1926-11-Paris

12月8日　《鲁迅日记》载："得淑卿信,上月廿十九日发。附敬［隐］渔函及画片四枚,从巴黎发。"

12月29日　寄鲁迅信。1927年2月11日《鲁迅日记》载："上午得敬隐渔信,去年十二月二十九日巴黎发。"

1928年

9月11日　得中华民国总领事馆《生活和操行证明书》：

  我,中国驻巴黎总领事,兹证明大学生敬隐渔先生于1901年6月13日出生于中国四川省遂宁。据我们所知,他受到普遍的尊敬,在他的操行品德方面没有受到任何控告或起诉。另外,我还证明这位学生没有受任何助学金和中国任何津贴。

1928年9月11日于巴黎
中国驻巴黎总领事（盖章）

10月　报考中法大学,入学试题为《我到达法国的初步印象》或译为《我来法国之后对法国的印象》：

  到达马赛之前,在船上,在整个旅途中,我从未见过如此美丽碧蓝的大海,如此气势,和谐,色彩青春的山……温柔,悦耳,香甜的法兰西！诗一般的国家,梦想中的国家！

10月16日　法中大学联盟（联合会）法中学会（协会）颁发入学"身份单",正式注册,注册号243号,攻读文学博士学位。

1929年

巴黎RIEDER（里埃代）出版译作《中国现代小说选编》,其中有鲁迅的《阿Q正传》、《孔乙己》、《故乡》及郭沫若的小说。

10月　严重神经衰弱,并向被迫害妄想发展,有谵妄性判断。

10月下旬　罗曼·罗兰要求医学院、神经精神病教授为之治疗,无明显好转。不久,住进Du Feuillard医生休养所,病情日益加重,更加朝被迫害妄想方向发展。

11月　学校征得罗曼·罗兰同意，将其送回国疗养。

12月初　林如稷等数位中国同学、大学秘书陪伴送至马赛，在火车站，乘人不备逃走。

12月下旬　学校再次派人和林如稷等中国同学一起陪伴送至马赛，交托船员，护送回国。

1930年

1月底　回到上海，住西门路西里门，常至创造社周全平开设的西门书店咖啡店闲坐。1930年3月10日出版的《出版月刊》"文坛消息"栏内有署名"冰"的《敬隐渔回国》一文，说：

> 他随身携有小册子，册上满绘动人图画，又有法国文长短行和中文诗词不少。诗句中常有奥妙不可解释的诗句，自云是天地间的至理，他正在推究中，五十年后，当有能明悉他的意义的人云。
>
> 二力相逐有缓速，缓者成形速者魄。
>
> 欲遍宇宙无抵抗，动静俱随并行律。
>
> 这样玄妙的东西，真不像是我们一般人所懂的。
>
> 跟了这样玄妙的作品而来的，是他告诉友人说能看相，能测字。但归根结底，恐终是女人在他心头作怪。有他自己作的词作证：
>
> **忆秦娥**
>
> 隐渔翁。
>
> 少年独钓千江雪，
>
> 千江雪，
>
> 寂寞声色，谁识豪杰？
>
> 潦倒还唱青天阔，清肠踏破空颜色，
>
> 空颜色，黄昏谁伴？
>
> 有西江月。

这篇文章具体地告诉我们，敬隐渔回国后，举止怪癖，思维已经不正常，所作词也不知所云。

2月2日　求见鲁迅遭到拒绝。鲁迅日记:"敬隐渔来,不见。"
不久,一说踏海而亡,一说跳西湖而逝。

(原载《新文学史料》2010年第1期)

敬隐渔和郭沫若、罗曼·罗兰、鲁迅

敬隐渔是个传奇人物。他直接联系着郭沫若、罗曼·罗兰、鲁迅,为中法文化交流做出了开拓性的贡献。又因为他的一封信,引起文坛的几次轩然大波,加深了鲁迅和郭沫若的恩怨。

敬隐渔和郭沫若

敬隐渔出生于四川遂宁,本名显达,隐渔为教名。父母均为虔诚的基督教教徒,在敬隐渔很小时就先后亡故。敬隐渔由天主教教会收养,受到教会熏陶。他由遂宁到成都,又由成都到杭州、上海。在上海,他生活在徐家汇教会堂里,法文、拉丁文都有相当基础,能自由阅读和写作。

1923年4月1日,创造社元老郭沫若由日本回到上海,住民原南里,与成仿吾、郁达夫创办《创造周报》。正在徐家汇教堂的敬隐渔,以仰慕之心与郭沫若等人相识,每逢星期日,必到郭沫若住处,摆龙门阵,谈家常,讲爱好,谈见闻,深夜始去。他告知郭沫若,自己会看相,懂催眠术,能占卜,喜欢《周易》,爱读大文豪罗曼·罗兰的作品,尤其是《约翰·克里斯朵夫》。

他年纪虽小,但谈吐不凡,聪明好学,知识广博,深得郭沫若、成仿吾的"激赏",很快被吸收进了创造社。由此开始,敬隐渔一面翻译郭沫若的小说《函谷关》、《鹓雏》,一面也提笔写作。从1923年8月开始,他便在创造社的三大刊物《创造季刊》、《创造周报》、《创造日》上发表作品,可谓一发而不可收拾。到他离开上海去法国,短短两年多的时间,先后发表作品十五种,有诗,有小说,有文论,有古诗今译,有小说翻译,可谓多种多样,充分显示了其才华。

敬隐渔的才华及其作品，创造社的元老们一致予以好评。成仿吾说：

在我们这一年——很长很长的一年的工作之中，我们深幸得到了几个同心的朋友。他们给我们出了不少的力气，他们是一个维系我们的希望的星斗。他们之中，我们尤其感激倪贻德、周全平、涂女士和敬隐渔四位。这四位好朋友的作品虽然还不能就使我们满足，然而他们是以一日千里之势在向完善之域猛进，他们的成就一定不小。敬隐渔君富有天才，一向没有时间，不曾创作小说，这回因《周报》就要停办，尽数日之力写了两篇；他的国文虽然远不及他的拉丁文和法文，然而毕竟才高，出马便已高人一等。（成仿吾：《一年的回顾》，1924年5月《创造周报》52期）

郑伯奇则说：

周报和《创造日》上，出现了许多新作家的名字，周全平、叶灵凤、涂女士、倪贻德、严良才、白采、邓均吾、柯仲平及敬隐渔诸先生都是在这个时期中露出头角的新人。这些生力军的出现，给创造社的活动上，自然添加了不少的力量，扩大了不小的影响。（郑伯奇：《二十年代的一面——郭沫若与前期创造社》，《创造社资料》）

这样，创造社同时编刊着三种刊物：《季刊》《周报》和《创造日》。除了创造社的三个主要作家和新加入的邓均吾经常撰稿以外，还有不少青年作者，如敬隐渔、王以仁、倪贻德等，也团结在这些刊物的周围，不断发表作品。这时候可以说是创造社的全盛时期，也是前期创造社最活跃的时期。（郑伯奇：《忆创造社》，《创造社资料》）

由此可见创造社元老们对敬隐渔这位"天才"的肯定、赞赏。成仿吾还以其为"骄傲"，认为是创造社"发掘的天才"，大力加以培养。1925年，郭沫若将敬隐渔发表在创造社刊物上的小说《苍茫的烦恼》、《玛丽》推荐给商务印书馆出版，并鼓励、怂恿他翻译罗曼·罗兰的巨著《约翰·克里斯朵夫》。他便写信给罗曼·罗兰，求其允许翻译。

1924年5月19日，《创造周刊》停刊。至此，创造社前期的三大刊物全部停刊。也许因为没有了发表阵地，敬隐渔便和《小说月报》发生了关系：1925年1月在《小说月报》发表译作法朗士的《李俐特的女儿》、罗曼·罗兰允其翻译《约翰·克里斯朵夫》的复信手迹及译文；7月，又在《小说月报》发表小说《袅娜》。商务印书馆遂将《袅娜》连同《创造周报》上发表的《苍茫的烦恼》（收入集子时改名《养真》）、《玛丽》及未曾发表的《宝宝》共四篇，以《玛丽》为书名，收入文学研究会丛书予以出版，后又将《袅娜》收入茅盾作序的《中国新文学大系·小说一集》。这似乎像是文学研究会和创造社在争夺敬隐渔这位"天才"。郑伯奇在其《小说三集·导言》中特别提到敬隐渔，说：

> 大约，在《创造日》的时候，周全平和倪贻德首先被发现了。到了《周报》后期（自《创造》停刊以后至《周报》终刊为止），涂女士和敬隐渔两位最为活跃。……关于敬隐渔，成仿吾曾说过："敬隐渔君，一向没有时间，不曾创作小说，这回因《周报》就要停办，尽数日之力写了两篇。"他写小说很迟，后来的作品都收在文学研究会丛书内他的小说集《玛丽》里面，所以茅盾将他的作品选入《小说一集》里去了。（郑伯奇：《中国新文学大系·小说三集·导言》）

可见，敬隐渔的才华，不仅得到郭沫若、成仿吾、郑伯奇等创造社元老们的赏识，而且也得到了文学研究会的赏识。敬隐渔在创造社早期的三大刊物发表了那么多各式各样的作品，之后，还参加了《洪水》的创办。周全平说："那时仿吾也离了那被我永远记忆着的民厚里692号而搬入贝勒路的一间市房去了，伴着他的有我们的尼特和我们的天才——敬老先生隐渔。我，在那时是在一个教会的编辑所里做莫名其妙的英文圣经校对，拿着还比较可羡的薪水而一人独自住在北四川路的一家后楼里。……其后经几次的商议，便决定由留在沪上的我们的一群：尼特、隐渔、良才、我，四个人办理这件事，待仿吾动身离沪的一晚，在豫丰泰的酒筵上，《洪水》的产生便决定了。"（周全平：《关于这一年的洪水》，1926年12月1日《洪水周年增刊》）

郭沫若在其自传中是这样提到《洪水》的："《洪水》的第一次创刊还在一年以前，是《创造周报》停刊了，我跑到日本去了的时候，主持者是周全平，敬隐渔，倪贻德诸人。"敬隐渔是郭沫若、成仿吾着力培养的"天才"。在推荐其小说《玛丽》出版的同时，郭沫若又极力怂恿他翻译罗曼·罗兰的巨著《约翰·克里斯朵夫》。敬隐渔接受了郭沫若的劝告，1924年下半年即着力翻译该书，并大胆写信直接向罗曼·罗兰求教，报告自己所受约翰·克里斯朵夫的影响、翻译《约翰·克里斯朵夫》的愿望和决心，盼得到老人家的帮助。对于他的请求，罗曼·罗兰很快作了回复，不但完全满足了他的要求，而且还诱掖他去法兰西。也许因为创造社此时已没有刊物了，他便和创造社疏远了，而和当时的文学研究会倒发生了更密切的联系（郭沫若：《一封信的问题》，1947年10月1日上海《人世间》月刊二卷八期）。罗曼·罗兰给他的复信手迹及其译文、他所写的小说《袅娜》以及《约翰·克里斯朵夫》的译文等都由《小说月报》发表。他告诉周全平，自己要到法国"去找罗曼·罗兰"。1925年秋，他在罗曼·罗兰的资助下乘船去了法国。以后，郭沫若到广州中山大学任教，不久，又投笔从戎，参加北伐，俩人便失去了联系。但创造社始终没有忘记这位自己发掘出来的"天才"，后来在上海与鲁迅合作，准备恢复《创造周报》时所刊登的《〈创造周报〉优待定户》（1927年12月3日上海《时事新报》）、《〈创造周报〉复活预告》（《创造月刊》一卷八期，1928年1月1日）中，在30名特约撰述员里均列上敬隐渔的大名。

1926年，敬隐渔在给鲁迅的信中谈到了罗曼·罗兰对《阿Q正传》的赞扬，其后用括号写了一句"原文已寄创造社"。鲁迅误以为是写给他的信，自己又没收到，便怀疑是被创造社扣压毁掉了。当时，鲁迅在公开的文字中没有提及，直到1932年增田涉发表《鲁迅传》，才公开提出这一封信的问题。郭沫若认为是胡说，以后又在《堕落了一个巨星》、《伟大的战士，安息吧》、《一封信的问题》等文中详细介绍了敬隐渔的情况及其与创造社的关系，赞扬他的贡献，同时也驳斥了创造社扣压罗曼·罗兰给鲁迅的信的说法。他说："鲁迅以这次的介绍为机缘，在生前便博得了世界的高名，然而不可思议的是隐渔的名字完全为世间所隐蔽。"（郭沫若：《坠落了一个巨星》，1926年11月16日《现世界》一卷七期）"鲁迅先生的《阿Q正传》

第一次被介绍到欧洲去的,也就是敬隐渔的功绩。""就这样,当我默祷罗兰先生安息之余,我却由衷地哀悼着我们这位多才的青年作家敬隐渔的毁灭。"(郭沫若:《伟大的战士,安息吧》,1945年2月《文艺杂志》新一卷一期)

敬隐渔和罗曼·罗兰

敬隐渔特别聪敏,从小得到天主教教会的熏陶,法文和拉丁文都能自由阅读和写作。1923年秋左右,他在上海结识了创造社的元老郭沫若、成仿吾,得到他们的一致赏识,被吸收进创造社。从此,他一面进行写作,一面从事翻译,很快成了创造社的骨干、中坚力量。成仿吾曾经非常骄傲地说,敬隐渔是"创造社所发掘的天才"。由于他的法文素养不错,得以接触法文作品,大文豪罗曼·罗兰的名著《约翰·克里斯朵夫》深深地吸引着他。他如饥似渴地读了又读,深受其影响。他曾经这样表述自己阅读该书的心境:"第一次,我读近代思想,注意到罗曼·罗兰的时候,我正在精神建设完全破裂以后,我堕落在当时底混沌中了。我渴望读他的作品只图这种新力或可以救我。我在各书局找了几次,杳无踪迹,更觉得失望。我受的危难,我们现代的青年多半都受过的,怎经得异常的变迁如许?二十年以内,亲见推倒了帝制,搠下了那几千年来巩固天子底强权,麻木人民的孔子底偶像;亲见破了迷信底黑幕,醒了慵懒的梦,染了欧化的踏实的勤动……睡狮醒来,抖擞他古老文化的麻痹,尽力毁弃他古老的陈迹(他的理想崇奉,他的诗意,他的老实的信仰,他的神秘,他的优美和劣点……)他醉心欲狂地逐着欧化,但在这些颓糜以上建设了些什么?坏道德的唯物主义,强权的公理,外国资本底压迫,金钱底饥渴,处处导战的引线。我离了孩儿般的梦想,忽然面对着那可怕的实际,随着世人追逐那不幸的文明?重架上孔道或耶教底架檐,千辛万苦才解脱了的?逃人虚空?如是展转反侧的时候,忽而偶然遇着了若望·克利司朵夫,我们不久便成了好朋友,我怀着钦佩和同情替他分着一半他的痛苦、奋斗、恋爱、抑郁和胜凯。我从前意象中的英雄,料在现代是不可能的,却在他身上发现了。"(敬隐渔:《蕾芒湖畔》,1926年1月10日《小说月报》十七卷一期)

他受到如此巨大的震撼，不能自禁地把它翻译过来。他一边翻译，一边写论文，一边写小说，1923年7月25日终于写成第一篇介绍罗曼·罗兰的文章《罗曼·罗朗》（Romain-Dolamil），发表在1923年8月《中华新报》副刊《创造日》。文章凭着他"自己的经验，不偏，不党，不盲从别人，不拾人牙慧"，从《若望·克里斯朵夫》的第一部《黎明》入手，详细而又独到地分析了作品的艺术特色，"知道了一点人与生命的观念"。就在这写作和翻译的过程中，他又读了"作者的传"，知道他效法托尔斯泰之所为，凡景慕他的人们，他都愿意"通信"。于是，他"放胆给他写了信"，请求罗曼·罗兰允许自己向中国人"介绍"《约翰·克里斯朵夫》，很快"得到了他亲热的答案"。

亲爱的敬隐渔：

你的信使我很愉快，多年以来，我和日本人，印度人及亚洲其他民族已经有友谊的交际，已互相观察了我们的思想的通融。但是至今我和中国人的关系只是很肤浅的。我记得托尔斯泰在他生命的末时也表示这宗遗恨——可是中国人的精神常常引起了我的注意；我惊佩它已往的自主和深奥的哲智；我坚信它留为将来的不可测的涵蕴。——我相信，近三十年来，政治和实行的问题消磨了它最好的精力；因此欧洲的思想家在你们之中发生的影响远不及在亚洲其他民族。你们优秀的知识界在专务科学、社会学、工业，或是政治的社会的设施远过于艺术，或是纯粹的思想——这是你们百世的变迁之时，此时要过去了；你们又将回到你们从前所极盛，将来——我信必能——复盛的思想。中国的脑筋是一所建设得很好的大厦。这里面早晚总有它的贤智而光明的住客。这样的人是世界所必需的。

你要把《若望·克利司多夫》（注，此乃罗翁生平第一杰作）译成中文，这是我很高兴的。我很情愿地允许你。这是一件繁重的工程，要费你许多时间，你总要决心完结，才可以着手！——你若在工作之间有为难的地方，我愿意为助。你把难懂的段节另外抄在纸上，我将费神为你讲解——

若是在生活上无论何事我能够为你进言,或是指导你,我很愿意为之。以你给我写的一封短信,我视你为一位小兄弟。

我不认识国际和种族的栏隔。人种的不同依我看来正是些近似的色彩,彼此互相成全而凑成画片的丰美。我们努力不使漏落一点,我们以此作为音乐的调和!向你们众人宣言的一位真正诗人的名字应该是"和音之师"。

惟愿我的克利司多夫(昔曾有此一人)帮助你们在中国造成这个新人的模范。这样人在世界各地已始创形了!愿他给你们青年的朋友,犹如给你一样,替我献一次多情的如兄如弟的握手。

你的
罗曼·罗兰(Romain Rolland)

我的书的中文译本出版以后,请你给我寄两册样本来。两年以后,我住家在瑞士,住址在信首已写明了。这是欧洲一个好中心点,我在这里为我自由的工作,更觉得清爽——信封内,我给你寄来自我窗中所眺风景的小照片一张。这是勒茫湖,那边是撒弗阿的亚尔伯山,法国的边界差不多就在那远处两株柏树对面。

瑞士……

一九二四年七月十七日

得到罗曼·罗兰"亲热的答复",敬隐渔简直"不敢确信",因为"从来景仰的人,只能远远地敬礼他们,这一次在伟人中竟获得了生存的,简朴的一个人,一位朋友,好生欣慰"。敬隐渔的这种心情是难以形容的,也是一般人难以体会的。这封复信的手迹、译文,他很快交由《小说月报》编者。编者立即发表在1925年1月10日出版的《小说月报》十六卷一期。

在罗曼·罗兰复信的鼓舞下,敬隐渔一面抓紧翻译《若望·克利司朵夫》,一面又以克利司朵夫为主题创作小说《袅娜》。他在小说《袅娜》前面用了罗曼·罗兰如下话语:

Lame de Christoplhe e' tait comme I' alouoette.

Elle savait quelle retomberait tout a I' heure, et bien des fois encore.

> Mais oelle savait aussi quinfatigablement elle remonterait dans Ie feu, chantant son tireli, qui parle a ceux gui sont en bas de la lumiere des cieux
>
> ——R·R

> 克利司多夫的灵魂似乎百灵鸟。她虽然自知不久必要堕落，而且堕落不止一次；然而她也知道她必能不畏劳苦地重开光明之域，唱着她的高歌，俯向天光以下的众生而述说。
>
> ——罗曼·罗兰

小说明显打上了罗曼·罗兰的小说《若望·克利司朵夫》的烙印。

敬隐渔将自己所创作的小说《袅娜》和《若望·克利司朵夫》（Jean—Christophe）译文统统交给了《小说月报》。《小说月报》编者分别安排在该刊1925年7月10日出版的十六卷七期，1927年1、2、3月出版的十七卷一、二、三期连载。十七卷一期在刊登时，还特刊登了罗曼·罗兰为这个译本在中国的首载所写的《若望·克利司朵夫向中国的弟兄们的宣言》的手迹和译文。宣言说：

> 我不认识欧洲和亚洲，我只知世间有两民族——一个上升，一个下降。
>
> 一方面是忍耐，热烈，恒久，勇毅地趋向光明的人们。——一切光明：学问，美，人类的爱，公共的进化。
>
> 而另一方面是压迫的势力：黑暗，愚蒙，懒惰，迷信和野蛮。
>
> 我是顺附第一派的。无论他们生长在什么地方，都是我的朋友，同盟，弟兄。我的家乡是自由的人类。伟大的民族是他的部属。众人的宝库乃是"太阳之神"。
>
> 一月，一九二五，罗曼·罗兰

罗曼·罗兰对敬隐渔翻译自己的巨著，并发表在中国的大型刊物《小说月报》上，感到特别高兴，于是劝诱并奖掖他游学法兰西。1925年夏秋之交，敬隐渔以无比喜悦的心情，告别了祖国，前往美丽的法兰西，去找罗曼·罗兰。到法国后，他迫不及待地跑到瑞士莱茫湖罗曼·罗兰的寓所，带着自己在杭州购买的中国字画、古玩，拜谒这位仰慕已久的伟人。罗曼·罗兰在自己的寓所非常热情地接待了这位来自伟大中国的青年,并进行了长时间的交谈,临别时还将自己的著作《甘地传》、《爱与死的戏》以及刚刚完成不久的《约翰·克利司朵夫》末卷赠送给他。这一切深深地感动着敬隐渔,回到旅舍,立即写了一篇情文并茂的《蕾芒湖畔》,详尽而生动地描绘了湖畔景色、会见过程中的情形及内心活动,迅速寄给《小说月报》发表。

敬隐渔"游学"法国初期,先后进入 Caul(音译卡显)和里昂大学学习,获得文凭与证书。期间,他又着手翻译《阿Q正传》并写信给鲁迅先生。1926年初,他将译好的《阿Q正传》送请罗曼·罗兰审阅。罗曼·罗兰收到敬译《阿Q正传》后,非常喜欢,认为是一篇了不起的作品,马上就致信著名的《欧罗巴》杂志的编者,推荐发表。

亲爱的朋友:

我手头有件短中篇(长的短篇)小说的译稿,作者是当今最优秀的中国小说家之一,把它译成法文的是我的《约翰·克里斯朵夫》中文本的年轻译者敬隐渔。故事是写一个不幸的乡下佬,一个半游民。他很可怜,遭人看不起,也确实有点叫人看不起;然而他很达观,且自鸣得意。(因为,当人在生活旋涡的底层被任意摆布时,总得找点得意事的!)他最后在大革命中糊里糊涂被枪决了。他当时唯一感到难过的是,当人家要他在判决书下面画押(因为他不会签字)时,他的圈儿没有圆。这篇小说是现实主义的,初看似显平庸;继之就会发现了一种了不起的幽默;待到把它读完,你就会吃惊地感到,你被这个可怜的怪家伙给缠住了,你喜欢他了。

你要不要读一读这个中篇的译稿?否则,我将另找门路。请您在《欧洲》发表它吧!我还要告诉您,我的敬隐渔从中受到鼓舞后,可以向您提供出一部当代中国短篇小说集的材料。我想巴黎还没有一家杂志或出版社接触过中国当代文学。另外,敬隐渔的法语极好,译文中的差错很少。

我深情地握您的手,我从阿尔考斯那里得知,您为罗曼·罗兰这个讨厌的老头儿费神不少。他为此感到羞愧。这就是人活到60岁的一大本钱！而我的父亲呢。他再过几个月就 90 岁了！有一天，谈到一个刚刚去世的跟我同年的女性，他说得极为天真："这个可怜的年轻女子啊！"——我们在演《卫戍宫》（译者注）。

您的忠诚的罗曼·罗兰
1926 年 1 月 12 日于维勒内沃
H·奥勒卡别沃

根据罗曼·罗兰的推荐，《欧罗巴》杂志于 1926 年 5 月 15 日、6 月 15 日出版的五、六两期连载了《阿 Q 正传》，把中国现代文学第一次介绍给欧洲人民。无疑，这是中法文化交流史上值得大书而特书的事。小说发表后，敬隐渔立即将它寄给了鲁迅先生。鲁迅也将敬隐渔要求他作为献给罗兰六十大寿的献礼而亲自编辑出版的《莽原·罗兰专号》寄给了敬隐渔。据段可情老人告诉笔者，罗兰六十寿辰庆典会上，敬隐渔用流利的法文、拉丁文发表了热情洋溢、精彩绝伦的祝辞，听众莫不为之惊讶！因此，敬隐渔更加得到罗兰的器重，罗兰还资助他生活学习费用。1928 年 10 月，敬隐渔通过考试，入读中法大学，寄宿生注册 243 号。1929 年，巴黎 RIEDER（里埃代）出版社出版了他翻译的鲁迅、郭沫若等人的名作，书名为《中国现代短篇小说选编》。由于学习的紧张、生活的放荡，入学不久，敬隐渔病了，而且病得不轻。罗兰对此极为关心，慷慨解囊，将他送至里昂医院就医。敬隐渔住进了 Du Feuillard 医生所开的疗养院。关于医疗情况，神经精神病教授雷毕纳于 1929 年 12 月 30 日由里昂给罗曼·罗兰写了一封信，详细介绍了敬隐渔先生的疾病及医治情况：

今年夏季我去了南美，10 月 25 日才返法。这时立即有人将这个学生健康状况令人不安的情形告于我，因为我是（里昂）法中大学董事会主席。该生曾主动要求由我给他诊治，我叫他来了。我发现他得了严重的神经衰弱，并且向被迫害妄想发展，有谵妄性判断。我若只顾个人省事，会立刻叫人送他回国。但我没有这样做，一方面是出于人道，同时也是为了使他能一面接受指导和治疗，一面完成其学业。我跟他谈了话，后来又谈过数次，均在极良好的气氛中进行。此后我收到他写给我的数封信件，使人对他准备接受指导和帮助不抱任何怀疑态度。

这期间，我忽然得知……根据您的建议，当然也多亏您慷慨解囊，敬隐渔进 Du Feuillard 医生开的疗养所。在这样的诊所中住上几周岂能对病情产生什么重要影响？既不能提供住院保证安全的优越性，也不具有可以工作的优越性，病人在那里完全无所事事。

病人看上去情形日益加重，朝被迫害妄想方向发展。到了十一月中，尤其到了十二月初，我觉得必须叫他暂时放弃作文学博士论文，最好是给他一年病假，送他回国。他本人也这样要求。于是作出了这样的决定。与您所想的相反，直到病人动身时为止，对他一直进行不露声色的看管。要送他到马赛的，不仅有数位同学，还有大学的秘书长。秘书长当时人在巴黎，为此事专程赶回。可惜正如您知道的那样，在火车站，他从陪伴他的人手中逃脱。显然由于您一直善待他，他突然灵机一动，设法要到您那里去。……

如果他尚能听您的话，您最好劝他尽快回学校来。根据他现在的情形，要么我们送他回国（如果他同意的话），要么给他治疗，当然是在一处无法逃逸的关闭的地方。采取这种办法是不得已而为之，我也不喜欢，前面已对您说过。我可以向学校校长发出指示，如果敬隐渔先生近日返校，可以作为患病学生接受。但是您一定会理解，如果他不在近日内返校，是不能保留他的学籍的。……

就医疗指导以及不仅我可以给他治病，学校的医生也可为他治疗的问题，敬隐渔多次与我谈过话。……根据您的意愿，我修正了他的决定，即：如果能使该生最近返校，我不会批准将该生除名。但是另一方面您一定也会理解，在瑞士领土上（罗曼·罗兰当时住在瑞士——译者注）我们实际上不可能对他进行救助，只有在他处于我们监督之下时，我们才真正对他负有责任。

至于您责备中法大学领导对该生看管不够，请您允许我再次向您申明：一切都做得尽善尽美，如果您对他没有那么大的吸引力的话（当然我们对此也充分理解），病人是不会在最后一分钟突然改变态度而没有走

成的。(让·雷毕纳:《致罗曼·罗兰》,《鲁迅研究月刊》1994 年 5 月)

从这封信中可以看到,医院尽了力量,但医治仍然无效。罗曼·罗兰曾告知来访的另一位留法学生梁宗岱说:"最近敬隐渔给他写了不少信,一封比一封令人焦虑。"罗兰焦虑而气愤地说:"这完全是巴黎毁了他,完全是巴黎毁了他。"(梁宗岱:《忆罗曼·罗兰》,《宗岱世界》,广东人民出版社)

罗兰可谓用尽了心血,终于还是无法治愈敬隐渔的病,最终不得不同意校方派人送他回国。第一次送到马赛,他竟然逃走了,声言要去找罗兰。几经周折,又一次送他到了马赛,将他交给了船员,才算是完成了任务!

敬隐渔于 1930 年初回到上海,常去创造社的江南书店流荡,不久踏江而死,结束了他传奇的一生。

敬隐渔和鲁迅

《鲁迅全集》1981 年版在 12 卷和 15 卷的注释中分别介绍了敬隐渔。12 卷 260 页注释:

> 敬隐渔,四川遂宁人,曾留学法国。他译的《阿 Q 正传》发表在罗曼·罗兰主编的《欧罗巴》月刊四十一、四十二期(1925 年五、六月号)。

15 卷 551 页注释:

> 敬隐渔,四川遂宁人,北京大学法文系肄业,1926 年在法国将《阿 Q 正传》译成法文,经罗曼·罗兰阅后发表于《欧巴罗》杂志五、六月号。后又将《孔乙己》和《故乡》译成法文,1929 年与《阿 Q 正传》同收入他编译的《中国当代短篇小说作家作品选》。在翻译过程中多次与鲁迅通信。

读者将两条注释对照,不难发现,两条注释有矛盾。前者将《阿 Q 正传》发表的时间错定为 1925 年。后者说他"北京大学法文系肄业",更是想当然!

2005 年新版《鲁迅全集》关于敬隐渔的注释是这样的:

新版 12 卷 483 页注释:

敬隐渔，四川遂宁人，北京大学法文系肄业后留学法国，他译的《阿Q正传》发表在罗曼·罗兰主编的《欧罗巴》月刊第四十一、四十二期（1926年5、6月号），1929年他又译成《孔乙己》和《故乡》，与《阿Q正传》同收入他编译的《中国当代短篇小说作家作品选》，由巴黎里埃德尔书局出版。

新版17卷228页注释：

敬隐渔，四川遂宁人，北京大学法文系肄业。1926年在法国将《阿Q正传》译成法文，经罗曼·罗兰阅后发表于《欧罗巴》杂志同年5月、6月号。后又将《孔乙己》和《故乡》译为法文，1929年与《阿Q正传》同收入他编译的《中国当代短篇小说作家作品选》。在翻译过程中曾多次与鲁迅通信。

新版除纠正了1981年版《阿Q正传》发表在《欧罗巴》杂志时间上的矛盾外，"北京大学法文系肄业"后留学法国的错误照搬无误，又增加一个新错——"罗曼·罗兰主编的《欧罗巴》"。据资料介绍，罗曼·罗兰并非《欧罗巴》杂志的主编。

敬隐渔和鲁迅未曾谋面，然而却有一段令人神往的因缘。那是1926年春天，已去法兰西"游学"的他，课余尽全力翻译了著名小说《阿Q正传》，译完后，便将其译作送呈大文豪罗曼·罗兰。罗曼·罗兰读后非常兴奋，给予了极高的评价，决定推荐给《欧罗巴》杂志发表。时值罗曼·罗兰六十诞辰来临，敬隐渔又专门写信给鲁迅，请求同意翻译《阿Q正传》，同时"精印一本论罗曼·罗兰的专书"，交瑞士或给他转交，作为中国文化界给罗曼·罗兰六十寿辰的献礼。信的全文如下：

鲁迅先生：

我不揣冒昧，把尊著《阿Q正传》译成法文寄与罗曼·罗兰先生了。他很称赞。他说："……阿Q传是高超的艺术底作品，其证据是在读第二次比第一次更觉得好。这可怜的阿Q底惨像遂留在记忆里了……"（原文寄与创造社了。）罗曼·罗兰先生说要拿去登载他和他的朋友们办的杂志：《欧罗巴》。我译时未求同意，恕罪！幸而还未失格，反替我们同胞得了光彩,这是应告诉而感谢你的。我想你也喜欢添这样一位海外知音。

这海外的知音、不朽的诗人,今年是他的六十生年;他的朋友们要趁此集各国各种关于他的论文、传记、画像……成一专书,或者你也知道。但是你许我虔切地求你把中国所有关于罗曼·罗兰的(日报、杂志、像板……无论赞成他或反对他的)种种稿件给我寄来,并求你和你的朋友们精印一本论罗曼·罗兰的专书,或交瑞士或给我转交。我们为人类为艺术底爱、为友谊、为罗曼·罗兰对于中国的热忱,为我们祖国的体面,很有这一点表示。……请恕搅扰,并赐回音。

敬隐渔自法国里昂
1926.1.24

敬隐渔在信后面附了两个通信址:

瑞士书店的通信处:

Monsieur Emile Roniger Quellenstrasse Rheinfelden Suisse.

(瑞士,莱因费尔登,克伦街埃米尔·罗尼热先生转)

我的通信处:

Mr·King—Yn—Yu

50 Rue des Cheraucherus (St. just)

Chen Mr. Augier

Lyon, France.

(法国,里昂,谢诺谢尔街[圣·朱斯特]奥吉埃先生转敬隐渔先生收)

敬隐渔写的这封信,看邮戳是1926年1月26日从里昂发出,经西伯利亚寄回的。信封上写着"中国北京大学转交鲁迅先生"(Monsieur Lou Suun, Professeur a LUniversite de Pekin. Pekin, Chine)。信经由西伯利亚在2月13日寄到北京。此原件存鲁迅博物馆。北京大学将信交李小峰,再转鲁迅先生。鲁迅日记写道:"得小峰信,附敬隐渔里昂来函。"对敬隐渔的来函,鲁迅非常重视,很快作了回复,并寄去4本自己编辑的《莽原》。鲁迅 2 月 27 日日记写道："交敬隐渔信并《莽原》四本"。

鲁迅给敬隐渔的复信是无法找到了，但可以作一个推断，回信肯定回答了敬隐渔提出的两项要求：同意翻译自己的《阿 Q 正传》；"精印一本论罗曼·罗兰的专书"。"专书"很快就着手编辑、印制。1926 年 3 月 16 日出版的《莽原》半月刊第五期登出"预告"：

罗曼·罗兰（Romacn Rolland）的六十寿辰本在今年一月，国内似乎还没有什么纪念他的文字出现，因此我们想在下一期的本刊集印几篇文字作为纪念他的寿辰的特刊。

鲁迅将《莽原》七、八期合刊。1926 年 4 月 25 日，"罗曼·罗兰专号"出版了。

目 录

罗曼·罗兰的照相

谈《超越篇》同《先驱》　　　　　　　　　　　　　　张定璜

罗曼·罗兰的真勇敢主义（译文）　　　　　　　　　　鲁迅

罗曼·罗兰的画像　　　　　　　　　　　　　　　　各拉尼

罗曼·罗兰评传　　　　　　　　　　　　　　　　　越少侯

　附罗曼·罗兰著作表

罗曼·罗兰的手迹（1909 年 7 月）的一封信

给蒿普特曼的一封公开信　　　　　　　　　　　　常惠 译

混乱之上（译文）　　　　　　　　　　　　　　　金满成

答诬我者书（译文）　　　　　　　　　　　　　　常惠

胡风说得对。"那专号是 1926 年 4 月出版的，恐怕是中国第一次有系统的开始介绍罗兰吧？"（胡风：《罗曼·罗兰辑录后记》，《胡风全集》5 卷）是的，这是中国第一次有系统的介绍罗曼·罗兰，而且它是鲁迅先生亲自策划，亲自编辑的。

"专号"中，鲁迅专门译出了日本人中译临月、生田长江合作撰写的《罗曼·罗兰的真勇敢主义》一文。3 月 16 日译完后，鲁迅又专门写了一则"附记"："这是《近代思想十六讲》的末一篇，1915 年出版，所以于欧战以来的作品都不提及。但因为叙述很简明，就将它译出了。"《莽原》出版后，鲁迅立即寄给了敬隐渔。敬隐渔也将发表《阿Q正传》译文的《欧罗巴》寄给了鲁迅。鲁迅日记记载："26年7月1日，下午，得敬隐渔信。"

据法国汉学家米歇尔·鲁阿说，敬隐渔"把鲁迅当作中国作家中最著名的第一流作家加以赞扬介绍（这是当之无愧的），颂词称鲁迅是典范的'反抗志士'，而这位反抗志士的理想的形象时刻展现在罗曼·罗兰眼前。……更为出奇的是，青年译者在作品介绍里竟以毫无夸张笔墨说：'这是真实的故事。'唯独有一点我不能理解：不安分的敬隐渔为何在介绍文章的末尾要注上《阿Q的生平》'不是爱情小说，不合妇女趣味'的话呢？大家知道，一旦'阿Q'不合妇女趣味，而这些妇女却合敬隐渔的趣味时，这评语就显得妙趣横生了。我们足能想象出那时（他刚来到法国，身体或许还不像后来那样坏）他的女朋友中间有几个漂亮的里昂女子，他常把自己的文学作品的样本送给她们，也喜欢用这些来迎合她们"（米歇尔·鲁阿《罗曼·罗兰和鲁迅》，《中国比较文学》1984年1期）。

可以肯定，这本寄给鲁迅的《欧罗巴》就是发表《阿Q正传》的5月号，鲁迅是收到了的。这个译文并不忠实，删去了第一章，后来鲁迅在给姚克的信中说：

> 敬隐渔君的法文听说是好的，但他对于翻译却未必诚挚，因为他的目的是在卖钱。（鲁迅：《致姚克》《鲁迅全集·书信》12卷）

尽管如此，鲁迅对敬隐渔将《阿Q正传》译成法文并得到罗曼·罗兰的赞扬还是很高兴的。有趣的是，《语丝》和《莽原》在刊登《彷徨》的"广告"时写上了这样的话："鲁迅的第一本小说集《呐喊》出版后，不但国内文艺界公认为不朽的杰作，即在法国现代文学家罗曼·罗兰见了敬隐渔君的《阿Q正传》的法译本也非常的称赞，说这是充满讽刺的一种写实的艺术，阿Q的苦脸永远的留在记忆中……现在鲁迅先生又将《呐喊》以后的小说——已发表和未发表的，合成这一集《彷徨》。有人说《彷徨》所收各篇依然充满讽刺的色彩，但作风有些儿改变了。究竟是不是呢？请读者自己去评判吧。全价八角，订阅六角。"可见鲁迅对敬隐渔的翻译活动是很支持的，很快又给他寄去一批书籍。鲁迅日记写道:"7月16日,访小峰,在其寓所午饭,并买小说三十三种,共计十五元,托其寄敬隐渔。"这三十三种小说,很可能就是敬隐渔所出版的《中国当代短篇小说作家作品集》的蓝本。以后,鲁迅日记还有敬隐渔给他来信和寄物的记载:

1926年

12月8日,得淑卿(即孙伏园之妹)信,上月29日发,附敬隐渔来函及画信片四枚,从巴黎发。

1927年

2月11日,上午得敬隐渔信,去年十二月十九日巴黎发。

2月22日,得淑卿信,七日发,附敬隐渔信。

10月15日,得敬隐渔信。

可惜鲁迅给敬隐渔的信,一封也没能保存下来。敬隐渔给鲁迅的信也只保存下来一封,让后人对敬隐渔多少有一点了解。

1928年10月,敬隐渔考入中法大学深造,不久得病,与鲁迅的书信来往中断。以后,他病情加重,虽经精神病专家多方治疗,仍无好转,学校当局得罗曼·罗兰的同意,于1930年初费尽力气将他送回中国。回上海后,创造社已不复存在。敬隐渔由于身患疾病,又无职业,也无亲朋好友,只能过着流浪生活。据1930年3月10日出版的《出版月刊》第3期"文坛消息栏"刊载的一位署名"冰"的作者撰写的《敬隐渔回国》透露:"印有创作集《玛丽》,又译过罗曼·罗兰的巨著《若望·克利司多夫》的青年作家敬隐渔,新从法国回来了。他是1925年春间离开上海的,算来已经五年。五年来的法国生活并不曾怎样把他的身体强健起来,仍是个女性追求者,仍常是失恋。"

回上海后,敬隐渔常到周全平在老西门所办的一书店、咖啡店去坐坐。

这种情形,想来鲁迅是知道的,所以1930年2月24日鲁迅日记中有这样一个记载:"午后乃超来,敬隐渔来,不见。"

不久,敬隐渔便踏海而死。这位多才多艺的青年作家就这样毁灭了。但他在中法文艺交流史上写下了重重的一页,人们是不应该忘记的。他为鲁迅争得了新的荣誉，在鲁迅研究史上也应记上一笔。不管敬隐渔结局如何悲惨，但他为中法文化交流所做的贡献，罗曼·罗兰没有忘记。阎宗临先生留学法国，于1929年11月的一天，专程到"西劳故宫"拜谒了罗曼·罗兰。罗曼·罗兰对他说：

> 我也有托尔斯泰晚年的心情。前几年，敬隐渔先生将鲁迅先生的《阿Q正传》译为法文，我才开始接触到现代的中国。鲁迅的阿Q，是很生动感人的形象。阿Q的苦痛的脸，深深地留在我心上。可惜许多欧洲人是不会理解阿Q的，更不会理解鲁迅创造阿Q的心。我很想念中国，但恐怕我也不会到中国了。（阎宗临：《回忆罗曼·罗兰谈鲁迅》，《晋阳学刊》1981年5月，总第8期）

（原载《郭沫若学刊》2009年第4期）

在纪念敬隐渔诞辰 115 周年学术研讨会上的发言

我最初承诺过,支持张英伦先生办好敬隐渔的学术讨论会。我不喜欢在大会上发言,不喜欢也得发个言。那我就谈一谈关于敬隐渔研究的一点情况和想法,算是对张先生的支持,对遂宁方面的支持。

敬隐渔像一颗流星在文坛一闪而过,给文坛留下了一道亮丽的风景线。

他生命虽然短暂,但成就非凡,教训宝贵。

成就么:

他联结了中国两大著名的新文学团体——创造社和文学研究会;联结着中、法两国三大文豪,开启了架构中欧文学桥梁的伟大工程。

教训呢:

诚如罗曼·罗兰所说:"这完全是巴黎毁了他,完全是巴黎毁了他。"

敬隐渔确实是一个"天才",一个被"毁灭"了的"天才",又是被"隐蔽"了的天才!

今天得以出版《敬隐渔文集》、《敬隐渔传》,并且召开关于研究他的学术讨论会,这要感谢遂宁方面的领导和有关同志,当然也要感谢张英伦先生。

关于敬隐渔的研究,很长很长一个时期,仅仅停留在"一封信"(所谓"一封信",就是罗曼·罗兰到底给鲁迅写了亲笔信没有?)的论争,从 20 世纪 20 年代一直争到 21 世纪。参加这个争论的人太多了:鲁迅、郭沫若、增田涉、许寿裳、叶灵凤、鲁歌、刘传辉、戈宝权、米歇尔·露西夫人……

这方面的情况就不去谈它了。有兴趣的同志,可以去参看这几本书:

戈宝权先生的《"阿 Q 正传"在国外》(人民文学出版社 1981 年北京 1

版)、《中外文学因缘——戈宝权比较文学论文集》(北京出版社 1992 年 7 月北京 1 版);我本人的《五四新文学与外国文学》(四川大学出版社 1996 年 10 月再版)、《决不日夜记着个人的恩怨——鲁迅与郭沫若个人恩恩怨怨透视》(重庆出版社 2010 年 4 月 1 版);张英伦先生的《敬隐渔传奇》(上海文艺出版社 2015 年版)。

现今又有了人民文学出版社出版的《敬隐渔文集》、《敬隐渔传》,这就为下一步的认识、研究提供了绝好的材料。我想,今后是否可以从这三方面入手:

一、敬隐渔的生平

关于敬隐渔的生平,过去有不少无稽之谈。如徐仲年先生就曾著文,称自己与敬隐渔同船去法国,在里昂大学又同班,还说敬隐渔是上海垃圾桶边的弃婴。又如《鲁迅全集》的注释,硬说他是北京大学法文系肄业,至今没改。现在仍然有不少的谜团。比如说,他给罗兰的信中提到四川给了他奖学金,谁给的?给了多少?又比如说,他到底是怎样出川的?混迹于哪些"达官贵人之间"?又比如说,1920 年 5 月 2 日 31 期《杭州学生联合会会报》发表过他的《群众运动的母——五四运动》,真是他的文章么?他 1930 年 2 月回上海后到底与哪些人有过接触,有些什么活动?鲁迅为什么拒绝他的求见?他为什么要自杀?他是跳海,还是跳湖?

关于生平方面值得参考的文章,我认为首先应该推荐赵勇先生的《敬隐渔到底是怎样一个人》。这篇文章是戈宝权先生委托我,我又委托赵勇,经过相当艰苦的调查研究后写成的,刊发在我主编的《郭沫若研究专刊》第六辑。

不知道什么原因,这次没有邀请赵勇先生来参会。在参观敬隐渔生平展的车上,张英伦先生说是否可以派车去将赵先生接来,我说:来不及了,也不礼貌。

还应该提到的是瑞士学者冯铁先生。他是德国波鸿鲁尔大学东亚研究系中国语言文学教授、博士生导师、系主任,早就在《麟——里昂市立图书馆馆刊》2001 年 2 期上发表了他的《"不幸的男孩":敬隐渔——里昂中法大学的寄宿生、罗曼·罗兰作品的中文译者》一文。冯先生曾经把这个刊物赠送给我，我请姜丹丹翻译成中文，刊发在 2007 年第 3 期（总 81 期）《郭沫若学刊》。这篇文章第一次刊发了敬隐渔在法国的一些档案材料，包括在里昂大学读书的档案材料。

我将赵勇的文章与敬隐渔和罗曼·罗兰谈自己身世的文字作了对比，大体吻合。所以，我说赵勇先生的文章是有参考价值的。敬隐渔在国内和国外时，在给罗曼·罗兰的信中写道：

> 我很早就失去双亲，故乡四川只剩下两个哥哥，工作为生。我现在上海生活，孤单一人，自由无牵挂，没忌惮也没依靠，就像一片菲薄的秋叶漂浮在人生可怕的海洋上。我从九岁起就被幽禁在四川的一座修院里，在那里学习拉丁文和法文。十九岁我就成为法语教师。我二十一岁来到上海，在中法工业专门学校继续我的学业。
>
> 最近，由于健康的原因，我放弃了学业，迈入我喜爱的文学生涯。
>
> （1924 年 12 月 10 日致罗曼·罗兰信）
>
> 这里过新年寂静无声。但在中国，鞭炮震耳，张灯结彩，是那么热闹，仿佛万象更新！我从九岁那年就再没有在自己家里度过一天这样隆重的日子，而总是在全然不同的情况下"inperegr inatione"（拉丁文，漂泊无定）。我有时混迹于达官贵人之间，或可谓光彩；有时栖身穷窟，与乞丐为邻。这个"我"，无声无息地过去，其形象和名字也许只是偶尔被路遇的人忆起或提起。这勾起我一阵伤感和一种难以言表的感情。
>
> （1925 年 12 月 31 日致罗曼·罗兰信）
>
> 你既肯通信，我便自己给你介绍：我这人又弱，又穷，又忙，又懒，也没有钱买书，也没有时间看书，也没有精神才力来做书，也没有父母，也少有朋友——一个应讨口穷年的人，却被无情的造化抓进知识界里去的！
>
> （1926 年 3 月 29 日致罗曼·罗兰信）
>
> 我的父亲是医生。他在我三岁时就死了。我整个青少年时代都封闭在修院里，没有见过母亲。我无须赞扬她的优点，既然每个人都热爱母亲。她在我十七岁时去世。我有四个哥哥，其中最大的两个已经死了。

我的三哥是医生和说评书的。他自食其力。他跟一个女人生活已将近十年，没有正式娶她；那个女人性格温柔，做家务很能干，但不能生育。她虽然没上过很多学，可她心地善良、聪明豁达。不幸的是，她的体质比我还弱。我的四哥小时候聪颖过人，后来患了耳疾，智力变得迟钝。他娶了一个不太聪明的女人，生了一个可能也不太聪明的儿子。他考修院没考取，中国革命以前他一直跟着一个神父，做弥撒教（基督教）教理。两个哥哥经常改变住处，我已经不知道他们在哪儿了。我有一个姐姐，嫁给一个庄稼人；有个外甥女，又可爱又聪明，嫁给我出生的那个城市里的一个医生，一个很粗俗的男人。革命以前，我家的境况平平，但还能衣食自足。后来，家穷了，人也散了，但从未有过什么罪恶和社会羞耻的污点。教育和社会经历的鸿沟把我们分开，尽管由于骨肉亲情，我和三哥以及甥女还比较亲近。现在，在我生活情况严重的关头，他们不能给我任何帮助。孤单一个人在这世上，我只能求助于您。

（1929年8月8日致罗曼·罗兰信）

无疑，这些自我介绍对解开敬隐渔生平的谜团是很有帮助的。

二、他同郭沫若、罗曼·罗兰、鲁迅三位中法大文豪的关系

敬隐渔的命运和这三位中法大文豪有着极其密切的关系。研究既可以进一步揭示敬隐渔成长的轨迹，也可以深入研究中法文学互动的经验。简单地说说：

（一）和郭沫若

敬隐渔到上海不久，大概就从创造社的刊物上知道了郭沫若。也许是出于爱好等原因，他开始了和郭沫若为首的创造社元老们的交往。

郭沫若在悼念鲁迅、罗曼·罗兰的文章里一再提到敬隐渔。他说：

《阿Q正传》是鲁迅的有名杰作。世界介绍的开始是起自1926年罗曼·罗兰主编的《欧罗巴》杂志上的译载。这是谁都知道的事。然而最先拿介绍的笔的人是谁呢？这人就是创造社同人之一的我的同乡、四川人敬隐渔。隐渔是天主教会养育出来的，精通法文和拉丁文。1924年在上海住着，一面把我的小说译成法文，一面自己也提过创作的笔，是在

创造社的刊物上登载过的。此后，他因翻译《若望·克里斯妥夫》得到罗曼·罗兰的相识，1925年末应罗曼·罗兰的招请便往法国去了。

《阿Q正传》的介绍，自然，是隐渔在法国的主要的工作，鲁迅以这次的介绍为机缘在生前便博得了世界的高名，然而不可思议的是隐渔的名字完全为世间所隐蔽。而且外面还有一种谣传，说是罗曼·罗兰有信给鲁迅，极力称赞《阿Q正传》，信是托创造社转交的，而被创造社的人们把它没收了。这种无根无蒂的飞簧，真正是更加不可思议的事。（郭沫若：《坠落了一个巨星》。1936年10月22日，鲁迅逝世后第四天，北鸥译载《东京帝大新闻》。本文经作者亲自修改，载1936年11月15日出版的《观世界》第一卷第七期）

附带着我在这儿想追致悼念的是罗兰先生的介绍者敬隐渔先生。敬先生往年在上海天主教的学堂念书的时候，曾经参加过创造社的组织。罗兰先生的巨制《若望·克里斯妥夫》（按：现通译《约翰·克里斯朵夫》）是他着手翻译出来的。他因而与罗兰先生直接通信，并受着先生的邀请，在北伐期间他到了欧洲。还有值得我们记起的，鲁迅先生的《阿Q正传》第一次被介绍到欧洲去的，也就是隐渔先生的功绩。

敬先生是四川人，本是一位弃儿，无名无姓。他被天主堂养育成了人。他的拉丁文和法文，都能自由写作。人很矮小而瘦削。到上海时，我住在民厚南里，每逢星期，他必来我家谈到夜深始去。他的眼神颇凝集而有异样的光辉，我们当时用日本话呼之为"鹃落里"（kyiorori）。他自己说，他懂催眠术，但我们也不曾让他施术过一次。

他到欧洲以后，深受罗兰的诱掖，但不久便因精神失常，被送回了中国。这是北伐以后的事，我当时亡命在日本，也曾经看见他写过一些文章，但后来便渺无下落了。有人说他因失恋而蹈海，我也不知道他的详细的情形。

就这样，当我默祷罗兰先生安息之余，我却由衷地哀悼着我们这位多才的青年作家敬隐渔先生的毁灭。（郭沫若：《伟大的战士，安息吧！——悼念罗曼·罗兰》，《文艺杂志》第 1 期，1945 年 5 月 25 日。）

不过这个问题却是值得追究的一个问题。

……

我那时候又朝日本去呆了半年回来，敬隐渔落魄在上海，是我劝他翻译罗曼·罗兰的《约翰·克里斯朵夫》。他翻译了，并由我介绍到商务出版。因此他和罗兰通信，并得到了罗兰的劝掖与资助而游学法国。（郭沫若：《一封信的问题》，1947 年 10 月上海《人世间》月刊复刊号第二卷第一期；《郭沫若全集》第 20 卷，第 274 页，人民文学出版社，1992 年 8 月）

从以上文字可以看出，郭沫若对敬隐渔是爱护的、尊重的。但奇怪，在敬隐渔的文字里，到目前为止，我们没有看到回应的文字。

（二）和鲁迅

敬隐渔和鲁迅没见过面，只有通信的关系。是敬隐渔将《阿 Q 正传》译成法文，并且在罗曼·罗兰的帮助下得以在著名刊物《欧罗巴》杂志刊载，使之和欧洲读者见面，从而沟通了罗曼·罗兰和鲁迅两位大师的心灵。无疑，这是敬隐渔的功劳。对此，郭沫若几次作了明确的肯定、颂扬。

敬隐渔和鲁迅的通信是 1926 年开始的。据《鲁迅日记》记载：

1926 年

2 月 20 日　得小峰信，附敬隐渔里昂来函。（这是 1926 年 1 月 24 日敬隐渔写给鲁迅的第一封信。）

2 月 27 日　寄敬隐渔信，并《莽原》四本。

3 月 29 日　（敬隐渔致鲁迅信，收到《莽原》。）（日记未记）

4 月 23 日　得敬隐渔信。

4 月 25 日　寄敬隐渔信。

7 月 1 日　下午得敬隐渔信并《欧罗巴》一本。

7 月 16 日　访小峰，在其寓午饭，并买小说等三十三种，共泉十五元，托其寄敬隐渔。

7 月 27 日　寄敬隐渔信。

12月8日　得淑卿信,上月廿九日发。附敬隐渔来函及明信片四枚,从巴黎发。

1927年

2月11日　上午得敬隐渔信,去年十二月二十九日巴黎发。

2月22日　得淑卿信,七日发,附敬隐渔信。

10月15日　得敬隐渔信。

统计一下,敬隐渔给鲁迅一共写了九封,其中八封在《日记》中有记载,一封没有记载;鲁迅回复敬隐渔的信共三封,寄了两次书刊。

敬隐渔给鲁迅的信及书刊、明信片,许广平晚年作为遗物赠送给了鲁迅博物馆。鲁迅博物馆的工作人员有过这样的回忆:

记得一次我们在整理许广平送来的友人致鲁迅的书信时,由于我们对这些书信的背景以及它与鲁迅的关系不太了解,请戈先生指导和确认。在这批书信中有一封敬隐渔给鲁迅的信,我们只把它当成一般信件,而戈先生对这封信的发现却喜出望外。我们清晰地记得,当时发现这封信时,他高兴得几乎跳起来,如获至宝。原来这封信,提供了一个重要史料和物证,可以解开鲁迅研究界半个世纪未解的疑团。(叶淑惠:《恩泽永念》,见《戈宝权纪念文集》,江苏教育出版社2001年4月初版)

后来,鲁迅博物馆的工作人员,从许广平赠送给馆里的遗物中又找到了一封敬隐渔给鲁迅的信,是1926年3月29日写的。这封信比先前那封信更加重要,既有对鲁迅的请求,也有自我介绍,还有关于罗曼·罗兰六十诞辰的信息。

张英伦先生编入《文集》时,所见复印件字迹模糊不清,虽然"尽量加以复原",但差错还是不少。漏了的、错了的,就有20个字之多。这是必须向与会的人说明的。

这封信,已经由张杰同志编入《鲁迅藏同时代人书信》一书。书中附有手迹。编者写了总序,特别提到敬隐渔,说:

读者可以将之同《鲁迅全集》中书信对照阅读,可能对更深入了解一些人的真实面貌、一些事件的来龙去脉有所帮助。

例如，敬隐渔从法国寄给鲁迅的明信片和信，引述罗曼·罗兰对《阿Q正传》的评论是这样的："……阿Q传是高超的艺术底作品，其证据是在读第二次比第一次更觉得好。这可怜的阿Q底惨象遂在记忆里了……"信中还说："罗曼·罗兰先生说要拿去登载他和他的朋友办的杂志《欧罗巴》。"1926年11月，敬隐渔又寄明信片给鲁迅，画片系罗曼·罗兰住所。据他信上说，这画片是罗兰赠送给他的。

就在几年前，有人怀疑敬隐渔的人品，将他描绘成攀附中西文化名人以自利的掮客。也有人写文章说鲁迅的两个学生借用辗转相传的外国人对中国人的评价，过分拔高鲁迅，而鲁迅也助长——至少是默许——这种拔高的倾向。现在把原件印出来，读者可以自行判断了。（张杰编著：《鲁迅藏同时代人书信》大象出版社2011年1月1版）

至此，该书公开了鲁迅保留的敬隐渔写给自己的两封信，一封是1926年1月24日写的，另一封则是1926年3月29日写的。前一封信早已公开，后一封信则是后来公开的。编者在第一封信后对敬隐渔的生平的注释，仍沿袭《鲁迅全集》的错误说法。

这里，我还得顺带提到曾经留学法国、与罗曼·罗兰有过接触的阎宗临的儿女。女儿阎守和，北京大学化学系毕业，后到欧洲，在瑞士伏利堡天主教大学工作；儿子阎守诚，一位历史学教授。姐弟俩为了给父亲立传，在搜集父亲的材料时，也曾注意敬隐渔生平材料的寻找和搜集。阎守和在与我联系的过程中，曾经提供给我一张照片，称是从瑞士一位博士梅兰那儿得到的，照片是敬隐渔及其女友与罗曼·罗兰的合照。

我们刊物编辑《纪念罗曼·罗兰逝世七十周年纪念专辑》时发表了这张照片。2015年，张英伦先生和我有了联系后，我将刊物寄赠给他。张英伦先生说：照片中的人不是敬隐渔。我无法判定到底是不是，请教阎守和，她说："是。不管别人怎么说，让他们说吧！"到底是何人？张英伦先生说他要去弄清楚，不知现在弄清楚没有？不是敬隐渔，是中国人也好，反正到目前为止，罗曼·罗兰与中国人合照的照片，似乎只有这一张。这件事，待慢慢考证吧!

后来,在山西大学等单位的支持下,《阎宗临文学作品集》出版了。这本书里除阎宗临的作品外,还收有一些研究鲁迅和罗曼·罗兰的文章:阎宗临生前写的《回忆鲁迅》、《回忆罗曼·罗兰谈鲁迅》;瑞士学者梅兰写的《阎宗临、作家鲁迅和罗曼·罗兰》;柯莱特·吉荷尔德撰写的《罗曼·罗兰》;阎守和的《一位罗曼·罗兰教导过的中国留学生——记父亲1929年到1937年留学伏利堡天主教大学》;阎守诚的《访罗曼·罗兰的故乡》。这些文章还是可以参考的,即使说得不对,也启发人们去思考一些问题。

(三) 和罗曼·罗兰

罗曼·罗兰与敬隐渔接触时间最长,对其关怀最多,帮助最大,既是导师又是慈父,不是亲父甚于亲父。罗曼·罗兰与敬隐渔书信来往最多。敬隐渔给罗曼·罗兰的信已编入《敬隐渔文集》,也许不全,因为写明了"书信选"。罗曼·罗兰给敬隐渔的回信,不知存底没有?如有底稿,肯定还有没编入《文集》的。这方面,恐怕还有可发掘的东西!

三、敬隐渔的作品

敬隐渔的作品不多,不像时下的文集、选集、全集动辄十卷、二十卷甚至三四十卷。敬的作品虽少,却一篇有一篇的份量,无论诗歌、散文、评论、小说……

小说《玛丽》尤其值得重视,内容非常广泛,不仅涉及四川的军阀混战,而且也在一定程度上反映了四川当时的风俗,更涉及基督教、儒教、佛教、道教,可从多方面、多角度去研究。小说的选材、小说的写法,也可以进行比较研究,特别是与创造社同人"小伙计"的作品比较,如周全平、叶灵风、涂女士等。

敬隐渔的小说集《玛丽》,创造社的机构没有出版,相反,却由文学研究会作为丛书之一,由商务印书馆出版。而且在20世纪30年代出版《中国新文学大系》时,小说《袅娜》又选入文学研究会《小说一集》中。茅盾写的序言中有这样的话:

这一时期的重要倾向中,我没有讲到创造社以及其他文学团体。不用说,创造社以及其他文学团体是代表了这一时期几个文坛上的几个最大的倾向的,但是我这里却包括不进去,我要请读者去读本丛书的小说二集和三集……

我们这本书里一定不能够少了他们的作品,然而,我请读者自己去欣赏。

这里一共列了九位作者的作品,其中就有敬隐渔的《玛丽》。

郑伯奇在《中国新文学系·小说三集》的导言中有这样一段话:

大约在《创造日》的时候,周全平和倪贻德首先被发现了。到了《周报》后期(自《创造日》停刊以后至《周报》终刊为止)涂女士和敬隐渔两位最为活跃。……关于敬隐渔,成仿吾曾说过:"敬隐渔君,一向没有时间,不曾创作小说,这回因《周报》就要停办,尽数日之力写了两篇。"他写小说很迟,后来的作品都收在文学研究会丛书内他的小说集《玛丽》里面,所以茅盾将他的作品选入《小说一集》去了。(郑伯奇:《中国新文学大系·小说三集导言》,《中国新文学大系·小说三集》上海良友图书公司1936年版)

这里透露出来的信息也值得注意。

诗词,毫无疑问,很值得重视。1930年出版的《出版月刊》2、3期合刊在《文坛消息》栏发表的署名冰的《敬隐渔返国》短文,不妨全文引录如后:

敬隐渔返国

印有创作集《玛丽》,又译过罗曼·罗兰的巨著《若望·克利司多夫》的青年作家敬隐渔,新从法国回来了。他是1925年春间离开上海的,算来已经五年。五年来的法国生活并不曾怎样把他的身体强健起来。仍是个女性追求者,仍常是失恋。现住西门路西门里,常至西门书店闲坐。随身携有小册子一,册上满绘动人的画图;又有法国文长短行和中文诗词不少。诗句中常有奥妙不可解释的奇句,自云是天地间的至理,他正在推究中,五十年后,当有能明悉他的意义的人云。现在经他自己的同意,抄一首在下面:

二力相逐有缓速　　缓者成形速者魄

欲遍宇宙无抵抗　　动静俱随并行律

这样玄妙的东西，真不像是我们一般人所能懂的。

跟了这样玄妙的作品而来的，是他告诉友人们说能看相，能测字。但归根结底，恐终是女人在他的心头作怪。有他自己作的词为证：

〔忆秦娥〕隐渔翁

少年独钓千江雪　千江雪　寂寞声色　谁识豪杰？　潦倒还唱青天阔　情肠踏破空颜色　空颜色　黄昏谁伴？　有西江月

这不仅是关于敬隐渔行踪的最后披露，也是他思想的集中反映。披露的这两首诗词很值得研究。《文集》收录《忆秦娥》时，却把"情肠踏破空颜色"中的"情肠"弄成了"清肠"，真叫人哭笑不得。

冯铁先生的《创造社的圣约翰——谈敬隐渔（1901—1931）》也值得参考。他从基督教的角度对作品进行了解读。文章收在他的《在拿波里的胡同里——中国现代文学论集》（火海、史建国等译，南京大学出版社2011年1月出版）。

以上说了一点情况和想法，不对的地方敬请专家和读者批评指正。

敬隐渔的在天之灵，知道他的家乡人民在他诞生115周年、逝世80多年后出版了他的文集、传记，开了学术讨论会，一定会含笑九泉！

再次感谢遂宁方面做了一件大好事，让这位被"隐蔽"了的"天才"终于能够再放光芒了。

（原载《郭沫若学刊》2017年第1期）

关于沈从文研究的几个问题

——在《中国现代历史进程中的郭沫若国际学术研讨会》上的发言

我从鲁迅研究到郭沫若研究到沈从文研究,又从沈从文研究到吴宓研究,没能像有些朋友出版大书,成就辉煌,但得到一个小小的启示:研究作家,最好从他们的相互关系中去深入,这样可能会更全面、更准确一点。去年,读了一本《乔依斯传》。传记作者就是用的这种方法,很得好评,证明这种方法不失为一种好的方法。

沈从文自己说过:

  任何一个作品上,以及任何一个世界名作作者的传记上,最动人的一章,总是那人与人纠纷藤葛的一章。(沈从文:《新废邮存底》,《沈从文文集》12卷,花城出版社1984年7月1版)

  二十年写文章得罪人多矣。(沈从文:《四月六日》,《沈从文全集》19卷,北岳文艺出版社2009年9月2版)

是的,沈从文"与人纠纷藤葛"可谓"多矣"。他和左翼,特别是鲁迅、郭沫若的"纠纷藤葛",他和会通派吴宓的"纠纷藤葛",当年,可谓左右开弓,在文坛挑起一次又一次论争。可用一图示意:

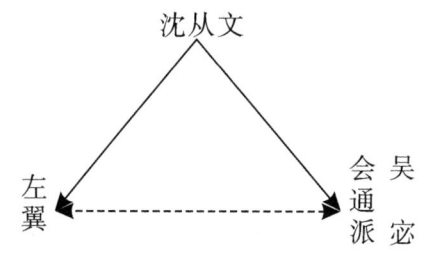

```
            沈从文
           ╱      ╲
          ╱        ╲
         ╱          ╲
        左 ←──────→ 会  吴
        翼           通  宓
                    派
```

除此之外,还有他和他的弟子卞之琳、萧乾的"纠纷藤葛",和好友丁玲更不用说了……

下面，我想谈几个还不完全明白的问题，向诸位请教。

一、怎样看待沈从文"热"

近二十多年来，文艺界流行这样那样的"热"，如徐志摩"热"、梁实秋"热"、沈从文"热"、周作人"热"、张爱玲"热"……有人还曾编辑出版一本《近二十年文化热点人物述评》

这些"热"里面自然包含了"反思"、"重评"、"翻案"等种种内容，于是乎有人给作家重排座次，"除了鲁迅先生，就是从文先生"，说沈从文的艺术成就"使他在文学史上具有中国现代一流作家的品格……进入了与世界同时代的最优秀的现代主义文学艺术家们同步对话的格局"，沈从文"是中国现代文学史上最伟大的印象主义者""和具有未来价值的文学大师"，是"中国的乔依斯"……

这些"热"当中，沈从文"热"尤其引人注目，一些报刊对此专门作过报道或分析。如1980年11月7日《光明日报》发表的《沈从文热》，1981年9月10日《羊城晚报》发表的《人与事小品：海外的沈从文热》，1984年6月1日《新晚报》发表的《海外的"沈从文热"》……

对于沈从文"热"，一开始就有争议。秦牧就曾指出这其中最重要的原因是政治气候造成的。他说：

> 在众多的研究者当中，比较全面和深入进行研究的人固然也有，但是，难免有数量相当可观的一批人，总是尽力避免接触政治色彩鲜明的作品，而老是找一些和现实政治保持距离的文学来研究。美国现在就有些文学博士，是由研究中国二三十年代鸳鸯蝴蝶派的作品而获得博士学位的。这些海外的文学研究者，找来找去，觉得像沈从文这样，近三十多年来在文学上已经搁笔，而前此却留下了大量作品的作家，是最适合的研究对象了。我们可以设想，如果闻一多当年不是拍案而起，挺身斗争，被反动派行刺殒命；如果谢冰心不是早就回到祖国怀抱，并且色彩鲜明地表明了自己的政治立场，那么，海外现在研究闻一多、谢冰心的人也一定会更多，像"沈从文热"一样。海外现在也会有一股"闻一多

热"和"谢冰心热"的。（秦牧：《人和事小品：海外的"沈从文热"》，1981年9月10日《羊城晚报》）

对于秦牧的这种看法和分析，一位自称"早就跟文学界绝缘了"、"非常理解他"（沈从文）的乡亲刘祖春给予了反驳，说：

> 从文是个文学家，是个靠自己一大堆作品在国内国外站得住的文学家，一个中国少有的在全世界面前能够代表中国的文学家。我这样评价从文在文学上的成就，不是出于我和他的私交情谊，也不想贬低别的什么人。我知道有人听到这些话会摇头。我很早就跟文学界绝缘了。从文的文学成就在历史上（包括中国文学史和世界文学史）将占什么位置，用不着我这个平凡的人来多嘴。……
>
> ……近几年出现过"沈从文热"，有人就有意见，这能怪沈从文么？这跟沈从文本人有什么相干？难道从文这个十分老实的作家有这份本领能掀起这种"热"么？这是一种社会发展的自然现象。从文冷居中国历史博物馆和故宫博物院已经多年了，早从文学界消失了。无论"沈从文热"，或有意无意冷沈从文，都无损于沈从文，也不能对他增添什么。我相信，是的，我坚信，迟早总会有一天，中国人会认识沈从文，对他的文学成就会作出公正的评价，且为中国有这个文学家而感到自豪。（刘祖春：《忧伤的遐思——怀念沈从文》，《新文学史料》1991年1辑）

对于这种争议，只要冷静地加以分析，是不难得出应有的结论的。梁实秋早先说过一句名言："任何人都不可能脱离政治。"是的，没有人能脱离政治。人们总是会用自己的政治观点，从自己的政治立场去观察问题、说明问题、处理问题。这样"热"，那样"热"，绝不是"一种社会发展的自然现象"，绝对离不开政治，离不开推手。沈从文"热"不正是在当时国内外政治气候下由几个推手鼓动起来的么？如夏志清、金介甫、汪曾祺等。

金介甫在《沈从文传》里说：

> 在西方，沈从文热的最忠实读者大多是学术界人士。他们都认为，沈是中国现代文学史上少有的几位伟大作者之一，有些人还说鲁迅如果算主将，那么沈从文可以排在他之后。尽管如此，政治因素仍然会使作

家名声湮没不彰。

……

沈从文是他所处时代的解说员。(金介甫著,符家钦译:《沈从文传·引言》[全译本],国际文化出版公司)

此人在其序言里加了这样一条注释:"我把沈从文作为中国现代文学史上可以和鲁迅并列的伟大作家,是我在哈佛大学博士论文里的少数论点之一。然而后来证明,这种论点要么删去,要么改写,不然《沈从文传》就无法出版。"

沈从文的私塾弟子汪曾祺更是一个重要推手。他不但用了戏剧家的手法,制造了一个"沈从文转业之谜"的悬念,以吸引读者的眼球,而且一再撰文美化沈从文,甚至在金介甫《沈从文传》(全译本)的序言中说:

他是一个受到极不公平待遇的作家。评论家、文学史家违背自己的良心,不断地对他加以歪曲和误解。(同上)

难道每一个评论沈从文的评论家,每一个撰写中国现代文学史的史学家都"违背自己的良心,不断地对他加以歪曲和误解"吗?

要说受到不公正待遇的作家,何止一个沈从文,吴宓不更是一个受到极不公平待遇的教授、诗人、学者吗?

二、沈从文的"自杀"和"转业"应由谁负责

陈徒手借张兆和之口说:

1949年2月3日,沈从文不开心,闹情绪,原因主要是郭沫若在香港发表的那篇《斥反动文艺》,北大学生重抄在大字报上。当时他压力很大,受刺激心里紧张,觉得没有大希望。他想用保险片自杀,割脖子上的血管……(《陈徒手:午门城下的沈从文》,2013-10-22 11:4)

先说"自杀"。早在沈从文追求张兆和时,就用过自杀的话恐吓和威胁张。他曾经撰写过一篇小说《自杀》,嘲讽吴宓(吴宓失恋后也曾一度叫喊过要自杀)。他的爱徒汪曾祺1946年到上海找不到工作,打算自杀。沈从文写了一封长信"大骂他没出息"。看来,沈从文是不赞成"自杀"的……在

批评面前沈从文居然真的自杀了两次，岂不是自我"嘲讽"吗？

再说沈从文的"转业"，本来没有什么"秘密"，汪曾祺却以他写戏剧的手法，呕心沥血想出了一个博眼球的"沈从文转业之谜"。"乡亲"刘祖春紧紧跟上，连并不完全清楚情况的季羡林也追赶而上，在《悼念沈从文先生》一文中这样阴阳怪气地写道：

……可是恶运还是降临到他头上来。一个著名的马列主义文艺理论家，在香港出版的一个进步的文艺刊物上，发表了一篇长文，题目大概是什么《文坛一瞥》之类，前面有一段相当长的修饰语。这一位理论家视觉似乎特别发达，他在文坛上看出了许多颜色。他"一瞥"之下，就把沈先生"瞥"成了粉红色的小生。我没有资格对这一篇文章发表意见。但是，沈先生好像是当头挨了一棒，从此被"瞥"下了文坛，销声匿迹，再也不写小说了。（季羡林：《悼念沈从文先生》，《怀旧集》，北京大学出版社1996年6月版）

推手们就这样把"罪名"归咎于郭沫若，强加于郭沫若。如果沈从文尚在人间，不知道他对这种归咎持何种态度。

对外界的批评，沈从文称之为"扫荡"，向来是蔑视的。他在公开的文章或私人的通信中反复地说：

关于批评，我觉得不甚值得注意。因为作家执笔较久，写作动力实在内不在外。弟写作目的，只在用文字处理一种人事过程，一种关系在此一人或彼一人引起的反应与必然的变化，加以处理，加以剪裁，从何种形式即可保留什么印象。一切工作等于用人性人生作试验，写出来的等于数学的演革，因此不仅对批评者毁誉不相干，其实对读者有无也不相干。若只关心流俗社会间的毁誉，当早已搁笔，另寻其他又省事又有出路的事业去了。（沈从文：《致莫千》，转自引许杰《论沈从文的写作目的》，《文艺批评与人生》，江西上饶战地图书出版，1945年）

一个人写作的动力，应由内而发，若靠刊载露面来支持，兴趣恐难持久。（沈从文：《职业与事业》，《沈从文全集》17卷，北岳文艺出版社2009年9月2版）

这里所谓"写作动力实在内不在外"的"内"指的是什么？指的"是从性本能分出加上一种想象的贪心而成的"（《小说作者和读者》）。他在《性与文学》文中又作了明确回答，"内"就是"性"。他说：

> 佛洛依德谈心理分析，把人类活动持的基因，都归纳到一个"性"字上去，以为一切愿望与动力都和"性"相会通，相连结。……佛氏学说一部分证实，政治动物的问题研究离不了性。

所以，他喜欢写男女关系的小说，特别是男女关系中的"短兵相接行为"。性的畅快、性的苦闷，成了他写作的动力；小说的主题、小说的格调，是分析解释别人行为的理论。他竟然说闻一多投身民主运动是"在性方面有所压抑，所以才对政治发生兴趣"（《沈从文传》270页）。这些说法、理解当然会遇到不同意见。

在《政治与文学》文中，他把不同意见都视为对他的"扫荡"，且在历数自己如何被"扫荡"后，洋洋自得地说：

> 事情也奇怪，二十年已成过去，好些人消失了，或作了官，或作了商。……我倒很希望他们还有兴致，再来批判我新写的一切作品，可是已停笔了。我还是我。

他在给朋友的信中又说：

> 在这里一切还好，只远远的从文坛消息上知道有上海作家在扫荡沈从文而已。想必扫荡得极热闹。惟事实上已扫荡二十年，换了三四代人了。好些人是从极左到右，又有些人从右到左，有些人又从官到商，从商转政，从政又官，旋转了许多次的。我还是我，在这里整天忙。（沈从文：《复李霖仙李晨岚》，1947年2月初，《沈从文全集》18卷）

> 一个政治家受无理攻击，他会起诉，会压迫出版者关门歇业，会派军警将人捉去杀头。一个作家呢，他只笑笑，因为一个人的演说，或一千个人的呐喊鼓噪，可以推翻尼罗王国的政权，或一个帝国，可不闻一篇批评或一堆不可靠的文坛消息把托尔斯泰葬送。（沈从文：《政治与文学》）

沈从文这样自信，这样勇敢，曾坚信自己可以赶超契诃夫、高尔基、莫泊桑等,所写的作品"实在比当下作家高明","是谁也打不倒的,在任何情形下,一定还可以望它价值提起来"(沈从文:《复沈云麓》,《沈从文全集》18卷)。他在另一封信中又说:

> 我总若预感到我这工作,在另外一时,是不会为历史所忽略遗忘的,我的作品,在百年内会对于中国文学运动有影响的,我的读者,会从我作品中取得一点教育的。……眼看到并世许多人都受不住这个困难试验,改了业,或把一支笔用到为三等政客捧场技术上,谋个一官半职,以为得计,唯有我尚能充满骄傲,心怀宏愿与坚信,未从学习上讨经验,死学捏住这支笔,且预备用这支笔来与流行风气和历史上的陈旧习惯、腐败势力作战,虽对面是全个社会,我在俨然孤立中还能平平静静从事我的事业。我倒很为我自己这点强韧气慨慰快满意。(沈从文:《致沈云麓——给云麓大哥》,1942年9月8日)

这么自信的沈从文的"自杀",原因是相当复杂的,既有外因,更有内因,特别是家庭内部和本人的原因。这里不可能详细分析、讨论,只转述他最信赖的人的说法,供大家研究。马逢华说:

> 据说一位从东北来的某部队的"政委"曾去看过沈(好像是以沈夫人的旧友的身份来的),劝沈把两个孩子送进东北的什么保育院去,让沈夫人到"革大"或"华大"去学习,并且劝沈自己也把思想"搞通"些。详细情形,局外人很不容易知道,但是这件事情,对于沈先生无疑是个很大的打击。此后不久我就听到沈先生自杀的消息。(马逢华:《怀念沈从文教授》,《忽值山河改——马逢华回忆文集(增订版)》,红蚂蚁图书有限公司2011年1月版)

《沈从文传》作者金介甫说:

> 沈在《记丁玲续集》中写了丁玲的脆弱、受骗,但没有把她写成像冯达那样的人,而且只写到传闻丁玲被害为止,在最后几节里对冯达的写法也是极其含蓄的。(因为如果把冯达写得太坏,人家就会问起,丁玲怎么能爱上这样一个投机分子?)丁玲重新和党接上关系后,当然对沈写的书极为恼火。她的态度使沈在40年代后期感到极大痛苦,此后

35 年间也是如此。

金介甫对此加了一条注释：

> 中国朋友都指出：他们认为丁玲对沈的压力是 1949 年企图自杀的原因之一。

这应该说是重要原因。沈从文和丁玲往来的信件可以作证。

沈从文自己在给丁玲的信里说："怕中共，怕民盟，怕政治上的术谋作成个人倾覆毁灭。"（沈从文：《致丁玲》，《沈从文全集》19 卷）

1948 年，他在给一位作者的退稿信中说："从大处看发展，中国行将进入一个崭新时代，则无可怀疑……人近中年，情绪凝固，又或因性格内向，缺少社交适应能力，用笔方式，二十年三十年统统由一个'思'（思考？）字出发，此时却必须用'信'（信仰？）字起步，或不容易扭转，过不多久，即未被迫搁笔，也终得把笔搁下，这是我们一代若干人必然结果。"（转引自沈虎雏《团聚》）

沈从文只要自己愿意写作，完全可以不转业。党、毛主席一再给了他机会，创造了条件。他自己在给友人的书信中就多次说：

> 你明白，我有的是机会，受主席鼓励，转回原来兼教书，生活比在馆中好得多，生活也热闹得多。而事实上说"成就"，在国内外，也比老舍、冰心、巴金、茅盾、丁玲……有更多读者。只要肯写，重新拿笔，肯定也会搞得十分认真，扎实出色。（沈从文《致陈乔》，《沈从文全集》24 卷，111 页）

在给许杰的信中，他详细谈了《看虹录》的写作后，说："在解放后，肯定吃不开，才放弃了这个并未到时的试探性努力，主动放弃'空头作家'的名分，到午门楼上，去作'文物研究'。"

事实就是这样雄辩地告知我们：沈从文的"自杀"、"转业"，怎么能归罪于郭沫若一个人呢？

三、沈从文为什么"非要"去"碰"鲁迅、郭沫若？

关于沈从文非要"碰"鲁迅、郭沫若，我已经将他如何碰的，从现在能

看到的材料中整理了一个资料,大家可以找来看看。这里,我只写一段:

> 几十年中凡是用各种方式辱骂我的,我都从未不作任何争辩(不是事实,从来就要争辩且骂人),有些自以为"天下第一"的同行,见到港澳、东南亚及国外研究我的作品不断增多,似乎别人全无知识,在文章中便经常反映出这种情绪,我也一切置之不理。至于自封的"专家权威",以吃鲁迅作了文化官的批评家,虽已看出他那种唬人"权威",过去还起欺骗作用,对新的一代已失去"只此一家"的骗人效果,不免要改改过去的提法,却想出新点子,以为"鲁迅曾称赞过我"。我只觉得十分可笑,事实上我那会以受鲁迅称赞而自得?他生前称赞了不少人,也乱骂过不少人,一切都以自己私人爱憎为中心。我倒觉得最幸运处,是一生从不曾和他发生关系,极好。却丝毫不曾感觉得到他的称赞为荣。(沈从文:《致沈岳锟》,1983年2月上旬,《沈从文全集》26卷)

他这样做的动机到底是什么?要达到什么目的?得请诸位指点。

四、吴宓为什么要视"沈从文"为"自己的敌人"?

我也写过一篇文章,但没有说完,没有说透!吴宓曾被胡适、沈从文施展阴谋赶出《大公报·文学副刊》,夺走了他宣传新人文主义,宣传道德救国、抗战到底的阵地,进而施行种种"精神压迫,与文字相讥诋","实不堪受"的亲身经历使他认定沈从文、胡适是自己的"敌人"。吴宓曾与这些"敌人"做过不屈的斗争。他编辑出版的《吴宓诗集》,开设了《文学与人生》课,大讲《石头记》……都是例证。

我们可以把《文学副刊》与沈从文的《文艺》作一个对比,就能清楚地看到两个副刊的不同:吴宓抗战到底的言论多,沈几乎没有;吴宓介绍外国作家作品多,沈几乎没有;吴宓倡导传统文化特别是古典诗词,沈几乎没有。

有人曾经对沈从文的《文艺副刊》取代吴宓的《文学副刊》作过这样的评论:

> 这个新的《文艺副刊》,一开始真是有朝气,作者大抵是新月派的

一批人马，罗织北方的教授群，阵营是异常坚强的。刊名"文艺"一直到现在的大公报上还不曾变，用意全在有别于学衡的《文学副刊》，其实里边有涉于艺术者真是少极了。一开始还有林徽因到山西旅行调查古建筑的通讯、董作宾的谈"宝"、凌砚池的说墨、邓叔存的谈艺术音乐……的通讯。后来也就慢慢淡了下来，一直到现在，除了木刻之外，几乎没有一点"艺"的气息。然而一般人动辄说文艺，代替了文学的意思，说起来也是这一段小小掌故的遗译。(方兰汝：《吴雨僧与〈文学副刊〉》，《时与文》周刊二卷七期，1947年10月24日)

这个小掌故将两人的人生观、世界观、文艺观点，活画了出来。

在"诗哲"徐志摩遇难后，吴宓在自己主编的《大公报·文学副刊》上发表了几篇不同看法的文章，特地在《编者引言》中表明了这样的态度：

  按，古今作者之成就及其为人之真价值，每需经数百年而论始定。并世评判，未必悉中毫厘。永久之毁誉，决不系于一人或数人之褒贬。然见仁见智，各应畅其言。苟非恶意之批评，以应一体质示公众。(《本刊编者引言》，《大公报·文学副刊》1932年1月11日209期)

这是吴宓的经验，很值得注意。

所以，我认为从作家关系中研究很有好处，大家不妨试试看。

2018年4月14日于乐山

吴宓为什么认定"沈从文"是"他的敌人"？

这是一个叫人惊讶的题目，然而，却是一段活生生的史实，其中似乎不乏秘闻。

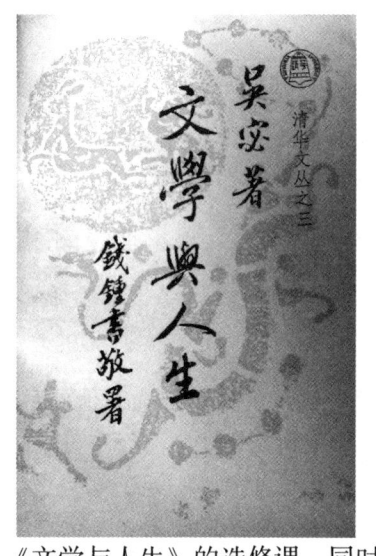

欲探知其中的秘闻得从《文学与人生》说起。《文学与人生》是吴宓先生"毕生心血之凝聚和理想之寄托"，可以称之为百科式的著作，不仅涉及文艺学、创作心理学、比较文学，且包含了哲学、美学、伦理学等。从20世纪20年代末撰写到90年代出版，几乎经历了70余年，乃至吴宓生前未能见到书的问世，可谓遗憾，可谓幸运。

20世纪20年代，吴先生任教清华大学研究院，为高年级的本科生及研究生开设《文学与人生》的选修课，同时在北平一些大学兼授此课。抗战时期，他执教过的西南联合大学、成都燕京大学、武汉大学等校，都曾开过此课。据他的女儿吴学昭讲，1948年冬，吴宓考虑到今后未必再有机会讲授这门课程，便将讲义撰写成文，写完之后，亲笔誊写，并亲手装订成上、下两册。1949年4月，吴宓由武汉匆匆飞往重庆，想去峨眉山出家为僧，随身携带很少的物品中，就有这部《文学与人生》的讲义。"文化大革命"中，他将这部讲义交由一位学生保管。后来，这位学生坚决不肯将它交还。直到党的三中全会后，吴宓先生的冤案得以平反。清华大学校史办会同吴学昭，又请早年受业弟子李赋宁教授、王岷源先生根据底稿校勘、整理并翻译了书中的英文，交由清华大学出版社，作为清华丛书之三，于1993年8月正式出版。

在书中"阅读萨克雷《英国18世纪幽默作家札记》"一节，吴宓谈到其与《红楼梦》一书的异同时，赫然写道：

> Mr. 吴宓 in his life experience, and in his literary writings, has meant to carry on and introduce, to express and crease, this conception and ideal of Women and of Love, as Thackeray conceived and formulated them. So, he (Mr. 吴宓) is bound to be misunderstood and attacked, both by his friends (E. G. Mr. 吴芳吉) and by his enemies (E. G. Mr. 沈从文); both by the practical men of society and by the moral idealists of a traditional and conservative type.

> 吴宓先生在他的生活经验中，以及他的文学作品中，曾想继承与介绍、表现与创造这种对女性、对爱情的概念与理想，正如萨克雷所设想与表述的那样。所以，他（吴宓先生）必然会被两方面的人所误解与攻击——他的朋友（如吴芳吉先生）和他的敌人（如沈从文先生）；既被实际的社会人士误解与攻击，也被传统的和保守型的道德理想主义者误解与攻击。

吴宓先生竟在自己最重要的著作中公开认定"沈从文先生"为"他的敌人"，实属罕见，而且奇妙。这一认定，到底意味着什么？其中又有一些什么秘密值得我们去追寻呢？

吴宓是一个公认的道学家。无论是在个人的行为上，还是对文艺作品的看法上，他对于以道德"劝说"、"训诲"，是非常反感、厌恶的。他说：

> 文学不以提倡道德为目的，而其描写则不能离于道德。文学表现人生，欲得全体之真相，则不得不区别人物品性之高下，显明行为善恶因果关系，及对己对人之影响，其裨益道德，在根本不在枝节，其感化者凭描写而不事劝说，若乎训诲主义（lyida cticism）与问题之讨论、主张之宣传，皆文学所忌者。（吴宓：《评歧路灯》，1928年4月23日《大公报·文学副刊》第16期）

1929年，他做了一件令业内人士震惊的事：与原配夫人陈心一离婚而另寻新欢。此事在学术界、教育界闹得可谓沸沸扬扬，一直持续发酵。支持、反对、谴责……应有尽有。吴宓说到的"好友"和"敌人"，就是代表！

好友碧柳（即吴芳吉）对于吴宓的婚恋反映强烈，多次写信给吴宓，批评、规劝，甚至谴责。我们虽然不能看到碧柳的原信，但从吴宓日记留下的片断，即可得知一斑。不妨引录如下：

三月二日　星期日（1930年）

　　阴。星期。上午剪发，阅《翻译》课卷。

　　下午二时，接碧柳来函，殊为愤慨。盖碧柳仍以宓离婚为非，责数宓罪，而又欠款不还，反使宓自向新月书店提取书款，实属无理。按碧柳乃一 Romanticist with a strong moralistic poise①，而宓则为——Moral Realist, with poetic or romantic temperament②。碧柳虽日言道德，而行事不负责任。以宓生平与碧柳关系之深，待遇之厚，则碧柳对宓离婚事，应极力慰藉宓，而对外代宓辩护；今外人未闻责言，碧柳反从井下石，极力攻诋，以自鸣高。可谓仁乎？且宓之注重义务，注重事实，对心一处置之善，帮助之殷，断非碧柳所能为，亦非碧柳所能喻。彼其同情心一，尤具虚说，而借此机会诈取宓之钱财，尤为无行。岂宓犯离婚之罪，别人皆可乘火打劫以剥夺宓蹂躏宓乎？是不特无理，且极无情者矣！碧柳如此待我，反自居密友，屡言报恩，外似多情多感，实则巧诈虚伪。呜呼，我又何言！

　　3—5 访陈仰贤于燕京大学姊妹楼。原拟向之诉说我之种种气愤痛苦，略得发抒安慰。乃陈似不欲闻，但求为讲中国诗。又言叶君为世中之"完全人"。彼之生活一切，均拟效法叶君。至询及宓事，则谓彦对宓无情，此事早成过去，尚何足挂心云云。宓窃思女子心理大率如是，陈之爱叶，亦属痴极，毫不顾事实。而对宓则同情已减。今后宓亦不再寻陈作深谈矣。是日乘人力车往，道极泥泞。（《吴宓日记》1930—

---

① 具有强烈道德姿态的浪漫主义者。
② 具有诗人或浪漫气质的道德现实主义者。

1933）

毕竟是好友，吴芳吉、吴宓二人后来终于达成谅解，和好如初。

"敌人"沈从文则别具一格地表达他对此事的见解——以自己的特长，写了一篇题为《自杀》的短篇小说。1935年9月1日，《大公报·文艺副刊》和《小公园》合并为《大公报·文艺》。就在改版的这一天，头条发表了沈从文的《自杀》，讨论"道学家的革命"（所谓革命就是"离婚"、"自杀"）这种"流行传染病"，应如何"治疗"的问题。

作品通过"美与惊讶"的情节，写被同事称为幸福的刘习舜一天的故事。上完课回家和太太讨论朋友赵愚公的"离婚"、"自杀"，是一种流行的"传染病"，"目前似乎还无法可以医治这种病"；又到公园赴约会，从"自杀"桃色案件的"遗孽"——12岁的小美女吸引了众人的眼球，引起了"惊讶"，又说到"自杀"；约会回到家中，夜晚应约撰写"为什么要自杀"的文章时与太太的情爱。其中一些对话如"社会那么不了解我，不原谅我，我要自杀"，几乎是吴宓对朋友说过的原话。吴宓读后，非常愤怒，认为是在影射自己，讽刺自己，便向沈从文提出抗议。沈从文很快作出回答，写了《给某教授》，刊发于9月15日《大公报·文艺》，声称自己"无兴趣攻击谁"，（此话与事实有出入，《一个天才的通信》不就攻击了鲁迅和创造社么？）并非针对吴宓，只不过是辩解，且以傲慢的态度、"训诲"的口吻说：

> 我那文章本来只在诠释一个问题，即起首第二行提到的"爱与惊讶"问题……我目的在说明"爱与美无关，习惯可以消灭爱，能引起惊讶便发生爱"。
>
> ……
>
> 我的年龄学问比你少得多，可是对于观察人事或者"冷静"一点也就"明白"一点。我很同情您，且真为您担心。从您看我小说而难过一件事说来，可以知道您看书虽多，却只能枝枝节节注意；对于自己恋爱或教书有关的便十分注意，其余不问。您看书永远只是往书中寻觅自己，发现自己，以个人为中心，因此看书虽多等于不看（无怪乎书不能帮助您）……如今任何书似乎皆不能帮助您，因为您有病。这种病属于

生理方面，影响到情绪发展与生活态度，它的延长是使得您的理性破碎。治这种病的方法有三个：一是结婚；二是多接近人一点，用人气驱逐您幻想的鬼魔，常到××，××，与其他朋友住处去放肆的谈话，排泄一部分郁结；三是看杂书，各种各样的书多看一些，新的旧的，严肃的与不庄重的，全去心灵冒险看个痛快，把您人格扩大，兴味放宽。我不是医生，不能乱开方子，但一个作者若同时还可以称为"人性的治疗者"，我的意见值得你注意。（沈从文：《给某教授》，《沈从文全集》17卷，第194—195页）

这里沈从文为"治疗"吴宓这位道学家所得的"流行病"开出的药方，也就是研究者日后引用的"人性的治疗者"的来龙去脉，也就是吴宓视沈从文是"他的敌人"的导火线。问题似乎没有那么简单，恐怕还有更深层的原因。这不得不追寻到《大公报·文学副刊》的创办及变迁。

"五四"前后，政党、社团兴起，为了宣传自己的主张，宣传自己的学说，于是大办报刊。新月派人马一直十分重视报刊，特别是报纸的副刊，就是一例。朱光潜说：

在现代中国，一个有势力的文学刊物比一个大学的影响还要更广大，更深长。（朱光潜：《论小品文（一封公开信）——给〈天地人〉编辑徐先生》，《朱光潜全集》第三卷，安徽教育出版社）

沈从文出道不久就一心想办刊物。他在给朋友的信函及自己的文章中，反复地说：

我成天都想有一个刊物办下去，不怕小，不怕无销路，不怕无稿子，一切由我自己来，只要有人印，有人代卖，这计划可以消灭我的一生。……我只想办一个一星期一万多字的周刊，就找不到一个书店出版。（沈从文：《致王际真——朋友已死去》，1931年2月27日，《沈从文全集》18卷132页）

一个文学刊物在中国应当如一个学校，给读者应有的是社会所必需的东西。（沈从文《论"海派"》，《沈从文全集》17卷57页）

刊物纯文学办不了，曾与林同济办一《战国策》已到十五期，还不

十分坏,希望重建一观念。(沈从文:《复施蛰存》,《沈从文全集》18卷390页)

在中国报业史上,副刊原有它的光荣时代,即从五四到北伐。北京的"晨副"和"京副",上海的"觉悟"和"学灯",当时用一种综合方式和读者对面,实支配了全国知识分子兴味和信仰。(沈从文:《编者言》,1944年10月2日,天津《益世报·文学副刊》11期)

看,沈从文对办刊物是何等的热衷,用心又是何等的深远。沈从文早在20世纪20年代末就和胡也频、丁玲在上海先后办了《红与黑》副刊和《红黑》、《人间》月刊。

吴宓回国执教东南大学时,就和吴先骕、梅光迪等人一道办起了宣扬、提倡白璧德人文主义的《学衡》。但他不满足于《学衡》的编发,早就想办报纸副刊,于是致函《大公报》的张季鸾。这从他的日记中可以看出:

十二月五日　星期一

  阴。风。上课如恒。前日在城中函张季鸾,谓以季鸾之政治,与宓之文学,若同编撰一报,则珠联璧合,声光讵可限量。而乃为境所限,不能合作,各人所经营之事业,均留缺憾。宁不可伤也乎?是日上午,又草拟《大公报·文学副刊》编撰计划书,寄季鸾。自荐为主持编撰《文学副刊》,不取薪金,但需公费。不为图利,但行其志。且观结果如何,能不负宓之热心否耳。

第二天,他便得到张季鸾复函。日记中这样记载:

十二月六日　星期二

  夕接张季鸾复函,谓《大公报》各项原可如意改良。宓等如能竭力相助,极为欢迎云云。宓现决经营《文学副刊》,拟日内赴津面商一切,4—6访陈寅恪,亦极赞成宓主编《文学副刊》,谓此机不可失,并自言愿助宓云云。

十二月七日　星期三

  下午侯厚培来。再接张季鸾快信,促宓星期五赴津面商一切。决即前往。

晚，7—9访Winter，饮我以酒。宓以《文学副刊》事告Winter，Winter欣允竭力相助云。

又函景昌极，拟约其来此助宓办《文学副刊》云。

十二月八日　星期四

上午草拟《办理〈大公报·文学副刊〉待商决之各问题》，备携至津与季鸾等商定。

十二月九日　星期五

晴。晨7时许，出。至东车站，乘8:25 A.M.特别快车（$2.50）赴天津。

11时，抵天津老车站。先在车站附近之清真羊肉馆内草草午餐，即至四面钟大公报馆。坐待久之，张季鸾始起。又介见胡政之（霖）商谈编撰《文学副刊》事。

5时归大公报馆，续谈所商之事。卒定结果如下：（一）宓之职务为《大公报》编撰每星期之《文学副刊》，兼为《国闻周报》撰译长篇文，每月至少一篇。（二）《大公报》月给宓酬金二百元。系包办性质，凡特约或投稿人之酬金，及购书邮寄各费，均由此二百元中取给。归宓担负。又议决办法如下。（三）由宓月以百元，转聘景昌极，住清华助宓编撰。其《文学副刊》之通论及《国闻周报》中之长篇文，景所作者，亦可充替宓所担负之篇数。此外谈话甚多，不悉记。

7—8张、胡二君邀宓至菜根香酒馆便餐。毕，送宓至北洋饭店二楼25号室居住（$2.75由《大公报》付账）。二君去后，宓作函致景昌极，询其意向。极盼其能来京相助。

9—10至大公报馆，与张、胡二君言别。以景函交其代发。又晤张警吾、张立卿等。归至北洋饭店25室，读新月书店寄赠各书。汽管热甚，久久始寝。喉哑神倦，诚所谓自寻苦恼、自增牵累也。

十二月十日　星期六

晴。晨8时，出北洋饭店，至大公报馆，留片言辞。即至老车站，乘9:15 A.M.特别快车回北京。

377

经过如此一番紧锣密鼓的奔波筹划，1927年12月23日天津《大公报》刊出《文学副刊》出版预告：

> 自一九二八年一月二日起，每逢星期一，增出《文学副刊》一版。特请名家担任撰述投稿。内容略仿欧美大报文学副刊之办法，而参以中国之情形及需要。每期对于中外新出之书，择优介绍批评；遇有关文学思想之问题，特制专论；选录诗文小说笔记等，亦力求精审。

1928年1月2日《大公报·文学副刊》正式和读者见面了。第一期刊发了吴宓起草的《本副刊之宗旨及体例》：

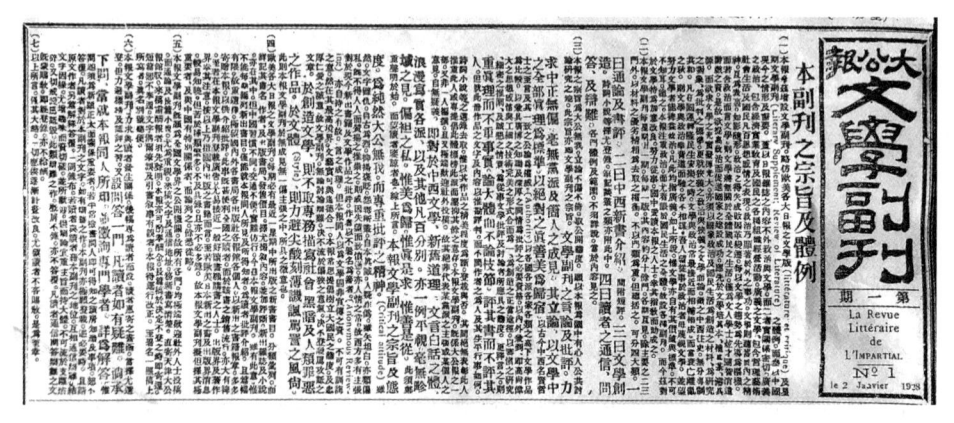

（一）本报今兹增设文学副刊。略仿欧美各大日报之文学版（littérature et critique）及星期文学副刊（Literary Supplement；Review of Literature）之体例。而参以中国现今之情形及需要。盖以日报杂志之内容不外政治与文学。而二者实关系密切。广义之政治，包含经济实业教育及国民之各种组织经营活动。广义之文学，包含哲理艺术社会生活及国民凡百思想感情之表现。政治乃显著于外之事功。文学则蕴蓄其内之精神。互为表里。如影随形。政治之得失成败因革变迁。每以文学之趋势为先导为枢机。而若舍政治而言文学。则文学将无关于全体国民之生活。仅为文人学士炫才斗智消遣游戏之资。是故欲提高政治而促进国家之建设成功。应先于文学培其本、植其基、溶其源。而欲求文学之充实发挥光大。亦须以国家政治及国民生活为创造之材料、为研究之对象、为批判之标准。更就狭义之政治与狭义之文学而论。征之中西往史。无分专制共和。凡在国运兴隆民生安乐之时。文学与政治常最接近而相辅相成。而当衰亡离乱之秋。则文学与政治率背道而驰。各不相谋。吾人望从事于政治者毋蔑视文学。并望努力文学者能裨益政治。凡此均指广义。如上所说。惟文学亦自有其价值与标准。不可不知耳。总之，本报注重政治。而尤着眼于国民生活之全体。故设各种副刊。而今兹对于文学特为加意改良。努力从事。国中爱读本报之人士。幸其指教而助成之。

(二) 本报文学副刊每星期出一期。每期一版。其内容约分十余门。各期互见。除主要之二三门外。以材料之优劣精粗为去取之权衡。不以门类为重。但总括之。可分四大类。**一曰通论及书评**。**二曰中西新书介绍**。间附短评。**三曰文学创造**。诗词小说等择尤登录。笔记谈丛之类亦附此中。**四曰读者通信、问答及辩难**。各门体例及范围。不须详说。当于内容见之。

(三) 本报之宗旨为大公无我。立论不偏不倚。取公开态度。愿以本报为国中有心人公共讨论研究之地。此宗旨亦即文学副刊之宗旨。**文学副刊之言论及批评。力求中正无偏。毫无党派及个人之成见。其立论，以文学中之全部真理为标准。以绝对之真善美为归宿**。以古今中西名贤哲士之至言及其一致之公论为权威（Authority）以各国各派各家各类之高下文学作品为比较。以兼具广博之知识及深厚之同情为批评之必要资格。以内外兼到，即高尚伟大之思想感情与工细之技术完美之形式合而为一、为创造之正当途径。以审慎之研究、细密之推阐、及诚恳之情意、为从事文学批评及讨论者所应具之态度。更释言之。则重真理而不重事实。**论大体而不论枝节。评其书而不评其人**。但就此册作品之文字及内容以推勘评判。而不问作者之为人及其生平行事如何。诗词小说等之选录去取。惟以其作品之精美程度为断。登载与否。其间绝无表彰此人推重此人或专提倡此体标榜此派而压抑其余之意存。本报文学副刊。既系大公报之一部。又非一人编撰。且又极端欢迎社外投稿。故其绝非代表某党派之主张或某个人之意见。自无疑义。**即对于中西文学、新旧道理、文言白话之体。浪漫写实各派、以及其他凡百分别。亦一例平视。毫无畛域之见。偏袒之私。惟美为归。惟真是求。惟善是从**。此须郑重声明于始，而望读者鉴谅者也。综上所言，**本报文学副刊之宗旨及态度。为纯然大公无我。而专重批评之精神**。（critical attitude）虽然文字雠仇。自古为烈。抑扬褒贬。怨毒所丛。自本真诚。人疑诈伪。虽矢坦白。亦类偏私。既不得人人而赞扬之推崇之。则或因失望而致愤懑。亦人情之常。故西方多有主张对于现今新出书籍及文学作品之批评。作者以不署名为善者。（Anonymous Reviewing）亦自持之有故。言之成理。但本报同人以为文学固非宣传之资。不可有训诲之意。然在其最高境界。文艺实可与道德合一。本报常思提倡树立大国民之态度。及忠厚仁爱之诚意。故文学副刊。无论讨论辩难。决不流于偏狭之意气。决不登谩骂攻讦之文章。**于创造文学、则不取专务描写社会黑暗及人类罪恶之作品。于文体**（Style）、**则力避尖酸刻薄讥讽骂詈之风尚**。此则本报文学副刊于无成见无一偏主张之中、所具之徽意也。

（四）欧美各大日报之文学副刊。每期必有最近一星期中所出版之新书书目。分类汇列。而详记其书名作者、及出版书局、发售价目。择尤撮叙内容。并加评断。新出杂志及小说。亦在其中。但中国习惯不同。交通不便。实难仿行。今兹本报文学副刊。虽有此意。惟不能每期编列新出书目。仅能就本报同人所见及所得知者。为读者批评介绍。且篇幅有限。故重选择。极望国内外各书局各出版社各报馆各个人。以新出之书籍报章。多多寄赠本报。以供介绍批评。此事既甚便利全国之读者。而于该书之销售流行。亦大有裨。至若在本报文学副刊登载广告。尤易接近一般好读书愿购书之人士。出版界及著作界幸其注意。按以上乃指国内出版之书籍而言。至若欧美日本新出之书及出版界消息。较易知晓。但若于种类繁多。不及具录。且亦不必多录。故本报文学副刊拟但择其极重要者、及与中国有特别关系者、而论列之。余悉从略。

（五）本报文学副刊既愿为全国文学界之公开机关。故所有各门。均极端欢迎社外人士投稿。而通论及长篇小说。尤为重视。来稿文字及通信地址。务祈书写清楚。直寄天津大公报馆收。来稿需酬报者须先声明。本报亦可酌奉酬金。长篇稿于决定不登之时即寄还。短篇恕不奉还。文字偶尔笔误及引书叙事有误者。本报得径行改正。至署名一照稿上所写者。真名别号听便。

（六）本报文学副刊力求与读者发生关系。后幅专为读者而设。读者惠寄之书函。当择尤选登。但力避标榜及诋评之习。又设问答一门，凡读者如有疑难。倘承下问，当就本报同人所知。并征询专门学者。详为解答。惟问题须为新颖正大而关系重要者。若平常检书问人即可得知之琐屑知识及事项。恕不答复。凡读者对于本副刊之文字。如有辩难之作。本副刊亦极愿登载。遇必要时。且请原文作者另篇解释答复。一同录布。若读者与读者借本副刊之地位。互相通信辩难。结文字因缘。尤增趣味而资切磋。并所欢迎。但辩论宜重主旨而持大体。不可流于支离琐碎。又切戒谩骂诋毁。此类辩难之作。概屏不录。亦不答复。凡读者通信问答辩难之文既蒙赐教。即经登录。亦不给酬。

（七）以上所言。仅其大略。一切应俟逐渐计划改良。尤望读者不吝赐教。是为至幸。

吴宓《文学与人生》的"通论"则分别在1928年1月9日二期、1月23日四期、2月18日七期刊登。这个"通论"，清华大学出版的《文学与人生》没有选入，或许是整理时不知道它早已在《大公报·文学副刊》刊发过。因此，全文引录如下：

文学与人生（一）

文学以人生为材料。人生借文学而表现。二者之关系至为密切。每一作者。悉就己身在社会中之所感受。并其读书理解之所得。选取其中最重要之部分。即彼所视为人生经验之精华者。乃凭艺术之方法及原则。整理制作。借文字以表达之。即成为文学作品。此尽人所知晓。惟其间有数事。似为今日吾国人所宜注意者。爰分述之。

文学之范围本无一定。广义之文学、包含所有书籍著作之有可读之价值者。哲理政治历史等等皆在其中。如圣亚规那（St. Thomas Aguinas）之神学大全（Summa Theologica）。如卢梭之民约论。如达尔文之择源论。如孟森（Mommsen）之罗马史。皆文学也。中国之红楼梦、儒林外史、七侠五义、施公案等尤为文学。而十三经、二十四史、六朝隋唐人翻译之佛经、宋明诸子之论学语录等。尤不能排斥于文学疆域之外。此就广义而言之者也。若夫狭义之文学。或称纯粹文学。则但取直接表现人生之实况者。而弃其虚空论究人生之真理者。此亦未尝不可。但在纯粹文学中。更不宜妄生分别。有入主出奴之见。如新旧及平民贵族文学等之区别。岂可适用为抑扬去取之标准。西洋现代生活与中国古代生活。同为实际之人生。帝王卿相学士文人倡优皂隶以及工人教徒军阀政客。其在文学上之价值相等。均可用为材料。但视作者描写如何耳。总之。吾人决不可以己意中之文学标准妄定文学之范围。盖标准乃用以衡量各个作品之高下。而明示文学创造之方法与其鹄的者。今若不论标准。不分别审究作品之价值。而径谓内容描写某时代某种生活之书均非文学。均在应行屏弃摧毁之列。此实未见文学之全体。未明文学之真相者也。近今中国与西洋接触。政治社会经济思想种种变迁。人生之经验遽增。人生之情况益繁。故**中国文学之范围不得不随之而扩大。应合中国古今及西洋古今人生之经验而为一。居今日而欲创造及评论文学。均当以中外东西古今新旧人生之总和。及中外东西古今新旧文学之全体为思想之对象。为比较及模仿之资料。**乃若故步自封。限于一隅。尊己而蔑人。是丹而非素。己身为渊博之学者。则谓诗中每字每句均应取材于典籍。而不问情感之真挚与否。己身为达官贵人。则谓洋车夫及农民生活不宜入诗。而不问其描写之工力如何。己身提倡某种主义。则谓前此之文学。均为专制君主骄奢贵族歌功颂德。或为资本家及帝国主义助虐张目。而不细究其作品之内容及作者之意旨。己身富于情感。喜作抒情诗。则谓凡文学以感情为主。说理叙事均非文学。此等议论。吾人目前见之极多。不胜列举。盖皆由不知文学之范围实与人生之全体同大。而未可以一时一事限之也。

（本节完　本篇未完）

文学与人生（二）

人之本性。原甚复杂。其所秉赋。有本能。有直觉。有理性。有意志。有感情。有想象。人之生活及行事。实为以上各种同时运用活动之结果。**文学中所描写之人生。亦为本能直觉理性意志感情想象联合所构成。**人性固有所偏。然理性强者不乏想象。意志强者非无感情。其他类推。就一人所行之事言。于此时或专重理性。于彼事或纵任感情。

又以此人与彼人较。其本性中之理性感情等成分之比例各不同。然就其人之一生全体论之。未有不兼其上言各种性行之原素者也。**是故文学描写人生欲得其真。必同时兼写此诸种性行原素之表现于事实者。**如所写之人纯为意志或感情所支配。则其人不啻傀儡。其书毫无文学趣味。但足宣示作者之主张见解而已。古学派（一译古典派）之伦理的主张。乃以各种性行原素之调和融洽。平均发达。适宜运用。为修养之鹄的及人格之标准。然希腊罗马文学中之上品。如荷马之诗。苏封克里之悲剧。以及桓吉尔（Virgil）之诗。其描写感情想象非不强烈。岂仅专重理性者。中世之基督教文学。似重意志。然亦不能废理性及感情。后来之新古学派及伪古学派。特重一偏之理性。致有浪漫派之反动。专务提倡感情及想象。写实派继浪漫派而兴。复趋他一端。专主以冷静之头脑。观察社会人生之实况。详细描写。不参己见。其所重者乃为科学之理性。自然主义变本加厉。专重本能及冲动。最近对于自然主义之反动又起。将来趋向尚难预言。**统观西洋文学之全史此兴彼仆。各派循环递代。实足证明专重性行原素之一之文学决非正当。亦不能持久。**其始也补偏救弊。为时世所需要。受众人之欢迎。其弊旋即由此而生。所长即其所短。其情形有如欹器独乐。倾覆旋转。当倾向于中心。欲归于静止。而不能。又如调色和味。注此把彼。终难得所求之色。或匀正之味。而于其经过中。则遍见各色。备尝见各色。备尝各味焉。既知夫此。则吾人今日。对于已往之各派文学。俱应充分欣赏。并择己之所好者。自由仿作。然决不可专举注重性行之一原素之某派文学。归为批评之标准。创造之模范。而不许他派文学之存在或处同等之地位也。

于此宜注意者。文学界中有天演淘汰适者生存之公例。而各派之文学作品。其地位及权利同等。凡能历久而传于后者。必系伟大之作。而劣下之作品终归淘汰。**文学史上兴灭起伏之陈迹与各派文学作品本身之价值毫无关系。**不得以甲派先出。乙派后兴。遂谓凡属甲派之作品其价值均在乙派作品之下也。又不得以今日所流行者偶为丁派。遂谓丁派为文学之正宗。而以前之甲乙丙各派悉应废止蔑弃也。总之。吾人研究文学。不可过于注重文学史上之各派。更不可惑于其名。而资为去取。**每一文学作品。自其作成之日。即永久存在迄于今日犹存。**古至今之文学。为积聚的。非递代的。譬犹堆置货物行李。平列地面。愈延愈大。并非新压旧上。欲取不能。吾人今日之文学财产。乃各时代各国各派之文学作品之总和。非仅现今时代（或本国）所作成者而已。有财而不用。反谓无财。推以与人。或毁之而自安于贫穷。是诚愚不可及矣。

文学与人生（三）

文学既系作者人生经验之表现。**故世无绝对主观亦无绝对客观之文学。**每一

吴宓为什么认定"沈从文"是"他的敌人"?

作品中主观客观之程度或成分。应视其作品之种类体制性质目的而定。例如史诗必须客观。情诗自宜主观。戏剧则当以客观为主观。述论哲理。宜凭客观之理性。而作书函或演说。意在动人。则宜用主观之感情。斟酌于主观客观二者之间而得其宜。此固古学派最高之鹄的。而未易言也。浪漫派最重主观。以"表现自我"为口号。欲纵任一己之冲动欲望及感情。听其自然发泄。不加制止。叙述一己之奇特感想。以及谬误之行事。不事讳饰。其所重惟在对己能诚。然人乃社会环境经验与其本性相合而产生之物。人莫不受前古或同时之影响。诸多年少浪漫之人。当谓吾性奇特。前无古人。后无来者。吾之思想感情不与人同。一切是吾独创。然细考之。实未必然。如卢梭幼读布鲁特奇之英雄传。长读李查生（Richardson）之小说。而其谓科学文艺发达足使风俗衰败之论文。（一七五〇年）乃采其友狄德罗（Diderot）之意见。如雪莱（Selley）尝奉古德温（Goodwin）为导师。如济慈（Keats）则以斯宾塞（Spenser）为模范。而如拜伦之与自然亲近。视人类如仇敌。此不过其对于社会家庭失望愤恨之一种表示。其厌世之深。正显其爱世之切也。**夫人既不能与社会绝缘。与人类隔离。则不能有完全之主观。不受他人丝毫影响。**表现之时。固可偏重自我。然欲所表现者为完全纯粹之自我。实不可得也。

　　写实派与自然派最重客观。一则曰、吾但就吾观察所得者而实叙之。不敢参以己见。吾之材料方法。皆与科学家所用者无异。吾所描写者。一人之声容衣饰。一物之颜色形状。悉本事实。惟真是崇。再则曰、吾为艺术而作艺术。吾非欲提倡某事。亦非欲褒贬某种人物。吾但注意吾作品之佳妙而已。虽然。人生材料至极繁博。今欲写入书中。自难遍收而无遗漏。其不能不加以选择者势也。选择之际。自必有一定之标准。凭此以为去取。**此其选择之标准。非主观而何。**且实际之人生常为迷乱而无序。写入文学或艺术。则必加以剪裁修缮。斟酌改变。增减分合。重行排列而整齐之。使合于艺术之形式及需要。然后读者方能知其事实之因果。人物之关系。而与作者同感想。**此种整理之工夫。又非主观而何。**

　　是故文学虽为模仿人生。然非印版照像之谓。**文学中所写之人生。乃由作者以己之意旨及艺术之需要。选择整理而得之人生。且加以改良修缮。使比直接观察所得者更为美丽。更为真切。更为清晰。**知乎此。则浪漫派之表现自我。与写实派自然派之惟真是崇。为艺术而作艺术。并属一种理想。不惟尚多可议之处。且决难实现。而吾人今日不当以此或彼为一切文学去取抑扬之标准。更不待辩而明矣。

我原封不动将吴宓的开场白引录在此，其目的不是评论其论正确与否，而是说，他如此论述、如此行文，给自己留下了后患，给人以口实。因为早已有人把他看作眼中钉了。

但《大公报·文学副刊》出版反应仍然较好。吴宓日记有记载,"昨罗振玉函赵万里,谓《文学副刊》议论明通"云云。又张季鸾函言叶公绰甚佩《文学副刊》云云。四月二十一日,吴宓再赴天津与张季鸾胡政之晤谈,"渠等对《大公报·文学副刊》内容甚满意"。吴宓又从陈寅恪处得知:"《大公报·文学副刊》编撰之事,众已知吴宓所为。只有努力,精选材料,不惧不缩、不慌不急、以毋负自己耳。"

《大公报·文学副刊》,每星期一出版。1928年1月2日至1934年6月1日,共出版313期。除吴宓1930年8月初至1931年9月底游学欧洲期间,托浦江清君代理(从130期至194期)外,均由吴宓编辑。

吴宓赴欧期间,胡适辈便趁机插手《大公报》副刊的人事安排。吴宓在日记中有这样的记载:

一九三一年六月十二日

　　晚归,阅《大公报》万号特刊,见胡适文,讥《大公报》不用白话,犹尚文言;而报中季鸾撰文,已用白话,且约胡之友撰特篇,于以见《大公报》又将为胡辈所夺。且读者评《文学副刊》,是非兼有;宓在国外,未为《文副》尽力,恐《大公报》中人,不满于宓,而《文副》将不成宓之所主持矣。又胡适文中,讥《大公报》中小说,为评人阴私。若指潘式君,则殊诬;且潘君方遭冤狱,胡不营救,且施攻诬,以视 Zola 之于 Dreyfus,何相去之远耶?念此种种,及中国人之愚妄,破坏本国文明,并吾侪主张之难行,不胜闷损,久不成寐。

胡适在1931年6月12日《大公报》万号特刊上发表的文章题为《后生可畏》。文章赞扬《大公报》"改组"后,已从"一个天津的地方报变成一个全国的舆论机关,并且安然当得起'中国最好的报纸'的荣誉","爱读《大公报》的人","期望他打破""中国最好报纸的纪录,要在世界上的最好报纸之中占一个荣誉的地位"。要做到这点,他提出了值得"注意的"三点:

　　第一,在这个二十世纪里,还有那一个文明国家用绝大多数人民不能懂的古文来记载新闻和发表评论的吗?

　　第二,在这个时代,一个报馆还应该倚靠那些谈人家庭阴私的黑幕小说来推广销路吗？还是应该努力专向正确快捷的新闻和公正平直的评论上谋发展呢？

第三，在这个时代，一个舆论机关还是应该站在读者的前面做向导呢？还是应该跟在读者背后随顺他们呢？（胡适：《后生可畏》，《胡适文集》11卷，北京大学出版社1998年11月版）

显然，这完全是针对吴宓的。

吴宓敏感到自己不能主持《大公报·文学副刊》了。他非常清楚地知道胡适与张季鸾和沈从文的关系都非同一般。张季鸾是胡适的"好朋友"，且早就在为《大公报》出力，1929年1月1日就为该报撰写了《新年的梦》的社论。

1935年，《大公报》因揭露当局黑暗而遭到打压，胡适立即致函张季鸾予以支持和鼓励。信中说：

民国十二年，曹锟贿选将成，我在杭州养病，即和北京朋友商量，将《努力周报》停刊。今回此间若有分裂举动出现，《大公报》会无幸免之理。《独立》又岂能苟存？尊函所示，极所同情。我办过三次刊物，《每周评论》出到36期被封，《努力》到75期停刊，《独立》居然出到180期，总算长寿了。（胡适：《致翁文灏》，《胡适书信集》中693页，北京大学出版社1996年9月1版）

1936年6月9日，胡适在致翁文灏信中写道：

但因报纸所载确息太少，故不能作长文痛论此文。本星期日《大公报》论文由我作，拟明日作一文，津、沪同日（十四日）发表。（胡适：《致张季鸾》，同上）

胡适极力鼓励他"不要绝望"。

从张季鸾逝世后胡适所发的吊唁电，更可以看出两人的关系。吊唁电说：

我的朋友张季鸾逝世，实在是国家的一大损失，我很难过，特致电慰问。——当时重庆各报。（《胡适书信集》中，北京大学出版社1996年9月1版）

如此非同寻常的关系，安插一个自己的亲信去主编《大公报》副刊，可谓轻而易举。更何况胡适辈早就想在报纸办副刊，在有影响的《大公报》办副刊，此时安插沈从文去，不正是机会吗？沈从文去《大公报》办副刊是可以发挥他们希望的作用的。夏志清对此作过透彻的论述。他说：

> 沈从文跟那些教授作家（引者：指新月派教授作家）能建立友谊，主要因为意气相投。到1924年，左派在文坛上的势力已渐占上风，胡适和他的朋友，面对这种歪风只有招架之力。在他们的阵营中，论学问渊博的有胡适自己，论新诗才华的有徐志摩，可是在小说方面，除了凌淑华外，就再没有什么出色的人才堪与创造社的作家抗衡了。他们对沈从文感兴趣的原因，不但因为他文笔流畅，最重要的还是他那种天生的保守性和对旧中国不移的信心，他相信要确定中国的前途，非先对中国的弱点和优点实实际际的弄个明白不可。胡适等人看中沈从文的，就是这种务实的保守性。他们觉得，这种保守主义跟他们所倡导的批判的自由主义一样，对当时激进的革命气氛，会发生拨乱反正的作用。（夏志清：《中国现代小说史》，台湾东海大学版）

果然不出吴宓所料，很快，忽奉馆函，告《大公报·文学副刊》紧急停刊。

1933年8月，张季鸾便邀请杨振声和沈从文编《大公报·文艺副刊》。8月31日，沈从文、杨振声一道设午宴，邀请朱自清、林徽因、郑振铎等出席，商讨《大公报》开启文艺副刊事宜；9月10日，沈从文便以《大公报》名义举办茶会，邀请周作人等共商创办《大公报·文艺副刊》，13日又向朱自清约稿；9月22日，编委会组成，成员除沈从文，还有杨振声、朱自清、林徽因、邓以蛰、周作人。副刊每星期三出版，至1935年8月25日，共出166期。虽然暂时没有撤换吴宓，却由沈从文另起炉灶办起了一个与吴宓主编的《大公报·文学副刊》相对立，并同时存在的《大公报·文艺副刊》。这个副刊被司马长风列入文坛大事记。直到1933年9月1日《大公报·文艺副刊》和另一副刊《小公园》合并为《大公报·文艺》。在合并的第一号发表了沈从文题为《自杀》的小说，给吴宓以讥讽、"训诲"，最终将吴宓赶出了《大公报》副刊。从此《大公报·文艺副刊》完全由胡适辈、沈从文所掌控。沈从文是非常得意的。1933年9月24日，他致函哥哥沈云麓，说：

> 《大公报》弟编之副刊已印出，此刊每星期两次，皆知名之士及大学教授执笔，故将来希望殊大，若能支持一年，此刊物或将大影响北方文学空气，亦意中事也。（转引自吴世勇：《沈从文年谱》，天津人民出版社2006年6月1版）

由此可以看出沈从文的意图。朱光潜说得更明白，他说：

> 在解放前十几年中我和从文过从颇密，有一段时期我们同住一个宿舍，朝夕生活在一起。他编《大公报·文艺副刊》，我编商务印书馆的《文艺杂志》，把北京的一些文人纠集在一起，占据了这两个文艺阵地，因此博得了所谓"京派文人"的称呼。（朱光潜：《从沈从文先生的人格看他的文艺风格》，《花城》1980年第五期）

《大公报·文艺副刊》虽然由沈从文直接掌握，但背后始终有胡适的影子存在。这从沈从文与胡适的互动即清楚可见：

1933年10月22日，胡适致函沈从文。

从文：

> 我没有法子给你写文字，只好让一篇小说给你。作者姓申，名尚贤，是贵州人，才廿三岁，今年考北大没有取上。《独立》上登过他的几篇文字，有两篇是小说。这篇是他送稿独立的，或因为知道他是很穷的，所以我想让你们收买了去。请你看看，若不合用，请早点还我。
>
> 匆匆问双安
>
> 适之
>
> 廿三、十、廿二

1934年11月17日，沈从文邀胡适下午6点到锡拉胡同东玉华台参加《大公报·文艺副刊》宴会，主要商量"若这刊物还拟办下去将怎么办的事情"，并约胡适为《大公报·文艺副刊》纪念徐志摩逝世三周年特刊写文章。

1935年1月5日，沈从文致函胡适，希望其写文章，说："这个刊物着手时，便含有'逼迫能写文章的写文章'的意思，且希望大家能把《新青年》时代的憨气恢复起来，以为对社会也许还有益处。"

1935 年 3 月 15 日，《北平晨报·红缘》副刊发表《多产作家沈从文先生》。沈非常气愤，17 日致函胡适，要求声援。信中说："为社会道德计，此种毁谤个人风气之不宜存在，实亦极显然之事！先生于此等事，必有意见，盼作一文章，质之社会。"

胡适辈就这样清除了吴宓这个异己，让沈从文彻底控制了《大公报·文艺》。《大公报·文学副刊》易人，给吴宓以致命的打击，他特别伤感，特别难过。他伤感、难过的是《学衡》杂志、《文学副刊》咸遭破毁，"论究学术，阐求真理，昌明国粹，融化新知的言论阵地几乎全部被占领；所得诗友诗文佳作，再不能随时刊登，与世同赏"。这才是吴宓和沈从文结怨的深层原因。

沈从文主编《大公报·文艺》至 1936 年 3 月 29 日，共出版 119 期后，虽然由萧乾负责，但其影子仍然在，直到中华人民共和国成立。沈从文将《大公报·文艺副刊》作为阵地，发起了"京派"与"海派"、"反差不多"、"反对作家从政"、"《看虹摘星录》"等一次又一次论争，宣扬胡适辈的"自由主义"主张，有形无形地对左翼作家进行攻击；同时又充分利用"周刊时间短，发行量远比一般杂志大的优势"，刊登青年人的作品，扩充自己的队伍。

抗战胜利后，回到北平，沈从文更是抓紧《益世报》、《北平晨报》等多种报纸的副刊。在主持这些《文学副刊》时，他充分运用了《大公报·文艺副刊》的经验。他说：

> 副刊从一较新观点起始，是二十三年天津《大公报》的试验，将报纸篇幅让出一部分，由综合性转为专门，每周排定日程分别出史地、思想、文学、艺术各刊，分别由专家负责，配合当时的特约社论，得到新的成功。尤其是《文艺副刊》，由周刊改为三日刊、日刊，国内各报继之而起，副刊又得到新的繁荣。若干新作家的露面，使刊物恢复了过去十年对读者的信托与爱重。（沈从文：《编者言》，1946 年 10 月 30 日天津《大公报·文学周刊》第 11 期）

沈从文主持《大公报·文艺》的工作，得到香港及海外不同政见者的吹捧。司马长风在他的《沈从文编〈大公报·文艺〉》一文中说：

> 在沈从文主编《大公报·文艺》的年代，中国的文学正处于一个奇异多变时代，一方面以中共为背景的左翼作家，正在配合第三国际"人民统一战线"搞国防文艺，另一方面以林语堂为主的一群作家，专提倡幽默小品，而"新月派"作家，自徐志摩死后已风流云散，而大公"文艺"则细水长流，灌溉着一片葱绿的园地。（司马长风：《新文学丛谈》，昭明出版社有限公司1975年8月初版）

夏志清在其著作中说：

> 胡适们对沈从文的信心没有白费，因为后来胡适致力于历史研究和政治活动，徐志摩于1931年撞机身亡，而陈源退隐文坛——只剩下了沈从文一人，卓然而立，代表着艺术良心和知识分子不能淫不能屈的人格。
>
> ……
>
> 到1934年他接编《大公报》文艺副刊时，他已成为左派作家心目中的右派反动中心。（夏志清：《中国现代小说史》214页）

从以上的叙述不难看出，《大公报·文学副刊》由吴宓主持而易为沈从文主持《大公报·文艺》，实在是一场惊心动魄的斗争，一场争夺舆论阵地、争夺话语领导权、争夺青年的斗争。研究者们对此应该多加关注，多加研究，这对认识吴宓、沈从文、胡适等都会有好处的，对研究中国现代文学史也会有益的。

2017年4月于川大花园寓所

《石头记》研究史上的三大创举

——吴宓讲演《〈石头记〉追踪》之四

吴宓说，20世纪40年代，他更加致力《红楼梦》研究。事实正是如此。昆明是他更加致力《石头记》研究的起点。在这里，他面对种种挑战，另辟蹊径，为红学研究作出了极为宝贵的贡献，至少有三大创举。

第一大创举，创办红学研究史上第一个"以研究《石头记》为职志"的民间专门机构——石社。

1938年10月底，他离开蒙自赴昆明，写了这样一首诗：

半载安居又上车，青山绿水点红花。

群飞漫道三迁苦，苟活终知百愿赊。

坐看西南天地窄，顾亭林诗云："西南天地窄，零桂山水深。"心伤宇宙毒魔加。

死生小已遵天命，翻笑庸愚作计差。日前《云南日报》所登沈从文《知识分子反省》一文，愚甚赞同。

诗，表达了吴宓对国家命运的关心，对知识分子中的消极观的不满……他要坚持抗战到底的主张，一如继往地为抗战到底呐喊。于是，他在讲堂上，通过《文学与人生》课来宣扬抗战，抨击社会的黑暗、知识分子中的消极乱象。看他1939年3月30日的日记吧：

是日下午学期始业。晨8-9上《人文主义》（即《文学与人生》课）。讲英国十八世纪初年之文人（wirs），其趋奉权贵、争名求利，互相排抵，正与中国唐代之文人同。即罗马之文人、以及今日中华民国之文人，亦不异，仅其资料文词不同而已。（《吴宓日记》，吴学昭整理、翻译，生活·读书·新知三联书店）

这完全是借题发挥、含沙射影，评论时人的道德。尽管如此，他也不能吐尽自己的恩怨，又另辟蹊径，大讲《石头记》，借以尽情阐述自己"殉道殉情"的"人生观、道德观"，讲解"人生哲学"，"评论道德"，"剖析人生"，以资激发人们的爱国情怀，抗击日寇的侵略，反击胡适、沈从文之流的精神压迫。诚如《善生周刊》胎死腹中后，他早先写给钱基博先生的信中所说：

> 自《大公报·文学副刊》被人破坏而停刊后，虽有主张，无由刊布。而国势日益危急，所需于真正之道学以救世者亦日益切，宓《诗集》虽叙个人情志，而于民族精神及文章本旨，于卷末附录中，三致意焉，或以儇薄视之，误矣。惟……先生察之。（吴宓：《致钱基博》，《吴宓书信集》，生活·读书·新知三联书店 2016 年北京 1 版）

这里所言"被人破坏而停刊"，指的就是胡适之、沈从文将他赶出了《大公报·文学副刊》。因为"主张""无由刊布"，他就"另辟蹊径"，采用讲演的形式，讲演《红楼梦》以宣传他的主张。

要讲演《红楼梦》，就得更好地研究《红楼梦》。要更好地研究《红楼梦》，组织起来会更加有成效，他就筹备讲道学会，聚集在赵紫宸家举办讲座。由讲道办"心社"，再由"心社"过渡到"石社"。

他的日记中有这样一些记载：

一九三九年

十一月二十日　　星期一

……

4:00 步归。至翠湖中心茶座，遇贺麟与任继愈，坐谈。宓述拟设讲道之学会，拟名曰"心社"。麟极赞成，共商分途进行。

6:00 归。叶宅晚饭。晚撰作《心社简章》。

十一月二十一日　　星期二

9:00 往访赵紫宸，为"心社"事。

十一月二十二日　　星期三

晨 8－10 上课如恒。归后 11－12 赵紫宸偕其教友白约翰（John

Baker），吴盛德君来访，谈"心社"事。

下午3:00至昆华中学北院约贺麟。宓先至翠湖海心亭下茶座。4:00赵紫宸来，述其传教工作原理及办法。4:30贺麟来。共商"心社"事，决以文林堂为集会之所。将近6:00散。

十一月二十三日　　星期四

下午……5—6朱宝昌来，偕出。行过翠湖，略谈"心社"事。

十一月二十六日　　星期日

下午3:30至翠湖海心亭。贺麟已先在，茗谈。麟极赞宓之《人生哲学大纲》，而力劝宓屏除百事。专力撰成《人生哲学》一书，谓书成则宓身健心乐。且嘱宓勿以《大纲》稿示人，恐被他人窃取误用，云云。至"心社"事，麟认为无益有损，遂议决婉辞取消之。

十一月二十八日　　星期二

下午7:30偕张起钧同出。宓急至文林堂，赴"心社"筹备会。议决，不用社名及组织，仅于每两星期在赵紫宸宅中聚谈一次凡六人。是晚，谈宗教与哲学之关系。9:00归。

十二月一日　　星期五

晚7—9至玉龙堆四号，则敬已迁居女青年会矣。拟劝阻，不及。遂与徐芳、顾良谈，知宓之《人生哲学大纲》及《〈石头记〉评赞》二稿，均在顾良处。甚为欣快，盖久寻不得者也。

十二月十四日　　星期四

7—9文林堂听赵紫宸讲《宗教与人生》。

一九四〇年

一月二日　　星期二

晚黄维来，顾良托带还宓所撰《人生哲学大纲》及《〈石头记〉评赞》（均英文）二稿。甚喜其无失。

一月九日　　星期二

下午2—4朱宝昌来，谈宓撰之《〈石头记〉评赞》稿。

一月十一日　　星期四

7—8文林堂听赵紫宸演讲《陶渊明的哲学》。

一月十七日　　星期三

晚7:00独赴平政街68号赵紫宸宅中心社会集。……由宓讲述《〈石头记〉一书对我之影响》。继由诸君自由讨论人生爱情各问题。

由此开始，赵紫宸、陈铨、浦江清等先后在赵宅作《石头记》专题讲演。

四月十八日　　星期四

晚7—9至昆北6教室，赴群社邀，讲《我之人生观》，主在殉道殉情，将近二小时。听者满座。而宓自以为甚不佳，归后反滋不乐。

听者后来作了这样的回忆："1939年秋（回忆年代可能有错），同学们请先生在昆中北院作过一次公开讲演。先生选的题目是《我的人生观》。……先生以非常诚恳的语调把自己的人生观归结为四个字：殉情、殉道。"（何兆武：《回忆吴雨僧师片断》，《第一届吴宓学术讨论会论文选集》，陕西人民出版社1992年3月1版）

四月三十日　　星期二

8—9《人文》课，讲殉道殉情之事实，未畅。

五月十二日　　星期日

夕5—11顾良、黄维来，同赴朱宝昌请宴于曲园。畅叙，并行红楼梦酒令。石社成立，以研究《石头记》为职志。顾良任总干事。众同步归。

五月十三日　　星期一

下午1—3寝息。3—4至昆北，介绍顾良见刘文典，邀入石社。

五月十六日　　星期四

晚，7—9在文林堂陪刘文典讲《日本侵略中国之思想的背景》。听众极多，典谈次，对诸生赞宓"所言皆诚而本于经验"云。

"石社"成立，先后加入者有黄维、朱宝昌、王逊、刘文典、张尔琼、翁同文、王般、李斌宁、沈有鼎、关懿娴、薛瑞、沈师光、杨树勋、项粹安、毛子水、郑昕、房季娴、王先冲、王映秋、王年芳、秦文熙、李宗蘖等。这些人中有教授，有学生，还有新闻单位的从业人员。

石社成立后，开展了丰富多彩的活动，如讲演会、座谈会、茶会、郊游等。

1. 郊游、茶会

一九四三年

一月三十日　　星期六

下午2—3般来，商红楼梦研究会郊游计划。

二月五日　　星期五

（午后）……翁同来舍，商《红楼梦》谈话会郊游事。

晚食大饼。翁、般同来，缮就红楼梦谈话会请函，分别送出。

二月六日　　星期六

晚食大饼。计划明日聚宴事。般、宁来。

二月七日　　星期日

晨10:00偕诸君至文林。红楼梦谈话会是日为第二会。宓与翁同文、王般、李赋宁为主人。先在文林午饭（＄235），客为张尔琼、沈有鼎、关懿娴、薛瑞娟、沈师光、杨树勋、项粹安。未到者毛子水、郑昕、房季娴、王映秋及下列诸女生同去者。

正午步行出发，并于女舍邀王年芳、秦文熙，无线电台邀李宗蘖，共十四人。1:15至大观楼。在观稼堂阁中茗坐，食松子（＄77）。叙谈。寒甚。惟师光兴高采烈而宓和之。若关与琼等几无言。光谈及《新学究》，谓宓境遇虽可比妙玉，性情则颇似宝玉。光又叙述日前偕二女同观《万世师表》电影，咸以宓为甚肖剧中人云。……众于4:00起行步归，……5:00入城分散。是日共费＄355。宓出＄168，翁出＄70，般出＄67，宁出＄50。……

关于大观楼的活动，南荪先生也作过这样的回忆。他写道："在昆明滇池大观楼由先生组织的一次《红楼梦》座谈小聚会上，先生自称愿作大观园人物中的紫鹃。后来在别的场合会上，多次直截了当地说自己是紫鹃，要无限忠贞地服侍黛玉——一个美丽、深情、才华、聪明、高傲、孤芳自赏,多愁善感而又极端洁癖的神圣化了的偶像,一个幻影。同时,追求真、善、美,无私地奉献自己;教学以勤,待人以诚,为人谋以忠……则是先生现实生活中对事业的虔诚,充满着脚踏实地的入世精神。"(南荪:《追怀先师吴宓教授》,吴世坦编《回忆吴宓先生》,陕西人民出版社1995年7月1版)

2. 办讲座

讲座,是知识分子传播知识、联络情感、交流学术的最佳方式。因此,不少学校、学术单位经常采取。参加的有校内的人,也有校外的人,内容非常广泛。吴宓在联大就主办过很多讲座:如刘文典讲《日本侵略中国之思想的背景》、《庄子哲学》、《李义山诗》,王维成讲《耶稣之死》、《论语·公冶长章》,任继愈讲《儒家所以胜过诸家之故》,汤用彤讲《魏晋玄学》、《佛教》,孙福熙讲《艺术趣味》,陈康讲《西人治古学之方法》等。

《红楼梦》是中心,吴宓更是主力,刘文典也积极参与。除在各学校、单位演讲外,吴宓以"石社"的名义主持演讲就有七次之多。时人说,讲演《红楼梦》是吴宓的拿手好戏,无论在哪儿演讲,总是受到听众的欢迎。

一九四二年

四月二十九日　　星期三

下午,寝息。读《石头记》。有得于宝玉悟道出家……

晚7—10在南区第十教室,应中国文学会之邀范宁生主席。演讲《红楼梦》。听者填塞室内外。宓略讲《红楼梦评赞》中六、七两段①,继则答问。因畅叙一己之感慨,及恋爱婚姻之意见,冀以爱情之理想灌输于诸生。而词意姿态未免狂放,有失检束,不异饮酒至醉云。

七月二十九日　　星期三

8:00入校。9:00在南区8教室作第一次《红楼梦讲谈》。听者约二十人。水亦在座。宓分析爱读《石头记》者之理由及动机。李宗蕖、薛

---

① 据有研究者说,主要内容是将太虚幻境与但丁《神曲》中的地狱进行比较,引导人从幻天和痛苦中求得解脱。

瑞娟二女生相继发言，均甚爽直而有见。一切见《红楼梦研究》笔录。至10:30散。

八月五日　　星期三

9—10在校中北区5甲教室，续讲《〈红楼梦〉与现代生活》。听者三四十人。宓假述今世有如贾宝玉、曹雪芹之性行者，其生活爱情经验，及著作小说之方法，应为如何。并述《红楼梦》与今世爱情小说之两大异点：（一）《红楼梦》以宝玉为中心，而诸女环拱之。如昔之地球中心说。今则多男多女，情势较复杂而错综牵掣，如地球绕日。而太阳系外，且有千百星系，互相吸引而平衡回旋。故以小说描写，决难统一、集中，而有整个之组织。充其量，只能写成"Vanity Fair"之三五男女爱情故事，牵连交互而已。（二）昔者女卑男尊，男选择而女竞争。今则男追求，视女为理想鹄的。女有教育男，引男向前向上之能力，男在追求女中，表现己之最优点。由追求女子以达于归依上帝。且男之一生固经历过诸多女子，而女之一生亦经历过诸多男子。此亦较昔复杂变化之处也。……

八月十一日　　星期二

寝息。撰《爱情与道德、宗教之关系》稿。

八月十二日　　星期三

晴。晨撰《爱情之实况》稿……9:00—10:30第三次《红楼梦讲谈》。宓讲《注重爱情之人生观》及《爱情之实况》。鼎发言。……

下午……宓编钞第一二次《红楼梦讲谈》稿件。

八月十三日　　星期四

下午1—2寝息。读More（穆尔）先生书。又思《红楼梦》讲稿，自觉确系爱情充溢，有耶稣上十字架之愿力……

八月十五日　　星期六

11:00后读《石头记》及《中阿含经》。至1:30始寝，久久犹不能入寐云。

八月十八日　　星期二

早起，撰殉情稿。

下午寝息。……归舍，已10:00。撰讲稿（《〈石头记〉与〈金瓶梅〉等比较》）。直至近3:00鸡鸣，始寝。

八月十九日　　星期三

9:00—10:30在地质系所管南区2甲教室作第四次《红楼梦讲谈》，内容另详。

八月二十一日　　星期五

又关懿娴送来《谈谈林黛玉》一稿，极佳。即复一函。

八月二十四日　　星期一

函关懿娴，命送《红楼梦研究》与麟。

八月二十五日　　星期二

晚7—10在麟宅与送行诸客坐。冯文潜读宓《石头记评赞》等稿。回舍，陈晓华来。宓又撰稿至深宵。

八月二十六日　　星期三

9:00—10:15在南区2甲教室，作第五次《红楼梦讲谈》。宓讲《甄士隐与贾雨村为重一重多两种人之代表》。另详。

八月二十八日　　星期五

方酣睡。罗等去后，王逊来。同谈《红楼梦》及石社之组织。……回舍，作函致琼钱仆送往。……又及《红楼梦讲谈》及石社事。

夕晚编撰《红楼梦讲稿》。

八月三十一日　　星期一

下午……与曹岳维谈《红楼梦》。

九月二日　　星期三

9—10在南区2甲教室，作第六次《红楼梦讲谈》。稿另存。

九月七日　　星期一

家庭食社早饭（$7）。翁文同来，拟定《重建石社草案》。

九月九日　　星期三

9—10仍在南区2甲教室,作第七次末次《红楼梦讲谈》。另录。到者男生约30人,女生3人而已。

十月八日　　星期四

图书馆重行编订《红楼梦研究》稿。失落宓第二次演讲稿一页,深为痛惜。……

这些记载,帮助我们具体了解了吴宓演讲《红楼梦》的部分情况,虽然不能掌握所讲的全部内容,但能够窥见当时的气氛、讲演的态度、听者的反应,为追踪吴宓大讲《红楼梦》提供了鲜活的素材。

3. 指导《石社》成员撰写《红楼梦》论文

何兆武回忆说:"先生讲《红楼梦》,要求每个同学都写出自己的心得,集中放在图书馆里面,供大家借阅,相互交流,至今我还记得其中两篇的大意。一篇是评探春……一篇是说宝玉并非用意不专……在先生指导下,实际上(虽然不是在组织形式上)形成一个红学会和红学专刊。"(何兆武:《回忆吴雨僧师片断》,《第一届吴宓学术讨论会论文选集》,陕西人民出版社1992年3月)

《石社》社员中哪些人写过心得或论文?现在已无法知道。但可以肯定,凡写论文的社员都得到吴宓的指导和帮助。这几位是必须介绍的:顾良、关懿娴、王先冲、李宗藁。

石社会长顾宪良(1915—1962)名良,又作献梁、顾良。江苏川沙人。清华大学外国语文系1935年毕业。任光华大学讲师,后到联大工作。曾任《书人》月刊主编、《华美报馆》秘书兼专刊主编。抗战胜利后去美国。出国前,都与吴宓有联系。他早在抗战前就与吴宓关系非同一般。吴宓日记有记载:

三七年七月九日　　星期五

下午2:00,顾宪良来,谈。雨不止。顾在此晚饭(西餐),并宿宓之东室。直谈至夜2:00,始灭烛寝。倦极,然谈颇畅。宓述离婚及爱彦始末。又述系主任易人,学校及本系前途之危机,等。又述《石头记》

概评。……（三）其对于《石头记》中王熙凤个性心理之研究，等等，不悉记。

从日记的记载可以看出两人是无话不谈。顾宪良离开后，仍与吴宓保持着联系。看日记吧：

  四一年九月十四日 星期日

    上午接顾良九月十日自肃州酒泉。航快通，祝宓生日。并谓此行飞往千佛洞考古。携《石头记》与宓《诗集》。意甚殷殷。通信址：（一）十月底以前，成都，五世同堂街，《中央日报》社，张明伟社长转；（二）此后，重庆，都邮街，邮政汇业储业局，王酌清（祖廉）先生，留交。可感。

1944年，顾良在重庆，和翟桓一道创办了时文政论综合刊物《华声》半月刊，16开本。社址为重庆芭蕉园9号，后迁保安路11号。发行人王玉林，经理赵文壁。会计许留芳。撰稿的多为知名人士，如罗家伦、萧公权、张西曼、潘公展、老舍、赵敏桓、梁实秋、张申府、黄宗江、袁水柏，还有画家叶浅予等。1945年1月5、6期合刊后改为月刊，从每期32页增至64页左右，一卷共出六期。1947年1月出至二卷一期停刊。

顾良不但任编辑，而且自己也写文章，如5、6期合刊就发表了郭箴一编《中国小说史》的书评，且在刊物上辟了《石头记谈话》专栏，刊发石社社员的红学论文。刊物出版后立即寄赠给吴宓。

  四五年一月三日 星期三

    上午，接顾梁宪良。寄来所编《华声》半月刊一卷一期、二期。二期内有关懿娴、王先冲所作《石头记》论文二篇。并函。

吴宓后来在自己撰写的《〈石头记〉评赞》文中评述国内外《石头记》

研究时，对顾良作了这样的评述：

> 至若精心专力研究石头记而以汉文（白话）作成评论者，吾所知有顾献梁君（良）。顾君搜集石头记各种版本及评论考证之作咸备。已撰成王熙凤妙玉等论文数篇，均有特见云。

顾良精心研究《石头记》的评论不知道发表在什么刊物？到如今，我遍寻不得，实在是有点可惜。但要感谢吴宓先生为我们保存了石社成员关懿娴和王先冲的文章。

关懿娴（1918—?），女，广东南海人。西南联合大学外国语文学系1943年毕业。毕业后到贵阳一学校任教，继续与吴宓保持联系，写作有关《红楼梦》方面的文章。后留学英国。归国后，任北京大学信息管理系教授。

吴宓在联大创办石社时，她是积极分子，不但经常向吴宓请教《红楼梦》，而且协助吴宓从事石社的工作。《吴宓日记》中多有记载：

一九四二年七月九日　　星期四

系中见关懿娴，谈《石头记》。

一九四二年七月十五日　　星期三

9-11系中以宋超豪纪念册交游任逸。偕关懿娴地坛借书，未得。为讲《石头记》回目。以宁书上册借与之。

关懿娴和吴宓一样热心助人，爱打抱不平。一次，她因为打抱不平，竟然受学校记大过处分。吴宓为此事四处奔波但无结果，只好作诗相赠，以示慰问和支持。诗如下：

赠关懿娴

一九四三年五月五日

如愚能发叹回贤，师教默承马丽先。《新约·路加福言》第十章、四十二节

岂心传经赖伏女，早伤知曲少成连。

豺狼当路狐安问，萧艾盈门桂自妍。

内美璞含人莫识，求仁得祸古今怜。

关得诗后，奉和一首：

奉和雨僧师并步原欢

三十二年四月，在校受屈负谤，蒙师赐诗慰问，感激惶恐之余，勉成一章。

直愚何敢望回贤，善诱循循启迪先。
三载春风沾化雨，一朝文狱任颠连。
俗情妄自分清浊，慧眼应能辨丑妍。
由义依仁原我责，不因成败动人怜。

关懿娴的红学论文，我们现在能看到的有两篇：一篇是《林黛玉》，另一篇是《〈红楼梦〉与才子佳人派小说——曹雪芹先生替我们完成了一个和平的文学革命》。两篇文章先后刊发在《华声》专门给石社社员开辟的《〈石头记〉谈话》专栏里。后者刊发在该刊第一卷第5、6期合刊。前者刊该刊一卷二期。两篇都很有特色。《林黛玉》以抒情笔调书写了他对林黛玉的观感：

> 我在《石头记》的许多人物里，独爱林黛玉——爱她貌，尤其爱她才情；爱她才情，尤其爱她品格风流；爱她品格风流，尤其爱她冰霜高洁，超然鹤立于凡俗之外。即使是冰霜若薛宝钗，高洁如妙玉，也并不能望其肩项。

吴宓看了《林黛玉》，非常高兴，在日记中写道："关懿娴送来《谈谈林黛玉》一稿，极佳，即复一函。"吴宓、关懿娴对林黛玉是同情、关怀、喜爱的。这让我想到胡适及其追随者的口味与吴、关的差异。胡适的追随者翁慧娟喜欢薛宝钗。胡适在给翁慧娟的复信中这样写道：

> 关于你喜欢宝钗，而不大喜欢黛玉，我也大致赞同你的看法。曹雪芹写宝钗，下笔很委婉，似乎没有多用贬词，但有两三处是有意写宝钗的深谋远虑的。如金锁片上刻词，与玉上刻词是"一对"，是一例。如二十七回滴翠亭上听了小红坠儿的私语，宝钗用的"金蝉脱壳"的法

子，笑着叫道："颦儿，我看你往哪里藏！"是一个更明显的例，你说是吗？（胡适：《致翁慧娟》一九六一，十，十四夜，《胡适书信集》下，1706页）

另一篇题为《〈红楼梦〉与才子佳人派小说》，加上了一个副标题"曹雪芹先生替我们完成了一个和平的文学革命"。这是一篇很有创见的文章。吴宓在日记中作了如此记载：

四四年八月十五日　星期二

下午，作函致关懿娴（贵阳，邮箱一七六号）。总复娴一年来多函。寄回娴四月六日附函寄来之《〈红楼梦〉与才子佳人派小说》一文。

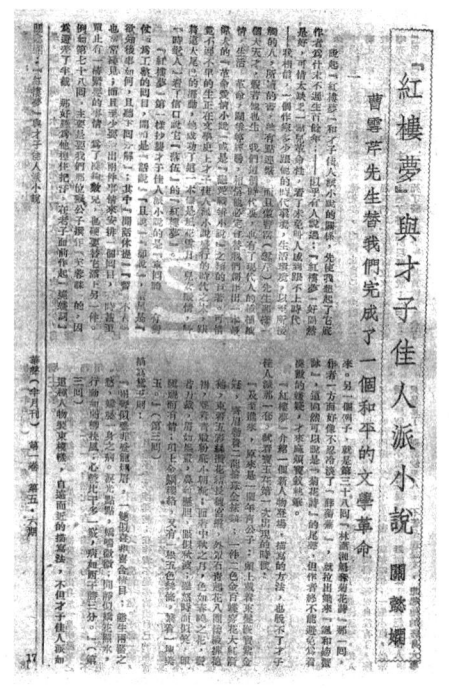

《红楼梦研究稀有资料汇编》收录了这篇文章。编者在序言中也给予了高度的评价，将文章与高语罕的《红楼梦底文学观》一并作了分析，说："高语罕举出四点来把握作者的文学观：一是写实主义的；二是它反对无病呻吟；三是它注重创造；四是它重视卓越的描写技术。"文章对各点均依据小说作申述，结语谓："由此看来，《红楼梦》（指前八十四回）的作者的文学观点是如何的伟大，是如何的革命，因此，始可与读《红楼梦》！关懿娴的文章有一个醒目的副标题'曹雪芹先生替我们完成了一个和平的文学革命'。文章以西班牙的骑士文学作比，借用拜伦的话，'塞万提斯一笔杀死了骑士行事'，意即塞万提斯的吉诃德出来后，那班靠骑士文学讨饭吃的作家，自觉没趣，不敢再作。至于《红楼梦》的作者，'比"吉诃德爷"的作者厚道得多，他不用讽刺，也无需嘲笑；开宗明义，便堂堂正正的假借石头答空空道人的诗说出来'，'即使作者不说这段话，自其圣书观之，我们也能明白：这本《红楼梦》，不但与前代千百本平庸的小说有别，且是一本有意挥去那业经发霉的才子佳人思想的书'。《红楼梦》章回仅俱形式,'它的本质和内容,已非章回体所能规范得住了'。'作者之成功,就在他有眼光,有勇气,摆脱俗套,把这书做成一本无可挽救的大悲剧。'总之,《红楼梦》为小说开辟了一条新的路径,'为中国文学史立下了一方界石'。这类论述大体上揭示曹雪芹的文艺观,给《红楼梦》在文学史上定了位。"

请注意:关懿娴的文章是在吴宓的指导下完成的,并经过吴宓细心审阅修改了的,它自然也代表了吴宓关于《红楼梦》的观点。

与关懿娴的《林黛玉》一文同时刊在《华声》一卷二期的是王先冲的《"石头记"佛家境界观》。文章用佛家境界观分析、论述了《石头记》中的主要人物,可谓一家之言,值得一读。文章不长,引录如下:

(一) 生相与境界——相与境,为佛家名词,今借为分析《石头记》中主要人物之用。相为秉赋,境为造就。相为先天的气质,境界则视后天之修持而定。《石头记》中所写众人,为众生相,示地狱境。即富贵温柔之乡如荣、宁二府者,亦难逃地狱境况也。如贾琏淫秽,凤姐贪狠……不免为阿鼻地狱中人。其他更无论矣。

(二) 有我与无我——有我者,即心心念念,有一"我"字;凡百事自我出发,于是生机械心,造无穷孽。不入地狱,亦难逃红尘。无我者,以爱人为本,是仙佛根基;但因果相循,或秉善根,因尘念而堕恶果;或本凡庸,借修持得证菩提。既登彼岸,愿四大皆空,非有我相,非无我相,乃无无我相,或曰法相;非有我境,非无我境,乃无无我境,即佛说阿耨多罗三藐三菩提也。兹就《石头记》人物,略述数人于后:

(三) 有我相有我境——有我相有我境者,凡三人:一曰宝钗,二曰凤姐,三曰贾雨村。凤姐逞威阃内;雨村弄权官场;宝钗则以欺诈追求爱情。其中宝钗当高于凤姐与雨村一等,因宝钗所追求者为爱情。以爱情为主题固可含有夺取的成分,但在爱情的发展过程中,多少含有些牺牲成分,情愈真则牺牲愈大。爱情所钟,可使有我相中人,进入无我之境界。宝钗于此点为失败;但由一情字,所造业因已远较凤姐,雨村为小。此乃《石头记》所以为言情宝鉴欤？

（四）有我相无我境——生为有我相，而能达无我境者，惟黛玉一人而已。黛玉自有我达无我，乃以爱情为桥梁。以黛玉之胸襟狭窄，心计细密，当造几许业因，以为"我"字打算；但因钟情宝玉，遂使忘却一切，入无我境界；即以爱情般若，照见无明，而得波罗蜜多也。故就世俗之眼光认为宝钗成功而黛玉失败；若就佛家境界之观点，则系黛玉成功而宝钗失败也。

（五）无我相无我境——以无我相入无我境者，为贾政。虽不成佛，当为伽蓝中人。贾政为儒门正宗，方正刚直，了无俗态；惟其自无我相入无我境，为生活中之常规，与宝钗之自有我相入有我境，同样为众生中常有之典型，合于读者之经验，易为人接受，故读去反觉其平平无奇矣。

（六）无我相无无我境——是为宝玉。宝玉之多情，乃出天性之无我。自己淋雨而问人，自己被烫而问人，已经是菩提萨埵境界；作者以顽石比之，所谓不生不灭不垢不净不增不减是也。一旦了悟，断却烦恼，遂登彼岸，为《石头记》中境界之最高者。贾政之无我，乃由儒经之修持，但仍存有"无我"之心，所谓"身如菩提树，心如明镜台；时时勤拂拭，不使染尘埃"也。宝玉之无我，经一"情"之培植，乃入无无我境界，并未存无我之心，恰如水到渠成，自然而然。就佛家言，当如宝玉；就儒家言，常人当以贾政为法。

（七）智慧与因缘——佛家讲因果，而报应有早迟；佛家讲修持，而了道有先后：盖智慧虽同，而因缘各异也。《石头记》中，妙玉、湘云二人可为例。妙玉禀有我相，而境界在有我无我之间。或谓妙玉不入空门，钟情当如黛玉；或谓妙玉不入空门，心计不让宝钗；是皆无庸深论，统谓之因缘也可。湘云禀无我相，而终入有我境。是皆《石头记》作者之苦心安排，使典型丰富，而读者视之，作因缘观可也。

33年10月16日

《华声》为石社社员的文章辟专栏刊发，这在当年也是罕见的，自然而然地扩大了石社的影响。

李宗蕖也是石社的热心社员，曾邀请吴宓在电台作《红楼梦》的演讲，自己也撰写过《贾宝玉的性格》，吴宓称赞其"俊快"。这篇文章不知刊于何时何刊？我到现在还没觅到。

杨夷先生说："近年来，许多杂志报章不时有关于《红楼梦》的文章刊登着，特别是其中的人物描写结构、对话等，一致都给予最高的评价，热闹非常，甚到听说有人特别组织起什么会来，打算专去研究这一本著作，可谓极一时之盛。我想假如《红楼梦》的作者有知，这一回当可以含笑九泉了。"（杨夷：《红学重提》）毫无疑问，这是指吴宓创办的石社，可见其影响了。

第二大创举，以中英文在广播电台演讲《石头记》。

战时的昆明有两个电台：一个叫昆明广播电台，一个叫昆明国际广播电台。吴宓先后应邀在这两个电台作过关于《石头记》的演讲。

一九四二年三月十七日　　星期二

6:00后，昆明广播电台潘家湾，派王勉以汽车来接彤、宓至台演讲。彤讲《印度哲学之精神》，宓讲《印度文学》。以今日为印度日也。……彤先讲，宓于7:10—7:40……播讲。

一九四二年四月六日　　星期一

10—11上课，见丁则良，辞电台之聘。

1942年5月，吴宓用英语在昆明国际广播电台讲《红楼梦》。日记是这样记载的：

一九四二年五月六日　　星期三

4:00恒丰晚饭。抄编《红楼梦之文学价值》。6—7翠湖散步。遇杨振声，谈。7—8昆中访榆、袯。袯、先陪送至电台。8:05—8:25讲《红楼梦之文学价值》。得酬金八十元。又与李宗蕖心理系四年级女生。似绸，可爱。陶维大及□□科长等，谈《红楼梦》。9:00先、袯送宓由小西门归。

这是不是吴宓第一次在昆明国际广播电台用英语向听众讲演《红楼梦》？

讲了多少次？我们无法断定。但从他 1944 年 1 月 21 日所写的《寄赠李宗蕖贵阳》一诗看，肯定不止一次。诗是这样写的：

> 一九四四年一月二十一日　　星期五
> 　　晨作《寄赠李宗蕖》（另录）
> 电台初见说红楼，侃侃雄谈慧欲流。
> 真有鸳鸯厄贾赦，竟同山谷谪宜州。
> 灵光宝玉谁知己，尘土功名爱自由。
> 霁月难逢云易散，可能新岁续前游。

这首诗就是赠给电台工作人员李宗蕖的，用了不少典故。后来编入昆明集时，作了如下附注：

> 李宗蕖　联大心理系高材女生，安徽籍而生长天津，兼任昆明国际广播电台职事。一九四二年秋某夕大雨洪水中，林文铮陪伴宓至电台演讲《石头记》广播始识。师生宾主聚谈红楼，石社成立。蕖撰《贾宝玉的性格》一文，甚俊快。一九四三年七月毕业，心理教授福堂欲求婚，该门给五十九分。蕖怒竟不补考，往贵阳南明中学任教。秋已嫁，始偕归昆明。七句谓其人似晴雯。八句一九四三年一月三日石社同人聚宴于文林食堂，乃过电台邀蕖同游大观楼，琼与焉。（《吴宓诗集·昆明集》，第 392-393 页）

从附注中"一九四二年秋某夕大雨洪水中，林文铮陪伴宓至电台演讲《石头记》广播始识"可以推断：吴宓在电台讲演《石头记》当不止一次。

第三大创举，让《石头记》走向社会，包括大中小学、工厂、机关乃至兵营。

这是亘古以来少见的事，不能不叫做创举。

《吴宓日记》有这么一些记载：

> 一九四三年三月十九日　　星期五
> 　　校园待关媚如该厂员工福利股主任，东北人。以卡车来，载宓及福熙父女至马街子中央电工器材厂。副理郑家觉招待，在员工俱乐部便宴，进

酒。7:00演讲。在其大礼堂，听者三百余人。宓讲《红楼梦》索隐及考证撮述。福熙讲《以文艺为消遣》。宓讲约一小时，并答问。又在经理室茶叙。以小汽车送归。

一九四三年四月二十日　　星期二

雇车不成，步行至迤西会馆工学院。王先冲招待。6:30－10:30为学生约二百人演讲《石头记》，并讨论。机械工程教授苏人王师义此人，后乃为琼之爱人。等。登坛发言。工院学生自治会依例奉送宓演讲费＄200。王先冲又为代购《旅行杂志》二十本，得款＄160。

一九四三年七月八日　　星期四

待至5:00后，资源委员会化工材料厂派该厂化验室主任沈祖馨德吾，闽侯。觐宜之侄，而师光之从兄。以汽车来接，至该厂。（昆明邮政信箱六十九号）西站外十一公里，地名善坪。由厂长张克忠子丹，天津。兼裕滇燐肥厂厂长夫妇。工务科长周肇基等招待，便宴，进黄酒三杯。7—9为该厂职员约五六十人。讲《石头记》之作成及历史考证，又答问。

一九四三年九月七日　　星期二

晚，读《红楼梦研究集》。

一九四三年九月八日

下午1:40至沈来秋宅。旋偕秋及铉至武成路华山小学，赴云南省地方行政干部训练团之约。3—5演讲《红楼梦》。听者团员、来宾。三百余人，并有写柬发问十九条，宓一一作答。但是精神散漫，所讲实无精彩。

一九四三年十二月十一日　　星期六

4:00罗视鉴联大工院本年毕业。代表昆湖电厂及炼铜厂来接，……宓着狐皮袍，即乘厂中交通车（马车白牡马）出发。5:30抵昆湖电厂。包昌文营业科长。及叶、宋、罗诸君招待。在电工厂电工供应社晚餐。又在包君宅中小坐，见包夫人蒯彦范，已四子女矣。7:30在炼铜厂之新礼堂演讲《红楼梦》（一）爱读理由。（二）考据。（三）作感。又答问。未尽，已 9：30，遂散。

  一九四四年七月三日 星期一

  宓于 2：30 回舍，略为整备。4：30 犀来。不久，云南锡业公司叶启祥以汽车来迎，即乘至第一招待所，迎接林如斯小姐（以《吴宓诗集》一部借与阅）及 Captain Tussman（以 Praise of《石头记》原稿及打印稿二份借阅）。乃至穿心鼓楼外云南锡业公司休息，进茶。职员秦君（瓒弟，总经理）、曾昭承、戴文赛等出陪。6：00 起，宓为职员来宾约五六十人讲《〈红楼梦〉人物之分析》又答五人之笔问，甚为激昂淋漓。至 8：30 毕，乃进晚餐便宴。9：30 以汽车送归。

  一九四四年十月八日 星期日

  下午 4：00 巩来，同至办事处见汤主任。偕王焕鏕、杨耀德乘汽车至七里酒精厂。汤元吉厂长招待晚宴，饮茅台酒。

  晚 7—9 讲《红楼梦》。宿客舍，杨同室。

  ……

吴宓在昆明演讲《石头记》，无论是在电台，或是在工厂、机关、中小学，都有不少听众，他们对其演讲《石头记》的良苦用心也非常清楚。一些听众在听其演讲《红楼梦》后所写的感想或"赋呈"赠诗都说得非常清楚。现举几例，即可见一斑。

1942 年 5 月 4 日，一位叫虞唐的人就专门访问吴宓，呈上自己写的诗篇，畅谈听了演讲后的感想。吴宓日记写道：

  虞唐兄弟来访，呈诗。谈时危。宓述（一）三洲分霸之说。及（二）未来世界融合并存 Eclecticism（折衷主义）之论。11：00 虞君始去。

听雨生先生讲红楼梦率成一律录呈吟政
后学虞唐问陶。安徽合肥。

  金谷莺燕竟_{拟改繁华事}。有无，裙屐盛事_{拟改风流裙屐}。总荒芜。

  人间啼笑终成幻，浊世文章亦自娱。

剥茧伊谁抽妙绪，谈禅赖君辟野狐。拟改端赖辟新途。

别微独具粲拟改莲。花舌，探得骊龙颔下珠。

宓寝后，以时局危迫，忧患深至，憬然有悟。遂有如下之决心。

(1) 谢绝人事，深居孤处，自撰小说。……

此诗后来收入吴宓著、吴学昭整理《吴宓诗集》（商务印书馆 2004 年版）时，定稿为：

听雨僧先生讲红楼梦赋呈
虞唐问陶。安徽合肥。

金谷繁华事有无，风流裙屐总荒芜。

人间啼笑终成幻，浊世文章亦自娱。

剥茧伊谁抽妙绪，谈禅端赖辟新途。

别微独具莲花舌，探得骊龙颔下珠。

该书还收入两首诗：

读吴宓诗集及石头记评赞赋呈雨僧先生
程兆熊芾泯。江西贵溪。

清明易简，万法归宗。勇猛精进，群魔景从。读先生集，愧无以慰。守道而已，他何足惜？拟改计。辟地开天，益寿延年。此亦大事，不亚诗篇。才说红楼，白云悠悠。论归宿处，自有千秋。（《吴宓诗集》，商务印书馆 2004 年版）

近事有感呈雨僧诗
杨树勋湖南长沙。

先生爱读雪芹书，文雅风流老杜如。

禅谈莽玉心颜喜，爱语痴颦气韵舒。

栊翠孤芳身自许，蘅芜深罪笔能诛。

云开花雨真情现，亦是诗僧亦是儒。（同上）

吴宓在昆明关于《红楼梦》的活动：创办以研究《红楼梦》为"职志"的民间机构石社；利用现代传媒，用中英文向国内外的听众讲演《红楼梦》；

将书斋、学院式的少数人的消遣变为大众进行爱国主义的教育活动。这不能不说是吴宓研究《红楼梦》的创举,开辟了研究《红楼梦》的新途径!这三大创举难道不应该大书特书吗?!这样一位红学专家却被遗忘,岂不怪哉?

吴宓与胡适的《红楼梦》研究比较

1964年8月18日,毛主席在北戴河和几个哲学工作者谈话,说:

> 《红楼梦》我至少读了五遍……我是把它当历史读的。开始当故事读,后来当历史读。什么人都不注意《红楼梦》的第四回,那是个总纲,还有《冷子兴演说荣国府》,《好了歌》和注。第四回《葫芦僧乱判葫芦案》,讲护官符,提到四大家族,"贾不假,白玉为堂金作马;阿房宫,三百里,住不下金陵一个史;东海缺少白玉床,龙王来请金陵王;丰年好大雪(薛),珍珠如土金如铁"。《红楼梦》写四大家族,阶级斗争激烈,几十条人命。统治者二十几人(有人算了说是三十三人),其他都是奴隶,三百多个,鸳鸯、司棋、尤二姐、尤三姐等等,讲历史不拿阶级斗争观点,就讲不通。《红楼梦》写出二百多年了,研究红学的到现在还没有搞清楚,可见问题之难。有俞平伯、王昆仑,都是专家。何其芳也写了个序,又出了个吴世昌。这是新红学,老的不算。蔡元培对《红楼梦》的观点是不对的,胡适的看法比较对一点。(龚育之、宋贵仑:《"红学"一家言》,《毛泽东的读书生活》,生活·读书·新知三联书店1986年9月1版,第220—221页)

近30年,胡适对《红楼梦》的看法,经过某些人"拨云见适","重新发现",不是"对一点",而是"全对",《红楼梦考证》不仅成了"新典范",而且是"中国青年运用科学态度与方法进行考证与研究的活生生的教本"。我们不必否认,也不能否认,他的《红楼梦考证》,在著者、版本两个问题上确实有过贡献,但绝对谈不上"新典范",更谈不上成为"运用科学态度与方法进行考证与研究的活生生的教本"。

请注意，胡适炫耀自己的红楼梦研究，最主要的是炫耀研究方法。直到晚年，他还无不得意地说：

> 从1921年至1933年，我对《红楼梦》的研究历时十二年之久，先后作了五篇考证的文章。这项前所未有的研究的重要性是多方面的。在我作考证之前，研究《红楼梦》而加以诠释的已有多家，简直形成了一门"红学"。（《胡适口述历史自传》第十一章《从旧小说到新红学》，《胡适文集》，北京大学出版社1998年版，第463页）

> 这种考证的方法，除了《董小宛考》之外，是向来研究《红楼梦》的人不曾用过的。我希望我这一点小贡献，能引起大家研究《红楼梦》的兴趣，能把将来的《红楼梦》研究引上正当的轨道上去，打破从前种种穿凿附会的"红学"；创造科学方法的《红楼梦》研究！（《红楼梦考证》[改定稿]，《胡适红楼梦研究论述全编》，上海古籍出版社1988年1月版，第118页）

胡适逃亡时，从自己的藏书中就只挑选了《红楼梦》。看他怎么说的吧：

> 一年前我离开北平时，已有一百箱书，约计一二万册。离平前几小时，我暗想自己非藏书家，但却是用书家。收集了这么多书，舍弃太可惜，带走，坐飞机又带不了。结果只带了些笔记，并在那一二万册书中，挑选了一部书，作为对这一二万册书的纪念。这一部书就是残本的《红楼梦》，四本只有十六回。这四本《红楼梦》可说是世界上最老的抄本。收集了几十年书，到末了只带了四本，等于当兵的缴了械，我也变成了个没有棍子，没有猴子的变把戏的叫化子。（《胡适全集》34卷日记，1959年，606页）

可见胡适自己多么重视《红楼梦》的研究，学生顾颉刚更是不遗余力地加以吹捧，什么"新红学"的"开山祖"、"奠基人"，最后也是落脚到"方法"。

20世纪50年代也有人把吴宓和俞平伯连起来批判，说：

> 在所谓新红学家中，与研究《红楼梦》三十年的俞平伯好像"两峰对峙，双水分流"的，就是历年在各地讲《红楼梦》的名教授吴宓。吴宓的《红楼梦》讲学比起俞平伯的《红楼梦》研究，可以说是"各有千

秋","互相辉映"。（陈守元：《殊途同归》，1955年6月号《西南文艺》，42期）

这是批判俞平伯《红楼梦》研究中的唯心主义开始后，一位叫做陈守元的先生著文《殊途同归》，呼吁对吴宓进行批判。事实上，吴宓不但在各地演讲《红楼梦》，而且同样撰写了不少具有开拓性的《红楼梦》研究著作，还着力培养研究红学人才，被业界人士，特别是青年"红迷"，誉为"红学大师"、"红学权威"。当年其名声远远超过俞平伯，也决不下于胡适。

由于"政治"决定了吴、胡二人的命运，声望发生巨变，地位出现落差。胡适愈来愈红，吴宓渐渐被人遗忘，连红学界的好些人也知之太少，甚至根本不知道其人。近30多年来，胡适的《红楼梦》论著及研究著作铺天盖地地出版，吴宓的红学讲演、论著却不见踪影。

胡适和吴宓的《红楼梦》研究到底有哪些不同？其成就和贡献又应该如何估量？吴宓对我们今天的《红楼梦》研究有没有什么启示？这些难道不值得研究者注意吗？

好，我们先作一个图表，予以最简括的比较吧：

胡适与吴宓《红楼梦》研究对照

作者 项目	胡 适	吴 宓
指导思想	杜威实验主义（实用主义）	白璧德新人文主义（包括希腊古典主义）
研究动机	"做国人之导师"，"重造文明"，"传播我从证据出发的治学方法"，"一项科学法则和科学精神"，"教人怎样思想"，"防身"，"不让人牵着鼻子走"	"根据吾国固有文明特长之处，以发扬而光大之"；"阐述自己的人生哲学"，宣扬"殉道殉情"的人生观，"以我的一生所长给与学生"
研究时间	一九二一——一九三三 一九五一——一九六二	一九一九——一九七八
研究内容	从实用工具去研究，始终局限于《红楼梦》作者身世、《红楼梦》版本	始终作为文艺作品，从文学、哲学、社会学角度去研究：探索"宗旨"、估量价值、评论道德、剖析人性

续表

项目\作者	胡 适	吴 宓
研究方法	考据的方法：大胆的假设、小心的求证	"重义理、主批评"，"平心审察，通观比较"，"尤注意文章与时事之关系"
研究结论	《红楼梦》这部书是曹雪芹的"自叙传"，"《红楼梦》是一部隐去真事的自叙：里面的甄贾两宝玉，即是曹雪芹自己的化身；甄贾两府即是当时曹家的影子"。 曹雪芹写《红楼梦》，并不是什么"微言大义"，只是老老实实描写一个"坐吃山空"、"树倒猢狲散"的"一部自然主义的杰作"。 "《红楼梦》不是一部好小说，因为没有 Plot。" "比不上《儒林外史》，在文学技术上比不上《海上花列传》《老残游记》。"	"《石头记》为中国小说之登峰造极之作，决不能与比之者。" "实足媲美且凌驾欧美而无愧，求之西国小说中，亦罕见其匹。" 《石头记》是"文艺作品"，"小说"，全书均为曹雪芹"一人"所撰。 "石头记书中每一人物，各有个性，而又代表一种典型，出于多，乃成奇妙，乃其真实。" "能描写封建贵族家中人性（尤其是妇女习性）。" "若以结构或布局 Plot 判定小说等的优劣，则《石头记》可云至善。"

从以上简表，我们可以清楚地看到胡、吴二人的《红楼梦》研究，从动机到方法到结论，处处针锋相对。

吴宓自始至终作为胡适的反对者而存在。人事纠葛与学术歧见相互交织，相互影响，极为复杂，又极为微妙。将吴宓与胡适的《红楼梦》研究作比较，不但是一件很有趣的事情，能够更好地还原两人的"真面目"，而且对红学史的研究也必定有一定的助力。

为了人们更好地看清胡、吴二人的"本来面目"，下面，就两人最突出的分歧再作几点叙述：

一、《红楼梦》有"微言大义"，还是没有？

什么是"微言大义"？

《辞海》、《辞源》、《中华成语大辞典》都收了这个条目，并作了解释。《中华成语大辞典》的解释如下：

> 微言：精微、深奥的语言；大义：旧指有关诗书礼乐等经典书的要义。指在精心推敲的片言只语中包含着十分深刻的道理。汉·班固《汉书·艺文志》："昔仲尼没而微言绝，七十子丧而大义乖。"汉·刘歆《移书让太常博士书》："及夫子殁而微言绝，七十子卒而大义乖。"[例]这篇文章未必有什么值得大家反复推敲的~。（向光忠、李行健、刘松石主编：《中华成语大辞典》，吉林文史出版社1986年12月版，第1310页）

胡适谈《红楼梦》研究方法及成果时说：

> 我考证《红楼梦》的时候……找到许多材料。……我把这些有关的证据都想法找了出来，加以详备的分析，结果才得出一个比较认为满意的假设，认定曹雪芹写《红楼梦》，并不是什么微言大义；只是一部平淡无奇的自传——曹家的历史。我得到这一家四代五个人的历史，就可以帮助说明。（胡适：《治学方法》，《胡适红楼梦研究论述全编》，上海古籍出版社1988年8月版，第231—232页）

这之前，已有不少读《红楼梦》的人看出并认定《红楼梦》是以史家笔法撰写，"微言大义"蕴含其中。如《脂砚斋重评石头记》（上海人民出版社1975年5月版）就引用了乙丑孟秋青士、椿余同观于半亩园并识的话，说：

> 红楼梦虽小说，然曲而达，微而显，颇得史家法。余向读世所刻本，辄逆以己意，恨不得起作者一谭。睹此册，私幸予言之不谬。子重其宝之。（圆点为引者所加）

另一跋语则云：

> 《红楼梦》非但为小说别开生面，真是别一种笔墨。昔人文字有翻新法，学《梵夹书》。今则写西洋轮齿，仿《考工记》。如《红楼梦》实出四大奇书之外，李贽、金圣叹皆未曾见也。
>
> 戊辰秋记。

这一条跋语道出了《红楼梦》所受西洋文学的影响。

这正是要探寻《红楼梦》的"微言大义"，因为《红楼梦》确确实实蕴含着"微言大义"。后来，季新在自己的《〈红楼梦〉新评》中说得更明白。他说：

> 西方政治家有言，国家者，家庭之放影也。家庭者，国家之缩影

也。此语真真不错。此书描摹中国之家庭,穷形尽相。足与二十四史方驾,而其吐糟粕,涵精华。微言大义,孤怀闳识,则非寻常史家可及。此本书之特色也。(季新:《〈红楼梦〉新评》,《小说海》第一卷第一期 1915 年 1 月 1 日,第一卷第二期 1915 年 2 月 1 日)

对胡适的"不是什么微言大义"的论调,吴宓针锋相对,在《〈红楼梦〉新谈》、《石头记评赞》、《红楼梦的文学价值》等一系列文章中作过阐释,"文化大革命"中还口头作过回答。

凡小说巨制,每以其中主人之祸福成败,与一国家一团体一朝代之兴亡盛衰相连结,相倚作。《石头记》写黛宝之情缘,则亦写贾府之历史。……

昔人谓但丁作《Dirine Comedy》一卷诗中,将欧洲中世数百年之道德宗教,风俗思想,学术文艺,悉行归纳。《石头记》近之矣。(吴宓:《〈红楼梦〉新谈》)

是故《石头记》一书中所写之人与事,皆情真理真,故谓之真,而非时真地真。若仅时真地真,只可名为实,不能谓之真;即是未脱离第一世界,不能进入第三世界。书中"甄"字(甄士隐、甄宝玉)乃代表第一世界(实),"贾"字(贾宝玉等)却是代表第三世界(真)。甄(假)贾(真)之关系如此。例如甄宝玉一类人,到处皆是,吾人恒遇见之;然其人有何价值与趣味?何足费吾笔墨(甄宝玉在书中,无资格,不获进大观园);必如贾宝玉等,乃值得描写传世。由此推求,一切皆明了矣。

……

《石头记》之义理,可以一切哲学根本之"一多(One and Many)观念"解之。列简表如左:

一、太虚幻境——理想(价值)之世界。

　　人世:贾府,大观园——物质(感官经验)之世界。

二、木石——理想、真实之关系(真价值,天爵)。

金玉——(人为/偶然)之关系；社会中之地位（人爵）。

三、贾（假）——实在(真理/知识)，惟哲学家知之。

甄（真）——外表(幻象/意见)，世俗一般人所见者。

四、贾宝玉——理想之我，人皆当如是。

甄宝玉——实际（世俗）之我，人恒为如是。

附按：《石头记》作者之观点，为"如实，观其全体"；以"一多"驭万有，而融会贯通之——此即佛家所谓"华严境界"也。而《石头记》指示人生，乃由幻象以得解脱（from Illusion to Disillusion），即脱离（逃避）世间之种种虚荣及痛苦，以求得出世间之真理与至爱（Truth and Love）也。佛经所教者如此，世间伟大文学作品亦莫不如此。宓于西方小说家最爱 Vanity Fair（《浮华世界》）之作者沙克雷 W. M. Thackeray 氏，实以此故。（吴宓：《石头记评赞》，《旅行杂志》1942 年 11 月第 16 卷 11 期）

宓不能考据，仅于 1939 年撰英文一篇，1942 年译为《石头记评赞》，登《旅行杂志》十六卷十一期（1942 年 11 月）自亦无存。近蒙周辅成君以所存剪寄，今呈　教，（他日祈　带还）此外有 1945 年在成都燕京大学之讲稿，论宝、黛、晴、袭、鹃、妙、凤、探各人之文若干篇，曾登成都小杂志、容检出后续呈，但皆用《红楼梦》讲人生哲学，是评论道德，而无补于本书之研究也。（吴宓：《致周汝昌》，《吴宓书信集》2011 年 11 月版）

1972 年 11 月 4 日学习毛主席致江青函，中间休息时，有人询问吴宓《红楼梦》之价值何在？他不假思索地回答道："在能描写封建贵族家中人性（尤其妇女习性）之真实。"（《吴宓日记续编》218 页）

这一见解，与鲁迅先生的看法不谋而合，如出一辙。鲁迅先生在其《小说史大略》一书中批判了"清世祖与董妃故事说"、"康熙时政治状态说"、"纳兰容若家世说"、"作者自叙说"后指出：

此后叙宁国公、荣国公两贾家之盛衰，为期八年。所见人物，有男子二百三十五人，女子二百十三人，用字九十万。然其主要则在衔玉而生之宝玉与其周围之金陵十二钗，曰：贾元春、迎春、惜春、探春、林黛玉、薛宝钗、王熙凤与其女巧姐、李纨、秦可卿、史湘云、尼妙玉。又有副者十二人，皆侍婢也。

贾氏之统系及十二钗与宝玉之关系如下表……

紧接着，鲁迅对其关系作了简要分析。他说：

十二钗中，又以林薛与宝玉之关系贯全书。宝玉者，贾政次子，为父所憎，而为祖母所爱，性情甚异，恶男子而尊女人。已酉年（第一年）林黛玉、薛宝钗皆以事寄居贾氏，林与宝玉皆十一岁，薛十二岁，幼时尝从癞和尚得金锁，颇与宝玉之衔玉相应，而宝玉则远薛而慕林。……

鲁迅最后明确指出：

据此文，则书中故事，为亲见闻，为说真实，为于诸女子无讥贬。说真实，故于文则脱离旧套，于人则并陈美恶，美恶并举而无褒贬，有自愧，则作者盖知人性之深，得忠恕之道，此《红楼梦》在说部中所以为巨制也。（鲁迅：《清之人情小说小说史大略十四》，刘运峰编《鲁迅全集补遗》，天津人民出版社2006年6月版，第289—291页）

前人的见解，特别是鲁迅对《红楼梦》所作的这些阐述，大可以帮助我们理解《红楼梦》的"微言大义"。吴宓非常注意《红楼梦》的"微言大义"，他注意作品与时代的关系，特别是人性的发掘、对《红楼梦》中人物的人性剖析……这些虽然不一定都很准确，但随着时间的推移，他的剖析也在不断进步！

二、《红楼梦》有 Plot 还是没有？

胡适说："《红楼梦》不是一部好小说，因为它没有一个 Plot。"他把 Plot 作为评判作品好坏的唯一准绳，这是十分荒谬的。《红楼梦》的"Plot"，前人早就指出过：

但观其通体结构，如常山蛇首尾相应，安根伏线，有牵一发全身动之妙，且词句笔气，前后全无差别，则所增之四十回……觉其难有甚于

作书百倍者，虽重以父兄之命，万金之赏，使谁增半回不能也。(《增评补图石头记》卷首《读法》)

吴宓在自己的文章中对《红楼梦》无"Plot"这一类论调多次进行过批判。他说：

然吾国旧日小说如《石头记》等，不但篇幅之长，论其功力艺术，实足媲美且凌驾欧美而无愧。西洋之长篇史诗—译叙事诗为文学之正体，艺术规律之源泉，宏大精美。吾国文学中则无之，然有长篇小说，亦可洗此羞而补此缺矣。但所谓长篇小说者，非仅以其字数之多，篇幅之长，而须有精整完备之结构。结构之优劣，则可别小说之高下种类。亦可觇小说进化发达之次第。……长篇章回体小说，惟《石头记》足以代表之，篇幅甚长，人物甚夥，事实至繁。然结构精严，以一事为骨干，以一义为精神，通体贯注，表里如一，各部互相照应起伏，丝毫不乱。而主要之事，又必有起源，开展，极峰，转变，结局之五段，斯乃小说之正宗，文章之大观。而其撰著之难，亦数十百倍于短篇小说，非有丰识毅力，不敢从事也。(吴宓：《评杨振声的小说〈玉君〉》，《学衡》39期，1925年3月)

这里，吴宓就"结构"（Plot）的问题作了极好的阐释。抗日战争时期，他在《石头记评赞》等文中更是直截了当地指出：

若以结构或布局 Plot 判定小说之等第优劣，则《石头记》之布局可云至善。析言之：(1) 以贾府之盛衰，为三角式情史之成败离合之背景，外圈内心，互同演变。(2) 如一串同心圆以外，有大观园诸姊妹丫头，此外更有贾府，此外更有全中国全世界。但外圈之大背景，只偶然吐露提及，并不详叙（如由贾政任外官，而写地方吏胥之舞弊；又如写昔日荣、宁二公汗马从征，及西洋美人等等），愈近中心则愈详，愈远中心则愈略。(3) 依主要情史之演变，而全书所与读者之印象及感情，其 atmosphere 或 mood，亦随之转移，似有由春而夏而秋而冬之情景。但因书中历叙七八年之事，年复一年，季节不得不回环重复，然统观之，全书前半多写春夏之事，后半多写秋冬之事。

《胡适口述自传》的译者唐德刚先生在其著述中几次谈到这个问题。他说：

> 批评也有大小之分。胡适说："《红楼梦》不是一部好小说。因为它没有一个 Plot。"这话虽是西洋文学批评中的老调或滥调，但是这也是个从大处着眼的大批评。纪晓岚评《文心雕龙·原道篇》说："文以载道，明其当然；文原于道，明其本然。识其本，乃不逐其末；首揭文体之尊，所以截断众流。"现在受西洋文学训练的"红学家"，所搞的都是这个"大批评"派。从好处说，他们是"识其本，乃不逐其末"。从短处说：读"红楼"的人，如不从十来岁开始，然后来他个五六遍（毛泽东就说他看了六遍），不把《红楼梦》搞个滚瓜烂熟，博士们也就无法"逐其末"了。这大派便是当代文学界新兴的青年职业批评家。（唐德刚：《胡适口述自传》第十一章《从小说到新红学》注释5，《胡适文集1》，第410页）

> 胡先生是搞"红学"的宗师。但是他却一再告诉我"《红楼梦》不是一部好小说"！为什么呢？胡先生说"因为里面没有一个 Plot"（有头有尾的故事）。

> "半回'焚稿断痴情'也就是个小小的 Plot 了！"我说。但是那是不合乎胡先生的文学口味的。这也可看出胡先生是如何忠于他自己的看法——尽管这"看法"大有问题。但他是绝对不阿从俗好、人云亦云的！（唐德刚：《照远不照近的一代宗师》，《胡适杂忆》，广西师范大学出版社2015年12月版，第95页）

唐先生既批评又辩护的论述，其实泄露了天机——"那是不合乎胡先生的文学口味的"。是啊，胡适的"口味"已西化、洋化了。唐先生又辩称："尽管这'看法'大有问题。但他是绝对不阿从俗好、人云亦云的！"

看，胡适是何等的顽固，毫无在真理面前低头的学者风度。早年，胡适对《红楼梦》的看法却是另一个样。他在和陈独秀、钱玄同讨论古典文学时，在给陈独秀的信中也曾赞扬《红楼梦》的结构。他说：

> 钱先生谓《水浒》《红楼梦》《儒林外史》《官场现形记》《孽海花》

《二十年目睹之怪现状》六书为小说中有价值者。此盖就内容立论耳，适以为论文学者固当注重内容。然亦不当忽略其文学结构。结构不能离内容而存在。然内容得美好的结构乃益可贵。（圆点为引者所加）……故鄙意以为吾国第一流小说，古人惟推《水浒》《西游记》《儒林外史》《红楼梦》四部，今人惟推李伯元吴研人两家，其余皆第二流以下耳。质之足下及钱先生以为何如!?（胡适：《致陈独秀》，《胡适书信集》，北京大学出版社1996年版，第96页）

其时现时中国文学，足与世界第一流文学抗衡的，惟有白话文学一项。至如《水浒传》《红楼梦》《三国志演义》《儒林外史》……之类以及元代词曲都能不摹仿古人，而用白话实写社会情状，故能成真正文学。（《胡适研究通讯》二期）

看，胡适一再说《红楼梦》"内容得美好的结构"，是"中国第一流小说，足与世界第一流文学抗衡"……时过境迁，竟说《红楼梦》"没有Plot"，"不是一部好小说"。特别是他晚年，一而再、再而三地给他同伙或友人说：

我写了几万字的考证，差不多没有说一句赞颂《红楼梦》的文学价值的话，——大陆上中共清算我，也曾指出我止说了一句："《红楼梦》只是老老实实的描写这一个'坐吃山空'、'树倒猢狲散'的自然趋势，因为如此，所以《红楼梦》是一部自然主义的杰作。"此外，我没有说一句从文学观点赞美《红楼梦》的话。

老实说来，我这句话已过分赞美《红楼梦》了。书中主角是赤霞宫神瑛侍者投胎的，是含玉而生的，——这样的见解如何能产生一部平淡无奇的自然主义的小说！（胡适：《致高阳》，《胡适书信集》下，北京大学出版社1996年版，第1563页）

我写了几万字考证《红楼梦》，差不多没有说一句赞颂《红楼梦》的文学价值的话。大陆上共产党清算我，也曾指出我只说了一句："《红楼梦》只是老老实实的描写这一个'坐吃山空'、'树倒猢狲散'的自然趋势，因为如此，所以《红楼梦》是一部自然主义的杰作。"

其实这一句话已是过分赞美《红楼梦》了。

《红楼梦》的主角就是含玉而生的赤霞宫神瑛侍者的投胎；这样的见解如何能产生一部"平淡无奇的自然主义"的小说！（胡适：《致苏雪林》，《胡适书信集》，北京大学出版社1996年版，第1559页）

口味的变化太大太快，只能证明他中杜威之流的毒太深，更反映了他把《红楼梦》研究政治化。这难道不是铁的事实么？

三、《红楼梦》比不比得上《儒林外史》？

胡适对《儒林外史》一向赞扬有加，特别花力气撰写了《吴敬梓传》、《吴敬梓年谱》。一次，在和友人谈话时，他还非常自豪地说："我们安徽的大文豪不是方苞，不是刘大櫆，不是姚鼐，是全椒县的吴敬梓。"

1948年底，卸任的安徽老乡、湖南省主席王东原到北平访问身为北京大学校长的他。两人一见面，胡适便开口就对王东原说："你是全椒人，在清朝康乾时代，全椒有一个大文豪，叫做吴敬梓，他用白话文写的《儒林外史》，对当时社会的毛病，描写无遗。他痛恨八股文取士制度，害死了读书人。他是八股国里一个叛徒。他反对女子缠足的，他反对讨小老婆的，他主张寡妇改嫁的，他反对对学生体罚的。他看破了功名富贵，他变卖家产救济穷人。他有新的观念，新的思想。我替他撰了一篇《吴敬梓传》，使出版商用标点符号印了《儒林外史》，风行一时，连印三版，遂使这书畅销起来，你知道么？"王东原回答说："我听说过有这么一回事，我在家乡听说他的家在康乾年间，是赫赫有名的，他的老宅在全椒南门大街街口，他过年的门联有'一门三鼎甲，四代六尚书'。到了吴敬梓这一代，他的才华，诗词歌赋，无一不精，著有《文木山房集》。不过，他中了秀才后，看破了功名富贵，乡试不应，科岁亦不考，亦不应政府征召。他好交朋友，变卖了家产救济穷人，逍遥自在，做他的学问，到后来衰落下来，卖文为生。他的后代有吴小侯者，在北洋政府时代做了国会议员，现在也不知道他的下落了。"

两个安徽人，对安徽的大文豪吴敬梓说了不少赞赏的话。《儒林外史》

的确写得不错,自此书问世"乃始有足称讽刺之书"(转引自桑逢康:《胡适逸闻》)。

胡适抬高《儒林外史》,一再贬低《红楼梦》:

> 如果拿曹雪芹和吴敬梓二人作一个比较,觉得曹雪芹的思想很平凡,而吴敬梓的思想则是超过当时的时代,有着强烈的反抗意识。吴敬梓在《儒林外史》里,严刻地批评教育制度,而且有他的较科学化的经验。(《找书的快乐》,1962年12月台北《中国图书馆学会会报》十四期)

> 我常说,《红楼梦》在思想见地上比不上《儒林外史》,在文学技术上比不上《海上花》(韩子云),也比不上《儒林外史》,——也可以说,还比不上《老残游记》。(那些破落户的旧王孙与满汉旗人,人人自命风流才子,在那个环境里,雪芹的成就总算是特出的了。)(胡适:《致高阳》,1960年11月24日)

> 我向来感觉,《红楼梦》比不上《儒林外史》;在文学技术上,《红楼梦》比不上《海上花列传》,也比不上《老残游记》。(《致苏雪林》,1960年11月20日夜)

早在1928年,《大公报·文学副刊》上有篇文章就明确指出:

> 夫《石头记》为中国小说登峰造极之作,决无能与之比并者,此已为世所公认。吾人当以西洋小说之技术法程按之《石头记》,无不合拍。因叹曹雪芹艺术之精,才力之大,实堪惊服。又当本西洋文学批评之原理及一切文学创造之定法,以探索《石头记》,觉其书精妙无上,义蕴靡穷。简言之,《石头记》描写人生之全体而处处无不合于真理。兹即不论内容,但观技术,《石头记》亦非他书所可企及矣。至于《儒林外史》,专写读书人,又往往形容太过。刻画失真。而其书漫无结构,一人或数人之为一段,前后各不相关。仅借明神宗下诏旌儒之榜(第六十回)为之强勉辐合。与《水浒传》之梁山石碣刻示天罡地煞姓名同。而《儒林外史》近顷乃极为人所重。至选为学校读本,实为异事。此盖由攻诋中国旧礼教者,喜此书有摧陷廓清之功。故竭力提倡而奖遗之。然

平心而论，《儒林外史》之所讽刺者，乃科第功名官爵利禄之虚荣心，非穷理居敬修身济世之真学问。乃假托欺人小廉曲谨之恶行为，非博思明辨克己益人之真道德。《石头记》为小说正宗，《儒林外史》为小说别体。一正一奇，故大小显分，谓可并驾。实属謷言，且以一己之性好嬉笑怒骂，而遂专务推崇刻画丑诋之小说。如斯人者实为未明文学与道德之真关系者也。(《评歧路灯》，1928年4月23日《大公报·文学副刊》第16期)

文章未署名，但从整个文章的内容、语言、风格看，毫无疑问为吴宓所写。刘文典曾说："胡适之先生样样都好，就是不大懂文学。"这话说得过头了，不是他不太懂文学，他之所以如此看待《红楼梦》是别有用心，可惜，不少研究者没有注意到这一点。

唐德刚先生还为胡适辩解道："且把六十年来的文学家也点点名，试问又有几个比胡适更懂得文学？""红学界具有丰富创作经验的唯鲁迅与林语堂。"这种说法实在太绝对了，难道郭沫若、茅盾、吴宓等人没有丰富的创作经验吗？就是当代作家中，有丰富创作经验的也不乏其人。

鲁迅确实懂文学，对《红楼梦》有过精到的见解。这是事实。他说：

《红楼梦》以文意俱美，故盛行于时；又以摆脱旧套，故为读者所嫌，于是续作峰起，……诸书所谈故事大抵终于美满，照以原书开篇，正皆曹雪芹唾弃者也。

林语堂也曾著文批评过胡适"不懂文学"。著名作家王蒙也曾辛辣地讽刺胡适不懂文学，说：

我非常佩服胡适先生的学问，成就，可是我看胡适对《红楼梦》的评价，看完了我就特别难受，不相信这是胡适写的。胡适他说："《红楼梦》算什么好的著作，就冲它的这个衔玉而生这种乱七八糟的描写，这算什么好作品。"哎呀，我就觉得咱们这个胡博士呀，他学科学，他从妇产科学的观点来要求《红楼梦》的呀，他要求医院有个记录，那么到现在为止，我不知道有这个记录，但是也可能有，全世界有没有这个纪录，哪怕是含着一粒沙子，或者是……这可能吗？子宫里头有胎儿，胎儿嘴里含着什么元素，假冒伪劣也可以。一个他批评这个，一个就是他批评曹雪芹缺少良好的教育。如果曹雪芹也是大学的博士的话，他还写得成《红楼梦》吗？他倒是可以当博导，有教授之称，甚或是终身教授，但他写不成《红楼梦》。（王蒙：《红楼启示录》，安徽教育出版社2010年9月版）

资深文学史家刘梦溪说：

《红楼梦》与我们民族的关系太密切了，也太特殊了。如果没有了《红楼梦》，对我们历史悠久的民族文化来说，将是怎样的一种缺陷啊！《红楼梦》的问世，虽然是在已经进入封建社会末期的十八世纪中叶，这以前，我们的民族早已经创造了光辉灿烂的古代文化，涌现出不少对民族文化艺术作出宝贵贡献的伟大作家；但无可否认，《红楼梦》一经出现，就与我们的民族结下了不解之缘，成为我们民族文化的象征。（刘梦溪：《红学三十年》，转引自韩进廉：《红学史稿》，河北人民出版社1982年9月1版）

除了"人神共钦"的胡适大叫《红楼梦》不是好小说，中国能够找出第二个这样评论《红楼梦》的吗？！世界上凡是读过《红楼梦》的人，能找出第二人如此贬低《红楼梦》吗？日本著名的文艺评论家盐谷温在他的《中国小说概论》一书中说："《红楼梦》之华丽丰赡，正配列天地人三才，不独在中国小说史上鼎立争雄，即入世界文坛，毫无逊色。"（转引自红瓣：《红楼梦杂话》，中国艺术研究院《红楼梦》研究所、人民文学出版社编辑部编：《红楼梦研究稀有资料汇编》，人民文学出版社2016年版，第714页）

还有人说：

西洋小说多得很，但是文学史上所称为第一流的伟大小说，我几乎都读过。其中最长，最有名的，如俄国托尔斯泰的《战争与和平》《安娜小史》《复活》，好则诚然好，但是比起《红楼梦》来，我总觉得还不如。也许是因为文字隔膜。其他法国嚣俄的小说，福楼拜的小说，莫泊三的小说，英国的狄福，斯威夫特，狄金斯，奥斯丁，哈代，也无一可比拼。我问过许多深通西洋文学的人，也都说，未曾有。有个英国人说:"为读《红楼梦》,也该学习中国文。"(白衣香:《红楼梦问题总检讨》,原载天津《民治月刊》第二十四期1938年9月1日,《红楼梦研究稀有资料汇编》,第718页)

读完了这本《红楼梦研究》,谁也会想到有世界最伟大的四个文豪——但丁、莎士比亚、哥德、曹雪芹一并列在脑海里罢!(雅兴:《红楼梦研究》,《文讯月刊》第三卷第二期,1942年8月)

吴、胡二人的见解如此针锋相对,全由于两人对传统文化的态度的迥异、研究目的与方法的不同。

四、中国古代文化是有价值的,还是"不过如此"、"原来如此"?

1925年4月12日,钱玄同质问胡适为什么不出面回击《学衡》《华国》的攻击。他回信说:

"法宜补泻兼用":补者何?尽量辅入科学的知识、方法、思想。泻者何?整理国故,使人明了古代文化不过如此。(《致钱玄同》,《胡适书信集》上,北京大学出版社1996年版,第360页)

梁漱溟先生在他的书里曾说,依胡先生的说法,中国哲学也不过如此而已(原文记不起了,大意如此)。

老实说来,这正是我的大成绩。我所以要整理国故,只是要人明白这些东西原来"也不过如此"!本来"不过如此",我所以还他一个"不过如此"。这叫做"化神奇为臭腐,化玄妙为平常"。(胡适:《整理国故与打鬼——给徐浩先生的信》,《胡适文集》4,北京大学出版社1998年版,第116页)

我们整理国故只是研究历史而已,只是为学术而作工夫,所谓实事求是是也。从无发扬民族精神感情的作用。近时学者很少能了解此意的,但先生从朴学门户中出来,定能许可此意吧?(胡适:《致胡朴安》1928年11月,《胡适书信集》上,北京大学出版社1996年版,第465页)

《红楼梦》是中国古代最有价值的文学作品之一,是民族文化的象征。

这已是中外人士公认的、不可动摇的事实。

林纾说：

> 中国说部，登峰造极者无若《石头记》。叙人间富贵，感人情盛衰，用笔缜密，著色繁丽，制局精严，观止矣。其间点染以清客，间杂以村妪，牵缀以小人，收束以败子，亦可谓善于体物，终竟雅多俗寡，人意不专属于是。（林纾：《孝女耐儿传奇序》，引自朱一玄：《红楼梦资料汇编》，南开大学出版社2012年版，第850页）

鲁迅说：

> 至于说到《红楼梦》的价值，可是在中国底小说中实在是不可多得的。其要点在敢于如实描写，并无讳饰，和从前的小说叙好人完全是好，坏人完全是坏的，大不相同，所以其中所叙的人物，都是真的人物。总之自有《红楼梦》出来以后，传统的思想和写法都被打破了。（鲁迅：《中国小说史略·附录·中国小说的历史变迁》，《鲁迅全集》第九卷，人民文学出版社1976年版，第398页）

苏联专家学者说："曹雪芹的《红楼梦》在绵绵二百年里，一直广为流传，对这部作品的研究已成为一门专门的学问，其评论著述浩如烟海。在中国文学史上这种现象是绝无仅有的。"A.N. 科万科还认为这部作品淋漓尽致地描写了那个时代的日常生活，称得起是一部中国人生活的百科全书。B. Л. 瓦西里耶夫（1818—1900）后来在《论彼得堡大学的东方藏书》一文里写道："《金瓶梅》通常被誉为（中国）小说的代表作，其实《红楼梦》更高一等，这本书语言生动活泼，情节引人入胜。坦率地说，在欧洲很难找到一本书能与之媲美。"著名中国文学研究家 Л. з. 艾德林的文章题为《伟大的现实主义者曹雪芹》。艾德林的论述很深刻，他认为"没有一部文学作品和历史著作，能像《红楼梦》那样鲜明地揭示行将灭亡的中国封建社会的全部特点和流弊"。（Б. 李福清、Л. 孟列夫：《列宁格勒藏抄本〈石头记〉的发现及其意义》，中国艺术研究院《红楼梦》研究所、苏联科学院东方研究所列宁格勒分所编定：《苏联列宁格勒藏抄本〈石头记〉》第一册，中华书局1986年4月1版）

蒋介石在悼念胡适当天的日记中也不得不这样写道："盖棺论定胡适，实不失为自由民主者，其个人生活亦无缺点，有时亦有正义心与爱国心，惟其太褊狭自私，且崇拜西风而自卑其固有文化，故仍不能脱出中国书生与政客之旧习也。"（潘光哲：《胡适和蒋介石"抬横"之后》，《胡适研究通讯》2019年第1期）

"崇拜西风而自卑其固有文化"，是典型的民族虚无主义。其目的，用胡适自己的话说，是要"在思想文艺上替中国政治建筑一个革新的基础"，通过所谓"文艺复兴"，"再建文明"，即再建所谓美国式的"文明"国家。难怪他要声嘶力竭地叫喊：

> 少年的朋友们，现在有一些妄人要煽动你们的夸大狂，天天要你们相信中国的旧文化比任何国高，中国的旧道德比任何国好。……
>
> 我要对你们说，不要上他们的当！不要拿耳朵当眼睛！睁开眼睛看看自己，再看看世界。我们如果还想把这个国家整顿起来，如果还希望这个民族在世界上占一个地位——只有一条生路，就是我们自己要认错。我们必须承认我们自己百事不如人，不但物质机械上不如人，不但政治制度不如人，并且道德不如人，知识不如人，文学不如人，音乐不如人，艺术不如人，身体不如人。（胡适：《介绍我自己的思想》，《新月》第三卷第四期，上海新月书店）

吴宓对"固有文化"及欧美文明则是另一种态度。出道之始，他在《〈民心周刊〉发刊宣言》中明确宣布：

> 三、根据吾国固有文明特长之处，以发挥而光大之，使人人知吾国文明有其真正之价值。知本国文明之所以可爱，而后国民始有与之生死存亡之决心，始有振作奋发之精神，遇外敌有欲凌辱此文明者，始有枕戈待旦之慨。
>
> 四、唤起国民对于国家社会之责任心，使其不必依赖政府，诿责他人，而可自办种种国家社会事业，并讨论做人的方法，养成一种中坚社会富于自动及健实精神。惟对于今日万象昏沉之社会神气沮丧之国民，专取鼓励抚慰主义。使其知事有可为，国未灭，发生一种愉快的希望

心，始有活泼的进取心。

五、对于欧美输入之新思想及学说，皆以最精粹独立之评论观察审断之，不惟使普通国民具有世界知识，且使其对于西洋文化之真粹与皮毛有鉴别取舍之能力。至对于吾国一切固有之社会制度不为笼统的诋毁攻击，务以历史眼光究其受病之原，而求适当改良之方法。

这就是吴宓对"固有文明"和欧美文明的认识以及采取的态度。这种认识和态度贯串了他的一生，无论是回国后办《学衡》杂志，还是办《大公报·文学副刊》，还是后来办《武汉日报·文学副刊》，都是如此。诚如他所说：

其办报目的，并无作用，亦无私心。不过良心冲动，出于不能自已。思刊行一健全之报纸，求有真正舆论之价值，以达其言论救国之初心，以尽其为国服务之天职。如此而已。（《〈民心周报〉发刊宣言》，1919年6月2日）

对于《红楼梦》，吴宓更是尊重。可以说一生没有停止过对《红楼梦》的赞颂、辩护。无论是文章里、课堂上和演讲、书信、日记中，还是闲谈中，都能看到他对《红楼梦》的赞颂和辩护。

1919年春，吴宓在哈佛大学作《红楼梦新谈》，开头就说："《石头记》（俗称《红楼梦》）为中国小说一杰作。……若以西国文学之格律衡《石头记》，处处合拍，且尚觉佳胜。"以后，他将世界名著与《红楼梦》及国内作品作了反复比较，一再指出：

今英国大学汉文主教 Herbert A. Ciles 所著《中国文学史》一书，论《石头记》，谓其结构之佳，可媲美者费尔丁。吾则以《石头记》一书，异常宏伟而精到，以小说之法程衡之，西洋小说中，实罕见其匹。若必欲于英文小说中，其最肖而差近者，则唯沙克雷之《钮康氏家传》（The Newcomes）一书，足以当之。（吴宓：《钮康氏家传》译序，《学衡》1922年第1期）

盖小说乃写人生者，而惟深思锐感，知识广、阅历多之人能作之。吾近三十年来，国家社会各方，变迁至巨。学术文艺，思想感情，风俗生计，尤有泡影楼台、修罗地狱之观，凡此皆长篇小说最佳之资料，任取一端，皆成妙谛。如能熔铸全体，尤为巨功，而惜乎少人利用之也。作此类小说之定法，宜以一人一家之事，或盛衰离合，或男女爱情，为书中之主体，而间接显示数十年历史社会之背景，然后举重若轻，避实就虚，而无空疏散漫之病。自昔大家作历史及社会小说者，靡不用此法。一者如曹雪芹，则以宝黛之情史，贾府之盛衰，写清初吾国之情况。二者如沙克雷，作 Henry Esmond，则以此人之遭遇及家庭爱情，写 18 世纪初年英国之情况及 1614 年政变之始末。三者如 Geovge Eliot 作 Middlemarch，则以三对男女之爱情，写 18 世纪初年英国村镇之情况，外此例不胜举，今均可取法也。（吴宓：《论今日文学创造之正法》，《学衡》1923 年 3 月第 15 期）

吴宓对自己为什么要研究《红楼梦》、怎样研究《红楼梦》，也曾作过多次说明。1946 年，他在武汉接受了记者访问。

  问：吴先生研究《红楼梦》之经过如何？有何心得？

  答：予有一贯综合之人生观及道德观。予之讲《红楼梦》，只是取借此书中之人物事实为例，以阐述人生哲学而已。

在给朋友的信函中，他又说：

  又弟在各地讲《红楼梦》，原本宗教道德立说，以该书为指示人厌离尘世，归依三宝，乃其正旨。（吴宓：《致王恩洋》[①] 1946 年 8 月 16 日，《吴宓书信集》，生活·读书·新知三联书店 2011 年版）

  深信宇宙间之精神价值永久长存，不消不灭，仅其所表露之形色，所寄托之事物，隐现生灭，变化不息，是为正信。由此而自愿毕生为一尽力，不疑不惧，不急不怠，无论如何结果，仍可安心意得，有内心之安定与和平，是曰殉道殉情之人生观：即以仁智合一，情理兼到为其一生之目的与方针者也。（吴宓：《一多总表》，《武汉日报·文学副刊》1947 年 4 月 1 日）

[①] 此信初刊《文教丛刊》五、六两期合刊的《通讯》栏。

宓近数年之思想，终信吾中国之文化基本精神，即孔孟之儒教，实为政教之圭臬、万世之良药。盖中国古人之宇宙、人生观，皆实事求是，凭经验、重实行，与唯物论相近。但又"极高明而道中庸"，上达于至高之理想，有唯物论之长而无其短。且唯心唯物，是一是二，并无矛盾，亦不分割。又中国人之道德法律风俗教育，皆情智双融，不畸偏，不过度，而厘然有当于人心。若希腊与印度佛教之过重理智，一方竞事分析，流于繁琐；一方专务诡辩，脱离人事，即马列主义与西洋近世哲学，同犯此病者，在中国固无之。而若西洋近世浪漫主义以下，以感情为煽动，以主观自私为公理定则者，在中国古昔亦无之也。（1955年11月6日日记）

宓之人生观，道德观，一生殉道、殉情之行事。（1967年2月26日日记）

吴宓谈《红楼梦》、讲《红楼梦》、赞颂和辩护《红楼梦》就是为了宣扬他的人生观、道德观，即殉道、殉情。

五、是"大胆的假设，小心的求证"，还是"平心审察，通观比较"？

从20世纪初《红楼梦考证》出炉到1962年去世，只要谈到《红楼梦》，胡适从未离开过谈"方法"，即如何运用杜威的实验主义方法，如何利用研究《红楼梦》推行杜威的实验主义，搞所谓的"文艺复兴"、"重建文明"。请看胡适是如何炫耀自己的研究"方法"的：

我对《红楼梦》最大的贡献，就是从前用校勘、训诂考据来治经学、史学的，也可以用在小说上。校勘必须要有本子，现在本子出来了，可以工作了。（胡适：《1961年6月21日谈话》，《〈红楼梦〉研究论述全编》，上海古籍出版社1988年版，第376页）

我是用乾、嘉以来一班学者治经的考证训诂的方法来考证最普遍的小说，叫人知道治经的方法。当年我做《红楼梦》考证，有顾颉刚、俞平伯两人在着一同做，是很有趣味的。（胡适：《1961年5月6日谈话》，同上，第374页）

我这几年做的讲学的文章，范围好像很杂乱——从《墨子·小取》篇到《红楼梦》——目的却很简单。我的唯一的目的是注重学问思想的方法。故这些文章无论是讲实验主义，是考证小说，是研究一个字的方法，都可说是方法论的文章。(《胡适文存·序例》，《胡适文集》2)

从1920年到1933年，在短短的十四年间，我以《序言》《导论》等不同的方式，为十二部传统小说大致写了三十万字［的考证文章］。那时我就充分利用这些最流行、最易解的材料，来传播我的从证据出发的治学方法。(《胡适口述自传》第九章《五四运动》，《胡适文集》，北京大学出版社1998年版，第257页)

方法是什么呢？我曾经有许多时候，想用文字把方法取成一个公式、一个口号、一个标语，把方法扼要地说出来；但是从来没有一个满意的表现方式。现在我想起我二三十年来关于方法的文章里面，有两句话也许可以算是讲治学方法的一种很简单扼要的话。

那两句话就是："大胆的假设，小心的求证。"要大胆的提出假设，但这种假设还得想法子证明。所以小心的求证，要想法子证实假设或者否证假设，比大胆的假设还更重要。这十个字是我二三十年来见之于文字，常常在嘴里向青年朋友们说的。有的时候在我自己的班上，我总希望我的学生们能够了解。今天讲治学方法引论，可以说就是要说明什么叫做假设；什么叫做大胆的假设；怎么样证明或者否证假设。

……

要知道《红楼梦》在讲什么，就要做《红楼梦》的考证。现在我可以跟诸位做一个坦白的自白。我在做《红楼梦》考证那三十年中，曾经写了十几篇关于小说的考证，如《水浒传》《儒林外史》《三国演义》《西游记》《老残游记》《三侠五义》等书的考证。而我费了最大力量的，是一部讲怕老婆的故事的书，叫做《醒世姻缘》，约有一百万字。我整整花了五年工夫，做了五万字的考证。也许有人要问，胡适这个人是不是发了疯呢？天下可做学问很多，而且是学农的，为什么不做一点物理化学有关科学方面的学问呢？为什么花多年的工夫来考证《红楼梦》

《醒世姻缘》呢？我现在做一个坦白的自白，就是：我想用偷关漏税的方法来提倡一种科学的治学方法。……拿一种人人都知道的材料用偷关漏税的方法，要人家不自觉的养成一种"大胆的假设，小心求证的方法"。(胡适：《治学方法》，《胡适文集》12，第 131、134—135 页)

我治中国思想与中国历史的各种著作，都是围绕着"方法"这一观念打转的。"方法"实在主宰了我四十多年来所有的著述。从基本上说，我这一点实在得益于杜威的影响。(胡适：《胡适口述自传·哥伦比亚大学和杜威》，《胡适文集》1，第 265 页)

近几十年来我总喜欢把科学法则说成"大胆的假设，小心的求证"。我总是一直承认我对一切科学研究法则中所共有的重要程序的理解，是得力于杜威的教导。(同上，第 269 页)

胡适是怎样"得益"于杜威的"教导"呢？

他告诉我们："在一九一五年的暑假中，发愤尽读先生的著作，做详细的英文提要。……从此以后，实验主义成了我的生活和思想的一个向导，成了我的哲学基础。"

我的思想受两个人的影响最大：一个是赫胥黎，一个是杜威先生。赫胥黎教我怎样怀疑，教我不信任何一切没有充分证据的东西。杜威先生教我怎样思想，教我处处顾到当前的问题，教我一切学说理想都看待证的假设，教我处处顾到思想的结果。这两个人使我明了科学方法的性质与功用，故我选前三篇①介绍这两位大师给我的少年朋友。(胡适：《介绍我自己的思想》，《新月》杂志第三卷第四期)

我们总算明白了：40 年来，胡适不但大肆宣扬杜威的实验主义，想方设法实践杜威的实验主义（实用主义），而且一再号召少年朋友学习他的榜样，跟着他干，跟着他走！

吴宓谈《红楼梦》研究，绝对没有"方法"前、"方法"后，左一个方

---

① 三篇是《演化论与存疑主义》、《杜威先生与中国》、《杜威论思想》。

法、右一个方法，总是"主义理"，"重批评"，"平心审察，通观比较"，与时代联系。

我们现在能够找到的只有吴宓在1922年《学衡》二期发表的《文学研究法》一文是谈"方法"的。这篇文章也不是专谈自己如何运用方法，而是对当时美国流行的文学研究四派，即"商业派"、"涉猎派"、"考据派"、"义理派"——作出了自己的评介，批判了前三派，肯定了第四派，并就"师友所言"及自己"平生所经验实用而获益者，条列十事，以为修学者之一助云尔"。

文章一开头就指出"吾国先儒所论列研究文学之法术义理，亦必与西洋之说，互相发明，是在学者之融会贯通，择善取长以用之耳"，接着便将先儒的"义理"之说与西洋的"义理"之说相互发明之处，"择善取长"，"融会贯通"，予以解说。不妨引录如后：

（四）义理派　此派文人，重义理，主批评，以哲学及历史之眼光，论究思想之源流变迁，熟读精思，博览旁通，综合今古，引证东西，而尤注意文章与时势之关系。且视文章为转移风俗，端正人心之具，故用以评文之眼光，亦即其人立身行事之原则也。此派文人，不废实学，而尤重识见，谓古今文字，固必精通娴习，以求词义无讹，而尤贵得文章之旨要，及作者精神之所在。然后甄别高下精粗。于古之作者，不轻诋，不妄尊；于今之作者，不标榜，不毁讥。平心审察，通观比较。于既真且美而善之文，则必尊崇之，奖进之。其反乎是者，则必黜斥之，修正之。盖能守经而达权执中以衡物，不求强同，亦不惧独异。本其心之所是，审慎至当，而后出之。故其视文章作家，必当以悲天悯人为心，救世济物为志，而后发为文章。作文者以此志，而评文者亦必以此志。盖其所睹者广，而所见者大，其治学也，不囿于一国一时，而遍读古今书籍，平列各国作者，以观其汇同沿革，而究其相互之影响，至其衡文也。悬格既高，意求至善，常少称许，其待人接物也，风骨严正，而又和蔼可亲。盖希踪于古哲，深得文章之陶镕者之所为。其治世也，以崇文正学为本务。教育必期养成通人，化民成俗，必先修身正己，以情为理之辅,情须用之得宜,而不可放纵恣睢。谓幻想可助人彻悟,而不可堕入魔障。凡此毫厘之别,切宜注意。而非拘泥固执,以及囫囵敷衍者之所可识也。惟然,故此派文人,如凤毛麟角,为数甚少,或任大学教师,或为文坛领袖,其学识德业,所至受通人尊崇。而流俗则鲜能知之,且有名著欧陆,而在本国反无闻焉者。盖棺论定,异日文学史上,江河万古流,则必为此派之魁硕无疑。而此派者。实吾侪研究文学所应取法者也。……

文章介绍、分析了美国文学研究前三派的弊病后,着重指出应"从所言第四派之行",且提出警告,说:

在吾其吾国因时势所趋,恐(一)(二)(三)派,亦将有日盛之势。然有志于文学者,应效法第(四)派之方法及精神。此不容疑者也。自新文化运动以来,吾国学生热心研究西洋文学者甚多,然盲从一偏,殊多流弊。吾另有文言之。今惟掬诚,为海内有志文学者正告曰:(一)勿卷入一时之潮流,受其激荡,而专读一时一派之文章。宜平心静气,通观并读,而细别精粗,徐定取舍;(二)论文之标准,宜取西洋古今哲士通人之定论,不可专图翻案,而自炫新奇;(三)研究文学之方法与精神,宜从上所言第四派之行事,外此则专书具在。不待末学之哓哓也。

后来,他又在一则"按语"中说:

吾人不废考据。然若专治考据而不为义理、词章,即只务寻求并确定某一琐屑之事实,而不论全部之思想,及中涵之义理,又不能表现及创作,则未免小大轻重颠倒,而堕于一偏无用及鄙琐。此今日欧美大学中研究文学应考博士之制度办法之通病,吾国近年学术界亦偏于此。吾人对于精确谨严之考证工作,固极敬佩。然尤望国中人士治中西文哲史学者,能博通渊雅,综合一贯,立其大者,而底于至善。夫考据、义理、词章三者应合一而不可分离,此在中西新旧之文哲史学皆然。吾人研究《红楼梦》,与吾人对一切学问之态度,固完全相同也。(《〈红楼梦〉之人物典型按语》)

吴宓研究《红楼梦》，就是用的他所说的这些，特别是比较的方法，且一贯如此，一生如此。两相比较，孰优孰劣，人人都会明白。

比较科学是当今一门显学。西方学者认为，行为科学家所掌握的锐利武器之一，便是"比较研究"（comparanvestudy）。

胡适晚年口述自己的历史时也说："人类文明发展到今天，任何民族的历史，都已不能孤立研究，'孤立'便有'偏见'，有偏见则无真知。"

鲁迅早就说过，"比较是医治受骗的好方子"。（鲁迅：《随便翻翻》，《鲁迅全集·且介亭杂文》）

闻一多也说过，"一切的价值都在比较上看出来"。（闻一多：《艾青和田间》，《闻一多选集》第一卷，四川文艺出版社1987年版）

朱光潜更是斩钉截铁地写道："一切价值由比较而来。"（朱光潜：《研究诗歌的方法》，《朱光潜全集》第九卷，安徽教育出版社1993年版）

唐德刚先生回忆胡适时，就直指他不懂现代社会科学、比较科学，不得不发出这样的疑问：

> 搞"整理国故"的人，多少要有一点现代社会科学、比较史学（comparative history）、比较文学（comparative littrature）比较哲学（comparative philosophy）等等方面的训练，各搞一专科。否则，只是抱着部十三经和诸子百家"互校"，那你就一辈子跳不出"乾嘉学派"的老框框。跳不出偏要跳，把一部倒霉的老杜威的"思维术"也拖下水，那就变成贝聿铭所说的"穿西装戴瓜皮帽"一类不伦不类的"过渡时代的学术"了。（《胡适口述自传》第十章，《胡适文集》1，北京大学出版社1998年版，第391页注4）

> 他老人家治学，对任何学派都"不疑处有疑"，何以唯独对杜威"有疑处不疑"，还要叫他自己的小儿子"思杜"（思念杜威），一代接着一代的思下去呢？（《胡适口述自传》第五章《哥伦比亚大学和杜威》，《胡适文集》1，北京大学出版社1998年版，第287页）

> 青年期的胡适是被两位杰出的英美思想家——安吉尔和杜威——"洗脑"了；而且洗得相当彻底，洗到他六十多岁，还对这两位老辈称

颂不置。这也就表示胡适的政治思想,终生没有跳出安、杜二氏的框框。胡适之先生一生反对"被人家牵着鼻子走",可是在这篇自述里,我们不也是看到那个才气纵横的胡适,一旦碰到安吉尔、杜威二大师,便"尽弃所学而学焉",让他两位"牵着鼻子走"吗?适之当然不承认他被人家牵着鼻子走,因为他不自觉自己的鼻子被牵了。这并不表示他老人家没有被牵。相反的,这正表示牵人鼻子的人本事如何高强罢了。(《胡适口述自传》第四章《青年期的政治训练》,《胡适文集》1,北京大学出版社1998年版,第253页)

胡适从杜威那里学到"牵着鼻子走"的本领,真可谓青出于蓝而胜于蓝。原来他的谈方法就是谈政治,就是"牵着鼻子走"的方法,从而达到其不可告人的目的。

梅迪生说我谈政治"较之谈白话文与实验主义胜万万矣",他可错了;我谈政治只是实行我的实验主义,正如我谈白话文也只是实行我的实验主义。

实验主义自然也是一种主义,但实验主义只是一个方法,只是一个研究问题的方法。他的方法是:细心搜求事实,大胆提出假设,再细心求证。……

我这几年的言论文字,只是这一种实验主义的态度在各方面的应用。我的唯一目的是要提倡一种新的思想方法,要提倡一种注重事实、服从证验的思想方法。古文学的推翻,白话文的提倡,哲学史的研究,《水浒》《红楼梦》的考证,一个"了"字或"们"字的历史,都只是这一个目的。我现在谈政治,也希望在政论界提倡这一种"注重事实,尊崇证验"的方法。(胡适:《我的歧路》,《〈胡适文集〉3·胡适文存一集》,北京大学出版社1998年版,第365—366页)

他在《介绍我自己的思想》一文中说得更露骨。他说:

我觉得我们做《红楼梦》的考证,只能在"著者"和"本子"两个问题上着手,只能运用我们力所能尽搜集的材料,参考互证,然后抽出一些比较的最近情理的结论。这是考证学的方法。我在这篇文章里,处处撇开一切先入的成见,处处存一个搜求证据的目的,处处尊重证据,让证据做向导,引导到相当的结论上去。这不过是赫胥黎杜威的思想方法的实际运用。我的几十万字的小说考证,都只是用一些"深切而著明"的实例来教人怎样思想。

……

我为什么要考证《红楼梦》?

在消极方面,我要教人怀疑王梦阮、徐柳泉一班人的谬说。

在积极方面,我要教人一个思想学问的方法。我要教人疑而后信,考而后信,有充分证据而后信。

我为什么要替《水浒传》作五万字的考证?我为什么要替庐山一个塔作四千字的考证?

我要教人知道学问是平等的,思想是一贯的。……肯疑问"佛陀耶舍究竟到过庐山没有"的人,方才肯疑问"夏禹是神是人"。有了不肯放过一个塔的真伪的思想习惯,方才敢疑上帝的有无。

少年的朋友们,莫把这些小说考证看作我教你们读小说的文字。这些都只是思想学问的方法的一些例子。在这些文字里,我要读者学得一点科学精神,一点科学态度,一点科学方法。科学精神在于寻求事实,寻求真理。科学态度在于撇开成见,搁起感情,只认得事实,只跟着证据走。科学方法只是"大胆的假设,小心的求证"十个字。没有证据,只可悬而不断;证据不够,只可假设,不可武断;必须等到证实之后,方才奉为定论。

少年的朋友们,用这个方法来做学问,可以无大差失;用这种态度来做人处事,可以不至于被人蒙着眼睛牵着鼻子走。

从前禅宗和尚曾说,"菩提达摩东来,只要寻一个不受人惑的人"。我这里千言万语,也只是要教人一个不受人惑的方法。被孔丘朱熹牵着鼻子走,固然不算高明;被马克思列宁斯大林牵着鼻子走,也算不得好汉。我自己决不想牵着谁的鼻子走。我只希望尽我的微薄的能力,教我的少年朋友们学一点防身的本领,努力做一个不受人惑的人。

抱着无限的爱和无限的希望,我很诚挚的把这一本小书贡献给全国的少年朋友!

十九,十一,二十七晨二时将离开江南的前一日　胡适

(胡适:《介绍我自己的思想》,初载《新月》三卷4期,后收入《胡适文选·自序》,上海亚东图书馆1930年12月初版)

唐德刚以自己的亲身经历谈了胡适宣扬的这种方法。他说:"生为胡适时代的大学生,我学会了'大胆假设'和'小心求证'。但是我也犯了胡适的毛病,不知道如何把求证的结果,根据新兴的社会科学的学理加以'概念化'(conceptualization)。为求证而求证来研究《红楼梦》,那就只能步胡适的后尘去搞点红楼'版本学'和'自传论'。"(唐德刚:《曹雪芹的"文化冲突"》,《史学与红学》,广西师范大学出版社2020年版,第237页)

胡适之先生求学时期,虽然受了浦斯格和杜威等人的影响,他的"治学方法"则只是集中西"传统"方法之大成。他始终没有跳出中国"乾嘉学派"和西洋中古僧侣所搞的"圣经学"(Biblical-Scholarship)的窠臼。(《胡适口述自传》第六章《青年时逐渐领悟治学方法》,《胡适文集》1,第304页注〔2〕)

正因为"胡适的治学方法"受了时代的局限,未能推陈出新,他底政治思想也就跳不出"常识"和"直觉"的范围。最主要的原因便是由于他的"治学方法"不能"支持"(support)他政治思想的发展。(《胡适口述自传》第六章《青年时逐渐领悟的治学方法》,《胡适文集》1,北京大学出版社1998年版,第305页注〔3〕)

尽管如此,胡适还是要顽固地教人按照他的方法去做。1961年6月5日,他在给友人的信中说:

你不妨重读我的《红楼梦考证》,看我是如何处理这个纷乱的问题。我在那时(四十年前)指出"《红楼梦》的新研究"只有不过两个方面可以发展:一是作者问题,一是本子问题,四十年来"新红学"的发展,还只是在这两个问题的新材料的增加而已。(胡适:《答李孤帆书》,《胡适红楼梦研究论述全编》,上海古籍出版社1988年版,第357页)

此时，胡适已行将就木，还要千方百计、竭尽全力将《红楼梦》研究引入他设计的轨道——作者、版本，不让人去触及"微言大义"。不如此，他"再建文明"的梦想必将破产，推行的"方法"阴谋一定会原形毕露。

胡适的《红楼梦》研究大概持续了20年左右，前后可分为两个阶段：1921年至1933年为前期；1951年至1962年为后期。其研究随着政治形势的变化而有所变化。前期对传统文化持虚无主义，认为传统文化"不过如此"、"原来如此"，旨在从思想上反对马克思主义；后期则由"文艺复兴"、"再建文明"，到"改造中国"，旨在打着自由主义的旗帜，以不直接、公开参加蒋介石政权为掩护，从事反共的政治勾当。如他自己所说：

> 我在野，——我们在野，——是国家的、政府的一个力量，对外国，对国内，都可以帮政府的忙，支持他，替他说公平话，给他做面子。若做了国府委员，或做了一院院长，或做了一部部长，虽然在一个短时期也许有做面子的作用，结果是毁了我30年养成的独立地位，而完全不能有所作为。结果是连我们说公平话的地方也取消了。——用一句通行的话，"成了政府的尾巴"！你说是不是？
>
> 我说，"是国家的、政府的一个力量"，这是事实，因为我们做的是国家的事，是受政府的命令办一件不大不小的"众人之事"。如果毛泽东执政，或是郭沫若当国，我们当然都在被"取消"的单子上，因为我们不愿见毛泽东或郭沫若当国，所以我们愿意受政府的命令办我们认为应该办的事，这个时代，我们做我们的事就是为国家，为政府，树立一点力量。（肖伊绯、吴政上、王汎森：《关于胡适致傅斯年一封信的通信》，《胡适研究通讯》1918年第4期）

这就是胡适的本来面目——死心塌地做蒋介石的谋士。

1949年4月，胡适离开大陆去美国当寓公。到达美国后，中国人民解放军已攻克南京，蒋家王朝宣告灭亡。胡适表示："不管局势如何艰难，我始终是坚定的用道义支持蒋总统的。"他还三次去华盛顿活动，寻求美国政府对蒋介石的继续支持；回台湾后，仍然千方百计效忠蒋介石。学者殷海光①不禁发出这样的声音："有些人把我看成胡适一流的人，早年的胡适确有些光辉，晚年的胡适简直沉沦为一个世俗的人了。他先怕人家不捧他，惟恐忤逆现实的权势，思想则步步向后溜。我岂是这种名流。"（殷海光：《致陈平原》，张斌峰、何卓恩编：《殷海光文集》第二卷）一贯鼓吹人性论、反对阶级论的梁实秋也不得不承认"任何人都不能和政治脱离关系，学生如何能是例外"（梁实秋：《学生与政治》，重庆《中央周刊》第四卷三十八期，1942年4月30日）。侯外庐先生说得好："对胡适的文艺批判，如果忽视了他的政治目的，就易于被他俘虏。"（侯外庐：《揭露美帝国主义奴才胡适的反动面》，《胡适批判论文集》三，生活·读书·新知三联书店1955年版，第58页）

---

① 原名殷福生。1942年从西南联大毕业，入清华大学哲学研究所。1944年参加青年远征军。1945年任重庆独立出版社编辑，后被陶希圣看中，调入《中央日报》任主笔。1949年去台湾，11月与胡适、雷震等人创办《自由中国》半月刊，任编委、主笔。1954年以访问学者身份赴哈佛大学一年。1955年回台执教，因言论触犯蒋家王朝而受迫害，于1969年离世，终年50岁。文集有《殷海光全集》，台北桂冠图书出版公司1989年版、台湾大学出版中心2009年重编；《殷海光文集》，张斌峰、何卓恩编，湖北人民出版社2009年版。

下编　期刊编辑话语选

《马克思主义文艺理论丛书》序跋编者按

东京"左联"《质文社》的同仁在郭沫若的率领下于1936年前后编译出版了一套《马克思主义文艺理论丛书》,计10种。这是继鲁迅与冯雪峰合作编译出版"科学的艺术丛书"后,又一次有组织、有计划地编译马克思主义文艺理论著作的行动,曾引起强烈反响,收到良好效果,在马克思主义翻译史上写下了光辉的一页。可惜,因战争爆发未能继续下去,且流传不广,现已很难寻找齐全。

本刊应研究者的迫切要求,特将该套丛书的序文、前言集中发表,供研究者参考。

(原载《郭沫若学刊》2008年第4期)

《文化工作委员会史料特辑》编者的话

文化工作委员会,简称文工会,全名为国民政府军事委员会政治部文化工作委员会。1941年11月1日成立,1945年3月30日被迫解散。

抗日战争爆发,统一战线形成,国共第三次合作开始。国民政府军事委员会设置第三厅,负责对外宣传等工作。郭沫若出任该厅厅长,很快就对抗日救亡工作做出了显著成绩,得到人民群众一致拥护。对此,国民党深感恐惧,便不断进行迫害,最终竟予以撤销,但又怕放虎归山,不得不决定原三厅人员"离厅不离部",并特邀郭沫若负责筹组文化工作委员会。

郭沫若在中共南方局的领导和周恩来的具体帮助下,立即进行筹组工作,1940年9月基本就绪,10月正式开始工作,12月7日在重庆抗建堂举行招待会,向文化界、新闻界宣布文化工作委员会诞生。文工会成立后,利用合法地位,采取灵活多样的工作方式,如举办形势讲演会、文艺讲座、学术报告等,在法西斯阴霾笼罩的重庆坚持了长期艰苦卓绝的斗争,作出了被誉为"贡献宏伟,驰誉友邦朝野"的成绩。

这一段历史给我们创造了极其丰富而又宝贵的经验,很值得深入研究、借鉴。

本刊特将已经搜集到的有关原始材料陆续予以刊登,供研究者们参考。

本期刊登的资料均由曾健戎先生提供。

(原载《郭沫若学刊》2011年第2期)

《郭沫若归国抗战80周年特辑》编者的话

抗日战争的胜利是近百年来中国人民不屈不挠地反抗帝国主义斗争的完全胜利！来之不易，来之不易啊！

"七七"卢沟桥事变爆发，身陷日本宪兵特务重围的郭沫若，立即只身回国，投入全民抗战洪流——从此，在周恩来的直接领导下，率领全国文化界一切可以团结的人士，在文化战线上，与日寇及汉奸文人作殊死拼杀，当之无愧地成为继鲁迅之后文化战线上又一面光辉旗帜！为抗日战争及世界反法西斯斗争的胜利做出了特殊贡献！

今年是郭沫若归国抗战八十周年，本刊特编发这一专辑，读者从中可以更清楚地了解郭沫若归国抗战的影响和意义。此时，我们不禁想起了萧军在预约《鲁迅全集》时说的一席话。他说：

> 只要是一个有灵魂的人，他是应该懂得一个伟大的人底"伟大"在哪里，一个民族，一个国家如果不懂得他们民族，他们国家的最伟大的人物底"伟大"，那是人间最可耻的事。（《萧军全集》第十一卷第256页）

此番言论发人深省，值得认认真真地体会。

这一期

这一期刊物，内容丰富，值得关注的文章不少：

蔡震先生的《驳〈说儒〉的演变——郭沫若一文成三篇》为郭沫若与胡适的研究提供了鲜活的史料。胡适很看重他的《说儒》，郭沫若也很重视他的《驳〈说儒〉》。两人都说代表自己的史学观点。

胡适说：

《说儒》一文，是数年来积思所得，所用材料皆人人所熟知，但解释稍与前人所见异耳。年来时时与友朋口说此意，终不敢笔之于书，至今年始敢写出。初意不过欲写一篇短文，后来始觉得立意之处稍多，不能不引申为长文。尊示诸点，当日均曾思及……（胡适：《致孟森》，《胡适书信集》中，北京大学出版社1996年版）

这是一个叫孟森的人对《说儒》提出了六点不同意见。此信是胡适连夜作出的回答。后来《说儒》编入《胡适论学近著》、《胡适文存四集》时，胡适在其自序中又说：

《说儒》一篇提出中国古代学术文化史的一个新鲜的看法，我自信这个看法，将来大概可以渐渐得着史学家的承认，虽然眼前还有不少怀疑的评论。（《胡适文存四集·序》，《胡适文存》5，北京大学出版社1998年版）

他又在给陈之藩的信中说：

关于"孔家店"，我向来不主张轻视或武断的抹杀。你看了我的《说儒》吗？那是很重视孔子的历史地位的。但那是冯友兰先生们不会了解的。（胡适：《致陈之藩》1948年3月3日）

他后来在"口述自传"第十二章"现代学术与个人收获"一节又专门立了"并不要打倒孔家店"一个小节,大谈特谈《说儒》。他说:

我还要提出另一件公案。

有许多人认为我是反孔非儒的。在许多方面,我对那经过长期发展的儒教的批判是很严厉的。但是就全体来说,我在我的一切著述上,对孔子和早期的"仲尼之徒"如孟子,都是相当尊崇的。我对十二世纪"新儒学"(Neo-Confucianism)("理学")的开山宗师的朱熹,也是十分崇敬的。

我不能说我自己在本质上是反儒的。多少年前〔1934年〕,我写过一篇论文叫《说儒》。讨论儒字的含意和历史。"儒"在后来的意思是专指"儒家"或"儒术";但是在我这篇长逾五万言并且被译成德文的长篇论文里,我便指出在孔子之前,"儒"早已存在。当孔子在《论语》里提到"儒"字之前,它显然已经被使用了好几百年了。孔子告诫他的弟子们说:"女为君子儒,毋为小人儒!"他本视"儒"字为当然;这名词在当时本是个通用的名词,所以孔子才用它来告诫弟子。

在这篇《说儒》的文章里,我指出"儒"字的原义是柔、弱、懦、软等等的意思。〔《说文》解释说:"儒,柔也。"〕我认为"儒"是"殷代的遗民"。他们原是殷民族里主持宗教的教士:是一种被〔周人〕征服的殷民族里面的〔上层〕阶级的,一群以拜祖先为主的宗教里的教士。

……

在我那篇长逾五万言的《说儒》里,我就指出"儒"是殷遗民的传教士。正因为他们是亡国之民,在困难的政治环境里,痛苦的经验,教育了他们以谦恭、不抵抗、礼让等行为为美德〔由于那种柔顺以取容的人生观〕,他们因此被取个诨名叫做"儒";儒者,柔也。

……

我在《说儒》那篇文章里,便说明老子是位"正宗老儒",是一个殷商老派的儒,是个消极的儒。而孔子则是个革新家,搞的是一派新儒,是积极的儒。孔子是新儒运动的开山之祖,积极而富于历史观念。

他采纳了一大部老儒的旧观念。他也了解不争哲学在政治上的力量。在证明老子早于孔子,或至少是与孔子同时的最好证据,便是孔子在《论语》里也提到"无为而治"这个政治哲学上的新观念。(《胡适口述自传》,《胡适文存》)1)

编译者唐德刚还特别加上一个注释,对《说儒》更是极尽其吹捧之能事,竟然说:

〔3〕适之先生这篇《说儒》,从任何角度来读,都是我国国学现代化过程中,一篇继往开来的划时代著作。他把孔子以前的"儒"看成犹太教里的祭师(Rabbi),和伊斯兰教——尤其是今日伊朗的 Shiite 支派里的教士(Agatullah);这一看法是独具只眼的,是有世界文化眼光的。乾嘉大师们是不可能有此想象;后来老辈的国粹派,也见不及此。

余英时先生说得好,历史无成法,但是历史有成例。因为人总是人;正如狗总是狗,猫总是猫一般。猫种虽有不同,但是所有的猫都捉老鼠;狗种虽有不同,所有的狗都会摇尾巴。人种虽有不同,人类的行为却也有其相通之处;其社会组织,因而亦有其类似之处。吾人如把其类似之处绝对化来"以论带史",变成了教条史家固然不对;把不同的文明看成绝对不同的东西,也同样是错。适之先生这篇文章之所以不朽,便是他杂糅中西,做得恰到好处。

再者,胡氏此篇不但是胡适治学的巅峰之作,也是中国近代文化史上最光辉的一段时期,所谓"三十年代"的巅峰之作。我国近代学术,以五四开其端,到三十年代已臻成熟期。斯时五四少年多已成熟,而治学干扰不大,所以宜其辉煌也。这个时期一过以至今日,中国便再也没有第二个"三十年代"了。适之先生这篇文章,便是三十年代史学成就的代表作。

可见胡适及其追随者对《说儒》的看重。

郭沫若读了此文,立即撰写了《驳〈说儒〉》一文予以反驳。蔡震先生对郭沫若的《驳〈说儒〉》一文的写作动机、修改及发表、出版经过作了详细披露,非常有助于人们了解双方的立场、观点。

胡适的《说儒》与郭沫若的《驳〈说儒〉》实际上是两人一次思想、观点的大交锋，不仅涉及中国古代史的研究，而且还涉及对现代文学史的态度!! 可惜，由于种种原因，两人的论争没能继续下去。至今也未能引起研究者的足够重视。

若干时间以来，一些人出于某种动机，抓住郭沫若的缺点和失误，专凭道听途说，一味断章取义，运用网络方便抹黑郭沫若。杨胜宽教授关于《李白与杜甫》的文章，廖久明教授关于郭沫若归国的文章，用确凿的事实予以了澄清。

今年是伟大的五四运动一百周年。习近平总书记在中共中央政治局第十四次集体学习时强调：应加强对五四运动和"五四"精神的研究，激励广大青年为民族复兴不懈奋斗。本刊在"同时代人"栏中发表五立的《王康与〈闻一多〉的道路》的写作经过，详谈作者如何歌颂闻一多这位"五四"精神的忠实践行者、发扬者的动人事迹；邓利教授的《论五四新文化运动对沙汀的影响》、王锦厚的《令人耳目一新的〈红楼梦〉新谈》，也都为研究五四运动的精神提供了新材料、新思路。

此外，王静的《郭沫若评价秦始皇之管见——由郭沫若与翦伯赞的几封书信说起》，董仕衍讲师的《基于文本试论郭沫若对马克思主义在中国传播做出的贡献》也值得一读。

感谢广大作者、读者继续加大对本刊的支持和帮助！使本刊能够更好地为大家服务！

编　者

关于封二、封三的一点说明

读《郁达夫年谱长篇·千秋饮恨》一书，内中有这样一封信引起了我的注意。信是郁达夫致日本著名作家佐藤春夫的。信中说：

……去年《大调和》的东洋号的中文原稿中，有一位饶孟侃的《关于中国现代诗》一篇原稿。饶君一再说希望还给他，如尚保存在武者小路君处，即请转告寄至内山书店（上海四川路魏盛里）为感。

郁达夫敬具

三月九日

看到这个信息，我非常高兴。因为正打算修订饶孟侃年谱，便委托了陈俐教授向岩佐昌暲先生救助。陈俐教授告知了岩佐先生。岩佐很热心地帮忙，立即查找，先后两次回复查寻结果。

陈俐老师：

你好。

10月19日去东京。20日在日本近代文学馆查看了《大调和》全卷。该馆藏有创刊号（1927年4月）到终刊号（1928年10月）一共19期。我从10点到下午3点左右在那里，全部查看了。没有漏。

结果，查到了王老师寻找的是该刊第1卷10月号《亚细亚文化研究号》的《编辑后记》（附件有该刊的封面和编辑后记），本期是亚洲文化特刊等文字。后记下面的记载可以看出本期昭和二年10月发行，编辑人武者小路实笃，出版社是春秋社等有关杂志情报。

查寻结果，很遗憾该期《大调和》上没查到饶孟侃的文章。此期刊登的中国人的文章（都翻译成日文，但是没有译者的名字）如下：

菩提达摩 / 胡适/p282~291

革命と文学 / 郭沫若/p292~300

中国演戏の现在及将来 / 余上沅/p301~333

龙女の话——（小说）/ 李朝威/p304~320

故乡——（小说）/ 鲁迅/p321~332

……

回复迟了，让你们久等。

祝 秋安！

岩佐昌暲 11月2日

另：我顺便做了郭沫若《革命与文学》的复印。如你们需要可以再寄。

陈俐老师：

你好！

知道你收到了《大调和》以及有关史料，放心了。王锦厚先生是我们日本郭沫若研究的学子所尊敬的大前辈。

不知曾经承蒙过多大学恩。有机会报学恩，尽力是应该的。此次能帮助他的研究是我们的高兴。虽然此次没有得到所期待的结果。

再加上，你也是我在学术上非常尊敬的中国朋友。受到过不少启发。不仅是在学术上的朋友，还在个人交往上我们是多年的老朋友。

每次到贵地承蒙了你的亲切照顾。老朋友的要求，而且此次不是私人委托，而是在学术上的请求嘛，应该照办。你不要客气。

你的信却让人不好意思呢。以后有什么事（包括私事）不客气地告诉我。我能做得到的，努力，尽力。

从信中了解了你最近的情况，也知道你电脑的情况。没有及时回复不是因为得病等原因，让人松了一口气。

衷心希望我们以后保持联系。

祝　秋安！

岩佐昌暲　11月9日

饶孟侃的文章虽然没查到，算是遗憾。但也有收获。查到了郭沫若的重要文章《文学与革命》的译文，并《大调和·亚细亚文化研究号》的详情，让我们更多地了解到当时中日文化交流的情况。特将该刊封面及《文学与革命》日译译文一并刊登。

编　者

2019年6月28日

王锦厚学术论著年表

1937 年　1 岁

10 月 24 日,出生于成都,祖籍四川奉节。

1956 年　20 岁

由奉节县文教局考入西南师范学院中文系。

1959 年　23 岁

从西南师范学院提前毕业,留校参加中学教材编选工作。

1961 年　25 岁

入西南师范学院青年骨干教师进修班。

1964 年　28 岁

考入武汉大学中文系,后获文学硕士学位。

1965 年　29 岁

春,在武汉大学读研究生期间调湖北省委有关部门参加马克思恩格斯语录编选工作。

1969 年　33 岁

回西南师范学院工作。

1972 年　35 岁

《成语故事》六册,与雍国瑢、田志远合编,北碚印刷厂印,行销全国。

1974 年　37 岁

编《毛主席论作家作品》上、下两册,北碚印刷厂印刷。

1975 年　38 岁

编《读〈红楼梦资料选〉》二集(一集为论文选编,一集为红楼梦诗词注释），重庆市印刷一厂印制。

12月，《"水浒气"必须扫荡》载1975年12月30日《四川日报》。

1976年　39岁

6月20日，《用闻一多写成的条幅》载《人民日报》海外版。

10月27日，《〈流氓的变迁〉的针对性是反"左"吗?》载《山东师院学报》1976年第1期。

1978年　41岁

9月，调四川大学中文系工作，历任讲师、副教授、教授，历任郭沫若研究室副主任、四川大学汉语言文学研究所副所长、中国现代文学研究会常务理事及名誉理事、中国李劼人研究会副会长、四川郭沫若研究会会长、中国郭沫若研究会理事、重庆抗战文学研究会秘书长、闻一多研究会理事、四川省出版工作者协会理事、《郭沫若学刊》主编等。

1979年　42岁

7月，《郭沫若是怎样走上文学道路的?》载《郭沫若研究专刊》创刊号（与《四川大学学报》共同编辑，为不定期刊物，公开发行，至1986年第6期终刊）。

1980年　43岁

4月1日，撰《"注意"郭沫若的"秘密"》（合著），载《山西师院学报（社会科学版）》1980年第1期。

5月15日，撰《郭沫若与苏东坡》（合著），载《武汉大学学报（哲学社会科学版）》1980年第3期。

11月，《漫谈〈棠棣之花〉的"删改"》载《四川大学学报丛刊》第8期。

12月30日，撰《郭沫若和他的大哥》（合著），载《广西民族学院学报（社会科学版）》1980年第4期。

1981年　44岁

3月2日，撰《李劼人创作道路初探——兼谈关于李劼人的评价问题》（合著），载《四川大学学报（哲学社会科学版）》1981年第1期。

4月,《胡也频曾在〈世界日报〉发表诗作》载《中国现代文艺资料丛刊》第6辑,上海文史出版社1981年4月出版。

6月30日,撰《论李劼人和他的〈死水微澜〉》(合著),载《社会科学研究》1981年第3期。

11月,与《四川大学学报》共同创办《四川作家研究》(不定期,共出四期)。

11月22日,撰《郭沫若第一次看见的白话诗》(合著),载《新文学史料》1981年第4期。

1982年　45岁

5月,《论郭老历史剧的文学渊源》载《郭沫若研究专刊》第3期。

6月30日,撰《解放以来李劼人研究简介》(合著),载《文谭》1982年第6期。

11月,《关于郭沫若为〈剿闯小史〉作〈跋〉的一点说明》载《社会科学研究丛刊·抗战文艺研究》1982年第4辑(总第5辑)。

12月27日,撰《军阀统治下四川社会的缩影图——李劼人短篇小说初探》(合著),载《社会科学研究》1982年第6期。

1983年　46岁

2月22日,撰《李劼人传略》(合著),载《新文学史料》1983年第1期。

4月1日,《捍卫、宣传、学习鲁迅的榜样——郭沫若与鲁迅之三》载《贵州社会科学》1983年第3期。

5月1日,《蔡大嫂与包法利夫人》载《四川师院学报(社会科学版)》1983年第2期。

7月,《郭沫若研究的又一起点》载中国社会科学院文学研究所主办《文学研究动态》。

7月,《郭沫若集外序跋集》由四川人民出版社出版。

1984年　47岁

2月,编著《郭沫若作品选读》,由四川少年儿童出版社出版。

4月,《论三个叛逆的女性》载《四川大学学报丛刊·郭沫若研究专刊》第5辑。

5月30日,《"空军诗人"和他的〈抗倭集〉》载《贵州社会科学》1984年第5期。

9月,《少年郭沫若"偷桃"的对子是假的》载《中国现代文艺资料丛刊》第8辑,上海文艺出版社1984年9月出版。

11月,《一面色彩鲜艳的大旗——郭沫若重庆战斗二三片段》载《重庆党史研究》。

12月,《郭沫若历史剧的地位和影响》载乐山师范高等专科学校《郭沫若研究论丛》(1)。

1985年　48岁

7月,《〈棠棣之花〉汇校本》(专著)由湖南人民出版社出版。

1986年　49岁

3月2日,《闻一多是如何成为民主战士的》载《四川大学学报(哲学社会科学版)》1986年第1期。

5月1日,《谈〈死水微澜〉的修改》载《贵州社会科学》1986年第4期。

5月,《畸形怪状的人生记录》载《小说鉴赏文库》,陕西人民出版社1986年5月出版。

12月,《李劼人》载《中国现代作家评传》第3卷,山东教育出版社1986年12月出版。

1987年　50岁

3月,四川郭沫若研究学会创办《郭沫若学刊》,任副主编至2007年1月。

4月2日,《关于〈甲申三百年祭〉的风波——驳〈评《甲申三百年祭》〉》载《郭沫若学刊》1987年第1期。

5月1日,《郭沫若研究断想》载《郭沫若学刊》1987年第2期。

7月2日,撰《重庆纪念鲁迅逝世史料钩沉》(合著),载《鲁迅研究动态》1987 年第 4 期。

7月，《八年来的郭沫若研究》载杭州大学中文系《语文导报》。

8月，《关于〈三首爱国诗〉一文的说明》(《三首爱国诗》署名民治，即李一氓，文中为闻一多诗《醒呀!》、《七子之歌》、《洗衣曲》)，南京师范大学《文教资料》1987 年 4 期。

1988 年　51 岁

3月，《郭沫若旧体诗词赏析》(合著)由巴蜀书社出版。

4月，《郭沫若史剧论》(合著)由山西人民出版社出版。

7月1日，《郭沫若与司空图的〈诗品〉》载《郭沫若学刊》1988 年第 2 期。

11月，主编《郭沫若佚文集 1906－1949》(上、下册)，由四川大学出版社出版。

1989 年　52 岁

4月2日，《郭沫若与现代派文艺》载《郭沫若学刊》1989 年第 1 期。

10月，《郭沫若学术论辩》(专著)由成都出版社出版。同月，《五四新文学与外国文学》(专著)由四川大学出版社出版，获首届比较文学图书三等奖。

12月31日，《一本有益于鲁郭比较研究的好书》载《郭沫若学刊》1989 年第 4 期。

1990 年　53 岁

1月，编《中国新文学大系（1937－1949）》2 卷，由上海文艺出版社出版。

9月，调四川大学出版社工作，先后任总编辑、社长。

7月2日，《郭沫若和唐诗》载《郭沫若学刊》1990 年第 2 期。

12月31日，《还没有最后完成的论文——纪念王瑶先生逝世一周年》载《郭沫若学刊》1990 年第 4 期。

1991 年　54 岁

7月，主编《郭沫若作品辞典》，由河南教育出版社出版。

1992年　55岁

1月，编《郭沫若散文选集》，由百花文艺出版社出版。

4月1日，《〈郭沫若散文选集〉序》载《郭沫若学刊》1992年第1期。

9月30日，《纪念中的纪念——怀几位〈郭沫若全集〉的编注者》载《郭沫若学刊》1992年第3期。

9月，《百家论郭沫若》（合编）由成都出版社出版；《郭沫若纵横论》（合编）由成都出版社出版。

本年获国务院政府特殊津贴。

1993年　56岁

10月1日，《永远的遗憾》载《郭沫若学刊》1993年第3期。

1994年　57岁

2月25日，《一个极认真的人——怀远强同志》载《郭沫若学刊》1994年第1期。

8月25日，《王礼锡与郭沫若》载《郭沫若学刊》1994年第3期。

1996年　59岁

6月，《郭沫若学术论辩》（增订本）由四川文艺出版社出版。同月，《五四新文学与外国文学》（改写本）由四川大学出版社出版。

8月15日，《论吴天才纪念鲁迅的诗作》载《贵州社会科学》1996年第4期。

9月23日，《李劼人与外国文学》载《四川大学学报（哲学社会科学版）》1996年第3期。11月，又载李劼人学会编《李劼人研究》，四川大学出版社出版。

1997年　60岁

1月，编《饶孟侃诗文集》，由四川大学出版社出版。

12月30日，《〈韩愈全集校注〉的学术特点》（合著）载《周口师专学报》1997年第1期。

1999年　62岁

8月，《闻一多与饶孟侃》（专著）由电子科技大学出版社出版。

2000 年　63 岁

3月30日,《由郭沫若悼念闻一多想到舒芜——为闻一多诞辰百年作》载《郭沫若学刊》2000年第1期。

2001 年　64 岁

9月30日,《缅怀两位郭研先辈——楼适夷和戈宝权》载《郭沫若学刊》2001年第3期。

2003 年　66 岁

3月30日,《郭沫若与"文艺理论丛书"》载《郭沫若学刊》2003年第1期。

9月30日,《关于"夏社":〈郭沫若在日本十年〉》、《不可不读的书——读〈创造十年〉》、《入学告辞与誓词》三文同载《郭沫若学刊》2003年第3期。

2004 年　67 岁

1月,《〈黄庭坚全集〉的遗憾》载《心潮诗词》(双月刊)2004年第1期。

3月25日,《答丁东、魏明伦对郭沫若的辱骂——评〈反思郭沫若〉》载《郭沫若学刊》2004年第1期;《助你懂得郭沫若的好处——介绍〈百家论郭沫若〉》载《郭沫若学刊》2004年第1期。

6月25日,《毛泽东论郭沫若(上)》载《郭沫若学刊》2004年第2期。

8月,《郭沫若散文选集(第2版)》作为"百花散文书系·现代散文丛书"之一,由百花文艺出版社出版。

9月25日,《毛泽东论郭沫若(下)》载《郭沫若学刊》2004年第3期。

2005 年　68 岁

5月,合编《〈甲申三百年祭〉风雨六十年》,由人民出版社出版。

8月1日,发表《编〈《甲申三百年祭》风雨六十年〉随想》,载《郭沫若学刊》2005年第3期,选入中国郭沫若研究会会议论文集《文化与抗战——郭沫若与中国知识分子在民族解放战争中的文化选择》。

9月25日,《〈郭沫若与群益出版社〉》载《郭沫若学刊》2005年第3

期；《还学术界一片净土——〈郭沫若书信书法辨伪〉出版》载《郭沫若学刊》2005年第3期。

2006年　69岁

3月30日，《田军和郭沫若——关于鲁迅死因的一次争论》载《郭沫若学刊》2006年第1期。

2007年　70岁

1月，接任《郭沫若学刊》主编，至2021年1月。

3月15日，《千万莫把鲁郭研究拖入歧途——评吴作桥、吴东范的"一个推理"》载《郭沫若学刊》2007年第1期。

9月15日，《林语堂与郭鼎堂》载《郭沫若学刊》2007年第3期。

2008年　71岁

3月15日，《"黑旋风"的"板斧"砍向了〈呐喊〉——谈成仿吾对〈"呐喊"的评论〉》载《郭沫若学刊》2008年第1期。

9月15日，《决不日夜记着个人的恩怨——鲁迅与郭沫若个人的恩怨透视之一》载《郭沫若学刊》2008年第3期。

2009年　72岁

3月15日，《始终是值得尊敬的——郭沫若与孙中山》载《郭沫若学刊》2009年第1期。

12月15日，《敬隐渔和郭沫若、罗曼·罗兰、鲁迅》载《郭沫若学刊》2009年第4期。

2010年　73岁

2月22日，《敬隐渔简谱》载《新文学史料》2010年第1期。

3月15日，《郭沫若与梁实秋》载《郭沫若学刊》2010年第1期。

4月，《决不日夜记着个人的恩怨——鲁迅与郭沫若个人恩恩怨怨透视》（专著）由重庆出版集团出版。

6月15日，《评〈姚雪垠希望身后的谈话〉》载《郭沫若学刊》2010年第2期。

9月15日，《为中华民族保持良心与清明——郭沫若与郁达夫之四》载

《郭沫若学刊》2010 年第 3 期。

2011 年　74 岁

3 月 15 日,《署名杜荃的文章没收进〈郭沫若全集〉》载《郭沫若学刊》2011 年第 1 期。

5 月 22 日,《沈从文、沙汀、艾芜、冯至致李定周》载《新文学史料》2011 年第 2 期。

6 月 15 日,《梁实秋和鲁迅恩怨情仇始末——〈郭沫若与这几个"文学大师"·后记〉》载《郭沫若学刊》2011 年第 2 期;《偿三十年前郭老劝游青城宿愿——著名作家唐弢的四川之行追记》载《郭沫若学刊》2011 年第 2 期。

6 月,《郭沫若和这几个"文学大师"——闻一多、梁实秋、郁达夫、林语堂……》(专著)由四川大学出版社出版。

9 月 15 日,《永远的精神支柱——从周公致郭老的两封信谈起》载《郭沫若学刊》2011 年第 3 期。

12 月 15 日,《一次惊喜的发现》载《郭沫若学刊》2011 年第 4 期。

2012 年　75 岁

1 月 25 日,《郭沫若归国抗战与郁达夫的奔走》载《重庆教育学院学报》2012 年第 1 期。

3 月 15 日,《〈屈原〉是怎样步入世界杰作之林的?——以〈雷电颂〉一场修改为例》载《郭沫若学刊》2012 年第 1 期。

6 月 15 日,《"郭老堪为我的良师益友"——郑伯奇与郭沫若》载《郭沫若学刊》2012 年第 2 期。

9 月 15 日,《"台湾的声音借诸位的喉舌放送了出来"——郭沫若与〈台湾文艺〉》载《郭沫若学刊》2012 年第 3 期。

10 月 18 日,《郭沫若与〈西厢记〉》载《现代中文学刊》2012 年第 5 期。

2013 年　76 岁

6 月 15 日,《也谈〈沈从文转业之谜〉(上)》载《郭沫若学刊》2013 年第 2 期。

9月15日,《也谈〈沈从文转业之谜〉(下)》载《郭沫若学刊》2013年第 3 期。

12月15日,《关于〈看虹录〉的命运》载《郭沫若学刊》2013年第 4 期。

2014 年　77 岁

2月22日,《梁实秋抗战时期几件史实》载《新文学史料》2014年第 1 期。

6月15日,《沈从文为何咒骂梁实秋》载《郭沫若学刊》2014年第 2 期。

9月15日,《〈《郭沫若全集》集外散佚诗词考释〉序》载《郭沫若学刊》2014年第 3 期。

12月15日,《驳〈盟主鲁迅也是左的〉并请教〈炎黄春秋〉——也以梁实秋为例》载《郭沫若学刊》2014年第 4 期。

2015 年　78 岁

3月15日,《永恒的纪念与景仰——罗曼·罗兰纪念专辑简介》载《郭沫若学刊》2015年第 1 期,署名庆云。同期还发表《罗曼·罗兰身边的两个中国青年》。

9月15日,《郭沫若的"献辞"与梁实秋的"感想"》载《郭沫若学刊》2015年第 3 期。

11月30日,《"与抗战无关"论争前前后后》载《现代中国文化与文学》2015年第 2 期(总第 17 辑)。

12月15日,《不应该"被遗忘"的书——〈被遗忘的在华日本反战文学〉介绍》载《郭沫若学刊》2015年第 4 期,署名庆云。

2016 年　79 岁

2月29日,《吴宓先生的两篇旧文》载《成都师范学院学报》2016年第 2 期。

3月15日,《沈从文是如何"褒贬"郭沫若的?》载《郭沫若学刊》2016

年第 1 期。

4 月 30 日，《一部独具特色的人物传记——读〈敬隐渔传奇〉》载《世界文学评论（高教版）》2016 年第 1 期。

6 月 15 日，《从献身中得到永生——郭沫若悼念闻一多诗文编目》载《郭沫若学刊》2016 年第 2 期，署名庆云。同期还发表《读懂沈从文的秘诀——以佚文〈读书人对政治的态度〉为例》。

9 月 15 日，《鲁迅、郭沫若为什么要呵护巴金》载《郭沫若学刊》2016 年第 3 期，署名庆云。同期还发表《一部哀悼"天才""毁灭"的人物传记——读〈敬隐渔传奇〉》。

12 月 15 日，《郭沫若怎样应对沈从文的"挑战"》载《郭沫若学刊》2016 年第 4 期。

2017 年　80 岁

2 月 22 日，《关于〈文工会签名轴〉二三事》载《新文学史料》2017 年第 1 期。

3 月 15 日，《敬隐渔和郭沫若》载《郭沫若学刊》2017 年第 1 期，署名庆云。同期还发表《关于敬隐渔研究的一点情况和想法——在敬隐渔学术研讨会上的发言》。

6 月 15 日，《吴宓为什么认定"沈从文"是"他的敌人"?（上）》载《郭沫若学刊》2017 年第 2 期。

9 月 15 日，《吴宓为什么认定"沈从文"是"他的敌人"?（下）》载《郭沫若学刊》2017 年第 3 期。

11 月，《在郭沫若研究的路途上》（专著）由四川文艺出版社出版。

12 月 15 日，《我们为什么要坚持郭沫若研究》载《郭沫若学刊》2017 年第 4 期。同期还发表《一场未能展开的争论——关于〈尾巴主义的讨论〉的讨论》署名庆云。

2018 年　81 岁

3 月 15 日，《沈从文为啥"非要""碰鲁迅"?》载《郭沫若学刊》2018 年第 1 期。

6月15日,《关于沈从文研究的几个问题——在"中国现代历史进程中的郭沫若"国际学术研讨会上的发言》载《郭沫若学刊》2018年第2期。

9月15日,《为坚持抗战到底呐喊的吴宓》载《郭沫若学刊》2018年第3期。

12月15日,《胎死腹中的〈善生周刊〉——吴宓研究之五》载《郭沫若学刊》2018年第4期。

2019年　82岁

2月22日,《〈红楼梦〉诗词注释二三事——忆吴宓、俞平伯、周汝昌、马克昌诸位先生的帮助》载《新文学史料》2019年第1期。

3月15日,《从一封信看陈寅恪对徐中舒的赏识》载《郭沫若学刊》2019年第1期,署名庆云。同期还发表《他为什么大讲〈红楼梦〉?——〈吴宓大讲《红楼梦》追踪〉前言》。

6月15日,《〈寄意寒星荃不察——比较文化研究中鲁迅〉出版》载《郭沫若学刊》2019年第2期,署名庆云。同期还发表《令人耳目一新的〈《红楼梦》新谈〉》。

9月15日,《郭沫若、陈寅恪致沈兼士——关于〈"鬼"字原始意义之试探〉的通信》载《郭沫若学刊》2019年第3期。

12月15日,《"宣传战重于军事战"——〈政工通讯〉及郭沫若佚文〈宣传要领〉介绍》载《郭沫若学刊》2019年第4期。

2020年　83岁

3月15日,《怎样才算"替"胡适"恢复名誉"?——向宋广波等先生请教》载《郭沫若学刊》2020年第1期。

6月15日,《天才的赞歌及其他——读郭沫若题赞鲁实先的诗与词》载《郭沫若学刊》2020年第2期,署名庆云。同期还发表《"还是自己埋头苦干要紧"——郭老1946年前后与解放区文艺界陆定一、周扬、丁玲等的互动》。

9月15日,《〈石头记〉研究史上的三大创举——吴宓演讲〈《石头记》追踪〉之四》载《郭沫若学刊》2020年第3期。

12月15日,《"一个真正的人,真正的学者"——缅怀丁景唐先生》载《郭沫若学刊》2020年第4期。

2021年　84岁

3月15日,《我们对挑战者的回应》(《吴宓与胡适的〈红楼梦〉研究》序)载《郭沫若学刊》2021年第1期。

9月15日,《从老照片看北伐战争中的郭沫若》载《郭沫若学刊》2021年第3期。

2022年　85岁

《吴宓与胡适的〈红楼梦〉研究》(专著),四川大学出版社即将出版。

编后记

我们怀着深深的敬意编完这部厚重的《中国现代文学论——王锦厚学术文集》！王锦厚先生著作等身，内容广泛，要按这套"四川大学学术群落·现当代文学卷"丛书的编选要求，在多达 600 万字的作品中选出王先生各个时期的代表性文章且不超过 50 万字，实属不易。幸得王老师鼎力相助，他不仅提供了编选所需的各种资料，而且对于选文篇目给了许多具体指导。有些篇目多次更改，他也欣然同意。如社会影响极为广泛的《五四新文学与外国文学》一书，开始节选了"俄苏文学"、"德国文学"、"法国文学"、"英国文学"、"美国文学"、"日本文学"五章，经过一再减削，最后只留下了"五四新文学与俄苏文学"一章。为此，我们要向尊敬的王锦厚先生谨致深深的谢意！

王锦厚先生在 20 世纪六七十年代即开始了学术研究工作，此后各个时期又都参与了有关社会活动。我们编写的《王锦厚学术论著年表》中，对此作了必要的陈述，目的是让读者从一个侧面了解要成为一个真正的学者需具备的条件。如有贻误之处，敬请读者朋友补充、修正。

最后，有必要再附一笔。"四川大学学术群落·中国现当代文学卷"丛书是曾绍义教授于 2019 年向刚从北京师范大学调任四川大学文学与新闻学院院长不久的李怡教授提出建议，在其鼎力支持下，经学院党政联席会议通过，决定出版的。曾绍义教授以"特邀审稿人"的身份具体负责审读各学术文集的内容。在学院确定入选名单后，曾教授一方面与这些前辈学者或他们的家属联系，以求得他们在资料提供以及编选篇目等方面的帮助和指导，另一方面则与出版社商议，以符合当前的出版要求。同时，曾教授还要约请作者撰写各学术文集的评论文章和学术著作年表,工作十分繁忙。后曾教授突患重疾,多次住院,故常常不能按出版社要求及时交稿,谨向出版社和责任编辑深表歉意并深切感谢他们!

编　者

2023 年 12 月